面向21世纪课程教材

U0603360

中国现当代文学作品选读

（修订版）

Zhongguo Xiandangdai
Wenxue Zuopin Xuandu

上册

主　编　王嘉良／颜　敏

副主编　曹禧修／罗　华

上海教育出版社

修订版"导读"修订人员(按音序排列)

曹禧修　罗　华　王嘉良　王　侃

第一版"导读"撰稿人员(按音序排列)

蔡根林	曹禧修	程思义	邓星明	樊均武
贵志浩	韩春萌	黄爱华	黄红春	黄红平
黄　婷	金　晶	景秀明	雷水莲	李标晶
李洪华	刘家思	罗　华	任茹文	童　华
汪亚明	王嘉良	王　侃	王晓初	谢秀琼
熊　岩	姚晓龙	曾纪虎	张丽丽	张小萍
钟丰丰				

目 录

小说编

诗歌编

散文编

戏剧编

参考文献编

小说编

狂人日记

鲁　迅

　　某君昆仲，今隐其名，皆余昔日在中学校时良友；分隔多年，消息渐阙。日前偶闻其一大病；适归故乡，迂道往访，则仅晤一人，言病者其弟也。劳君远道来视，然已早愈，赴某地候补矣。因大笑，出示日记二册，谓可见当日病状，不妨献诸旧友。持归阅一过，知所患盖"迫害狂"之类。语颇错杂无伦次，又多荒唐之言；亦不著月日，惟墨色字体不一，知非一时所书。间亦有略具联络者，今撮录一篇，以供医家研究。记中语误，一字不易；惟人名虽皆村人，不为世间所知，无关大体，然亦悉易去。至于书名，则本人愈后所题，不复改也。七年四月二日识。

一

　　今天晚上，很好的月光。

　　我不见他，已是三十多年；今天见了，精神分外爽快。才知道以前的三十多年，全是发昏；然而须十分小心。不然，那赵家的狗，何以看我两眼呢？

　　我怕得有理。

二

　　今天全没月光，我知道不妙。早上小心出门，赵贵翁的眼色便怪：似乎怕我，似乎想害我。还有七八个人，交头接耳的议论我，又怕我看见。一路上的人，都是如此。其中最凶的一个人，张着嘴，对我笑了一笑；我便从头直冷到脚跟，晓得他们布置，都已妥当了。

　　我可不怕，仍旧走我的路。前面一伙小孩子，也在那里议论我；眼色也同赵贵翁一样，脸色也都铁青。我想我同小孩子有什么仇，他也这样。忍不住大声说，"你告诉我！"他们可就跑了。

　　我想：我同赵贵翁有什么仇，同路上的人又有什么仇；只有廿年以前，把古久先生的陈年流水簿子，踹了一脚，古久先生很不高兴。赵贵翁虽然不认识他，一定也听到风声，代抱不平；约定路上的人，同我作冤对。但是小孩子呢？那时候，他们还没有出世，何以今天也睁着怪眼睛，似乎怕我，似乎想害我。这真教我怕，教我纳罕而且伤心。

　　我明白了。这是他们娘老子教的！

三

　　晚上总是睡不着。凡事须得研究，才会明白。

　　他们——也有给知县打枷过的，也有给绅士掌过嘴的，也有衙役占了他妻子的，也有老子娘被债主逼死的；他们那时候的脸色，全没有昨天这么怕，也没有这么凶。

　　最奇怪的是昨天街上的那个女人，打他儿子，嘴里说道，"老子呀！我要咬你几口才出气！"他眼睛却看着我。我出了一惊,遮掩不住;那青面獠牙的一伙人,便都哄笑起来。陈老五赶上前,硬把我拖回家中了。

拖我回家,家里的人都装作不认识我;他们的眼色,也全同别人一样。进了书房,便反扣上门,宛然是关了一只鸡鸭。这一件事,越教我猜不出底细。

前几天,狼子村的佃户来告荒,对我大哥说,他们村里的一个大恶人,给大家打死了;几个人便挖出他的心肝来,用油煎炒了吃,可以壮壮胆子。我插了一句嘴,佃户和大哥便都看我几眼。今天才晓得他们的眼光,全同外面的那伙人一模一样。

想起来,我从顶上直冷到脚跟。

他们会吃人,就未必不会吃我。

你看那女人"咬你几口"的话,和一伙青面獠牙人的笑,和前天佃户的话,明明是暗号。我看出他话中全是毒,笑中全是刀。他们的牙齿,全是白厉厉的排着,这就是吃人的家伙。

照我自己想,虽然不是恶人,自从踹了古家的簿子,可就难说了。他们似乎别有心思,我全猜不出。况且他们一翻脸,便说人是恶人。我还记得大哥教我做论,无论怎样好人,翻他几句,他便打上几个圈;原谅坏人几句,他便说"翻天妙手,与众不同"。我那里猜得到他们的心思,究竟怎样;况且是要吃的时候。

凡事总须研究,才会明白。古来时常吃人,我也还记得,可是不甚清楚。我翻开历史一查,这历史没有年代,歪歪斜斜的每叶上都写着"仁义道德"几个字。我横竖睡不着,仔细看了半夜,才从字缝里看出字来,满本都写着两个字是"吃人"!

书上写着这许多字,佃户说了这许多话,却都笑吟吟的睁着怪眼睛看我。

我也是人,他们想要吃我了!

四

早上,我静坐了一会。陈老五送进饭来,一碗菜,一碗蒸鱼;这鱼的眼睛,白而且硬,张着嘴,同那一伙想吃人的人一样。吃了几筷,滑溜溜的不知是鱼是人,便把他兜肚连肠的吐出。

我说"老五,对大哥说,我闷得慌,想到园里走走。"老五不答应,走了;停一会,可就来开了门。

我也不动,研究他们如何摆布我;知道他们一定不肯放松。果然!我大哥引了一个老头子,慢慢走来;他满眼凶光,怕我看出,只是低头向着地,从眼镜横边暗暗看我。大哥说,"今天你仿佛很好。"我说"是的。"大哥说,"今天请何先生来,给你诊一诊。"我说"可以!"其实我岂不知道这老头子是刽子手扮的!无非借了看脉这名目,揣一揣肥瘠;因这功劳,也分一片肉吃。我也不怕;虽然不吃人,胆子却比他们还壮。伸出两个拳头,看他如何下手。老头子坐着,闭了眼睛,摸了好一会,呆了好一会;便张开他鬼眼睛说,"不要乱想。静静的养几天,就好了。"

不要乱想,静静的养!养肥了,他们是自然可以多吃;我有什么好处,怎么会"好了"? 他们这群人,又想吃人,又是鬼鬼祟祟,想法子遮掩,不敢直捷下手,真要令我笑死。我忍不住,便放声大笑起来,十分快活。自己晓得这笑声里面,有的是义勇和正气。老头子和大哥,都失了色,被我这勇气正气镇压住了。

但是我有勇气,他们便越想吃我,沾光一点这勇气。老头子跨出门,走不多远,便低声对大哥说道，"赶紧吃罢！"大哥点点头。原来也有你！这一件大发见，虽似意外，也在意中：合伙吃我的人，便是我的哥哥！

吃人的是我哥哥！

我是吃人的人的兄弟！

我自己被人吃了，可仍然是吃人的人的兄弟！

五

这几天是退一步想：假使那老头子不是刽子手扮的，真是医生，也仍然是吃人的人。他们的祖师李时珍做的"本草什么"上，明明写着人肉可以煎吃；他还能说自己不吃人么？

至于我家大哥，也毫不冤枉他。他对我讲书的时候，亲口说过可以"易子而食"；又一回偶然议论起一个不好的人，他便说不但该杀，还当"食肉寝皮"。我那时年纪还小，心跳了好半天。前天狼子村佃户来说吃心肝的事，他也毫不奇怪，不住的点头。可见心思是同从前一样狠。既然可以"易子而食"，便什么都易得，什么人都吃得。我从前单听他讲道理，也胡涂过去；现在晓得他讲道理的时候，不但唇边还抹着人油，而且心里满装着吃人的意思。

六

黑漆漆的，不知是日是夜。赵家的狗又叫起来了。

狮子似的凶心，兔子的怯弱，狐狸的狡猾，……

七

我晓得他们的方法，直捷杀了，是不肯的，而且也不敢，怕有祸祟。所以他们大家连络，布满了罗网，逼我自戕。试看前几天街上男女的样子，和这几天我大哥的作为，便足可悟出八九分了。最好是解下腰带，挂在梁上，自己紧紧勒死；他们没有杀人的罪名，又偿了心愿，自然都欢天喜地的发出一种呜呜咽咽的笑声。否则惊吓忧愁死了，虽则略瘦，也还可以首肯几下。

他们是只会吃死肉的！——记得什么书上说，有一种东西，叫"海乙那"的，眼光和样子都很难看；时常吃死肉，连极大的骨头，都细细嚼烂，咽下肚子去，想起来也教人害怕。"海乙那"是狼的亲眷，狼是狗的本家。前天赵家的狗，看我几眼，可见他也同谋，早已接洽。老头子眼看着地，岂能瞒得我过。

最可怜的是我的大哥，他也是人，何以毫不害怕；而且合伙吃我呢？还是历来惯了，不以为非呢？还是丧了良心，明知故犯呢？

我诅咒吃人的人，先从他起头；要劝转吃人的人，也先从他下手。

八

其实这种道理，到了现在，他们也该早已懂得，……

忽然来了一个人；年纪不过二十左右，相貌是不很看得清楚，满面笑容，对了我点头，他的笑也不像真笑。我便问他，"吃人的事，对么？"他仍然笑着说，"不是荒年，怎么会吃人。"我立刻就晓得，他也是一伙，喜欢吃人的；便自勇气百倍，偏要问他。

"对么？"

"这等事问他什么。你真会……说笑话。……今天天气很好。"

天气是好，月色也很亮了。可是我要问你，"对么？"

他不以为然了。含含胡胡的答道，"不……"

"不对？ 他们何以竟吃？！"

"没有的事……"

"没有的事？ 狼子村现吃；还有书上都写着，通红斩新！"

他便变了脸，铁一般青。睁着眼说，"有许有的，这是从来如此……"

"从来如此，便对么？"

"我不同你讲这些道理；总之你不该说，你说便是你错！"

我直跳起来，张开眼，这人便不见了。全身出了一大片汗。他的年纪，比我大哥小得远，居然也是一伙；这一定是他娘老子先教的。还怕已经教给他儿子了；所以连小孩子，也都恶狠狠的看我。

九

自己想吃人，又怕被别人吃了，都用着疑心极深的眼光，面面相觑。……

去了这心思，放心做事走路吃饭睡觉，何等舒服。这只是一条门槛，一个关头。他们可是父子兄弟夫妇朋友师生仇敌和各不相识的人，都结成一伙，互相劝勉，互相牵掣，死也不肯跨过这一步。

十

大清早，去寻我大哥；他立在堂门外看天，我便走到他背后，拦住门，格外沉静，格外和气的对他说，"大哥，我有话告诉你。"

"你说就是，"他赶紧回过脸来，点点头。

"我只有几句话，可是说不出来。大哥，大约当初野蛮的人，都吃过一点人。后来因为心思不同，有的不吃了，一味要好，便变了人，变了真的人。有的却还吃，——也同虫子一样，有的变了鱼鸟猴子，一直变到人。有的不要好，至今还是虫子。这吃人的人比不吃人的人，何等惭愧。怕比虫子的惭愧猴子，还差得很远很远。"

"易牙蒸了他儿子，给桀纣吃，还是一直从前的事。谁晓得从盘古开辟天地以后，一直吃到易牙的儿子；从易牙的儿子，一直吃到徐锡林；从徐锡林，又一直吃到狼子村捉住的人。去年城里杀了犯人，还有一个生痨病的人，用馒头蘸血舐。"

"他们要吃我，你一个人，原也无法可想；然而又何必去入伙。吃人的人，什么事做不出；他们会吃我，也会吃你，一伙里面，也会自吃。但只要转一步，只要立刻改了，也就人人太平。虽然从来如此，我们今天也可以格外要好，说是不能！ 大哥，我相信你能说，前天佃户要减租，你说过不能。"

当初，他还只是冷笑，随后眼光便凶狠起来，一到说破他们的隐情，那就满脸都变成青色了。大门外立着一伙人，赵贵翁和他的狗，也在里面，都探头探脑的挨进来。有的是看不出面貌，似乎用布蒙着；有的是仍旧青面獠牙，抿着嘴笑。我认识他们是一伙，都是吃人的人。可是也晓得他们心思很不一样，一种是以为从来如此，应该吃的；一种是知道不该吃，可是仍然要吃，又怕别人说破他，所以听了我的话，越发气愤不过，可是抿着嘴冷笑。

这时候，大哥也忽然显出凶相，高声喝道，

"都出去！疯子有什么好看！"

这时候，我又懂得一件他们的巧妙了。他们岂但不肯改，而且早已布置；预备下一个疯子的名目罩上我。将来吃了，不但太平无事，怕还会有人见情。佃户说的大家吃了一个恶人，正是这方法。这是他们的老谱！

陈老五也气愤愤的直走进来。如何按得住我的口，我偏要对这伙人说，

"你们可以改了，从真心改起！要晓得将来容不得吃人的人，活在世上。"

"你们要不改，自己也会吃尽。即使生得多，也会给真的人除灭了，同猎人打完狼子一样！——同虫子一样！"

那一伙人，都被陈老五赶走了。大哥也不知那里去了。陈老五劝我回屋子里去。屋里面全是黑沉沉的。横梁和椽子都在头上发抖；抖了一会，就大起来，堆在我身上。

万分沉重，动弹不得；他的意思是要我死。我晓得他的沉重是假的，便挣扎出来，出了一身汗。可是偏要说，

"你们立刻改了，从真心改起！你们要晓得将来是容不得吃人的人，……"

十一

太阳也不出，门也不开，日日是两顿饭。

我捏起筷子，便想起我大哥；晓得妹子死掉的缘故，也全在他。那时我妹子才五岁，可爱可怜的样子，还在眼前。母亲哭个不住，他却劝母亲不要哭；大约因为自己吃了，哭起来不免有点过意不去。如果还能过意不去，……

妹子是被大哥吃了，母亲知道没有，我可不得而知。

母亲想也知道；不过哭的时候，却并没有说明，大约也以为应当的了。记得我四五岁时，坐在堂前乘凉，大哥说爷娘生病，做儿子的须割下一片肉来，煮熟了请他吃，才算好人；母亲也没有说不行。一片吃得，整个的自然也吃得。但是那天的哭法，现在想起来，实在还教人伤心，这真是奇极的事！

十二

不能想了。

四千年来时时吃人的地方，今天才明白，我也在其中混了多年；大哥正管着家务，妹子恰恰死了，他未必不和在饭菜里，暗暗给我们吃。

我未必无意之中，不吃了我妹子的几片肉，现在也轮到我自己，……

有了四千年吃人履历的我，当初虽然不知道，现在明白，难见真的人！

十三

没有吃过人的孩子，或者还有？

救救孩子……

1918 年 4 月

导读

作为中国现代文学史上的第一篇白话小说,《狂人日记》无疑是新文学的开山之作,是战斗的新文学向垂死的封建礼教制度宣战所发出的第一声最猛烈的呼喊。

鲁迅对延续中国社会几千年的封建制度的透骨剔肌的批判,是寄寓在狂人形象上来表现的。作品运用日记体的形式,细致入微地展露了这个"被害狂"患者的精神状态和心理活动,把封建社会的种种罪恶剥露无遗。狂人的每一句话都是"疯话",但狂人的话里包含了许多深刻的真理。作者通过"被害狂"患者的感受,通过狂人的谵语,把几千年的中国社会历史,直指为是一部"吃人"的历史,更对封建社会的本质作出了振聋发聩的概括,表现了鲁迅对中国历史的透辟理解和独特的发现,鲜明地显示了小说"意在暴露家庭制度和礼教"这一主题。

小说在艺术上借鉴并发展了果戈理同名小说的技法。日记体的人物坦诚心理的剖白,描绘具有变态心理特征的人物,以曲折、精微的笔法表达思想意蕴,在不无谐趣的笔致中深藏冷峻的色调,都使作品以别具一格的形式呈现,从而深深地吸引了读者。小说构思巧妙,运用了现实主义与象征主义相交融的方法,借实引虚,以虚证实,不独情趣横生,也包含深刻的意味。

伤　逝

鲁　迅

如果我能够，我要写下我的悔恨和悲哀，为子君，为自己。

会馆里的被遗忘在偏僻里的破屋是这样地寂静和空虚。时光过得真快，我爱子君，仗着她逃出这寂静和空虚，已经满一年了。事情又这么不凑巧，我重来时，偏偏空着的又只有这一间屋。依然是这样的破窗，这样的窗外的半枯的槐树和老紫藤，这样的窗前的方桌，这样的败壁，这样的靠壁的板床。深夜中独自躺在床上，就如我未曾和子君同居以前一般，过去一年中的时光全被消灭，全未有过，我并没有曾经从这破屋子搬出，在吉兆胡同创立了满怀希望的小小的家庭。

不但如此。在一年之前，这寂静和空虚是并不这样的，常常含着期待；期待子君的到来。在久待的焦躁中，一听到皮鞋的高底尖触着砖路的清响，是怎样地使我骤然生动起来呵！于是就看见带着笑涡的苍白的圆脸，苍白的瘦的臂膊，布的有条纹的衫子，玄色的裙。她又带了窗外的半枯的槐树的新叶来，使我看见，还有挂在铁似的老干上的一房一房的紫白的藤花。

然而现在呢，只有寂静和空虚依旧，子君却决不再来了，而且永远，永远地！……

子君不在我这破屋里时，我什么也看不见。在百无聊赖中，随手抓过一本书来，科学也好，文学也好，横竖什么都一样；看下去，看下去，忽而自己觉得，已经翻了十多页了，但是毫不记得书上所说的事。只是耳朵却分外地灵，仿佛听到大门外一切往来的履声，从中便有子君的，而且橐橐地逐渐临近，——但是，往往又逐渐渺茫，终于消失在别的步声的杂沓中了。我憎恶那不像子君鞋声的穿布底鞋的长班的儿子，我憎恶那太像子君鞋声的常常穿着新皮鞋的邻院的搽雪花膏的小东西！

莫非她翻了车么？莫非她被电车撞伤了么？……

我便要取了帽子去看她，然而她的胞叔就曾经当面骂过我。

蓦然，她的鞋声近来了，一步响于一步，迎出去时，却已经走过紫藤棚下，脸上带着微笑的酒窝。她在她叔子的家里大约并未受气；我的心宁帖了，默默地相视片时之后，破屋里便渐渐充满了我的语声，谈家庭专制，谈打破旧习惯，谈男女平等，谈伊孛生，谈泰戈尔，谈雪莱……。她总是微笑点头，两眼里弥漫着稚气的好奇的光泽。壁上就钉着一张铜板的雪莱半身像，是从杂志上裁下来的，是他的最美的一张像。当我指给她看时，她却只草草一看，便低下了头，似乎不好意思了。这些地方，子君就大概还未脱尽旧思想的束缚，——我后来也想，倒不如换一张雪莱淹死在海里的纪念像或是伊孛生的罢；但也终于没有换，现在是连这一张也不知那里去了。

"我是我自己的，他们谁也没有干涉我的权利！"

9

这是我们交际了半年，又谈起她在这里的胞叔和在家的父亲时，她默想了一会之后，分明地，坚决地，沉静地说了出来的话。其时是我已经说尽了我的意见，我的身世，我的缺点，很少隐瞒；她也完全了解的了。这几句话很震动了我的灵魂，此后许多天还在耳中发响，而且说不出的狂喜，知道中国女性，并不如厌世家所说那样的无法可施，在不远的将来，便要看见辉煌的曙色的。

送她出门，照例是相离十多步远；照例是那鲇鱼须的老东西的脸又紧帖在脏的窗玻璃上了，连鼻尖都挤成一个小平面；到外院，照例又是明晃晃的玻璃窗里的那小东西的脸，加厚的雪花膏。她目不邪视地骄傲地走了，没有看见；我骄傲地回来。

"我是我自己的，他们谁也没有干涉我的权利！"这彻底的思想就在她的脑里，比我还透澈，坚强得多。半瓶雪花膏和鼻尖的小平面，于她能算什么东西呢？

我已经记不清那时怎样地将我的纯真热烈的爱表示给她。岂但现在，那时的事后便已模胡，夜间回想，早只剩了一些断片了；同居以后一两月，便连这些断片也化作无可追踪的梦影。我只记得那时以前的十几天，曾经很仔细地研究过表示的态度，排列过措辞的先后，以及倘或遭了拒绝以后的情形。可是临时似乎都无用，在慌张中，身不由己地竟用了在电影上见过的方法了。后来一想到，就使我很愧恧，但在记忆上却偏只有这一点永远留遗，至今还如暗室的孤灯一般，照见我含泪握着她的手，一条腿跪了下去……。

不但我自己的，便是子君的言语举动，我那时就没有看得分明；仅知道她已经允许我了。但也还仿佛记得她脸色变成青白，后来又渐渐转作绯红，——没有见过，也没有再见的绯红；孩子似的眼里射出悲喜，但是夹着惊疑的光，虽然力避我的视线，张皇地似乎要破窗飞去。然而我知道她已经允许我了，没有知道她怎样说或是没有说。

她却是什么都记得：我的言辞，竟至于读熟了的一般，能够滔滔背诵；我的举动，就如有一张我所看不见的影片挂在眼下，叙述得如生，很细微，自然连那使我不愿再想的浅薄的电影的一闪。夜阑人静，是相对温习的时候了，我常是被质问，被考验，并且被命复述当时的言语，然而常须由她补足，由她纠正，像一个丁等的学生。

这温习后来也渐渐稀疏起来。但我只要看见她两眼注视空中，出神似的凝望着，于是神色越加柔和，笑窝也深下去，便知道她又在自修旧课了，只是我很怕她看到我那可笑的电影的一闪。但我又知道，她一定要看见，而且也非看不可的。

然而她并不觉得可笑。即使我自己以为可笑，甚而至于可鄙的，她也毫不以为可笑。这事我知道得很清楚，因为她笑我，是这样的热烈，这样的纯真。

去年的暮春是最为幸福，也是最为忙碌的时光。我的心平静下去了，但又有别一部分和身体一同忙碌起来。我们这时才在路上同行，也到过几回公园，最多的是寻住所。我觉得在路上时时遇到探索，讥笑，猥亵和轻蔑的眼光，一不小心，便使我的全身有些瑟缩，只得即刻提起我的骄傲和反抗支持。她却是大无畏的，对于这些全不关心，只是镇静地缓缓前行，坦然如入无人之境。

寻住所实在不是容易事，大半是被托辞拒绝，小半是我们以为不相宜。起先我们选择得很苛酷，——也非苛酷，因为看去大抵不像是我们的安身之所；后来，便只要他们能相容了。看了二十多处，这才得到可以暂且敷衍的处所，是吉兆胡同一所小屋里的两间南屋；主人是一个小官，然而倒是明白人，自住着正屋和厢房。他只有夫人和一个不到周岁的女孩子，雇一个乡下的女工，只要孩子不啼哭，是极其安闲幽静的。

我们的家具很简单，但已经用去了我的筹来的款子的大半；子君还卖掉了她唯一的金戒指和耳环。我拦阻她，还是定要卖，我也就不再坚持下去了；我知道不给她加入一点股份去，她是住不舒服的。

和她的叔子，她早经闹开，至于使他气愤到不再认她做侄女；我也陆续和几个自以为忠告，其实是替我胆怯，或者竟是嫉妒的朋友绝了交。然而这倒很清静。每日办公散后，虽然已近黄昏，车夫又一定走得这样慢，但究竟还有二人相对的时候。我们先是沉默的相视，接着是放怀而亲密的交谈，后来又是沉默。大家低头沉思着，却并未想着什么事。我也渐渐清醒地读遍了她的身体，她的灵魂，不过三星期，我似乎于她已经更加了解，揭去许多先前以为了解而现在看来却是隔膜，即所谓真的隔膜了。

子君也逐日活泼起来。但她并不爱花，我在庙会时买来的两盆小草花，四天不浇，枯死在墙角了，我又没有照顾一切的闲暇。然而她爱动物，也许是从官太太那里传染的罢，不一月，我们的眷属便骤然加得很多，四只小油鸡，在小院子里和房主人的十多只在一同走。但她们却认识鸡的相貌，各知道那一只是自家的。还有一只花白的叭儿狗，从庙会买来，记得似乎原有名字，子君却给它另起了一个，叫作阿随。我就叫它阿随，但我不喜欢这名字。

这是真的，爱情必须时时更新，生长，创造。我和子君说起这，她也领会地点点头。

唉唉，那是怎样的宁静而幸福的夜呵！

安宁和幸福是要凝固的，永久是这样的安宁和幸福。我们在会馆里时，还偶有议论的冲突和意思的误会，自从到吉兆胡同以来，连这一点也没有了；我们只在灯下对坐的怀旧谭中，回味那时冲突以后的和解的重生一般的乐趣。

子君竟胖了起来，脸色也红活了；可惜的是忙。管了家务便连谈天的工夫也没有，何况读书和散步。我们常说，我们总还得雇一个女工。

这就使我也一样地不快活，傍晚回来，常见她包藏着不快活的颜色，尤其使我不乐的是她要装作勉强的笑容。幸而探听出来了，也还是和那小官太太的暗斗，导火线便是两家的小油鸡。但又何必硬不告诉我呢？人总该有一个独立的家庭。这样的处所，是不能居住的。

我的路也铸定了，每星期中的六天，是由家到局，又由局到家。在局里便坐在办公桌前钞，钞些公文和信件；在家里是和她相对或帮她生炉子，煮饭，蒸馒头。我的学会了煮饭，就在这时候。

但我的食品却比在会馆里时好得多了。做菜虽不是子君的特长，然而她于此却倾注着全力；对于她的日夜的操心，使我也不能不一同操心，来算作分甘共苦。况且她又这样地终日汗流满面，短发都粘在脑额上；两只手又只是这样地粗糙起来。

况且还要饲阿随，饲油鸡，……都是非她不可的工作。

我曾经忠告她：我不吃，倒也罢了；却万不可这样地操劳。她只看了我一眼，不开口，神色却似乎有点凄然；我也只好不开口。然而她还是这样地操劳。

我所豫期的打击果然到来。双十节的前一晚,我呆坐着,她在洗碗。听到打门声,我去开门时,是局里的信差,交给我一张油印的纸条。我就有些料到了,到灯下去一看,果然,印着的就是:

> 奉
> 局长谕史涓生着毋庸到局办事
> 秘书处启　十月九号

这在会馆里时,我就早已料到了;那雪花膏便是局长的儿子的赌友,一定要去添些谣言,设法报告的。到现在才发生效验,已经要算是很晚的了。其实这在我不能算一个打击,因为我早决定,可以给别人去钞写,或者教读,或者虽然费力,也还可以译点书,况且《自由之友》的总编辑便是见过几次的熟人,两月前还通过信。但我的心却跳跃着。那么一个无畏的子君也变了色,尤其使我痛心;她近来似乎也较为怯弱了。

"那算什么。哼,我们干新的。我们……"她说。

她的话没有说完;不知怎地,那声音在我听去却只是浮浮的;灯光也觉得格外黯淡。人们真是可笑的动物,一点极微末的小事情,便会受着很深的影响。我们先是默默地相视,逐渐商量起来,终于决定将现有的钱竭力节省,一面登"小广告"去寻求钞写和教读,一面写信给《自由之友》的总编辑,说明我目下的遭遇,请他收用我的译本,给我帮一点艰辛时候的忙。

"说做,就做罢!来开一条新的路!"

我立刻转身向了书案,推开盛香油的瓶子和醋碟,子君便送过那黯淡的灯来。我先拟广告;其次是选定可译的书,迁移以来未曾翻阅过,每本的头上都满漫着灰尘了;最后才写信。

我很费踌蹰,不知道怎样措辞好,当停笔凝思的时候,转眼去一瞥她的脸,在昏暗的灯光下,又很见得凄然。我真不料这样微细的小事情,竟会给坚决的,无畏的子君以这么显著的变化。她近来实在变得很怯弱了,但也并不是今夜才开始的。我的心因此更缭乱,忽然有安宁的生活的影像——会馆里的破屋的寂静,在眼前一闪,刚刚想定睛凝视,却又看见了昏暗的灯光。

许久之后,信也写成了,是一封颇长的信;很觉得疲劳,仿佛近来自己也较为怯弱了。于是我们决定,广告和发信,就在明日一同实行。大家不约而同地伸直了腰肢,在无言中,似乎又都感到彼此的坚忍崛强的精神,还看见从新萌芽起来的将来的希望。

外来的打击其实倒是振作了我们的新精神。局里的生活,原如鸟贩子手里的禽鸟一般,仅有一点小米维系残生,决不会肥胖;日子一久,只落得麻痹了翅子,即使放出笼外,早已不能奋飞。现在总算脱出这牢笼了,我从此要在新的开阔的天空中翱翔,趁我还未忘却了我的翅子的扇动。

小广告是一时自然不会发生效力的;但译书也不是容易事,先前看过,以为已经懂得,一动手,却疑难百出,进行得很慢。然而我决计努力去做,一本半新的字典,不到半月,边上便有了一大片乌黑的指痕,这就证明着我的工作的切实。《自由之友》的总编辑曾经说过,他的刊物是决不会埋没好稿子的。

可惜的是我没有一间静室，子君又没有先前那么幽静，善于体帖了，屋子里总是散乱着碗碟，弥漫着煤烟，使人不能安心做事，但是这自然还只能怨我自己无力置一间书斋。然而又加以阿随，加以油鸡们。加以鸡油们又大起来，更容易成为两家争吵的引线。

加以每日的"川流不息"的吃饭；子君的功业，仿佛就完全建立在这吃饭中。吃了筹钱，筹来吃饭，还要喂阿随，饲油鸡；她似乎将先前所知道的全都忘掉了，也不想到我的构思就常常为了这催促吃饭而打断。即使在坐中给看一点怒色，她总是不改变，仍然毫无感触似的大嚼起来。

使她明白了我的作工不能受规定的吃饭的束缚，就费去五星期。她明白之后，大约很不高兴罢，可是没有说。我的工作果然从此较为迅速地进行，不久就共译了五万言，只要润色一回，便可以和做好的两篇小品，一同寄给《自由之友》去。只是吃饭却依然给我苦恼。菜冷，是无妨的，然而竟不够；有时连饭也不够，虽然我因为终日坐在家里用脑，饭量已经比先前要减少得多。这是先去喂了阿随了，有时还并那近来连自己也轻易不吃的羊肉。她说，阿随实在瘦得太可怜，房东太太还因此嗤笑我们了，她受不住这样的奚落。

于是吃我残饭的便只有油鸡们。这是我积久才看出来的，但同时也如赫胥黎的论定"人类在宇宙间的位置"一般，自觉了我在这里的位置：不过是叭儿狗和油鸡之间。

后来，经多次的抗争和催逼，油鸡们也逐渐成为肴馔，我们和阿随都享用了十多日的鲜肥；可是其实都很瘦，因为它们早已每日只能得到几粒高粱了。从此便清静得多。只有子君很颓唐，似乎常觉得凄苦和无聊，至于不大愿意开口。我想，人是多么容易改变呵！

但是阿随也将留不住了。我们已经不能再希望从什么地方会有来信，子君也早没有一点食物可以引它打拱或直立起来。冬季又逼近得这么快，火炉就要成为很大的问题；它的食量，在我们其实早是一个极易觉得的很重的负担。于是连它也留不住了。

倘使插了草标到庙市去出卖，也许能得几文钱罢，然而我们都不能，也不愿这样做。终于是用包袱蒙着头，由我带到西郊去放掉了，还要追上来，便推在一个并不很深的土坑里。

我一回寓，觉得又清静得多多了；但子君的凄惨的神色，却使我很吃惊。那是没有见过的神色，自然是为阿随。但又何至于此呢？我还没有说起推在土坑里的事。

到夜间，在她的凄惨的神色中，加上冰冷的分子了。

"奇怪。——子君，你怎么今天这样儿了？"我忍不住问。

"什么？"她连看也不看我。

"你的脸色……"

"没有什么，——什么也没有。"

我终于从她言动上看出，她大概已经认定我是一个忍心的人。其实，我一个人，是容易生活的，虽然因为骄傲，向来不与世交往，迁居以后，也疏远了所有旧识的人，然而只要能远走高飞，生路还宽广得很。现在忍受着这生活压迫的苦痛，大半倒是为她，便是放掉阿随，也何尝不如此。但子君的识见却似乎只是浅薄起来，竟至于连这一点也想不到了。

我拣了一个机会，将这些道理暗示她；她领会似的点头。然而看她后来的情形，她是没有懂，或者是并不相信的。

天气的冷和神情的冷，逼迫我不能在家庭中安身。但是往那里去呢？大道上，公园里，虽然没有冰冷的神情，冷风究竟也刺得人皮肤欲裂。我终于在通俗图书馆里觅得了我的天堂。

那里无须买票；阅书室里又装着两个铁火炉。纵使不过是烧着不死不活的煤的火炉，但单是看见装着它，精神上也就总觉得有些温暖。书却无可看：旧的陈腐，新的是几乎没有的。

好在我到那里去也并非为看书。另外时常还有几个人，多则十余人，都是单薄衣裳，正如我，各人看各人的书，作为取暖的口实。这于我尤为合式。道路容易遇见熟人，得到轻蔑的一瞥，但此地却决无那样的横祸，因为他们是永远围在别的铁炉旁，或者靠在自家的白炉边的。

那里虽然没有书给我看，却还有安闲容得我想。待到孤身枯坐，回忆从前，这才觉得大半年来，只为了爱，——盲目的爱，——而将别的人生的要义全盘疏忽了。第一，便是生活。人必生活着，爱才有所附丽。世界上并非没有为了奋斗者而开的活路；我也还未忘却翅子的扇动，虽然比先前已经颓唐得多……。

屋子和读者渐渐消失了，我看见怒涛中的渔夫，战壕中的兵士，摩托车中的贵人，洋场上的投机家，深山密林中的豪杰，讲台上的教授，昏夜的运动者和深夜的偷儿……子君，——不在近旁。她的勇气都失掉了，只为着阿随悲愤，为着做饭出神；然而奇怪的是倒也并不怎样瘦损……。

冷了起来，火炉里的不死不活的几片硬煤，也终于烧尽了，已是闭馆的时候。又须回到吉兆胡同，领略冰冷的颜色去了。近来也间或遇到温暖的神情，但这却反而增加我的苦痛。记得有一夜，子君的眼里忽而又发出久已不见的稚气的光来，笑着和我谈到还在会馆时候的情形，时时又很带些恐怖的神色。我知道我近来的超过她的冷漠，已经引起她的忧疑来，只得也勉力谈笑，想给她一点慰藉。然而我的笑貌一上脸，我的话一出口，却即刻变为空虚，这空虚又即刻发生反响，回向我的耳目里，给我一个难堪的恶毒的冷嘲。

子君似乎也觉得的，从此便失掉了她往常的麻木性的镇静，虽然竭力掩饰，总还是时时露出忧疑的神色来，但对我却温和得多了。

我要明告她，但我还没有敢，当决心要说的时候，看见她孩子一般的眼色，就使我只得暂且改作勉强的欢容。但是这又即刻来冷嘲我，并使我失却那冷漠的镇静。

她从此又开始了往事的温习和新的考验，逼我做出许多虚伪的温存的答案来，将温存示给她，虚伪的草稿便写在自己的心上。我的心渐被这些草稿填满了，常觉得难于呼吸。我在苦恼中常常想，说真实自然须有极大的勇气的；假如没有这勇气，而苟安于虚伪，那也便是不能开辟新的生路的人。不独不是这个，连这人也未尝有！

子君有怨色，在早晨，极冷的早晨，这是从未见过的，但也许是从我看来的怨色。我那时冷冷地气愤和暗笑了；她所磨练的思想和豁达无畏的言论，到底也还是一个空虚，而对于这空虚却并未自觉。她早已什么书也不看，已不知道人的生活的第一着是求生，向着这求生的道路，是必须携手同行，或奋身孤往的了，倘使只知道捶着一个人的衣角，那便是虽战士也难于战斗，只得一同灭亡。

我觉得新的希望就只在我们的分离；她应该决然舍去，——我也突然想到她的死，然而立刻自责，忏悔了。幸而是早晨，时间正多，我可以说我的真实。我们的新的道路的开辟，便在这一遭。

我和她闲谈，故意地引起我们的往事，提到文艺，于是涉及外国的文人，文人的作品：《诺拉》，

《海的女人》。称扬诺拉的果决……。也还是去年在会馆的破屋里讲过的那些话,但现在已经变成空虚,从我的嘴传入自己的耳中,时时疑心有一个隐形的坏孩子,在背后恶意地刻毒地学舌。

她还是点头答应着倾听,后来沉默了。我也就断续地说完了我的话,连余音都消失在虚空中了。

"是的。"她又沉默了一会,说,"但是,……涓生,我觉得你近来很两样了。可是的? 你,——你老实告诉我。"

我觉得这似乎给了我当头一击,但也立即定了神,说出我的意见和主张来:新的路的开辟,新的生活的再造,为的是免得一同灭亡。

临末,我用了十分的决心,加上这几句话——

"……况且你已经可以无须顾虑,勇往直前了。你要我老实说;是的,人是不该虚伪的。我老实说罢:因为,因为我已经不爱你了!但这于你倒好得多,因为你更可以毫无挂念地做事……。"

我同时豫期着大的变故的到来,然而只有沉默。她脸色陡然变成灰黄,死了似的;瞬间便又苏生,眼里也发了稚气的闪闪的光泽。这眼光射向四处,正如孩子在饥渴中寻求慈爱的母亲,但只在空中寻求,恐怖地回避着我的眼。

我不能看下去了,幸而是早晨,我冒着寒风径奔通俗图书馆。

在那里看见《自由之友》,我的小品文都登出了。这使我一惊,仿佛得了一点生气。我想,生活的路还很多,——但是,现在这样也还是不行的。

我开始去访问久已不相闻问的熟人,但这也不过一两次;他们的屋子自然是暖和的,我在骨髓中却觉得寒冽。夜间,便蜷伏在比冰还冷的冷屋中。

冰的针刺着我的灵魂,使我永远苦于麻木的疼痛。生活的路还很多,我也还没有忘却翅子的扇动,我想。——我突然想到她的死,然而立刻自责,忏悔了。

在通俗图书馆里往往瞥见一闪的光明,新的生路横在前面。她勇猛地觉悟了,毅然走出这冰冷的家,而且,——毫无怨恨的神色。我便轻如行云,漂浮空际,上有蔚蓝的天,下是深山大海,广厦高楼,战场,摩托车,洋场,公馆,晴明的闹市,黑暗的夜……。

而且,真的,我豫感得这新生面便要来到了。

我们总算度过了极难忍受的冬天,这北京的冬天;就如蜻蜓落在恶作剧的坏孩子的手里一般,被系着细线,尽情玩弄,虐待,虽然幸而没有送掉性命,结果也还是躺在地上,只争着一个迟早之间。

写给《自由之友》的总编辑已经有三封信,这才得到回信,信封里只有两张书券:两角的和三角的。我却单是催,就用了九分的邮票,一天的饥饿,又都白挨给于己一无所得的空虚了。

然而觉得要来的事,却终于来到了。

这是冬春之交的事,风已没有这么冷,我也更久地在外面徘徊,待到回家,大概已经昏黑。就在这样一个昏黑的晚上,我照常没精打采地回来,一看见寓所的门,也照常更加丧气,使脚步放得更缓。但终于走进自己的屋子里了,没有灯火;摸火柴点起来时,是异样的寂寞和空虚!

正在错愕中,官太太便到窗外来叫我出去。

"今天子君的父亲来到这里,将她接回去了。"她很简单地说。

这似乎又不是意料中的事,我便如脑后受了一击,无言地站着。

"她去了么?"过了些时,我只问出这样一句话。

"她去了。"

"她,——她可说什么?"

"没说什么。单是托我见你回来时告诉你,说她去了。"

我不信;但是屋子里是异样的寂寞和空虚。我遍看各处,寻觅子君;只见几件破旧而黯淡的家具,都显得极其清疏,在证明着它们毫无隐匿一人一物的能力。我转念寻信或她留下的字迹,也没有;只是盐和干辣椒,面粉,半株白菜,却聚集在一处了,旁边还有几十枚铜元。这是我们两人生活材料的全副,现在她就郑重地将这留给我一个人,在不言中,教我借此去维持较久的生活。

我似乎被周围所排挤,奔到院子中间,有昏黑在我的周围;正屋的纸窗上映出明亮的灯光,他们正在逗着孩子玩笑。我的心也沉静下来,觉得在沉重的迫压中,渐渐隐约地现出脱走的路径:深山大泽,洋场,电灯下的盛筵,壕沟,最黑最黑的深夜,利刃的一击,毫无声响的脚步……。

心地有些轻松,舒展了,想到旅费,并且嘘一口气。

躺着,在合着的眼前经过的豫想的前途,不到半夜已经现尽;暗中忽然仿佛看见一堆食物,这之后,便浮出一个子君的灰黄的脸来,睁了孩子气的眼睛,恳托似的看着我。我一定神,什么也没有了。

但我的心却又觉得沉重。我为什么偏不忍耐几天,要这样急急地告诉她真话的呢? 现在她知道,她以后所有的只是她父亲——儿女的债主——的烈日一般的严威和旁人的赛过冰霜的冷眼。此外便是虚空。负着虚空的重担,在严威和冷眼中走着所谓人生的路,这是怎么可怕的事呵! 而况这路的尽头,又不过是——连墓碑也没有的坟墓。

我不应该将真实说给子君,我们相爱过,我应该永久奉献她我的说谎。如果真实可以宝贵,这在子君就不该是一个沉重的虚空。谎话当然也是一个虚空,然而临末,至多也不过这样地沉重。

我以为将真实说给子君,她便可以毫无顾虑,坚决地毅然前行,一如我们将要同居时那样。但这恐怕是我的错误了。她当时的勇敢和无畏是因为爱。

我没有负着虚伪的重担的勇气,却将真实的重担卸给她了。她爱我之后,就要负了这重担,在严威和冷眼中走着所谓人生的路。

我想到她的死……。我看见我是一个卑怯者,应该被摈于强有力的人们,无论是真实者,虚伪者。然而她却自始至终,还希望我维持较久的生活……。

我要离开吉兆胡同,在这里是异样的空虚和寂寞。我想,只要离开这里,子君便如还在我的身边;至少,也如还在城中,有一天将要出乎意表地访我,像住在会馆时候似的。

然而一切请托和书信,都是一无反响;我不得已,只好访问一个久不问候的世交去了。他是我伯父的幼年的同窗,以正经出名的拔贡,寓京很久,交游也广阔的。

大概因为衣服的破旧罢,一登门便遭门房的白眼。好容易才相见,也还相识,但是很冷落。我们的往事,他全都知道了。

"自然,你也不能在这里了,"他听了我托他在别处觅事之后,冷冷地说,"但那里去呢?很难。——你那,什么呢,你的朋友罢,子君,你可知道,她死了。"

我惊得没有话。

"真的?"我终于不自觉地问。

"哈哈。自然真的。我家的王升的家,就和她家同村。"

"但是,——不知道是怎么死的?"

"谁知道呢。总之是死了就是了。"

我已经忘却了怎样辞别他,回到自己的寓所。我知道他是不说谎话的;子君总不会再来的了,像去年那样。她虽是想在严威和冷眼中负着虚空的重担来走所谓人生的路,也已经不能。她的命运,已经决定她在我所给与的真实——无爱的人间死灭了。

自然,我不能在这里了;但是,"那里去呢?"

四围是广大的空虚,还有死的寂静。死于无爱的人们的眼前的黑暗,我仿佛一一看见,还听得一切苦闷和绝望的挣扎的声音。

我还期待着新的东西到来,无名的,意外的。但一天一天,无非是死的寂静。

我比先前已经不大出门,只坐卧在广大的空虚里,一任这死的寂静侵蚀着我的灵魂。死的寂静有时也自己战栗,自己退藏,于是在这绝续之交,便闪出无名的,意外的,新的期待。

一天是阴沉的上午,太阳还不能从云里面挣扎出来,连空气都疲乏着。耳中听到细碎的步声和咻咻的鼻息,使我睁开眼,大致一看,屋子里还是空虚;但偶然看到地面,却盘旋着一匹小小的动物,瘦弱的,半死的,满身灰土的……。

我一细看,我的心就一停,接着便直跳起来。

那是阿随。它回来了。

我的离开吉兆胡同,也不单是为了房主人们和他家女工的冷眼,大半就为着这阿随。但是,"那里去呢?"新的生路自然还很多,我约略知道,也间或依稀看见,觉得就在我面前,然而我还没有知道跨进那里去的第一步的方法。

经过许多回的思量和比较,也还只有会馆是还能相容的地方。依然是这样的破屋,这样的板床,这样的半枯的槐树和紫藤,但那时使我希望,欢欣,爱,生活的,却全都逝去了,只有一个虚空,我用真实去换来的虚空存在。

新的生路还很多,我必须跨进去,因为我还活着。但我还不知道怎样跨出那第一步。有时,仿佛看见那生路就象一条灰白的长蛇,自己蜿蜒地向我奔来,我等着,等着,看看临近,但忽然便消失在黑暗里了。

初春的夜,还是那么长。长久的枯坐中记起上午在街头所见的葬式,前面是纸人纸马,后面是唱歌一般的哭声。我现在已经知道他们的聪明了,这是多么轻松简截的事。

然而子君的葬式却又在我的眼前,是独自负着虚空的重担,在灰白的长路上前行,而又即刻消失在周围的严威和冷眼里了。

我愿意真有所谓鬼魂,真有所谓地狱,那么,即使在孽风怒吼中,我也将寻觅子君,当面说出我的悔恨和悲哀,祈求她的饶恕;否则,地狱的毒焰将围绕我,猛烈地烧尽我的悔恨和悲哀。

我将在孽风和毒焰中拥抱子君,乞她宽恕,或者使她快意……。

但是,这却更虚空于新的生路;现在所有的只是初春的夜,竟还是那么长。我活着,我总得向着新的生路跨出去,那第一步,——却不过是写下我的悔恨和悲哀,为子君,为自己。

我仍然只有唱歌一般的哭声,给子君送葬,葬在遗忘中。

我要遗忘;我为自己,并且要不再想到这用了遗忘给子君送葬。

我要向着新的生路跨进第一步去,我要将真实深深地藏在心的创伤中,默默地前行,用遗忘和说谎做我的前导……。

1925 年 10 月 21 日毕

导读

这是鲁迅唯一的以青年的恋爱和婚姻为题材的作品。小说写的是一曲回肠荡气而又耐人寻味的爱情悲歌。一对被"五四"新思潮唤醒的青年人,怀着个性解放的强烈意愿,勇敢地冲出家庭结合在一起,寻觅到了应得的爱情与幸福。然而,终究由于不明了个性解放离不开社会解放,追求到爱情自由以后还需要走更坚实的路,这对青年人在已获取的幸福面前却步不前了:眼光只局囿于小家庭凝固的安宁与甜蜜,失去了社会解放的大目标,既无力抵御社会经济的压力,爱情也随之失去附丽,终于导致无可挽回的悲剧。相比之下,子君在生活面前退缩尤甚,因而当打击到来以后,她只能让生命随着希望一同死灭;涓生虽已依稀认识到"只为了爱"的盲目,想竭力"救出自己",但易卜生式的个人奋斗思想也不可能使他迈出有力的步子,只能在子君死后沉浸在无限的悔恨和悲哀里。小说通过这出爱情悲剧,深刻地指出了小资产阶级知识分子在追求个性解放的道路上有着不可避免的软弱性和动摇性,也揭示了社会解放是个性解放的前提。

本篇的艺术表现在鲁迅小说中是别具一格的。小说采用"手记"的方式,以抒情为结构中轴,将情感渲染融于事实缕陈之中,用诗一样的语言抒写了主人公的心境,那如泣如诉的艺术笔致,哀怨感人的沉重笔调,都可直烙人心。抒情语言的诗化和哲理性,无疑也开掘和拓展了作品的思想内蕴。

出 关

鲁 迅

老子毫无动静的坐着,好像一段呆木头。

"先生,孔丘又来了!"他的学生庚桑楚,不耐烦似的走进来,轻轻的说。

"请……"

"先生,您好吗?"孔子极恭敬的行着礼,一面说。

"我总是这样子,"老子答道。"您怎么样? 所有这里的藏书,都看过了罢?"

"都看过了。不过……"孔子很有些焦躁模样,这是他从来所没有的。"我研究《诗》、《书》、《礼》、《乐》、《易》、《春秋》六经,自以为很长久了,够熟透了。去拜见了七十二位主子,谁也不采用。人可真是难得说明白呵。还是'道'的难以说明白呢?"

"你还算运气的哩,"老子说,"没有遇着能干的主子。六经这玩艺儿,只是先王的陈迹呀。那里是弄出迹来的东西呢? 你的话,可是和迹一样的。迹是鞋子踏成的,但迹难道就是鞋子吗?"停了一会,又接着说道:"白鶂们只要瞧着,眼珠子动也不动,然而自然有孕;虫呢,雄的在上风叫,雌的在下风应,自然有孕;类是一身上兼具雌雄的,所以自然有孕。性,是不能改的;命,是不能换的;时,是不能留的;道,是不能塞的。只要得了道,什么都行,可是如果失掉了,那就什么都不行。"

孔子好像受了当头一棒,亡魂失魄的坐着,恰如一段呆木头。

大约过了八分钟,他深深的倒抽了一口气,就起身要告辞,一面照例很客气的致谢着老子的教训。

老子也并不挽留他,站起来扶着拄杖,一直送他到图书馆的大门外。孔子就要上车了,他才留声机似的说道:

"您走了? 您不喝点儿茶去吗? ……"

孔子答应着"是是",上了车,拱着两只手极恭敬的靠在横板上;冉有把鞭子在空中一挥,嘴里喊一声"都",车子就走动了。待到车子离开了大门十几步,老子才回进自己的屋里去。

"先生今天好像很高兴,"庚桑楚看老子坐定了,才站在旁边,垂着手,说。"话说的很不少……"

"你说的对。"老子微微的叹一口气,有些颓唐似的回答道。"我的话真也说的太多了。"他又仿佛突然记起一件事情来,"哦,孔丘送我的一只雁鹅,不是晒了腊鹅了吗? 你蒸蒸吃去罢。我横竖没有牙齿,咬不动。"

庚桑楚出去了。老子就又静下来,合了眼。图书馆里很寂静。只听得竹竿子碰着屋檐响,这是庚桑楚在取挂在檐下的腊鹅。

一过就是三个月。老子仍旧毫无动静的坐着,好像一段呆木头。

"先生,孔丘来了哩!"他的学生庚桑楚,诧异似的走进来,轻轻的说。"他不是长久没来了吗? 这的来,不知道是怎的？……"

"请……"老子照例只说了这一个字。

"先生,您好吗？"孔子极恭敬的行着礼,一面说。

"我总是这样子,"老子答道。"长久不看见了,一定是躲在寓里用功罢？"

"那里那里,"孔子谦虚的说。"没有出门,在想着。想通了一点:鸦鹊亲嘴;鱼儿涂口水;细腰蜂儿化别个;怀了弟弟,做哥哥的就哭。我自己久不投在变化里了,这怎么能够变化别人呢！……"

"对对！"老子道。"您想通了！"

大家都从此没有话,好像两段呆木头。

大约过了八分钟,孔子这才深深的呼出了一口气,就起身要告辞,一面照例很客气的致谢着老子的教训。

老子也并不挽留他。站起来扶着拄杖,一直送他到图书馆的大门外。孔子就要上车了,他才留声机似的说道:

"您走了？您不喝点儿茶去吗？……"

孔子答应着"是是",上了车,拱着两只手极恭敬的靠在横板上;冉有把鞭子在空中一挥,嘴里喊一声"都",车子就走动了。待到车子离开了大门十几步,老子才回进自己的屋里去。

"先生今天好像不大高兴,"庚桑楚看老子坐定了,才站在旁边,垂着手,说。"话说的很少……"

"你说的对。"老子微微的叹一口气,有些颓唐的回答道。"可是你不知道:我看我应该走了。"

"这为什么呢？"庚桑楚大吃一惊,好像遇着了晴天的霹雳。

"孔丘已经懂得了我的意思。他知道能够明白他的底细的,只有我,一定放心不下。我不走,是不大方便的……"

"那么,不正是同道了吗？还走什么呢？"

"不,"老子摆一摆手,"我们还是道不同。譬如同是一双鞋子罢,我的是走流沙,他的是上朝廷的。"

"但您究竟是他的先生呵！"

"你在我这里学了这许多年,还是这么老实,"老子笑了起来,"这真是性不能改,命不能换了。你要知道孔丘和你不同:他以后就不再来,也再不叫我先生,只叫我老头子,背地里还要玩花样了呀。"

"我真想不到。但先生的看人是不会错的……"

"不,开头也常常看错。"

"那么,"庚桑楚想了一想,"我们就和他干一下……"

老子又笑了起来,向庚桑楚张开嘴:

"你看:我牙齿还有吗？"他问。

"没有了。"庚桑楚回答说。

"舌头还在吗？"

"在的。"

"懂了没有？"

"先生的意思是说:硬的早掉,软的却在吗？"

"你说的对。我看你也还不如收拾收拾,回家看看你的老婆去罢。但先给我的那匹青牛刷一下,鞍鞯晒一下。我明天一早就要骑的。"

老子到了函谷关,没有直走通到关口的大道,却把青牛一勒,转入岔路,在城根下慢慢的绕着。他想爬城。城墙倒并不高,只要站在牛背上,将身一耸,是勉强爬得上的;但是青牛留在城里,却没法搬出城外去。倘要搬,得用起重机,无奈这时鲁般和墨翟还都没有出世,老子自己也想不到会有这玩意。总而言之:他用尽哲学的脑筋,只是一个没有法。

然而他更料不到当他弯进岔路的时候,已经给探子望见,立刻去报告了关官。所以绕不到七八丈路,一群人马就从后面追来了。那个探子跃马当先,其次是关官,就是关尹喜,还带着四个巡警和两个签子手。

"站住!"几个人大叫着。

老子连忙勒住青牛,自己是一动也不动,好像一段呆木头。

"阿呀!"关官一冲上前,看见了老子的脸,就惊叫了一声,即刻滚鞍下马,打着拱,说道:"我道是谁,原来是老聃馆长。这真是万想不到的。"

老子也赶紧爬下牛背,细着眼睛,看了那人一看,含含胡胡的说:"我记性坏……"

"自然,自然,先生是忘记了的。我是关尹喜,先前因为上图书馆去查《税收精义》,曾经拜访过先生……"

这时签子手便翻了一通青牛上的鞍鞯,又用签子刺一个洞,伸进指头去掏了一下,一声不响,橛着嘴走开了。

"先生在城圈边溜溜?"关尹喜问。

"不,我想出去,换换新鲜空气……"

"那很好!那好极了!现在谁都讲卫生,卫生是顶要紧。不过机会难得,我们要请先生到关上去住几天,听听先生的教训……"

老子还没有回答,四个巡警就一拥上前,把他扛在牛背上,签子手用签子在牛屁股上刺了一下,牛把尾巴一卷,就放开脚步,一同向关口跑去了。

到得关上,立刻开了大厅来招待他。这大厅就是城楼的中一间,临窗一望,只见外面全是黄土的平原,愈远愈低;天色苍苍,真是好空气。这雄关就高踞峻坂之上,门外左右全是土坡,中间一条车道,好像在峭壁之间。实在是只要一丸泥就可以封住的。

大家喝过开水,再吃饽饽。让老子休息一会之后,关尹喜就提议要他讲学了。老子早知道这是免不掉的,就满口答应。于是轰轰了一阵,屋里逐渐坐满了听讲的人们。同来的八人之外,还有四个巡警,两个签子手,五个探子,一个书记,账房和厨房。有几个还带着笔,刀,木札,预备抄讲义。

老子像一段呆木头似的坐在中央,沉默了一会,这才咳嗽几声,白胡子里面的嘴唇在动起来了。大家即刻屏住呼吸,侧着耳朵听。只听得他慢慢的说道:

"道可道,非常道;名可名,非常名。无名,天地之始;有名,万物之母。……"

大家彼此面面相觑,没有抄。

"故常无欲以观其妙,"老子接着说,"常有欲以观其窍。此两者,同出而异名。同,谓之玄,玄之

21

又玄,众妙之门……"

大家显出苦脸来了,有些人还似乎手足失措。一个签子手打了一个大呵欠,书记先生竟打起瞌睡来,哗啷一声,刀,笔,木札,都从手里落在席子上面了。

老子仿佛并没有觉得,但仿佛又有些觉得似的,因为他从此讲得详细了一点。然而他没有牙齿,发音不清,打着陕西腔,夹上湖南音,"哩""呢"不分,又爱说什么"嗯":大家还是听不懂。可是时间加长了,来听他讲学的人,倒格外的受苦。

为面子起见,人们只好熬着,但后来总不免七倒八歪斜,各人想着自己的事,待到讲到"圣人之道,为而不争",住了口了,还是谁也不动弹。老子等了一会,就加上一句道:

"嗯,完了!"

大家这才如大梦初醒,虽然因为坐得太久,两腿都麻木了,一时站不起身,但心里又惊又喜,恰如遇到大赦的一样。

于是老子也被送到厢房里,请他去休息。他喝过几口白开水,就毫无动静的坐着,好像一段呆木头。

人们却还在外面纷纷议论。过不多久,就有四个代表进来见老子,大意是说他的话讲的太快了,加上国语不大纯粹,所以谁也不能笔记。没有记录,可惜非常,所以要请他补发些讲义。

"来笃话啥西,俺实直头听弗懂!"账房说。

"还是耐自家写子出来末哉。写子出来末,总算弗白嚼蛆一场哉哕。阿是?"书记先生道。

老子也不十分听得懂,但看见别的两个把笔,刀,木札,都摆在自己的面前了,就料是一定要他编讲义。他知道这是免不掉的,于是满口答应;不过今天太晚了,要明天才开手。

代表们认这结果为满意,退出去了。

第二天早晨,天气有些阴沉沉,老子觉得心里不舒适,不过仍须编讲义,因为他急于要出关,而出关,却须把讲义交卷。他看一眼面前的一大堆木札,似乎觉得更加不舒适了。

然而他还是不动声色,静静的坐下去,写起来。回忆着昨天的话,想一想,写一句。那时眼镜还没有发明,他的老花眼睛细得好像一条线,很费力;除去喝白开水和吃饽饽的时间,写了整整一天半,也不过五千个大字。

"为了出关,我看这也敷衍得过去了。"他想。

于是取了绳子,穿起木札来,计两串,扶着拄杖,到关尹喜的公事房里去交稿,并且声明他立刻要走的意思。

关尹喜非常高兴,非常感谢,又非常惋惜,坚留他多住一些时,但看见留不住,便换了一副悲哀的脸相,答应了,命令巡警给青牛加鞍。一面自己亲手从架子上挑出一包盐,一包胡麻,十五个饽饽来,装在一个充公的白布口袋里送给老子做路上的粮食。并且声明:这是因为他是老作家,所以非常优待,假如他年纪青,饽饽就只能有十个了。

老子再三称谢,收了口袋,和大家走下城楼,到得关口,还要牵着青牛走路;关尹喜竭力劝他上牛,逊让一番之后,终于也骑上去了。作过别,拨转牛头,便向峻坂的大路上慢慢的走去。

不多久,牛就放开了脚步。大家在关口目送着,去了两三丈远,还辨得出白发,黄袍,青牛,白口袋,接着就尘头逐步而起,罩着人和牛,一律变成灰色,再一会,已只有黄尘滚滚,什么也看不见了。

大家回到关上,好像卸下了一副担子,伸一伸腰,又好像得了什么货色似的,咂一咂嘴,好些人跟着关尹喜走进公事房里去。

"这就是稿子?"账房先生提起一串木札来,翻着,说。"字倒写得还干净。我看到市上去卖起来,一定会有人要的。"

书记先生也凑上去,看着第一片,念道:

"'道可道,非常道'……哼,还是这些老套。真教人听得头痛,讨厌……"

"医头痛最好是打打盹。"账房放下了木札,说。

"哈哈哈!……我真只好打盹了。老实说,我是猜他要讲自己的恋爱故事,这才去听的。要是早知道他不过这么胡说八道,我就压根儿不去坐这么大半天受罪……"

"这可只能怪您自己看错了人,"关尹喜笑道。"他那里会有恋爱故事呢? 他压根儿就没有过恋爱。"

"您怎么知道?"书记诧异的问。

"这也只能怪您自己打了瞌睡,没有听到他说'无为而无不为'。这家伙真是'心高于天,命薄如纸',想'无不为',就只好'无为'。一有所爱,就不能无不爱,那里还能恋爱,敢恋爱? 您看看您自己就是:现在只要看见一个大姑娘,不论好丑,就眼睛甜腻腻的都像是你自己的老婆。将来娶了太太,恐怕就要像我们的账房先生一样,规矩一些了。"

窗外起了一阵风,大家都觉得有些冷。

"这老头子究竟是到那里去,去干什么的?"书记先生趁势岔开了关尹喜的话。

"自说是上流沙去的,"关尹喜冷冷的说。"看他走得到。外面不但没有盐,面,连水也难得。肚子饿起来,我看是后来还要回到我们这里来的。"

"那么,我们再叫他著书。"账房先生高兴了起来。"不过饽饽真也太费。那时候,我们只要说宗旨已经改为提拔新作家,两串稿子,给他五个饽饽也足够了。"

"那可不见得行。要发牢骚,闹脾气的。"

"饿过了肚子,还要闹脾气?"

"我倒怕这种东西,没有人要看。"书记摇着手,说。"连五个饽饽的本钱也捞不回。譬如罢,倘使他的话是对的,那么,我们的头儿就得放下关官不做,这才是无不做,是一个了不起的大人……"

"那倒不要紧,"账房先生说,"总有人看的。交卸了的关官和还没有做关官的隐士,不是多得很吗? ……"

窗外起了一阵风,括上黄尘来,遮得半天暗。这时关尹喜向门外一看,只见还站着许多巡警和探子,在呆听他们的闲谈。

"呆站在这里干什么?"他吆喝道。"黄昏了,不正是私贩子爬城偷税的时候了吗? 巡逻去!"

门外的人们,一溜烟跑下去了。屋里的人们,也不再说什么话,账房和书记都走出去了。关尹喜才用袍袖子把案上的灰尘拂了一拂,提起两串木札来,放在堆着充公的盐,胡麻,布,大豆,饽饽等类的架子上。

一九三五年十二月作。

导读

  《出关》1936年1月20日发表于上海《海燕》月刊第一期,随即入选由茅盾、巴金、叶圣陶、老舍等著名作家编选的《二十人所选短篇佳作集》中,并被"列为全书的压轴作"。

  小说开始,孔子执弟子之礼,两次拜见老子,与其坐而论道。由于老子的点拨,孔子终于领悟到,自己之所以被七十二位主子拒之门外,症结还在于没有"顺道而行"。孔子说:"我自己久不投在变化里了,这怎么能够变化别人呢!"这即是对老子关于"道不能塞"等哲学话语的开悟。不过与此同时,孔子的另一句话——"怀了弟弟,做哥哥的就哭",又让老子敏感到其中暗藏的杀机。于是,"以柔退走"的老子决定出关,因为关外不是孔子的势力范围。可是,关外一无盐,二无面,三无水,是一个无法生存的世界。所以,出关不但不是老子命运的转机,相反,却是另一种厄运的开始。老子在出关途中,便百般无奈地落入关官关尹喜等人手中。关官们表面上尊重知识,对老子极尽恭敬之能事,实际上关心的却是青牛背上鞍鞯里的货色,是老子五千字的"讲义"能换几个铜板,等等。老子遭遇了世俗社会的百般戏弄,演出了一幕幕"伟大的荒诞剧"。

  孔老相争,孔胜老败,小说批判的重心是老子。面对孔子的柔性威胁,老子"为而不争",采取"以柔退走"的办法正是其失败的根本原因所在。鲁迅对孔子尽管也有毫不留情的批判,但对其"知其不可为而为之""以柔进取"等思想却是充分肯定的。孔子显然也是鲁迅"韧性战斗"的精神导师之一。

  《出关》虽然不过"历史的速写",其中不乏漫画的笔法,然而人物形象又像木刻似的,线条分明,凹凸有致,鲜明生动。叙事简洁凝练。对话绘声绘色,精彩透辟,蕴含着极为丰富的讽刺幽默意味。

潘先生在难中

叶绍钧

一

车站里挤满了人,各有各的心事,都现出异样的神色。脚夫的两手插在号衣的口袋里,睡着一般地站着;他们知道可以得到特别收入的时间离得还远,也犯不着老早放出精神来。空气沉闷得很,人们略微感到呼吸受压迫,大概快要下雨了。电灯亮了一会了,仿佛比平时昏黄一点,望去好象一切的人物都在雾里梦里。

揭示处的黑漆板上标明西来的快车须迟到四点钟。这个报告在几点钟以前早就教人家看熟了,现在便同风化了的戏单一样,没有一个人再望他一眼。像这种报告,在这一个礼拜里,几乎每天每趟的行车都有;大家也习以为当然了。

不知几多人心系着的来车居然到了,闷闷的一个车站就一变而为扰扰的境界。来客的安心,候车者的快意,以及脚夫的小小发财,我们且都不提。单讲一位从让里来的潘先生。他当火车没有驶进站场之先,早已调排得十分周妥:他领头,右手提着个黑漆皮包,左手牵着个七岁的孩子;七岁的孩子牵着他的哥哥(今年九岁);哥哥又牵着他的母亲潘师母。潘先生说人多照顾不齐,这么牵着,首尾一气,犹如一条蛇,什么地方都好钻了。他又屡次叮嘱,教大家握得紧紧,切勿放手;尚恐大家万一忘了,又屡次摇荡他的左手,意思是教把这警告打电报一般一站站递过去。

首尾一气诚然不错,可是也不能全乎没有弊病。火车将停时,所有的客人和东西都要涌向车门,潘先生一家的那条蛇就有点尾大不掉了。他用黑漆皮包做前锋,胸腹部用力向前抵,居然进展到距车门只两个窗洞的地位。但是他的七岁的孩子还在距车门四个窗洞的地方,被挤在好些客人和坐椅的中间,一动不能动;两臂一前一后,伸得很长,前后的牵引力都很大,似乎快要把臂膀拉了去的样子。他急得直喊:"啊!我的臂膀!我的臂膀!"

一些客人听见了带哭的喊声,方才知道腰下挤着个孩子;留心一看,见他们四个人一串,手联手牵着。一个客人呵斥道:"赶快放手,要不然,把孩子拉做两半了!"

"怎么弄的,孩子不抱在手里!"又一个客人用鄙夷的声气自语,一方面他仍注意在攫得向前行进的机会。

"不",潘先生心想他们的话不对的,牵着自有牵着的妙用;再转一念,妙用岂是人人能够了解的,向他们辩白,也不过徒劳唇舌,不如省些精神吧:就把以下的话咽了下去。而七岁的孩子还是"臂膀!臂膀!"喊着,潘先生前进后退都没有希望,只得自己失约,先放了手,随即惊惶地发命令道:"你们看着我!你们看着我!"

车轮一顿,在轨道上站定了:车门里弹出去似地跳下了许多人。潘先生觉得前头松动了些,但是后面的力量突然增加,他的脚作不得一点主,只得向前推移;要回转头来招呼自己的队伍,也不得自由,于是对着前面的人的后脑叫喊:"你们跟着我!你们跟着我!"

他居然从车门里被弹出来了。旋转身子看,后面没有他的儿子同夫人。心知他们还挤在车中,守在车门老等总是稳当的办法。又下来了百多人,方才看见脚踏上人丛中现出七岁的孩子的上半身,承着电灯光,面目作哭泣的形相。他走前去,几次被跳下来的客人冲回,才用左臂把孩子抱了下来。再等了一会,潘师母同九岁的孩子也下来了;她吁吁地呼着气,连喊"阿唷,阿唷",凄然的眼光相着潘先生的脸,似乎要求抚慰的孩子。

潘先生到底镇定,看见自己的队伍全下来了,重又发命令道:"我们仍旧同刚才这样联起来。你们看月台上的人这么多,收票处又挤得厉害,要不是联着,就要走散了!"

七岁的孩子觉得害怕,拦住他的膝头说:"爸爸,抱。"

"没用的东西!"潘先生颇有点愤怒,但随即耐住,蹲下身子把孩子抱了起来。同时关照大的孩子拉着他的长衫的后幅,一手要紧紧牵着母亲,因为他自己两只手都不空了。

潘师母向来不曾受过这样的困累,好容易下了车,却还有可怕的拥挤在前头,不禁发怨道,"早知道这样子,宁可死在家里,再也不要逃难的了!"

"悔什么!"潘先生一半发气,一半又觉得怜惜。"到了这里,懊悔也是没用。并且,性命到底安全了。走吧,当心脚下。"于是四个一串向人丛中蹒跚地移过去。

一阵的拥挤,潘先生如在梦里似的,出了收票处的隘口。他仿佛急流里的一滴水滴,没有回旋转侧的余地,只有顺着大众的势,脚不点地地走。一会儿,已经出了车站的铁栅栏,跨过了电车轨道,来到水门汀的旁路上。慌忙地回转身来,只见数不清的给电灯光耀得发白的面孔以及数不清的提箱与包裹,一齐向自己这边涌来,忽然觉得长衫后幅上的小手没有了,不知什么时候放了的;心头怅惘到不可言说,只是无意识地把身子乱转。转了几回,一丝影踪也没有。家破人亡之感立时袭进他的心,禁不住渗出两滴眼泪来,望出去电灯人形都有点模糊了。

幸而抱着的孩子眼光敏锐,他瞥见母亲的疏疏的额发,便认识了,举起手来指点道,"妈妈,那边。"

潘先生一喜;但是还有点不大相信,眼睛凑近孩子的衣衫擦了擦,然后望去。搜寻了一歇,果然看见他的夫人呆鼠一般在人丛中瞎撞,前面护着那大的孩子,他们还没有跨过电车轨道呢。他便向前迎上去,连喊着"阿大",把他们引到刚才站定的人行道上。于是放下手中的孩子,舒畅地吐一口气,一手抹着脸上的汗说,"现在好了!"的确好了,只要跨出那一道铁栅栏,就有人保着险,什么兵火焚掠都遭逢不到;而已经散失的一妻一子,又幸运得很,一寻即着:岂不是四条性命,一个皮包,都从毁灭和危难的当中捡了回来么?岂不是"现在好了"?

"黄包车!"潘先生很入调地喊着。

车夫们听见了,一齐拉着车围拢来,问他到什么地方。

他昂起一点头,似乎增加好几分威严,伸出两个指头扬着说,"只消两辆!两辆!"他想了一想,继续说,"十个铜子,四马路,去的就去!"这分明表示他是个"老上海"。

辩论了好一会,终于讲定十二个铜子一辆。潘师母带着大的孩子坐一辆,潘先生带着小的孩子同黑漆皮包坐一辆。

车夫刚要拔脚前奔,一个背枪的印度巡捕一条胳臂在前面一横,只得缩住了。小的孩子看这个人的形相可怕,不由得回过脸来,贴着父亲的胸际。

潘先生领悟了,连忙解释道,"不要害怕,那就是印度巡捕,你看他的红包头。我们因为本地没有他,所以要逃到这里来;他背着枪保护我们。他的胡子很好玩的,你可以看一看,同罗汉的胡子一个样。"

孩子总觉得怕,便是罗汉一样的胡子也不想看。直到听见当当的声音,才从侧边斜睨过去,只见很亮很亮的一个房间一闪就过去了;那边一家家都是花花灿灿的,都点得亮亮的,他于是不再贴着父亲的胸际。

到了四马路,一连问了八九家旅馆,都大大的写着客满的牌子;而且一望而知情商也没用,因为客堂里都搭起床铺,可知确实是住满了。最后到一家也标着客满,但是一个伙计懒懒地开口道:"找房间么?"

"是找房间,这里还有么?"一缕安慰的心直透潘先生的周身,仿佛到了家的样子。

"有是有一间,客人刚刚搬走,他自己租了房子了。你先生若是迟来一刻,说不定就没有了。"

"那一间就是我们住好了。"他放了小的孩子,回身去扶下夫人同大的孩子来,说,"我们总算运气好,居然有房间住了!"随即付车钱,慷慨地照原价加上一个铜子;他相信运气好的时候多给人一些好处,以后好运气会连续而来的。但是车夫偏不知足,说跟着他们回来回去走了这多时,非加上五个铜子不可。结果旅馆里的伙计出来调停,潘先生又多破费了四个铜子。

这房间就在楼下,有一张床,一盏电灯,一桌,两椅,此外就只有烟雾一般的一房间的空气了。潘先生一家跟着茶房走进去时,立刻闻到刺鼻的油腥味,中间又混着阵阵的尿臭。潘先生不快地自语道:"讨厌的气味!"随即听见隔壁有食料放下油锅的声音,才知道原是一间厨房。再一思想,气味虽讨厌,究竟比吃枪子睡露天好多了;也就觉得没有什么,舒舒泰泰在一把椅子上坐下。

"用晚饭吧?"茶房放下皮包回头问。

"我要吃火腿汤淘饭,"小的孩子咬着指头说。

潘师母马上对他看个白眼,凛然说,"火腿汤淘饭!是逃难呢,有的吃就好了,还要这样那样点戏!"

大的孩子也不懂看看风色,央着潘先生说,"今天到上海了,你可给我吃大菜。"

潘师母竟然发怒了,她回头呵斥道,"你们都是没有心肝的,只配什么也没得吃,活活地饿……"

潘先生有点儿窘,却作没事的样子说,"小孩子懂得什么。"便吩咐茶房道,"我们在路上吃了东西了,现在只消来两客蛋炒饭。"

茶房似答非答地一点头就走,刚出房门,潘先生又把他喊回来道,"带一斤绍兴,一毛钱熏鱼来。"

茶房的脚声听不见了,潘先生舒快地对潘师母道,"这一刻该得乐一乐,喝一杯。你想,从兵祸凶险的地方,来到这绝无其事的境界,第一件可乐。刚才你们忽然离开了我,找了半天找不见,真把我急得要死了;倒是阿二乖觉(他说着,把阿二拖在身边,一手轻轻地拍着),他一眼便看见了你,于是我迎上来,这是第二件可乐。乐哉乐哉,陶陶酌一杯。"他作举杯就口的样子,迷迷地笑着。

潘师母不响,她正想着家里呢。细软的虽然已经带在皮包里以及寄到教堂里去了,但是留下的东西究竟还不少。不知王妈到底可靠不可靠;又不知隔壁那家穷人家会不会知道他们一家统出来了,只剩个王妈在家里看守;又不知王妈睡觉时,会不会忘记关上一扇门或是一扇窗。她又想起院子里的三只母鸡,没有做完的阿二的裤子,厨房里的一碗白燆鸭……真同通了电一般,一刻之间,种种的事情都涌上心头,觉得异样地不舒服,便叹口气道,"不知弄到怎样呢!"

两个孩子都怀着失望的心情,茫昧地觉得这样的上海没有平时父母嘴里的上海来得好玩而有味。

疏疏的雨点从窗外洒进来,潘先生站起来说,"果真下雨了,幸亏在这一刻下,"就把窗关上。突然看见原先给窗子掩没的旅客须知单,他便想起一件顶要紧的事情,一眼不眨地直望着那单子。

"不折不扣,两块!"他惊讶地喊。回转头时,眼珠瞪视着潘师母,一段舌头从嘴里伸了出来。

二

第二天早上,走廊中茶房们正蜷在几条长凳上熟睡,狭得只有一条的天井上面很少有晨光透下来,几许房间里的电灯还是昏黄地亮着。但是潘先生夫妇两个已经在那里谈话了;两个孩子希望今天的上海或许比昨晚的好一点,也醒了一歇了,只因父母教他们再睡一会,所以还躺在床上,彼此呵痒为戏。

"我说你一定不要回去,"潘师母焦心地说。"这报纸上的话,知道它靠得住靠不住的。既然千难万难地逃了出来,哪有立刻又回去的道理!"

"料是我早先也料到的。顾局长的脾气就是一点不肯马虎。'地方上又没有战事,学自然照常要开的。'这句话确然是他的声口。这个通信员我也认识,就是教育局里的职员,又哪里会靠不住? 回去是一定要回去的。"

"你要晓得,回去危险呢!"潘师母凄然地说。"说不定三天两天他们就会打到我们那地方去,你就是回去开学,有什么学生来念书? 就是不打到我们那地方,将来教育局长怪你为什么不开学时,你也有话回答。你只要问他,到底性命要紧还是学堂要紧? 他也是一条性命,想来决不会对你过不去。"

"你懂得什么!"潘先生颇怀着鄙薄的意思。"这种话只配躲在家里,伏在床角里,由你这种女人去说;你道我们也说得出口的么! 你切不要拦阻我(这时候他已转为抚慰的声调),回去是一定要回去的;但是决没有一点危险,我自有保全自己的法子。而且(他自喜心思灵捷,微微笑着),你不是很不放心家里的东西么? 我回去了,就可以自己照看,你也能定心定意住在这里了。等到时局平定了,我马上来接你们回去。"

潘师母知道丈夫的回去是万无挽回的了。回去可以照看东西固然很好;但是风声这样地紧,一去之后,犹如珠子抛在海里,谁保得定必能捞回来呢! 生离死别的哀感涌上她的心头,再不敢正眼看她的丈夫,眼泪早在眼角边偷偷地想跑出来了。她又立刻想起这个场面不大吉利,现在并没有什么不好的事情,怎么能凄惨地流起泪来。于是勉强忍住,聊作自慰的请求道,"那么你去看看情形,假如教育局长并没有照常开学这句话,如还来得及,你就乘了今天下午的车来,不然,乘了明天的早车来。你要知道(她到底忍不住,一滴眼泪落在手背,立刻在衫子上擦去了),我不放心呢!"

潘先生心里也着实有点烦乱,局长的意思照常开学,自己万无主张暂缓开学之理,回去当然是天经地义。但是又怎么放得下这里! 看他夫人这样的依依之情,决计一走,未免太没有恩义。又况一个女人两个孩子都是很懦弱的,一无依傍,寄住在外边,怎能断言决没有意外? 他这样想时,不禁深深地发恨：恨这人那人调兵遣将，预备作战，恨教育局长主张照常开学，又恨自己没有个已经成年，可以帮助一臂的儿子。

但是他究竟不比女人，他更从利害远近种种方面着想，觉得回去终于是天经地义，便把恼恨搁在一旁，脸上也不露一毫形色，顺着夫人的口气点头道，"假若打听明白局并没有这意思，依你的话，就搭了下午的车来。"

两个孩子约略听得回去和再来的话，小的就伏在床沿作娇道，"我也要回去。"

"我同爸爸妈妈回去，剩下你独个儿住在这里，"大的孩子扮着鬼脸说。

小的听着，便迫紧喉咙叫喊，作啼哭的腔调，小手擦着眉眼的部分，但眼睛里实在没有眼泪。

"你们都跟妈妈留在这里，"潘先生提高了声音说。"再不许胡闹了，好好儿起来等吃早饭吧。"说罢，又嘱咐了潘师母几句，径出雇车，赶往车站。

模糊地听得行人在那里说铁路已断火车不开的话，潘先生想，"火车如果不开，倒死了我的心，就是立刻免职也只得由他了。"同时又觉得这消息很使他失望；又想他若是运气好，未必会逢到这等失望的事，那么行人的话也未可靠。欲决此疑，只希望车夫三步并作一步跑。

他的运气诚然不坏，赶到车站一看，并没有火车不开的通告；揭示处只标明夜车要迟四点钟才到，这一刻还没到呢。买票处绝不拥挤，时时有一两个人前去买票。聚集在站中的人却不少，一半是候客的，一半是来看看的，也有带着照相器具的，专等夜车到时摄取车站拥挤的情形，好作《风云变幻史》的一页。行李房满满地堆着箱子铺盖，各色各样，几乎碰到铅皮的屋顶。

他心中似乎很安慰，又似乎有点儿怅惘，顿了一顿，终于前去买了一张三等票，就走入车厢里坐着。晴明的阳光照得一车通亮，温温地不嫌懊热；坐位很宽舒，就是勉强要躺躺也可以。他想，"这是难得逢到的。倘若心里没有事，真是一趟愉快的旅行呢。"

这趟车一路耽搁，听候军人的命令，等待兵车的通过。直到抵达让里，已是下午三点过了。潘先生下了车，急忙赶到家，看见大门紧紧关着，心便一定，原来昨天再四叮嘱王妈的就是这一件。

扣了十几下，王妈方才把门开了。一见潘先生，出惊地说，"怎么，先生回来了！不用逃难了么？"

潘先生含糊回答了她；奔进里面四周一看，便开了房门的锁，直闯进去上下左右打量着。没有变更，一点没有变更，什么都同昨天一样。于是他吊起的半个心放下来了。还有半个心没放下，便又锁上房门，回身出门；吩咐王妈道，"你照旧好好把门关上了。"

王妈摸不清头绪，关了门进去只是思索。她想主人们一定就住在本地，恐怕她也要跟去，所以骗她说逃到上海去。"不然，怎么先生又回来了？奶奶同两个孩子不一同来，又躲在什么地方呢？但是，他们为什么不让我跟了去？这自然嫌人多了不好。——他们一定就住在那洋人的红房子里，那些兵都讲通的，打起仗来不打那红房子。——其实就是老实告诉我，要我跟了去，我也不高兴呢。我在这里一点也不怕；如果打仗打到这里来，横竖我的老衣早做好了。"她随即想起甥女儿送她的一双绣花鞋真好看，穿了这鞋子上西方，阎王一定另眼相看；于是她感到一种微妙的舒快，不复想那主人究竟在哪里的问题。

潘先生出门，就去访那当通信员的教育局职员，问他局长究竟有没有照常开学的意思。那人回答道："怎么没有？他还说有一些教员只顾逃难，不顾职务，这就是表示教育的事业不配他们干的；乘此淘汰一下也是好处。"潘先生听了，仿佛觉得一凛；但又赞赏自己有主意，决定回来到底是不错的。

一口气奔到自己的学校里,提起笔来就起草送给学生家属的通告。意思是说兵乱虽然可虑,子弟的教育犹如布帛菽粟,是一天一刻不可废弃的,现在暑假期满,学校照常开学。从前欧洲大战的时候,他们天空里布着御防炸弹的网,下面学校里却依然在那里上课:这种非常的精神,我们应当不让他们专美于前。希望家长们能够体谅这一层意思,若无其事地依旧把子弟送来:这不但是家庭和学校的益处,实也是地方和国家的荣誉。

他起完这草,往复看了三遍,觉得再没有可以增损的,局长看见了,至少也得说一声"先得我心"。便得意地誊上蜡纸,又自己动手印刷了百多张,命校役向一个个学生家里送去。公事算是完毕了,开始想到私事:既要开学,上海是去不成了,他们母子三个住在旅馆里怎么弄得下去!但也没有办法,唯有教他们一切留意,安心住着。于是蘸着刚才的残墨写寄与夫人的信。

第二天,他从茶馆里得到确实的信息,铁路真个不通了!他心头突然一沉,似乎觉得最亲热的一妻二儿忽地乘风飘去,飘得很远,几至于渺茫。没精没采地踱到学校里,校役回报昨天的使命道,"昨天出去送通告,有二十多家是关上大门的,打也打不开,只好从门缝里插了进去。有三十多家只有佣人在家里,主人逃到上海去了,孩子当然跟着去,不一定几时才能回来念书。其余的都说知道了;有的又说性命还保不定安全,读书的事情再说吧。"

"哦,知道了。"潘先生并不留心在这些上边,更深的忧虑正萦绕于心头。抽完了一支香烟以后,应走的路途决定了,便赶到红十字分会的办事处。

他缴纳会费愿做会员;又宣称自己的学校房屋还宽阔,也愿意作为妇女收容所,到万一的时候收容妇女。这是慈善的举措,当然受到热诚的欢迎,更兼潘先生本来是体面的大家知道的人物。办事处就给他红十字的旗子,好在学校门前挂起来;又给他红十字的徽章,标明这是红十字会的一员。

潘先生接旗子和徽章在手,象捧着救命的神符,心头起一种神秘的快慰。"现在什么都安全了!但是……"想到这里,便笑向办事处的职员道,"多给我一面旗,几个徽章吧。"他的理由是学校还有个侧门,也得挂一面旗,而徽章这东西不很大,恐怕偶尔遗失了,不如多拿几个备在那里。

办事员同他说笑话,这些东西又不好吃的,拿着玩也没什么意思,多拿几个也只作一个会员,不如不要多拿吧。但是终于依他的话给了他。

两面红十字旗立刻在新秋的轻风中招展着;可是学校的侧门上并没有旗,原来移到潘先生家的大门上去了。一枚红十字徽章早已跳上潘先生的衣襟,闪耀着慈善庄严的光,给与潘先生一种新的勇气。其余几枚呢,潘先生重重包裹着,藏在贴身小衫的一个口袋里。他想,"一个是她的,一个是阿大的,一个是阿二的。"虽然他们远处在那渺茫难接的上海,但是仿佛给他们加保了一重稳当可靠的险,他们也就各各增加一种新的勇气。

三

碧庄地方两军开火了!

让里的人家很少有开门的,店铺自然更不用说,路上时时有兵士经过。他们快要开拔到前方去,觉得最高的权威附灵在自己身上,什么东西都不在眼里,只要高兴提起脚来踏,总可以踏做泥团踏做粉。这就来了拉夫的事情:恐怕被拉的人乘隙脱逃,便用长绳一个联一个缚着臂膊,几个弟兄在前,几个弟兄在后,一串一串牵着走。因此,大家对于出门这事都觉得危惧,万不得已时,也只从小巷僻路走,甚至佩有红十字徽章的如潘先生辈,也不免怀着戒心,不敢大模大样地踱来踱去。于是让里的街道见得清静且宽阔起来了。

上海的报纸好几天没有来。本地的军事机关却常常有前方的战报公布出来,无非是些"敌军大败,我军进展若干里"的话。街头巷口贴出一张新鲜的战报时,也有些人慢慢聚集拢来,注目看着。但大家看罢以后依然不能定心,好似这布告背后还伏着许多的话,于是怅怅地各自散了,眉心照旧皱着。

这几天潘先生无聊极了。最难堪的,自然是妻儿远离,而且不通消息,而且似乎有永远难通的朕兆。次之便是自身的问题,"碧庄冲过来只一百多里路,这徽章虽说有用处,可是没有人写过笔据,万一没有用,又向谁去说话?——枪子炮弹劫掠放火都是真家伙,不是耍的,到底要多打听多走门路才行。"他于是这里那里探听前方的消息,只要这消息与外间传说的不同,便觉得真实的成分越多,即根据着盘算对于自身的利害。街上如其有一个人神色仓皇急忙行走时,他便突地一惊,以为这个人一定探得确实而又可怕的消息了;只因与他不相识,"什么!"一声就在喉际咽住了。

红十字会派人在前方办理救护的事情,常有人搭着兵车回来,要打听消息自然最可靠了。潘先生虽然是个会员,却不常到办事处去探听,以为这样就对公众表示胆怯,很不好意思。然而红十字会究竟是可以得到真消息的机关,舍此他求未免有点傻,于是每天傍晚,到姓吴的办事员家里打听去。姓吴的告诉他没有什么,或者说前方抵住在那里,他才透了口气回家。

这一天傍晚,潘先生又到姓吴的家里;等了好久,姓吴的才从外面走进来。

"没有什么吧?"潘先生急切地问。"照布告上说,昨天正向对方总攻击呢。"

"不行,"姓吴的忧愁地说;但随即咽住了,捻着唇边仅有的几根二三分长的髭须。

"什么!"潘先生心头突地跳起来,周身有一种拘牵不自由的感觉。

姓吴的悄悄地回答,似乎防着人家偷听了去的样子,"确实的消息,正安(距碧庄八里的一个镇)今天早上失守了!"

"啊!"潘先生发狂似地喊起来。顿了一顿,回身就走,一壁说道,"我回去了!"

路上的电灯似乎特别昏暗,背后又仿佛有人追赶着的样子,惴惴地,歪斜的急步赶到了家,叮嘱王妈道,"你关着门就可安睡,我今夜有事,不回来住了。"他看见衣橱里有件绉纱的旧棉袍,当时没有收拾在寄出去的箱子里,丢了也可惜;又有孩子的几件布夹衫,仔细看实在还可以穿穿;又有潘师母的一条旧绸裙,她不一定舍得便不要它:便胡乱包在一起,提着出门。

"车!车!福星街红房子,一毛钱。"

"哪里有一毛钱的?"车夫懒懒地说。"你看这几天路上有几辆车?不是拚死寻饭吃的,早就躲起来了。随你要不要,三毛钱。"

"就是三毛钱,"潘先生迎上去,跨上脚踏坐稳了,"你也得依着我,跑得快一点!"

"潘先生,你到哪里去?"一个姓黄的同业在途中瞥见了他,立定了问。

"哦,先生,到那边……"潘先生失措地回答,也不辨这是谁的声音;忽然想起回答他实是多事,——车轮滚得绝快,那个人决不至于赶上来再问,——便缩住了。

红房子里早已住满了人,大都是十天以前就搬来的,儿啼人语,灯火这边那边亮着,颇有点热闹的气象。主人翁相见之后,说,"这里实在没有余屋了。但是先生的东西都寄在这里,却也不好拒绝。

刚才有几位匆忙地赶来,也因不好拒绝,权且把一间做饭吃的厢房给他们安顿。现在去同他们商量,总可以多插你先生一个。"

"商量商量总可以,"潘先生到了家一般地安慰。"何况在这样的时候,我也不预备睡觉,随便坐坐就得了。"

他提着包裹跨进厢房的当儿,疑惑自己受惊太厉害了,眼睛生了翳,因而引起错觉。但是闭了一闭再张开来时,所见依然如前,这靠窗坐着,在那里同对面的人谈话,上唇翘起两笔浓须的,不就是教育局长?

他顿时踌躇起来,已跨进去的一只脚想要缩出来,又似乎不大好。那局长也望见了他,尴尬的脸上故作笑容说,"潘先生,你来了,进来坐坐。"主人翁听了,知道他们是相识,转身自去。

"局长先在这里了。还方便吧,再容一个人?"

"我们只三个人,当然还可以容你。我们带着席子;好在天气不很凉,可以轮流躺着歇歇。"

潘先生觉得今晚的局长特别可亲,全不同平日那副庄严的神态,便忘形地直跨进去说,"那么不客气,就要陪三位先生过一夜了。"

这厢房不很宽阔。地上铺着一张席,一个戴眼镜的中年人坐在上面,略微有疲倦的神色,但绝无欲睡的意思。锅灶等东西贴着一壁。靠窗一排摆着三只凳子,局长坐一只,头发梳得很光的二十多岁的人,局长的表弟,坐一只,一只空着。那边的墙角有一只柳条箱,三个衣包,大概就是三位先生带来的。仅仅这些,房间里已没有空地了。电灯的光本来很弱,又蒙上了一层灰尘,照得房间里的人物都昏暗模糊。

潘先生也把衣包摆在那边的墙角,与三位的东西合伙。回过来谦逊地坐上那只空凳子。局长给他介绍了自己的同伴,随说,"你也听到了正安的消息么?"

"是呀,正安。正安失守,碧城未必靠得住呢。"

"大概这方面对于南路很疏忽,正安失守,便是证明。那方面从正安袭取碧庄是最便当的,说不定此刻已被他们得手了。要是这样,不堪设想!"

"要是这样,这里非糜烂不可!"

"但是,这方面的杜统帅不是庸碌无能的人,他是著名善于用兵的,大约见得到这一层,总有方法抵挡得住。也许就此反守为攻,势如破竹,直捣那方面的巢穴呢。"

"若能这样,战事便收场了,那就好了! ——我们办学的就可以开起学来,照常进行。"

局长一听到办学,立刻感到自己的尊严,捻着浓须叹道,"别的不要讲,这一场战争,大大小小的学生吃亏不小呢!"他把坐在这间小厢房里的局促不舒的感觉遗忘了,仿佛堂皇地坐在教育局的办公室里。

坐在席上的中年人仰起头来含恨似地说,"那方面的朱统帅实在可恶!这方面打过去,他抵抗些什么,——他没有不终于吃败仗的。他若肯漂亮点儿让了,战事早就没有了。"

"他是傻子,"局长的表弟顺着说,"不到尽头不肯死心的。只是连累了我们,这当儿坐在这又暗又窄的房间里。"他带着玩笑的神气。

潘先生却想念起远在上海的妻儿来了。他不知他们可安好,不知他们出了什么乱子没有,不知他们此刻睡了不曾,抓既抓不到,想象也极模糊;因而想自己的被累要算最深重了,凄然望着窗外的小院子默不作声。

"不知到底怎样呢!"他又转而想到那个可怕的消息以及意料所及的危险,不自主地吐露了这一句。

"难说,"局长表示富有经验的样子说。"用兵全在趁一个机,机是刻刻变化的,也许竟不为我们所料,此刻已……所以我们……"他对着中年人一笑。

中年人,局长的表弟同潘先生三个已经领会局长这一笑的意味;大家想坐在这地方总不至于有什么,也各安慰地一笑。

小院子里长满了草,是蚊虫同各种小虫的安适的国土。厢房里灯光亮着,它们齐向那里飞去。四位怀着惊恐的先生就够受用了;扑头扑面的全是那些小东西,蚊虫突然一针,痛得直跳起来。又时时停语侧耳,惶惶地听外边有没有枪声或人众的喧哗。睡眠当然是无望了,只实做了局长所说的轮流躺着歇歇。

下一天清晨,潘先生的眼球上添了几缕红丝;风吹过来,觉得身上很冷。他急欲知道外面的情形,独个儿闪出红房子的大门。路上同平时的早晨一样,街犬竖起了尾巴高兴地这头那头望,偶尔走过一两个睡眼惺忪的人。他走过去,转入又一条街,也听不见什么特别的风声。回想昨夜的匆忙情形,不禁心里好笑。但是再转一念,又觉得实在并无可笑,小心一点总比冒险好。

二十余天之后,战事停止了。大众点头自慰道,"这就好了!只要不打仗,什么都平安了!"但是潘先生还不大满意,铁路还没有通,不能就把避居上海的妻儿接回来。信是来过两封了,但简略得很,比较不看更教他想念。他又恨自己到底没有先见之明;不然,这一笔冤枉的逃难费可以省下,又免得几十天的孤单。

他知道教育局里一定要提到开学的事情了,便前去打听,跨进招待室,看见局里的几个职员在那里裁纸磨墨,象是办喜事的样子。

一个职员喊出来道,"巧得很,潘先生来了!你写得一手好颜字,这个差就请你当了罢。"

"这么大的字,非得潘先生写不可,"其余几个人附和着。

"写什么东西? 我完全茫然。"

"我们这里正筹备欢迎杜统帅凯旋的事务。车站的两头要搭起四个彩牌坊,让杜统帅的花车在中间通过。现在要写的就是牌坊上的几个字。"

"我哪里配写这上边的字?"

"当仁不让,""一致推举,"几个人一哄地说,笔杆便送到潘先生手里。

潘先生觉得这当儿很有点滋味,接着笔便在墨盒里蘸墨汁。凝想一下,提起笔来在蜡笺上一并排写"功高岳牧"四个大字。第二张写的是"威镇东南"。又写第三张,是"德隆恩溥"。——他写到"溥"字,仿佛看见许多影片,拉夫,开炮,焚烧房屋,奸淫妇人,菜色的男女,腐烂的死尸,在眼前一闪。

旁边看写字的一个人赞叹说,"这一句更见恳切,字也越来越好了。"

"看他对上一句什么,"又一个说。

1924 年 11 月 27 日

导读

叶绍钧的早期小说创作以描写小资产阶级知识分子灰色人生著称,《潘先生在难中》即是其中的代表作。小说写的是小学校长潘先生在军阀混战中逃难的故事。作者深刻冷峻地刻画和讽刺了潘先生这一类小资产阶级知识分子的庸俗迂腐、自私卑琐、随遇而安、麻木落后的性格特征。这一形象在当时城市小资产阶级中有相当的典型性。他们没有经济地位和政治地位,因而害怕一切变动,只求安稳度日。小说通过潘先生的种种表演,触及了国民性中发人深思的内涵,同时又间接揭露了军阀混战使得民不聊生的现实。

小说在平凡的生活中提炼主题,故事虽然平淡简单,但与生活本身贴近,亲切感中包含令人深思的艺术效果。小说在自然而然展示的细节中含有诸多喜剧性因素,其讽刺艺术显得质朴而具力度;语言流畅,结构严谨,结尾尤有波峭。

超　人

冰　心

何彬是一个冷心肠的青年,从来没有人看见他和人有什么来往。他住的那一座大楼上,同居的人很多,他却都不理人家,也不和人家在一间食堂里吃饭,偶然出入遇见了,轻易也不招呼。邮差来的时候,许多青年欢喜跳跃着去接他们的信,何彬却永远得不着一封信。他除了每天在局里办事,和同事们说几句公事上的话;以及房东程姥姥替他端饭的时候,也说几句照例的应酬话,此外就不开口了。

他不但是和人没有交际,凡带一点生气的东西,他都不爱;屋里连一朵花,一根草,都没有,冷阴阴的如同山洞一般。书架上却堆满了书。他从局里低头独步的回来,关上门摘下帽子,便坐在书桌旁边,随手拿起一本书来,无意识地看着,偶然觉得疲倦了,也站起来在屋里走了几转,或是拉开帘幕望了一望,但不多一会儿,便又闭上了。

程姥姥总算是他另眼看待的一个人;她端进饭去,有时便站在一边,絮絮叨叨地和他说话,也问他为何这样孤零。她问上几十句,何彬偶然答应几句说:"世界是虚空的,人生是无意识的。人和人,和宇宙,和万物的聚合,都不过如同演剧一般;上了台是父子母女,亲密的了不得;下了台,摘下假面具,便各自散了。哭一场也是这么一回事,笑一场也是这么一回事,与其互相牵连,不如互相遗弃;而且尼采说得好,爱和怜悯都是恶……"程姥姥听着虽然不很明白,却也懂得一半,便笑道:"要这样,活在世上有什么意思? 死了,灭了,岂不更好,何必穿衣吃饭?"他微笑道:"这样,岂不又太把自己和世界都看重了。不如行云流水似的,随他去就完了。"程姥姥还要往下说话,看见何彬面色冷然,低着头只管吃饭,也便不敢言语。

这一夜他忽然醒了。听得对面楼下凄惨的呻吟着,这痛苦的声音,断断续续的,在这沉寂的黑夜里只管颤动。他虽然毫不动心,却也搅得他一夜睡不着。月光如水,从窗纱外泻将进来,他想起了许多幼年的事情,——慈爱的母亲,天上的繁星,院子里的花……他的脑子累了,极力的想摈绝这些思想,无奈这些事只管奔凑了来,直到天明,才微微的合一合眼。

他听了三夜的呻吟,看了三夜的月,想了三夜的往事——

眠食都失了次序,眼圈儿也黑了,脸色也惨白了。偶然照了照镜子,自己也微微的吃了一惊,他每天还是机械似的做他的事——然而在他空洞洞的脑子里,凭空添了一个深夜的病人。

第七天早起,他忽然问程姥姥对面楼下的病人是谁? 程姥姥一面惊讶着,一面说:"那是厨房里跑街的孩子禄儿,那天上街去了,不知道为什么把腿摔坏了,自己买块膏药贴上了,还是不好,每夜呻吟的就是他。这孩子真可怜,今年才十二岁呢,素日他勤勤恳恳极疼人的……"何彬自己只管穿衣戴帽,好像没有听见似的,自己走到门边。程姥姥也住了口,端来碗来,刚要出门,何彬慢慢的从袋里拿出一张钞票来,递给程姥姥说:"给那禄儿罢,叫他请大夫治一治。"说完了,头也不回,径自走了。——程姥姥一看那巨大的数目,不禁愕然,何先生也会动起慈悲念头来,这是破天荒的事情呵!

她端着碗,站在门口,只管出神。

呻吟的声音,渐渐的轻了,月儿也渐渐的缺了。何彬还是朦朦胧胧的——慈爱的母亲,天上的繁星,院子里的花……他的脑子累极了,竭力想摈绝这些思想,无奈这些事只管奔凑了来。

过了几天,呻吟的声音住了,夜色依旧沉寂着,何彬依旧"至人无梦"的睡着。前几夜的思想,不过如同晓月的微光,照在冰山的峰尖上,一会儿就过去了。

程姥姥带着禄儿几次来叩他的门,要跟他道谢;他好像忘记了似的,冷冷的抬起头来看了一看,又摇了摇头,仍去看他的书。禄儿仰着黑胖的脸,在门外张着,几乎要哭了出来。

这一天晚饭的时候,何彬告诉程姥姥说他要调到别的局里去了,后天早晨便要起身,请她将房租饭钱,都清算一下。程姥姥觉得很失意,这样清净的住客,是少有的,然而究竟留他不得,便连忙和他道喜。他略略的点一点头,便回身去收拾他的书籍。

他觉得很疲倦,一会儿便睡下了。——忽然听得自己的门钮动了几下,接着又听见似乎有人用手推的样子。他不言不动,只静静的卧着,一会儿也便渺无声息。

第二天他自己又关着门忙了一天,程姥姥要帮助他,他也不肯,只说有事的时候再烦她。程姥姥下楼之后,他忽然想起一件事来,绳子忘了买了。慢慢的开了门,只见人影儿一闪,再看时,禄儿在对面门后藏着呢。他踌躇着四周看了一看,一个仆人都没有,便唤:"禄儿,你替我买几根绳子来。"禄儿越趄的走过来,欢天喜地的接了钱,如飞走下楼去。

不一会儿,禄儿跑的通红的脸,喘息着走上来,一只手拿着绳子,一只手背在身后,微微露着一两点金黄色的星儿。他递过了绳子,仰着头似要说话,那只手也渐渐地回过来。何彬却不理会,拿着绳子自己走进去了。

他忙着都收拾好了,握着手周围看了看,屋子空洞洞的——睡下的时候,他觉得热极了,便又起来,将窗户和门,都开了一缝,凉风来回的吹着。

"依旧热得很。脑筋似乎很杂乱,屋子似乎太空沉。——累了两天了,起居上自然有些反常。但是为何又想起深夜的病人?——慈爱的……不想了,烦闷的很!"

微微的风,吹扬着他额前的短发,吹干了他头上的汗珠,也渐渐的将他扇进梦里去。

四面的白壁,一天的微光,屋角几堆的黑影,时间一分一秒的过去了。

慈爱的母亲,满天的繁星,院子里的花。不想了,——烦闷……闷……

黑影漫上屋顶去,什么都看不见了,时间一分一秒的过去了。

风大了,那壁厢放起光明。繁星历乱的飞舞直来。星光中间,缓缓的走进一个白衣的妇女,右手撩着裙子,左手按着额前。走近了,清香随将过来;渐渐的俯下身来看着,静穆不动的看着,——目光里充满了爱。

神经一时都麻木了! 起来罢,不能,这是摇篮里,呀! 母亲,——慈爱的母亲。

母亲呵! 我要起来坐在你的怀里,你抱我起来坐在你的怀里。

母亲呵! 我们只是互相牵连,永远不互相遗弃。

渐渐的向后退了,目光仍旧充满了爱。模糊了,星落如雨,横飞着都聚到屋角的黑影上。——

"母亲呵,别走,别走! ……"

十几年来隐藏起来的爱的神情,又呈露在何彬的脸上,十几年来不见点滴的泪儿,也珍珠般散落了下来。

清香还在，白衣的人儿还在。微微的睁开眼，四面的白壁，一天的微光，屋角的几堆黑影上，送过清香来。——刚动了一动，忽然觉得有一个小人儿，蹑手蹑脚地走了出去，临到门口，还回过小脸来，望了一望。他是深夜的病人——是禄儿。

何彬竭力的坐起来。那边捆好了的书籍上面，放着一篮金黄色的花儿。他穿着单衣走了过来，花篮底下还压着一张纸，上面大字纵横，借着微光看时，上面是：

"我也不知道怎样可以报先生的恩德。我在先生门口看了几次，桌子上都没有摆着花儿。——这里有的是卖花的，不知道先生看见过没有？——这篮子里的花，我也不知道是什么名字，是我自己种的，倒是香得很，我最爱它。我想先生也必是爱它。我早就要送先生了，但是总没有机会。昨天听见先生要走了，所以赶紧送来。

我想先生一定是不要的。然而我有一个母亲，她因为爱我的缘故，也很感激先生。先生有母亲么？她一定是爱先生的。这样我的母亲和先生的母亲是好朋友了。所以先生必要收母亲的朋友的儿子的东西。

禄儿叩上"

何彬看完了，捧着花儿，回到床前，什么力都尽了，不禁呜呜咽咽的痛哭起来。

清香还在，母亲走了！窗内窗外，互相辉映的，只有月光，星光，泪光。

早晨程姥姥进来的时候，只见何彬都穿着好了，帽儿戴得很低，背着脸站在窗前。程姥姥陪笑着问他用不用点心，他摇了摇头。——车也来了，箱子也都搬下去了，何彬泪痕满面，静默无声的谢了谢程姥姥，提着一篮的花儿，遂从此上车走了。

禄儿站在程姥姥的旁边，两个人的脸上，都堆着惊讶的颜色。看着车尘远了，程姥姥才回头对禄儿说："你去把那间空屋子收拾收拾，再锁上门罢，钥匙在门上呢。"

屋里空洞洞的，床上却放着一张纸，写道：

"小朋友禄儿：

我先要深深的向你谢罪，我的恩德，就是我的罪恶。你说你要报答我，我还不知道我应当怎样的报答你呢！

你深夜的呻吟，使我想起了许多的往事。头一件就是我的母亲，她的爱可以使我止水似的感情，重新荡漾起来。我这十几年来，错认了世界是虚空的，人生是无意识的，爱和怜悯都是恶德。我给你那医药费，里面不含着丝毫的爱和怜悯，不过是拒绝你的呻吟，拒绝我的母亲，拒绝了宇宙和人生，拒绝了爱和怜悯。上帝呵！这是什么念头呵！

我再深深的感谢你从天真里指示我的那几句话。小朋友呵！不错的，世界上的母亲和母亲都是好朋友，世界上的儿子和儿子也都是好朋友，都是互相牵连，不是互相遗弃的。

你送给我那一篮花之先，我母亲已经先来了。她带了你的爱来感动我。我必不忘记你的花和你的爱，也请你不要忘了，你的花和你的爱，是借着你朋友的母亲带了来的！

我是冒罪丛过的，我是空无所有的，更没有东西配送给你。——然而这时伴着我的，却有悔罪的泪光，半弦的月光，灿烂的星光。宇宙间只有它们是纯洁无疵的。我要用一缕柔丝，将泪珠儿穿起,系在弦月的两端,摘下满天的星儿来盛在弦月的圆凹里,不也是一篮金黄色的花儿么?它的香气,就是悔罪的人呼吁的言词,请你收了罢。只有这一篮花配送给你!

天已明了,我要走了。没有别的话说了,我只感谢你,小朋友,再见!再见!世界上的儿子和儿子都是好朋友,我们永远是牵连着呵!

何彬草

我写了这一大段,你未必都认得都懂得;然而你也用不着都懂得,因为你懂得的,比我多得多了!又及"

"他送给我的那一篮花儿呢?"禄儿仰着黑胖的脸儿,呆呆的望着天上。

四,一九二一年

导读

"五四"爱国运动高潮过后,冰心思想上产生矛盾、苦闷,转向从"人类之爱"中寻找出路。她的小说创作也从初期的表现社会问题转而宣传她的"爱的哲学"。《超人》即是她这一思想的代表作。

何彬信奉尼采哲学,相信"世界是空虚的,人生是无意识的……爱和怜悯都是恶",独来独往,对谁也不关心。月色中,在"慈爱的母亲,天上的繁星,院子里的花……"的回忆的启引下,在他出钱帮助儿童禄儿治好摔坏的脚后,又在禄儿童真的启迪下,明白了"世界上的母亲和母亲都是好朋友,世界上的儿子和儿子也都是好朋友",完成了从尼采哲学向"爱的哲学"的转化。冰心站在人道主义的立场上,宣扬"人类之爱",希图以"爱"来改良当时充满矛盾和封建专制的社会人生,仍有一定的反封建意义,对当时一部分思想苦闷的青年振作精神、关心社会,亦有一定的积极作用。

小说不注重情节的铺排,而以何彬的思想变化为线索,侧重于心理描写,状写人物灵魂的搏斗,展现主题。文笔优美清新,抒情氛围的渲染和心理描写融合,使主人公抽象的人生哲学的转变,显得形象而富有诗意。

春桃（存目）

许地山

导读

  本篇描述了主人公春桃的奇异遭遇。她在战乱中与结婚才一天的丈夫李茂失散以后，与逃难途中结识的刘向高建立了真挚的感情，两人相依为命共同生活。几年以后她意外地遇到已经失去双腿沦为乞丐的李茂，并把他收留回家。命运使她不得不处于同两个男人同居的难堪境地。他们有矛盾却没有争夺，是悲剧但并不是相残。共同的悲惨命运，促使他们相互体谅和依存。作品通过对春桃悲剧性遭遇的细致描写，刻画了她自尊自爱、热爱生活、意志坚强、善良豪爽的崇高品格，谴责了军阀混战给人民带来灾祸的罪恶，展示了劳动人民的美好心灵。

  春桃形象的塑造，其成功之处是通过现实矛盾的自然演进而艺术地加以展示，特别是对春桃感情生活的生动描写，富于个性的人物语言和不枝不蔓的情节结构，成为作品成功的基础。作品的叙述语言富于表现力，细节描写简洁朴实而深沉感人。作品在坚实的写实主义之中又蕴含着浪漫主义因素，形成整部作品明朗中见凝重、悲剧里蕴喜剧的特有格调。

沉　沦

郁达夫

（一）

他近来觉得孤冷得可怜。

他的早熟的性情，竟把他挤到与世人绝不相容的境地去，世人与他的中间介在的那一道屏障，愈筑愈高了。

天气一天一天的清凉起来，他的学校开学之后，已经快半个月了。那一天正是九月的二十二日。

晴天一碧，万里无云，终古常新的皎日，依旧在她的轨道上，一程一程的在那里行走。从南方吹来的微风，同醒酒的琼浆一般，带一种香气，一阵阵的拂上面来。在黄苍未熟的稻田中间，在弯曲同白线似的乡间的官道上面，他一个人手里捧了一本六寸长的 Wordsworth 的诗集，尽在那里缓缓的独步。在这大平原内，四面并无人影；不知从何处飞来的一声两声的远吠声，悠悠扬扬的传到他耳膜上来。他眼睛离开了书，同做梦似的向有犬吠声的地方看去，但看见了一丛杂树，几处人家，同鱼鳞似的屋瓦上，有一层薄薄的蜃气楼，同轻纱似的，在那里飘荡。

"Oh, you serene gossamer! You beautiful gossamer!"

这样的叫了一声，他的眼睛里就涌出了两行清泪来，他自己也不知道是什么缘故。

呆呆的看了好久，他忽然觉得背上有一阵紫色的气息吹来，息索的一响，道旁的一枝小草，竟把他的梦境打破了。他回转头来一看，那枝小草还是颠摇不已，一阵带着紫罗兰气息的和风，温微微的喷到他那苍白的脸上来。在这清和的早秋的世界里，在这澄清透明的以太中，他的身体觉得同陶醉似的酥软起来。他好像是睡在慈母怀里的样子。他好像是梦到了桃花源里的样子。他好像是在南欧的海岸，躺在情人膝上，在那里贪午睡的样子。

他看看四边，觉得周围的草木，都在那里对他微笑。看看苍空，觉得悠久无穷的大自然，微微的在那里点头。一动也不动的向天看了一会，他觉得天空中，有一群小天神，背上插着了翅膀，肩上挂着了弓箭，在那里跳舞。他觉得乐极了。便不知不觉开了口，自言自语的说：

"这里就是你的避难所。世间的一般庸人都在那里妒忌你，轻笑你，愚弄你；只有这大自然，这终古常新的苍空皎日，这晚夏的微风，这初秋的清气，还是你的朋友，还是你的慈母，还是你的情人，你也不必再到世上去与那些轻薄的男女共处去，你就在这大自然的怀里，这纯朴的乡间终老了罢。"

这样的说了一遍，他觉得自家可怜起来，好像有万千哀怨，横亘在胸中，一口说不出来的样子。含了一双清泪，他的眼睛又看到他手里的书上去。

> Behold her, single in the field.
>
> You solitary Highland Lass!
>
> Reaping and singing by herself;

Stop here, or gently pass!

Alone she cuts, and binds the grain,

And sings a melancholy strain;

Oh, listen! for the vale profound

Is overflowing with the sound.

看了这一节之后,他又忽然翻过一张来,脱头脱脑的看到那第三节去。

Will no one tell me what she sings

Perhaps the plaintive numbers flow

For old, unhappy far-off things,

And battle long ago:

Or is it some more humble lay,

Familiar matter of today?

Some natural sorrow, loss, or pain,

That has been and may be again!

这也是他近来的一种习惯,看书的时候,并没有次序的。几百页的大书,更可不必说了,就是几十页的小册子,如爱美生的《自然论》(Emerson's *On Nature*),沙罗的《逍遥游》(Thoreau's *Excursion*)之类,也没有完完全全从头至尾的读完一篇过。当他起初翻开一册书来看的时候,读了四行五行或一页二页,他每被那一本书感动,恨不得要一口气把那一本书吞下肚子里去的样子,到读了三页四页之后,他又生起一种怜惜的心来。他心里似乎说:

"像这样的奇书,不应该一口气就把它念完,要留着细细儿的咀嚼才好。一下子就念完了之后,我的热望也就不得不消灭,那时候我就没有好望,没有梦想了,怎么使得呢?"

他的脑里虽然有这样的想头,其实他的心里早有一些儿厌倦起来,到了这时候,他总把那本书收过一边,不再看下去。过几天或者过几个钟头之后,他又用了满腔的热忱,同初读那一本书的时候一样的,去读另外的书去;几日前或者几点钟前那样的感动他的那一本书,就不得不被他遗忘了。

放大了声音把渭迟渥斯的那两节诗读了一遍之后,他忽然想把这一首诗用中国文翻译出来。

《孤寂的高原刈稻者》

他想想看, *The Solitary Highland Reaper* 诗题只有如此的译法。

你看那个女孩儿,她只一个人在田里,

你看那边的那个高原的女孩儿,她只一个人冷清清地!

她一边刈稻,一边在那儿唱着不已;

她忽儿停了,忽而又过去了,轻盈体态,风光细腻!

她一个人,刈了,又重把稻儿捆起,

她唱的山歌,颇有些儿悲凉的情味;

听呀听呀! 这幽谷深深,

全充满了她的歌唱的清音。

有人能说否,她唱的究竟是什么?

或者她那万千的痴话,

是唱着前代的哀歌,

或者是前朝的战事,千兵万马;

或者是些坊间的俗曲,

便是目前的家常闲说?

或者是些天然的哀怨,必然的丧苦,自然的悲楚,

这些事虽是过去的回思,将来想亦必有人指诉。

他一口气译了出来之后,忽又觉得无聊起来,便自嘲自骂的说:

"这算是什么东西呀,岂不同教会里的赞美歌一样的乏味么? 英国诗是英国诗,中国诗是中国诗,又何必译来对去呢!"

这样的说了一句,他不知不觉便微微儿的笑起来。向四边一看,太阳已经打斜了;大平原的彼岸,西边的地平线上,有一座高山,浮在那里,饱受了一天残照,山的周围酝酿成一层朦朦胧胧的岚气,反射出一种紫不紫红不红的颜色来。

他正在那里出神呆看的时候,哼的喀嗽了一声,他的背后忽然来了一个农夫。回头一看,他就把他脸上的笑容改装了一副忧郁的面色,好像他的笑容是怕被人看见的样子。

(二)

他的忧郁症愈闹愈甚了。

他觉得学校里的教科书,味同嚼蜡,毫无半点生趣。天气清朗的时候,他每捧了一本爱读的文学书,跑到人迹罕至的山腰水畔,去贪那孤寂的深味去。在万籁俱寂的瞬间,在天水相映的地方,他看看草木虫鱼,看看白云碧落,便觉得自家是一个孤高傲世的贤人,一个超然独立的隐者。有时在山中遇着一个农夫,他便把自己当作了 Zaratustra,把 Zaratustra 所说的话,也在心里对那农夫讲了。他的 Megalomania 也同他的 Hypochondria 成了正比例,一天一天的增加起来。他竟有连接四五天不上学校去听讲的时候。

有时候到学校里去,他每觉得众人都在那里凝视他的样子。他避来避去想避他的同学,然而无论到了什么地方,他的同学的眼光,总好像怀了恶意,射在他的背脊上面。

上课的时候,他虽然坐在全班学生的中间,然而总觉得孤独得很:在稠人广众之中,感得的这种孤独,倒比一个人在冷清的地方,感得的那种孤独,还更难受。看看他的同学看,一个个都是兴高采烈的在那里听先生的讲义,只有他一个人身体虽然坐在讲堂里头,心想却同飞云逝电一般,在那里作无边无际的空想。

好容易下课的钟声响了! 先生退去之后,他的同学说笑的说笑,谈天的谈天,个个都同春来的燕雀似的,在那里作乐;只有他一个人锁了愁眉,舌根好像被千钧的巨石锤住的样子,兀的不作一声。他也很希望他的同学来对他讲些闲话,然而他的同学却都自家管自家的去寻欢乐去,一见了他那一副愁容,没有一个不抱头奔散的,因此他愈加怨他的同学了。

"他们都是日本人,他们都是我的仇敌,我总有一天来复仇,我总要复他们的仇。"

一到了悲愤的时候,他总这样的想的,然而到了安静之后,他又不得不嘲骂自家说:

"他们都是日本人,他们对你当然是没有同情的,因为你想得他们的同情,所以你怨他们,这岂不是你自家的错误么?"

他的同学中的好事者。有时候也有人来向他说笑的,他心里虽然非常感激,想同那一个人谈几句至心的话,然而口中总说不出什么话来;所以有几个解他的意的人,也不得不同他疏远了。

他的同学日本人在那里欢笑的时候,他总疑他们是在那里笑他,他就一霎时的红起脸来。他们在那里谈天的时候,若有偶然看他一眼的人,他又忽然红起脸来,以为他们是在那里讲他。他同他同学中间的距离,一天一天的远背起来,他的同学都以为他是爱孤独的人,所以谁也不敢来近他的身。

有一天放课之后,他挟了书包,回到他的旅馆里来,有三个日本学生系同他同路的。将要到他寄寓的旅馆的时候,前面忽然来了两个穿红裙的女学生。在这一区市外的地方,从没有女学生看见的,所以他一见了这两个女子,呼吸就紧缩起来。他们四个人同那两个女子擦过的时候,他的三个日本人的同学都问她们说:

"你们上哪儿去?"

那两个女学生就作起娇声来回答说:

"不知道!"

"不知道!"

那三个日本学生都高笑起来,好像是很得意的样子:只有他一个人似乎是他自家同她们讲了话似的,害了羞,匆匆跑回旅馆里来。进了他自家的房,把书包用力的向席上一丢,他就在席上躺下了。他的胸前还在那里乱跳,用了一只手枕着头,一只手按着胸口,他便自嘲自骂的说:

"你这卑怯者!

"你既然怕羞,何以又要后悔?

"既要后悔,何以当时你又没有那样的胆量?不同她们去讲一句话。

"Oh,coward,coward!"

说到这里,他忽然想起刚才那两个女学生的眼波来了。

那两双活泼泼的眼睛!

那两双眼睛里,确有惊喜的意思含在里头。然而再仔细想了一想,他又忽然叫起来说:

"呆人呆人!她们虽有意思,与你有什么相干?她们所送的秋波,不是单送给那三个日本人的么?唉!唉!她们已经知道了,已经知道我是支那人了,否则她们何以不来看我一眼呢!复仇复仇,我总要复她们的仇。"

说到这里,他那火热的颊上忽然滚了几颗冰冷的眼泪下来。他是伤心到极点了。这一天晚上,他记的日记说:

> 我何苦要到日本来,我何苦要求学问。既然到了日本,那自然不得不被他们日本人轻侮的。中国呀中国!你怎么不富强起来,我不能再隐忍过去了。
>
> 故乡岂不有明媚的山河,故乡岂不有如花的美女?我何苦要到这东海的岛国里来!
>
> 到日本来倒也罢了,我何苦又要进这该死的高等学校。他们留了五个月学回去的人,岂不在那里享荣华安乐么?这五六年的岁月,叫我怎么能挨得过去。受尽了千辛万苦,积了十数年

的学识,我回国去,难道定能比他们来胡闹的留学生更强么?

人生百岁,年少的时候,只有七八年的光景,这最纯最美的七八年,我就不得不在这无情的岛国里虚度过去,可怜我今年已经是二十一了。

"槁木的二十一岁!

"死灰的二十一岁!

"我真还不如变了矿物质的好,我大约没有开花的日子了。

"知识我也不要,名誉我也不要,我只要一个安慰我体谅我的'心'。一副白热的心肠!从这一副心肠里生出来的同情!从同情而来的爱情!

"我所要求的就是爱情!

"若有一个美人,能理解我的苦楚,她要我死,我也肯的。

"若有一个妇人,无论她是美是丑,能真心真意的爱我,我也愿意为她死的。

"我所要求的就是异性的爱情!

"苍天呀苍天,我并不要知识,我并不要名誉,我也不要那些无用的金钱,你若能赐我一个伊甸园内的'伊扶',使她的肉体与心灵,全归我有,我就心满意足了。"

(三)

他的故乡,是富春江上的一个小市,去杭州水程不过八九十里。这一条江水,发源安徽,贯流全浙,江形曲折,风景常新,唐朝有一个诗人赞这条江水说"一川如画"。他十四岁的时候,请了一位先生写了这四个字,贴在他的书斋里,因为他的书斋的小窗,是朝着江面的。虽则这书斋结构不大,然而风雨晦明,春秋朝夕的风景,也还抵得过滕王高阁。在这小小的书斋里过了十几个春秋,他才跟了他的哥哥到日本来留学。

他三岁的时候就丧了父亲,那时候他家里困苦得不堪。好容易他长兄在日本 W 大学卒了业,回到北京,考了一个进士,分发在法部当差,不上两年,武昌的革命起来了。那时候他已在县立小学堂卒了业,正在那里换来换去的换中学堂。他家里的人都怪他无恒性,说他的心思太活;然而依他自己讲来,他以为他一个人同别的学生不同,不能按部就班的同他们同在一处求学的。所以他进了 K 府中学之后,不上半年又忽然转到 H 府中学来;在 H 府中学住了三个月,革命就起来了。H 府中学停学之后,他依旧只能回到他那小小的书斋里来。第二年的春天,正是他十七岁的时候,他就进了大学的预科。这大学是在杭州城外,本来是美国长老会捐钱创办的,所以学校里浸润了一种专制的弊风,学生的自由,几乎被缩服得同针眼儿一般的小。礼拜三的晚上有什么祈祷会,礼拜日非但不准出去游玩,并且在家里看别的书也不准的,除了唱赞美诗祈祷之外,只许看新旧约书。每天早晨从九点钟到九点二十分,定要去做礼拜,不去做礼拜,就要扣分数记过。他虽然非常爱那学校近旁的山水景物,然而他的心里,总有些反抗的意思,因为他是一个爱自由的人,对那些迷信的管束,怎么也不甘心服从。住不上半年,那大学里的厨子,托了校长的势,竟打起学生来。学生中间有几个不服的,便去告诉校长,校长反说学生不是。他看看这些情形,实在是太无道理了,就立刻去告了退,仍复回家,到那小小的书斋里去。那时候已经是六月初了。

在家里住了三个多月,秋风吹到富春江上,两岸的绿树,就快凋落的时候,他又坐了帆船,下富春江，上杭州去。恰好那时候石牌楼的 W 中学正在那里招插班生，他进去见了校长 M 氏，把他的经历说给了 M 氏夫妻听，M 氏就许他插入最高的班里去。这 W 中学原来也是一个教会学校，校长 M 氏，也是一个糊涂的美国宣教师，他看看这学校的内容倒比 H 大学不如了。与一位很卑鄙的教务长——原来这一位先生就是 H 大学的卒业生——闹一场，第二年的春天，他就出来了。出了 W 中学，他看看杭州的学校，都不能如他的意，所以他就打算不再进别的学校去。

正是这个时候，他的长兄也在北京被人排斥了。原来他的长兄为人正直得很，在部里办事，铁面无私，并且比一般部内的人物又多了一些学识，所以部内上下，都忌惮他：有一天某次长的私人，来问他要一个位置，他执意不肯，因此次长就同他闹起意见来，过了几天他就辞了部里的职，改到司法界去做司法官去了。他的二兄那时候正在绍兴军队里作军官，这一位二兄军人习气颇深，挥金如土，专喜结交侠少。他们弟兄三人，到这时候都不能如意之所为，所以那一小市镇里的闲人都说他们的风水破了。

他回家之后，便镇日镇夜的蛰居在他那小小的书斋里。他父祖及他长兄所藏的书籍，就作了他的良师益友。他的日记上面，一天一天的记起诗来。有时候他也用了华丽的文章做起小说来，小说里就把他自己当作了一个多情的勇士，把他邻近的一家寡妇的两个女儿，当作了贵族的苗裔，把他故乡的风物，全编作了田园的清景；有兴的时候，他还把他自家的小说，用单纯的外国文翻译起来；他的幻想，愈演愈大了，他的忧郁病的根苗，大约也就在这时候培养成功的。

在家里住了半年，到了七月中旬，他接到他长兄的来信说：

"院内近有派予赴日本考察司法事务之意，予已许院长以东行，大约此事不日可见命令。渡日之先，拟返里小住。三弟居家，断非上策，此次当偕伊赴日本也。"

他接到了这一封信之后，心中日日盼他长兄南来，到了九月下旬，他的兄嫂才自北京到家。住了一月，他就同他的长兄长嫂同到日本去了。

到了日本之后，他的 Dreams of the romantic age 尚未醒悟，模模糊糊的过了半载，他就考入了东京第一高等学校。这正是他十九岁的秋天。

第一高等学校将开学的时候，他的长兄接到了院长的命令，要他回去。他的长兄便把他寄托在一家日本人的家里，几天之后，他的长兄长嫂和他的新生的侄女儿就回国去了。

东京的第一高等学校里有一班豫备班，是为中国学生特设的。在这豫科里豫备一年，卒业之后，才能入各地高等学校的正科，与日本学生同学。他考入豫科的时候，本来填的是文科，后来将在豫科卒业的时候，他的长兄定要他改到医科去，他当时亦没有什么主见，就听了他长兄的话把文科改了。

豫科卒业之后，他听说 N 市的高等学校是最新的，并且 N 市是日本产美人的地方，所以他就要求到 N 市的高等学校去。

（四）

他的二十岁的八月二十九日的晚上，他一个人从东京的中央车站乘了夜行车到 N 市去。

那一天大约刚是旧历的初三四的样子，同天鹅绒似的又蓝又紫的天空里，洒满了一天星斗。半痕新月，斜挂在西天角上，却似仙女的峨眉，未加翠黛的样子。他一个人靠着了三等车的车窗，默默的在那里数窗外人家的灯火。火车在暗黑的夜气中间，一程一程的进去，那大都市的星星灯火，也一点一点的朦胧起来,他的胸中忽然生了万千哀感,他的眼睛里就忽然觉得热起来了。

"Sentimental, too sentimental!"

这样的叫了一声,把眼睛揩了一下,他反而自家笑着自家来。

"你也没有情人留在东京,你也没有弟兄知己住在东京,你的眼泪究竟是为谁洒的呀!或者是对于你过去的生活的伤感,或者是对你二年间的生活的余情,然而你平时不是说不爱东京的么?

"唉,一年人住岂无情。

"黄莺住久浑相识,欲别频啼四五声!"

胡思乱想的寻思了一会,他又忽然想到初次赴新大陆去的清教徒的身上去。

"那些十字架下的流人,离开他故乡海岸的时候,大约也是悲壮淋漓,同我一样的。"

火车过了横滨,他的感情方才渐渐儿的平静起来。呆呆的坐了一忽,他就取了一张明信片出来,垫在海涅(Heine)的诗集上,用铅笔写了一首诗寄他东京的朋友。

> 娥媚月上柳梢初,又向天涯别故居。
>
> 四壁旗亭争赌酒,六街灯火远随车。
>
> 乱离年少无多泪,行李家贫只旧书。
>
> 后夜芦根秋水长,凭君南浦觅双鱼。

在朦胧的电灯光里,静悄悄的坐了一会,他又把海涅的诗集翻开来看了。

> Lebet wohl, ihr glatten Saele,
>
> Glatte Herren, glatte Frauen!
>
> Auf die Berge will ich steigen,
>
> Lachend auf euch niederschauen!

> Heine's *Harzreise*

> 浮薄的尘寰,无情的男女,
>
> 你看那隐隐的青山,我欲乘风飞去,
>
> 且住且住,
>
> 我将从那绝顶的高峰,笑看你终归何处。

单调的轮声,一声声连连续续的飞到他的耳膜上来,不上三十分钟他竟被这催眠的车轮声引诱到梦幻的仙境里去了。

早晨五点钟的时候,天空渐渐儿的明亮起来。在车窗里向外一望,他只见一线青天还被夜色包住在那里。探头出去一看,一层薄雾,笼罩着一幅天然的画图,他心里想了一想:

"原来今天又是清秋的好天气,我的福分真可算不薄了。"

过了一个钟头,火车就到了 N 市的停车场。

下了火车,在车站上遇见了一个日本学生;他看看那学生的制帽上也有两条白线,便知道他也是高等学校的学生。他走上前去,对那学生脱了一脱帽,问他说:

"第 X 高等学校是在什么地方的?"

那学生回答说：

"我们一路去罢。"

他就跟了那学生跑出火车站来，在火车站的前头，乘了电车。

早晨还早得很，N市的店家都还未曾起来。他同那日本学生坐了电车，经过了几条冷清的街巷，就在鹤舞公园前面下了车。他问那日本学生说：

"学校还远得很么?"

"还有二里多路。"

穿过了公园，走到稻田中间的细路上的时候，他看看太阳已经起来了。稻上的露滴，还同明珠似的挂在那里。前面有一丛树林，树林阴里，疏疏落落的看得见几椽农舍。有两三条烟囱筒子，突出在农舍的上面，隐隐约约的浮在清晨的空气里。一缕两缕的青烟，同炉香似的在那里浮动，他知道农家已在那里炊早饭了。

到学校近边的一家旅馆去一问，他一礼拜前头寄出的几件行李，早已经到在那里。原来那一家人家是住过中国留学生的，所以主人待他也很殷勤。在那一家旅馆里住下了之后，他觉得前途好像有许多欢乐在那里等他的样子。

他的前途的希望，在第一天的晚上，就不得不被目前的实情嘲弄了。原来他的故里，也是一个小小的市镇。到了东京之后，在人山人海的中间，他虽然时常觉得孤独，然而东京的都市生活，同他幼时的习惯尚无十分龃龉的地方。如今到了这N市的乡下之后，他的旅馆，是一家孤立的人家，四面都无邻舍，左首门外便是一条如发的大道，前后都是稻田，西面是一方池水，并且因为学校还没有开课，别的学生还没有到来，这一间宽旷的旅馆里，只住他一个客人。白天倒还可以支吾过去，一到了晚上，他开窗一望，四面都是沉沉的黑影，并且因N市的附近是一大平原，所以望眼连天，四面并无遮障之处，远远里有一点灯火，明灭无常，森然有些鬼气。天花板里，又有许多虫鼠，息栗索落的在那里争食。窗外有几株梧桐，微风动叶，咄咄的响得不已，因为他住在二层楼上，所以梧桐的叶战声，近在他的耳边。他觉得害怕起来，几乎要哭出来了。他对于都市的怀乡病(Nostalgia)从未有比那一晚更甚的。

学校开了课，他朋友也渐渐儿的多起来。感受性非常强烈的他的性情，也同天空大地丛林野水融和了。不上半年，他竟变成了一个大自然的宠儿，一刻也离不了那天然的野趣了。

他的学校是在N市外，刚才说过市的附近是一大平原，所以四边的地平线，界限广大得很。那时候日本的工业还没有十分发达，人口也还没有增加得同目下一样，所以他的学校的近边，还多是丛林空地，小阜低冈。除了几家与学生做买卖的文房具店及菜馆之外，附近并没有居民。荒野的人间，只有几家为学生设的旅馆，同晓天的星影似的，散缀在麦田瓜地的中央。晚饭毕后，披了黑呢的缦斗(斗篷)，拿了爱读的书，在迟迟不落的夕照中间，散步逍遥，是非常快乐的。他的田园趣味，大约也是在这 Idyllic wanderings 的中间养成的。

在生活竞争不十分猛烈，逍遥自在，同中古时代一样的时候，在风气纯良，不与市井小人同处，清闲雅淡的地方，过日子正如做梦一样。他到了N市之后，转瞬之间，已经有半年多了。

熏风日夜的吹来，草色渐渐儿的绿起来了。旅馆近旁麦田里的麦穗，也一寸一寸的长起来了。草木虫鱼都化育起来，他的从始祖传来的苦闷也一日一日的增长起来，他每天早晨，在被窝里犯的罪恶,也一次一次的加起来了。

他本来是一个非常爱高尚爱洁净的人,然而一到了这邪念发生的时候,他的智力也无用了,他的良心也麻痹了,他从小服膺的"身体发肤不敢毁伤"的圣训,也不能顾全了。他犯了罪之后,每深自痛悔,切齿的说,下次总不再犯了,然而到了第二天的那个时候,种种幻想,又活泼泼的到他的眼前来。他平时所看见的"伊扶"的遗类,都赤裸裸的来引诱他。中年以后的妇人的形体,在他的脑里,比处女更有挑拨他情动的地方。他苦闷一场,恶斗一场,终究不得不做她们的俘虏。这样的一次成了两次,两次之后,就成了习惯了。他犯罪之后,每到图书馆里去翻出医书来看,医书都千篇一律的说,于身体最有害的就是这一种犯罪。从此之后,他的恐惧心也一天一天的增加起来了。有一天他不知道从什么地方得来的消息,好像是一本书上说,俄国近代文学的创设者 Gogol 也犯这一宗病,他到死竟没有改过来,他想到了郭歌里,心里就宽了一宽,因为这《死了的灵魂》的著者,也是同他一样的。然而这不过自家对自家的宽慰而已,他的胸里,总有一种非常的忧虑存在那里。

因为他是非常爱洁净的,所以他每天总要去洗澡一次,因为他是非常爱惜身体的,所以他每天总要去吃几个生鸡子和牛乳;然而他去洗澡或吃牛乳鸡子的时候,他总觉得惭愧得很,因为这都是他的犯罪的证据。

他觉得身体一天一天的衰弱起来,记忆力也一天一天的减退了。他又渐渐儿的生了一种怕见人面的心思,见了妇人女子的时候,他觉得更加难受。学校的教科书,他渐渐的嫌恶起来,法国自然派的小说,和中国那几本有名的海淫小说,他念了又念,几乎记熟了。

有时候他忽然做出一首好诗来,他自家便喜欢得非常,以为他的脑力还没有破坏。那时候他每对着自家起誓说:

"我的脑力还可以使得,还能做得出这样的诗,我以后决不再犯罪了。过去的事实是没法,我以后总不再犯罪了。若从此自新,我的脑力,还是很可以的。"

然而一到了紧迫的时候,他的誓言又忘了。

每礼拜四五,或每月的二十六七的时候,他索性尽意的贪起欢来。他的心里想,自下礼拜一或下月初一起,我总不犯罪了。有时候正合到礼拜六或月底的晚上,去剃头洗澡去,以为这就是改过自新的记号,然而过几天他又不得不吃鸡子和牛乳了。

他的自责心同恐惧心,竟一日也不使他安闲,他的忧郁症也从此厉害起来了。这样的状态继续了一二个月,他的学校里就放了暑假,暑假的两个月内,他受的苦闷,更甚于平时;到了学校开课的时候,他的两颊的颧骨更高起来,他的青灰色的眼窝更大起来,他的一双灵活的瞳仁,变了同死鱼的眼睛一样了。

(五)

秋天又到了。浩浩的苍空,一天一天的高起来。他的旅馆傍边的稻田,都带起黄金色来。朝夕的凉风,同刀也似的刺到人的心骨里去,大约秋冬的佳日,来也不远了。

一礼拜前的有一天午后,他拿了一本 Wordsworth 的诗集,在田塍路上逍遥漫步了半天。从那一天以后,他的循环性的忧郁症,尚未离他的身过。前几天在路上遇着的那两个女学生,常在他的脑里,不使他安静,想起那一天的事情,他还是一个人要红起脸来。

他近来无论上什么地方去,总觉得有坐立难安的样子。他上学校去的时候,觉得他的日本同学都似在那里排斥他。他的几个中国同学,也许久不去寻访了,因为去寻访了回来,他心里反觉得空虚。因为他的几个中国同学,怎么也不能理解他的心理。他去寻访的时候,总想得些同情回来的,然而到了那里,谈了几句之后,他又不得不自悔寻访错了。有时候和朋友讲得投机,他就任了一时的热意,把他的内外的生活都对朋友讲了出来,然而到了归途,他又自悔失言,心里的责备,倒反比不去访友的时候,更加厉害。他的几个中国朋友,因此都说他是染了神经病了。他听了这话之后,对了那几个中国同学,也同对日本学生一样,起了一种复仇的心。他同他的几个中国同学,一日一日的疏远起来。嗣后虽在路上,或在学校里遇见的时候,他同那几个中国同学,也不点头招呼。中国留学生开会的时候,他当然是不去出席的。因此他同他的几个同胞,竟宛然成了两家仇敌。

他的中国同学的里边,也有一个很奇怪的人,因为他自家的结婚有些道德上的罪恶,所以他专喜讲人家的丑事,以掩己之不善,说他是神经病,也是这一位同学说的。

他交游离绝之后,孤冷得几乎到将死的地步,幸而他住的旅馆里,还有一个主人的女儿,可以牵引他的心,否则他真只能自杀了。他旅馆的主人的女儿,今年正是十七岁,长方的脸儿,眼睛大得很,笑起来的时候,面上有两颗笑靥,嘴里有一颗金牙看得出来,因为她自家觉得她自家的笑容是非常可爱,所以她平时常在那里弄笑。

他心里虽然非常爱她,然而她送饭来或来替他铺被的时候,他总装出一种兀不可犯的样子来。他心里虽想对她讲几句话,然而一见了她,他总不能开口。她进他房里来的时候,他的呼吸竟急促到吐气不出的地步。他在她的面前实在是受苦不起了,所以近来她进他的房里来的时候,他每不得不跑出房外去。然而他思慕她的心情,却一天一天的浓厚起来。有一天礼拜六的晚上,旅馆里的学生,都上N市去行乐去了。他因为经济困难,所以吃了晚饭,上西面池上去走了一回,就回到旅舍里来枯坐。

回家来坐了一会,他觉得那空旷的二层楼上,只有他一个人在家。静悄悄的坐了半晌,坐得不耐烦起来的时候,他又想跑出外面去。然而要跑出外面去,不得不由主人的房门口经过,因为主人和他女儿的房,就在大门的边上。他记得刚才进来的时候,主人和他的女儿正在那里吃饭。他一想到经过她面前的时候的苦楚,就把跑出外面去的心思丢了。

拿出了一本G. Gissing的小说来读了三四页之后,静寂的空气里,忽然传了几声栥栥的泼水声音过来。他静静儿的听了一听,呼吸又一霎时的急了起来,面色也涨红了。迟疑了一会,他就轻轻的开了房门,拖鞋也不拖,幽脚幽手的走下扶梯去。轻轻的开了便所的门,他尽兀自的站在便所的玻璃窗口偷看。原来他旅馆里的浴室,就在便所的间壁,从便所的玻璃窗里看去,浴室里的动静了了可见。他起初以为看一看就可以走的,然而到了一看之后,他竟同被钉子钉住的一样,动也不能动了。

那一双雪样的乳峰!

那一双肥白的大腿!

这全身的曲线!

呼气也不呼,仔仔细细的看了一会,他面上的筋肉,都发起痉挛来了。愈看愈颤得厉害,他那发颤的前额部竟同玻璃窗冲击了一下。被蒸气包住的那赤裸裸的"伊扶"便发了娇声问说:

"是谁呀?……"

他一声也不响,急忙跳出了便所,就三脚两步的跑上楼上去了。

他跑到了房里,面上同火烧的一样,口也干渴了。一边他自家打自家的嘴巴,一边就把他的被窝拿出来睡了。他在被窝里翻来覆去,总睡不着,便立起了两耳,听起楼下的动静来。他听听泼水的声音也息了,浴室的门开了之后,他听见她的脚步声好像是走上楼来的样子,用被包着了头,他心里的耳朵明明告诉他说:

"她已经立在门外了。"

他觉得全身的血液,都在往上奔注的样子。心里怕得非常,羞得非常,也喜欢得非常。然而若有人问他,他无论如何,总不肯承认说,这时候他是喜欢的。

他屏住了气息,尖着了两耳听了一会,觉得门外并无动静,又故意咳嗽了一声,门外亦无声响。他正在那里疑惑的时候,忽听见她的声音,在楼下同她的父亲在那里说话。他手里捏了一把冷汗,拼命想听出她的话来,然而无论如何总听不清楚。停了一会,她的父亲高声笑了起来,他把被蒙头的一罩,咬紧了牙齿说:

"她告诉了他了! 她告诉了他了!"

这一天的晚上他一睡也不曾睡着。第二天的早晨,天亮的时候,他就惊心吊胆的走下楼来。洗了手面,刷了牙,趁主人和他的女儿还没有起来之先,他就同逃也似的出了那个旅馆,跑到外面来。

官道上的沙尘,染了朝露,还未曾干着。太阳已经起来了。他不问皂白,便一直的往东走去。远远有一个农夫,拖了一车野菜慢慢的走来。那农民同他擦过的时候,忽然对他说:

"你早啊!"

他倒惊了一跳,那清瘦的脸上,又起了一层红潮,胸前又乱跳起来,他心里想:

"难道这农夫也知道了么?"

无头无脑的跑了好久,他回转头来看看他的学校,已经远得很了,举头看看,太阳也升高了。他摸摸表看,那银饼大的表,也不在身边。从太阳的角度看起来,大约已经是九点钟前后的样子。他虽然觉得饥饿得很,然而无论如何,总不愿意再回到那旅馆里去,同主人和他的女儿相见。想去买些零食充一充饥,然而他摸摸自家的袋看,袋里只剩了一角二分钱在那里。他到一家乡下的杂货店内,尽那一角二分钱,买了些零碎的食物,想去寻一处无人看见的地方去吃。走到了一处两路交叉的十字路口,他朝南的一望,只见与他的去路横交的那一条自北趋南的路上,行人稀少得很。那一条路是向南的斜低下去的,两面更有高壁在那里,他知道这路是从一条小山中开辟出来的。他刚才走来的那条大道,便是这山的岭脊,十字路当作了中心,与岭脊上的那条大道相交的横路,是两边低斜下去的。在十字路口迟疑了一会,他就取了那一条向南斜下的路走去。走尽了两面的高壁,他的去路就穿入大平原去,直通到彼岸的市内。平原的彼岸有一簇深林,划在碧空的心里,他心里想,

"这大约就是 A 神宫了。"

他走尽了两面的高壁,向左手斜面上一望,见沿高壁的那山面上有一道女墙,围住着几间茅舍,茅舍的门上悬着了"香雪海"三字的一方匾额。他离开了正路,走上几步,到那女墙的门前,顺手的向门一推,那两扇柴门竟自开了。他就随随便便的踏了进去。门内有一条曲径,自门口通过了斜面,直达到山上去的。曲径的两旁,有许多苍老的梅树种在那里,他知道这就是梅林了。顺了那一条曲径,往北的从斜面上走到山顶的时候,一片同图画似的平地,展开在他的眼前。这园自从山脚上起,跨有

朝南的半山斜面，同顶上的一块平地，布置得非常幽雅。

山顶平地的西面是千仞的绝壁，与隔岸的绝壁相对峙，两壁的中间，便是他刚走过的那一条自北趋南的通路。背临着了那绝壁，有一间楼屋，几间平屋造在那里。因为这几间屋，门窗都闭在那里，他所以知道这定是为梅花开日，卖酒食用的。楼屋的前面，有一块草地，草地中间，有几方白石，围成了一个花园，圈子里，卧着一枝老梅，那草地的南尽头，山顶的平地正要向南斜下去的地方，有一块石碑立在那里，系记这梅林的历史的。他在碑前的草地上坐下之后，就把买来的零食拿出来吃了。

吃了之后，他兀兀的在草地上坐了一会。四面并无人声，远远的树枝上，时有一声两声的鸟鸣声飞来。他仰起头来看看澄清的碧落，同那皎洁的日轮，觉得四面的树枝房屋，小草飞禽，都一样的在和平的太阳光里，受大自然的化育。他那昨天晚上的犯罪的记忆，正同远海的帆影一般，不知消失到那里去了。

这梅林的平地上和斜面上，又来又去的曲径很多。他站起来走来走去的走了一会，方晓得斜面上梅树的中间，更有一间平屋造在那里。从这一间房屋往东的走去几步，有眼古井，埋在松叶堆中，他摇摇井上的唧筒看，呷呷的响了几声，却抽不起水来。他心里想：

"这园大约只有梅花开的时候，开放一下，平时总没有人住的。"

想到这里他又自言自语的说：

"既然空在这里，我何妨去问园主人去借住借住。"

想定了主意，他就跑下山来，打算去寻园主人去。他将走到门口的时候，恰好遇见了一个五十来岁的农夫走进园来。他对那农夫道歉之后，就问他说：

"这园是谁的，你可知道？"

"这园是我经管的。"

"你住在什么地方的？"

"我住在路的那面。"

一边这样的说，一边那农民指着通路两边的一间小屋给他看。他向西一看，果然在两边的高壁尽头的地方，有一间小屋在那里。他点了点头，又问说：

"你可以把园内的那间楼屋租给我住么？"

"可是可以的，你只一个人么？"

"我只一个人。"

"那你可不必搬来的。"

"这是什么缘故呢？"

"你们学校里的学生，已经有几次搬来过了，大约都因为冷静不过，住不上十天，就搬走的。"

"我可同别人不同，你但能租给我，我是不怕冷静的。"

"这样哪里有不租的道理，你想什么时候搬来？"

"就是今天午后吧。"

"可以的，可以的。"

"请你就替我扫一扫干净，免得搬来之后着忙。"

"可以可以。再会！"

"再会!"

（六）

搬进了山上梅园之后,他的忧郁症 Hypochondria 又变起形状来了。

他同他的北京的长兄,为了一些儿细事,竟生起龃龉来。他发了一封长长的信,寄到北京,同他的长兄绝了交。

那一封信发出之后,他呆呆的在楼前草地上想了许多时候。他自家想想看,他便是世界上最不幸的人了。其实这一次的决裂,是发始于他的。同室操戈,事更甚于他姓之相争,自此之后,他恨他的长兄竟同蛇蝎一样。他被他人欺侮的时候,每把他长兄拿出来作比:

"自家的弟兄,尚且如此,何况他人呢!"

他每达到这一个结论的时候,必尽把他长兄待他苛刻的事情,细细回想出来。把各种过去的事迹,列举出来之后,就把他长兄判决是一个恶人,他自家是一个善人。他又把自家的好处列举出来,把他所受的苦处,夸大的细数起来。他证明得自家是一个世界上最苦的人的时候,他的眼泪就同瀑布似的流下来。他在那里哭的时候,空中好像有一种柔和的声音在对他说:

"啊吓,哭的是么?那真是冤屈了你了。像你这样的善人,受世人的那样的虐待,这可真是冤屈了你了。罢了罢了,这也是天命,你别再哭了,怕伤害了你的身体!"

他心里一听到这一种声音,就舒畅起来。他觉得悲苦的中间,也有无穷的甘味在那里。

他因为想复他长兄的仇,所以就把所学的医科丢弃了,改入文科里去。他的意思,以为医科是他长兄要他改的,仍旧改回文科,就是对他长兄宣战的一种明示。并且他由医科改入文科,在高等学校须迟卒业一年。他心里想,迟卒业一年,就是早死一岁,你若因此迟了一年,就到死可以对你长兄含一种敌意。因为他恐怕一二年之后,他们弟兄两人的感情,仍旧要和好起来;所以这一次的转科,便是帮他永久敌视他长兄的一个手段。

气候渐渐儿的寒冷起来,他搬上山来之后,已经有一个月了。几日来天气阴郁,灰色的层云,天天挂在空中。寒冷的北风吹来的时候,梅林的树叶,每息索息索的飞掉下来。

初搬来的时候,他卖了些旧书,买了许多炊饭的器具,自家烧了一个月饭,因为天冷了,他也懒得烧了。他每天的伙食,就一切包给了山脚下的园丁家包办,所以他近来只同退院的闲僧一样,除了怨人骂己之外,更没有别的事情了。

有一天早晨,他侵早的起来,把朝东的窗门开了之后,他看见前面的地平线上有几缕红云,在那里浮荡。东天半角,反照出一种银红的灰色。因为昨天下了一天微雨,所以他看了这清新的旭日,比平日更添了几分欢喜。他走到山的斜面上,从那古井里汲了水,洗了手面之后,觉得满身的气力,一霎时都回复了转来的样子。他便跑上楼去,拿了一本黄仲则的诗集下来,一边高声朗读,一边尽在那梅林的曲径里,跑来跑去的跑圈子。不多一会,太阳起来了。

从他住的山顶向南方看去,眼下看得出一大平原。平原里的稻田,都尚未收割起。金黄的谷色,以绀碧的天空作了背景,反映着一天太阳的晨光,那风景正同看密来(Millet)的田园清画一般。他觉得自家好像已经变了几千年前的原始基督教徒的样子,对了这自然的默示,他不觉笑起自家的气量狭小起来。

"赦饶了！赦饶了！你们世人得罪于我的地方，我都饶赦了你们罢，来，你们来，都来同我讲和罢！"

手里拿着了那一本诗集，眼里浮着两泓清泪，正对了那平原的秋色，呆呆的立在那里想这些事情的时候，他忽听见他的近边，有两人在那里低声的说：

"今晚上你一定要来的哩！"

这分明是男子的声音。

"我是非常想来的，但是恐怕……"

他听了这娇滴滴的女子的声音之后，好像是被电气贯穿了的样子，觉得自家的血液循环都停止了。原来他的身边有一丛长大的苇草生在那里，他立在苇草的右面，那一男女，大约是在苇草的左面，所以他们两个还不晓得隔着苇草，有人站在那里。那男人又说：

"你心好好，请你今晚来罢，我们到如今还没在被窝里睡过觉。"

"……"

他忽然听见两人的嘴唇，灼灼的好像在那里吮吸的样子。他同偷了食的野狗一样。就惊心吊胆的把身子屈倒去听了。

"你去死罢，你去死罢，你怎么会下流到这样的地步！"

他心里虽然如此的在那里痛骂自己，然而他那一双尖着的耳朵，却一言半语也不愿意遗漏，用了全副精神在那里听着。

地上的落叶索息索息的响了一下。

解衣带的声音。

男人嘶嘶的吐了几口气。

舌尖吮吸的声音。

女人半轻半重，断断续续的说：

"你！……你！……你快……快××吧。……别……别……别被人……被人看见了。"

他的面色，一霎时的变了灰色了。他的眼睛同火也似的红了起来。他的上颚骨同下颚骨呷呷的发起颤来。他再也站不住了。他想跑开去，但是他的两只脚，总不听他的话。他苦闷了一场，听听两人出去了之后，就同落水的猫狗一样，回到楼上房里去，拿出被窝来睡了。

（七）

他饭也不吃，一直在被窝里睡到午后四点钟的时候才起来。那时候夕阳洒满了远近。平原的彼岸的树林里，有一带苍烟，悠悠扬扬的笼罩在那里。他踉踉跄跄的走下了山，上了那一条自北趋南的大道，穿过了那平原，无头无绪的尽是向南的走去。走尽了平原，他已经到了神宫前的电车停留处了。那时候却有从南面有一乘电车到来，他不知不觉就跳了上去，既不知道他究竟为什么要乘电车，也不知道这电车是往什么地方去的。

走了十五六分钟，电车停了，开车的教他换车，他就换了一乘车。走了二三十分钟，电车又停了，他听见说是终点了，他就走了下来。他的面前就是筑港了。

前面一片汪洋的大海，横在午后的太阳光里，在那里微笑。超海而南有一发青山，隐隐的浮在透明的空气里。西边是一脉长堤,直驰到海湾的心里去。堤外有一处灯台,同巨人似的,立在那里。几艘空船和几只舢板,轻轻的在系着的地方浮荡。海中近岸的地方,有许多浮标,饱受了斜阳,红红的浮在那里。远处风来,带着几句单调的话声,既听不清楚是什么话,也不知道是从那里来的。

他在岸边上走来走去走了一会,忽听见那一边传过了一阵击磬的声来。他跑过去一看,原来是为唤渡船而发的。他立了一会,看有一只小火轮从对岸过来了。跟着了一个四五十岁的工人,他也进了那只小火轮去坐下了。

渡到东岸之后,上前走了几步,他看见靠岸有一家大庄子在那里。大门开得很大,庭内的假山花草,布置得楚楚可爱。他不问是非,就蹿了进去。走不上几步,他忽听得前面家中有女人的娇声叫他说:

"请进来吓!"

他不觉惊了一下,就呆呆的站住了。他心里想:

"这大约就是卖酒食的人家,但是我听见说,这样的地方,总有妓女在那里的。"

一想到这里,他的精神就抖擞起来,好像是一桶冷水浇上身来的样子。他的面色立时变了。要想进去又不能进去,要想出来又不得出来;可怜他那同兔儿似的小胆,同猿猴似的淫心,竟把他陷到一个大大的难境里去了。

"进来吓! 请进来吓!"里面又娇滴滴的叫了起来,带着笑声。

"可恶东西,你们竟敢欺我胆小么?"

这样的怒了一下,他的面色更同火也似的烧了起来,咬紧了牙齿,把脚在地上轻轻的蹬了一蹬,他就捏了两个拳头,向前进去,好像是对了那几个年轻的侍女宣战的样子,但是他那青一阵红一阵的面色,和他的面上的微微儿在那里震动的筋肉,总隐藏不过。他走到那几个侍女的面前的时候,几乎要同小孩似的哭出来了。

"请上来!"

"请上来!"

他硬了头皮,跟了一个十七八岁的侍女走上楼去,那时候他的精神已经有些镇静下来了。走了几步,经过一条暗暗的夹道的时候,一阵恼人的花粉香气,同日本女人特有的一种肉的香味,和头发上的香油气息合作了一处,哼的扑上他的鼻孔来。他立刻觉得头晕起来,眼睛里看见了几颗火星,向后边跌也似的退了一步。他再定睛一看,只见他的前面黑暗暗的中间,有一长圆形的女人的粉面,堆着了微笑,在那里问他说:

"你! 你还是上靠海的地方去呢? 还是怎样?"

他觉得女人口里吐出来的气息,也热和和的哼上他的面来。他不知不觉把这气息深深的吸了口。他的意识,感觉到他这行为的时候,他的面色又立刻红了起来。他不得已只能含含糊糊的答应她说:

"上靠海的房间里去。"

进了一间靠海的小房间,那侍女便问他要什么菜。他就回答说:

"随便拿几样来罢。"

"酒要不要?"

"要的。"

那侍女出去之后，他就站起来推开了纸窗，从外边放了一阵空气进来。因为房里的空气，沉浊得很，他刚才在夹道中闻过的那一阵女人的香味，还剩在那里，他实在是被这一阵气味压迫不过了。

一湾大海，静静的浮在他的面前。外边好像是起了微风的样子，一片一片的海浪，受了阳光的返照，同金鱼的鱼鳞似的，在那里微动。他立在窗前看了一会，低声的吟了一句诗出来：

"夕阳红上海边楼。"

他向西的一望，见太阳离西南的地平线只有一丈多高了。呆呆的看了一会，他的心思怎么也离不开刚才的那个侍女。她的口里的头上的面上的和身体上的那一种香味，怎么也不容他的心思去想别的东西。他才知道他想吟诗的心是假的，想女人的肉体的心是真的了。

停了一会，那侍女把酒菜搬了进来，跪坐在他的面前，亲亲热热的替他上酒。他心里想仔仔细细的看她一看，把他的心里的苦闷都告诉了她，然而他的眼睛怎么也不敢平视她一眼，他的舌根怎么也不能摇动一摇动。他不过同哑子一样，偷看看她那搁在膝上一双纤嫩的白手，同衣缝里露出来的一条粉红的围裙角。

原来日本的妇人都不穿裤子，身上贴肉只围着一条短短的围裙。外边就是一件长袖的衣服，衣服上也没有钮扣，腰里只缚着一条一尺多宽的带子，后面结着一个方结。她们走路的时候，前面的衣服每一步一步的掀开来，所以红色的围裙，同肥白的腿肉，每能偷看。这是日本女子特别的美处；他在路上遇见女子的时候，注意的就是这些地方。他切齿的痛骂自己，畜生！狗贼！卑怯的人！也便是这个时候。

他看了那侍女的围裙角，心里便乱跳起来。愈想同她说话，但愈觉得讲不出话来。大约那侍女是看得不耐烦起来了，便轻轻的问他说：

"你府上是什么地方？"

一听了这一句话，他那清瘦苍白的面上，又起了一层红色；含含糊糊的回答了一声，他呐呐的总说不出清晰的回话来。可怜他又站在断头台上了。

原来日本人轻视中国人，同我们轻视猪狗一样。日本人都叫中国人作"支那人"，这"支那人"三字，在日本，比我们骂人的"贱贼"还更难听，如今在一个如花的少女前头，他不得不自认说："我是支那人"了。

"中国呀中国，你怎么不强大起来！"

他全身发起抖来，他的眼泪又快滚下来了。

那侍女看他发颤发得厉害，想想让他一个人在那里喝酒，好教他把精神安镇安镇，所以对他说：

"酒就快没有了，我再去拿一瓶来罢。"

停了一会他听得那侍女的脚步声又走上楼来。他以为她是上他这里来的，所以就把衣服整了一整，姿势改了一改。但是他被她欺骗了。她原来是领了两三个另外的客人，上间壁的那一间房间里去的。那两三个客人都在那里对那侍女取笑，那侍女也娇滴滴的说：

"别胡闹了，间壁还有客人在那里。"

他听了就立刻发起怒来。他心里骂他们说：

"狗才！俗物！你们都敢来欺侮我么？复仇复仇，我总要复你们的仇。世间哪里有真心的女子！

那侍女的负心东西,你竟敢把我丢了么?罢了罢了,我再也不爱女人了,我再也不爱女人了。我就爱我的祖国,我就把我的祖国当作了情人罢。"

他马上就想跑回去发愤用功。但是他的心里,却很羡慕那间壁的几个俗物。他的心里,还有一处地方在那里盼望那个侍女再回到他这里来。

他按住了怒,默默的喝干了几杯酒,觉得身上热起来。打开了窗门,他看太阳就快要下山去了。又连饮了几杯,他觉得他面前的海景都朦胧起来。西面堤外的灯台的黑影,长大了许多。一层茫茫的薄雾,把海天融混作了一处。在这一层浑沌不明的薄纱影里,西方的将落不落的太阳,好像在那里惜别的样子。他看了一会,不知道是什么缘故,只觉得好笑。呵呵的笑了一回,他用手擦擦自家那火热的双颊,便自言自语的说:

"醉了醉了!"

那侍女果然进来了。见他红了脸,立在窗口在那里痴笑,便问他说:

"窗开了这样大,你不冷的么?"

"不冷不冷,这样好的落照,谁舍得不看呢?"

"你真是一个诗人呀! 酒拿来了。"

"诗人! 我本来是一个诗人。你去把纸笔拿了来,我马上写首诗给你看看。"

那侍女出去了之后,他自家觉得奇怪起来。他心里想:

"我怎么会变了这样大胆的?"

痛饮了几杯新拿来的热酒,他更觉得快活起来,又禁不得呵呵笑了一阵。他听见间壁房间里的那几个俗物,高声的唱起日本歌来,他也放大了嗓子唱着说:

> 醉拍阑干酒意寒,江湖寥落又冬残。
>
> 剧怜鹦鹉中州骨,未拜长沙太傅官。
>
> 一饭千金图报易,几人五噫出关难。
>
> 茫茫烟水回头望,也为神州泪暗弹。

高声的念了几遍,他就在席上醉倒了。

(八)

一醉醒来,他看看自家睡在一条红绸的被里,被上有一种奇怪的香气。这一间房间也不很大,但已不是白天的那一间房了。房中挂一张十烛光的电灯,枕头边上摆着一壶茶,两只杯子。他倒了二三杯茶,喝了之后,就跟跟跄跄的走到房外去。他开了门,却好白天的那侍女也跑过来了。她问他说:

"你! 你醒了么?"

他点了一点头,笑微微的回答说:

"醒了。便所是在什么地方的?"

"我领你去罢。"

他就跟了她去。他走过日间的那条夹道的时候,电灯点得明亮得很。远近有许多歌唱的声音,三弦的声音,大笑的声音传到他的耳朵里来。白天的情节,他都想出来了。一想到酒醉之后,他对那侍女说的那些话的时候,他觉得面上又发起烧来。

从厕所回到房里之后,他问那侍女说:

"这被是你的么?"

侍女笑着说:

"是的。"

"现在是什么时候了?"

"大约是八点四五十分的样子。"

"你去开了账来吧!"

"是。"

他付清了账,又拿了一张纸币给那侍女,他的手不觉微颤起来。那侍女说:

"我是不要的。"

他知道她是嫌少了。他的面色又涨红了,袋里摸来摸去,只有一张纸币了,他就拿了出来给她说:

"你别嫌少了,请你收了罢。"

他的手震动得更加厉害,他的话声也颤动起来了。那侍女对他看了一眼,就低声的说:

"谢谢!"

他一直的跑下了楼,套上了皮鞋,就走到外面来。

外面冷得非常,这一天大约是旧历的初八九的样子。半轮寒月,高挂在天空的左半边。淡青的圆形盖里,也有几点疏星,散在那里。

他在海边上走了一回,看看远岸的渔灯,同鬼火似的在那里招引他。细浪中间,映了银色的月光,好像是山鬼的眼波,在那里开闭的样子。不知是什么道理,他忽想跳入海里去死了。

他摸摸身边看,乘电车的钱也没有了。想想白天的事情看,他又不得不痛骂自己。

"我怎么会走上那样的地方去的?我已经变了一个最下等的人了。悔也无及,悔也无及。我就在这里死了罢。我所求的爱情,大约是求不到的了。没有爱情的生涯,岂不同死灰一样么?唉,这干燥的生涯,这干燥的生涯,世上的人又都在那里仇视我,欺侮我,连我自家的亲弟兄,自家的手足,都在那里排挤我到这世界外去。我将何以为生,我又何必生存在这多苦的世界里呢!"

想到这里,他的眼泪就连连续续的滴了下来。他那灰白的面色,竟同死人没有分别了。他也不举起手来揩揩眼泪,月光射到他的面上,两条泪线,倒变了叶上的朝露一样放起光来。他回转头来,看看他自家的那又瘦又长的影子,就觉得心痛起来。

"可怜你这清影,跟了我二十一年,如今这大海就是你的葬身地了。我的身子,虽然被人家欺辱,我可不该累你也瘦弱到这步田地的。影子呀影子,你饶了我罢!"

他向西面一看,那灯台的光,一霎变了红一霎变了绿的在那里尽它的本职。那绿的光射到海面上的时候,海面就现出一条淡青的路来。再向西天一看,他只见西方青苍苍的天底下,有一颗明星,在那里摇动。

"那一颗摇摇不定的明星的底下,就是我的故国,也就是我的生地。我在那一颗星的底下,也曾送过十八个秋冬,我的乡土吓,我如今再也不能见你的面了。"

他一边走着,一边尽在那里自伤自悼的想这些伤心的哀话。走了一会,再向那西方的明星看了一眼,他的眼泪便同骤雨似的落下来了。他觉得四边的景物,都模糊起来。把眼泪揩了一下,立住了脚,长叹了一声,他便断断续续的说:

"祖国呀祖国!我的死是你害我的!

"你快富起来!强起来罢!

"你还有许多儿女在那里受苦呢!"

一九二一年五月九日改作

(原载小说集《沉沦》,据《达夫全集》第二卷《鸡肋集》)

导读

《沉沦》是郁达夫的成名作,也是他早期的代表作。

小说的主人公是一个中国留日学生,他身处异邦,由于祖国的贫弱而备受民族歧视和屈辱,渴望纯洁的友谊和爱情而不可得。他孤独忧郁和多愁善感的性情发展成变态性心理,终于绝望弃世。小说对主人公性苦闷的大胆而率直的描写,反映了"五四"时期广大青年的共同苦闷,而"对于深藏在千年万年的背甲里的士大夫的虚伪,完全是一种暴风雨式的闪击"(郭沫若语),显示出较强的反封建色彩和个性解放的时代要求。小说结尾喊出了希望祖国早日富强起来的热切愿望,透露出强烈的爱国主义情思。

《沉沦》显示出郁达夫早期创作的主要特色。强烈的主观色彩,自觉的自我介绍和自我参与意识;直白坦荡的自我暴露,焦灼苦涩的呼告,一泻千里式的情感宣泄;作家现实生活与作品主人公生活的重叠,无拘无束的抒情体结构,构成了《沉沦》浓厚的自叙传色彩,开创了中国现代抒情小说之先河,并对后起作家产生了重要影响。

春风沉醉的晚上（存目）

郁达夫

导读

　　《春风沉醉的晚上》是郁达夫小说中的著名篇章，也是现代文学中最早反映工人生活的作品之一。

　　穷困潦倒的知识分子"我"和烟厂女工陈二妹，同住在贫民窟的一栋低矮黑暗的小房里，同是天涯沦落人的相似的境遇，使他们由陌生到相识，并结下真挚的友谊。小说突出地刻画了陈二妹善良、正直、诚恳的美好心灵，表现了她在沉重的生活重压下坚韧的意志和朴素的反抗精神，同时也揭示了小资产阶级知识分子与工人在同样的困境中完全可以走在一起，互相扶持、互相激励，共同与苦难的命运抗争这一生活真理。

　　作品布局谨严，情节起伏曲折，脉络清晰。小说写陈二妹与"我"的交往，从疑惧到信赖，后又发生误会，至最后建立友谊，曲折有致，也符合逻辑。作品主要是通过人物的眼睛来观察和分析人物的，女工陈二妹的形象就是以"我"的眼光、感触和印象来刻画的，带有"我"的情绪色彩。不过比之于郁达夫的其他作品，这篇小说具有较多的现实主义因素，叙事较明显地越出了自己的经历和情绪，比较真实客观地反映了自己以外的现实和人物。

隔　绝

淦女士

士轸！再想不到我们计划得那样周密，竟被我们的反动的势力战败了。固然我们的精神是绝对融洽的，然形式上竟被隔绝了。这是何等的厄运，对于我们的神圣的爱情！你现在也许悲悲切切的为我们的不幸的命运痛哭，也许在筹划救我出去的方法，如果你是个有为的青年，你就走第二条路。

从车站回来就被幽禁在这间小屋内。这间屋内有床，有桌，有茶儿，有椅子，及茶碗面盆之类都也粗备。只是连张破纸一枝秃头笔都寻不到。若不是昨晚我求我的表妹给我偷偷的送来几张纸和枝自来水钢笔，恐怕我真要寂寞死了。死了你还不知道我是怎样死的！

今天已是我被幽禁的第二天！我在这小屋内已经孤零零的过了一夜。我的哥哥姐姐们虽然很和我表同情，屡次谏我的母亲不要这般执扭，可是都失败了。她说我们这种行为直同奸识一样，我不但已经丢尽她的面子，并且使祖宗在泉下为我气愤，为我含羞。假如她们要再帮我，她就不活了。士轸啊！怎的爱情在我们看来是神圣的，高尚的，纯洁的，而他们却看得这样卑鄙污浊！

身命可以牺牲，意志自由不可以牺牲，不得自由我宁死。人们要不知道争恋爱自由，则所有的一切都不必提了。这是我的宣言，也是你常常听见的，我又屡次说道：我们的爱情是绝对的，无限的，万一我们不能抵抗外来的阻力时，我们就同走去看海去。你现在看我已到了这样的境地，还是这样偷安苟活着，或者以为我背前约了。唉，若然，你是完全错误了。

世界原是个大牢狱，人生的途中又偏生许多荆棘，我们还留恋些什么。况且万一有了什么意外的变动，你是必殉情的，那末我怎能独生！我所以不在我母亲捉我回来的时候，就往火车轨道中一跳，只待车轮子一动我就和这个恶浊世界长别的原因，就是这样。此刻离那可怕的日子(逼我做刘家的媳妇的一天)还有三天，刘慕汉现尚未到家，我现在方运动我的表妹和姐姐设法救我出去。假如爱神怜我们的至诚，保佑我们成功，由我们日后或逃往这个世界的别个空间，或径往别人世界去，仍然是相互搀扶着。不然，我怕我现在纵然消灭了，我的母亲或许仍把我这付皮囊送葬在刘家坟内，那是多么可耻的事。

我的姐姐责备我，说我不该回此来看母亲，不然则鸿飞冥冥，弋人何慕？我虽不曾同她深辩，我原谅她为我计划的苦心。可是，士轸！我承认她是错了。我爱你，我也爱我的妈妈，世界上的爱情，都是神圣的，无论是男女之爱，母子之爱。试想六十多岁的老母六七年不得见面了，现在有了可以亲近她老人家的机会，而还是一点归志没有，这算人吗？我此次冒险归来的目的是要使爱情在各方面的都满足。不想爱情的根本是只一个，但因为表现出来的方面不同就矛盾得不能两立了。

当我刚被送进这间小屋子的时候，我曾为我不幸的命运痛哭，哭得我的泪也枯了，嗓也哑了。我的母亲向来是何等慈善的性质，此刻不知怎样变得这样残酷，不但不来安慰我，还在隔壁对我的哥哥数我的罪状，说我们的爱情是大逆不道的。我听了更气，气了更哭，哭得倦了，呵！士轸呵！真奇怪，我不知几时室内的一切都变了，都变得和我们在京时一样！仿佛是热天，河中的荷叶密密的将水面盖了起来，好像一面翠色的毯子。红的花儿红得像我的双唇，白的更是清妍。在微波清浅的地方可以看得见游鱼唼喋萍藻，垂柳的条儿因风结了许多不同样的结子，风过处远远的送来阵阵清香，大概是栀子之类。又似乎是早上，荷花、柳枝，道旁的小草都满带着瀼瀼的零露。天边残月的光辉映得白色的荷花更显清丽绝伦。我们都穿着极薄的白色衣服，因景风过凉，相互拥抱着，坐在个石矶上边。你伸手折上个荷叶，当顶帽子往我头上戴。我登时抓了下来放在你的头上时，你夺去丢在一边。我生气了，你来陪罪，把我手紧紧握着，对我微笑。我也就顺势倚在你的怀里，一切自然的美景顷刻都已忘了，只觉爱的甜蜜神妙。天边起块黑云渐渐的长大起来，接着就落下青铜钱大的雨点子，更加着雷声隆隆，电光闪灼。忽然间你失了踪迹。我急得仰天大叫，"我的爱人哪去了？……"一急醒来，方知我是方才哭得太狠了，精神虚弱，因有此似梦非梦的幻觉。士轸！过去的一段玫瑰路上的光景比这好的多呢，世间的一切都是梦，也都是真。梦与真究有什么分别，我们暂且多作几个好梦吧！

晚上没有月，星是极稠密的。十一点后人都睡了，四围真寂静呵，恐怕是个绣花针儿落在地上也可以听得出声音。黑洞的天空中点缀着繁星，其间有堆不知叫作什么名字，手扯手作成了个大圆圈，看上去同项圈上嵌的一颗一颗的明珠宝石相仿佛。我此刻真不能睡了，我披衣下床来到窗前呆呆的对天空望着。历乱的星光，沉寂的夜景，假如加上个如眉的新月，不和去年冬天我们游中央公园那夜的景色一般吗？

就在这样的夜里，
月瘦如眉，
星光历乱，
一切喧嚣的声音，
都被摒在别个世界了。

就在这样的夜里，
我们相挽扶着，
一会伫立在社稷坛的西侧，
一会散步在小河边的老柏树下，
踏碎了柏子，
惊醒了宿鸦，
听得河冰夜裂的声音。

就在这样的夜里，
我们相拥抱着，
说了平日含羞不敢说的话，
拌了嘴，
又陪了罪，
更深深的了解了彼此的心际。

就在这样的夜里，

我们回想到初次见面的情况，

说着想着，

最后是相视而笑了。

爱的神秘，

夜的神秘，

这时节并在一起！

士轸！这不是我们去年的履迹吗？这不是你所称为极好的写实诗吗？朋友们读了这首诗，不是都很羡慕我们的甜蜜的生活吗？当我望着黑而无际的天空，低低的含泪念着的时候，我觉得那天晚上的情景都在我的眼前再现了。但是……但是情形的再现终究和真的差得远，它来得越甜蜜，我的心越觉得酸苦，越觉得痛楚。现在想使我得安慰，除非你把我拥抱在你的怀里，然而事实上怎样能够哟！

士轸！记得吗？在会馆里我们初次见面的时候，你从人缝中钻了出来，什么话都不说，先问别人哪位是绣华女士？你记得吗？初秋天气，一个很清爽的早晨，我们趁着"鬼东西"在考试，去游三贝子花园，刚进动物园门，阵阵凉风吹来，树林间都发出一种沙刺的声音，我那时因为穿得过少，支持不了这凉风的势力，就紧紧的靠着你走。你开始不敢握我的手，待走到了畅观楼旁绿树丛里，你左手抱着我的右肩，右手拉着我的左手，在那里踱来踱去，几次试着要接吻我，终归不敢。现在老实告诉你吧，士轸！那时我的心神也已经不能自持了，同维特的脚和绿蒂的脚接触时所感受的一样。你记得吗？因为在你室里你抱了我，把脸紧紧贴着我的右腮，我生气了回去写信骂你，你约我在东便门外河沿上道歉。刚相逢的时候，两人都是默默无言，虽肚里装了千言万语，眼里充满了热泪。后来还是你勉强嗫嚅的说："我明知道对于异性的爱恋的本能不应该在你身上发展，你的问题是能解决的，我的问题是不能解决的，……但是我不明白为什么对于我不爱的人非教亲近不可，而对于我的爱人略亲近点，他们就视为大逆不道？……"那时我虽然有些害怕，很诧异你怎的为爱情迷到这步田地，怕我们这段爱史得不到幸福的归结，但是听了你的"假如你承认这种举动对于你是失礼的，我只有自沉在这小河里；只要我们能永久这样，以后我听信你的话，好好读书"，教我心软了，我牺牲自己完成别人的情感，春草似的生遍了我的心田，我仿佛受了什么尊严的天命，立刻就允许了你的要求。你记得吗？在这桩事发生后，不久我们又去逛二闸，踏遍了秋郊，寻不到个人们的眼光注射不到的地方。后来还是你借事支开了舟子，躲在芦花深处拥抱了一会，Kiss了几下，那时太阳已快要落了，红光与远山的黛色相映，渲染出片紫色的晚霞来。林头水边也还有他的余光依恋着。满目秋色显出一片无限的萧瑟和悲壮的美，更衬得我们的行为的艺术化了。无何，苍茫的暮色自远而来，水上的波纹也辨不清悉，雪白的鸭儿更早已被人家唤回去，我们不得不舍陆登舟，重寻来时的途径。我们并肩坐在船板上，我半身都靠在你的怀里，小舟过处，桨儿拨水的声音和芦获的叶子发出的声音相和，宛如人们叹息的声气，但是我们心中的愉快，并不为外物所移。我们偎倚得更紧些，有时我想到前途的艰难，我几乎要倒在你怀里哭。你说我们的爱情是这样神圣纯洁，你还难受吗？……我们立志要实现易卜生、托尔斯泰所不敢实现的……你记得吗？就在那年冬天，万牲园内宴春楼上，你在我的面前哭着，说除了我而外你什么都不信仰……我就是你的上帝。……实行……的请求。我回答你：自此而后我除了你外不再爱任何一个人，我们永久这样，待有了相当时机我们再……你的目的达到了，温柔的微笑登时在你那还含着余泪的眼上涌现出来,你先用手按着我的双肩,低低的叫我声姐姐。并说我们是……。后来你拉我坐在你的怀里。我手摸着你的颈子,你的头部低低垂着,恰恰到我的胸前。你哭诉了你在这个世界上所经历的,所遭逢的,最末一句是,"我自略知人事以来,没有碰到一桩满意的事,只有在我爱人眼前,不曾受过一次委曲……"往事怎堪回首呵! 爱的种子何尝痛苦烦恼的源泉,在人们未生之前,造物主已把甜蜜的花痛苦的刺调得均均匀匀的散布在人生的路上。造物主在造爱的糖果的时候,已将其中掺了痛苦的汁儿呵,不说了吧……我们的甜蜜生活岂是叙述得尽的? 这种情景的回忆,已经将我的心撕碎了,怎忍再教它们撕你的心呢? ……爱的人儿啊! ……

士轸! 我的唯一的爱人! 不要为我伤心! 哈梦雷特说,"只要我的躯壳属我的时候,我终是你的。"我可以对你说,只要我的灵魂还有一星半点儿知觉,我终不负你。

糊里糊涂地昨天给你写了两大张,此后无论我的精神怎样错乱,我总努力将我每天在这小屋内发生的感情写出来,这种办法我认为是于人无损,于我却有莫大的利益。因为万一我今生不出这个樊笼,就到别个世界去了,你也可以由此得略知我被拘后的生活情况。我的表妹已自告奋勇,说将来无论如何总使你看到我这点血泪。唉,我的泪又流了! 世间最惨的事,还有过于一个连死在那里的自由都被剥夺了的吗? 我现在还不及个已判决死刑而又将就去法场的因徒。因为他可以预先知道在什么时候什么地方死,好教他的亲人看他咽临终一口气。我呢,也许当我咽这口气的时候,在我眼前的是我不共戴天的仇人。

昨晚从给你写了那几句话后,我就勉强躺在床上,打算平心静气的想法儿逃走,谁知我们的过去生活——甜蜜的生活,好像水被地心的吸力吸得不能不就似的,在我心中涌出来了。呵,可惜人类的心太污浊了,最爱拿他们那卑鄙不堪的心,来推测别人。不然我怕没有一个人,只要他们曾听见过我们这回事,不相信并且羡慕我们爱情的纯洁神圣的。试想在两个爱到生命可以为他们的爱情牺牲的男女青年,相处了十几天而除却了拥抱和接吻密谈外,没有丝毫其他的关系,算不算古今中外爱史中所仅见的? 爱的人儿,我愿我们永久别忘了××旅馆中的最神圣的一夜,啊,它的神秘和美妙! 我含羞的默默的挨坐在床沿上不肯去睡,你来给我解衣服解到最里的一层,你代我把已解开的衣服掩了起来,低低的说道,"请你自己解吧……"说罢就远远的站在一边,像有什么尊严的什么监督着似的……当你抱我在你的怀里的时候,我虽说曾想到将来家庭会用再强横没有的手段压迫我们,破坏我们,社会上会怎样非难我们,伏在你怀里哭,可是我真觉得置身在个四无人烟,刺棘塞路,豺虎咆哮的山谷中一样。只有你是可依托的,你真爱我,能救我。……由此我深深的永久的承认人们的灵魂的确是纯洁。这种纯洁只在绝对的无限的实用时方才表现出来。人之所以能为人也就在这点灵魂的纯洁。

当我这样想时,天忽然下了雨了。淅淅沥沥打在窗外的芭蕉叶上,如怨如慕,如泣如诉。我曾竭诚默然的祝道: 快下吧,雨呀,下大了把被人类踏践脏了的地面,好好洗净,从新播自由,高尚,纯洁的爱的种子。

我的一生可说为爱情拨弄够了。因为母亲的爱,所以不敢毅然解除和刘家的婚约,所以冒险回来看她老人家。因为情人的爱,所以宁愿牺牲社会上的名誉,天伦的乐趣。这幕惨剧的作者是爱情,扮演给大家看的是我。我真要就上帝起交涉了。以后假如他不能使爱情在各方面都调和的,我誓要他种一颗爱子,我拔一颗爱苗,决不让爱字在这个世界再发现一次。索性让他们残酷得同野兽一样,你食我的肉,我寝你的皮,倒也痛快。

两天不自由的生活使我对于人间的一切明白了解了许多。我发现人类是自私的,纵然物质上可以牺牲自己以为别人,而精神上不妨因为要实现自己由历史环境得来的成见,置别人于不顾。母女可算世间最可爱的了,然而她们也不能逃出这个公例。其他更不用说了。又发现人间的关系无论是谁,你受他的栽培,就要受他的裁制。你说对吗?

今晨天忽晴了,阳光射在我的床上,屋内的一切似乎也都有了些生意。可是我的表妹同我的嫂嫂来看我时,都很惊异的说我比昨天憔悴得更多了。我的表妹的大而有光的眼里,更装满了清泪,这也是不足为怪的。好生原是人类的本能,人生的经途中也不尽是毒蛇猛兽,我们这样轻生的心理原是变态的。

她们因为慰藉我的无聊起见,送了一瓶花来,嫣红姹紫,清香扑鼻。不过我心中的难受由此更加几倍。我想到你送我的海棠花映着灯光娇艳的样儿,想到你在你的小花园内海棠树下读书的情形,花原是爱的象征,你送我的花我都用心坎上流出来的津液浸润着。当你在花下读书的时候,我曾用我的灵魂拥护你。现在呢,送花的人,爱花的人,都为造化小儿拨弄到这步田地,眼看爱的花已经快要枯萎了,还说甚么慰藉呢?

下午我又听见我的母亲在对我姐姐谈我们去年春天规定的计划,并且痛痛的骂我们……。士轸呵,伊尔文说每种关于爱情的计划都是可以原谅的,他们的见解怎的却和伊氏相反呢?……

谢天谢地! 我的表妹把我们的消息传通了。不然,我怕我们连死在一处的希望也没有了。可是再告诉你个怕人的消息,就是刘家的儿子今晚十二点钟就到了家了(我的表妹说的)。我若不于今晚上设法脱离此地,一定要像我说的看我咽最后一口气的人就是我的不共戴天之仇的人。但是事实上……不写明白,你总可猜得明白。

士轸,虽然我们相见的希望还有一丝存在,但是我觉得穿黑衣的神已来到我身边了,我们的爱史的末一叶怕就翻到了。我们统共都只活了念四五年,学问上不能对于社会有所贡献,但是我们的历史确是我们自己应该珍重的。我们的精神我们自己应该佩服的,无论如何我们总未向过我们良心上所不信任的势力乞怜。我们开了为要求恋爱自由而死的血路。我们应将此路情形指示给青年们,希望他们成功。不遭人忌是庸才,我也不必难受了。我能跑出去同你搬家到大海中住,听悲壮的涛声,看神秘的月色更好,万一不幸我是死了,你千万不要短气,你可以将我们的爱史的前前后后详详细细写出。六百封信,也将它们整好发出。……

我的表妹来了,她愿将此信送给你,并告诉我这间房的窗子只隔道墙就是一条僻巷,很可以逾越。今晚十二时你可在墙外候我。

1924 年 2 月

导读

《隔绝》是"五四"小说中表现青年男女恋爱生活的佳作。小说以书信体的形式,描述了以下的故事:女主人公被母亲幽禁在小屋里,被逼迫与父母择定的土财主的儿子结婚。但她决不屈服，一心系念着求学时候结识的情侣，秘密地给他写信，回忆甜蜜的往事，倾诉思念之苦，向往自由的生活，并且筹划着与情侣一起逾墙潜逃。小说反映了一对青年恋人对封建婚姻制度的勇敢反抗，对爱情幸福和自由意志的执着追求。小说充满着"五四"青年生机勃勃的青春活力，也表现了他们反封建礼教的坚贞不屈的精神和追求个性解放、恋爱自由的强烈愿望。

小说文笔晓畅，语言清新、明丽、素朴，以女作家特有的细密笔调、精致的构思和蕴蓄其间的纤纤情愫，倾吐了主人公的肺腑之言，充分袒露了隐藏在恋爱中的女性内心复杂微妙的情感，使作品极富感染力。作品运用第一人称手法，抒情性较强，并带有作家的自我寄托，鲜明地显现了浪漫主义倾向的艺术个性。

残 春

郭沫若

一

壁上的时钟敲打着四下了。

博多湾水映在太阳光下,就好像一面极大的分光图,划分出无限层彩色。几只雪白的帆船徐徐地在水上移徙。我对着这种风光,每每想到古人扁舟载酒的遗事,恨不得携酒两瓶,坐在那明帆之下尽量倾饮了。

正在我凝视海景的时候,楼下有人扣门,不多一刻,晓芙走上楼来,说是有位从大孤来的朋友来访问我。我想我倒有两位同学在那儿的高等工业学校读书。一位姓黎的已经回了国,还有一位姓贺的我们素常没通信往来,怕是他来访问我了。不然,便会是日本人。

我随同晓芙走下楼,远远瞥见来人的面孔,他才不是贺君,但是他那粉白色的皮肤,平滑无表情的相貌,好像是我们祖先传下的一种烙印一样,早使我知道他是我们黄帝子孙了。并且他的颜面细长,他的隆准占据中央三分天下有其二的疆域。他洋服的高领上又还露出一半自由无领的蟛蜞,所以他给我的第一印象,就好像一只白色的山羊。待我走到门前,他递一张名片给我。我拿到手里一看,恰巧正是"白羊"两字,倒使我几乎失声而笑了。

白羊君和我相见后,他立在门次便向我说道:

——"你我虽是不曾见过面,但是我是久已认得你的人。我的同学黎君,是你从前在国内的同学,他常常谈及你。"

几年来不曾听见过四川人谈话了,听着白羊君的声音,不免隐隐起了一种恋乡的情趣。他又接着说道:

——"我是今年才毕业的,我和一位同学贺君,他也是你从前在国内的同学,同路回国。"

——"贺君也毕了业吗?"

——"他还没有毕业,他因为死了父亲,要回去奔丧。他素来就有些神经病,最近听得他父亲死耗,他更好像疯了的一般,见到人就磕头,就痛哭流涕,我们真是把他没法。此次我和他同船回国,他坐三等,我坐二等,常走去看顾他。我们到了门司,我因为要买些东西,上岸去了,留他一个人在船上。等我回船的时候,我才晓得他跳了水。"

——"甚么? 跳了水?"我吃惊地反问了一声。

白羊君接着说道:"倒幸有几位水手救起了他,用捞钩把他钩出了水来。我回船的时候,正看见他们在岸上行人工呼吸,使他吐水,他倒渐渐地苏醒转来了。水手们向我说,他跳水的时候,脱了头上的帽子,高举在空中画圈,口中叫了三声万岁,便扑通一声跳下海里去了。"白羊君说到他跳水的光景还用同样的手法身势来形容,就好象逼真地亲眼见过的一样。

——"但是船医来检验时,说是他热度甚高,神经非常兴奋,不能再继续航海,在路上恐不免更有意外之虞。因此我才决计把他抬进就近的一家小病院里去。我的行李通统放在船上,我也没有工夫去取,便同他一齐进了病院了。入院已经三天,他总是高烧不退,每天总在摄氏四十度上下,说是尿里又有蛋白质,怕是肺炎、胃脏炎、肝炎并发了。所以他是命在垂危。我在门司又不熟,很想找几位朋友来帮忙。明治专门学校的季君我认得他,我不久要写信去。他昨天晚上又说起来,说是'能得见你一面,便死也甘心',所以我今天才特地跑来找你。"

白羊君好容易才把来意说明了,我便请他同我上楼去坐。因为往门司的火车要六点多钟才有,我们便留着白羊君吃了晚饭来同去,晓芙便往灶下去弄饭去了。

好像下了一阵骤雨,突然晴明了的夏空一样,白羊君一上楼把他刚才的焦灼,忘在脑后去了。他走到窗边去看望海景,极口赞美我的楼房。他又踱去踱来,看我房中的壁画,看我壁次的图书。

他问我:"听说你还有两位儿子,怎么不见呢?"

我答道:"邻家的妈妈把他们引到海上去玩耍去了。"

我问他:"何以竟能找得到我的住所?"

他答道:"是你的一位同学告诉我的。我从博多驿下车的时候,听说这儿在开工业博览会,我是学工的人,我便先去看博览会来,在第二会场门首无意之间遇着你一位同学,我和他同过船,所以认得。是他告诉我,我照着他画的路图找来了。你这房子不是南北向吗?你那门前正有一眼水井,一座神社,并且我看见你楼上的桌椅,我就晓得是我们中国人的住所了①。不是你同学告诉我的时候,我还会到你学校去问呢。"

同他打了一阵闲话,我告了失陪,也往楼下去帮晓芙弄饭去了。

二

六点半钟的火车已到,晓芙携着一个儿子,抱着一个儿子,在车站上送行。车开时,大的一个儿子,要想跟我同去,便号哭起来,两只脚儿在月台上蹴着如像踏水车一般。我便跳下车去,抱着他接吻了一回,又跳上车去。车已经开远了,母子三人的身影还仁立在月台上不动。我向着他们不知道挥了多少回数的手,等到火车转了一个大弯,他们的影子才看不见。火车已飞到海岸上来,太阳已西下,一天都是鲜红的霞血,一海都是赤色的葡萄之泪。我回过头来,看见白羊君脱帽在手,还在向车站方面挥举,我禁不住想起贺君跳海的光景来。

——可怜的是贺君了!我不知道他为甚么要跳海,跳海的时候,为甚么又要脱帽三呼万岁。那好像在这现实之外有甚么眼不以见的"存在"在引诱他,他好像 Odysseus 听着 Siren 的歌声一样。

——我和我的女人,今宵的分离,要算是破题儿第一夜了。我的儿子们今晚睡的时候,看见我没有回家,明朝醒来的时候,又看见我不在屋里,怕会疑我是被甚么怪物捉了去呢。

——万一他是死了的时候,那他真是可怜!远远来到海外,最终只是求得一死!……

——但是死又有甚么要紧呢?死在国内,死在国外,死在爱人的怀中,死在荒天旷野里,同是闭着眼睛,走到一个未知的世界里去,那又有甚么可怜不可怜呢?我将来想死的时候,我想跳进火山口

---

① 日本人一般不用桌椅。

里去,怕是最痛快的一个死法。

——他那悲壮的态度,他那凯旋将军的态度! 不知道他愿不愿意火葬? 我觉得火葬法是最单纯,最简便,最干净的了。

——儿子们怕已经回家了,他们回去,看见一楼空洞,他们会是何等地寂寞呢? ……

默默地坐在火车中,种种想念杂然而来。白羊君坐在我面前痉挛着嘴唇微笑,他看见我在看他,便向我打起话来。

他说:"贺君真是有趣的人,他说过他自己是'龙王'呢!"

——"是怎么一回事?"

——"那是去年暑假的时候了,我们都是住在海岸上的。贺君有一天早晨在海边上捉了小鱼回来,养在一个大碗里面。他养了不多一刻,又拿到海里去放了。他跑来向我们指天画地地说,说他自己是龙王,他放了的那匹小鱼,原来是条龙子。他把他这条龙子一放下了海去,四海的鱼鳞都来朝贺来了。我们听了好笑。"

——"恐怕他在说笑话罢?"

——"不,他诸如此类疯癫识倒的事情还很多。他是有名的吝啬家,但是他却肯出不少钱来买许多幅画,装饰得一房间都是。他又每每任意停一两礼拜的课,我们以为他病了,走去看他时,他在关着门画画。"

——"他这很像是位天才的行径呢!"我惊异地说了,又问道:"他画的画究竟怎么样?"

白羊君说道:"我也不晓得他的好,不过他总也有些特长,他无论走到甚么名胜地方去,他便要捡些石子和蚌壳回来,在书案上摆出那地方的形势来做装饰。"

白羊君愈是谈出贺君事来,我愈觉得他好像是一位值得惊异的人。我们从前的中国同学的时候,他在下面的几班,我们不幸也把他当着弱小的低能儿看了。这些只晓得穿衣吃饭的自动木偶! 为甚么偏会把异于常人的天才,当成狂人、低能儿、怪物呢? 世间上为甚么不多多产出一些狂人怪物来哟?

火车已经停过好几站了。电灯已经发了光。业中人不甚多,上下车的人也很少,但是纸烟的烟雾,却是充满了四隅。乘车的人都好像蒙了一层油糊,有的一人占着两人的座位,侧身一倒便横卧起来;有的点着头儿如像在滚西瓜一样。车外的赤色的世界已渐渐转虚无里去了。

三

"Moji! Moji!"

门司到了,月台上叫站的声音分外雄势。

门司在九州北端,是九州诸铁道的终点。若把九州比成一片网脉叶,南北纵走诸铁道就譬如是叶脉,门司便是叶柄的结托处,便是诸叶脉的总汇处。坐车北上的人到此都要下车,要往日本本岛的,或往朝鲜的,都要再由海路向下关或釜山出发。

木履的交响曲! 这要算是日本停车场下车的特有的现象了。坚硬的木履踏在水门汀的月台上,汇成一片杂乱的噪音,就好像有许多马蹄的声响。八年前我初到日本的时候,每到一处停车场都要听得这种声响,我当时以为日本帝国真不愧是军国主义的楷模,各地停车场竟都有若干马队驻扎。

我同白羊君下了车，被这一片音涛，把我们冲到改札口去。驿壁上的挂钟，长短两针恰好在第四象限上形成一个正九十度的直角了。

出了驿站，白羊君引我走了许多大街和侧巷，彼此都没有话说。最后走到一处人家门首，白羊君停了步，说是到了；我注意一看，是家上下两层的木造街房，与其说是病院，宁可说是下宿。只有门外挂着的一道辉煌的长铜牌，上面有黑漆的"养生医院"四个字。

贺君的病室就在靠街的楼下，是间六铺席子的房间，正中挂着一盏电灯，灯上罩着一张紫铜色包单，映射得室中光景异常惨淡。一种病室特有的奇臭，热气、石炭酸气、酒精气、汗气、油纸气……种种奇气的混淆。病人睡在靠街的窗下。看护妇一人跪在枕畔，好像替他省脉。我们进去时，她点头行了一礼，请我们往邻接的侧室里去。

侧室是三铺席子的长条房间，正中也有一盏电灯，靠街窗下有张小小的矮桌，上面陈设有镜匣和其他杯瓶之类。房中有脂粉的浓香。我们屏息一会，看护妇走过来了。她是中等身体，纤巧的面庞。

——"这是 S 姑娘。"

——"这是我的朋友爱牟君。"

白羊君替我们介绍了，随着便问贺君的病状。她跪在席上，把两手叠在膝头，低声地说：

——"今天好得多了。体温渐渐平复了。刚才检查过一次，只不过三十七度二分，今早是三十八度，以后怕只有一天好似一天的了。只有精神还有些兴奋，刚才才用了催眠药，睡下去了。"

她说话的时候，爱把她的头偏在一边，又时时爱把她的眉头皱成"八"字。她的眼睛很灵活，晕着粉红的两颊，表示出一段处子的夸耀。

我说道："那真托福极了！我深怕他是肺炎，或者是其他的急性传染病，那就不容易望好呢。"

——"真的呢。——倒是对不住你先生，你先生特地远来，他才服了睡药。"

——"病人总得要保持安静才好。……"

白羊君插口说道："S 姑娘！你不晓得，我这位朋友，他是未来的 doctor，他是医科大学生呢！"

——"哦，爱牟先生！"她那黑石般的眼仁，好像分外放出了一段光彩。"我真喜欢学医的人。你们学医的人真好！"

我说："没有甚么好处，只是杀人不偿命罢了。"

——"啊啦！"她好像注意到她的声音高了一些，急忙用右手把口掩了一下。"那有……那有那样的事情呢。"

四

辞出医院，走到白羊君寓所的时候，已经是十一点过了。上楼，通过一条长长的暗道，才走进了白羊的寝室。扭开电灯时，一间四铺半的小房现出。两人都有些倦意，白羊君便命旅馆的女仆开了两床铺陈，房间太窄，几乎不能容下。

我们睡下了。白羊君更和我谈了些贺君的往事，随后他的话头渐渐转到 S 姑娘身上去了。他说他喜欢 S 姑娘，说她本色；说她是没有父母兄弟的孤人；说她是生在美国，她的父母都是死在美国的；说她是由日本领事馆派人送回国的，回日本时才三岁，由她叔母养大，从十五岁起便学做看护妇，已经做了三年了；说她常常说是肺尖不好，怕会得痨症而死。……他说了许多话，听到后来我渐渐模糊,渐渐不能辨别了。

门司市北有座尖锐高峰,名叫笔立山,一轮明月,正高高现在山头,好像向着天空倒打一个惊叹的符号(!)一样。我和S姑娘徐徐步上山去,俯瞰门司全市,鱼鳞般的屋瓦,反射着银灰色的光辉。赤间关海峡与昼间繁凑的景像迥然改观,几只无烟的船舶,好像梦中的鸥鹭一般,浮在水上。灯火明迷的彦岛与下关海市也隐隐可见。山东北露出一片明镜般的海面来,那便是濑户内海的两端了。山头有森森的古木,有好事者树立的一道木牌,横写着"天下奇观在此"数字。有茶亭酒店供游人息之所。

我和S姑娘登上山顶,在山后向着濑户内海的一座茶亭内坐下,对面坐下。卖茶的妈妈已经就了寝,山上一个人也没有。除去四山林木萧萧之声,甚么声息也没有。S姑娘的面庞不知道是甚么缘故,分外现出一种苍白的颜色,从山下登上山顶时,彼此始终无言,便是坐在茶亭之中,也是相对默默。

最后她终于耐不过岑寂,把她花蕾般的嘴唇破了:"爱牟先生,你是学医的人,医治肺结核病,到底有甚么好的方法没有?"她说时声音微微有些震颤。

——"你未必便有那种病症,你还要宽心些才好呢。"

——"我一定是有的。我夜来每肯出盗汗,我身体渐渐消瘦,我时常无端地感觉倦怠,食欲又不进,并且每月的……"说到此处她忍着不说了。我揣想她必定是想说月经不调,但是我也不便追问。我听了她说的这些症候,都是肺结核初期所必有的,更加以她那病质的体格,她是得了这种难治的病症断然无疑。但是我也不忍断言,使她失望,只得说道:

——"怕是神经衰弱罢,你还该求得高明的医生替你诊察。"

——"我的父母听说都是得的这种病症死的,是死在桑佛朗西司戈。我父母死时,我才满三岁,父母的样子我不记得了。我只记得一些影子,记得我那时候住过的房屋,比日本的要宏壮得许多。这种病症的体质,听说是有遗传性的。我自然不埋怨我的父母,我就得……早死,我也好……少受些这人世的风波。"她说着说着,便掩泣起来,我也有些伤感,无法安慰她的哀愁。沉默了半响她又说道:

——"我们这些人,真是有些难解,譬如佛家说:'三界无安,犹如火宅。'这个我们明明知道,但是我们对于生的执念,却是日深一日。就譬如我们喝葡萄酒一样,明明知道醉后的苦楚,但是总不想停杯!……爱牟先生!你直说罢!你说,像我这样的废人,到底还有生存的价值没有呢?……"

——"好姑娘,你不要过于感伤了。我不是对着你奉承,像你这样从幼小而来便能自食其力的,我们对于你,倒是惭愧无地呢!你即使有甚么病症,总该请位高明的医生诊察的好,不要空自担忧,反转有害身体呢。"

——"那么,爱牟先生,你就替我诊察一下怎么样?"

——"我还是未成林的笋子呢!"

——"啊啦,你不要客气了!"说着便缓缓地袒出她的上半身来,走到我的身畔。她的肉体就好像大理石的雕像,她鲜着的两肩,就好像一颗剥了壳的荔枝,胸上的两个乳房微微向上,就好像两朵未开苞的蔷薇花蕾。我忙立起身来让她坐,她坐下把她一对双子星,圆睁着望着我。我擦暖我的两手,正要去诊打她的肺尖,白羊君气喘吁吁地跑来,向我叫道:

——"不好了! 不好了! 爱牟! 爱牟! 你还在这儿逗留! 你的夫人把你两个孩儿杀了!"

我听了魂不附体地一溜烟便跑回我博多湾上的住家。我才跑到门首,一地都是幽静的月光,我看见门下倒睡着我的大儿,身上没有衣裳,全胸部都是鲜血。我浑身战栗着把他抱了起来。我又回头看见门前井边,倒睡着我第二的一个小儿,身上也是没有衣裳,全胸部也都是血液,只是四肢还微微有些蠕动,我又战栗着把他抱了起来。我抱着两个死儿,在月光之下,四处窜走。

"啊啊! 啊啊! 我纵使有罪,你杀我就是了! 为甚么要杀我这两个无辜的儿子? 啊啊! 啊啊! 这种惨剧是人所能经受的吗? 我为甚么不疯了去! 死了去哟!"

我一面跑,一面乱叫,最后我看见我的女人散着头发,披着白色寝衣,跨在楼头的扶栏上,向我骂道:

——"你这等于零的人! 你这零小数以下的人! 你把我们母子丢了,你把我们的两个儿子杀了,你还在假惺惺地作出慈悲的样子吗? 你想死,你就死罢! 上天叫我来诛除你这无赖之徒!"

说着,她便把手中血淋淋的短刀向我投来,我抱着我的两个儿子,一齐倒在地上。

惊醒转来,我依然还在抽气,我浑身都是汗水。白羊君的鼾声,邻室人的鼾声,远远有汽笛和车轮的声响。我拿白羊君枕畔的表来看时,已经四点三十分钟了。我睡着清理我的梦境,依然是明明显显地没有些儿模糊。啊! 这简单是 Medea 的悲剧了! 我再也不能久留,我明朝定要回去! 定要回去!

五

旅舍门前横着一道与海相通的深广的石濠,濠水作深青色,几乎要与两岸齐平了。濠中有木船数艘,满载石炭,徐徐在水上来往。清冷的朝气还在市中荡漾;我和白羊君用了早膳之后,要往病院里走去。病院在濠的彼岸,我们沿着石濠走,渡过濠上石桥时,遇着几位卖花的老妈妈,我便买了几枝白色的菖蒲花和红蔷薇,白羊君买了一束剪春罗。

走进病室的时候贺君便向我致谢,从被中伸出一只手来,求我握手。他说,他早听说 S 在讲,知道我昨晚来了。很说了些对不起的话,我把白菖蒲交给他,他接着把玩了一阵,叫我把花插在一个玻璃药瓶内。白羊君把蔷薇和剪春罗,拿到邻室里去了。

我问贺君的病状,他说已经完全脱体,只是四肢无力,再也不能起床。我看他的神气也很安闲,再不像有什么危险的症状了。

白羊君走过侧室去的时候,只听得 S 姑娘的声音说道:

——"哦,送来那么多的好花! 等我摘朵蔷薇来簪在鬓上罢!"

她不摘剪春罗,偏要摘取蔷薇,我心中隐隐感受着一种胜利的愉快。

他们都走过来了。S 姑娘好像才梳好了头,她的鬓,果然簪着一朵红蔷薇。她向我道了早安,把三种花分插在两个玻璃瓶内,呈出种非常愉快的脸色。Medea 的悲剧却始终在我心中来往,我不知道她昨晚上做的是甚么梦。我看见贺君已经复元,此处已用不着我久于勾留。我也不敢久于勾留了。我便向白羊君说,我要乘十点钟的火车回去。他们听了都好像出乎意外。

白羊君说:"你可多住一两天不妨罢?"

S 姑娘说:"怎么才来就要走呢?"

我推诿着学校有课，并且在六月底有试验，所以不能久留。他们总苦苦劝我再住一两天，倒是贺君替我解围，我终得脱身走了。

午前十点钟，白羊君送我上了火车，彼此诀别了。我感觉得遗留了甚么东西在门司的一样，心里总有些依依难舍。但是我一心又早想回去看我的妻儿。火车行动中，我时时把手伸出窗外，在空气中作舟楫的运动，想替火车加些速度。好容易火车到了，我便飞也似地跑回家去，但是我的女人和两个儿子，都是安然无恙。我把昨夜的梦境告诉我女人听时，她笑着，说是我自己虚了心。她这个批评连我自己也不能否定。

回家后第三天上，白羊君写了一封信来，信里面还装着三片蔷薇花瓣。他说，自我走后，蔷薇花儿渐渐谢了，白菖蒲花也渐渐枯了，蔷薇花瓣，一片一片地落了下来，S姑娘教他送几片来替我作最后的诀别。他又说，贺君已能行步，再隔一两日便要起身回国了，我们只好回国后再见。我读了白羊君的来信，不觉起了一种伤感的情趣。我把蔷薇花片夹在我爱读的 Shelley 诗集中，我随手写了一张简单的明片寄往门司去：

> 谢了的蔷薇花儿，
>
> 一片两片三片，
>
> 我们别来才不过三两天，
>
> 你怎么便这般憔悴？
>
> 啊，我愿那如花的人儿，
>
> 不要也这般的憔悴！

1922 年 4 月 1 日脱稿

导读

本篇主要描述一个梦境。写留日学生爱牟去探望患病的朋友贺君，在医院中遇见一位秀逸的看护妇S姑娘，对她产生好感，夜晚睡梦中与她发生感情纠葛。小说故事简单，并无复杂情节，只不过是传达出作者性爱上的一种人生体验。

早期创造社作家的作品大都具有自叙传性质，不同程度上接受了精神分析学说，小说内容常常插入弗洛伊德式的梦境，采用意识流、新感觉等技巧，使作品具有某种现代主义倾向。可以说《残春》是创造社作家中最早运用这种手法来写性心理的小说。诚如作者所说，作品的"着力点并不是注重事实的进行"，乃是"注重心理的描写"，所以对于人物的"潜在意识的一种流动"予以充分的表现，作品就绘声绘色地描述了一个梦境。这个"梦"成了整篇小说的"顶点"，是"全篇结穴处"，解读了这个梦，也就解读了整篇小说。

黄　金

王鲁彦

　　陈四桥虽然是一个偏僻冷静的乡村,四面围着山,不通轮船,不通火车,村里的人不大往城里去,城里的人也不大到村里来。但每一家人家都是设着无线电话的,关于村中和附近地方的消息,无论大小,他们立刻就会知道,而且,这样的详细,这样的清楚,仿佛是他们自己做的一般。例如,一天清晨,桂生婶提着一篮衣服到河边去洗涤,走到大门口,遇见如史伯伯由一家小店里出来,一眼瞥去,看见他手中拿着一个白色的信封,她就知道如史伯伯的儿子来了信了,眼光转到他的脸上去,看见如史伯伯低着头一声不响的走着,她就知道他的儿子在外面不很如意了,倘若她再叫声说:"如史伯伯,近来萝卜很便宜,今天我和你去合买一担来好不好?"如史伯伯摇一摇头,微笑着说:"今天不买,我家里还有菜吃。"于是她就知道如史伯伯的儿子最近没有钱寄来,他家里的钱快要用完,快要……快要……了。

　　不到半天,这消息便会由他们自设的无线电话传遍陈四桥,由家家户户的门缝里窗隙里钻了进去,仿佛阳光似的,风似的。

　　的确,如史伯伯手里拿的是他儿子的信;一封不很如意的信,最近,信中说,不能寄钱来;的确,如史伯伯的钱快要用完,快要……快要……

　　如史伯伯很忧郁,他一回到家里便倒在藤椅上,躺了许久,随后便在房子里踱来踱去,苦恼地默想着。

　　"悔不该把这些重担完全交给了伊明,把自己的职务辞去,现在……"他想,"现在不到二年便难以维持,便要摇动,便要撑持不来原先的门面了……悔不该——但这有什么法子想呢? 我自己已是这样的老,这样的衰,讲了话马上就忘记,算算帐常常算错,走路又踉踉跄跄,谁喜欢我去做帐房,谁喜欢我去做跑街,谁喜欢我……谁喜欢我呢?"

　　如史伯伯想到这里,忧郁地举起两手往头上去抓,但一触着头发脱了顶的光滑的头皮,他立刻就缩回了手,叹了一口气。这显然是悲哀侵占了他的心,觉得自己老得不堪了。

　　"你总是这样的不快乐,"如史伯母忽然由厨房里走出来,说。她还没有象如史伯伯那么老,很有精神,一个肥胖的女人,但头发也有几茎白了。"你父母留给我们的只有一间破屋,一口破衣橱,一张旧床,几条板凳,没有田,没有多的屋。现在,我们已把家庭弄得安安稳稳,有了十几亩田,有了几间新屋,一切应用的东西都有,不必再向人家去借,只有人家向我们借,儿子读书知礼,又很勤苦——弄到这步田地,也够满意了,你还只是这样忧郁的做什么!"

　　"我没有什么不满意,"如史伯伯假装出笑容,说,"也没有什么不快乐,只是在外面做事惯了,有吃有笑有看,住在家里冷清清的,没有趣味,所以常常想,最好是再出去做几年事,而且,儿子书虽然读了几年,毕竟年纪还轻,我不妨再帮他几年。"

　　"你总是这样的想法,儿子够能干了,放心罢。——哦,我昨晚做了一个梦,忘记告诉你了:我看见伊明带了一顶五光十色的帽子,摇摇摆摆的走进门来,后面七八个人抬着一口沉重的棺材,我吓了一跳,醒来了。但是醒后一想,这是一个好梦:伊明带着五光十色的帽子,显然是做了官;沉重的棺材,明明就是做官得来的大财。这几天,伊明一定有银信寄到了。"如史伯母说着,不知不觉地眉飞目舞的欢喜起来。

听了这个,如史伯伯的脸上也现出了一阵微笑,他相信这帽子确是官帽,棺材确是财。但忽然想到刚才接着的信,不由得又忧郁起来,脸上的笑容又飞散了。

"这几天一定有钱寄到的,这是一个好梦。"他又勉强装出笑容,说。

刚才接到儿子一封信,他没有告诉她。

第二天午后,如史伯母坐在家里寂寞不过,便走到阿彩婶家里去。阿彩婶平日和她最谈得来,时常来往,她们两家在陈四桥都算是第二等的人家。但今天不知怎的,如史伯母一进门,便觉得有点异样:那时阿彩婶正侧面的立在弄子那一头,忽然转过身去,往里走了。

"阿彩婶,午饭吃过吗?"如史伯母叫着说。

阿彩婶很慢很慢的转过头来说:"呵,原来是如史伯母,你坐一坐,我到里间去去就来。"说着就进去了。

如史伯母是一个聪明人,她立刻又感到了一种异样:阿彩婶平日看见她来了,总是搬凳拿茶,嘻嘻哈哈的说个不休,做衣的时候,放下针线,吃饭的时候,放下碗筷,今天只隔几步路侧着面立着,竟会不曾看见,喊她时,她只掉过头来,说你坐一坐就走了进去,这显然是对她冷淡了。

她闷闷地独自坐了约莫十五分钟,阿彩婶才从里面慢慢的走了出来。

"真该死!他平信也不来,银信也不来,家里的钱快要用完了也不管!"阿彩婶劈头就是这样说。"他们男子都是这样,一出门,便任你是父亲母亲,老婆子女,都丢开了。"

"不要着急,阿彩叔不是这样一个人,"如史伯母安慰着她说,但同时,她又觉得奇怪了:十天以前,阿彩婶曾亲自对她说过,她还有五百元钱存在裕生木行里,家里还有一百几十元,怎的今天忽然说快要用完了呢?……

过了一天,这消息又因无线电话传遍陈四桥了:如史伯伯接到儿子的信后,愁苦得不得了,要如史伯母跑到阿彩婶那里去借钱,但被阿彩婶拒绝了。

有一天是裕生木行老板陈云廷的第三个儿子结婚的日子,满屋都挂着灯结着彩,到的客非常之多。陈四桥的男男女女都穿得红红绿绿,不是绸的便是缎的,对着外来的客,他们常露着一种骄矜的神气,仿佛说:你看,裕生老板是四近首屈一指的富翁,而我们,就是他的同族!

如史伯伯也到了。他穿着一件灰色的湖绉棉袍,玄色大花的花缎马褂。他在陈四桥的名声本是很好,而且年纪都比别人大,除了一个七十岁的阿瑚先生。因此,平日无论走到那里,都受族人尊敬。但这一天不知怎的,他觉得别人对他冷淡了,尤其是当大家笑嘻嘻地议论他灰色湖绉棉袍的时候。

"阿,如史伯伯,你这件袍子变了色了,黄了!"一个三十来岁的人说。

"真是,这样旧的袍子还穿着,也太俭省了,如史伯伯!"绰号叫做小耳朵的珊贵说,接着便是一阵冷笑。

"年纪老了还要什么好看,随随便便算了,还做什么新的,知道我还能活……"如史伯伯想到今天是人家的喜期,说到"活"字便停了口。

"老年人都是这样想,但儿子总应该做几件新的给爹娘穿。"

"你听,这个人专门说些不懂世事的话,阿凌哥!"如史伯伯听见背后稍远一点的地方有人这样说。"现在的世界,只有老子养儿子,还有儿子养老子的吗?你去打听打听,他儿子出门了一年多,寄了几个钱给他了!年轻的人一有了钱,不是赌就是嫖,还管什么爹娘!"接着就是一阵冷笑。

如史伯伯非常苦恼,也非常生气,这是他第一次听见人家的奚落。的确,他想,儿子出门一年多,不曾寄了多少钱回家,但他是一个勤苦的孩子,没有一刻忘记过爹娘,谁说他是喜欢赌喜欢嫖的呢?

他生着气踱到别的一间房子里去了。

喜酒开始,大家嚷着"坐,坐",便都一一的坐在桌边,没有谁提到如史伯伯,待他走到,为老年而设,地位最尊敬,也是他常坐的第一二桌已坐满了人,次一点的第三第五桌也已坐满,只有第四桌的下位还空着一位。

"我坐到这一桌来,"如史伯伯说着,没有往凳上坐。他想,坐在上位的品生看见他来了,一定会让给他的。但是品生看见他要坐到这一桌来,便假装着不注意,和别人谈话了。

"我坐到这一桌来,"他重又说一次,看有人让位子给他没有。

"我让给你,"坐在旁边,比上位卑一点的地方的阿琴看见品生故意装做不注意,过意不去,站起来,坐到下位去,说。

如史伯伯只得坐下了,但这侮辱是这样的难以忍受,他几乎要举起拳头敲碗盏了。

"品生是什么东西!"他愤怒的想,"三十几岁的木匠!他应该叫我伯伯!平常对我那样的恭敬,而今天,竟敢坐在我的上位!……"

他觉得隔座的人都诧异的望着他,便低下了头。

平常,大家总要谈到他,当面称赞他的儿子如何的能干,如何的孝顺,他的福气如何的好,名誉如何的好,又有田,又有钱;但今天座上的人都仿佛没有看见他似的,只是讲些别的话。

没有终席,如史伯伯便推说已经吃饱,郁郁的起身回家。甚至没有走得几步,他还听见背后一阵冷笑,仿佛正是对他而发的。

"品生这东西!我有一天总得报复他!"回到家里,他气愤愤的对如史伯母说。

如史伯母听见他坐在品生的下面,几乎气得要哭了。

"他们明明是有意欺侮我们!"她嗄着声说:"咳,运气不好,儿子没有钱寄家,人家就看不起我们,欺侮我们了!你看,这班人多会造谣言:不知那一天我到阿彩婶那里去了一次,竟说我是向她借钱去的,怪不得她许久不到我这里来了,见面时总是冷淡淡的。

"伊明再不寄钱来,真是要倒霉了!你知道,家里只有十几元钱了,天天要买菜买东西,如何混得下去!"

如史伯伯说着,又忧郁起来,他知道这十几元钱用完时,是没有地方去借的,虽然陈四桥尽多有钱的人家,但他们都一样的小器,他还没有开口,他们就先说他们怎样的穷了。

三天过去,第四天晚上,如史伯伯最爱的十五岁小女儿放学回家,把书包一丢,忍不住大哭了。如史伯伯和如史伯母好不伤心,看见最钟爱的女儿哭了起来,他们连忙抚慰着她,问她什么。过了许久,几乎如史伯母也要流泪了,她才停止啼哭,呜呜咽咽地说:

"在学校里,天天有人问我,我哥哥写信来了没有,寄钱回来了没有。许多同学,原先都是和我很要好的,但自从听见哥哥没有寄钱来,都和我冷淡了,而且还不时的讥笑地对我说,你明年不能读书了,你们要倒霉,你爹娘生了一个这样的儿子!……先生对我也不和气了,他总是天天的骂我愚蠢……我没有做错的功课,他也说我做错……今天,他出了一个题目,叫做《冬天的乡野》,我做好交给他看,起初称赞说好,做得很好,但忽然发起气来,说我是抄的!我问他从什么地方抄来,有没有证据。他回答不出来,反而愈加气怒,不由分说,拖下去打了二十下手心,还叫我面壁一点钟……"她说到这里又哭了,"他这样冤枉我……我不愿意再到那里读书去了!……"

如史伯伯气得呆了,如史伯母也只会跟着哭。他们都知道那位先生的脾气:对于有钱人家的孩子一向和气,对于没有钱的人家的孩子只是骂打的,无论他错了没有。

"什么东西!一个连中学也没有进过的混蛋!"如史伯伯拍着桌子说,"只认得钱,不认得人,配做先生!"

"说来说去,又是自己穷了,儿子没有寄钱来!咳,咳!"如史伯母揩着女儿的眼泪说,"明年让你到县里去读,但愿你哥哥在外面弄得好!"

一块极其沉重的石头压在如史伯伯夫妻的心上似的,他们几乎透不过气来了。真的穷了吗?当然不穷,屋子比人家精致,田比人家多,器用什物比人家齐备,谁说穷了呢?但是,但是,这一切不能拿去当卖!四周的人都睁着眼睛看着你,如果给他们知道,那么你真的穷了,比讨饭的还要穷了!讨饭的,人家是不敢欺侮的;但是你,一家中等人家,如果给了他们一点点,只要一点点,穷的预兆,那么什么人都要欺侮你了,比对于讨饭,对于狗,还厉害!……

过去了几天忧郁的时日,如史伯伯的不幸又来了。

他们夫妻两个只生了一个儿子,两个女儿:儿子出了门,大女儿出了嫁,现在住在家里的只有三个人,如果说此外还有,那便只有那只年轻的黑狗了。来法,这是黑狗的名字。它生得这样的伶俐,这样的可爱;它日夜只是躺在门口,不常到外面去找情人,或去偷别人家的东西吃。遇见熟人或是面貌和善的生人,他仍躺着让他进来,但如果遇见一个坏人,无论他是生人或熟人,他远远的就嗥了起来,如果没有得到主人许可,他就想进来,那么它就会跳过去咬那人的衣服或脚跟。的确奇怪,它不晓得是怎样辨别的,好人或坏人,而它的辨别,又竟和主人所知道的无异。夜里,如果有什么声响,它便站起来四处巡行,直至遇见了什么意外,它才嗥,否则是不做声的。如史伯伯一家人是这样的爱它,与爱一个二三岁的小孩一般。

一年以前,如史伯伯做六十岁生辰那一天,来了许多客。有一家人家差来了一个曾经偷过东西的人来送礼,一到门口,来法就一声不响的跳过去,在他的腿骨上咬了一口。如史伯伯觉得它这一天太凶了,在它头上打了一下,用绳子套了它的头,把它牵到花园里拴着,一面又连忙向那个人赔罪,拿药给他敷。来法起初嗥着,挣扎着,但后来就躺下了。酒席散后,有的是残肉残鱼,伊云,如史伯伯的小女儿,拿去放在来法的面前喂它吃,它一点也不吃,只是躺着。伊云知道它生气了,连忙解了它的绳子。但它仍旧躺着,不想吃。拖它起来,推它出去,它也不出去。如史伯伯知道了,非常的感动,觉得这惩罚的确太重了,走过去抚摩着它,叫它出去吃一点东西,它这才摇着尾巴走了。

"它比人还可爱!"如史伯伯常常这样的说。

然而不知怎的,它这次遇了害了。

约莫在上午十点钟光景,有人来告诉如史伯伯,说是来法跑到屠坊去拾肉骨吃,肚子上被屠户阿灰砍了一刀,现在躺在大门口噭着。如史伯伯和如史伯母听见都吓了一跳,急急忙忙跑出去看,果然它躺在那里噭,浑身发着抖,流了一地的血。看见主人去了,它掉转头来望着如史伯伯的眼睛。它的目光是这样的凄惨动人,仿佛知道自己就要永久离开主人,再也看不见主人,眼泪要涌了出来似的。如史伯伯看着心酸,如史伯母流泪了。他们检查它的肚子,割破了一尺多长的地方,肠都拖了出来了。

"你回去,来法,我马上给你医好,我去买药来。"如史伯伯推着它说,但来法只是望着噭着,不能起来。

如史伯伯没法,急急忙忙跑到药店里,买了一点药回来,给它敷上,包上。隔了几分钟,他们夫妻俩出去看它一次,临了几分钟,又出去看它一次。吃午饭时,伊云从学校里回来了,她哭着抚摩着它很久很久,如同亲生的兄弟遇了害一般的伤心,看见的人也都心酸。看看它哼得好一些,她又去拿了肉和饭给它吃,但它不想吃,只是望着伊云。

下午两点钟,它哼着进来了,肚上还滴着血。如史伯母忙找了一点棉花旧布和草,给它做了一个柔软的躺的窝,推它去躺着,但它不肯躺。它一直踱进屋后,满房走了一遍,又出去了,怎样留它也留不住。如史伯母哭了,她说它明明知道自己不能活了,舍不得主人和主人的家,所以又最后来走了一次,不愿意自己肮脏地死在主人家里,又到大门口去躺着等死了,虽然已走不动。

果然,来法是这样的,第二天早晨,他们看见它吐着舌头死在大门口,地上还流了一地的血。

"我必须为来法报仇!叫阿灰一样的死法!"伊云哭着,诅咒说。

"咳!不要做声,伊云,他是一个恶棍,没有办法的。受他欺侮的人多着呢!说来说去,又是我们穷了,不然他怎敢做这事情!……"说着,如史伯母也哭了起来。

听见"穷"字,如史伯伯脸色渐渐青白了,他的心撞得这样的厉害:犹如雷雨狂至时,一个过路的客人用着全力急急的敲一家不相识者的门,恨不得立刻冲进门去一般。

在他的帐簿上,已只有十二元零几角存款。而三天后,是他们远祖的死忌,必须做两桌羹饭,供过后,给亲房的人吃,这里就须花六元钱。离开小年,十二月二十四,只有十几天,在这十几天内,店铺都要来收帐,每一个收帐的人都将说:"中秋没有付清,年底必须完全付清的,现在……"现在怎么办呢?伊明不是来信说,年底不限定能够张罗一点钱,在二十四以前寄到家吗?……他几乎也急得流泪了。

三天过去,便是做羹饭的日子。如史伯伯一清早便提着篮子到三里外的林家塘去买菜。簿子上写着,这一天羹饭的鱼,必须是支鱼。但寻遍鱼摊,如史伯伯看不见一条支鱼,不得已,他买了一条米鱼代替。米鱼的价值比支鱼大,味道也比支鱼好,吃的人一定满意的,他想。

晚间,羹饭供在祖堂中的时候,亲房的人都来拜了。大房这一天没有人在家,他们知道二房轮着吃的是阿安,他的叔伯弟兄阿黑轮不到吃,便派阿黑来代大房。

阿黑是一个驼背的泥水匠,从前曾经有过不名誉的事,被人家在屋柱上绑了半天。他平常对如史伯伯是很恭敬的,这一天不知怎样,他有点异样:拜过后,他睁着眼睛,绕着桌子看了一遍,像在那里寻找什么似的。如史伯母很注意他,随后,他拖着阿安走到屋角里,低低的说了一些什么。

酒才一巡,阿黑便动筷钳鱼吃。尝了一尝,便大声地说:"这是什么鱼?米鱼!簿子上明明写的是支鱼！做不起羹饭，不做还要好些！……"

如史伯伯跳了起来，说：

"阿黑！支鱼买不到，用米鱼代还不好吗？那种贵？那种便宜？那种好吃？那种不好吃？"

"支鱼贵！支鱼好吃！"

"米鱼便宜！米鱼不好吃！"阿安突然也站起来说。

如史伯伯气得呆了。别的人都停了筷，愤怒地看着阿黑和阿安，显然觉得他们是无理的。但因为阿黑这个人不好惹，都只得不做声。

"人家儿子也有，却没有看见过连羹饭钱也不寄给爹娘的儿子！米鱼代替支鱼！这样不好吃！"阿黑左手拍着桌子，右手却只是钳鱼吃。

"你说什么话！畜生！"如史伯母从房里跳了出来，气得脸色青白了。"没有良心的东西！你靠了谁，才有今天？绑在屋柱上，是谁把你保释的？你今天有没有资格说话？今天轮到你吃饭吗？……"

"从前管从前，今天管今天！……我是代表大房！……明年轮到我当办，我用鲤鱼来代替，鸭蛋代鸡蛋！小碗代大碗……"阿黑似乎不曾生气，这话仿佛并不是由他口里出来，由另一个传声机里出来一般，他只是喝一口酒，钳一筷鱼，慢吞吞地吃着。如史伯母还在骂他，如史伯伯在和别人谈论他不是，他仿佛都不曾看见。

几天之后，陈四桥的人都知道如史伯伯的确穷了：别人家忙着买过年的东西，他没有买一点；而且，没有钱给收帐的人，总是约他们二十三；而且，连做羹饭也没有钱，反而给阿黑骂了一顿；而且，有一天跑到裕生木行那里去借钱，没有借到；而且，跑到女婿家里去借钱，没有借到，坐着船回来，船钱也不够；而且……而且……

的确，如史伯伯着急得没法，曾到他女婿家里去借过钱。女婿不在家里。和女儿说着说着，他哭了。女儿哭得更厉害。伊光，他的大女儿，最懂得陈四桥人的性格：你有钱了，他们都来了，对神似的恭敬你；你穷了，他们转过背去，冷笑你，诽谤你，尽力的欺侮你，没有一点人心。她小时，不晓得在陈四桥受了多少的气，看见了多少这一类的事情。现在，想不到竟转到老年的父母身上。她越想越伤心起来。

"最好是不要住在那里，搬到别的地方去。"她哭着说，"那里的人比畜生还不如！……"

"别的地方就不是这样吗？咳！"老年的如史伯伯叹着气，说。他显然知道生在这世间的人都是一样的。

伊光答应由她具名打一个电报给弟弟，叫他赶快电汇一点钱来，同时她又叫丈夫设法。最后给了父亲三十元钱，安慰着，含着泪送她父亲到船边。

但这三十元钱有什么用呢？当天付了两家店铺就没有了。店帐还欠着五十几元。过年不敬神是不行的，这里还需十几元。

在他的帐簿上，只有三元零几个铜子的存款了！

收帐的人天天来，他约他们二十三那一天一定付清。

十二月十六日，帐簿上只有二元八角的存款……

"这样羞耻的发抖的日子，我还不曾遇到过……"如史伯伯颤动着语音说。

如史伯母含着泪，低着头坐着，不时在沉寂中发出沉重的长声的叹息。

"呵呵,多福多寿,发财发财!"忽然有人在门外叫着说。

隔着玻璃窗一望,如史伯伯看见强讨饭的阿水来了。他不由得颤动着站了起来。"这个人来,没有好结果,"他想着走了出去。

"呵,发财发财,恭喜恭喜! 财神菩萨! 多化一点!"

"好,好,你等一等,我去拿来。"如史伯伯又走了进来。

他知道阿水来到是要比别的讨饭的拿得多的,于是就满满的盛了一碗米出去。

"不行,不行,老板,这是今年最末的一次!"阿水远远的就叫了起来。

"那末你拿了,我再去盛一碗米。"如史伯伯知道,如果阿水说"不行",是真的不行的。

"差得远,差得远!像你们这样的人家,米是不要的。"

"你要什么呢?"

"我吗? 现洋!"阿水睁着两只凶恶的眼睛,说。

"不要说笑话,阿水,像我们这样的人家,那里……"

"哼! 你们这样的人家! 你们这样的人家! 我不知道? 到这几天,过年货也还不买,藏着钱做什么! 施一点给讨饭的!"阿水带着冷笑,恶狠狠地说。

"今年实在……"如史伯伯忧郁地说。但阿水立刻把他的话打断:

"不必多说,快去拿现洋来,不要耽搁我的工夫!"

如史伯伯没法,慢慢地进去了,从柜子里,拿了四角钱。正要出去,如史伯母急得跳了起来,叫着说:

"发疯了吗? 一个讨饭的,给他这许多钱!"

"没有办法,没有办法!"如史伯伯低声的说着,又走了出去。

"四角吗? 看也没有看见。我又不是小讨饭的,哼!"阿水忿然的说,偏着头,看着门外。"一千多亩田,二万元现金的人家,竟拿出这一点点来哄小孩子! 谁要你的!"

"你去打听打听,阿水! 我那里有这许多……"

"不要多说! 快去拿来!"阿水不耐烦的说。

如史伯伯又进去了。他又拿了两角钱。

"六角总该够了罢,阿水? 我的确没有……"

"不上一元,用不着拿出来! 我,我看得多了!"阿水仍偏着头说。

这显然是没有办法的。如史伯伯又进去了。

在柜子里,只有两元零两角……

"把这角子统统给了他算了。罢,罢,罢!"如史伯伯叹着气说。

"天呀,你要我们的命吗? 一个讨饭的要这许多钱!"如史伯母气得脸色青白,叫着跳出去。

"哼! 又是两角! 又是两角!"阿水冷笑着说。

"好了,好了,阿水,明年多给你一点。儿子的钱的确还没有寄到,家里的钱已经用完了……"

"再要多,我同你到林家塘警察所去拼老命! 看有没有这种规矩!"如史伯母暴躁的说。

"好好! 去就去! 哼! ……"

"她是女人家,阿水,原谅她,我明年多给你一点就是了。"如史伯伯忍气吞声的说,在他的灵魂中,这是第一次充满了羞辱。

"既这样说,我就拿着走了,到底是男人家,哼! 我是一个讨饭的,要知道,一个穷光蛋,什么事情都做得出来的! ……"他拿了钱,喃喃的说着,走了。

走进房里,如史伯母哭了。如史伯伯也只会陪着流泪。

"阿水这东西,就是这样坏!"如史伯伯非常气忿的说,"真正有钱的人家,他是决不敢这样的,给他多少,他就拿多少。今天,他知道我们穷了,故意来敲诈。"

忽然,他想到柜子里只有两元,只有两元了……

他点了一柱香,跑到厨房里,对着灶神跪下了……不一会,如史伯母也跑进去在旁边跪下了:

……两个人口里喃喃的祷祝着,面上流着泪……

十二月二十二日的清晨,如史伯伯捧着帐簿,失了魂似的呆呆地望着。簿子上很清楚的写着:尚存小洋八角。

"呵,这是一个好梦!"如史伯母由后房叫着说,走了出来。她脸上露着希望的微笑。

"又讲梦话了! 日前不是做了不少的好梦吗? 但是钱呢?"如史伯伯皱着眉头说。

"自然会应验的,昨夜,"如史伯母坚决地相信着,开始叙述她的梦了,"不知在什么地方,我看地上泼着一堆饭,'罪过,饭泼了一地',我说着用手去拾,却不知怎的,到手就烂了,象浆糊似的,仔细一看,却是黄色的粪。'阿,这怎么办呢,满手都是粪?'我说着,便用衣服去揩手,那知揩来揩去,只是揩不干净,反而愈揩愈多,满身都是粪了。'用水去洗罢'我正想着要走的时候,忽然伊明和几个朋友进来了。'啊,慢一点! 伊明,慢一点进来!'我慌慌张张叫着说,着急了,看着自己满身都是粪,满地都是粪。'不要紧的,妈妈,都是熟人,'他说着向我走来,我慌慌张张的往别处跑,跑着跑着,好像伊明和他的朋友追了来似的。'怎么办呢,怎么办呢,满身都是粪!'我叫着醒来了。你说,粪就不是黄金吗? 呵,这许多……"

"不见得应验,"如史伯伯说。但想到梦书上写着"梦粪染身,主得黄金",确也有点相信了。

然而这不过是一阵清爽的微风,它过去后,苦恼重又充满了老年人的心。

来了几个收帐的人,严重的声明,如果明天再不给他们的钱,他们只得对不住他,坐索了……

时日在如史伯伯夫妻是这样的艰苦,这样的沉重,他们俩都消瘦了,尤其是如史伯伯。他觉得自己仿佛是一匹拖重载的驴子,挨着饿,耐着苦,忍着叱咤的鞭子,颠蹶着在雨后泥途中行走。但前途又是这样的渺茫,没有一线光明,没有一点希望。时光留住着罢,不要走近那年底! 但它并不留住,它一天一天的向这个难关上走着。迅速地跨过这难关罢! 但它却有意延宕,要走不走的徘徊着。咳,咳……

夜上来了。他们睡得很迟。他近来常常咳嗽,仿佛有什么梗在他的喉咙里一般。

时钟警告地敲了十二下。四周非常的沉寂。如史伯伯也已沉入在睡眠里。

钟敲二下,如史伯伯又醒了。他记得柜子里只有小洋八角,他预算二十四那一天就要用完了。伊明为什么这几天连信也没有呢? 伊光打去的电报没有收到吗? 来不及了,来不及了,现在已是二十三,最末的一天,一切店铺里的收帐人都将来坐索了! 这是一种什么样的耻辱! 六十年来没有遇到过! 不幸! 不幸! ……

忽然,他侧着耳朵细听了,仿佛有谁在房子里轻着脚步走动似的。

"谁呀？"

但没有谁回答，轻微的脚步出去了。

"啊！伊云的娘！伊云的娘！起来！起来！"他一面叫着，一面翻起身点灯。

如史伯母和伊云都吓了一惊，发着抖起来了。

衣橱门开着，柜子门也开着，地上放着两只箱子，外面还丢着几件衣服。

"有贼！有贼！"如史伯伯敲着板壁，叫着说。

住在隔壁的是南货店老板松生，他好像没有听见。

如史伯母抬头来看，衣橱旁少了四只箱子，两只在地上，两只不见了。

"打！打！打贼！打贼！"如史伯伯大声的喊着，但他不敢出去。如史伯母和伊云都牵着他的衣服，发着抖。

约莫过了十五分钟，听听没有动静，大家渐渐镇静了。如史伯伯拿着灯，四处的照，从卧房里照起，直照到厨房。他看见房门上烧了一个洞，厨房的砖墙挖了一个大洞。

如史伯母检查一遍，哭着说把她冬季的衣服都偷去了。此外还有许多衣服，她一时也记不清楚。

"如果，"她哭着说，"来法在这里，决不会让贼进来的。……仿佛他们把来法砍死了，就是为的这个……阿灰不是好人，你记得。我已经好几次听人家说他的手脚靠不住……明天，我们到林家塘警察所去报告，而且，叫他们注意阿灰。"

"没有钱，休想起警察！"如史伯伯狠狠地说，"而且，你知道，明天如果儿子没有钱寄来，不要对人家说我们来了贼，不然，就会有更不好的名声加到我们的头上，一班人一定会说这是我们的计策，假装出来了贼，可以赖钱。你想，你想……在这样的世界上，最好是不要活着！……"

如史伯伯叹了口气，躺倒在藤椅上，昏过去了。

但过了一会，他的青白的脸色渐渐绯红起来，微笑显露在上面了。

但看见阳光已经上升，充满着希望和欢乐的景象。阿黑拿着一个极大的信封，驼背一耸一耸地颠了进来，满面露着笑容，嘴里哼着恭喜，恭喜。信封上印着红色的大字，什么司令部什么处缄。红字上盖着墨笔字，是清清楚楚的"陈伊明"。如史伯伯喜欢得跳了起来。拆开信，以下这些字眼就飞进他的眼里：

……儿已在……任秘书主任……兹先汇上大洋二千元，新正……再当亲解价值三十万元之黄金来家……

"呵！呵！……"如史伯伯喜欢得说不出话了。

门外走进来许多人，齐声大叫："老太爷！老太太！恭喜恭喜！"

阿黑，阿灰，阿水都跪在他们的前面，磕着头……

导读

《黄金》是王鲁彦早期代表作，也是乡土写实小说中最具影响的作品之一。

小说以沉实道劲的笔锋，描绘了一个在金钱的灵光笼罩下的炎凉世界。如史伯伯及其一家本是一个"家庭弄得安安稳稳"的小康人家，只因儿子在外地，年终不曾汇款回家，这个安稳人家便在势利的村风中被拨弄得摇摇晃晃了。如史伯母到近邻串门,别人担心她来借钱;如史伯伯参加婚宴,却屈居末席;女儿在学校受笑骂,家犬在屠坊挨刀砍;在他例定摆设的祭祖羹饭的席面上,后生小辈横挑鼻子竖挑眼;"强讨饭"也蛮横要赖,向他勒取现洋。更为可悲的是,小偷也"落井下石",盗走两箱衣物,而如史伯伯不敢声张报案,怕人怀疑他假装失盗,不还债款。小说写得灾祸丛集,反映了在帝国主义和封建主义的统治下,我国农村日趋破产的现实,深刻地揭露了从钱眼中观世窥人的社会中人与人之间鄙俗、冷酷而可怕的关系。

作品以细密深刻的文笔写浙东农村的家常生活,世态毕现,口吻声色毕肖,具有浓郁的生活气息。小说构思巧妙,情节发展有层次有节奏,铺叙朴实而具体,文字质朴无华。作者善于把主观感情融入客观的描写和剖析之中,显示出其客观冷峻之风格。

拜　堂

台静农

黄昏的时候,汪二将蓝布夹小袄托蒋大的屋里人当了四百大钱。拿了这些钱一气跑到吴三元的杂货店,一屁股坐在柜台前破旧的大椅上,椅子被坐得格格地响。

"那里来,老二?"吴家二掌柜问。

"从家里来。你给我请三股香,数三十张黄表。"

"弄什么呢?"

"人家下书子托我买的。"

"那么不要蜡烛吗?"

"他妈的,将蜡烛忘了,那么就给我拿一对蜡烛罢。"

吴家二掌柜将香表蜡烛裹在一起,算了帐,付了钱,汪二在回家的路上走着,心里默默地想:同嫂子拜堂成亲,世上虽然有,总不算好事。哥哥死了才一年,就这样了,真有些对不住。转而想,要不是嫂子天天催,也就可以不用磕头,糊里糊涂地算了。不过她说得也有理:肚子眼看一天大似一天,要是生了一男半女,到底算谁的呢? 不如率性磕了头,遮遮羞,反正人家是笑话了。

走到家,将香纸放在泥砌的供桌上。嫂子坐在门口迎着亮上鞋。

"都齐备了么?"她停了针向着汪二问。

"都齐备了,香,烛,黄表。"汪二蹲在地上,一面答,一面擦了火柴吸起旱烟来。

"为什么不买炮呢?"

"你怕人家不晓得么,还要放炮?"

"那么你不放炮,就能将人家瞒住了!"她深深的叹了一口气。"既然丢了丑,总得图个吉利,将来日子长,要过活。我想哈要买两张灯红纸,将窗户糊糊。"

"俺爹可用告诉他呢?"

"告诉他作什么? 死多活少的,他也管不了这些,他天天只晓得问人家要钱灌酒。"她愤愤地说。"夜里还少不掉牵亲的,我想找赵二的家里同田大娘,你去同她两个说一声。"

"我不去,不好意思的。"

"哼,"她向他重重地看了一眼。"要讲意思,就不该作这样丢脸的事!"她冷峭地说。

这时候,汪二的父亲悄悄地回来了。右手提了小酒壶,左手端着一个白碗,碗里放着小块豆腐。他将酒壶放在供桌上,看见那香纸,于是不高兴地说:

"妈的,买这些东西作什么?"

汪二不理他,仍旧吸烟。

"又是许你妈的什么愿,一点本事都没有,许愿就能保佑你发财了?"

汪二还是不理他。他找了一双筷子,慢慢地拌豆腐,预备下酒。全都沉默了,除了筷子捣碗声,汪二的吸旱烟声,和汪大嫂的上鞋声。

镇上已经打了二更,人家大半都睡了,全镇归于静默。

她趁着夜静,提了蔑编的小灯笼,悄悄地往田大娘那里去。才走到田家获柴门的时候,已听到屋里纺线的声音,她知道田大娘还没有睡。

“大娘,你开开门。还在纺线呢。”她站在门外说。

“是汪大嫂么? 在那里来呢,二更都打了?”田大娘早已停止了纺线,开开门,一面向她招呼。

她坐在田大娘纺线的小椅上,半晌没有说话,田大娘很奇怪,也不好问,终于说了:

“大娘,我有事……就是……”她未说出又停住了。“真是丑事,现在同汪二这样了。大娘,真是丑事,如今已有四个月的胎了。”她头是深深的低着,声音也随之低微。“我不恨我的命该受苦,只恨汪大丢了我,使我孤零零地,又没有婆婆,只这一个死多活少的公公。……我好几回就想上吊死去,……”

“唉,汪大嫂你怎么这样说! 小家小户守什么? 况且又没有个牵头;就是大家的少奶奶,又有几个能守得住的?”

“现在真没有脸见人……”她声音有些哽咽了。

“是不是想打算出门呢? 本来应该出门,找个不缺吃不缺喝的人家。”

“不呀,汪二说不如磕个头,我想也只有这一条路。我来就是想找大娘你去。”

“要我牵亲么?”

“说到牵亲,真丢脸,不过要拜天地,总得要旁人的;要是不恭不敬地也不好,将来日子长,哈要过活的。”

“那么,总得哈要找一个人,我一个也不大好。”

“是的,我想找赵二嫂。”

“对啦,她很相宜,我们一阵去。”田大娘说着,在房里摸了一件半旧的老蓝布裮穿了。

这深夜的静寂的帷幕,将大地紧紧地包围着,人们都酣卧在梦乡里,谁也不知道大地上有这么两个女人,依着这小小的灯笼的微光,在这漆黑的帷幕中走动。

渐渐地走到了,不见赵二嫂屋里的灯光,也听不见房内有什么声音,知道他们早已睡了。

“赵二嫂,你睡了吗?”田大娘悄悄地走到窗户外说。

“是谁呀!”赵二嫂丈夫的口音。

“是田大娘么?”赵二嫂接着问。

“是的,二嫂开开门,有话跟你说。”

赵二嫂将门开开,汪大嫂就便上前招呼:

“二嫂已经睡了,又麻烦你开门。”

“怎么,你两个吗,这夜黑头从那里来呢?”赵二嫂很惊奇地问。“你俩请到屋里坐,我来点灯。”

“不用,不用,你来我跟你说!”田大娘一把拉了她到门口一棵柳树的底下,低声地说了她们的来意。结果赵二嫂说:

“我去,我去,等我换件裮子。”

少顷,她们三个一起在这黑的路上缓缓走着了,灯笼残烛的微光,更加暗弱。柳条迎着夜风摇摆,荻柴沙沙地响,好象幽灵出现在黑夜中的一种阴森的可怕,顿时使三个女人不禁地感觉着恐怖的侵袭。汪大嫂更是胆小,几乎全身战得要叫起来了。

到了汪大嫂家以后,烛已熄灭,只剩下烛烬上的一点火星了。汪二将茶已煮好,正在等着;汪大嫂端了茶敬奉这两位来客。赵二嫂于是问:

"什么时候拜堂呢?"

"就是半夜子时吧,我想。"田大娘说。

"你两位看看吧,要是子时,就到了,马上要打三更的。"汪二说。

"那么,你就净净手,烧香吧。"赵二嫂说着,忽然看见汪大嫂还穿着孝。"你这白鞋怎么成,有黑鞋么?"

"有的,今天下晚才赶着上起来的。"她说了,便到房里换鞋去了。

"扎头绳也要换大红的,要是有花,哈要戴几朵。"田大娘一面说着,一面到了房里帮着她去打扮。

汪二将香烛都已烧着,黄表预备好了。供桌擦得干干净净的。于是轻轻地跑到东边外半间破屋里,看看他的爹爹是不是睡熟了,听到打鼾,倒放下心。

赵二嫂因为没有红毡子,不得已将汪大嫂床上破席子拿出铺在地上。汪二也穿了一件蓝布大褂,将过年的洋缎小帽戴上,帽上小红结,系了几条水红线;因为没有红丝线,就用几条棉线替代了。汪大嫂也穿戴周周正正地同了田大娘走出来。

烛光映着陈旧褪色的天地牌,两人恭敬地站在席上,顿时显出庄严和寂静。

"站好了,男左女右,我来烧黄表。"田大娘说着,向前将黄表对着烛焰燃起,又回到汪大嫂身边。

"磕吧,天地三个头。"赵二嫂说。

汪大嫂本来是经过一次的,也倒不用人扶持;听赵二嫂说了以后,却静静地和汪二磕了三个头。

"祖宗三个头。"

汪大嫂和汪二,仍旧静静地磕了三个头。

"爹爹呢? 请来磕一个头。"

"爹爹睡了,不要惊动吧,他的脾气不好。"汪二低声说。

"好罢,那就给他老人家磕一个堆着罢。"

"再给阴间的妈妈磕一个。"

"哈有……给阴间的哥哥也磕一个。"

忽而汪大嫂的眼泪扑的落地了,全身都颤动和抽搐;汪二也木然地站着,颜色也变得难看,可怕。全室中的情调,顿成了阴森惨淡。双烛的光辉,竟暗下去,大家都张皇失措了。终于田大娘说:

"总得图一个吉利,将来还要过活的!"

汪大嫂不得已,忍住了眼泪,同了汪二,又呆呆地磕了一个头。

第二天清晨,汪二爹爹,提了小酒壶,买了一个油条,坐在茶馆里。

"给你老头道喜呀,老二安了家。"推车的吴三说。

"道他妈的喜,俺不问他妈的这些屌事。"汪二的爹爹愤然地说。"以前我叫汪二将这小寡妇卖了,凑个生意本。他妈的,他不听,居然他俩个弄起来!"

"也好。不然,老二到哪安家去,这个年头?"拎画眉笼的齐二爷庄重地说。

"好在肥水不落外人田。"好象摆花生摊的小金从后面这样说。

汪二的爹爹没有听见,低着头还是默默地喝着他的酒。

1927 年 6 月 6 日

导读

　　台静农的小说从内容到风格,皆师法鲁迅,以满腔悲愤和同情,写出了宗法制乡村的血和泪、生与死。《拜堂》即是这类小说中的代表性作品。小说写了寡嫂和小叔子汪二迫于生活的困苦和娶亲的艰难,在一个孤寂的黑夜中草草成亲的故事。寡嫂和小叔子结合,这在中国旧社会是大逆不道、违反人伦道德而被人责骂的,但迫于生计和眼前的现实,他们只得背着老脑筋的父亲,在深夜的烛光下,对拜成亲。尽管小说没有过多地渲染社会责难,但从小说结尾处人们的议论和汪二父亲的反对和冷落,以及主人公胆怯、矛盾、痛苦的心情中,还是窥见现实环境的险恶。这正表现了中国古老的乡镇封建气息的浓郁,揭示了封建宗法观念和伦理道德的虚伪和丑恶。

　　小说的格调沉郁阴冷,社会氛围凄凉、悲苦,衬托了人物内心的痛苦和矛盾心情;构思精巧,剪裁和布局巧妙,它虽只选取乡间日常生活中的一幕,但也可以窥视到当时农村生活的"全豹"和下层人民的精神状貌,写得深刻、透辟,显得笔墨经济而结构谨严;语言质朴、冷峻、凝炼,描写简洁,乡土风习逼真,富有生活实感。

水　葬

蹇先艾

"尔妈,老子是背了时! 偷人没有偷到,偏偏被你们扭住啦! 真把老子气死!……"

这是一种嘶哑粗躁的嗓音,在沉闷的空气中震荡,是从骆毛喉头里迸出来的。他的摇动的躯体支撑着一张和成天在煤窟爬出的苦工一样的脸孔;瘦筋筋的一身都没有肉,只剩下几根骨架子披着皮;头上的发虽然很乱,却缠着青布套头,套头之下那一对黄色的眼睛膨着直瞪。最引得起人注意的,便是他左颊上一块紫青的印迹,上面还长了一大丛长毛。他敞开贴身的油渍染透的汗衣,挺露胸膛,脸上的样子时时的变动,鼻子里偶然哼哼几声。看他的年纪约有三十岁光景,他的两手背剪着,脚上蹬的是一双烂草鞋,涂满了涸泥,旁边有四五个浓眉粗眼的大汉,面部飞舞着得意的颜色,紧紧的寸步不离的将他把持住,匆匆的沿着松林走。仿佛稍一不留心,就要被他逃逸了去似的。这一行人在奔小沙河。

他们送着骆毛去水葬,因为他在本村不守本分做了贼。文明的桐村向来没有什么村长……等等名目,犯罪的人用不着裁判,私下都可以处置。而这种对于小偷处以"水葬"的死刑,在村中差不多是"古已有之"的了。

行列并不如此的简单:前后左右还络绎的拖着一群男女,各式各样的人们都有,红红绿绿的服色,高高低低的身材,老老小小的形态!……这些也不尽都是村中的闲人,不过他们共同的目的都是为着热闹而来罢了。尤其是小孩子们,薄片小嘴唇笑都笑得合不拢来,两只手比着种种滑稽的姿势,好象觉得比看四川来的"西洋镜"还有趣的样子;拖住鞋子梯梯塔塔的跑,鞋带有时还被人家踩住了,立刻就有跌倒的危险,小朋友们尖着嗓子破口大骂,汗水在他们的头上像雨珠一般的滴下来。

妇人们,媳妇搀着婆婆,奶奶牵着小孙女,姑娘背着奶奶……有的抿着嘴直笑;有的皱着眉表示哀怜;有的冷起脸,口也不开,顶多滋滋牙。老太婆们却呢呢喃喃的念起佛来了。他们中间有几位拐着小脚飞也似的紧跟着走,有时还超过大队的前面去了;然后他们又斯斯文文底悄悄的慢摇着八字步,显然是和大家不即不离的。被好奇心充满了的群众,此时也顾不得汗的味道,在这肉阵中前前后后的挤进挤出,你撞着我的肩膀,我踩踏了你的脚跟,……便一分钟一秒钟也没有宁静过,一下又密密地挨拢来,一下又疏疏的像满天的星点似的散开了。这正像蜜蜂嗡嗡得开不了交的时候,忽然一片的嘈杂的声浪从人群中涌起来,这声音的粗细缓急是完全不一致的:

"呀! 你们快看快看,那强盗又开口了!"

"了"字的余音还在袅袅不断,后面较远的闲杂人等跟着就像海潮一样拚命的撞过来,前排矮小力弱的妇女和小孩却渐渐向后退。但骆毛(便是他们呼喊为强盗的)的语声,这时嘶哑的程度减轻而蓦地高朗了许多,颤颤的像破锣般的响成一片:

"嘿! 瞧你们祖宗的热闹! 老子把你们的婆娘偷走了吗? 叫老子吃水! 你们也有吃火的一天! 烧死你们这一群狗杂种!"

　　骆毛口里不干净的咕罗骂着:姑娘奶奶们多半红了脸,把耳朵掩起来;老太婆一类的人却装做耳聋,假装问旁边的人他说的是什么;村中教书的先生是完全听进去而且了解了,他于是撇着嘴觉得不值一钱的喊道:"丧德呀,丧德!"骆毛自己的两耳只轰轰的在响,这时什么声音都是掺不入的,他只是一味大步的走出村去。摇摇摆摆的走,几位汉子几乎要跟不上了。看着已经快离开了这个村落,后方的人群"跑百码"般的起来,一路还扭嘴使眼嘻嘻的嘲笑。骆毛大概耳鸣得轻了一点,仿佛听见一长串刺耳的笑声。他更是一肚子的不高兴,用力将头扭回来,伸长着脖子狂叫道:"跟着你们的祖先走那儿去? 你们难道也不要命吗? ……老子背时的日子,你们得色啦! 叫你们这一群龟子也都不得好死,看你们还笑不笑!"

　　但是当他的头刚好转过,枯瘦的脖子正要像鹭鸶似的撑长去望时,才一瞥,就被那长辫子的力大的村农强制的扭回去。他气愤愤地站住不走了,靠着路旁一棵大柏树。

　　"走! 孙子!"长辫子当的给了他背脊骨上一拳。

　　"哎哟! 你们儿子打老子吗?"他负痛的叫了一声,两只脚又只得向前挪移,"那不行! 尔妈民国不讲理了是不是? ……"他几乎要哭出来。

　　这时离开村庄已有半里的光景。这是一个阴天,天上飞驰着银灰的云浪。萧萧的风将树林吹动,发出悦耳的一片清响。远近处都蔓延着古柏苍松。路是崎岖不平的山路,有时也经过田塍或者浅浅的山丘。大家弯弯曲曲的走,似乎有点疲乏。在一座坟台之下略略休息。这一个好机会,群众都围拢来。潇飒的松枝掩盖在头顶,死寂的天空也投下了几丝阳光,透过了绿叶,骆毛傍着那一块字迹模糊的残碑坐下了。

　　"尔妈,老子今年三十一!"他换了一口气,提高嗓音又开始说:"再过几十年,又不是一个好汉吗? ……"

　　"骆大哥! 啊啊,说错啦! 干老爷子! 你老人家死咧的话,我儿子过年过节总帮你老人家多烧几包袱纸。你就放心去罢,有什么身后开不交的事情,都留下让我儿子帮你办。干奶奶——哎呀! 啥子干奶奶,简直就是我那嫡亲奶奶呀! ——我养她老人家一辈子还不行吗? ……"

　　小耗子王七蹒着脚走过坟前,用手搓着眼睛,把眼圈都搓得快红了,向骆毛请了一个大安,亲热的说了上面的那一段话。小耗子在今年跟骆毛交过手,败仗下来,就拜了老骆做干爹,是个著名的小滑头儿!

　　"七老弟,你就再不要干老爷子湿老爷子啦!"骆毛冷笑了一声说:"好汉做事好汉当,也用上牵累旁人! ——我的妈呢——"

　　骆毛心里忽然难过起来,他也不再说下去,站起身来就往前走。人群被拖着像一根长绳,回环在山道上了。

　　登程以后的途中,老骆几乎绝无声响,除了习惯成自然的几声哼哼之外,不啻顿然变成哑巴。这些随从的人们都加倍疑惑起来了。而几条大汉却很高兴,他们以为这样可以使大家安宁一点;进一步,也可以少伤点风化,因为老骆的话,没有一句不是村野难听的。所以就是老骆走得慢了,他们也不十分催逼他。

　　骆毛只是缓缓的走,含着一脸的苦笑,刚才王七那几句话引起无限的感触,他心里暗暗悲酸着,想起他的母亲,便觉心里发软。那狂热的不怕死的心,登时也就冷了一半。他的坚强意志渐渐软化下去。

因为他精神上的毁伤,使他口都不愿意再开了。他心里完全是犹豫和踌躇了——

"我死后,我的妈怎么办呢?……我的妈啊,你在那儿?你可晓得儿子死在眼前了吗?你如果在家紧等我不回来,你不知道焦心成那个样子?唉!唉……"

骆毛虽是个粗人,可是想到死后老母无人养活,他也觉得死的可怕。直至他们捉住他的两臂,要往水下投他的时候,他狠心把眼一闭,他老母的慈容犹仿佛在目前一样。

天空依旧恢复了沉寥的铅色,桐村里显得意外的冷冷落落。那黄金色的稻田被风吹着,起了轻掀的很自然的波动。真是无边的静谧,约略可以听见鹁鸪的低唱,从掩映着关帝庙那一派清幽的竹林中传来。远的山峰削壁的峙立着,遥遥与天海相接。合村都暂时掩没在清凄寥寞的空气之中了。

村后远远的有一间草房,圮毁的仡立在坡上,在风声中预备着坍塌。木栅门拉开后,一个老妇人拄着拐杖走出来。她的眼睛几乎要合成一条缝了,口里微微地喘气,一手牢牢地把住门边;摩挲着老眼,目不转睛地凝望,好似在期待着什么。看她站立在那里的样子,显然身体非常衰弱;脸上堆满了皱纹,露出很高的颧骨;瘦削的耳朵上还垂着一对污铜的耳环;背有点驼,荒草般的头发,黑白参差的纷披在前额。她穿着一件补丁很多的夹衣,从袖筒里伸出的那只手,颜色青灰,骨头血管都露在外面。

她稳定地倚傍在门柱,连动也不动一下,嘴唇却不住地轻颤。最后她将拐杖靠在一边,索兴在门限上坐下来了。深深的蹙着额发愁道:"毛儿为什么出去一天一夜还不回来?"说着又抬起头来望了一望。

东邻招儿的媳妇,掠着发带笑地扭过来。她是一个村中少见的大脚婆娘,胖胖的脸儿,粗黑的眉毛,高高的挽起一双袖子,大概是刚从地里回来。她正要同这老妇说话的时候,只见她的十岁的孩子阿哥沿着田边气喘吁吁地跑过来,口里喊道:"妈,真吓死人的!我再也不敢到河边去了。"

"什么事,这样大惊小怪的?"招儿媳妇向她的儿子说。

"他们刚才把一个人掷到河里去了。"

"因为什么事?"

"偷东西,教人捉到了。"

"是谁?"

阿哥把嘴向那个老妇人一扭,说:"是她的……"

招儿媳妇急忙把儿子的嘴用手捂住,不让他说出来。

其实那个老妇本是耳聋的,这回因为等儿子着急,越发听不到他们讲的是什么话。只见他们的嘴动,她因问道:"你们讲什么话?这样热闹的?阿哥,你见过毛儿没有?"

阿哥不敢答,只仰了面望他娘。他娘替他高声答道:"没有看见。"

那个老妇把耳朵扭向招儿媳妇道:"你可是说没有看见?"

招儿媳妇点点头。那个老妇叹了一口气,口里咕哝道:"毛儿他从来没有到这个时候不回家的。那里去了!"说着又抬起头来向远处望一望。望了半天,又叹了一口气,把头倚在门框上。招儿的媳妇拉着她的儿子慢慢地躲开了。

直到招儿家里吃了晚饭,窗外吹来的风,入夜渐凉起来,外面冷清清的只有点点的星光在黝黑天空中闪烁,招儿的媳妇偷偷地跑到那个老妇的门前看一看,只见她还坐在那里,口里微弱听不清楚的声音仿佛是说:"毛儿,怎么你还不回来?"

导读

为生活艰难所迫的穷汉骆毛因偷窃而给村里逮住,活活处以"水葬"之酷刑;耳聋的老母却在等待着已被水葬了的儿子回家——《水葬》描述了这样一场触目惊心的人间惨剧。然而落后的村民仍受着原始陋习摆弄,对于水葬之类暴行,既不以为残虐,更没有想到改变它,仿佛这样做是天公地道;受害者像阿 Q 一样自我安慰,沉溺于来世再变"好汉"的梦幻中。而旁人则无一不麻木不仁地赶去充当"戏剧的看客"。这冷峻到近乎残酷的笔墨,可以直撼人心。蹇先艾的乡土小说曾得鲁迅等先辈作家的器重,早期作品多取自平凡生活,且以表现"乡曲的哀怨"见长。这篇《水葬》于揭露乡间民俗的残酷、乡民的愚昧无知及乡间人与人之间的冷漠无情之外,对受害者也寄予深切的同情。

小说结构严谨,笔触冷峻,描写准确简洁,凄惨沉重的氛围逼得人难以呼吸。尤其是骆毛将要被投进水里时刹那间浮现出老母慈容的那段描写,读来令人有凄绝之感。

田野的风（存目）

蒋光赤

导读

　　这部作品完成于1930年，原名《咆哮了的土地》，是蒋光赤的代表作。故事发生在大革命前后的湖南某山村。具体地描写了农村从发动农民、成立农会，到组织农民自卫队，与封建地主阶级展开武装斗争的全过程，反映了农村剧烈的阶级斗争，显示了农民运动的强大威力，表现了中国农民的觉醒和反抗。小说塑造了富有独特意义的人物，矿工张进德和革命知识分子李杰都有开创意义。他们来到家乡，成立农会，点燃了火种。张进德耿直、冷静，有长期斗争经历，善于联系群众，懂得策略，处处显出高人一筹。李杰在同地主家庭展开激战，与张进德发生工作关系以及爱情纠葛中，都能深一层地显示出内心世界的复杂矛盾。小说令人信服地写出知识分子走向革命同群众结合的必要性，颂赞了他们主动自觉的自我改造精神。

　　小说有着浓郁的抒情色彩，如大段地引用反映李杰心理变化的日记，对乡村风景的象征性的描绘。在对普通农民的喜怒哀乐挣扎反抗的细致深刻的写实性描绘和对农民反抗情绪逐步高涨的真实记录中，揭示了革命发生的历史必然性。情节的推进演绎自然而有层次，整体艺术韵味较蒋光赤以前的小说有所成熟，显示着他由"革命的浪漫蒂克"小说向革命现实主义创作的发展和深化。

莎菲女士的日记

丁 玲

十二月二十四

今天又刮风！天还没亮，就被风刮醒了。伙计又跑进来生火炉。我知道，这是怎样都不能再睡得着的，我也知道，不起来，便会头昏，睡在被窝里是太爱想到一些奇奇怪怪的事上去。医生说顶好能多睡，多吃，莫看书，莫想事，偏这就不能，夜晚总得到两三点才能睡着，天不亮又醒了。象这样刮风天，真不能不令人想到许多使人焦躁的事。并且一刮风，就不能出去玩，关在屋子里没有书看，还能做些什么？一个人能呆呆的坐着，等时间的过去吗？我是每天都在等着，挨着，只想这冬天快点过去；天气一暖和，我咳嗽总可好些，那时候，要回南便回南，要进学校便进学校，但这冬天可太长了。

太阳照到纸窗上时，我在煨第三次的牛奶。昨天煨了四次。次数虽煨得多，却不定是要吃，这只不过是一个人在刮风天为免除烦恼的养气法子。这固然可以混去一小点时间，但有时却又不能不令人更加生气，所以上星期整整的有七天没玩它，不过在没想出别的法子时，又不能不借重它来象一个老年人耐心着消磨时间。

报来了，便看报，顺着次序看那大号字标题的国内新闻，然后又看国外要闻，本埠琐闻……把教育界，党化教育，经济界，九六公债盘价……全看完，还要再去温习一次昨天前天已看熟了的那些招男女编级新生的广告，那些为分家产起诉的启事，连那些什么六〇六，百零机，美容药水，开明戏，真光电影……都熟习了过后才懒懒的丢开报纸。自然，有时会发现点新的广告，但也除不了是些绸缎铺五年六年纪念的减价，恕讣不周的讣闻之类。

报看完，想不出能找点什么事做，只好一人坐在火炉旁生气。气的事，也是天天气惯了的。天天一听到从窗外走廊上传来的那些住客们喊伙计的声音，便头痛，那声音真是又粗，又大，又嘎，又单调；"伙计，开壶！"或是"脸水，伙计！"这是谁也可以想象出来的一种难听的声音。还有，那楼下电话也不断的有人在电机旁大声的说话。没有一些声息时，又会感到寂沉沉的可怕，尤其是那四堵粉垩的墙。它们呆呆的把你眼睛挡住，无论你坐在哪方：逃到床上躺着吧，那同样的白垩的天花板，便沉沉地把你压住。真找不出一件事是能令人不生嫌厌的心的；如那麻脸伙计，那有抹布味的饭菜，那扫不干净的窗格上的沙土，那洗脸台上的镜子——这是一面可以把你的脸拖到一尺多长的镜子，不过只要你肯稍微一偏你的头，那你的脸又会扁的使你自己也害怕……这都可以令人生气了又生气。也许只我一人如是。但我宁肯能找到些新的不快活，不满足；只是新的，无论好坏，似乎都隔我太远了。

吃过午饭，苇弟便来了，我一听到那特有的急遽的皮鞋声从走廊的那端传来时，我的心似乎便从一种窒息中透出一口气来感到舒适。但我却不会表示，所以当苇弟进来时，我只默默的望着他；他以为我又在烦恼，握紧我一双手，"姊姊，姊姊，"那样不断的叫着。我，我自然笑了！我笑的什么呢，我知道！在那两颗只望到我眼睛下面的跳动的眸子中，我准懂得那收藏在眼睑下面，不愿给人知道的是些什么东西！这有多么久了，你，苇弟，你在爱我！但他捉住过我吗？自然，我是不能负一点责，一个女人应当这样。其实,我算够忠厚了;我不相信会有第二个女人这样不捉弄他的,并且我还确确实实地可怜他,竟有时忍不住想指点他;"苇弟,你不可以换个方法吗? 这样只能反使我不高兴的……"对的,假使苇弟能够再聪明一点,我是可以比较喜欢他些,但他却只能如此忠实地去表现他的真挚!

苇弟看见我笑了,便很满足。跳过床头去脱大氅,又脱下他那顶大皮帽。假使他这时再掉过头来望我一下,我想他一定可以从我的眼睛里得些不快活去。为什么他不可以再多的懂得我些呢?

我总愿意有那末一个人能了解得我清清楚楚的,如若不懂得我,我要那些爱,那些体贴做什么? 偏偏我的父亲,我的姊姊,我的朋友都如此盲目的爱惜我,我真不知他们爱惜我的什么;爱我的骄纵,爱我的脾气,爱我的肺病吗? 有时我为这些生气,伤心,但他们却都更容让我,更爱我,说一些错到更使我想打他们的一些安慰话。我真愿意在这种时候会有人懂得我,便骂我,我也可以快乐而骄傲了。

没有人来理我,看我,我会想念人家,或恼恨人家,但有人来后,我不觉得又会给人一些难堪,这也是无法的事。近来为要磨练自己,常常话到口边便咽住,怕又在无意中竟刺着了别人的隐处,虽说是开玩笑。因为如此,所以可以想象出来,我是拿一种什么样的心情在陪苇弟坐。但苇弟若站起身来喊走时,我又会因怕寂寞而感到怅惘,而恨起他来。这个,苇弟是早就知道的,所以他一直到晚上十点钟才回去。不过我却不骗人,并不骗自己,我清白,苇弟不走,不特于他没有益处,反只能让我更觉得他太容易支使,或竟更可怜他的太不会爱的技巧了。

十二月二十八

今天我请毓芳同云霖看电影。毓芳却邀了剑如来。我气得只想哭,但我却纵声的笑了。剑如,她是多么可以损害我自尊之心的;因为她的容貌,举止,无一不象我幼时所最投洽的一个朋友,所以我不觉的时常在追随她,她又特意给了我许多敢于亲近她的勇气。但后来,我却遭受了一种不可忍耐的待遇,无论什么时候想起,我都会痛恨我那过去的,不可追悔的无赖行为:在一个星期中我曾足足的给了她八封长信,而未被人理睬过。毓芳真不知想的哪一股劲,明知我不愿再提起从前的事,却故意邀着她来,象有心要挑逗我的愤恨一样,我真气了。

我的笑,毓芳和云霖不会留意这有什么变异,但剑如,她能感觉到;可是她会装,装糊涂,同我毫无芥蒂的说话。我预备骂她几句,不过话到口边便想到我为自己定下的戒条。并且做得太认真,反令人越得意。所以我又忍下心去同她们玩。

到真光时,还很早,在门口遇着一群同乡的小姐们,我真厌恶那些惯做的笑靥,我不去理她们,并且我无缘无故地生气到那许多去看电影的人。我乘毓芳同她们说到热闹中,丢下我所请的客,悄悄回来了。

除了我自己,没有人会原谅我的。谁也在批评我,谁也不知道我在人前所忍受的一些人们给我的感触。别人说我怪僻,他们哪里知道我却时常在讨人好,讨人欢喜。不过人们太不肯鼓励我说那太违心的话,常常给我机会,让我反省我自己的行为,让我离人们却更远了。

夜深时,全公寓都静静的,我躺在床上好久了。我清清白白的想透了一些事,我还能伤心什么呢?

十二月二十九

一早毓芳就来电话。毓芳是好人,她不会扯谎,大约剑如是真病。毓芳说,起病是为我,要我去,剑如将向我解释。毓芳错了,剑如也错了,莎菲不是欢喜听人解释的人。根本我就否认宇宙间要解释。朋友们好,便好;合不来时,给别人点苦头吃,也是正大光明的事。我还以为我够大量,太没报复人了。剑如既为我病,我倒快活,我不会拒绝听别人为我而病的消息。并且剑如病,还可以减少点我从前自怨自艾的烦恼。

我真不知应怎样才能分析我自己。有时为一朵被风吹散了的白云,会感到一种渺茫的,不可捉摸的难过;但看到一个二十多岁的男子(苇弟其实还大我四岁)把眼泪一颗一颗掉到我手背时,却象野人一样在得意的笑了。苇弟从东城买了许多信纸信封来我这里玩,为了他很快乐,在笑,我便故意去捉弄,看到他哭了,我却快意起来,并且说"请珍重点你的眼泪吧,不要以为姊姊象别的女人一样脆弱得受不起一颗眼泪……""还要哭,请你转家去哭,我看见眼泪就讨厌……"自然,他不走,不分辩,不负气,只蜷在椅角边老老实实无声的去流那不知从哪里得来的那末多的眼泪。我,自然,得意够了,又会惭愧起来,于是用着姊姊的态度去喊他洗脸,抚摩他的头发。他镶着泪珠又笑了。

在一个老实人面前,我已尽自己的残酷天性去磨折他,但当他走后,我真想能抓回他来,只请求他:"我知道自己的罪过,请不要再爱这样一个不配承受那真挚的爱的女人了吧!"

一月一号

我不知道那些热闹的人们是怎样的过年,我只在牛奶中加了一个鸡子,鸡子是昨天苇弟拿来的,一共二十个,昨天煨了七个茶卤蛋,剩下十三个,大约够我两星期吃。若吃午饭时,苇弟会来,则一定有两个罐头的希望。我真希望他来。因为想到苇弟来,我便上单牌楼去买了四合糖,两包点心,一篓橘子和苹果,预备他来时给他吃。我断定今天只有他才能来。

但午饭吃过了,苇弟却没来。

我一共写了五封信,都是用前几天苇弟买来的好纸好笔。我想能接得几个美丽的画片,却不能。连几个最爱弄这玩艺儿的姊姊们都把我这应得的一份儿忘了。不得画片,不希罕,单单只忘了我,却是可气的事。不过自己从不曾给人拜过一次年,算了,这也是应该的。

晚饭还是我一人独吃,我烦恼透了。

夜晚毓芳云霖来了,还引来一个高个儿少年,我想他们才真算幸福;毓芳有云霖爱她,她满意,他也满意。幸福不是在有爱人,是在两人都无更大的欲望,商商量量平平和和地过日子。自然,有人将不屑于这平庸。但那只是另外人的,与我的毓芳无关。

毓芳是好人,因为她有云霖,所以她"愿天下有情人皆成眷属"。她去年曾替玛丽作过一次恋爱婚姻的介绍。她又希望我能同苇弟好,她一来便问苇弟。但她却和云霖及那高个儿把我给苇弟买的东西吃完了。

那高个儿可真漂亮,这是我第一次感觉到男人的美,从来我还没有留心到。只以为一个男人的本行是会说话,会看眼色,会小心就够了。今天我看了这高个儿,才懂得男人是另铸一种高贵的模型,我看出在他面前的云霖显得多么委琐,多么呆拙……我真要可怜云霖,假使他知道他在这个人前所衬出的不幸时,他将怎样伤心他那些所有的粗丑的眼神,举止。我更不知,当毓芳拿这一高一矮的男人相比时,会起一种什么情感!

他,这生人,我将怎样去形容他的美呢? 固然,他的颀长的身躯,白嫩的面庞,薄薄的小嘴唇,柔软的头发,都足以闪耀人的眼睛,但他还另外有一种说不出,捉不到的丰仪来煽动你的心。比如,当我请问他的名字时,他会用那种我想不到的不急遽的态度递过那隻擎有名片的手来。我抬起头去,呀,我看见那两个鲜红的,嫩腻的,深深凹进的嘴角了。我能告诉人吗,我是用一种小儿要糖果的心情在望着那惹人的两个小东西。但我知道在这个社会里面是不准许任我去取得我所要的来满足我的冲动,我的欲望,无论这于人并没有损害的事,我只得忍耐着,低下头去,默默地念那名片上的字:

"凌吉士,新加坡……"

凌吉士,他能那样毫无拘束的在我这儿谈话,象是在一个很熟的朋友处,难道我能说他这是有意来捉弄一个胆小的人? 我为要强迫地拒绝引诱,不敢把眼光抬平去一望那可爱慕的火炉的一角。两隻不知羞惭的破烂拖鞋,也逼着我不准走到桌前的灯光处。我气我自己:怎么会那样拘束,不会调皮的应对? 平日看不起别人的交际,今天才知道自己是显得又呆,又傻气。唉,他一定以为我是一个乡下才出来的姑娘了!

云霖同毓芳两人看见我木木的,以为我不欢喜这生人,常常去打断他的话,不久带着他走了。这个我也感激他们的好意吗? 我望着那一高两矮的影子在楼下院子中消失时,我真不愿再回到这留得有那人的靴印,那人的声音,和那人吃剩的饼屑的屋子。

一月三号

这两夜通宵通宵地咳嗽。对于药,简直就不会有信仰,药与病不是已毫无关系吗? 我明明厌烦那苦水,但却又按时去吃它,假使连药也不吃,我能拿什么来希望我的病呢?(神要人忍耐着生活,安排许多痛苦在死的前面,使人不敢走近死亡。)我呢,我是更为了我这短促的不久的生,我越求生得厉害;不是我怕死,是我总觉得我还没有我生的一切。我要,我要使我快乐。无论在白天,在夜晚,我都在梦想可以使我没有什么遗憾在我死的时候的一些事情。我想能睡在一间极精致的卧房的睡榻上,有我的姊姊们跪在榻前的熊皮毡子上为我祈祷,父亲悄悄的朝着窗外叹息,我读着许多封从那些爱我的人儿们寄来的长信,朋友们都纪念我流着忠实的眼泪……我迫切的需要这人间的感情,想占有许多不可能的东西。但人们给我的是什么呢? 整整两天,又一人幽囚在公寓里,没有一个人来,也没有一封信来,我躺在床上咳嗽,坐在火炉旁咳嗽,走到桌子前也咳嗽,还想念这些可恨的人们……其实还是收到一封信的,不过这除了更加我一些不快外,也只不过是加我不快。这是一年前曾骚扰过我的一个安徽粗壮男人寄来的,我没有看完就扯了。我真肉麻那满纸的"爱呀爱的"! 我厌恨我不喜欢的人们的殷勤……

我,我能说得出我真实的需要是些什么呢?

一月四号

事情不知错到什么地方去了。我为什么会想到搬家,并且在糊里糊涂中欺骗了云霖,好象扯谎也是本能一样,所以在今天能毫不费力的便使用了。假使云霖知道莎菲也会骗他,他不知应如何伤心,莎菲是他们那样爱惜的一个小妹妹。自然我不是安心的,并且我现在在后悔。但我能决定吗,搬呢,还是不搬?

我不能不向我自己说:"你是在想念那高个儿的影子呢!"是的,这几天几夜我无时不神往到那些足以诱惑我的。为什么他不在这几天中单独来会我呢? 他应当知道他不该让我如此的去思慕他。他应当来看我,说他也想念我才对。假使他来,我不会拒绝去听他所说的一些爱慕我的话,我还将令他知道我所要的是些什么。但他却不来。我估定这象传奇中的事是难实现了。难道我去找他吗? 一个女人这样放肆,是不会得好结果的。何况还要别人能尊敬我呢。我想不出好法子,只好先到云霖处试一试,所以吃过午饭,我便冒风向东城去。

云霖是京都大学的学生,他租的住房在京都大学一院和二院之间的青年胡同里。我到他那里时,幸好他没有出去,毓芳也没有来。云霖当然很诧异我在大风天出来,我说是到德国医院看病,顺便来这里。他就毫不疑惑,问我的病状,我却把话头故意引到那天晚上。不费一点气力,我便打探得那人儿住在第四寄宿舍,在京都大学二院隔壁。不久,我又叹起气来,我用许多言辞把在西城公寓里的生活,描摹得寂寞,暗淡。我又扯谎,说我唯一只想能贴近毓芳(我知道毓芳已预备搬来云霖处)。我要求云霖同我在近处找房。云霖当然高兴这差事,不会迟疑的。

在找房的时候,凑巧竟碰着了凌吉士。他也陪着我们。我真高兴,高兴使我胆大了,我狠狠的望了他几次,他没有觉得。他问我的病,我说全好了,他不信似的在笑。

我看上一间又低,又小,又霉的东房,在云霖的隔壁一家大元公寓里。他和云霖都说太湿,我却执意要在第二天便搬来,理由是那边太使我厌倦,而我急切的要依着毓芳。云霖无法,就答应了,还说好第二天一早他和毓芳过来替我帮忙。

我能告诉人,我单单选上这房子的用意吗? 它位置在第四寄宿舍和云霖住所之间。

他不曾向我告别,我又转到云霖处,尽我所有的大胆在谈笑。我把他什么细小处都审视遍了,我觉得都有我嘴唇放上去的需要。他不会也想到我在打量他,盘算他吗? 后来我特意说我想请他替我补英文,云霖笑,他却受窘了,不好意思的含含糊糊的问答,于是我向心里说,这还不是一个坏蛋呢,那样高大的一个男人还会红脸? 因此我的狂热更炎炽了。但我不愿让人懂得我,看得我太容易,所以我驱遣我自己,很早就回来了。

现在仔细一想,我唯恐我的任性,将把我送到更坏的地方去,暂时且住在这有洋炉的房里吧,难道我能说得上是爱上了那南洋人吗? 我还一丝一毫都不知道他呢。什么那嘴唇,那眉梢,那眼角,那指尖……多无意识,这并不是一个人所应需的,我着魔了,会想到那上面。我决计不搬,一心一意来养病。

我决定了,我懊悔,懊悔我白天所做的一些不是,一个正经女人所做不出来的。

一月六号

都奇怪我,听说我搬了家,南城的金英,西城的江周,都来到我这低湿的小屋里。我笑着,有时在床上打滚,她们都说我越小孩气了,我更大笑起来。我只想告诉她们我想的是什么。下午苇弟也来了。苇弟最不快活我搬家,因为我未曾同他商量,并且离他更远了。他见着云霖时,竟不理他。云霖摸不着他为什么生气。望着他。他更板起脸孔。我好笑,我向自己说"可怜,冤枉他了,一个好人!"

毓芳不再向我说剑如。她决定两三天便搬来云霖处,因为她觉得我既这样想傍着她住,她不能让我一人寂寂寞寞的住在这里。她和云霖待我比以前更亲热。

一月十号

这几天我都见着凌吉士，但我从没同他多说几句话，我决不先提补英文事。我看见他一天两次往云霖处跑，我发笑，我断定他以前一定不会同云霖如此亲密的。我没有一次邀请他来我那儿玩，虽说他问了几次搬了家如何，我都装出不懂的样儿笑一下便算回答。我把所有的心计都放在这上面，好象同什么东西搏斗一样。我要那样东西，我还不愿去取得，我务必想方设计让他自己送来。是的，我了解我自己，不过是一个女性十足的女人，女人只把心思放到她要征服的男人们身上。我要占有他，我要他无条件的献上他的心，跪着求我赐给我的吻呢。我简直癫了，反反复复的只想着我所要施行的手段的步骤，我简直癫了！

毓芳云霖看不出我的兴奋，只说我病快好了。我也正不愿他们知道，说我病好，我就装着高兴。

一月十二

毓芳已搬来，云霖却搬走了。宇宙间竟会生出这样一对人来，为怕生小孩，便不肯住在一起，我猜想他们连自己也不敢断定：当两人抱在一床时是不会另外干出些别的事来，所以只好预先防范，不给那肉体接触的机会。至于那单独在一房时的拥抱和亲嘴，是不会发生危险，所以悄悄表演几次，便不在禁止之列。我忍不住嘲笑他们了，这禁欲主义者！为什么会不需要拥抱那爱人的裸露的身体？为什么要压制住这爱的表现？为什么在两人还没睡在一个被窝里以前，会想到那些不相干足以担心的事？我不相信恋爱是如此的理智，如此的科学！

他俩不生气我的嘲笑，他俩还骄傲着他们的纯洁，而笑我小孩气呢。我体会得出他们的心情，但我不能解释宇宙间所发生的许许多多奇怪的事。

这夜我在云霖处（现在要说毓芳处了）坐到夜晚十点钟才回来，说了许多关于鬼怪的故事。

鬼怪这东西，我在一点点大的时候就听惯了，坐在姨妈怀里听姨爹讲《聊斋》是常事，并且一到夜里就爱听。至于怕，又是另外一件不愿告人的。因为一说怕，准就听不成，姨爹便会蹀过对面书房去，小孩就不准下床了。到进了学校，又从先生口里得知点科学常识，为了信服那位周麻子二先生，所以连书本也信服，从此鬼怪便不屑于害怕了。近来人更在长高长大，说起来，总是否认有鬼怪的，但鸡粟却不肯因为不信便不出来，毫毛一根根也会竖起的。不过每次同人说到鬼怪时，别人不知道我想拗开说到别的闲话上去，为的怕夜里一个人睡在被窝里时想到死去了的姨爹姨妈就伤心。

回来时，看到那黑魆魆的小胡同，真有点胆悸。我想，假使在哪个角落里露出一个大黄脸，或伸来一只毛手，在这样象冻住了的冷巷里，我不会以为是意外。但看到身边的这高大汉子（凌吉士）做镖手，大约总可靠，所以当毓芳问我时，我只答应"不怕，不怕"。

云霖也同我们出来，他回他的新房子去，他向南，我们向北，所以只走了三四步，便听不清那橡皮鞋底在泥板上发出的声音。

他伸来一只手，拢住了我的腰：

"莎菲，你一定怕哟！"

我想挣，但挣不掉。

我的头停在他的胁前,我想,如若在亮处,看起来,我会象个什么东西,被挟在比我高一个头还多的人的腕中。

我把身一蹿,便窜出来了,他也松了手陪我站在大门边打门。

小胡同里黑极了,但他的眼睛望到何处,我却能很清楚的看见。心微微有点跳,等着开门。

"莎菲,你怕哟!"

门闩已在响,是伙计在问谁。我朝他说:

"再——"

他猛的握住我的手,我无力再说下去。

伙计看到我身后的大人,露着诧异。

到单独只剩两人在一房时,我的大胆,已经变得毫无用处了,想故意说几句客套话,也不会,只说:"请坐吧!"自己便去洗脸。

鬼怪的事,已不知忘到什么地方去了。

"莎菲! 你还高兴读英文吗?"他忽然问。

这是他来找我,提到英文,自然他未必欢喜白白牺牲时间去替人补课,这意思,在一个二十岁的女人面前,怎能瞒过,我笑了(这是只在心里笑)。我说:

"蠢得很,怕读不好,丢人。"

他不说话,把我桌上摆的照片拿来玩弄着,这照片是我姊姊的一个刚满一岁的女儿。

我洗完脸,坐在桌子那头。

他望望我,又去望那小女孩,然后又望我。是的,这小女孩长的真象我。于是我问他:

"好玩吗? 你说象我不象?"

"她,谁呀!"显然,这声音表示着非常认真。

"你说可爱不可爱?"

他只追问着是谁。

忽的,我明白了他意思,我又想扯谎了。

"我的,"于是我把像片抢过来吻着。

他信了。我竟愚弄了他,我得意我的不诚实。

这得意,似乎便能减少他的妩媚,他的英爽。要不,为什么当他显出那天真的诧愕时,我会忽略了他那眼睛,我会忘掉了他那嘴唇? 否则,这得意一定将冷淡下我的热情。

然而当他走后,我却懊悔了。那不是明明安放着许多机会吗? 我只要在他按住我手的当儿,另做出一种眼色,让他懂得他是不会遭拒绝,那他一定可以做出一些比较大胆的事。这种两性间的大胆,我想只要不厌烦那人,会象把肉体融化了的感到快乐无疑。但我为什么要给人一些严厉,一些端庄呢? 唉,我搬到这破房子里来,到底为的是什么呢?

一月十五

近来我是不算寂寞了,白天在隔壁玩,晚上又有一个新鲜的朋友陪我谈话。但我的病却越深了。这真不能不令我灰心,我要什么呢,什么也于我无益。难道我有所眷恋吗? 一切又是多么的可笑,但死却不期然的会让我一想到便伤心。每次看见那克利大夫的脸色,我便想:是的,我懂得,你尽管说吧,是不是我已没希望了?但我却拿笑代替了我的哭。谁能知道我在夜深流出的眼泪的分量!

几夜,凌吉士都接着接着来,他告人说是在替我补英文,云霖问我,我只好不答应。晚上我拿一本"Poor People"放在他面前,他真个便教起我来。我只好又把书丢开,我说:"以后你不要再向人说在替我补英文吧,我病,谁也不会相信这事的。"他赶忙便说:"莎菲,我可不可以等你病好些教你吗?莎菲,只要你喜欢。"

这新朋友似乎是来得如此够人爱,但我却不知怎的,反而懒于注意到这些事。我每夜看到他丝毫得不着高兴的出去,心里总觉得有点歉仄,我只好在他穿大氅的当儿向他说:"原谅我吧,我有病!"他会错了我的意思,以为我同他客气。"病有什么要紧呢,我是不怕传染的。"后来我仔细一想,也许这话含得有别的意思,我真不敢断定人的所作所为象可以想象出来的那样单纯。

一月十六

今天接到蕴姊从上海来的信,更把我引到百无可望的境地。我哪里还能找得几句话去安慰她呢?她信里说:"我的生命,我的爱,都于我无益了……"那她是更不需要我的安慰,我为她而流的眼泪了。唉!从她信中,我可以揣想得出她婚后的生活,虽说她未肯明明的表白出来。神为什么要去捉弄这些在爱中的人儿?蕴姊是最神经质,最热情的人,自然她更受不住那渐渐的冷淡,那遮饰不住的虚情……我想要蕴姊来北京,不过这是做得到的吗?这还是疑问。

苇弟来的时候,我把蕴姊的信给他看:他真难过,因为那使我蕴姊感到生之无趣的人,不幸便是苇弟的哥哥。于是我向他说了我许多新得的"人生哲学"的意义:他又尽他唯一的本能在哭。我只是很冷静的去看他怎样使眼睛变红,怎样拿手去擦干,并且我在他那些举动中,加上许多残酷的解释。我未曾想到在人世中,他是一个例外的老实人,不久,我一个人悄悄的跑出去了。

为要躲避一切的熟人,深夜我才独自从冷寂寂的公园里转来,我不知怎样度过那些时间,我只想:"多无意义啊!倒不如早死了干净……"

一月十七

我想:也许我是发狂了!假使是真发狂,我倒愿意。我想,能够得到那地步,我总可以不会再感到这人生的麻烦了吧……

足足有半年为病而禁了的酒,今天又开始痛饮了。明明看到那吐出来的是比酒还红的血。但我心却象被什么别的东西主宰一样,似乎这酒便可在今晚致死我一样,我不愿再去细想那些纠纠葛葛的事……

一月十八

现在我还睡在这床上,但不久就将与这屋分别了,也许是永别,我断得定我还能再亲我这枕头,这棉被……的幸福吗?毓芳,云霖,苇弟,金夏都守着一种沉默围绕着我坐着,焦急的等着天明了好送我进医院去。我是在他们忧愁的低语中醒来的,我不愿说话,我细想昨天上午的事,我闻到屋子中遗留下来的酒气和腥气,才觉得心正在剧烈的痛,于是眼泪便汹涌了。因了他们的沉默,因了他们脸上所显现出来的凄惨和暗淡,我似乎感到这便是我死的预兆。假设我便如此长睡不醒了呢,是不是他们也将如此沉默的围绕着我僵硬的尸体?他们看见我醒了,便都走拢来问我。这时我真感到了那可怕的死别!我握着他们,仔细望着他们每个的脸,似乎要将这记忆永远保存着。他们都把眼泪滴到我手上,好象我就要长远离开他们走向死之国一样。尤其是苇弟,哭得现出丑脸。唉,我想:朋友呵,请给我一点快乐吧……于是我反而笑了。我请他们替我清理一下东西,他们便在床铺底下拖出那口大藤箱来,箱子里有几捆花手绢的小包,我说:"这我要的,随着我进协和吧。"他们便递给我,我给他们看,原来都满满是信札,我又向他们笑:"这,你们的也在内!"他们才似乎也快乐些了。苇弟又忙着从抽屉里递给我一本照片,是要我也带去的样子,我更笑了。这里面有七八张是苇弟的单像,我又容许苇弟吻我的手,并握着我的手在他脸上摩擦,于是这屋子才不象真有个僵尸停着的一样,天这时也慢慢显出了鱼肚白。他们忙乱了,慌着在各处找洋车。于是我病院的生活便开始了。

三月四号

接蕴姊死电是二十天以前的事,我的病却一天好一天。一号又由送我进院的几人把我送转公寓来,房子已打扫得干干净净。因为怕我冷,特生了一个小小的洋炉,我真不知怎样才能表示我的感谢,尤其是苇弟和毓芳。金和周在我这儿住了两夜才走,都充当我的看护,我每日都躺着,舒服得不象住公寓,同在家里也差不了什么了!毓芳决定再陪我住几天,等天气暖和点便替我上西山找房子,我好专去养病,我也真想能离开北京,可恨阳历三月了,还如是之冷!毓芳硬要住在这儿,我也不好十分拒绝,所以前两天为金和周搭的一个小铺又不能撤了。

近来在病院把我自己的心又医转了,实实在在是这些朋友们的温情把它重暖了起来,觉得这宇宙还充满着爱呢。尤其是凌吉士,当他到医院看我时,我觉得很骄傲,他那种丰仪才够去看一个在病院的女友的病,并且我也懂得,那些看护妇都在羡慕着我呢。有一天,那个很漂亮的密司杨问我:

"那高个儿,是你的什么人呢?"

"朋友!"我忽略了她问的无礼。

"同乡吗?"

"不,他是南洋的华侨。"

"那末是同学?"

"也不是。"

于是她狡猾的笑了,"就仅是朋友吗?"

自然,我可以不必脸红,并且还可以警诫她几句,但我却惭愧了。她看到我闭着眼装要睡的狼狈样儿,便得意的笑着走去。后来我一直都恼着她。并且为了躲避麻烦,有人问起苇弟时,我便扯谎说是我的哥哥。有一个同周很好的小伙子,我便说是同乡,或是亲戚的乱扯。

当毓芳上课去,我一个人留在房里时,我就去翻在一月多中所收到的信,我又很快活,很满足,还有许多人在纪念我呢。我是需要别人纪念的,总觉得能多得点好意就好。父亲是更不必说,又寄了一张像来,只有白头发似乎又多了几根。姊姊们都好,可惜就为小孩们忙得很,不能多替我写信。

信还没有看完,凌吉士又来了。我想站起来,但他却把我按住。他握着我的手时,我快活得真想哭了。我说:

"你想没想到我又会回转这屋子呢?"

他只瞅着那侧面的小铺,表示不高兴的样子,于是我告诉他从前的那两位客已走了,这是特为毓芳预备的。

他听了便向我说他今晚不愿再来,怕毓芳厌烦他。于是我心里更充满乐意了,便说:

"难道你就不怕我厌烦吗?"

他坐在床头更长篇的述说他这一个多月中的生活,怎样和云霖冲突,闹意见,因为他赞成我早些出院,而云霖执着说不能出来。毓芳也附着云霖,他懂得他认识我的时间太短,说话自然不会起影响,所以以后他不管这事了,并且在院中一和云霖碰见,自己便先回来。

我懂得他的意思,但我却装着说:

"你还说云霖,不是云霖我还不会出院呢,住在里面舒服多了。"

于是我又看见他默默地把头掉到一边去,不答我的话。

他算着毓芳快来时,便走了,悄悄告诉我说等明天再来。果然,不久毓芳便回来了。毓芳不曾问,我也不告她,并且她为我的病,不愿同我多说话,怕我费神,我更乐得藉此可以多去想些另外的小闲事。

三月六号

当毓芳上课去后,把我一人撂在房里时,我便会想起这所谓男女间的怪事;其实,在这上面,不是我爱自夸,我所受的训练,至少也有我几个朋友们的相加或相乘,但近来我却非常不能了解了。当独自同着那高个儿时,我的心便会跳起来,又是羞惭,又是害怕,而他呢,他只是那样随便的坐着,近乎天真的讲他过去的历史,有时握着我的手,不过非常自然,然而我的手便不会很安静的被握在那大手中,慢慢的会发烧。一当他站起身预备走时,不由的我心便慌张了,好象我将跌入那可怕的不安中,于是我盯着他看,真说不清那眼光是求怜,还是怨恨;但他却忽略了我这眼光,偶尔懂得了,也只说:"毓芳要来了哟!"我应当怎样说呢? 他是在怕毓芳! 自然,我也不愿有人知道我暗地所想的一些不近情理的事,不过我又感到有别人了解我感情的必要;几次我向毓芳含糊的说起我的心境,她还是那样忠实的替我盖被子,留心我的药,我真不能不有点烦闷了。

三月八号

毓芳已搬回去,苇弟又想代替那看护的差事。我知道,如若苇弟来,一定比毓芳还好,夜晚若想茶吃时,总不至于因听到那浓睡中的鼾声而不愿搅扰人便把头缩进被窝算了;但我自然拒绝他这好意,他固执着,我只好说:"你在这里,我有许多不方便,并且病呢,也好了。"他还要证明间壁的屋子空着,他可以住间壁,我正在无法时,凌吉士来了。我以为他们还不认识,而凌吉士已握着苇弟的手,说是在医院见过两次。苇弟冷冷的不理他,我笑着向凌吉士说:"这是我的弟弟,小孩子,不懂交际,你常来同他玩吧。"苇弟真的变成了小孩子,丧着脸站起身就走了。我因为有人在面前,便感得不快,也只掩藏住,并且觉得有点对凌吉士不住,但他却毫没介意,反问我:"不是他姓白吗,怎会变成你的弟弟?"于是我笑了:"那末你是只准姓凌的人叫你做哥哥弟弟的!"于是他也笑了。

近来青年人在一处时,老喜欢研究到这一个"爱"字,虽说有时我似乎懂得点,不过终究还是不很说得清。至于男女间的一些小动作,似乎我又太看得明白了。也许是因为我懂得了这些小动作,于"爱"才反迷糊,才没有勇气鼓吹恋爱,才不敢相信自己是一个纯粹的够人爱的小女子,并且才会怀疑到世人所谓的"爱",以及我所接受的"爱"……

在我稍微有点懂事的时候,便给爱我的人把我苦够了,给许多无事的人以诬蔑我,凌辱我的机会,以致我顶亲密的小伴侣们也疏远了。后来又为了爱的胁迫,使我害怕得离开了我的学校。以后,人虽说一天天大了,但总常常感到那些无味的纠缠,因此有时不特怀疑到所谓"爱",竟会不屑于这种亲密。苇弟说他爱我,为什么他只常常给我一些难过呢?譬如今晚,他又来了,来了便哭,并且似乎带了很浓的兴味来哭一样,无论我说:"你怎么了,说呀!""我求你,说话呀,苇弟!……"他都不理会。这是从未有的事,我尽我的脑力也猜想不出他所骤遭的这灾祸。我应当把不幸朝哪一方去揣测呢?后来,大约他哭够了,才大声说:"我不喜欢他!""这又是谁欺侮了你呢,这样大嚷大闹的?""我不喜欢那高个子!那同你好的!"哦,我这才知道原来是怄我的气。我不觉得笑了。这种无味的嫉妒,这种自私的占有,便是所谓爱吗?我发笑,而这笑,自然不会安慰那有野心的男人的。并且因我不屑的态度,更激起他那不可抑制的怒气。我看着他那放亮的眼光,我以为他要噬人了,我想:"来吧!"但他却又低下头哭了,还揩着眼泪,跟跄地走出去。

这种表示,也许是称为狂热的,真率的爱的表现吧,但苇弟却不加思索地用在我面前,自然是只会失败;并不是我愿意别人虚伪,做作,我只觉得想靠这种小孩般举动来打动我的心,全是无用。或者因为我的心生来便如此硬;那我之种种不惬于人意而得来烦恼和伤心,也是应该的。

苇弟一走,自自然然我把我自己的心意去揣摩,去仔细回忆那一种温柔的,大方的,坦白而又多情的态度上去,光这态度已够人欣赏象吃醉一般的感到那融融的蜜意,于是我拿了一张画片,写了几个字,命伙计即刻送到第四寄宿舍去。

三月九号

我看见安安闲闲坐在我房里的凌吉士,不禁又可怜苇弟,我祝祷世人不要象我一样,忽略了蔑视了那可贵的真诚而把自己陷到那不可拔的渺茫的悲境里;我更愿有那末一个真诚纯洁的女郎去饱领苇弟的爱,并填实苇弟所感得的空虚啊!

三月十三

好几天又不提笔,不知是因为我心情不好,或是找不出所谓的情绪。我只知道,从昨天来我是只想哭了。别人看到我哭,以为我在想家,想到病,看见我笑呢,又以为我快乐了,还欣庆着这健康的光芒……但所谓朋友皆如是,我能告谁以我的不屑流泪,而又无力笑出的痴呆心境?因我看清了自己在人间的种种不愿舍弃的热望以及每次追求而得来的懊丧,所以连自己也不愿再同情这未能悟彻所引起的伤心。更哪能捉住一管笔去详细写出自怨和自恨呢!

是的,我好象又在发牢骚了。但这只是隐忍在心头反复向自己说,似乎还无碍。因为我未曾有过那种胆量,给人看我的蹙紧眉头,和听我的叹气,虽说人们早已无条件的赠送给我以"狷傲""怪僻"等等好字眼。其实,我并不是要发牢骚,我只想哭,想有那末一个人来让我倒在他怀里哭,并告诉他:"我又糟踏我自己了!"不过谁能了解我,抱我,抚慰我呢?是以我只能在笑声中咽住"我又糟踏我自己了"的哭声。

我到底又为了什么呢，这真难说！自然我未曾有过一刻私自承认我是爱恋上那高个儿了的，但他在我的心心念念中又蕴蓄着一种分析不清的意义。虽说他那颀长的身躯，嫩玫瑰般的脸庞，柔软的嘴唇，惹人的眼角，可以诱惑许多爱美的女子，并以他那娇贵的态度倾倒那些还有情爱的。但我岂肯为了这些无意识的引诱而迷恋一个十足的南洋人！真的，在他最近的谈话中，我懂得了他的可怜的思想；他需要的是什么？是金钱，是在客厅中能应酬买卖中朋友们的年轻太太，是几个穿得很标致的白胖儿子。他的爱情是什么？是拿金钱在妓院中，去挥霍而得来的一时肉感的享受，和坐在软软的沙发上，拥着香喷喷的肉体，抽着烟卷，同朋友们任意谈笑，还把左腿叠压在右膝上；不高兴时，便拉倒，回到家里老婆那里去。热心于演讲辩论会，网球比赛，留学哈佛，做外交官，公使大臣，或继承父亲的职业，做橡树生意，成资本家……这便是他的志趣！他除了不满于他父亲未曾给他过多的钱以外，便什么都可使他在一夜不会做梦的睡觉；如有，便只是嫌北京好看的女人太少，有时也会厌腻起游戏园，戏场，电影院，公园来……唉，我能说什么呢？当我明白了那使我爱慕的一个高贵的美型里，是安置着如此一个卑劣灵魂，并且无缘无故还接受过他的许多亲密。这亲密，还值不了他从妓院中挥霍里剩余下的一半！想起那落在我发际的吻来，真使我悔恨到想哭了！我岂不是把我献给他任他来玩弄来比拟到卖笑的姊妹中去！这只能责备我自己使我更难受，假设只要我自己肯，肯把严厉的拒绝放到我眸子中去，我敢相信，他不会那样大胆，并且我也敢相信，他所以不会那样大胆，是由于他还未曾有过那恋爱的火焰燃炽……唉！我应该怎样来诅咒我自己了！

三月十四

这是爱吗，也许爱才具有如此的魔力，要不，为什么一个人的思想会变幻得如此不可测！当我睡去的时候，我看不起美人，但刚从梦里醒来，一揉开睡眼，便又思念那市侩了。我想：他今天会来吗？什么时候呢，早晨，过午，晚上？于是我跳下床来，急忙忙的洗脸，铺床，还把昨夜丢在地下的一本大书捡起，不住的在边缘处摩挲着，这是凌吉士昨夜遗忘在这儿的一本《威尔逊演讲录》。

三月十四晚上

我有如此一个美的梦想，这梦想是凌吉士给我的。然而同时又为他而破灭。我因了他才能满饮着青春的醇酒，在爱情的微笑中度过了清晨；但因了他，我认识了"人生"这玩艺，而灰心而又想到死；至于痛恨到自己甘于堕落，所招来的，简直只是最轻的刑罚！真的，有时我为愿保存我所爱的，我竟想到"我有没有力去杀死一个人呢？"

我想遍了，我觉得为了保存我的美梦，为了免除使我生活的力一天天减少，顶好是即刻上西山，但毓芳告诉我，说她托找房子的那位住在西山的朋友还没有回信来，我怎好再去询问或催促呢？不过我决心了，我决心让那高小子来尝一尝我的不柔顺，不近情理的倨傲和侮弄。

三月十七

那天晚上苇弟赌气回去，今天又小小心心地自己来和解，我不觉笑了，并感到他的可爱。如若一个女人只要能找得一个忠实的男伴，做一身的归宿，我想谁也没有我苇弟可靠。我笑问："苇弟，还恨姊姊不呢?"他羞惭地说:"不敢。姊姊,你了解我吧!我除了希冀你不摈弃我以外不敢有别的念头。一切只要你好,你快乐就够了!"这还不真挚吗?这还不动人吗?比起那白脸庞红嘴唇的如何?但后来我说:"苇弟,你好,你将来一定是一切都会很满意的。"他却露出凄然的一笑:"永世也不会——但愿如你所说……"这又是什么呢?又是给我难受一下!我恨不得跪在他面前求他只赐我以弟弟或朋友的爱吧!单单为了我的自私,我愿我少些纠葛,多点快乐。苇弟爱我,并会说那样好听的话,但他忽略了:第一他应当真的减少他的热望,第二他也应该藏起他的爱。我为了这一个老实的男人,感到无能的抱歉,也够受了。

三月十八

我又托夏在替我往西山找房了。

三月十九

凌吉士居然几日不来我这里了。自然,我不会打扮,不会应酬,不会治事理家,我有肺病,无钱,他来我这里做什么!我本无须乎要他来,但他真的不来却又更令我伤心,更证实他以前的轻薄。难道他也是如苇弟一样老实,当他看到我写给他的字条:"我有病,请不要再来扰我,"就信为是真话,竟不可违背,而果真不来吗?我只想再见他一面,审看一下这高大的怪物到底是怎样的在觑看我。

三月二十

今天我往云霖处跑了三次,都未曾遇见我想见的人,似乎云霖也有点疑惑,所以他问我这几天见着凌吉士没有。我只好怅怅的跑回来。我实在焦烦得很,我敢自己欺自己说我这几日没有思念他吗?

晚上七点钟的时候,毓芳和云霖来邀我到京都大学第三院去听英语辩论会,乙组的组长便是凌吉士。我一听到这消息,心就立刻砰砰的跳起来。我只得拿病来推辞了这善意的邀请。我这无用的弱者,我没有胆量去承受那激动,我还是希望我能不见着他。不过他俩走时,我却请他俩致意凌吉士,说我问候他。唉,这又是多无意识啊!

三月二十一

我刚吃过鸡子牛奶,一种熟习的叩门声响着,纸格上映印上一个顾长的黑影。我只想跳过去开门,但不知为一种什么情感所支使,我咽着气,低下头去了。

"莎菲,起来没有?"这声音如此柔嫩,令我一听到会想哭。

为了知道我已坐在椅子上吗?为了知道我无能发气和拒绝吗?他轻轻的托开门走进来了。我不敢仰起我滋润的眼皮。

"病好些没有,刚起来吗?"

我答不出一句话。

"你真在生我的气啊。莎菲,你厌烦我,我只好走了。莎菲!"

他走,于我自然很合适,但我又猛然抬起头拿眼光止住了他开门的手。

谁说他不是一个坏蛋呢，他懂得了。他敢于把我的双手握得紧紧的。他说：

"莎菲，你捉弄我了。每天我走你门前过，都不敢进来，不是云霖告诉我说你不会生我气，那我今天还不敢来。你，莎菲，你厌烦我不呢？"

谁都可以体会得出来，假使他这时敢于拥抱我，狂乱的吻我，我一定会倒在他手腕上哭出来："我爱你呵！我爱你呵！"但他却如此的冷淡，冷淡得使我又恨他了。然而我心里在想："来呀，抱我，我要吻你咧！"自然，他依旧握着我的手，把眼光紧盯在我脸上，然而我搜遍了，在他的各种表示中，我得不着我所等待于他的赐予。为什么他仅仅只懂得我的无用，我的不可轻侮，而不够了解他在我心中所占的是一种怎样的地位！我恨不得用脚尖踢他出去，不过我又为另一种情绪所支配，我向他摇头，表示不厌烦他的来到。

于是我又很柔顺地接受了他许多浅薄的情意，听他说着那些使他津津回味的卑劣享乐，以及"赚钱和化钱"的人生意义，并承他暗示我许多做女人的本分。这些又使我看不起他，暗骂他，嘲笑他，我拿我的拳头，隐隐痛击我的心，但当他扬扬地走出我房时，我受逼得又想哭了。因为我压制住我那狂热的欲念，未曾请求他多留一会儿。

唉，他走了！

三月二十一夜

去年这时候，我过的是一种什么生活！为了蕴姊千依百顺地疼我，我便装病躺在床上不肯起来。为了想蕴姊抚摩我，我伏在桌上想到一些小不满意的事而哼哼唧唧的哭。有时因在整日静寂的沉思里得了点哀戚，但这种淡淡的凄凉，更令我舍不得去扰乱这情调，似乎在这里面我可以味出一缕甜意一样的。至于在夜深的法国公园，听躺在草地上的蕴姊唱《牡丹亭》，那是更不愿想到的事了。假使她不被神捉弄般的去爱上那苍白脸色的男人，她一定不会死的这样快，我当然不会一人漂流到北京，无亲无爱的在病中挣扎。虽说有几个朋友，他们也很体惜我，但在我所感应得出的我和他们的关系能和蕴姊的爱在一个天平上相称吗？想起蕴姊，我真应当象从前在蕴姊面前撒娇一样的纵声大哭，不过这一年来，因为多懂得了一些事，虽说时时想哭却又咽住了，怕让人知道了厌烦。近来呢，我更不知为了什么只能焦急。想得点空闲去思虑一下我所做的，我所想的，关于我的身体，我的名誉，我的前途的好歹的时间也没有，整天把紊乱的脑筋放到一个我不愿想到的去处，因为是我想逃避的，所以越把我弄成焦烦苦恼得不堪言说！但是我除了说"死了也活该！"是不能再希冀什么了。我能求得一些同情和慰藉吗？然而我又似乎在向人乞怜了。

晚饭一吃过，毓芳和云霖来我这儿坐，到九点我还不肯放他俩走。我知道，毓芳碍住面子只好又坐下来，云霖藉口要预备明天的课，执意一人走回去了。于是我隐隐向毓芳吐露我近来所感得的窘状，我想她能懂得这事，并且能作主把我的生活改变一下，做我自己所不能胜任的。但她完全把话听到反面去了，她忠实地告诫我："莎菲，我觉得你太不老实，自然你不是有意，你可太不留心你的眼波了。你要知道，凌吉士他们比不得在上海同我们玩耍的那群孩子，他们很少机会同女人接近，受不起一点好意的，你不要令他将来感到失望和痛苦。我知道，你哪里会爱他呢？"这错误是不是又该归我，假设我不想求助于她而向她饶舌，是不是她不会说出这更令我生气，更令我伤心的话来？我噎着气又笑了："芳姊，不要把我说得太坏了吓！"

毓芳愿意留下住一夜时,我又赶她走了。

象那些才女们,因为得了一点点不很受用,便能"我是多愁善感呀","悲哀呀我的心……""……"做出许多新旧的诗。我呢,没出息,白白被这些诗境困着,想以哭代替诗句来表现一下我的情感的搏斗都不能。光在这上面,为了不如人,也应撂开一切去努力做人才对,便退一千步说,为了自己的热闹,为了得一群浅薄眼光之赞颂,我也不该拿不起笔或枪来。真的便把自己陷到比死还难忍的苦境里,单单为了那男人的柔发,红唇……

我又梦想到欧洲中古的骑士风度,拿这来比拟不会有错,如其有人看到过凌吉士的话,他把那东方特长的温柔保留着。神把什么好的,都慨然赐给他了,但神为什么不再给他一点聪明呢?他还不懂得真的爱情呢,他确是不懂,虽说他已有了妻(今夜毓芳告我的),虽说他,曾在新加坡乘着脚踏车追赶坐洋车的女人,因而恋爱过一小段时间,虽说他曾在韩家潭住过夜。但他真得到过一个女人的爱吗?他爱过一个女人吗?我敢说不曾!

一种奇怪的思想又在我脑中燃烧了。我决定来教教这大学生。这宇宙并不是象他所懂的那样简单啊!

三月二十二

在心的忙乱中,我勉强竟写了这些日记了。早先因为蕴姊写信来要,再三再四的,我只好开始写。现在蕴姊死了好久,我还舍不得不继续下去,心想为了蕴姊在世时所谆谆向我说的一些话便永远写下去纪念蕴姊也好。所以无论我那样不愿提笔,也只得胡乱画下一页半页的字来。本来是睡了的,但望到挂在壁上蕴姊的像,忍不住又爬起,为免掉想念蕴姊的难受而提笔了。自然,这日记,我是除了蕴姊不愿给任何人看。第一因为这是为了蕴姊要知道我的生活而记下的一些琐琐碎碎的事,二来我怕别人给一些理智的面孔给我看,好更刺透我的心;似乎我自己也会因了别人所尊崇的道德而真的感到象犯罪一样的难受。所以这黑皮的小本子我许久以来都安放在枕头底下的垫被的下层。今天不幸我却违背我的初意了,然而也是不得已,虽说似乎是出于毫未思考。原因是苇弟近来非常误解我,以致常常使得他自己不安,而又常常波及我,我相信在我平日的一举一动中,我都能表示出我的态度来。为什么他不懂我的意思呢?难道我能直捷的说明,和阻止他的爱吗?我常常想,假设这不是苇弟而是另外一人,我将会知道怎样处置是最合法的。偏偏又是如此令我忍不下心去的一个好人!我无法了,只好把我的日记给他看。让他知道他在我的心里是怎样的无希望,并知道我是如何凉薄的反反复复的不足爱的女人。假使苇弟知道我,我自然会将他当做我唯一可诉心肺的朋友,我会热诚的拥着他同他接吻。我将替他愿望那世界上最可爱,最美的女人……日记,苇弟看过一遍,又一遍了,虽说他曾经哭过,但态度非常镇静,是出我意料之外的。我说:

"懂得了姊姊吗?"

他点头。

"相信姊姊吗?"

"关于哪方面的?"

于是我懂得那点头的意义。谁能懂得我呢,便能懂得这只能表现我万分之一的日记,也只令我看到这有限的伤心哟!何况,希求人了解,以想方设计用文字来反复说明的日记给人看,是多么可伤

心的事！并且,后来苇弟还怕我以为他未曾懂得我,于是不住的说:

"你爱他,你爱他！我不配你！"

我真想一赌气扯了这日记。我能说我没有糟踏这日记吗？我只好向苇弟说:"我要睡了,明天再来吧。"

在人里面,真不必求什么！这不是顶可怕的吗？假设蕴姊在,看见我这日记,我知道,她会抱着我哭:"莎菲,我的莎菲！我为什么不再变得伟大点,让我的莎菲不至于这样苦啊……"但蕴姊已死了,我拿着这日记应怎样的痛哭才对！

三月二十三

凌吉士向我说:"莎菲！你真是一个奇怪的女子。"我了解这并不是懂得了我的什么而说出的一句赞叹。他所以为奇怪的,无非是看见我的破烂了的手套,搜不出香水的抽屉,无缘无故扯碎了的新棉袍,保存着一些旧的小玩具,……还有什么？听见些不常的笑声,至于别的,他便无能去体会了,我也从未向他说过一句我自己的话。譬如他说"我以后要努力赚钱呀",我便笑;他说到邀起几个朋友在公园追着女学生时,"莎菲那真有趣",我也笑。自然,他所说的奇怪,只是一种在他生活习惯上不常见的奇怪。并且我也很伤心,我无能使他了解我而敬重我。我是什么也不希求了,除了往西山去。我想到我过去的一切妄想,我好笑！

三月二十四

当他单独在我面前时,我觑着那脸庞,聆着那音乐般的声音,心便在忍受那感情的鞭打！为什么不扑过去吻他的嘴唇,他的眉梢,他的……无论什么地方？真的,有时话都到口边了:"我的王！准许我亲一下吧！"但又受理智,不,我就从没有过理智,是受另一种自尊的情感所裁制而又咽住了。唉！无论他的思想怎样坏,他使我如此癫狂的动情,是曾有过而无疑,那我为什么不承认我是爱上了他咧？并且,我敢断定,假使他能把我紧紧的拥抱着,让我吻遍他全身,然后他把我丢下海去,丢下火去,我都会快乐的闭着眼等待那可以永久保藏我那爱情的死的来到。唉！我竟爱他了,我要他给我一个好好的死就够了……

三月二十四夜深

我决心了。我为拯救我自己被一种色的诱惑而堕落,我明早便到夏那儿去,以免看见凌吉士又痛苦,这痛苦已缠缚我如是之久了！

三月二十六

为了一种纠缠而去,但又遭逢着另一种纠缠,我不得不又急速的转来了。我去夏那儿的第二天,梦如便去了。虽说她是看另一人去的,但使我感到很不快活。夜晚,她大发其对感情的一种新近所获得的议论,隐隐的含着讥刺向我,我默然。为不愿让她更得意,我睁着眼,睡在夏的床上等到天明,才忍着气转来……

毓芳告诉我,说西山房子已找好了,并且另外替我邀了一个女伴,也是养病的,而这女伴同毓芳又是很好的朋友。听到这消息,应该是很欢喜吧,但我刚刚在眉头舒展了一点喜色,一种默然的凄凉便罩上了。虽说我从小便离开家,在外面混,但都有我的亲戚朋友随着我。这次上西山,固然说起来离城只是几十里,但在我,一个活了二十岁的人,开始一人跑到陌生的地方去,还是第一次。假使我竟无声无息的死在那山上,谁是第一个发现我死尸的? 我能担保我不会死在那里吗? 也许别人会笑我担忧到这些小事,而我却真的哭过。当我问毓芳舍不舍得我时,毓芳却笑,笑我问小孩话,说这一点点路有什么舍不得,直到毓芳答应我每礼拜上山一次,我才不好意思地揩干眼泪。

下午我到苇弟那儿去,苇弟也说他一礼拜上山一次,填毓芳不去的空日。

回来已夜了,我一人寂寂寞寞地收拾东西,想到我要离开北京的这些朋友们,我又哭了。但一想到朋友们都未曾向我流泪,我又擦去我脸上的泪痕。我又将一人寂寂寞寞地离开这古城了。

在寂寞里,我又想到凌吉士了,其实,话不是这样说,凌吉士简直不能说"想起""又想起",完全是整天都在系念到他,只能说:"又来讲我的凌吉士吧。"这几天我故意造成的离别,在我是不可计的损失,我本想放松他,而我把他捏得更紧了。我既不能把他从心里压根儿拔去,我为什么要躲避着不见他的面呢? 这真使我懊恼,我不能便如此同他离别,这样寂寂寞寞的走上西山……

三月二十七

一早毓芳便上西山去了,去替我布置房子,说好明天我便去。为她这番盛情,我应怎样去找得那些没有的字来表示我的感谢? 我本想再多一天在城里,也不好说了。

我正焦急的时候,凌吉士才来,我握紧他双手,他说:

"莎菲! 几天没见你了!"

我很愿意这时我能哭出来,抱着他哭,但眼泪只能噙在眼里,我只好又笑了。他听见明天我要上山时,显出的那惊诧和嗟叹,很安慰到我,于是我真的笑了。他见到我笑,便把我的手反捏得紧紧的,紧得使我生痛。他怨恨似的说:

"你笑! 你笑!"

这痛,是我从未有过的舒适,好象心里也正锥下去一个什么东西,我很想倒向他的手腕,而这时苇弟却来了。

苇弟知道我恨他来,他偏不走。我向凌吉士使眼色,我说:"这点钟有课吧?"于是我送凌吉士出来。他问我明早什么时候走,我告他;问他还来不来呢,他说回头便来;于是我望着他快乐了,我忘了他是怎样可鄙的人格,和美的相貌了,这时他在我的眼里,是一个传奇中的情人。哈,莎菲有一个情人了! ……

三月二十七晚

自从我赶走苇弟到这时已整整五个钟头了。在这五点钟里,我应怎样才想得出一个恰合的名字来称呼它? 象热锅上的蚂蚁在这小房子里不安的坐下,又站起,又跑到门缝边瞧,但是——他一定不来了,他一定不来了,于是我又想哭,哭我走得这样凄凉,北京城就没有一个人陪我一哭吗? 是的,我应该离开这冷酷的北京,为什么我要舍不得这板床,这油腻的书桌,这三条腿的椅子……是的,明早我就要走了,北京的朋友们不会再腻烦莎菲的病。为了朋友们轻快舒适,莎菲便为朋友们死在西山也是该的！但如此让莎菲一人看不着一点热情孤孤寂寂的上山去，想来莎菲便不死，也不会有损害或激动于人心吧……不想了！不想！有什么可想的？假使莎菲不如此贪心攫取感情，那莎菲不是便很可满足于那些眉目间的同情了吗？……

关于朋友，我不说了。我知道永世也不会使莎菲感到满足这人间的友谊的！

但我能满足些什么呢？凌吉士答应来，而这时已晚上九点了。纵是他来了，我会很快乐吗？他会给我所需要的吗？……

想起他不来，我又该痛恨自己了！在很早的从前，我懂得对付哪一种男人应用哪一种态度，而现在反蠢了。当我问他还来不来时，我怎能显露出那希求的眼光，在一个漂亮人面前是不应老实，让人瞧不起……但我爱他，为什么我要使用技巧？我不能直接向他表明我的爱吗？并且我觉得只要于人无损，便吻人一百下，为什么便不可以被准许呢？

他既答应来，而又失信，显见得是在戏弄我。朋友，留点好意在莎菲走时，总不至于是一种损失吧。

今夜我简直狂了。语言，文字是怎样在这时显得无用！我心象被许多小老鼠啃着一样，又象一盆火在心里燃烧。我想把什么东西都摔破，又想冒着夜气在外面乱跑，我无法制止我狂热的感情的激荡，我躺在这热情的针毡上，反过去也刺着，翻过来也刺着，似乎我又是在油锅里听到那油沸的响声，感到浑身的灼热……为什么我不跑出去呢？我等着一种渺茫的无意义的希望到来！哈……想到红唇，我又疯了！假使这希望是可能的话——我独自又忍不住笑，我再三再四反复问我自己："爱他吗？"我更笑了。莎菲不会傻到如此地步去爱上南洋人。难道因了我不承认我的爱，便不可以被人准许做一点儿于人无损的事？

假使今夜他竟不来，我怎能甘心便恝然上西山去……

唉！九点半了！

九点四十分！

三月二十八晨三时

莎菲生活在世上，要人们了解她体会她的心太热太恳切了，所以长远的沉溺在失望的苦恼中，但除了自己，谁能够知道她所流出的眼泪的分量？

在这本日记里，与其说是莎菲生活的一段记录，不如直接算为莎菲眼泪的每一个点滴，是在莎菲心上，才觉得更切实。然而这本日记现在要收束了，因为莎菲已无需乎此——用眼泪来泄愤和安慰，这原因是对于一切都觉得无意识，流泪更是这无意识的极深的表白。可是在这最后一页的日记上，莎菲应该用快乐的心情来庆祝，她从最大的失望中，蓦然得到了满足，这满足似乎要使人快乐得死才对。但是我，我只从那满足中感到胜利，从这胜利中得到凄凉，而更深的认识我自己的可怜处，可笑处，因此把我这几月来所萦萦于梦想的一点"美"反缥缈了，——这个美便是那高个儿的丰仪！

我应该怎样来解释呢？一个完全癫狂于男人仪表上的女人的心理！自然我不会爱他，这不会爱，很容易说明，就是在他丰仪的里面是躲着一个何等卑丑的灵魂！可是我又倾慕他，思念他，甚至于没有他，我就失掉一切生活意义了；并且我常常想，假使有那末一日，我和他的嘴唇合拢来，密密的，那我的身体就从这心的狂笑中瓦解去，也愿意。其实，单单能获得骑士般的那人儿的温柔的一抚摩,随便他的手尖触到我身上的任何部分,因此就牺牲一切,我也肯。

我应当发癫,因为这些幻想中的异迹,梦似的,终于毫无困难的都给我得到了。但是从这中间,我所感到的是我所想象的那些会醉我灵魂的幸福吗?不啊!

当他——凌吉士——晚间十点钟来到时候,开始向我嗫嚅地表白,说他是如何的在想我……还使我心动过好几次;但不久我看到他那被情欲燃烧的眼睛,我就害怕了。于是从他那卑劣的思想中发出的更丑的誓语,又振起我的自尊心!假使他把这串浅薄肉麻的情话去对别个女人说,一定是很动听的,可以得一个所谓的爱的心吧。但他却向我,就由这些话语的力,把我推得隔他更远了。唉,可怜的男子!神既然赋与你这样的一副美形,却又暗暗的捉弄你,把那样一个毫不相称的灵魂放到你人生的顶上!你以为我所希望的是"家庭"吗?我所欢喜的是"金钱"吗?我所骄傲的是"地位"吗?"你,在我面前,是显得多么可怜的一个男子啊!"我真要为他不幸而痛哭,然而他依样把眼光镇住我脸上,是被情欲之火燃烧得如何的怕人!倘若他只限于肉感的满足,那末他倒可以用他的色来摧残我的心;但他却哭声地向我说:"莎菲,你信我,我是不会负你的!"啊,可怜的人,他还不知道在他面前的这女人,是用如何的轻蔑去可怜他的这些做作,这些话!我竟忍不住笑出声来,说他也知道爱,会爱我,这只是近于开玩笑!那情欲之火的巢穴——那两只灼闪的眼睛,不正宣布他除了可鄙的浅薄的需要,别的一切都不知道吗?

"喂,聪明一点,走开吧,韩家潭那个地方才是你寻乐的场所!"我既然认清他,我就应该这样说,教这个人类中最劣种的人儿滚出去。然而,虽说我暗暗的在嘲笑他,但当他大胆的贸然伸开手臂来拥我时,我竟又忘了一切,我临时失掉了我所有的一些自尊和骄傲,我完全被那仅有的一副好丰仪迷住了,在我心中,我只想,"紧些!多抱我一会儿吧,明早我便走了。"假使我那时还有一点自制力,我该会想到他的美形以外的那东西,而把他象一块石头般,丢到房外去。

唉!我能用什么言语或心情来痛悔?他,凌吉士,这样一个可鄙的人,吻了我!我静静默默地承受着!但那时,在一个温润的软热的东西放到我脸上,我心中得到的是些什么呢?我不能象别的女人一样晕倒在她那爱人的臂膀里!我张大着眼睛望他,我想:"我胜利了!我胜利了!"因为他所使我迷恋的那东西,在吻我时,我已知道是如何的滋味——我同时鄙夷我自己了!于是我忽然伤心起来,我把他用力推开,我哭了。

他也许忽略了我的眼泪,以为他的嘴唇给我如何的温软,如何的嫩腻,把我的心融醉到发迷的状态里吧,所以他又挨着我坐着,继续说了许多所谓爱情表白的肉麻话。

"何必把你那令人惋惜处暴露得无余呢?"我真这样的又可怜起他来。

我说:"不要乱想吧,说不定明天我便死去了!"

他听着,谁知道他对于这话是得到怎样的感触?他又吻我,但我躲开了,于是那嘴唇便落到我手上……

我决心了,因为这时我有的是充足的清晰的脑力,我要他走,他带点抱怨颜色,缠着我。我想"为什么你也是这样傻劲呢?"他直挨到夜十二点半钟才走。

他走后,我想起适间的事情。我用所有的力量,来痛击我的心!为什么呢,给一个如此我看不起的男人接吻?既不爱他,还嘲笑他,又让他来拥抱?真的,单凭了一种骑士般的风度,就能使我堕落到如此地步吗?

总之，我是给我自己糟踏了，凡一个人的仇敌就是自己，我的天，这有什么法子去报复而偿还一切的损失？

好在在这宇宙间，我的生命只是我自己的玩品，我已浪费得尽够了，那末因这一番经历而使我更陷到极深的悲境里去，似乎也不成一个重大的事件。

但是我不愿留在北京，西山更不愿去了，我决计搭车南下，在无人认识的地方，浪费我生命的余剩；因此我的心从伤痛中又兴奋起来，我狂笑的怜惜自己：

"悄悄的活下来，悄悄的死去，啊！我可怜你，莎菲！"

导读

　　本篇是丁玲早期小说的代表作，发表后曾引起极大的反响。小说大胆而细腻地描写了"五四"退潮期不甘沉沦、堕落而又找不到出路的青年女性——莎菲女士心灵的痛苦和迷乱。紧紧追求着她的苇弟善良老实温存，又值得信赖，但他不理解莎菲，也激不起莎菲的激情。英俊高大的南洋青年凌吉士的儒雅风度赢得了莎菲的好感，但当她发现凌吉士是个卑猥庸俗的轻浮男子时，就摆脱了他。小说细腻地展现了莎菲由空虚——追求——幻灭——空虚的心灵轨迹。莎菲所追求的，既不是封建时代唯恭唯谨为礼教束缚的非自然形态的爱情，也不是现代西方那种游戏人生的爱情，而是一种建立在高尚的情趣和共同理想之上两情相悦充满现代色彩的爱情。而黯淡灰色的现实注定了其爱情理想的破灭，因而产生苦闷。莎菲的苦闷实际是时代的苦闷，是"五四"退潮后不甘沉沦却又无路可走的青年知识女性的苦闷。莎菲的爱情悲剧是时代悲剧的缩影，莎菲是"心灵上负着时代苦闷的创伤的青年女性的叛逆的绝叫者"（茅盾语）。

　　小说采用日记体的形式，把莎菲这个受"五四"洗礼的青年知识女性追求爱情的心理，大胆率真、细致入微地揭示出来，表现了女性作家对女性心理的深刻体验和描摹。作品语言清丽，寓热烈于恬淡，含雅致于素朴，既有散文之优美，又富于诗歌的意境。

为奴隶的母亲

柔 石

她底丈夫是一个皮贩,就是收集乡间各猎户底兽皮和牛皮,贩到大埠上去卖的人。但有时也兼做点农作,芒种的时节,便帮人家插秧,他能将每行插得非常直,假如有五人同在一个水田内,他们一定叫他站在第一个做标准。然而境况总是不佳,债是年年积起来了。他大约就因为境况的不佳,烟也吸了,酒也喝了,钱也赌起来了。这样,竟使他变做一个非常凶狠而暴躁的男子,但也就更贫穷下去,连小小的移借,别人也不敢答应了。

在穷底结果的病以后,全身变成枯黄色,脸孔黄的和小铜鼓一样,连眼白也黄了。别人说他是黄疸病,孩子们也就叫他"黄胖"了。有一天,他向他底妻说:

"再也没有办法了,这样下去,连小锅也都卖去了。我想,还是从你的身上设法罢。你跟着我挨饿,有什么办法呢?"

"我底身上?……"

他底妻坐在灶后,怀里抱着他底刚满五岁的男小孩——孩子还在啜着奶,她讷讷地低声问。

"你,是呀,"她底丈夫病后的无力声音,"我已经将你出典了……"

"什么呀?"他底妻几乎昏过去似的。

屋内是稍稍静寂了一息。他气喘着说:

"三天前,王狼来坐讨了半天的债回去以后,我也跟着他去,走到了九田潭边,我很不想要做人了。但是坐在那株爬上去一纵身就可落在潭里的树下,想来想去,总没有力气跳了。猫头鹰在耳朵边不住地唬,我底心被它叫寒起来,我只得回转身,但在路上,遇见了沈家婆,她问我:晚也晚了,在外做什么。我就告诉她,请她代我借一笔钱,或向什么人家的小姐借些衣服或首饰去暂时当一当,免得王狼底狼一般的绿眼睛天天在家里闪烁。可是沈家婆向我笑道:

'你还将妻养在家里做什么呢,你自己黄也黄到这个地步了?'

我低着头站在她面前没有回答,她又说:

'儿子呢,你只有一个,舍不得。但妻——'

我当时想:'莫非叫我卖去妻子么?'

而她继续道:

'但妻——虽然是结发的,穷了,也没有法。还养在家里做什么呢?'

这样,她就直说出:'有一个秀才,因为没儿子,年纪已五十岁了,想买一个妾,又因他底大妻不允许,只准他典一个,养过两三个儿子,人要沉默老实,又肯做事,还要对他底大妻肯低眉下首。这次是秀才娘子向我说了,假如条件合,肯出八十元或一百元的身价。我代她寻了好几天,总没有相当的女人。'她说:现在碰到我,想起了你来,样样都对的。当时问我底意见怎样,我一边掉了几滴泪,一边却被她催的答应她了。"

说到这里,他垂下头,声音很低弱,停止了。他低妻简直痴似的,话一句没有。又静寂了一息,他继续说:

"昨天,沈家婆到过秀才底家里,他说秀才很高兴,秀才娘子也喜欢,钱是一百元,年数呢,假如三年养不出儿子是五年。沈家婆并将日子也拣定了——本月十八,五天后。今天,她写典契去了。"

这时,他底妻简直连腑脏都颤抖,吞吐着问:"你为什么不早对我说?"

"昨天在你底面前旋了三个圈子,可是对你说不出,不过我仔细想,除出将你的身子设法外,再也没有办法了。"

"决定了么?"妇人战着牙齿问。

"只待典契写好。"

"倒霉的事情呀,我!——一点也没有别的方法了么?春宝底爸呀。"春宝是她怀里的孩子的名字。

"倒霉!我也想到过,可是穷了,我们又不肯死,有什么办法?今年,我怕连秧也不能插了。"

"你也想到过春宝么?春宝还只有五岁,没有娘,他怎么好呢?"

"我领他便是了。本来是断了奶的孩子。"

他似乎渐渐发怒了。也就走出门外去了。她,却呜呜咽咽地哭起来。

这时,在她过去的回忆里,却想起恰恰一年前的事:那时她生下了一个女儿,她简直如死去一般地卧在床上。死还是整个的,她却肢体分作四碎与五裂。刚落地的女婴,在地下的干草堆上叫,"呱呀,呱呀"声音很重的,手脚揪缩。脐带绕在她底身上,胎盘落在一边,她很想挣扎起来给她洗好,可是她底头昂起来,身子凝滞在床上。这样,她看见她底丈夫,这个凶狠的男子,飞红着脸,提了一桶沸水到女婴的旁边。她简直用了她一生底最后的力向他喊:"慢!慢……";但这个病前极凶狠的男子,没有一分钟商量的余地,也不答半句话,就将"呱呀,呱呀"声音很重地在叫着的女儿,刚出世的新生命,用他底粗暴的两手捧起来,如屠户捧了将杀的小羊一般,扑通,投下在沸水里了!除出沸水唧一声以外,女孩一声也不喊——她疑问的想,为什么也不重重地哭一声?竟这样不响地愿意冤枉的死去么?啊!——她转念,那是因为她自己当时昏过去的缘故,她当时似剜去了心一般地昏去了。

想到这里,似乎泪竟干涸了。"唉!苦命呀!"她低低地叹息了一声。这时春宝拔去了奶头,向他底母亲的脸上看,一边叫"妈妈!妈妈!"

在她将离别底前一晚,她拣了房子最黑暗处坐着。一盏油灯点在灶前,萤火那么的光亮。她,手里抱着春宝,将他底头贴在她的头发上。她底思想似乎浮漂在极远,可是她自己捉摸不定远在那里。于是它慢慢地跑回来,跑到眼前,跑到她底孩子身上。她向她底孩子低声叫:

"春宝,宝宝!"

"妈妈,"孩子含着奶头答。

"妈妈明天要去了……"

"唔,"孩子不十分懂得,本能地将头钻进母亲底胸膛。

"妈妈不回来了,三年内不能回来了!"

她擦一擦眼睛,孩子放松口子问:

"妈妈那里去呢?庙里么?"

"不是,三十里路外,一家姓李的。"

"我也去。"

"宝宝去不得。"

"呃!"孩子反抗地,又吸着并不多的奶。

"你跟爸爸在家里,爸爸会照料宝宝的:同宝宝睡,也带宝宝玩,你听爸爸的话好。过三年……"

她没有说完,孩子要哭似地说:

"爸爸要打我的!"

"爸爸不再打你了。"同时用她底手抚摸着孩子底右额,在这上,有他父亲在杀死他刚生下的妹妹后的第三天,用锄柄敲他,肿起又平复了的伤痕。

她似要还想对孩子说话,她底丈夫踏进门了。他走到她底面前,一只手放在袋里,掏取着什么,一边说:

"钱已经拿来七十元了。还有三十元要等你到后十天付。"

停了一息说:"也答应轿子来接。"

又停了一息说:"也答应轿夫一早吃好早饭来。"

这样,他离开了她,又向门外走去了。

这一晚,她和她底丈夫都没有吃晚饭。

第二天,春雨竟滴滴淅淅地落着。

轿是一早就到了。可是这妇人,她却一夜不曾睡。她先将春宝底几件破衣服都修补好;春将完,夏将到了,可是她,连孩子冬天的破烂棉袄都拿来,移交给她底父亲——实在,他已经在床上睡去了。以后,她坐在他旁边,想对他说几句话,可是长夜迟延着过去,她底话一句也说不出。而且,她大着胆向他叫了几声,发了几个听不清楚的音,声音在他底耳外,她也就睡下不说了。

等她朦朦胧胧地刚离开思索将要睡去,春宝又醒了。他就推叫他底母亲,要起来。以后当她给他穿衣服的时候,向他说:

"宝宝好好地在家里,不要哭,免得你爸爸打你,以后妈妈常买糖果来,买给宝宝吃,宝宝不要哭。"

而小孩子竟不知道悲哀是什么一回事,张大口子"唉,唉,"地唱起来了。她在他底唇边吻了一吻,又说:

"不要唱,你爸爸被你唱醒了。"

轿夫坐在门首的板凳上,抽着旱烟,说着他们自己要听的话。一息邻村的沈家婆也赶到了。一个老妇人,熟悉世故的媒婆,一进门,就拍拍她身上的雨点,向他们说:

"下雨了,下雨了,这是你们家里此后会有滋长的预兆。"

老妇人忙碌似地在屋内旋了几个圈,对孩子父亲说了几句话,意思是讨报酬。因为这件契约之能如此顺利而合算,实在是她底力量。

"说实在话,春宝底爸呀,再加上五十元,那老头子可以买一房妾了。"她说。

于是又转向催促她——妇人却抱着春宝,这时坐着不动。老妇人声音很高地:

"轿夫要赶到他们家里吃中饭的,你快些预备走呀!"

可是妇人向她瞧了一瞧,似乎说:

"我实在不愿离开呢!让我饿死在这里罢!"

声音是在她底喉下,可是媒婆懂得了,走近到她面前,迷迷地向她笑说:

"你真是一个不懂事的丫头,黄胖还有什么东西给你呢?那边真是一份有吃有剩的人家,两百多亩田,经济很宽裕,房子是自己底,也雇着长工养着牛。大娘底性子是极好的,对人非常客气,每次看见人总给人一些吃的东西。那老头子——实在并不老,脸是很白白的,也没有留胡子,因为读了书,背有些偻偻的,斯文的模样。可是也不必多说,你一走下轿就看见,我是一个从来不说谎的媒婆。"

妇人拭一拭泪,极轻地:

"春宝……我怎么抛开他呢!"

"不用想到春宝了,"老妇人一手放在她底肩上,脸凑近她和春宝。"五岁了,古人说:'三周四岁离娘身',可以离开你。只要你底肚子争气些,到那边,也养下一二个来,万事都好了。"

轿夫也在门首催起身了,他们噜苏着说:

"又不是新娘子,啼啼哭哭的。"

这样,老妇人将春宝从她底怀里拉去,一边说:

"春宝让我带去罢。"

小小的孩子也哭了,手脚乱舞的,可是老妇人终于给他拉到小门外去。当妇人走进轿门的时候,向他们说:

"带进屋里来罢,外边有雨呢。"

她底丈夫用手支着头坐着,一动没有动,而且也没有话。

两村的相隔有三十里路,可是轿夫的第二次将轿子放下肩,就到了。春天的细雨,从轿子底布篷里飘进,吹湿了她底衣衫。一个脸孔肥肥的,两眼很有心计的约摸五十四五岁的老妇人来迎她,她想:这当然是大娘。可是只向她满面羞涩地看一看,并没有叫。她很亲昵似地将她牵下阶沿,一个长长的瘦瘦的而面孔圆细的男子就从房里走出来。他向新来的少妇,仔细地瞧了瞧,堆出满脸的笑容来,向她问:

"这么早就到了么?可是打湿你底衣裳了?"

而那位老妇人,却简直没有顾到他底说话,也向她问:

"还有什么在轿里吗?"

"没有什么了。"少妇答。

几位邻舍的妇人站在大门外,探头张望;可是她们走进屋里面了。

她自己也不知道这究竟为什么,她底心老是挂念着她底旧的家,掉不下她的春宝。这是真实而明显的,她应庆祝这将开始的三年的生活——这个家庭,和她所典给他的丈夫,都比曾经过去的要好,秀才确是一个温良和善的人,讲话是那么低声,连大娘,实在也是一个出乎意料之外的妇人,她底态度之殷勤,和滔滔的一席话:说她和她丈夫过去的生活之经过,从美满而漂亮的结婚生活起,一直到现在,中间的三十年。她曾做过一次产,十五六年以前了,养下了一个男孩子,据她说,是一个极美丽又极聪明的婴儿,可是不到十个月,竟患了天花死去。这样,以后就没有再养过第二个。在她底意思中,似乎——似乎——早就叫她底丈夫娶一个妾,可是他,不知是爱她呢,还是没有相当的人——

这一层她并没有说清楚；于是，就一直到现在。这样，竟说得这个具着朴素的心地的她，一时酸，一时苦，一时甜上心头，一时又咸的压下去了。最后，这个老妇人并将她底希望也向她说出来了。她底脸是娇红的，可是老妇人说：

"你是养过三四个孩子的女人了，当然，你是知道什么的，你一定知道的还比我多。"

这样，她说着就走开了。

当晚，秀才也将家里种种情形告诉她，实际，不过是向她夸耀或求媚罢了。她坐在一张橱子的旁边，这样的红的木橱，是她旧的家所没有的，她眼睛白晃晃地瞧着它。秀才也就坐在橱子底面前来，问她：

"你叫什么名字呢？"

她没有答，也并不笑，站起来，走到床底面前，秀才也跟到床底旁边，更笑地问她：

"怕羞么？哈，你想你底丈夫么？哈，哈，现在我是你底丈夫了。"声音是轻轻的，又用手牵着她底袖子。"不要愁罢！你也想你底孩子的，是不是，不过——"

他没有说完，却又哈的笑了一声，他自己脱去外面的长衫了。

她可以听见房外的大娘底声音在高声地骂着什么人，她一时听不出在骂谁；骂烧饭的女仆，又好像骂她自己，可是因为她底怨恨，仿佛又是为她而发的。秀才在床上叫道：

"睡罢，她常是这么噜噜苏苏的。她以前很爱那个长工，因为长工要和烧饭的黄妈多说话，她却常要骂黄妈的。"

日子是一天天地过去了。旧的家，渐渐地在她底脑子里疏远了，而眼前，却一步步地亲近她使她熟悉。虽则，春宝底哭声有时竟在她底耳朵边响，梦中，她也几次遇到过他了。可是梦是一个比一个缥缈，眼前的事务是一天比一天繁多。她知道这个老妇人是猜忌多心的，外表虽则对她算大方，可是她底嫉妒的心是和侦探一样，监视着秀才对她的一举一动。有时，秀才从外面回来，先遇见了她而同她说话，老妇人就疑心有什么特别的东西买给她了，非在当晚，将秀才叫到自己房内去，狠狠地训斥一番不可。"你给狐狸迷着了么？""你应该称一称你自己底老骨头是多少重！"像这样的话，她耳闻到不止一次了。这样以后她望见秀才从外面回来而旁边没有她坐着的时候，就非得急忙避开不可。即使她在旁边，有时也该让开一些，但这种动作，她要做得非常自然，而且不能让旁人看出，否则，她又要向她发怒。说是有意要在旁人的面前暴露她大娘底丑恶。而且以后，竟将家里的许多杂务都堆积在她底身上，同一个女仆那么样。她还算是聪明的，有时老妇人底换下来的衣服放着，她也给她拿去洗了，虽然她说：

"我底衣服怎么要你洗呢？就是你自己底衣服，也可叫黄妈洗的。"可是接着说：

"妹妹呀，你最好到猪栏里去看一看，那两只猪为什么这样喂喂叫的，或者因为没有吃饱罢，黄妈总是不肯给它们吃饱的。"

八个月了，那年冬天，她底胃却起了变化：老是不想吃饭，想吃新鲜的面，番薯等。但番薯或面吃了两餐，又不想吃，又想吃馄饨，多吃又要呕。而且还想吃南瓜和梅子——这是六月里的东西，真稀奇，向那里去找呢？秀才是知道在这个变化中所带来的预告了。他整日的笑微微，能找到的东西，总忙着给她找来。他亲身给她到街上去买橘子，又托便人买了金柑来。他在廊沿下走来走去，口里念念有词,不知说什么。他看她和黄妈磨过年的粉,但还没磨三升,就向她叫"歇一歇罢,长工也好磨的,年糕是人人要吃的。"

有时在夜里,人家谈着话,他却独自拿了一盏灯,在灯下,读起《诗经》来了:

> 关关雎鸠,
>
> 在河之洲。
>
> 窈窕淑女,
>
> 君子好逑——

这时长工向他问:

"先生,你又不去考举人,还读它做什么呢?"

他却摸一摸没有胡子的口边,怡悦地说道:

"是呀,你也知道人生底快乐么?所谓:'洞房花烛夜,金榜挂名时。'你也知道这两句话底意思么?这是人生底最快乐的两件事呀!可是我对于这两件事都过去了,我却还有比这两件更快乐的事呢!"

这样,除出他底两个妻以外,其余的人们都大笑了。

这些事,在老妇人眼里是看得非常气恼了。她起初闻到她底受孕也欢喜,以后看见秀才的这样奉承她,她却怨恨她自己肚子底不会还债了。有一次,次年三月了,这妇人因为身体感觉不舒服,头有些痛,睡了三天。秀才呢,也愿她歇息歇息,更不时地问她要什么,而老妇人却着实地发怒了。她说她装娇,噜噜苏苏地也说了三天。她先是恶意的讥嘲她:说是一到秀才家里就高贵起来了,什么腰酸呀,头痛呀,姨太太的架子都摆出来了;以前在她自己底家里,她不相信她有这样的娇养,恐怕竟和街头的母狗一样,肚子里有着一肚皮的小狗,临产了,还要到处地奔求着食物。现在呢,因为"老东西"——这是秀才的妻叫秀才的名字——趋奉了她,就装娇滴滴的样子了。

"儿子,"她有一次在厨房里对黄妈说,"谁没有养过呀?我也曾怀过十个月孕,不相信有这么难受。而且,此刻的儿子,还在'阎罗王的簿里',谁保的定生出来不是一只癞虾蟆呢?也等到真的'鸟儿'从洞里钻出来看见了,才可在我底面前显威风,摆架子,此刻,不过是一块血的猫头鹰,就这么的装腔,也显得太早一点!"

当晚这妇人没有吃晚饭,这时她已经睡了,听了这一番婉转的冷嘲与热骂,她呜呜咽咽地低声哭泣了。秀才也带衣服坐在床上,听到浑身透着冷汗,发起抖来。他很想扣好衣服,重新走起来去打她一顿,抓住她底头发狠狠地打她一顿,泄泄一肚皮的气。但不知怎样,似乎没有力量,连指也颤动,臂也酸软了,一边轻轻地叹着气说:

"唉,一向实在太对她好了,结婚了三十年,没有打过她一掌,简直连指甲都没有弹到她底皮肤上过,所以今日,竟和娘娘一般地难惹了。"

同时,他爬过到床底那端,她底身边,向她耳语说:

"不要哭罢,不要哭罢,随她吠去好了!她是阉过的母鸡,看见别人的孵卵是难受的。假如你这一次真的能养出一个男孩子来,我当送你两样宝贝——我有一只青玉的戒指,一只白玉的……"

他没有说完,可是他忍不住听下门外的他底大妻底喋喋的讥笑的声音,他急忙脱去了衣服,将头钻进被窝里去，凑向她底胸膛，一边说：

"我有白玉的……"

肚子一天一天地膨胀的如斗那么大，老妇人终究也将产婆雇定了，而且在别人面前，竟拿起花布来做婴儿用的衣服。

酷热的暑天到了尽头，旧历的六月，他们在希望的眼中过去了。秋天始，凉风也拂拂地在乡镇上吹送。于是有一天，这全家的人们都到了希望底最高潮，屋里的空气完全地骚动起来。秀才底心更异常地紧张，他在天井上不断的徘徊，手里捧着一本历书，好似要读它背诵那么地念去——"戊辰"，"甲戌"，"壬寅之年"，老是反复地轻轻地说着。有时他底焦急的眼光向一间关了窗的房子望去——在这间房子内是有产母低声呻吟的声音；有时他向天上望一望被云笼罩着的太阳，于是又走向房门口，向站在房内的黄妈问：

"此刻如何？"

黄妈不住地点着头不做声响，一息，答：

"快下来了，快下来了。"

于是他又捧了那本历书，在廊下徘徊起来。

这样的情形，一直继续到黄昏底青烟在地面起来，灯火一盏盏的如春天的野花般在屋内开起，婴儿才落地了，是一个男的。婴儿的声音是很重地在屋内叫，秀才却坐在屋角里，几乎快乐到流出眼泪来了。全家的人都没有心思吃晚饭，在平淡的晚餐席上，秀才底大妻向佣人们说道：

"暂时瞒一瞒罢，给小猫头避避晦气；假如别人问起，也答养一个女的好了。"

他们都微笑地点点头。

一个月以后，婴儿底白嫩的小脸孔，已在秋天的阳光里照耀了。这个少妇给他哺着奶，邻居的妇人围着他们瞧，有的称赞婴儿底鼻子好，有的称赞婴儿底口子好，有的称赞婴儿底两耳好，更有的称赞婴儿底母亲，也比以前好，白而且壮了。老妇人却正在和老祖母那么吩咐着，保护着，这时开始说：

"够了，不要弄他哭了。"

关于孩子的名字，秀才是煞费苦心地想着，但总想不出一个相当的字来，据老妇人底意见，还是从"长命富贵"或"福禄寿喜"里拣一个字，最好还是"寿"字或与"寿"字同意义的字，如"其颐"，"彭祖"等。但秀才不同意，以为太通俗，人云亦云的名字。于是翻开了《易经》、《书经》，向这里找，但找了半月，一月，还没有恰贴的字。在他底意思：以为在这个名字内，一边要祝福孩子，一边要包含他底老而得子底蕴义，所以竟不容易找。这一天，他一边抱着三个月的婴儿，一边又向书里找名字，戴着一副眼镜，将书递到灯旁边去。婴儿底母亲呆呆地坐在房内底一边，不知想着什么，却忽然开口说道：

"我想，还是叫他'秋宝'罢。"屋内的人们底几对眼睛都转向她，注意地静听着："他不是生在秋天吗？秋天的宝贝——还是叫他'秋宝'罢。"

"是呀，我真极费心思了。我年过半百，实在到了人生的秋期，孩子也正养在秋天；'秋'是万物成熟的季节，秋宝，实在是一个很好的名字！而且《书经》里没有么？'乃亦有秋'，我真乃亦有'秋'了！"

接着又称赞了一通婴儿底母亲：说是呆读书实在无用，聪明是天生的。这些话，说的这妇人连坐着都觉得局促不安，垂下头，苦笑地又含泪地想：

"我不过因春宝想到罢了。"

秋宝是天天成长的非常可爱地离不开他底母亲了。他有出奇的大的眼睛,对陌生人是不倦地注视地瞧着,但对他底母亲,却远远地一眼就知道了。他整天地抓住了他底母亲,虽则秀才是比她还爱他,但不喜欢父亲;秀才底大妻呢,表面也爱他,似爱她自己亲生的儿子一样,但在婴儿底大眼睛里,却看她似陌生人,也有奇怪的不倦的视法。可是他的执住他底母亲愈紧,而他底母亲的离开这家的日子也愈近了。

春天底口子咬住了冬天底尾巴;而夏天底脚又常是紧随着在春天底身后的;这样,谁都将孩子底母亲三年快到的问题横放在心头上。

秀才呢,因为爱子的关系,首先向他底大妻提出来了:他愿意再拿出一百元钱,将她永远买下来。可是他底大妻回答是:

"你要买她,那先给我药死罢!"

秀才听到这话,气的只向鼻孔放出气,许久没有说;以后,他反而做着笑脸地:

"你想想孩子没有娘……"

老妇人也尖利地冷笑地说:

"我不好算是他底娘么?"

在孩子底母亲的心呢,却正矛盾着这两种冲突了,一边,她底脑里老是有"三年"这两个字,三年是容易过去的,于是她底生活便变做在秀才底家里佣人似的了。而且想象中的春宝,也同眼前的秋宝一样活泼可爱,她既舍不得秋宝,怎么就舍得掉春宝呢?可是另一边,她实在愿意永远在这新的家里住下去,她想,春宝的爸爸不是一个长寿的人,他底病一定是在三五年之内要将他带走到不可知的异国里去的,于是,她便要求她底第二个丈夫,将春宝也领过来,这样,春宝也在她底眼前。

有时,她倦坐在房外的廊沿下,初春的阳光,异常地能令人昏朦地起幻想,秋宝睡在她底怀里,含着她底乳,可是她觉得仿佛春宝同时也站在她底旁边,她伸手去也想将春宝抱近来,她还要对他们兄弟两人说几句话,可是身边是空空的。

在身边的较远的门口,却站着这位脸孔慈善而眼睛凶毒的老妇人,目光注视着她。这样,她也恍恍惚惚地敏悟:"还是早些脱离罢,她简直探子一样地监视着我了。"可是忽然怀内的孩子一叫,她却又什么也没有的只剩着眼前的事实来支配她了。

以后,秀才又将计划修改了一些,他想叫沈家婆来,叫她向秋宝底母亲底前夫去说,他愿否再拿进三十元——最多是五十元,将妻续典三年给秀才。秀才对她底大妻说:

"要是秋宝到五岁,是可以离开妈了。"

他底大妻正是手里捻着念佛珠,一边在念着"南无阿弥陀佛",一边答:

"她家里也还有前儿在,你也应放她和她底结发夫妇团聚一下罢。"

秀才低着头,断断续续地仍然这样说:

"你想想秋宝两岁就没有娘……"

可是老妇人放下念佛珠说:

"我会养的,我会管理他的,你怕我谋害了他么?"

秀才一听到末一句话,就拔步走开了。老妇人仍在后面说:

"这个儿子是帮我生的，秋宝是我底；绝种虽然是绝了你家底种，可是我却仍然吃着你家底饭。你真被迷了，老昏了，一点也不会想了。你还有几年好活，却要拼命拉她在身边？双连牌位，我是不愿意坐的！"

老妇人似乎还有许多刻毒的锐利的话，可是秀才走远开听不见了。

在夏天，婴儿底头上生了一个疮，有时身体稍稍发些热，于是这位老妇人就到处地问菩萨，求佛药，给婴儿敷在疮上，或灌下肚里，婴儿底母亲觉得并不十分要紧，反而使这样小小的生命哭成一身的汗珠，她不愿意，或将吃了几口的药暗地里拿去倒掉。于是这位老妇人就高声叹息，向秀才说：

"你看，她竟一点也不介意他底病，还说孩子是并不怎样瘦下去。爱在心里是深的；专疼表面是假的。"

这样，妇人只有暗自挥泪，秀才也不说什么话了。

秋宝一周岁纪念的时候，这家热闹地排了一天的酒筵，客人也到了三四十，有的送衣服，有的送面，有的送银制的狮狫，给婴儿挂在胸前的，有的送镀金的寿星老头儿，给孩子钉在帽上，许多礼物，都在客人底袖子里带来了。他们祝福着婴儿的飞黄腾达，赞颂着婴儿的长寿永生；主人底脸孔，竟是荣光照耀着，有如落日的云霞反映着在他底颊上似的。

可是在这天，正当他们筵席将举行的黄昏时，来了一个客，从朦胧的暮光中向他们底天井走进，人们都注意他：一个憔悴异常的乡人，衣服补衲的，头发很长，在他底腋下，挟着一个纸包。主人骇异地迎上前去，问他是那里人，他口吃似地答了，主人一时糊涂的，但立刻明白了，就是那个皮贩。主人更轻轻地说：

"你为什么也送东西来呢？你真不必的呀！"

来客胆怯地向四周看看，一边答说：

"要，要的……我来祝祝这个宝贝长寿千……"

他似没有说完，一边将腋下的纸包打开来了，手指颤动地打开了两三重的纸，于是拿出四只铜制镀银的字，一方寸那么大，是"寿比南山"四字。

秀才底大娘走来了，向他仔细一看，似乎不大高兴。秀才却将他招待在席上，客人互相私语着。

两点钟的酒与肉，将人们弄得胡乱与狂热了：他们高声猜着拳，用大碗盛着酒互相比赛，闹得似乎房子都被震动了。只有那个皮贩，他虽然也喝了两杯酒，可是仍然坐着不动，客人们也不招呼他。等到兴尽了，于是各人草草地吃了一碗饭，互祝着好话，从两两三三的灯笼光影中，走散了。

而皮贩，却吃到最后，佣人来收拾羹碗了，他才离开了桌，走到廊下的黑暗处。在那时，他遇见了他底被典的妻。

"你也来做什么呢？"妇人问，语气是非常凄惨的。

"我那里又愿意来，因为没有法子。"

"那末你为什么来得这么晚？"

"我那里来买礼物的钱呀？！奔跑了一上午，哀求了一上午，又到城里买礼物，走得乏了，饿了，也迟了。"

妇人接着问：

"春宝呢？"

男子沉吟了一息答：

"所以，我是为春宝来的。……"

"为春宝来的？"妇人惊异地回音似地问。

男人慢慢地说：

"从夏天来，春宝是瘦的异样，到秋天，竟病起来了。我又那里有钱给他请医生吃药，所以现在，病得更厉害了，再不想法救救他，眼见就要死了！"静寂了一刻，继续说："现在，我是向你来借钱的……"

这时妇人底胸腔内，简直似有四五只猫在抓她，咬她，咀嚼着她底心脏一样。她恨不得哭出来，但在人们个个向秋宝祝颂的日子，她又怎么好跟在人们底声音后面叫哭呢？她吞下她底眼泪，向她底丈夫说：

"我又那里有钱呢？我在这里，每月只给我两角钱的零用，我自己又那里要用什么，悉数补在孩子底身上了。现在，怎么好呢？"

他们一时没有话，以后，妇人又问：

"此刻有什么人照顾着春宝呢？"

"托了一个邻居。今晚，我仍旧想回家，我就要走了。"

他一边说着，一边揩着泪。女的同时哽咽着说：

"你等一下罢，我向他去借借看。"

她就走开了。

三天以后的一天晚上，秀才忽然问这妇人道：

"我给你的那只青玉戒指呢？"

"在那天夜里，给了他了。给了他拿去当了。"

"没有借你五块钱么？"秀才愤怒地。

妇人低着头停了一息答：

"五块钱怎么够呢？"

秀才接着叹息说：

"总是前夫和前儿好，无论我对你怎么样！本来我很想再留你两年的，现在，你还是到明年春就走罢！"

女人简直连泪也没有地呆着了。

几天以后，他还向她那么说：

"那只戒指是宝贝，我给你是要你传给秋宝的，谁知你一下就拿去当了！幸得她不知道，要是知道了，有三个月好闹了！"

妇人是一天天地黄瘦了。没有神采的光芒在她底眼睛里起来，而讥笑与冷骂的声音又充塞在她底耳内了。她是时常记念着她底春宝的病的，探听着有没有从她底本乡来的朋友，也探听着有没有向她底本乡去的便客，她很想得到一个关于"春宝的身体已复原"的消息，可是消息总没有；她也想借两元钱或买些糖果去，方便的客人又没有，她不时地抱着秋宝在门首过去一些的大路边，眼睛望着来

和去的路。这种情形却很使秀才大妻不舒服了,她时常对秀才说:

"她那里愿意在这里呢,她是极想早些飞回去的。"

有几夜,她抱着秋宝在睡梦中突然喊起来,秋宝也被吓醒,哭起来了。秀才就追逼的问:

"你为什么? 你为什么?"

可是女人拍着秋宝,口子哼哼的没有答。秀才继续说:

"梦着你底前儿死了么,那么地喊? 连我都被你叫醒了。"

女人急忙地一边答:

"不,不,……好像我底前面有一圹坟呢!"

秀才没有再讲话,而悲哀的幻像更在女人底前面展现开来,她要走向这坟去。

冬末了,催离别的小鸟,已经到她底窗前不住地叫了。先是孩子断了奶,又叫道士们给孩子度了一个关,于是孩子和他亲生的母亲的别离——永远的别离的命运就被决定了。

这一天,黄妈先悄悄地向秀才底大妻说:

"叫一顶轿子送她去么?"

秀才底大妻还是手里捻着念佛珠说:

"走走好罢,到那边轿钱是那边付的,她又那里有钱呢,听说她底亲夫连饭也没得吃,她不必摆阔了。路也不算远,我也是曾经走过三四十里路的人,她底脚比我大,半天可以到了。"

这天早晨当她给秋宝穿衣服的时候,她底泪如溪水那么地流下,孩子向她叫:"婶婶,婶婶,"——因为老妇人要他叫她自己是"妈妈",只准叫她是"婶婶"——她向他咽咽地答应。她很想对他说几句话,意思是:

"别了,我底亲爱的儿子呀! 你底妈妈待你是好的,你将来也好好地待还她罢,永远不要再记念我了!"

可是她无论怎样也说不出。她也知道一周半的孩子是不会了解的。

秀才悄悄地走向她,从背后的腋下伸进手来,在他底手内是十枚双毫角子,一边轻轻地说:

"拿去罢,这两块钱。"

妇人扣好孩子底钮扣,就将角子塞在怀内衣袋里。

老妇人又进来了,注意着秀才走出去的背后,又向妇人说:

"秋宝给我抱去罢,免着你走时哭。"

妇人不做声响,可是秋宝总不愿意,用手不住地拍在老妇人底脸上。于是老妇人生气地又说:

"那末你同他去吃早饭罢,吃了早饭交给我。"

黄妈拼命地劝她多吃饭,一边说:

"半月来你就这样了,你真比来的时候还瘦了。你没有去照照镜子。今天,吃一碗下去罢,你还要走三十里的路呢。"

她只不关紧要地说了一句:

"你对我真好!"

但是太阳是升的非常高了,一个很好的天气,秋宝还是不肯离开他底母亲,老妇人便狠狠要将他从她底怀里夺去,秋宝用小小的脚踢在老妇人底肚子上,用小小的拳头搔住她底头发,高声呼喊地。

妇人在后面说:

"让我吃了中饭去罢。"

老妇人却转过头,汹汹地答:

"赶快打起你底包袱去罢,早晚总有一次的!"

孩子底哭声便在她底耳内渐渐远去了。

打包裹的时候,耳内是听着孩子底哭声。黄妈在旁边一边劝慰着她,一边却看她打进什么去。终于,她挟着一只旧的包裹走了。

她离开他底大门时,听见她秋宝的哭声;可是慢慢地远远地走了三里路了,还听见她底秋宝的哭声。

暖和的太阳所照耀的路,在她底面前竟和天一样无穷止地长,当她走到一条河边的时候,她很想停止她底那么无力的脚步,向明澈可以照见她自己底身子的水底跳下去了。但在水边坐了一会之后,她还得依前去的方向,移动她自己底影子。

太阳已经过午了,一个村里的一个年老的乡人告诉她,路还有十五里;于是她向那个老人说:

"伯伯,请你代我就近叫一顶轿子罢,我是走不回去了!"

"你是有病的么?"老人问。

"是的。"

她那时坐在村口的凉亭里面。

"你从那里来?"

妇人静默了一时答:

"我是向那里去的;早晨我以为自己会走的。"

老人怜悯地也没有多说话,就给她找了两位轿夫,一顶没有篷的轿。因为那是下秧的时节。

下午三四时的样子,一条狭窄的污秽的乡村小街上,抬过了一顶没篷的轿子,轿里躺着一个脸色枯萎如同一张干瘪的黄菜叶那么的中年妇人,两眼朦胧地颓唐地闭着。嘴里的呼吸只微弱地吐出。街上的人们个个睁着惊异的目光,怜悯地凝视着过去。一群孩子们,争噪地跟在轿后,好像一件奇异的事情落到这沉寂的小村镇里来了。

春宝也是跟在轿后的孩子们中底一个,他还在似赶猪那么地哗着轿走,可是当轿子一转一个弯,却是向他底家里去的路,他却伸直了两手而奇怪了,等到轿子到了他家里的门口,他简直呆似地远远地站在前面,背靠在一株柱子上,面向着轿,其余的孩子们胆怯地围在轿的两边,妇人走出来了,她昏迷的眼睛还认不清站在前面的,穿着褴褛的衣服,头发蓬乱的,身子和三年前一样的短小,那个八岁的孩子是她底春宝。突然,她哭出来地高叫了:

"春宝呀!"

一群孩子们,个个无意地吃了一惊,而春宝简直吓的躲进屋里他父亲那里去了。

妇人在灰暗的屋内坐了许久许久,她和她底丈夫都没有一句话。夜色降落了,他下垂的头昂起来,向她说:

"烧饭吃罢!"

妇人就不得已地站起来,向屋角上旋转了一周,一点也没有力气地对她丈夫说:

"米缸内是空空的……"

男人冷笑了一声,答说:

"你真在大人家底家里生活过了!米,盛在那只香烟盒子内。"

当天晚上,男人向他底儿子说:

"春宝,跟你底娘去睡!"

而春宝却靠在灶边哭了起来。他底母亲走近他,一边叫:

"春宝,春宝!"

可是当她底手去抚摸他底时候,他又躲闪开了。男子加上说:

"会生疏得那么快,一顿打呢!"

她眼睁睁地睡在一张龌龊的狭板床上,春宝陌生似地睡在她底身边。在她底已经麻木的脑内,仿佛秋宝肥白可爱地在她身边挣动着,她伸出两手想去抱,可是身边是春宝。这时,春宝睡着了,转了一个身,他底母亲紧紧地将他抱住,而孩子却从微弱的鼾声中,脸伏在她底胸上,两手抚摩着她底两乳。

沉静而寒冷的死一般的长夜,似无限地拖延着,拖延着……

1930 年 1 月 20 日

导读

本篇是柔石优秀的短篇之一,作者把笔触伸向了封建社会最野蛮、残酷的典妻制,暴露了灭绝人伦、摧残人性的社会弊害,揭露了封建制度的残酷性和封建道德的虚伪性。作品中的春宝娘是旧中国劳动妇女中最典型的受侮辱与受损害者。她忍受了被出典、成为生儿育女的工具的屈辱,为老秀才生下了儿子。对春宝的母爱和对秋宝的亲情让她处于矛盾痛苦之中,既表现了深沉真挚的母爱,又表现了作为被压迫妇女的巨大忍耐力。

小说采用平易朴实的描写手法,以深入灵魂的情感剖析和精致入微的细节描写,丝丝入扣地勾勒出女主人公精神上的缕缕伤痕。作品情节单纯、集中,结构自然、完整,语言朴实无华。结尾处写无限拖延的"死一般的长夜",足以令人掩卷深思。

丰收（存目）

叶　紫

导读

　　本篇是叶紫的代表作，"在 1933 年所产生的几篇描写丰收成灾的小说，在内容的充实上，大概是以这篇为最了"（小雪《读书琐记》）。作品以 20 世纪 30 年代的湖南洞庭湖区为背景，通过描写一年的农事始末，逼真、细致地描述了云普叔一家为了夺得一个丰收年所付出的辛劳。云普叔全家忍饥挨饿，不分昼夜地在田里劳动，为了春种，四处告贷、求人，在走投无路之际，为了救活一家老小，忍痛卖掉了女儿英英。饿着肚子，顶着水旱灾害，几番波折，他们终于迎来一个罕见的好年成。然而，谷未收割，田主、高利贷者、团防局长等吸血鬼陆续登门索租逼债。云普叔刚收下的黄黄壮壮的谷子，就被人一担一担地挑走了。"丰收成灾"使云普叔的希望全部破灭，一气病倒。作品真实地表现了国民党统治下的农民被逼迫到活不下去的境地，预示着大革命失败留下的火种，必将又成燎原之势。作品对农民形象的描写比较成功，云普叔是老一代农民的典型，他为人善良，但保守固执、迷信落后，把希望寄托在辛勤劳动和地主的怜悯上。他的儿子立秋则觉悟到只有组织起来进行斗争才有出路。

　　小说直面惨淡的人生，有力地勾勒出农民的痛苦和愤怒，是反映农村生活的优秀现实主义作品。作品采用湖南方言和农民口语，描绘洞庭湖区的风俗习惯和自然景物，具有浓烈的乡土气息和地方色彩。

菉竹山房

吴组缃

阴历五月初十日和阿圆到家,正是南方的"火梅"天气:太阳和淫雨交替迫人,其苦况非身受者不能想象。母亲说,前些日子二姑姑托人传了口信来,问我们到家没有?说"我做姑姑的命不好,连侄儿侄媳也冷淡我"。意思之间,自然是要我和阿圆到她老人家那里去住些时候。

二姑姑家我只于年小时去过一次,于今十多年了。我连年羁留外乡,过的是电影电灯洋装书籍柏油马路的现代生活。每常想起家乡,就如记忆一个年远的传说一样。我脑中的二姑姑家到现在更是模糊得如云如烟,那座阴森敞大的三进大屋,那间摊乱着雨蚀虫蛀的晦色古书的学房,以及后园中的池塘竹木,想起来都如依稀的梦境。

二姑姑的故事似一个旧传奇的仿本。她的红颜时代我自然没有见过,但从后来我所见到的她的风度上看来:修长的身材,清癯白皙的脸庞,尖狭而多睫毛的凄清的眼睛,如李笠翁所夸赞的那双尖瘦美丽的小足,以及沉默少言笑的阴暗调子,都和她的故事十分相称。

故事在这里不必说得太多。其实,我所知道的也就有限,因为家人长者都讳谈它。我所知道的一点点,都是日长月远,家人谈话中偶然流露出来,由零碎撷拾起来的。

多年以前,叔祖的学塾中有个聪明年少的门生,是个三代孤子;因为看见叔祖房里的幛幔,笔套,与一幅大云锦上的刺绣,绣的都是各种姿态的美丽蝴蝶,心里对这绣蝴蝶的人起了羡慕之情;而这绣蝴蝶的姑娘因为听叔祖常常夸说这人,心里自然也早就有了这人。这故事中的主人以后是乘一个怎样的机缘相见相识,我不知道,长辈们恐怕也少知道。我所撷拾的零碎资料中,这以后便是这悲惨故事的顶峰:一个三春天气的午间,冷清的后园底太湖石洞中,祖母因看牡丹花,拿住了一对仓惶失措的系裤带的顽皮孩子。

这幕才子佳人的喜剧闹了出来,人人夸说的绣蝴蝶的小姐一时连丫头也要加以鄙夷。放佚风流的叔祖虽从中尽力撮合周旋,但当时究未成功。若干年后,扬子江中八月大潮,风浪陡作,少年赴南京应考,船翻身亡。绣蝴蝶的小姐那时是十九岁,闻耗后,在桂花树下自缢,为园丁所见,救活了,没死。少年家觉得这小姐尚有稍些可风之处,商得了女家同意,大吹大擂接小姐过去迎了灵柩;麻衣红绣鞋,抱着灵牌参拜家堂祖庙,做了新娘。

这故事要不是二姑姑的,并不多么有趣;二姑姑要没这故事,我们这次也就不致急于要去。

母亲自然是怂恿我们去,说我们是新结婚,也难得回家一次,二姑姑家孤寂了一辈子,如今如此想念我们,这点子人情是不能不尽的。但是阿圆却有点怕我们家乡的老太太。这些老太太——举个例,就如我的大伯娘,她老人家就最喜欢搂阿圆在膝上喊宝宝,亲她的脸,咬她的肉,摩挲她的臂膊;又要我和她接吻给她老人家看;一得闲空,就托支水烟袋坐到我们房里来,盯着眼看守着我们作眯眯笑脸,满口反复地说些叫人红脸不好意思的夸羡话。这种种啰嗦,我倒不大在意,可是阿圆就老被窘得脸红耳赤,不知该往那里躲。——因此,阿圆不愿去。

　　我知道弊病之所在,告诉阿圆二姑姑不是这种善于表现的快乐天真的老太太。而且我会投年轻姑娘之所好,照二姑姑原来的故事又编上了许多的动人的穿插,说得阿圆感动得红了眼睛叹长气。听说二姑姑决不会给她那种啰嗦,她的不愿去的心就完全消除;再听了二姑姑的故事,有趣得如从线装书中看下来的一样;又想到借此可以暂时躲避家下的老太太;而且又知道金燕村中风景好,菉竹山房的屋舍阴凉宽敞,于是阿圆不愿去的心,变成急于要去了。

　　我说金燕村,就是二姑姑的村,菉竹山房就是二姑姑的家宅。沿着荆溪的石堤走,走的七八里地,回环合抱的山峦渐渐拥挤,两岸葱翠古老的槐柳渐密,溪中黯赭色的大石渐多,哗哗的水激石块声越听越近。这段溪,渐不叫荆溪,而是叫响潭。响潭的两岸,槐树柳树榆树更多更老更葱茏,两面缝合,荫罩着乱喷白色水沫的河面,一缕太阳光也洒不下来。沿着响潭两岸的树林中,疏疏落落点缀着二十多座白垩瓦屋;西岸上,紧临着响潭,那座白屋分外大,梅花窗的围墙上面露探着一丛竹子,竹子一半是绿色的,一半已开了花,变成槁色,——这座村子便是金燕村,这座大屋便是二姑姑的家宅菉竹山房。

　　阿圆是个都市中生长的小姐,从前只在中国山水画上见过的景致,一朝忽然身历其境,欣跃之情自然难言。我一时回想起平日见惯的西式房子,柏油马路,烟囱,工厂,……等等,也觉得是重入梦境,作了许多缥缈之想。

　　二姑姑多年不见,显见得老迈了。

　　"昨日夜里结了三颗大灯花,今日喜鹊在屋脊上叫了三四次,我知道要来人。"

　　那只苍白皱折的脸没多少表情。说话的语气,走路的步法,和她老人家的脸庞同一调子:阴暗,凄淡,迟钝。她引我们进到内屋里,自己跚跚颤颤地到房里去张罗果盘,吩咐丫头为我们打脸水。——这丫头叫兰花,本是我家的丫头,三十多岁了。二姑姑陪嫁丫头死去后,祖父便拨了身边的这丫头来服侍姑姑,和姑姑作伴。她陪姑姑住守这所大屋子已二十多年,跟姑姑念诗念经,学姑姑绣蝴蝶,她自己说不要成家的。

　　二姑姑说没指望我们来得如此快,房子都没打扫。领我们参观全宅,顺便叫我们自己拣一间合意的住。四个人分作三排走,姑姑在前,我俩在次,兰花在最后。阿圆蹈着姑姑的步子走,显见得拘束不自在,不时昂头顾我,作有趣的会意之笑。我们都无话说。

　　屋子高大,阴森,也是和姑姑的人相协调的。石阶,地砖,柱础,甚至板壁上,都染涂着一层深深浅浅的黯绿,是苔尘。一种与陈腐的土木之气混合的霉气扑满鼻官。每一进屋的梁上都吊有淡黄色的燕子窝,有的已剥落,只留着痕迹;有的正孵着雏儿,叫得分外响。

　　我们每走到一进屋子,由兰花先上前开锁;因为除姑姑住的一头两间的正屋而外,其余每一间房每一道门都是上了锁的。看完了正屋,由侧门一条巷子走到花园中。邻着花园有座雅致的房,门额上写着"邀月"两个八分字。百叶窗,古瓶式的门,门上也有明瓦纸的册叶小窗。我爱这地方近花园,较别处明朗清新得多。和姑姑说,我们就住这间房。姑姑叫兰花开了锁,两扇门一推开,就噗噗落下两三只东西来:两只是壁虎,一只是蝙蝠。我们都怔了一怔。壁虎是悠悠地爬走了;兰花拾起那只大蝙蝠,轻轻放到墙隅里,呓语着似的念了一套怪话:

　　"福公公,你让让房,有贵客要在这里住。"

　　阿圆惊惶不安的样子,牵一牵我的衣角,意思大约是对着这些情景,不敢在这间屋里住。二姑姑年老还不失其敏感,不知怎么她老人家就窥知了阿圆的心事:

"不要紧，——这些房子，每年你姑爹回家时都打扫一次。停会，叫兰花再好好来收拾，福公公虎爷爷都会让出去的。"

又说：

"这间邀月庐是你姑爹最喜欢的地方；去年你姑爹回来，叫我把它修葺一下。你看看，里面全是新崭崭的。"

我探身进去张看，兜了一脸蜘蛛网。里面果然是崭新的。墙上字画，桌上陈设，都很整齐，只是蒙上一层薄薄的尘灰罢了。

我们看兰花扎了竹叶把，拿了扫帚来打扫，二姑姑自回前进去了。阿圆用一个小孩子的神秘惊奇的表情问我说：

"怎么说姑爹……?"

兰花放下竹叶把，瞪着两只阴沉的眼睛低幽地告诉阿圆说：

"爷爷灵验得很啦！三朝两天来给奶奶托梦。我也常看见的，公子帽，宝蓝衫，常在这园子里走。"

阿圆扭着我的袖口，只是向着兰花的两只眼睛瞪看。兰花打扫好屋子，又忙着抱被褥毯子席子为我们安排床铺。里墙边原有一张檀木榻，榻儿上面摆着一套围棋子，一盘瓷制的大蟠桃。把棋子蟠桃连同榻儿拿去，铺上被席，便是我们的床了。二姑姑跚跚颤颤的走来，拿着一顶蚊帐给我们看，说这是姑爹用的帐，是玻璃纱制的；问我们怕不怕招凉。我自然愿意要这顶凉快帐子；但是阿圆却望我瞪着眼，好象连这顶美丽的帐子也有可怕之处。

这屋子的陈设是非常美致的，只看墙上的点缀就知道。东墙上挂着四幅大锦屏，上面绣着"箖竹山房唱和诗"，边沿上密密齐齐的绣着各色的小蝴蝶，一眼看上去就觉得很灿烂。西墙上挂着一幅彩色的"钟馗捉鬼图"，两边有洪北江的"梅雪松风清儿榻，天光云影护琴书"的对子。床榻对面的南墙上有百叶窗子，可以看花园；窗下一书桌，桌上一个朱砂古瓶，瓶里插着马尾云拂。

我觉得这地方好。陈设既古色古香；而窗外一丛半绿半黄的修竹，和墙外隐约可听的响潭之水，越衬托得闲适恬静。

不久吃晚饭，我们都默然无话。我和阿圆是不知在姑姑面前该说些什么好；姑姑自己呢，是不肯多说话。偌大的屋子如一大座古墓，没一丝人声；只有堂厅里的燕子啾啾地叫。兰花向天井檐上张一张，自言自语的说：

"青姑娘还不回来呢！"

二姑姑也不答话，点点头。阿圆偷眼看看我，——其实我自己也正在纳罕着。吃了饭，正洗脸，一只燕子由天井飞来，在屋里绕了一道，就钻进檐下的窝里去了。兰花停了碗，把筷子放在口沿上，低低的说：

"青姑娘，你到这时才回来。"悠悠的长叹一口气。

我释然，向阿圆笑笑；阿圆却不曾笑，只瞪着看兰花。

我说邀月庐清新明朗那是指日间而言；谁知这天晚上，大雨复作；一盏三支灯草的豆油檠摇晃不定；远远正屋里二姑姑兰花低幽地念着晚经，听来简直是"秋坟鬼唱鲍家诗"；加以外面雨声虫声风弄竹声合奏起一支凄戾的交响曲，显得这周遭的确鬼趣殊多。也不知是循着怎样的一个线索，很自然地便和阿圆谈起《聊斋》的故事来。谈一回,她越靠紧我一些,两眼只瞪着西墙上的"钟馗捉鬼图",额上鼻上渐渐全渍着汗珠。钟馗手下按着的那个鬼,披着发,撕开血盆口,露出两支大獠牙,栩栩欲活。我偶然瞥一眼,也不由得一惊。这时觉得那钟馗,那恶鬼,姑姑,兰花,连同我们自己俩,都成了鬼故事中的人物了。

阿圆瑟缩地说:"我想睡。"

她紧紧靠住我,我走一步,她走一步。睡到床上,自然很难睡着。不知辗转了多少时候,雨声渐止,月亮透过百叶窗,洒照得满屋凄幽。一阵飒飒的风摇竹声后,忽然听得窗外有脚步之声,声音虽然轻微,但是入耳十分清楚。

"你……听见了……没有?"阿圆把头钻在我的腋下,喘息地低声问。

"……"我也不禁毛骨悚然。

那声音渐听渐近,没有了,换上的是低沉的戚戚声,如鬼低诉。阿圆已浑身汗濡。我咳了一声,声音突然寂止;听见这突然寂止,想起兰花日间所说的话,我也不由得不怕了。

半晌没有声息,紧张的心绪稍稍平缓,但是两人的神经都过分兴奋,要想到梦乡去躲身,究竟不能办到。为要解除阿圆的恐怖,我找了些快乐高兴的话和她谈说。阿圆也就渐渐敢由我的腋下伸出头来了。我说:

"你想不想你的家?"

"想。"

"怕不怕了?"

"还有点怕。"

正答着话,她突然尖起嗓子大叫一声,搂住我,嚎啕,颤抖,泣不成声:

"你……看……门上……。"

我看门上,——门上那个册叶小窗露着一个鬼脸,向我们张望;月光斜映,隔着玻璃纱帐看得分外明晰。说时迟,那时快,那个鬼脸一晃,就沉下去不见了。我不知从那里涌上一股勇气,推开阿圆,三步跳去,拉开门。

门外是两个女鬼!!!

一个由通正屋的小巷窜远了;一个则因逃避不及,正在我的面前蹲着。——

"是姑姑吗?"

"唔——"幽沉的一口气。

我抹着额上的冷汗,不禁轻松地笑了。我说:

"阿圆,别怕了,是姑姑。"

朋友某君供给我这篇短文的材料,说是虽无意思,但颇有趣味,叫我写写看。我知道不会弄得好,果然,被我白白糟蹋了。

十一月二十六日戏记

(原载《清华周刊》一九三三年一月十四日

第三十八卷第十二期)

导读

　　心理分析是吴组缃小说的重要表现方法之一,特别是在女性形象的塑造中更见特色。小说以新婚的"我"和阿圆回乡探亲接受二姑姑的邀请来到箓竹山房为叙述的契机,追述了二姑姑青春萌动时和外村一英俊少年偷情被捉,少年意外身亡,二姑姑自缢遇救后即和少年的灵柩拜堂成亲的往事。如今在阴森、封闭、充满了鬼气的箓竹山房里,二姑姑孤寂、凄凉、空虚,已消尽了青春年华。然而这对新婚夫妇的到来,激起了她对正常人生的向往、对压抑了多年的情欲的渴求——她和她的丫鬟在门外窃听窥伺——以此满足变态的、畸形的心理。

　　作家不是要写一个什么奇诡的故事,而是要揭示畸形社会中一种畸形但真实的人生。二姑姑的悲剧告诉人们封建传统是怎样把一个心灵手巧、美丽多情的少女永久地幽禁在箓竹山房,是怎样把一个活生生的人排挤到社会之外,变成一个不正常的人。小说充满悬念,以闹女鬼而使气氛陡然紧张,接着发现所谓的"鬼"是二姑姑和使女兰花而结束,叙述上是轻松了,但读者的感情却无法平静。

　　作者文笔细腻优美,在描述乡村旖旎风光、恬静安宁的山林、幽峭鬼魅的气氛中,素朴的文字散发出一种迷人的力量。

春 蚕

茅 盾

一

老通宝坐在"塘路"边的一块石头上,长旱烟管斜摆在他身边。"清明"节后的太阳已经很有力量,老通宝背脊上热烘烘地,像背着一盆火。"塘路"上拉纤的快班船上的绍兴人只穿了一个蓝布单衫,敞开了大襟,弯着身子拉,额角上黄豆大的汗粒落到地下。

看着人家那样辛苦的劳动,老通宝觉得身上更加热了;热得有点儿发痒。他还穿着那件过冬的破棉袄,他的夹袄还在当铺里,却不防才得"清明"边,天就那么热。

"真是天也变了!"

老通宝心里说,就吐一口浓厚的唾沫。在他面前那条"官河"内,水是绿油油的,来往的船也不多,镜子一样的水面这里那里起了几道皱纹或是小小的涡旋,那时候,倒影在水里的泥岸和岸边成排的桑树,都晃乱成灰暗的一片。可是不会很长久的。渐渐儿那些树影又在水面上显现,一弯一曲地蠕动,像是醉汉,再过一会儿,终于站定了,依然是很清晰的倒影。那拳头模样的桠枝顶都已经簇生着小手指儿那么大的嫩绿叶。这密密层层的桑树,沿着那"官河"一直望去,好像没有尽头。田里现在还只有干裂的泥块,这一带,现在是桑树的势力!在老通宝背后,也是大片的桑林,矮矮的,静穆的,在热烘烘的太阳光下,似乎那"桑拳"上的嫩绿叶过一秒钟就会大一些。

离老通宝坐处不远,一所灰白色的楼房蹲在"塘路"边,那是茧厂。十多天前驻扎过军队,现在那边田里留着几条短短的战壕。那时都说东洋兵要打进来,镇上有钱人都逃光了;现在兵队又开走了,那座茧厂依旧空关在那里,等候春茧上市的时候再热闹一番。老通宝也听得镇上小陈老爷的儿子——陈大少爷说过,今年上海不太平,丝厂都关门,恐怕这里的茧厂也不能开;但老通宝是不肯相信的。他活了六十岁,反乱年头也经过好几个,从没有见过绿油油的桑叶白养在树上等到成了"枯叶"去喂羊吃;除非是"蚕花"不熟,但那是老天爷的"权柄",谁又能够未卜先知?

"才得清明边,天就那么热!"

老通宝看着那些桑拳上怒茁的小绿叶儿,心里又这么想,同时有几分惊异,有几分快活。他记得自己还是二十多岁少壮的时候,有一年也是"清明"这就得穿夹,后来就是"蚕花二十四分",自己也就在这一年成了家。那时,他家正在"发";他的父亲像一头老牛似的,什么都懂得,什么都做得;便是他那创家立业的祖父,虽说在长毛窝里说过苦头,却也愈老愈硬朗。那时候,老陈老爷去世不久,小陈老爷还没抽上鸦片烟,"陈老爷家"也不是现在那么不像样的,老通宝相信自己一家和"陈老爷家"虽则一边是高大门户,而一边不过是种田人,然而两家的命运好像是一条线儿牵着。不但"长毛造反"那时候,老通宝的祖父和陈老爷同被长毛掳去,同在长毛窝里混上了六七年,不但他们俩同时从长毛营盘里逃了出来,而且偷得了长毛的许多金元宝——大家到现在还是这么说;并且老陈老爷做丝生意"发"起来的时候,老通宝家养蚕也是年年都好,十年中间挣得了二十亩的稻田和十多亩的桑地,还有三开间两进的一座平屋。这时候,老通宝在东村庄上被人人所妒羡,也正像"陈老爷家"在镇上是数一数二的大户人家。可是以后,两家都不行了;老通宝现在已经没有自己的田地,反欠出三百多块钱的债,"陈老爷家"也早已完结。人家都说"长毛鬼"在阴间告了一状,阎罗王追还"陈老爷家"的金元宝横财,所以败得这么快。这个,老通宝也有几分相信:不是鬼使神差,好端端的小陈老爷怎么会抽上了鸦片烟?

可是老通宝死也想不明白为什么"陈老爷家"的"败"还牵动到他家。他确实知道自己家并没得过长毛的横财。虽则听死了的老子说,好像那老祖父逃出长毛营盘的时候,不巧撞着了一个巡路的小长毛,当时没法,只好杀了他,——这是一个"结"!然而从老通宝懂事以来,他们家替这小长毛鬼拜忏念佛烧纸锭,记不清有多少次了。这个小冤魂,理应早投凡胎。老通宝虽然不很记得祖父是怎样"做人",但父亲的勤俭忠厚,他是亲眼看见的;他自己也是规矩人,他的儿子阿四,儿媳四大娘,都是勤俭的。就是小儿子阿多年纪青,有几分"不知苦辣",可是毛头小伙子,大都这么着,算不得"败家相"!

老通宝抬起他那焦黄的皱脸,苦恼地望着他面前的那条河,河里的船,以及两岸的桑地,一切都和他二十多岁时差不了多少,然而"世界"到底变了。他自己家也要常常把杂粮当饭吃一天,而且又欠出了三百多块钱的债。

呜!呜,呜,呜——

汽笛叫声突然从那边远远的河身的弯曲地方传了来。就在那边,蹲着又一个茧厂,远望去隐约可见那整齐的石"帮岸"。一条柴油引擎的小轮船很威严地从那茧厂驶出来,拖着三条大船,迎面向老通宝来了。满河平静的水立刻激起泼剌剌的波浪,一齐向两旁的泥岸卷过来。一条乡下"赤膊船"赶快拢岸,船上人揪住了泥岸上的树根,船和人都好像在那里打秋千。轧轧轧的轮机声和洋油臭,飞散在这和平的绿的田野。老通宝满脸恨意,看着这小轮船来,看着它过去,直到又转一个弯,呜呜呜地又叫了几声,就看不见。老通宝向来仇恨小轮船这一类洋鬼子的东西!他从没见过洋鬼子,可是他从他的父亲嘴里知道老陈老爷见过的洋鬼子:红眉毛,绿眼睛,走路时两条腿是直的。并且老陈老爷也是很恨洋鬼子,常常说"铜钿都被洋鬼子骗去了"。老通宝看见老陈老爷的时候,不过八九岁,——同在他所记得的关于老陈老爷的一切都是听来的,可是他想起了"铜钿都被洋鬼子骗去了"这句话,就仿佛看见了老陈老爷捋着胡子摇头的神气。

洋鬼子怎样就骗了钱去,老通宝不很明白。但他很相信老陈老爷的话一定错。并且他自己也明明看到自从镇上有个洋纱,洋布,洋油,——这一类洋货,而且河里更有个小火轮船以后,他自己田里生出来的东西就一天一天不值钱,而镇上的东西却一天一天贵起来。他父亲留下来的一份家产就这么变小,变做没有,而且现在负了债。老通宝恨洋鬼子不是没有理由!他这坚定的主张,在村坊上很有名。五年前,有人告诉他:朝代又改了,新朝代是要"打倒"洋鬼子的。老通宝不相信。为的他上镇去看见那新到的喊着"打倒洋鬼子"的年青人们都穿了洋鬼子衣服。他想起这伙年青人一定私通洋鬼子,却故意来骗乡下人。后来果然就不喊"打倒洋鬼子"了,而且镇上的东西更加一天一天贵起来,派到乡下人身上的捐税也更加多起来。老通宝深信这都是串通了洋鬼子干的。

然而更使老通宝去年几乎气成病的,是茧子也是洋种的卖的好价钱;洋种的茧子,一担要贵上十多块钱。素来和儿媳总还和睦的老通宝,在这件事上可吵了架。儿媳四大娘去年就要养洋种的蚕。小儿子跟他嫂嫂是一路,那阿四虽然嘴里不多说,心里是也要洋种的,老通宝拗不过他们,末了只好让步。现在他家里有的五张蚕种,就是土种四张,洋种一张。

"世界真是越变越坏!过几年他们连桑叶都要洋种了!我活的厌了!"

老通宝看着那些桑树,心里说,拿起身边的长旱烟管恨恨地敲着脚边的泥块。太阳现在正当他头顶,他的影子落在泥地上,短短地像一段焦木头,还穿着破棉袄的他,觉得浑身燥热起来了。他解开了大襟上的钮扣,又抓着衣角扇了几下,站起来回家去。

那一片桑树背后就是稻田。现在大部分是匀整的半翻着的燥裂的泥块。偶尔也有种了杂粮的,那黄金一般的菜花散出强烈的香味。那边远远的一簇房屋,就是老通宝他们住了三代的村坊,现在那些屋上都袅起了白的炊烟。

老通宝从桑林里走出来,到田塍上,转身又望那一片爆着嫩绿的桑树。忽然那边田里跳跃着来了一个十来岁的男孩子,远远地就喊道:

"阿爹!妈等你吃中饭呢!"

"哦——"

老通宝知道是孙子小宝,随口应着,还是望着那一片桑林。才只得"清明"边,桑叶尖儿就抽的那么小指头儿似的,他一生就只见过两次。今年的蚕花,光景是好年成。三张蚕种,该可以采多少茧子呢?只要不像去年,他家的债也许可以拔还一些罢。

小宝已经跑到他阿爹的身边了,也仰着脸看那绿绒似的桑拳头;忽然他跳起来拍着手唱道:

"清明削口,看蚕娘娘拍手!"

老通宝的皱脸上露出笑容来了。他觉得这是一个好兆头。他把手放在小宝的"和尚头"上摩着,他的被穷苦弄麻木的老心里勃然又生出新的希望来了。

二

天气继续暖和,太阳光催开了那些桑拳头上的小手指儿模样的嫩叶,现在都有小小的手掌那么大了。老通宝他们那村庄四周围的桑林似乎发展得更好,远望去像一片绿锦平铺在密密层层灰白色矮矮的篱笆上。"希望"在老通宝和一般农民们的心里一点一点一天一天强大。蚕事的动员令也在各方面发动了。藏在柴房里一年之久的养蚕用具都拿出来洗刷修补。那条穿村而过的小溪旁边,蠕动着村里的女人和孩子,工作着,嚷着,笑着。

这些女人和孩子们都不是十分健康的脸色,——从今年开春起,他们都只吃个半饱;他们身上穿的,也只是些破旧的衣服。实在他们的情形比叫化子好不了多少。然而他们的精神都很不差。他们有很大的忍耐力,又有很大的幻想。虽然他们都负了天天在增大的债,可是他们那简单的头脑老是这么想:只要蚕花熟,就好了!他们想象到一个月以后那些绿油油的桑叶就会变成雪白的茧子,于是又变成叮叮当当响的洋钱,他们虽则肚子里饿得咕咕地叫,却也忍不住要笑。

这些女人中间也就有老通宝的媳妇四大娘和那个十二岁的小宝。这娘儿两个已经洗好了那些"团扁"和"蚕箪",坐在小溪边的石头上撩起布衫角揩脸上的汗水。

"四阿嫂!你们今年也看(养)洋种么?"

小溪对岸的一群女人中间有一个二十岁左右的姑娘隔溪喊过来了。四大娘认得是隔溪的对门邻舍陆福庆的妹子六宝,四大娘立刻把她的浓眉毛一挺,好像正想找人吵架似的嚷了起来:

"不要来问我!阿爹做主呢!——小宝的阿爹死不肯,只看了一张洋种!老糊涂的听得带一个洋字就好像见了七世冤家!洋钱,也是洋,他倒又要了!"

小溪旁那些女人们听得笑起来了。这时候有一个壮健的小伙子正在对岸的陆家稻场上走过,跑到溪边,跨上了那横在溪面用四根木头并排做成的雏形的"桥"。四大娘一眼看见,就丢开了"洋种"问题,高声喊道:

"多多弟!来帮我搬东西罢!这些扁,浸湿了,就像死狗一样重!"

小伙子阿多也不开口,走过来拿起五六只"团扁",湿漉漉地顶在头上,却空着一双手,划桨似地荡着,就走了。这个阿多高兴起来时,什么事都肯做,碰到同村的女人们叫他帮忙拿什么重家伙,或是下溪去捞什么,他都肯;可是今天他大概有点不高兴,所以只顶了五六只"团扁"去,却空着一双手。那些女人们看着他戴了那特别大箬帽似的一迭"扁",袅着腰,学镇上女人的样子走着,又都笑起来了。老通宝家紧邻的李根生的老婆荷花一边笑,一边叫道:

"喂,多多头!回来!也替我带一点儿去!"

"叫我一声好听的,我就给你拿。"

阿多也笑着回答,仍然走。转眼间就到了他家的廊下,就把头上的"团扁"放在廊檐口。

"那么,叫你一声干儿子!"

荷花说着就大声地笑起来,她那出众地白净然而扁得作怪的脸上看去就好像只有一张大嘴和眯紧了好像两条线一般的细眼睛。她原是镇上人家的婢女,嫁给那不声不响整天苦着脸的半老头子李根生还不满半年,可是她的爱和男子们胡调已经在村中很有名。

"不要脸的!"

忽然对岸那群女人中间有人轻声骂了一句。荷花的那对细眼睛立刻睁大了,怒声嚷道:

"骂哪一个?有本事,当面骂,不要躲!"

"你管得我?棺材横头踢一脚,死人肚里自得知;我就骂那不要脸的骚货!"

隔溪立刻回骂过来了,这就是那六宝,又一位村里有名淘气的大姑娘。

于是对骂之下,两边又泼水。爱闹的女人也夹在中间帮这边帮那边。小孩子们笑着狂呼。四大娘是老成的,提起她的"蚕箪",喊着小宝,自回家去。阿多站在廊下看着笑。他知道为什么六宝要跟荷花吵架;他看着那"辣货"六宝挨骂,倒觉得很高兴。

老通宝捐着一架"蚕台"从屋子里出来。这三棱形家伙的木梗有几条给白蚂蚁蛀过了,怕的不牢,须得修补一下。看见阿多站在那里笑嘻嘻地望着外边的女人们吵架,老通宝的脸色就板起来了。他这"多多头"的小儿子不老成,他知道。尤其使他不高兴了,是多多也和紧邻的荷花说说笑笑。"那母狗是白虎星,惹上了她就得败家",——老通宝时常这样警戒他的小儿子。

"阿多!空手看野景么?阿四在后边扎'缀头',你去帮他!"

老通宝像一匹疯狗似的咆哮着,火红的眼睛一直盯住了阿多的身体,直到阿多走进屋里去,看不见了,老通宝方才提过那"蚕台"来反复审察,慢慢地动手修补。木匠生活,老通宝早年是会的;但近来他老了,手指头没劲,他修了一会儿,抬起头来喘气,又望望屋里挂在竹竿上的三张蚕种。

四大娘就在廊檐口糊"蚕箪"。去年他们为的想省几百文钱,是买了旧报纸来糊的。老通宝直到现在还说是因为用了报纸——不惜字纸,所以去年他们的蚕花不好。今年是特地全家少吃一餐饭,省下钱来买了"糊箪纸"来了。四大娘把那鹅黄色坚韧的纸儿糊得很平贴,然后又照品字式糊上三张小小的花纸——那是跟"糊箪纸"一块儿买来的,一张印的花色是"聚宝盆",另两张都是手执尖角旗的人儿骑在马上,据说是"蚕花太子"。

"四大娘!你爸爸做中人借来三十块钱,就只买了二十担叶。后天米又吃完了,怎么办?"

老通宝气喘喘地从他的工作里抬头起,望着四大娘。那三十块钱是二分半的月息。总算有四大娘的父亲张财发做中人,那债主也就是张财发的东家"做好事",这才只要了二分半的月息。条件是蚕事完后本利归清。

四大娘把糊好了的"蚕箪"放在太阳底下晒,好像生气似地说:

"都买了叶!又像去年那样多下来——"

"什么话!你倒先来发利市了!年年像去年么?自家只有十来担叶;五张布子(蚕种),十来担叶够么?"

"噢,噢,你总是不错的!我只晓得有米烧饭,没米饿肚子!"

四大娘气哄哄地回答。为了那"洋种"问题,她到现在常要和老通宝抬杠。

老通宝气得脸都紫了。两个人就此再没有一句话。

但是"收蚕"的时期一天一天逼近了,这二三十家的小村落突然呈现了一种大紧张,大决心,大奋斗,同时又是大希望。人们似乎连饿肚子都忘记了。老通宝他们家东借一点,西赊一点,居然也一天一天过着来。也不仅老通宝他们,村里哪一家有两三斗米放在家里呀!去年秋收固然好,可是地主、债主、征税、杂捐,一层一层地剥削来,早就完了。现在他们唯一的指望就是春蚕,一切临时借贷都是指明在这"春蚕收成"中偿还。

他们都怀着十分希望又十分恐惧的心情来准备这春蚕的大搏战!

"谷雨"节一天近一天了。村里二三十人家的"布子"都隐隐现出绿色来。女人们在稻场上碰见时,都匆忙地带着焦灼而快乐的口气互相告诉道:

"六宝家快要'窝种'了呀!"

"荷花说她家明天就要'窝'了。有这么快!"

"黄道士去测一字,今年的青叶要贵到四洋!"

四大娘看自家的五张"布子"。不对!那黑芝麻似的一片细点子还是黑沉沉,不见绿影。她的丈夫阿四拿到亮处去细看,也找不出几点"绿"来。四大娘很着急。

"你就先'窝'起来罢!这余杭种,作兴是慢一点的。"

阿四看着他老婆,勉强自家宽慰。四大娘堵起了嘴巴不回答。

老通宝哭丧着干皱的老脸,没说什么,心里却觉得不妙。

幸而再过了一天,四大娘再细心看那"布子"时,哈,有几处转成绿色了!而且绿得很有光彩。四大娘立刻告诉了丈夫,告诉了老通宝,多多头,也告诉了她的儿子小宝。她就把那些布子贴肉揾在胸前,抱着吃奶的婴孩似地静静地坐着,动也不敢多动了。夜间,她抱着那五张布子到被窝里,把阿四赶去和多多头做一床。那布子上密密麻麻的蚕子贴着肉,怪痒痒的;四大娘很快活,又有点儿害怕,她第一次怀孕时胎儿在肚子里动,她也是那样半惊半喜的!

全家都是惴惴不安地又很兴奋地等候"收蚕"。只有多多头例外。他说:今年蚕花一定花,可是想发财却是命里不曾来。老通宝骂他多嘴,他还是要说。

蚕房早已收拾好了。"窝种"的第二天,老通宝拿一个大蒜头涂上一些泥,放在蚕房的墙脚边;这也是年年的惯例,但今番老通宝更加虔诚,手也抖了。去年他们"卜"得非常灵验。可是去年那"灵验",现在老通宝想也不敢想。

现在这村里家家都在"窝种"了。稻场上和小溪边顿时少了那些女人们的踪迹。一个"戒严令"也在无形中颁布了;乡农们即使平日是最好的,也不来往;人客来冲了蚕神不是玩的!他们至多在稻场上低声交谈一二句就走开。这是个"神圣"的季节。

老通宝家的五张布子上也有些"乌娘"蠕蠕地动了,于是全家的空气,突然紧张。那正是"谷雨"前一日。四大娘料来可以挨过了"谷雨"节那一天。布子不须再"窝"了,很小心地放在"蚕房"里。老通宝偷眼看一下那个躺在墙脚边的大蒜头,他心里就一跳。那大蒜头上还只有一两茎绿芽!老通宝不敢再看,心里祷祝后天正午会有更多更多的绿芽。

终于"收蚕"的日子到了。四大娘心神不定地淘米烧饭,时时看饭锅上的热气有没有直冲上来。老通宝拿出预先买了的香烛点起来,恭恭敬敬放在灶君神位前。阿四和阿多去到田里采野花。小宝帮着把灯芯草剪成细末子,又把采来的野花揉碎。一切都准备齐全时,太阳也近午刻了,饭锅上水蒸气嘟嘟地直冲。四大娘立刻跳了起来,把"蚕花"和一对鹅毛插在发髻上,就到蚕房里。老通宝拿着秤杆,阿四拿了那揉碎的野花片儿和灯芯草碎末。四大娘揭开"布子",就从阿四手里拿过那野花碎片和灯芯草末子撒在"布子"上,又接过老通宝手里的秤杆来,将"布子"挽在秤杆上,于是拔下发髻上的鹅毛在布子上轻轻地拂;野花片,灯芯草末子,连同"乌娘",都拂在那"蚕箪"里了。一张,二张,……都拂过了;最后一张是洋种,那就收在另一个"蚕箪"里。末了,四大娘又拔下发髻上那朵"蚕花",跟鹅毛一块插在"蚕箪"的边儿上。

这是一个隆重的仪式!千百年相传的仪式!那好比是誓师典礼,以后就要开始一个月光景的和恶劣的天气和厄运以及和不知什么的连日连夜无休息的大决战!

"乌娘"在"蚕箪"里蠕动,样子非常强健;那黑色也是很正路的。四大娘和老通宝他们都放心地松一口气了。但当老通宝悄悄地把那个"命运"的大蒜头拿起来看时,他的脸色立刻变了!大蒜头上还只得三四茎嫩芽!天哪!难道又同去年一样?

三

然而那"命运"的大蒜头这次竟不灵验。老通宝家的蚕非常好!虽然头眠二眠的时候连天阴雨,气候是比"清明"边似乎还要冷一点,可是那些"宝宝"都很强健。

村里别人家的"宝宝"也都不差。紧张的快乐弥漫了全村庄,似乎那小溪里淙淙的流水也象是朗朗的笑声。只有荷花家是例外。她们家看了一张"布子",可是"出火"只称得二十斤;"大眠"快边人们还看见那不声不响晦气色的丈夫根生倾弃了三"蚕箪"在那小溪里。

这一件事,使得全村的妇人对于荷花家特别"戒严"。她们特地避路,不从荷花的门前走,远远的看见了荷花或是她那不声不响的丈夫影儿,就赶快躲开;这些幸运的人儿惟恐看了荷花他们一眼或是交谈半句就传染了晦气来!

老通宝严禁他的小儿子多多头跟荷花说话。——"你再跟那东西多嘴,我就告你忤逆!"老通宝站在廊檐外高声大气喊,故意要叫荷花他们听得。

小宝也受到严厉的嘱咐,不许跑到荷花家门前,不许和她们说话。

阿多像一个聋子似的不理睬老头子那早早夜夜的唠叨,他心里却在暗笑。全家只有他不大相信那些鬼禁忌。可是他也没有跟荷花说话,他忙都忙不过来。

"大眠"捉了毛三百斤,老通宝全家连十二岁的小宝也在内,都是两日两夜没合眼。蚕是少见的好,活了六十岁的老通宝记得只有两次是同样的,一次就是他成家的那年,又一次是阿四出世那一年。"大眠"以后的"宝宝"第一日就吃了七担叶,个个是生青滚壮,然而老通宝全家都瘦了一圈,失眠的眼睛上布满了红丝。

谁也料得这些"宝宝"上山前还得吃多少叶。老通宝和儿子阿四商量了:

"陈大少爷借不出,还是再求财发的东家罢?"

"地头上还有十担叶,够一天。"

阿四回答,他委实是支撑不住了,他的一双眼皮像有几百斤重,只想合下来。老通宝却不耐烦了,怒声喝道:

"说什么梦话! 刚吃了两天老蚕呢。明天不算,还得吃三天,还要三十担叶,三十担!"

这时外边稻场上忽然人声喧闹,阿多押了新发的五担叶来了。于是老通宝和阿四的谈话打断,都出去"捋叶"。四大娘也慌忙从蚕房里钻出来。隔溪陆家养的蚕不多,那大姑娘六宝抽得出工夫,也来帮忙了。那时星光满天,微微有点风,村前村后都断断续续传来了吆喝和欢笑,中间有一个粗暴的声音嚷道:

"叶行情飞涨了! 今天下午镇上开到四洋一担!"

老通宝偏偏听得了,心里急得什么似的。四块钱一担,三十担可要一百二十块呢,他哪来这许多钱! 但是想到茧子总可以采五百多斤,就算五十块钱一百斤,也有这么二百五,他又心里一宽。那边"捋叶"的人堆里忽然又有一个小小的声音说:

"听说东路不大好,看来叶价钱涨不到多少的!"

老通宝认得这声音是陆家的六宝。这使他心里又一宽。

那六宝是和阿多靠得最近。忽然她觉得在那"扛条"的隐蔽下,有一只手在她大腿上拧了一把。她像知道是谁拧的,她忍住了不笑,也不声张。蓦地那手又在她胸前摸了一把,六宝直跳起来,出惊地喊了一声:

"嗳哟!"

"什么事?"

同在那筐子边捋叶的四大娘问了,抬起头来。六宝觉得自己脸上热烘烘的,她偷偷地瞪了阿多一眼,就赶快低下头,很快地捋叶,一面回答:

"没有什么。想来是毛毛虫刺了我一下。"

阿多咬住了嘴唇暗笑。他虽然在这半个月来也是半饱而且少睡,也瘦了许多了,他的精神可还是很饱满。老通宝那种忧愁,他是永远没有的。他永不相信靠一次蚕花好或是田里熟,他们就可以还清了债再有自己的田;他知道单靠勤俭工作,即使做到背脊骨折断也是不能翻身的。但是他仍旧很高兴地工作着,他觉得这也是一种快活,正像和六宝调情一样。

第二天早上,老通宝就到镇里去想法借钱来买叶。临走前,他和四大娘商量好,决定把家里那块出产十五担叶的桑地去抵押。这是他家最后的产业。

叶又买来了三十担。第一批的十担发来时,那些壮健的"宝宝"已经饿了半点钟了。"宝宝"们尖出了小嘴巴,向左向右乱晃,四大娘看得心酸。叶铺了上去,立刻蚕房里充满着萨萨萨的响声,人们说话也不大听得清。不多一会儿,那些"团扁"里立刻又全见白了,于是又铺上厚厚的一层叶。人们单是"上叶"也就忙得透不过气来。但这是最后五分钟了。再得两天,"宝宝"可以上山。人们把剩余的精力榨出来拚死命干。

阿多虽然接连三日三夜没有睡,却还不见怎么倦。那一夜,就由他一个人在"蚕房"里守那上半夜,好让老通宝以及阿四夫妇都去歇一歇。那是个好月夜,稍稍有点冷。蚕房里蒸了一个小小的火,阿多守到二更过,上了第二次的叶,就蹲在那个"火"旁边听那些"宝宝"萨萨地吃叶。渐渐儿他的眼皮合上了。恍惚听得有门响,阿多的眼皮一跳,睁开眼来看了看,就又合上了。他耳朵里还听得萨萨萨的声音和屑索屑索的怪声。猛然一个跟跄,他的头在自己膝头上磕了一下,他惊醒过来,恰就听得蚕房的芦帘拍又一声响,似乎还看见有人影一闪。阿多立刻跳起来,到外面一看,门是开着,月光下稻场上有一个人正走向溪边去。阿多飞也似跳出去,还没看清那人是谁,已经把那人抓过来摔在地下。他断定了这是一个贼。

"多多头! 打死我也不怨你,只求你不要说出来!"

是荷花的声音,阿多听真了时不禁浑身的汗毛都竖了起来。月光下他又看见那扁得作怪的白脸儿上一对细圆的眼睛定定地看住了他。可是恐怖的意思那眼睛里也没有。阿多哼了一声,就问道:

"你偷什么?"

"我偷你们的宝宝!"

"放到哪里去了!"

"我扔到溪里去了!"

阿多现在也变了脸色。他这才知道这女人的恶意是要冲克他家的"宝宝"。

"你真心毒呀! 我们家和你们可没有怨仇!"

"没有么? 有的,有的! 我家自管蚕花不好,可并没害了谁,你们都是好的! 你们怎么把我当作白老虎,远远地望见我就别转了脸? 你们不把我当人看待!"

那妇人说着就爬了起来,脸上的神气比什么都可怕。阿多瞅着那妇人好半晌,这才说道:

"我不打你,走你的罢!"

阿多头也不回地跑回家去,仍在"蚕房"里守着。他完全没有睡意了。他看那些"宝宝",都是好好的。他并没有想到荷花可恨或可怜,然而他不能忘记荷花那一番话;他觉得人和人中间有什么地方是永远弄不对的,可是他不能够明白想出来是什么地方,或是什么。再过一会儿,他就什么都忘记了。"宝宝"是强健的,象有魔法似的吃了又吃,永远不会饱!

以后直到东方快打白了时,没有发生事故。老通宝和四大娘来替换阿多,他们拿着那些渐渐身体发白而变短了的"宝宝"在亮处照着,看是"有没有通"。他们的心被快活胀大了。但是太阳出山时

四大娘到溪边汲水,却看见六宝满脸严重地跑过来悄悄地问道:

"昨夜二更过,三更不到,我远远地看见那骚货从你们家跑出来,阿多跟在后面,他们站在这里说了半天话呢!四阿嫂!你们怎么不管事呀?"

四大嫂的脸色立刻变了,一句话也没说,提了水桶就回家去,先对丈夫说了,再对老通宝说。这东西竟偷进人家"蚕房"来了,那还了得!老通宝气得直跺脚,马上叫了阿多来查问。但是阿多不承认,说六宝是梦见鬼。老通宝又去找六宝询问。六宝是一口咬定看见的。老通宝没有主意,回家去看那"宝宝",仍然是很健康,瞧不出一些败相来。

但是老通宝他们满心的欢喜却被这件事打消了。他们相信六宝的话不会毫无根据。他们唯一的希望是那骚货或者只在廊檐口和阿多鬼混了一阵。

"可是那大蒜头上的苗却当真只有三四茎呀!"

老通宝自心里这么想,觉得前途只是阴暗。可不是,吃了许多叶去,一直落来都很好,然而上了山却干僵了的事,也是常有的。不过老通宝无论如何不敢想到这上头去;他以为即使是肚子里想,也是不吉利的。

四

"宝宝"都上山了,老通宝他们还是捏着一把汗。他们钱都花光了,精力也绞尽了,可是有没有报酬呢,到此时还没有把握。虽则如此,他们还是硬着头皮去干。"山棚"下蒸了火,老通宝和阿四他们伛着腰慢慢地从这边蹲到那边,又从那边蹲到这边。他们听得山棚上有些屑屑索索的细声音,他们就忍不住想笑,过一会儿又听不得了,他们的心就重甸甸地往下沉了。这样地,心是焦灼着,却不敢向山棚上望。偶或他们仰着的脸上淋到了一滴蚕尿了,虽然觉得有点难过,他们心里却快活;他们巴不得多淋一些。

阿多早已偷偷地挑开"山棚"外围着的芦帘望过几次了。小宝看见,就扭住了阿多,问"宝宝"有没有做茧子。阿多伸出舌头做个鬼脸,不回答。

"上山"后三天,息火了。四大娘再也忍不住,也偷偷地挑开芦帘角看了一眼,她的心立刻卜卜地跳了。那是一片雪白,几乎连"缀头"都瞧不见;那是四大娘有生以来从没有见过的"好蚕花"呀!老通宝全家立刻充满了欢笑。现在他们一颗心定下来了!"宝宝"们有良心,四洋一担的叶不是白吃的!他们全家一个月的忍饿失眠总算不冤枉,天老爷有眼睛!

同样的欢笑声在村里到处都起来了。今年蚕花娘娘保佑这小小的村子。二三十人家都可以采到七八分,老通宝家更是与众不同,估量来总可以采一个十二三分。

小溪边和稻场上又充满了女人和孩子们。这些人都比一个月前瘦了许多,眼眶陷进了,嗓子也发沙,然而都很快活兴奋。他们嘈嘈地谈论那一个月内的"奋斗"时,他们的眼前便时时出现一堆堆雪白的洋钱,他们那快乐的心里便时时闪过了这样的盘算:夹衣和夏衣都在当铺里,这可先得赎出来;过端阳节也许可以吃一条黄鱼。

那晚上荷花和阿多的把戏也是他们谈话的资料,六宝见了人就宣传荷花的"不要脸,送上门去!"男人们听了就粗暴地笑着,女人们念一声佛,骂一句,又说老通宝总算幸运,没有犯克,那是菩萨保佑,祖宗有灵!

接着是家家都"浪山头"了,各家的至亲好友都来"望山头"。老通宝的亲家张财发带了小儿子阿九特地从镇上来到村里。他们带来的礼物,是软糕、线粉、梅子、枇杷,也有咸鱼。小宝快活得好像雪天的小狗。

"通宝,你是卖茧子呢,还是自家做丝?"

张老头子拉老通宝到小溪边一颗杨柳树下坐了,这么悄悄地问。这张老头子张财发是出名"会寻快活"的人,他从镇上城隍庙前露天的"说书场"听来了一肚子的疙瘩东西;尤其烂熟的,是《十八路反王,七十二处烟尘》,程咬金卖柴扒,贩私盐出身,瓦岗寨做反王的《隋唐演义》。他向来说话"没正经",老通宝是知道的;所以现在听得问是卖茧子或是自家做丝,老通宝并没有把这话看重,只随口回答道:

"自然卖茧子。"

张老头子却拍着大腿叹一口气。忽然他站了起来,用手指着村外那一片秃头桑林后面耸露出来的茧厂的风火墙说道:

"通宝!茧子是采了,那些茧厂的大门还关得紧洞洞呢!今年茧厂不开秤!——十八路反王早已下凡,李世民还没出世;世界不太平!今年茧厂关门,不做生意!"

老通宝忍不住笑了,他不肯相信。他怎么能够相信呢?难道那"五步一岗"似的比露天毛坑还要多的茧厂会一齐都关了门不做生意?况且听说和东洋人也已"讲拢",不打仗了,茧厂里驻的兵早已开走。

张老头子也换了话,东拉西扯讲镇里的"新闻",夹着许多说书场上听来的什么秦叔宝、程咬金。最后,他代他的东家催那三十块钱的债,为的他是"中人"。

然而老通宝到底有点不放心。他赶快跑出村去,看看"塘路"上最近的两个茧厂,果然大门紧闭,不见半个人;照往年说,此时应该早已摆开了柜台,挂起了一排乌亮亮的大秤。

老通宝心里也着慌了,但是回家去看见了那些雪白发光很厚实硬鼓鼓的茧子,他又忍不住嘻开了嘴,上好的茧子!会没有人要,他不相信。并且他还要忙着采茧,还要谢"蚕花利市",他渐渐不把茧厂的事放在心上了。

可是村里的空气一天一天不同了。才得笑了几声的人们现在又都是满脸的愁云。各处茧厂都没开门的消息陆续从镇上传来,从"塘路"上传来。往年这时候,"收茧人"像走马灯似的在村里巡回,今年没见半个"收茧人",却换替着来了债主和催粮的差役。请债主们就收了茧子罢,债主们板起面孔不理。

全村子都是嚷骂,诅咒,和失望的叹息!人们做梦也不会想到今天"蚕花"好了,他们的日子却比往年更加困难。这对他们是一个晴天的霹雳!并且愈是像老通宝他们家似的,蚕愈养得多,愈好,就愈加困难,——"真正世界变了!"老通宝捶胸跺脚也没有办法。然而茧子是不能搁久了的,总得赶快想法:不是卖出去,就是自家做丝。村里有几家已经把多年不用的丝车拿出来修理,打算自家把茧做成了丝再说。六宝家也打算这么办。老通宝便也和儿子媳妇商量说道:

"不卖茧子了,自家做丝!什么卖茧子,本来是洋鬼子行出来的!"

"我们有五百多斤茧子呢,你打算摆几部丝车呀?"

四大娘首先反对了。她这话是不错的。五百斤的茧子可不算少,自家做丝万万干不了。请帮手么？那又得化钱。阿四和她老婆是一条心。阿多抱怨老头子打错了主意，他说：

"早依了我的话，扣住自己的十五担叶，只看一张洋种，多么好！"

老通宝气得说不出话来。

终于一线希望忽又来了。同村的黄道士不知从哪里得的消息，说是无锡脚下的茧厂还是照常收茧。黄道士也是一样的种田人，并非吃十方的"道士"，向来和老通宝最说得来。于是老通宝去找那黄道士详细问过了以后，便又和儿子阿四商量把茧子弄到无锡脚下去卖。老通宝虎起了脸，像吵架似的嚷道：

"水路去有三十多九呢！来回得六天！他妈的！简直是充军！可是你有别的办法么？茧子当不得饭吃，蚕前的债又逼紧来！"

阿四也同意了。他们去借了一条赤膊船，买了几张芦席，赶那几天正是好晴，又带了阿多。他们这卖茧子的"远征军"就此出发。

五天以后，他们果然回来了；但不是空船，船里还有一筐茧子没有卖出。原来那三十多九水路远的茧厂挑剔得非常苛刻：洋种茧一担只值三十五元，土种茧一担二十元，薄茧不要。老通宝他们的茧子虽然是上好的货色，却也被茧厂里挑剩了那么一筐，不肯收买。老通宝他们实卖得一百一十块钱，除去路上盘川，就剩了整整的一百元，不够偿还买青叶所借的债！老通宝路上气得生病了，两个儿子扶他到家。

打回来的八九十斤茧，四大娘只好自家做丝了。她到六宝家借了丝车，又忙了五六天。家里米又吃完了。叫阿四拿那丝上镇里去卖，没有人要；上当铺当铺也不收。说了多少好话，总算把清明前当在那里的一石米换了出来。

就是这么着，因为春蚕熟，老通宝一村的人都增加了债！老通宝家为的养了五张布子的蚕，又采了十多分的好茧子，就此白赔上十五担叶的桑地和三十块钱的债！一个月光景的忍饿熬夜还都不算！

1932年11月1日

导读

小说通过江南农村尚称殷实的农民老通宝家境的变迁，概括地反映了旧中国农村由于帝国主义经济侵略和国民党反动派、封建地主、高利贷者联合敲诈和剥削，造成了农村经济的崩溃。它告诉人们在帝国主义和封建主义双重压迫下的中国农民，光靠勤劳生产，绝不能摆脱贫困的命运，必须另外探索解放自己的道路。

老通宝是一个六十来岁的破产农民。长期以来，封建社会留给他身上的历史负担是很沉重的，以致在某种程度上扭曲了他农民阶级的固有品质。他把转变命运的希望完全寄托在春蚕上，为了不使希望落空，他忌讳很多，为了预测未来的希望，他还有一套迷信。作品以老通宝一家丰收成灾的结局，批判了老通宝的思想弱点，说明传统的勤俭发家的道路是走不通的。

小说围绕蚕农养蚕这一中心事件，并以老通宝为主人公，采取故事集中于一点的手法来组织布局,在情节发展中,自始至终突出了中心事件,其间又穿插许多小事件,内容丰富而不繁乱,情节曲折而不离奇,结构严谨而不古板。

小说的心理描写极为成功。小说开头描写老通宝触景生情、情随物迁的心境变化,生动细腻地再现了老通宝的心灵。心理刻画与人物行动巧妙契合,使人物内外一致、灵肉一致。作品还注意摄取人物在特定情景中的脸色、眼神、细微动作来揭示人物的心理状态。

蚀（存目）

茅　盾

导读

　　《蚀》包括《幻灭》《动摇》《追求》。作者以上世纪20年代国内风云变幻的大革命为历史背景，成功地塑造了在这个大潮中知识分子的心路历程："一、革命前夕的亢昂兴奋和革命既到面前的幻灭。二、革命斗争剧烈时的动摇。三、幻灭动摇后不甘寂寞尚思作最后之追求。"《幻灭》写一个"不断的在追求，不断的在幻灭"的女大学生章静，她曾经怀着许多理想，但都一一幻灭了。她接受抱素的爱，却发现他是一个轻薄的追逐女性者和军阀暗探。在失望、消沉中她来到武汉参加革命工作，但革命中一些落后现象又使她厌恶和不满。在医院中静和一个追求强烈刺激的强连长产生了爱情，没多久强奉命归队，静再次感到了幻灭。《动摇》写长江边的一个小城里，旧式劣绅、投机分子胡国光发动了一次又一次对新生革命政权的进攻，而国民党左派方罗兰却软弱妥协，束手无策，导致了革命的失败。而方在与孙舞阳的爱情纠葛中也同样优柔寡断，想爱又不敢爱。《追求》则生动地再现了革命转入低潮时一部分颓废者迷乱的精神危机。大革命失败后，章秋柳一边焦灼地想要向上，一边堕入了含泪的浪漫和颓唐；苦苦思索人生意义的张曼青婚后却发现原先看来娇柔温驯的朱女士浅薄鄙俗；史循以自杀来实践自己的怀疑论。《蚀》中的人物都受过新思潮的洗礼，有强烈的改变现实的愿望，但又往往选择了个人奋斗的方式。他们怀着一股急躁和激进的狂热被裹入时代的狂潮，一旦遭受挫折，便堕入了幻灭和空虚，这种迷惘又加剧了他们的狂躁。

　　小说真实细腻地表现了小资产阶级知识青年在大时代里的心理嬗变过程。其中的"时代女性"是现代文学中前所未有的艺术典型。作者与所描写的人物、题材颇少心理距离，痛中思痛，难免和笔下人物的悲伤哀戚情怀产生回响共鸣，使作品带有阴凄、悲凉的气息。

子夜(存目)

茅 盾

导读

《子夜》是中国现代文学史上一部杰出的革命现实主义长篇。

《子夜》以 30 年代初的大都市上海为背景,以民族工业资本家吴荪甫和买办金融资本家赵伯韬之间的矛盾斗争为主线,通过民族工业资本家吴荪甫的破产,形象而深刻地表现了 30 年代中国社会半封建半殖民地的性质。小说成功地塑造了民族资本家吴荪甫的形象,这是第二次国内革命战争时期中国民族资产阶级的艺术典型。他精明强干,有雄心,敢冒险,是个坚强有力的铁腕人物;另一方面,又充分暴露了他色厉内荏、脆弱、惶惑的心理危机。吴荪甫的复杂的矛盾性格,是 30 年代中国民族资产阶级双重性的形象化写照:一方面与帝国主义有着利益冲突,想独立发展民族工业,因而具有进步性、革命性;一方面又害怕群众革命会危及自身利益,同工人、农民处在敌对的地位上,因而具有消极性、软弱性。正是这样一种双重性格决定了吴荪甫的悲惨结局。

《子夜》的结构庞大但不失严谨,全书人物众多、事件纷繁。作者以吴荪甫和买办资本家赵伯韬之间的矛盾冲突为主线,同时展开了吴荪甫与同行、裕华丝厂工人、双桥镇农民以及家庭内部的矛盾,结构浑然一体,缜密清晰。在人物塑造上,注重表现人物性格的多面性和复杂性,追求"立体化"的油画效果。还调动了肖像描写、细节描写和心理描写等手法来刻画人物。特别是细腻的心理描写更为成功,不仅努力挖掘与揭示人物心理活动的深刻的社会历史内容,而且注意把人物置于广阔的历史运动中,展现人物的历史。语言生动,笔力雄健而又细腻。

《子夜》是中国现代文学史上第一部以科学世界观为指导,科学地分析中国社会本质的小说,是运用革命现实主义方法熔铸生活、再现生活的出色成果。

断魂枪

老　舍

"生命是闹着玩,事事显出如此;从前我这么想过,现在我懂得了。"

沙子龙的镖局已改成客栈。

东方的大梦没法子不醒了。炮声压下去马来与印度野林中的虎啸。半醒的人们,揉着眼,祷告着祖先与神灵;不大会儿,失去了国土、自由与权利。门外立着不同面色的人,枪口还热着。他们的长矛毒弩,花蛇斑彩的厚盾,都有什么用呢;连祖先与祖先所信的神明全不灵了啊!龙旗的中国也不再神秘,有了火车呀,穿坟过墓的破坏着风水。枣红色多穗的镖旗,绿鲨皮鞘的钢刀,响着串铃的口马,江湖上的智慧与黑话,义气与声名,连沙子龙,他的武艺,事业,都梦似的变成昨夜的。今天是火车,快枪,通商与恐怖。听说,有人还要杀下皇帝的头呢!

这是走镖已没有饭吃,而国术还没被革命党与教育家提倡起来的时候。

谁不晓得沙子龙是利落,短瘦,硬棒,两眼明得象霜夜的大星?可是,现在他身上放了肉。镖局改了客栈,他自己在后小院占着三间北房,大枪立在墙角,院子里有几只楼鸽。只是在夜间,他把小院的门关好,熟习熟习他的"五虎断魂枪"。这条枪与这套枪,二十年的工夫,在西北一带,给他创出来:"神枪沙子龙"五个字,没遇见过敌手。现在,这条枪与这套枪不会再替他增光显胜了;只是摸摸这凉,滑,硬而发颤的杆子,使他心中少难过一些而已。只有在夜间独自拿起枪来,才能相信自己还是"神枪沙"。在白天,他不大谈武艺与往事;他的世界已被狂风吹了走。

在他手下创练起来的少年们还时常来找他。他们大多数是没落子的,都有点武艺,可是没地方去用。有的在庙会上去卖艺:踢两趟腿,练套家伙,翻几个跟头,附带着卖点大力丸,混个三吊两吊的。有的实在闲不起了,去弄筐果子,或挑些毛豆角,赶早儿在街上论斤吆喝出去。那时候米贱肉贱,肯卖膀子力气本来可以混个肚儿圆;他们可是不成:肚量既大,而且得吃口管事儿的;干饽饽、辣饼子咽不下去。况且他们还时常去走会:五虎棍,开路,太狮少狮……虽然算不了什么——比起走镖来——可是到底有个机会活动活动,露露脸。是的,走会捧场是买脸的事,他们打扮的得象个样儿,至少得有条青洋绉裤子,新漂白细市布的小褂,和一双鱼鳞洒鞋——顶好是青缎子抓地虎靴子。他们是神枪沙子龙的徒弟——虽然沙子龙并不承认——得到处露脸,走会得赔上俩钱,说不定还得打场架。没钱,上沙老师那里去求。沙老师不含糊,多少不拘,不让他们空着手儿走。可是,为打架或献技去讨教一个招数,或是请给说个对子——什么空手夺刀,或虎头钩进枪——沙老师有时说句笑话,马虎过去:"教什么?拿开水浇吧!"有时直接把他们逐出去。他们不大明白沙老师是怎么了,心中也有点不乐意。

可是,他们到处为沙老师吹腾,一来是愿意使人知道他们的武艺有真传授,受过高人的指教;二来是为激动沙老师:万一有人不服气而找上老师来,老师难道还不露一两手真的么?所以:沙老师一拳就砸倒了个牛！沙老师一脚把人踢到房上去，并没使多大的劲！他们谁也没见过这种事，但是说着说着，他们相信这是真的了，有年月，有地方，千真万确，敢起誓！

王三胜——沙子龙的大伙计——在土地庙拉开了场子，摆好了家伙。抹了一鼻子茶叶末色的鼻烟，他抡了几下竹节钢鞭，把场子打大一些。放下鞭，没向四围作揖，叉着腰念了两句："脚踢天下好汉，拳打五路英雄！"向四围扫了一眼："乡亲们，王三胜不是卖艺的；玩艺儿会几套，西北路上走过镖，会过绿林中的朋友。现在闲着没事，拉个场子陪诸位玩玩。有爱练的尽管下来，王三胜以武会友，有赏脸的，我陪着。神枪沙子龙是我的师傅；玩艺地道！诸位，有愿下来的没有？"他看着，准知道没人敢下来，他的话硬，可是那条钢鞭更硬，十八斤重。

王三胜，大个子，一脸横肉，努着对大黑眼珠，看着四围。大家不出声。他脱了小褂，紧了紧深月白色的"腰里硬"，把肚子杀进去，给手心一口吐沫，抄起大刀来：

"诸位，王三胜先练趟瞧瞧。不白练，练完了，带着的扔几个；没钱，给喊个好，助助威。这儿没生意口。好，上眼！"

大刀靠了身，眼珠努出多高，脸上绷紧，胸脯子鼓出，象两块老桦木根子。一跺脚，刀横起，大红缨子在肩前摆动。削砍劈拨，蹲越闪转，手起风生，忽忽直响。忽然刀在右手心上旋转，身弯下去，四围鸦雀无声，只有缨铃轻叫。刀顺过来，猛的一个"跺泥"，身子直挺，比众人高着一头，黑塔似的。收了势："诸位！"一手持刀，一手叉腰，看着四围。稀稀的扔了几个铜钱，他点点头。"诸位！"他等着，等着，地上依旧是那几个亮而削薄的铜钱，外层的人偷偷散去。他咽了口气："没人懂！"他低声的说，可是大家全听见了。

"有功夫！"西北角上一个黄胡子老头儿答了话。

"啊？"王三胜好似没听明白。

"我说：你——有——功——夫！"老头子的语气很不得人心。

放下大刀，王三胜随着大家的头往西北看。谁也没看起这个老人：小干巴个儿，披着件粗蓝布大衫，脸上窝窝瘪瘪，眼陷进去很深，嘴上几根细黄胡，肩上扛着条小黄草辫子，有筷子那么细，而绝对不象筷子那么直顺。王三胜可是看出这老家伙有功夫，脑门亮，眼睛亮——眼眶虽深，眼珠可黑得象两口小井，深深的闪着黑光。王三胜不怕：他看得出别人有功夫没有，可更相信自己的本事，他是沙子龙手下的大将。

"下来玩玩，大叔！"王三胜说得很得体。

点点头，老头儿往里走。这一走，四外全笑了。他的胳臂不大动；左脚往前迈，右脚随着拉上来，一步步的向前拉扯，身子整着，象是患过瘫痪病。蹭到场中，把大衫扔在地上，一点没理会四围怎样笑他。

"神枪沙子龙的徒弟，你说？好，让你使枪吧；我呢？"老头子非常的干脆，很象久想动手。

人们全回来了，邻场耍狗熊的无论怎么敲锣也不中用了。

"三截棍进枪吧？"王三胜要看老头子一手，三截棍不是随便就拿得起来的家伙。

老头子又点点头，拾起家伙来。

王三胜努着眼，抖着枪，脸上十分难看。

老头子的黑眼珠更深更小了，象两个香火头，随着面前的枪尖儿转，王三胜忽然觉得不舒服，那俩黑眼珠似乎要把枪尖吸进去！四外已围得风雨不透，大家都觉出老头子确是有威。为躲那对眼睛，王三胜耍了个枪花。老头子的黄胡子一动："请！"王三胜一扣枪，向前躬步，枪尖奔了老头子的喉头去，枪缨打了一个红旋。老人的身子忽然活展了，将身微偏，让过枪尖，前把一挂，后把撩王三胜的手。拍，拍，两响，王三胜的枪撒了手。场外叫了好。王三胜连脸带胸口全紫了；抄起枪来，一个花子，连枪带人滚了过来，枪尖奔了老人的中部。老头子的眼亮得发着黑光；腿轻轻一屈，下把掩裆，上把打着刚要抽回的枪杆；拍，枪又落在地上。

场外又是一片彩声。王三胜流了汗，不再去拾枪，努着眼，木在那里。老头子扔下家伙，拾起大衫，还是拉拉着腿，可是走得很快了。大衫搭在臂上，他过来拍了王三胜一下：

"还得练哪，伙计！"

"别走！"王三胜擦着汗，"你不离，姓王的服了！可有一样，你敢会会沙老师？"

"就是为会他才来的！"老头子的干巴脸上皱起点来，似乎是笑呢。"走；收了吧；晚饭我请！"

王三胜把兵器拢在一处，寄放在变戏法二麻子那里，陪着老头子往庙外走。后面跟着不少人，他把他们骂散。

"你老贵姓？"他问。

"姓孙哪，"老头子的话与人一样，都那么干巴。"爱练；久想会会沙子龙。"

沙子龙不把你打扁了！王三胜心里说。他脚底下加了劲，可是没把孙老头落下。他看出来，老头子的腿是老走着查拳门中的连跳步；交起手来，必定很快。但是，无论他怎么快，沙子龙是没对手的。准知道孙老头要吃亏，他心中痛快了些，放慢了些脚步。

"孙大叔贵处？"

"河间的，小地方。"孙老者也和气了些，"月棍年刀一辈子枪，不容易见功夫！说真的，你那两手就不坏！"

王三胜头上的汗又回来了，没言语。

到了客栈，他心中直跳，唯恐沙老师不在家，他急于报仇。他知道老师不爱管这种事，师弟们已碰过不少回钉子，可是他相信这回必定行，他是大伙计，不比那些毛孩子；再说，人家在庙会上点名叫阵，沙老师还能丢这个脸么？

"三胜，"沙子龙正在床上看着本《封神榜》，"有事吗？"

三胜的脸又紫了，嘴唇动着，说不出话来。

沙子龙坐起来："怎么了，三胜？"

"栽了跟头！"

只打了个不甚长的哈欠，沙老师没别的表示。

王三胜心中不平，但是不敢发作；他得激动老师："姓孙的一个老头儿，门外等着老师呢；把我的枪，枪，打掉了两次！"他知道"枪"字在老师心中有多大分量。没等吩咐，他慌忙跑出去。

客人进来，沙子龙在外间屋等着呢。彼此拱手坐下，他叫三胜去泡茶。三胜希望两个老人立刻交了手，可是不能不沏茶去。孙老者没话讲，用深藏着的眼睛打量沙子龙。沙很客气：

"要是三胜得罪了你，不用理他，年纪还轻。"

孙老者有些失望，可是看出沙子龙的精明。他不知怎样好了，不能拿一个人的精明断定他的武

147

艺。"我来领教领教枪法!"他不由的说出来。

沙子龙没接碴儿。王三胜提着茶壶走进来——急于看二人动手,他没管水开了没有,就沏在壶中。

"三胜,"沙子龙拿起个茶碗来,"去找小顺们去,天汇见,陪孙老者吃饭。"

"什么?"王三胜的眼珠几乎掉出来。看了看沙老师的脸,他敢怒而不敢言的说了声"是啦!"走出去,撅着大嘴。

"教徒弟不易!"孙老者说。

"我没收过徒弟。走吧,这个水不开!茶馆去喝,喝饿了就吃。"沙子龙从桌子上拿起缎子褡裢,一头装着鼻烟壶,一头装着点钱,挂在腰带上。

"不,我还不饿!"孙老者很坚决,两个"不"字把小辫从肩上抡到后边去。

"说会子话儿。"

"我来为领教领教枪法。"

"功夫早搁下了,"沙子龙指着身上,"已经放了肉!"

"这么办也行,"孙老者深深的看了沙老师一眼,"不比武,教给我那趟五虎断魂枪。"

"五虎断魂枪?"沙子龙笑了,"早忘净了!早忘净了!告诉你,在我这儿住几天,咱们逛逛各处,临走,多少送点盘缠。"

"我不逛,也用不着钱,我来学艺!"孙老者立起来,"我练趟给你看看,看够得上学艺不够!"一屈腰已到了院中,把楼鸽都吓飞起来。拉开架子,他打了趟查拳:腿快,手飘洒,一个飞脚起去,小辫儿飘在空中,象从天上落下来一个风筝;快之中,每个架子都摆得稳,准,利落,来回六趟,把院子满都打到,走得圆,接得紧,身子在一处,而精神贯串到四面八方。抱拳收势,身儿缩紧,好似满院乱飞的燕子忽然归了巢。

"好! 好!"沙子龙在台阶上点着头喊。

"教给我那趟枪!"孙老者抱了抱拳。

沙子龙下了台阶,也抱着拳:"孙老者,说真的吧;那条枪和那套枪都跟我入棺材,一齐入棺材!"

"不传?"

"不传!"

孙老者的胡子嘴动了半天,没说出什么来。到屋里抄起蓝布大衫,拉拉着腿:"打搅了,再会!"

"吃过饭走!"沙子龙说。

孙老者没言语。

沙子龙把客人送到小门,然后回到屋中,对着墙角立着的大枪点了点头。

他独自上了天汇,怕是王三胜们在那里等着。他们都没有去。

王三胜和小顺们都不敢再到土地庙去卖艺,大家谁也不再为沙子龙吹腾;反之,他们说沙子龙栽了跟头,不敢和个老头儿动手;那个老头子一脚能踢死个牛。不要说王三胜输给他,沙子龙也不是"个儿"。不过呢,王三胜到底和老头子见个高低,而沙子龙连句硬话也没敢说。"神枪沙子龙"慢慢似乎被人们忘了。

夜静人稀,沙子龙关好了小门,一气把六十四枪刺下来;而后,挂着枪,望着天上的群星,想起当年在野店荒林的威风。叹一口气，用手指慢慢摸着凉滑的枪身，又微微一笑，"不传！不传！"

（原载《大公报》一九三五年九月二十二日

文艺副刊第十三期）

导读

《断魂枪》充满着古老文化变化不定的历史悲凉感。小说开头第一句话"沙子龙的镖局已改成客栈"，寥寥数字既道出辉煌不再、光荣梦想没落的惋惜、痛苦之情，也道出了历史的无情演进中人们不得不改道调整步调的无奈之情。

中国的国门打开之后，汹涌而入的火车、快枪、通商、恐怖凶猛扩散，冲击着古老的镖旗、钢刀、马口、武艺的盘踞之所。如此一副悲凉惨象，一方面刺激着国人救亡图存的神经，轰轰烈烈地搞着洋务运动、戊戌变法，另一方面也敏感地拨动着国人感怀昔日的那根心弦。文中，主人公沙子龙不论在徒弟们的激将前，还是在孙老头的恳求下，都不愿将枪法传授，传达着他决意与过去告别的悲壮；而晚上夜深人静，关好小院门，熟习他的"五虎断魂枪"时，那种悲凉心境也只能透过凉、滑、硬而发颤的杆子感知。

《断魂枪》选取武侠小说《二拳师》的精彩片段写成，用老舍自己的话说是："拿这么一件小小的事，联系上三个人物，所以全篇是从从容容，不多不少正合适。这样，材料受了损失，而艺术占了便宜，五千字比十万字更好。"小说中，人物带有古典味，故事富有传奇味，笔致具有写实味，行文以苍凉为底蕴，质朴又不失典雅。

骆驼祥子(存目)

老　舍

导读

　　《骆驼祥子》写于1936年,是老舍的代表作。这部小说以20年代旧军阀统治下的黑暗社会为背景,通过北京人力车夫祥子自我奋斗,买车卖车,三起三落,幻想破灭,最终走向堕落的悲剧命运,对半封建半殖民地的旧中国社会提出了强烈的控诉,揭示了劳动人民在旧社会要想通过个人奋斗来摆脱贫困和奴役,只会得到悲剧性的结果。

　　祥子本来是个破产的农民,18岁跑到北京城当人力车夫,作者赋予他忠厚善良、勤劳朴实、沉默寡言、非常要强的性格特征。但经过买车、丢车的三起三落,祥子成了一个"堕落的、自私的、不幸的""游魂"和"走兽"。

　　作者用大段的叙事、抒情夹议论的心理描绘,代祥子诉说血泪凝成的痛苦心声,既刻画了祥子的性格,又表露了作者炽烈的感情,大大增强了作品的艺术感染力。

家（存目）

巴　金

导读

　　《家》标志着巴金在更严格的意义上接受了现实主义创作方法，他那独具的艺术风格也开始步入成熟阶段。

　　《家》正确处理了写家庭与写社会的关系，把家庭置于整个社会之中，通过家庭写社会。巴金注意把封建大家庭的命运和当时整个动荡不安、危机四伏的社会现实联系起来。在《家》里，我们可以看到"五四"新文化运动对觉慧、觉民等青年一代的巨大影响，可以看到他们怎样如饥似渴地阅读《新青年》《少年中国》等进步杂志，从中寻找思想武器；可以看到青年学生们如何组织进步团体，出版进步刊物，讨论社会问题，开展反对军阀的正义斗争；可以看到军阀混战给人民带来的骚扰和痛苦；可以看到高公馆的统治者高老太爷同社会上的封建反动势力的代表——"孔教会会长"冯乐山有着怎样千丝万缕的联系。正是在这样的时代背景下，《家》深刻地揭示了封建大家庭内部的矛盾和斗争。家庭矛盾是以"父与子"的矛盾形式表现出来的，归根到底又是社会矛盾的反映。《家》中的基本矛盾是新生的新民主主义力量同封建制度的矛盾，这个矛盾是通过觉慧、觉民这样的受"五四"运动影响的青年一代，同以高老太爷和克明为代表的封建卫道者之间的斗争来表现的。《家》还通过三对青年男女的爱情与婚姻的不同遭遇，以及他们所选择的不同生活道路，揭露了封建大家庭的罪恶，从而使《家》比"五四"以后许多同题材的作品显得思想更深刻。

　　《家》成功地塑造了高老太爷、觉慧、觉新等典型人物。高老太爷是家长制和封建礼教的代表。觉新是一个"有两重人格的人"，他善良懦弱，深受封建伦理道德熏陶，又受"五四"新文化运动的影响，惨痛的生活教训使他最终有了初步的觉醒和反抗。觉慧是受"五四"新文化运动影响的进步青年，作者令人信服地描写了他从幼稚到坚定，最后离家出走，成为封建大家庭的第一个叛逆者的历程。

　　作品贯穿着尖锐的矛盾冲突和浓烈的抒情色彩。作者善于通过生动细腻的心理描写，揭示人物丰富的内心世界。作者往往借助人物的内心独白或大段直抒胸臆的对话，婉转细致地描述人物心理状态，刻画人物性格。

寒夜(存目)

巴 金

导读

　　《寒夜》于 1944 年初冬开始创作,完成于 1946 年冬,出版于 1947 年,是巴金的后期代表作。

　　小说描述了抗战期间一个小公务员家庭凄绝的故事,展示了战时国统区如"寒夜"一般阴冷的社会现实。主人公汪文宣原是个有理想、有热情的青年,但大学毕业后四处碰壁,逐渐销蚀了当年的锐气,成了一名安分守己、忍辱偷安的小公务员。他在一个印书馆当校对,靠着一点微薄的薪水,既不够养家糊口,也无力医治他日渐转危的肺病,只得在贫病交加中苟延残喘。而他的妻子曾树生,喜欢痛快热烈地生活,她难耐家庭的贫穷,加之婆媳不和,终于跟着一位有权有势的人物离家而去。当她于抗战胜利后返回汪家,汪文宣已吐血身亡,汪母带着孙子去了乡下,汪家已是人去楼空,留给她的只是可怕的孤寂与阴冷。小说通过这一幕悲剧描写,揭示了挣扎在生活底层的小人物的可悲命运,也揭露了国统区的黑暗现实:"胜利是他们的胜利,不是我们的胜利。""我们没有发过国难财,却倒了胜利楣。"作品描写的三个人物:汪文宣、曾树生、汪母,都各有其自身的缺点,其遭遇都令人同情。即使曾树生,虽甘愿充当"花瓶",爱慕虚荣,有小资产阶级知识女性的种种弱点,但本质上并不是"坏人"。她在患难之中仍然爱着汪文宣,她的离家出走,很大程度上是因为同婆母的冲突,这里既有性格冲突,也有两种文化观念(维持传统的人伦道德、婚姻观念的东方文化观与追求个性独立的西方文化观)的冲突,其性格内涵显得相当复杂。

　　《寒夜》取材于凡人凡事,在普遍性的社会悲剧中表现作家对生活的深沉思索,显示出深厚的现实主义力量。小说以巴金固有的流畅明丽的语言、深切真挚的感情,创造出一种悲凉的意境,唱出了一支感人肺腑的哀歌,给人以强烈的艺术感染。

八月的乡村（存目）

萧 军

导读

　　《八月的乡村》是萧军的代表作。小说描写"九一八"后一支抗日游击队的成长，真实地展现了东北人民为了保家卫国在原野上和敌人展开斗争的历史画面。通过对这支队伍英勇斗争业绩的描写，既揭露了日本帝国主义的罪行，也反映了中国人民不屈不挠的性格和坚定顽强的战斗意志，揭示了不斗争即毁灭的主题。小说比较成功地塑造了陈柱司令员，铁鹰队长，游击队员李三弟、崔长胜等一批在民族解放斗争中成长起来的革命战士形象。此外，知识分子出身的小队长萧明，在战争中觉醒的女性李七嫂等，都有鲜明的性格特征。

　　《八月的乡村》受法捷耶夫《毁灭》的影响。小说结构比较松散，没有贯穿全书的故事情节，有些"近乎短篇的连缀"。诚然，其人物多属速写，作品尚是素描，却已是犀利和力透纸背的。它随同东北大地的莽莽森林、崎岖山径、繁密枪声，给正在崛起的民族抗争的文学，带来悲愤强悍的气息和粗犷奔放的力作，不失为我国抗战文学的先声。

呼兰河传(存目)

萧　红

导读

　　《呼兰河传》出版于 1942 年。作品以一个小女孩的眼光观察古老的呼兰河畔的种种人和事。开头两章写呼兰河的自然风光,它的卑琐平凡的实际生活及当地的风俗民情。第三、四章写了作者幼年的生活,她的慈祥的祖父,还有左邻右舍。最后三章(五、六、七章)则分别以三个各自独立的故事,表现下层人民的不幸。作品通过这些生活画面,展示了呼兰河的风俗人情,表现人民的欢乐与愿望,也反映了他们的迷信与愚昧。在第五、六、七章中,写了三个特点各不相同的生活悲剧:天真活泼的小团圆媳妇的死、孤苦无依的有二伯的遭受凌辱、贫困的磨官冯歪嘴子的不幸。

　　这部作品在艺术上的特点是散文化、抒情化、绘画化。这种风格和作者的早期作品《生死场》是一脉相承的。作品写记忆中的家乡,采用信马由缰的巡礼式的手法,看似"散漫",其实这散漫是随着作者的内在感情而流动的。小说在开放之中有紧凑,在放任之中仍有内在的统一感,达到了内在的情感心理与外在空间结构的一致性。

　　《呼兰河传》的语言极富表现力,无论是叙述还是描绘,既有抒情诗的蕴藉诗意,又有传统画的绚丽多彩。写景色则情景交融,如诗如画,写人物则绘形绘声,神情毕肖。语言运用的成功,为作品增添了巨大的魅力。

山峡中

艾芜

江上横着铁链作成的索桥,巨蟒似的,现出顽强古怪的样子,终于渐渐吞蚀在夜色中了。

桥下凶恶的江水,在黑暗中奔腾着,咆哮着发怒地冲打岩石,激起吓人的巨响。

两岸蛮野的山峰,好像也在怕着脚下的奔流,无法避开一样,都把头尽量地躲入疏星寥落的空际。

夏天的山中之夜,阴郁、寒冷、怕人。

桥头的神祠,破败而荒凉的,显然已给人类忘记了,孤零零地躺着,只有山风、江流送着它的余年。

我们这几个被世界抛却的人们,到晚上的时候,趁着月色星光,就从远山那边的市集里,悄悄地爬了下来,进去和残废的神们,一块儿住着,作为暂时的自由之家。

黄黑斑驳的神龛面前,烧着一堆煮饭的野火,跳起熊熊的火光,就把伸手取暖的阴影鲜明地绘在火堆的周遭。上面金衣剥落的江神,虽也在暗淡的红色光影中,显出一足踏着龙头的悲壮样子,但人一看见那只扬起的握剑的手,是那么地残破,危危欲坠了,谁也要怜惜他这位末路英雄。锅盖的四周,呼呼地冒出白色的蒸气,一时到处弥漫起来。这是宜于哼小曲、吹口哨的悠闲时候,但大家都是静默地坐着,只在暖暖手。

另一边角落里,燃着一节残缺的蜡烛,摇曳地吐出微黄的光辉,展示出另一个暗淡的世界。没头的土地菩萨侧边,躺着小黑牛,污腻的上身完全裸露出来,正无力地呻唤着,衣和裤上的血迹,有的干了,有的还是湿渍渍的。夜白飞就坐在旁边,给他揉着腰杆,擦着背,一发现重伤的地方,便惊讶地喊:

"啊呀,这一处!"

接着咒骂起来:

"他妈的! 这地方的人,真毒! 老子走遍天下,也没碰见过这些吃人的东西! ……这里的江水也可恶,像今晚要把我们冲走一样!"

夜愈静寂,江水也愈吼得厉害,地和屋宇和神龛都在震颤起来。

"小伙子,我告诉你,这算什么呢? 对待我们更残酷的人,天底下还多哩……苍蝇一样的多哩!"

这是老头子不高兴的声音,由那薄暗的地方送来,仿佛在责备着,"你为什么要大惊小怪哪!"他躺在一张破烂虎皮的毯子上面,样子却望不清楚,只是铁烟管上的旱烟,现出一明一暗的红焰。复又吐出教训的话语:

"我么? 人老了,拳头棍棒可就挨得不少。……想想看,吃我们这行饭,不怕挨打就是本钱哪! ……没本钱怎么做生意呢?"

在这边烤火的鬼冬哥把手一张,脑袋一仰,就大声插嘴过去,一半是讨老人的好,一半是夸自己的狼。

"是呀,要活下去。我们这批人打断腿子倒是常有的事情,……你们看,像那回在鸡街,鼻血打出了,牙齿打脱了,腰杆也差不多伸不起来,我回来的时候,不是还在笑么?……"

"对哪!"老头子高兴地坐了起来,"还有,小黑牛就是太笨了,嘴巴又不会扯谎,有些事情一说就说脱的。像今天,你说,也掉东西,谁还拉着你哩?……只晓得说'不是我,不是我,'就是这一句,人家怎不搜你身上呢?……不怕挨打,也好嘛?……呻唤,呻唤,尽是呻唤!"

我虽是没有就着火光看书了,但却仍旧把书拿在手里的。鬼冬哥得了老头子的赞许,就动手动足起来,一把抓着我的书喊道:

"看什么?书上的废话,有什么用呢?一个钱也不值,……烧起来还当不得这一根干柴……听,老人家在讲我们的学问哪!"

一面就把一根干柴,送进火里。

老头子在砖上叩去了铁烟管上的余烬,很矜持地说道:

"我们的学问,没有写在纸上,……写来给傻子读么?……第一……一句话,就是不怕和扯谎!……第二……我们的学问,哈哈哈。"

似乎一下子觉出了,我才同他合伙没久的,便用笑声掩饰着更深一层的话了。

"烧了吧,烧了吧,你这本傻子才肯读的书!"

鬼冬哥作势要把书抛进火里,我连抢着喊:

"不行!不行!"

侧边的人就叫了起来:

"锅碰倒了!锅碰倒了!"

"同你的书一块去跳江吧!"

鬼冬哥笑着把书丢给了我。

老头子轻徐地向我说道:

"你高兴同我们一道走,还带那些书做什么呢。……那是没有用的,小时候我也读过一两本。"

"用处是不大的,不过闲着的时候,看看罢了,像你老人家无事的时候吸烟一样。……"

我不愿同老头子引起争论,因为就有再好的理由也说不服他这顽强的人的,所以便这样客气地答复他。他得意地笑了,笑声在黑暗中散播着。至于说到要同他们一道走,我却没有如何决定,只是一路上给生活压来说气忿话的时候,老头子就误以为我真的要入伙了。今天去干的那一件事,无非由于他们的逼迫,凑凑角色罢了,并不是另一个新生活的开始。我打算趁此向老头子说明,也许不多几天,就要独自走我的,但却给小黑牛突然一阵猛烈的呻唤打断了。

大家皱着眉头沉默着。

在这些时候,不息地打着桥头的江涛,仿佛要冲进庙来,扫荡一切似的。江风也比往天晚上大些,挟着尘沙,一阵阵地滚入,简直要连人连锅连火吹走一样。

残烛熄火,火堆也闷着烟,全世界的光明,统给风带走了,一切重返于无涯的黑暗。只有小黑牛痛苦的呻吟,还表示出了我们悲惨生活的存在。

野老鸦拨着火堆,尖起嘴巴吹,闪闪的红光,依旧喜悦地跳起,周遭不好看的脸子,重又画出来

了。大家吐了一口舒适的气。野老鸦却是流着眼泪了,因为刚才吹的时候,湿烟熏着了他的眼睛,他伸手揉揉之后,独自悠悠然地说:

"今晚的大江,吼得这么大……又凶,……像要吃人的光景哩,该不会出事吧……"

大家仍旧沉默着。外面的山风、江涛,不停地咆哮,不停地怒吼,好像诅咒我们的存在似的。

小黑牛突然大声地呻唤,发出痛苦的呓语:

"哎呀,……哎……害了我了……害了我了,……哎呀……哎呀……我不干了! 我不……"

替他擦着伤处的夜白飞,点燃了残烛,用一只手挡着风,照映出小黑牛打坏了的身子——正痉挛地做出要翻身不能翻的痛苦光景,就赶快替他往腰部揉一揉,恨恨地抱怨他:

"你在说什么? 你……鬼附着你哪!"

同时掉头回去,恐怖地望望黑暗中的老头子。

小黑牛突地翻过身,嘎声嘶叫:

"你们不得好死的! 你们! ……菩萨! 菩萨呀!"

已经躺下的老头子突然坐了起来,轻声说道:

"这样么? ……哦……"

忽又生气了,把铁烟管用力地往砖上叩了一下,说:

"菩萨,菩萨,菩萨也同你一样的倒楣!"

交闪在火光上面的眼光,都你望我我望你地,现出不安的神色。

野老鸦向着黑暗的门外看了一下,仍旧静静地说:

"今晚的江水实在吼得太大了! ……我说嘛……"

"你说,……你一开口,就是吉利的!"

鬼冬哥粗暴地盯了野老鸦一眼,恨恨地诅咒着。

一阵风又从破门框上刮了起来,激起点点红艳的火星,直朝鬼冬哥的身上迸射。他赶快退后几步,向门外黑暗中的风声,扬着拳头骂:

"你进来! 你进来! ……"

神祠后面的小门一开,白色鲜明的玻璃灯光和着一位油黑脸蛋的年轻姑娘,连同笑声,挤进我们这个暗淡的世界里来了。黑暗、沉闷和忧郁,都悄悄地躲去。

"喂,懒人们! 饭煮得怎样了……孩子都要饿哭了哩!"

一手提灯,一手抱着一块木头人儿,亲昵地偎在怀里,作出母亲那样高兴的神情。

蹲着暖手的鬼冬哥把头一仰,手一张,高声哗笑起来。

"哈呀,野猫子,……一大半天,我说你在后面做什么? ……你原来是在生孩子哪! ……"

"呸,我在生你!"

接着啪的响了一声。野猫子生气了,鼓起原来就是很大的乌黑眼睛,把木人儿打在鬼冬哥的身旁;一下子冲到火堆边上,放下了灯,揭开锅盖,用筷子查看锅里翻腾滚沸的咸肉。白蒙蒙的蒸气,便在雪亮的灯光中,袅袅地上升着。

鬼冬哥拾起木人儿,装模做样地喊道:

"呵呀,……尿都跌出来了! ……好狠毒的妈妈!"

野猫子不说话,只把嘴巴一尖,头颈一伸,向他作个顽皮的鬼脸,就撕着一大块油腻腻的肉,有味地嚼她的。

小骡子用手肘碰碰我,斜起眼睛打趣说:

"今天不是还在替孩子买衣料么?"

接着大笑起来。

"嘿嘿,……酒鬼……嘿嘿,酒鬼。"

鬼冬哥也突地记起了,哗笑着,向我喊:

"该你抱! 该你抱!"

就把木人儿递在我的面前。

野猫子将锅盖骤然一盖,抓着木人儿,抓着灯,象风一样蓦地卷开了。

小骡子的眼珠跟着她的身子溜,点点头说:

"活像哪,活像哪,一条野猫子!"

她把灯、木人儿和她自己,一同蹲在老头子面前,撒娇地说:

"爷爷,你抱抱! 娃儿哭哩!"

老头子正生气地坐着,虎着脸,耳根下的刀痕,绽出红涨的痕迹,不答理他的女儿。女儿却不怕爸爸的,就把木人儿的蓝色小光头,伸向短短的络腮胡上,顽皮地乱闯着,一面呶起小嘴巴,娇声娇气地说:

"抱,嗯,抱,一定要抱!"

"不!"

老头子的牙齿缝里挤出这么一声。

"抱,一定要抱,一定要,一定!"

老头子在各方面,都很顽强的,但对女儿却每一次总是无可奈何地屈服了。接着木人儿,对着鼻子尖上,鼓大眼睛,粗声粗气地打趣道:

"你是哪个的孩子? ……喊声外公吧! 喊,蠢东西!"

"不给你玩! 拿来,拿来!"

野猫子一把抓去了,气得翘起了嘴巴。

老头子却粗暴地哗笑起来。大家都感到异常的轻松,因为残留在这个小世界里的怒气,这一下子也已完全冰消了。

我只把眼光放在书上,心里却另外浮起了今天那一件新鲜而有趣的事情。

早上,他们叫我装作农家小子,拿起一根小烟袋,野猫子扮成农家小媳妇,提着一只小竹篮,同到远山那边的市集里,假作去买东西。他们呢,两个三个地远远尾在我们的后面,也假装忙忙赶街的样子。往日我只是留着守东西,从不曾伙他们去干的,今天机会一到,便逼着扮演一位不重要的角色,可笑而好玩地登台了。

山中的市集,也很热闹的,拥挤着许多远地来的庄稼人。野猫子同我走到一家布摊子的面前,她就把竹篮套在手腕上,乱翻起摊子上的布来,选着条纹花的也说不好,选着棋盘格的说不好,惹得老板娘也感到烦厌了。最后她扯出一匹蓝底白花的印花布,喜孜孜地叫道:

"啊呀,这才好看哪!"

随即掉转身来,仰起乌溜溜的眼睛,对我说:

"爸爸,……买一件给阿狗穿!"

我简直想笑起来——天呀,她怎么装得这样像!幸好始终板起脸孔,立刻记起了他们教我的话。

"不行,太贵了!……我没那样多的钱花!"

"酒鬼,我晓得!你的钱要喝马尿水的!"

同时在我鼻子尖上,竖起一根示威的指头,点了两点。说完就一下子转过身去,气狠狠地把布丢在摊子上。

于是,两个人就小小地吵起嘴来了。

满以为狡猾的老板总要看我们这幕滑稽剧的,哪知道他才是见惯不惊了,眼睛始终照顾着他的摊子。

野猫子最后赌气说:

"不买了,什么也不买了!"

一面却向对面街边上的摊子望去。突然作出吃惊的样子,低声地向我也向着老板喊:

"呀!看,小偷在摸东西哪!"

我一眼望去,简直吓灰了脸,怎么野猫子也会来这一着?在那边干的人不正是夜白飞、小黑牛他们么!

然而,正因为这一着,事情却得了手了。后来,小骡子在路上告诉我,就是在这个时候,狡猾的老板把时时刻刻都在提防的眼光引向远去,他才趁势偷去一匹上好的细布。当时,我却不知道,只听得老板幸灾乐祸地袖着手说:

"好呀!好呀!王老三你也倒楣了!"

我还呆着看,野猫子便揪了我一把,喊道:

"酒鬼,死了么?"

我便跟着她赶快走开,却听得老板在后面冷冷地笑着,说风凉话哩。

"年纪轻轻,就这样的泼辣!咳!"

野猫子掉回头去啐了一口。

"看进去了!看进去了!"

鬼冬哥一面端开炖肉的锅,一面打趣着我。

于是,我的回味,便同山风刮着的火烟,一道儿溜走了。

中夜,纷乱的足声和嘈杂的低语,惊醒了我,我没有翻爬起来,只是静静地睡着。像是野猫子吧?走到我所睡的地方,站了一会,小声说道:

"睡熟了,睡熟了。"

我知道一定有什么瞒我的事在发生着了,心里禁不住惊跳起来,但却不敢翻动,只是尖起耳朵凝神地听着,忽然听见夜白飞哀求的声音,在暗黑中颤抖地说着:

"这太残酷了,太,太残酷了……魏大爷,可怜他是……"

尾声低小下去,听着的只是夜深打岸的江涛。

接着老头子发出钢铁一样的高声,叱责着:

"天底下的人,谁可怜过我们? ⋯⋯小伙子,个个都对我们捏着拳头哪! 要是心肠软一点,还活得到今天么? 你⋯⋯哼,你! 小伙子,在这里,懦弱的人是不配活的。⋯⋯他,又知道我们的⋯⋯咳,那么多! 怎好白白放走呢?"

那边角落里躺着的小黑牛,似乎被人抬了起来,一路带着痛苦的呻唤和杂色的足步,流向神祠的外面去。一时屋里静悄悄的了,简直空洞得十分怕人。

我轻轻地抬起头,朝壁缝中望去,外面一片清朗的月色,已把山峰的姿影、岩石的面部和林木的参差,或浓或淡地画了出来,更显得峡壁的阴森和凄郁,比黄昏时候看起来还要怕人些。山脚底,汹涌着一片蓝色的奔流,碰着江中的石礁,不断地在月光中溅跃起、喷射起银白色的水花。白天,尤其黄昏时候,看起来像是顽强古怪的铁索桥呢,这时却在皎洁的月光下,露出妩媚的修影了。

老头子和野猫子站在桥头。影子投在地上。江风掠飞着他们的衣裳。

另外抬着东西的几个阴影,走到索桥的中部,便停了下来。蓦地一个人那么样的形体,很快地丢下江去。原先就是怒吼着的江涛,却并没有因此激起一点另外的声息,只是一霎时在落下处,跳起了丈多高亮晶晶的水珠,然而也就马上消灭了。

我明白了,小黑牛已经在这世界上凭借着一只残酷的巨手,完结了他的悲惨的命运了。但他往天那样老实而苦恼的农民样子,却还遗留在我心里,搅得我一时无法安睡。

他们回来了。大家都是默无一语地悄然睡下,显见得这件事的结局是不得已的,谁也不高兴做的。

在黑暗中,野老鸦翻了一个身,自言自语地低声说道:

"江水实在吼得太大了!"

没有谁答一句话,只有庙外的江涛和山风,鼓噪地应和着。

我回忆起小黑牛坐在坡上歇气时,常常笑说的那一句话了:

"那多好呀! ⋯⋯那样的山地! ⋯⋯还有那小牛!"

随着他那忧郁的眼睛望去,一定会在晴朗的远山上面,看出点点灰色的茅屋和正缕缕升起的蓝色轻烟的。同伴们也知道,他是被那远处人家的景色,勾引起深沉的怀乡病了,但却没有谁来安慰他,只是一阵阵地瞎打趣。

小骡子每次都笑接着他的话说:

"还有那白白胖胖的女人罗!"

另一人插嘴道:

"正在张太爷家里享福哪,吃好穿好的。"

小黑牛呆住了,默默地低下了头。

"鬼东西,总爱提这些! ⋯⋯我们打几盘再走吧,牌嗬? 牌嗬? ⋯⋯谁捡着?"

夜白飞始终祖护着小黑牛,众人知道小黑牛的悲惨故事,也是由他的嘴巴传出来的。

"又是在想,又是在想! 你要回去死在张太爷的拳头下才好的! ⋯⋯同你的山地牛儿一块去死吧!"

鬼冬哥在小黑牛的鼻子尖上示威似地摇一摇拳头,就抽身到树荫下打纸牌去了。

小黑牛在那个世界里躲开了张太爷的拳击,掉过身来在这个世界里,却仍然又免不了江流的吞食。我不禁就由这想起,难道穷苦人的生活本身,便原是悲痛而残酷的么?也许地球上还有另外的光明留给我们的吧?明天我终于要走了。

次晨醒来,只有野猫子和我留着。

破败凋残的神祠,尘灰满积的神龛,吊挂蛛网的屋角,俱如我枯燥的心地一样,是灰色的、暗淡的。

除却时时刻刻都在震人心房的江涛声而外,在这里简直可以说没有一样东西使人感到兴奋了。

野猫子先我起来,穿着青花布的短衣,大脚统的黑绸裤,独自生着火,炖着开水,悠悠闲闲地坐在火堆旁边唱着:

> 江水呵,
>
> 慢慢流,
>
> 流呀流,
>
> 流到东边大海头。

我一面爬起来扣着衣纽,听着这样的歌声,越发感到岑寂了。便没精打采地问(其实自己也是知道的):

"野猫子,他们哪里去了?"

"发财去了!"

接着又唱她的:

> 那儿呀,没有忧!
>
> 那儿呀,没有愁!

她见我不时朝昨夜小黑牛睡的地方了望,便打探似地说道:

"小黑牛昨夜可真叫得凶,大家都吵来睡不着。"

一面闪着她乌黑的狡猾的眼睛。

"我没听见。"

打算听她再捏造些什么话,便故意这样地回答。

她便继续说:

"一早就抬他去医伤去了!……他真是个该死的家伙,不是爸爸估着他,说着好话,他还不去呢!"

她比着手势,很出色地形容着,好像真有那么一回事一样。

刚在火堆边坐着的我,简直感到忿怒了,便低下头去,用干枝拨着火,冷冷地说:

"你的爸爸,太好了,太好了!……可惜我却不能多跟他老人家几天了。"

"要走了么?"她吃了一惊,随即生气地骂道:"你也想学小黑牛了!"

"也许……不过……"

我一面用干枝画着来,一面犹豫地说。

“不过什么？不过！……爸爸说得好，懦弱的人，一辈子只有给人踏着过日子的。……伸起腰杆吧！抬起头吧！……羞不羞哪，像小黑牛那样子！”

“你的爸爸，说的话，是对的，做的事，却错了！”

“为什么?”

“你说为什么？……并且昨夜的事情，我通通看见了！”

我说着，冷冷的眼光浮了起来。看见她突然变了脸色，但又一下子恢复了原状，而且狡猾地说着“嘿嘿，就是为了这才要走么？你这不中用的！”

马上揭开水罐子看，气冲冲地骂：

“还不开！还不开！”

蓦地像旋风一样卷到神殿后面去，一会儿，抱了一抱干柴出来。一面拨大米，一面柔和地说：

“怕么？要活下去，怕是不行的。昨夜的事，多着哩，久了就会见惯了的。……是么？规规矩矩地跟我们走吧，……你这阿狗的爹，哈哈哈。”

她狂笑起来，随即抓着昨夜丢下了的木人儿，顽皮地命令我道：

“木头，抱，抱，他哭哩！”

我笑了起来，但却仍然去整理我的衣衫和书。

“真的要走么？来来来，到后面去！”

她的两条眉峰一竖，眼睛露出恶毒的光芒，看起来，却是又美丽又可怕的。

她比我矮一个头，身子虽是结实，但却总是小小的，一种好奇的冲动捉弄着我，于是无意识地笑了一下，便尾随着她去了。

她从柴草中抓出一把雪亮的刀来，半张不理地递给我，斜瞬着狡猾的眼睛，命令道：

“试试看，你砍这棵树！”

我由她摆布，接着刀，照着前面的横桷树用力砍去，结果只砍了半寸多深。因为使刀的本事，我原是不行的。

“让我来！”

她突地活跃了起来，夺去了刀，作出一个侧面骑马的姿势，很结实的一挥，喳的一刀，便没入树身三四寸光景，又毫不费力地拔了出来，依旧放在柴草里面，然后气昂昂地走来我的面前，两手叉在腰上，微微地噘起嘴巴，笑嘻嘻地嘲弄我：

“你怎么走得脱呢？……你怎么走得脱呢?”

于是，在这无人的山中，我给这位比我小块的野猫子窘住了。正还打算这样地回答她：

“你的爸爸会让我走的！”

但她却忽然抽身跑开了，一面高声唱着，仿佛奏着凯旋一样：

这儿呀，没有忧，
这儿呀，没有愁，
……

我漫步走到江边去，无可奈何地徘徊着。

峰尖浸着粉红色的朝阳。山半腰,抹着一两条淡淡的白雾。岸头苍翠的树丛,如同洗后一样的鲜绿。峡里面,到处都流溢着清新的晨光。江水仍旧发着吼声,但却没有夜来那样的怕人。清亮的波涛,碰在嶙峋的石上,溅起万朵灿然的银花,宛若江在笑着一样。谁能猜到这样的美好地方,曾经发生过夜来那样可怕的事情呢?

午后,在江流的澎湃中,进裂出马铃子连击的声响,渐渐强大起来。野猫子和我都非常的诧异,赶快跑出去看。久无人行的索桥那面,从崖上转下来一小队人,正由桥上走了过来。为首的一个胖家伙,骑着马,十多个灰衣的小兵,尾在后面。还有两三个行李挑子,和一架坐着女人的滑竿。

"糟了!我们的对头呀!"

野猫子恨恨地看了一眼,把嘴唇紧紧地闭着,两只嘴角朝下一弯,傲然地说:

"我还怕么?……爸爸说的,我们原是在刀上过日子哪!迟早总有那么一天的。"

他们一行人来到庙前,便歇了下来。老爷和太太坐在石阶上,互相温存地问询着。勤务兵似的孩子,赶忙在挑子里面,找寻着温水瓶和毛巾。抬滑竿的伕子,满身都是汗,走下江边去喝江水。兵士们把枪横在地上,从耳上取下香烟缓缓地点燃,吸着。另一个班长似的汉子,军帽挂在脑后,毛巾缠在颈上,走到我们的面前。柳兜子抵在我的足边,眼睛盯着野猫子,盘问我们是做什么的,从什么地方来,到什么地方去。

野猫子咬着嘴唇,不作声。

我就从容地回答他,说我们是山那边的人,今天从丈母家回来,在此歇歇气的。同时催促野猫子说:

"我们走吧——阿狗怕在家里哭哩!"

"是呀,我很担心的。……唉,我的足怪疼哩!"

野猫子作出焦眉愁眼的样子,一面就摸着她的足,叹气。

"那就再歇一会吧。"

我们便开始讲起山那边家中的牛和鸡鸭,竭力做出一对庄稼人的应有的风度。

他们歇了一会,就忙着赶路走了。

野猫子欢喜得直是跳,抓着我喊:

"你怎么不叫他们抓我呢?怎么不呢?怎么不呢?"

她静下来叹一口气,说:

"我倒打算杀你哩;唉,我以为你恨我们的。……我还想杀了你,好在他们面前显显本事。……先前,我还不曾单独杀过一个人哩。"

我静静地笑着说:

"那么,现在还可以杀哩。"

"不,我现在为什么要杀你呢?……"

"那么,规规矩矩地让我走吧!"

"不!你得让爸爸好好的教导一下子!……往后再吃几个人血馒头就好了!"

她坚决地吐出这话之后,就重唱着她常常在哼的歌曲,我的话,我的祈求,全不理睬了。

于是,我只好抑郁地等着黄昏的到来。

晚上,他们回来了,带着那么多的"财喜",看情形,显然是完全胜利,而且不象昨天那样小干的了。老头子喝得泥醉,由鬼冬哥的背上放下,便呼呼地睡着。原来大家因为今天事事得手,就都在半路上的山家酒店里,喝过庆贺的酒了。

夜深都睡得很熟,神殿上交响着鼻息的鼾声。我却不能安睡下去,便在江流激湍中,思索着明天怎样对付老头子的话语,同时也打算趁此夜深人静,悄悄地离开此地。但一想到山中熟悉的路径,和夜间出游的野物,便又只好等待天明了。

大约将近天明的时候,我才昏昏地沉入梦中。醒来时,已快近午,发现同伴们都已不见了,空空洞洞的破残神祠里,只我一人独自留着。江涛仍旧热心地打着岩石,不过比往天却显得单调些、寂寞些了。

我想着,这大概是我昨晚独自儿在这里过夜,作了一场荒诞不经的梦,今朝从梦中醒来,才有点感觉异样吧。

但看见躺在砖地上的灰堆,灰堆旁边的木人儿,与乎留在我书里的三块银元时,烟霭也似的遐思和怅惘,便在我岑寂的心上缕缕地升起来了。

1933 年冬

导读

本篇是艾芜的第一个短篇集《南行记》中的一篇,为作者"南行"漂流生活的艺术记录。它描写了在滇缅边境地区一些为社会所不容、被人们视为"不法"的下层人物的生活和命运,揭示了旧世界的一个侧面。作品写魏大爷为首的一伙窃贼"在刀上过日子",固然是悲惨的,其行为也不失残酷性,但他们终究是不合理社会制度的产儿,正是因为无法正常生活才被抛出社会的正常轨道,走上冒险一途。小说对旧世界的严厉批判是显而易见的。作品给人印象最深刻的是"野猫子"的形象,她尚不失童稚之心,外刚内柔的性格隐隐透露出"人性美",在铁石心肠中还有未泯的善良秉性,处处表现出特殊生活所养成的特殊性格。

故事略带传奇色彩,山险水恶、林深峡陡的自然环境与带着某种野性气氛的生活相统一,深化了独特生活方式的表现。作品把故事放在一个夜色凄厉的背景中描画,情景交融,气势流动,有独特的艺术魅力。

竹林的故事

废 名

出城一条河，过河西走，坝脚下有一簇竹林，竹林里露出一重茅屋，茅屋两边都是菜园：十二年前，他们的主人是一个很和气的汉子，大家呼他老程。

那时我们是专门请一位先生在祠堂里讲《了凡纲鉴》，为得拣到这菜园来割菜，因而结识了老程。老程有一个小姑娘，非常的害羞而又爱笑，我们以后就借了割菜来逗她玩笑。我们起初不知道她的名字，问她，她笑而不答，有一回见了老程呼"阿三"，我才挽住她的手："哈哈，三姑娘!"我们从此就呼她三姑娘。从名字看来，三姑娘应该还有姊妹或兄弟，然而我们除掉她的爸爸同妈妈，实在没有看见别的谁。

一天我们的先生不在家，我们大家聚在门口掷瓦片，老程家的捏着香纸走我们的面前过去，不一刻又望见她转来，——不笔直的循走原路，勉强带笑的走近我们："先生! 替我看看这签。"我们围着念菩萨的绝句，问道，"你求的是什么呢?"她对我们拆一大串，我们才知道她的阿三头上本来还有两个姑娘，而现在只要让她有这一个，不再三朝两病的就好了。

老程除了种菜，也还打鱼卖。四五月间，霆雨之后，河里满河山水，他照例拿着摇网走到河边的一个草墩上，——这墩也就是老程家的洗衣裳的地方，因为太阳射不到这来，一边一棵树交荫着成一座天然的凉棚。水涨了，搓衣的石头沉在河底，呈现绿团团的坡，刚刚高过水面，老程老像乘着划船一般站在上面把摇网朝水里兜来兜去；倘若兜着了，那就不移地的转身倒在挖就了的荡里，——三姑娘的小小的手掌，这时跟着她的欢跃的叫声热闹起来，一直等到碰跳碰跳好容易给捉住了，才又坐下草地望着爸爸。

流水潺潺，摇网从水里探起，一滴滴的水点打在水上，浸在水当中的枝条也冲击着查查作响。三姑娘渐渐把爸爸站在那里都忘掉了，只是不住的抠土，嘴里还低声的歌唱，头毛低到眼边，才把脑壳一扬，不觉也就瞥到滔滔水流上的一堆白沫，顿时兴奋起来，然而立刻不见了，偏头又给树叶子遮住了，——使得眼光回复到爸爸的身上，是突然一声"啊呀!"这回是一尾大鱼! 而妈妈也沿坝走来，说盐钵里的盐怕还够不了一餐饭。

老程由街转头，茅屋顶上正在冒烟，叱咤一声，躲在园里吃菜的猪飞奔的跑，三姑娘也就出来了，老程从荷包里掏出一把大红头绳："阿兰，这个打辫子好吗?"三姑娘抢在手上，一面还接下酒壶，奔向灶角里去。"留到端午扎艾呵，别糟塌了"妈妈这样答应着，随即把酒壶伸到灶孔烫。三姑娘到房里去了一会又出来，见了妈妈抽筷子，便赶快拿出杯子——家里只有这一个，老是讲三姑娘照管——站着脚送在桌上；然而老程终于还是要亲自朝中间挪一挪，然后又取出过壶来。"爸爸喝酒，我吃豆腐干!"老程实在用不着下酒的菜，对着三姑娘慢慢的喝了。

三姑娘八岁的时候，就能够代替妈妈洗衣。然而绿团团的坡上，从此也不见老程的踪迹了，——这只要看竹林的那边坝倾斜成一块平坦的上面，高耸着一个不毛的同教书先生（自然不是我们的先生)用的戒方一般模样的土堆,堆前竖着三四根只有杪梢还没有斩去的枝桠吊着被雨粘住的纸幡残片的竹竿,就可以知道是什么意义。

老程家的已经是四十岁的婆婆,就在平常,穿的衣服也都是青蓝大布,现在不过系鞋的带子也不用那水红颜色的罢了,所以并不现得十分异样。独有三姑娘的黑地绿花鞋的尖头蒙上一层白布,虽然更现得好看,却叫人看了也同三姑娘一样懒懒的没有话可说了。

然而那也并非是长久的情形。母子都是那样勤敏,家事的兴旺,正如这块小天地,春天来了,林里的竹子,园里的菜,都一天一天的绿得可爱。老程的死却正相反,一天比一天淡漠起来,只有鸡鹰在屋头上打圈子,妈妈呼喊女儿道,"去,去看坦里放的鸡娃",三姑娘边走过竹林那边,知道这里睡的是爸爸了。到后来,青草铺平了一切,连曾经有个爸爸这件事实几乎也没有了。

正二月间城里龙灯,大街小巷,真是人山人海。最多的还要算邻近各村上的女人,她们像一阵旋风,大大小小牵成一串从这街动到那街,街上的汉子也藉这个机会撞一撞她们的奶。然而能够看得见三姑娘同三姑娘的妈妈吗?不,一回也没有看见!锣鼓喧天,惊不了她母子两个,正如惊不了栖在竹林的雀子。鸡上埘的时候,比这里更西也是住在坝上下的堂嫂子们顺便也邀请一声"三姐",三姑娘总是微笑的推辞。妈妈则极力鼓励着一路去,三姑娘送客到坝上,也跟着出来,看到底攀缠着走了不;然而别人的渐渐走得远了,自己的不还是影子一般的,依在身边吗?

三姑娘的拒绝,本是很自然的,妈妈的神情反而有点莫名其妙了!用询问的眼光朝妈妈脸上一睄,——却也正在睄过来,于是又掉头望着嫂子们走去的方向。

"有什么可看?成众打阵,好像是发了疯的!"

这话本来想使妈妈热闹起来,而妈妈依然是无精打采沉着面子。河里没有水,平沙一片,现得这坝从远远看来是蜿蜒着一条蛇,站在上面的人,更小到同一颗黑子了。由这里望过去,半圆形的城门,也低斜得快要同地面合成了一起;木桥俨然是画中见过的,而往来蠕动都在沙滩;在坝上分明数得清楚,及至到了沙滩,一转眼就失了心目中的标记,只觉得一簇簇的仿佛是远山上的树林罢了。至于咭咭的喧声,却比站在近旁更能入耳,虽然听不着说的是什么,听者的心早被他牵引了去了。竹林里也同平常一样,雀子在奏他们的晚歌,然而对于听惯了的人只能够增加静寂。

打破这静寂的终于还是妈妈。

"阿三!我就是死了也不怕猫跳!你老这样守着我,到底……"

妈妈不作声,三姑娘抱歉似的不安,突然来了这埋怨,刚才的事倒好像给一阵风赶跑了,增长了一番力气娇恼着:

"到底!这也什么到底不到底!我不欢喜玩!"

三姑娘同妈妈间的争吵,其原因都坐在自己的过于乖巧,比如每天清早起来,把房里的家具抹得干净,妈妈却说,"乡户人家呵,要这样?"偶然一出门做客,只对着镜子把散在额上的头毛梳理一梳理,妈妈却硬从盒子里拿出一枝花来。现在站在坝上,眶子里的眼泪快要进出来了,妈妈才不作声。这时节难为的是妈妈了,皱着眉头不转睛的望,而三姑娘老不抬头!待到点燃了案上的灯,才知道已经走进了茅屋,这其间的时刻竟是在梦中过去了。

灯光下也立刻照见了三姑娘,拿一束稻草,一菜篮适才饭后同妈妈在园里割回的白菜,生下板凳三棵捆成一把。

"妈妈,这比以前大得多了! 两棵怕就有一斤。"

妈妈那想到屋里还放着明天早晨要卖的菜呢? 三姑娘本不依恃妈妈的帮忙,妈妈终于不出声的舒一口气伴着三姑娘捆了。

三姑娘不上街看灯,然而常年背在爸爸的背上是看过多少次的,所以听了敲在城里响在城外的锣鼓,都能够在记忆中画出是怎样的情境来。"再是上东门,再是在衙门口领赏,⋯⋯"忖着声音所来的地方自言自语的这样猜。妈妈正在做嫂子的时候,也是一样的欢喜赶热闹,那情境也许比三姑娘更记得清白,然而对于三姑娘的仿佛亲临一般的高兴,只是无意的吐出几声"是",——这几乎要使得三姑娘稀奇得伸起腰来了:"刚才还催我去玩哩!"

三姑娘实在是站起来了,一二三四的点着把数,然后又一把把的摆在菜篮,以便于明天一大早挑上街去卖。

见了姑娘活泼泼的肩上一担菜,一定要奇怪,昨夜晚为什么那样没出息,不在火烛之下现一现那黑然而美的瓜子模样的面庞的呢? 不,——倘若奇怪,只有自己的妈妈。人一见了三姑娘挑菜,就只有三姑娘同三姑娘的菜,其余什么也不记得,因为耽误了一刻,三姑娘的菜就买不到手;三姑娘的白菜是这样好,隔夜没有浸水,煮起来比别人的多,吃起来比别人的甜了。

我在祠堂里足足住了六年之久,三姑娘最后留给我的印象,也就在卖菜这一件事。

三姑娘这时已经是十二三岁的姑娘,因为是暑天,穿的是竹布单衣,颜色淡得同月色一般,——这自然是旧的了,然而倘若是新的,怕没有这样合式,不过这也不能够说定,因为我们从没有看见三姑娘穿过新衣:总之三姑娘是好看罢了。三姑娘在我们的眼睛里同我们的先生一样熟,所不同的,我们一望见先生就往里跑,望见三姑娘都不知不觉的站在那里笑。然而三姑娘是这样淑静,愈走近我们的,我们的热闹便愈是消灭下去,等到我们从她的篮里拣起菜来,又从自己的荷包里掏出了铜子,简直是犯了罪孽似的觉得这太对不起三姑娘了。而三姑娘始终是很习惯的,接下铜子又把菜篮肩上。

一天三姑娘是卖青椒。这时青椒出世还不久,我们大家商议买四两来煮鱼吃,——鲜青椒煮鲜鱼,是再好吃没有的。三姑娘在用秤称,我们都高兴的了不得,有的说买鲫鱼,有的说鲫鱼这不及编鱼。其中有一位是最会说笑的,向着三姑娘道:

"三姑娘,你多称一两,回头我们的饭熟了,你也来吃,好不好呢?"

三姑娘笑了:

"吃先生们的一餐饭使不得? 难道就要我出东西?"

我们大家也都笑了,不提防三姑娘果然从篮子里抓起一把掷在原来称就了的堆里。

"三姑娘是不吃我们的饭的,妈妈在家里等吃饭。我们没有什么谢三姑娘,只望三姑娘将来碰一个好姑爷。"

我这样说。然而三姑娘也就赶跑了。

从此我没有见到三姑娘。到今年,我远道回来过清明,阴雨天气,打算去郊外看烧香,走到坝上,远远望见竹林,我的记忆又好像一塘春水,被微风吹起波皱了。正在徘徊,从竹林上坝的小径,走来两个妇人,一个站住了,前面的一个且走且回应,而我即刻认定了是三姑娘!

"我的三姐,就有这样忙,端午中秋接不来,为得先人来了饭也不吃!"

那妇人的话也分明听到。

再没有别的声息：三姑娘的鞋踏着沙土。我急于要走过竹林看看，然而也暂时面对流水，让三姑娘低头过去。

导读

《竹林的故事》是废名早期代表作，作者以清淡的笔墨，描绘了娴雅天真的乡村少女三姑娘的形象。她的身上总是焕发着少女特有的生命的活力，外在的素朴和内在的透明完美地融合在一起，显示了中国女性传统的美德。作者以一支凝练而有才气的笔，写竹林，写茅舍，写菜园，写少女，触笔之处皆是一派牧歌式的青春气息。其中尤以竹林写得好。河边葱茏的竹林好像是专门为三姑娘生长的，三姑娘也好像是专门为这片葱茏的竹林生长的，她（它）们之间已达到了一种诗情的象征境界。作者把自然景物灵性化，把世间人物雅化，消融彼此界限，从而塑造了生长于宁静的宗法制农村中的天真未凿、白璧无瑕的劳动少女。虽然废名在作品中没有正视农村中的贫富悬殊、阶级对立，但他以欣慕的心情，赞美古朴纯洁的乡间翁媪男女，可以说是为"五四"退潮期充满苦闷和感伤的文坛吹进了一股清新的空气。

萧　萧

沈从文

　　乡下人吹唢呐接媳妇,到了十二月是成天会有的事情。

　　唢呐后面一顶花轿,两个伕子平平稳稳的抬着,轿中人被铜锁锁在里面,虽穿了平时没上过身的体面红绿衣裳,也仍然得荷荷大哭。在这些小女人心中,做新娘子,从母亲身边离开,且准备作他人的母亲,从此必然将有许多新事情等待发生。像做梦一样,将同一个陌生男子汉在一个床上睡觉,做着承宗接祖的事情。这些事想起来,当然有些害怕,所以照例觉得要哭哭,于是就哭了。

　　也有做媳妇不哭的人。萧萧做媳妇就不哭。这小女子没有母亲,从小寄养到伯父种田的庄子上,终日提个小竹兜箩,在路旁田坎捡狗屎挑野菜。出嫁只是从这家转到那家。因此到那一天,这女人还只是笑。她又不害羞,又不怕。她是什么事也不知道,就做了人家的新媳妇了。

　　萧萧做媳妇时年纪十二岁,有一个小丈夫,年纪还不到三岁。丈夫比她少九岁,还不曾断奶。按地方规矩,过了门,她喊他做弟弟。她每天应做的事是抱弟弟到村前柳树下去玩,到溪边去玩。饿了,喂东西吃;哭了,就哄他,摘南瓜花或狗尾草戴到小丈夫头上,或者亲嘴,一面说:"弟弟,哪,啵。再来,啵。"在那肮脏的小脸上亲了又亲,孩子于是便笑了。孩子一欢喜兴奋,行动粗野起来,会用短短的小手乱抓萧萧的头发。那是平时不大能收拾蓬蓬松松在头上的黄发。有时候,垂到脑后那条小辫儿被拉得太久,把红绒线结也弄松了,生了气,就捺那弟弟几下,弟弟自然哇的哭出声来。萧萧于是也装成要哭的样子,用手指着弟弟的哭脸,说:"哪,人不讲理,可不行!"

　　天晴落雨日子混下去,每日抱抱丈夫,也帮同家中做点杂事,能动手的就动手。又时常到溪沟里去洗衣,搓尿片,一面还捡拾有花纹的田螺给坐在身边的小丈夫玩。到了夜里睡觉,便常常做这种年龄人所做的梦,梦到后门角落或别的什么地方捡得大把大把铜钱,吃好东西,爬树,自己变成鱼到水中各处溜。或一时仿佛身子很小很轻,飞到天上众星中,没有一个人,只是一片白,一片金光,于是大喊"妈!"人就吓醒了。醒来心还只是跳。吵了隔壁的人,不免骂着:"疯子,你想什么! 白天玩得疯,晚上就做梦!"萧萧听着却不做声,只是咕咕的笑。也有很好很爽快的梦,为丈夫哭醒的事情。那丈夫本来晚上在自己母亲身边睡,吃奶方便。有时吃多了奶,或因另外情形,半夜大哭,起来放水拉稀是常有的事。丈夫哭到婆婆无可奈何,于是萧萧轻脚轻手爬起床来,睡眼迷蒙,走到床边,把人抱起,给他看月光,看星光;或者仍然啵啵的亲嘴,互相觑着,孩子气的"嗨嗨,看猫呵!"那样喊着哄着,于是丈夫笑了。玩一会会,困倦起来,慢慢的合上眼。人睡定后,放上床,站在床边看着,听远处一传一递的鸡叫,知道天快到什么时候了,于是仍然蜷到小床上睡去。天亮后,虽不做梦,却可以无意中闭眼开眼,看一阵在面前空中变幻无端的黄边紫心葵花,那是一种真正的享受。

　　萧萧嫁过了门,做了拳头大丈夫的小媳妇,一切并不比先前受苦,这只看她一年来身体发育就可明白。风里雨里过日子,像一株长在园角落不为人注意的蓖麻,大叶大枝,日增茂盛。这小女人简直是全不为丈夫设想那么似的,一天比一天长大起来了。

夏夜光景说来如做梦。大家饭后坐到院中心歇凉,挥摇蒲扇,看天上的星同屋角的萤,听南瓜棚上纺织娘咯咯拖长声音纺车,远近声音繁密如落雨,禾花风馟馟吹到脸上,正是让人在各种方便中说笑话的时候。

萧萧好高,一个人常常爬到草料堆上去,抱了已经熟睡的丈夫在怀里,轻轻的轻轻的随意唱着自编的四句头山歌。唱来唱去却把自己也催眠起来,快要睡去了。

在院坝中,公公婆婆,祖父祖母,另外还有帮工汉子两个,散乱的坐在小板凳上,摆龙门阵学古,轮流下去打发上半夜。

祖父身边有个烟包,在黑暗中放光。这用艾蒿做成的烟包,是驱逐长脚蚊得力东西,蜷在祖父脚边,犹如一条乌梢蛇。间或又拿起来晃那么几下。

想起白天场上的事情,祖父开口说话:

"我听三金说,前天又有女学生过身。"

大家就哄然笑了起来。

这笑的意义何在?只因为在大家印象中,都知道女学生没有辫子,留下个鹌鹑尾巴,像个尼姑,又不完全像。穿的衣服像洋人,又不是洋人。吃的,用的,……总而言之,事事不同,一想起来就觉得怪可笑!

萧萧不大明白,她不笑。所以老祖父又说话了。他说:

"萧萧,你长大了,将来也会做女学生!"

大家于是更哄然大笑起来。

萧萧为人并不愚蠢,觉得这一定是不利于己的一件事情,所以接口便说:

"爷爷,我不做女学生。"

"你像个女学生,不做可不行。"

"我不做。"

众人有意取笑,异口同声的说:"萧萧,爷爷说得对,你非做女学生不行!"

萧萧急得无可如何,"做就做,我不怕。"其实做女学生有什么不好,萧萧全不知道。

女学生这东西,在本乡的确永远是奇闻。每年一到六月天,据说放"水假"日子一到,照例便有三三五五女学生,由一个荒谬不经的热闹地方来,到另一个远地方去,取道从本地过身。从乡下人眼中看来,这些人都近于另一世界中活下的人,装扮奇奇怪怪,行为更不可思议。这种女学生过身时,使一村人都可以说一整天的笑话。

祖父是当地一个人物,因为想起所知道的女学生在大城中的生活情形,所以说笑话要萧萧也去作女学生。一面听到这话,就感觉一种打哈哈趣味,一面还有那被说的萧萧感觉一种惶恐,说这话不为无意义了。

女学生由祖父方面所知道的是这样一种人:她们穿衣服不管天气冷热,吃东西不问饥饱,晚上交到子时才睡觉,白天正经事全不做,只知唱歌打球,读洋书。她们都会花钱,一年用的钱可以买十六只水牛。她们在省里京里想往什么地方去时,不必走路,只要钻进一个大匣子中,那匣子就可以带她到地。城市中还有各种各样的大小不同匣子,都用机器开动。她们在学校,男女在一处上课读书,人熟了,就随意同那男子睡觉,也不要媒人,也不要财礼,名叫"自由"。她们也做做州县官,带家眷上任,男子仍然喊作"老爷",小孩子叫"少爷"。她们自己不养牛,却吃牛奶羊奶,如小牛小羊;买那奶时是用铁罐子盛的。她们无事时到一个唱戏地方去,那地方完全像个大庙,从衣袋中取出一块洋钱来(那洋钱在乡下可买五只母鸡),买了一小方纸片儿,拿了那纸片到里面去,就可以坐下看洋人扮演的影子戏。她们被冤了,不赌咒,不哭。她们年纪有老到二十四岁还不肯嫁人的,有老到三十四十居然还好意思嫁人的。她们不怕男子,男子不能使她们受委屈,一受委屈就上衙门打官司,要官罚男子的款,这笔钱她有时独占自己花用,有时和官平分。她们不洗衣煮饭,也不养猪喂鸡;有了小孩子,也只花五块钱或十块钱一月,雇个人专管小孩,自己仍然整天看戏打牌,或者读那些没有用处的闲书。……

总而言之,说来事事都希奇古怪,和庄稼人不同,有的简直还可说岂有此理。这时经祖父一说明,听过这话的萧萧,心中却忽然有了一种模模糊糊的愿望,以为倘若她也是个女学生,她是不是照祖父说的女学生一个样子去做那些事情? 不管好歹,女学生并不可怕,因此一来,却已为这乡下姑娘初次体念到了。

因为听祖父说起女学生是怎样的人物,到后萧萧独自笑得特别久。笑够了时,她说:

"爷爷,明天有女学生过路,你喊我,我要看看。"

"你看,她们捉你去作丫头。"

"我不怕她们。"

"她们读洋书念经你也不怕?"

"念观音菩萨消灾经,念紧箍咒,我都不怕。"

"她们咬人,和做官的一样,专吃乡下人,吃人骨头渣渣也不吐,你不怕?"

萧萧肯定的回答说:"也不怕。"

可是这时节萧萧手上所抱的丈夫,不知为甚么,在睡梦中哭了,媳妇于是用作母亲的声势,半哄半吓的说:

"弟弟,弟弟,不许哭,不许哭,女学生咬人来了。"

丈夫还仍然哭着,得抱起各处走走。萧萧抱着丈夫离开了祖父,祖父同人说另外一样古话去了。

萧萧从此以后心中有个"女学生"。做梦也便常常梦到女学生,且梦到同这些人并排走路。仿佛也坐过那种自己会走路的匣子,她又觉得这匣子并不比自己跑路更快。在梦中那匣子的形体同谷仓差不多,里面还有小小灰色老鼠,眼珠子红红的,各处乱跑,有时钻到门缝里去,把个小尾巴露在外边。

因为有这样一段经过,祖父从此喊萧萧不喊"小丫头",不喊"萧萧",却唤作"女学生"。在不经意中萧萧答应得很好。

乡下的日子也如世界上一般日子,时时不同。世界上人把日子糟蹋,和萧萧一类人家把日子吝惜是同样的,各有所得,各属分定。许多城市中文明人,把一个夏天完全消磨到软绸衣服、精美饮料以及种种好事情上面。萧萧的一家,因为一个夏天的劳作,却得了十多斤细麻,二三十担瓜。

作小媳妇的萧萧,一个夏天中,一面照料丈夫,一面还绩了细麻四斤。到秋八月工人摘瓜,在瓜间玩,看硕大如盆、上面满是灰粉的大南瓜,成排成堆摆到地上,很有趣味。时间到摘瓜,秋天真的已来了,院子中各处有从屋后林子里树上吹来的大红大黄木叶。萧萧在瓜旁站定,手拿木叶一束,为丈夫编小小笠帽玩。

工人中有个名叫花狗,年纪二十三岁,抱了萧萧的丈夫到枣树下去打枣子。小小竹竿打在枣树上,落枣满地。

"花狗大,莫打了,太多了吃不完。"

虽这样喊,还不动身。到后,仿佛完全因为丈夫要枣子,花狗才不听话。萧萧于是又警告她那小丈夫:

"弟弟,弟弟,来,不许捡了。吃多了生东西肚子痛!"

丈夫听话,兜了大堆枣子向萧萧身边走来,请萧萧吃枣子。

"姐姐吃,这是大的。"

"我不吃。"

"要吃一颗!"

她两手哪里有空! 木叶帽正在制边,工夫要紧,还正要个人帮忙!

"弟弟,把枣子喂我口里。"

丈夫照她的命令做事,做完了觉得有趣,哈哈大笑。

她要他放下枣子帮忙捏紧帽边,便于添加新木叶。

丈夫照她吩咐做事,但老是顽皮的摇动,口中唱歌。这孩子原来像一只猫,欢喜时就得捣乱。

"弟弟,你唱的是什么?"

"我唱花狗大告我的山歌。"

"好好的唱一个给我听。"

丈夫于是帮忙拉着帽边,一面就唱下去,照所记到的歌唱:

> 天上起云云起花,
>
> 包谷林里种豆荚,
>
> 豆荚缠坏包谷树,
>
> 娇妹缠坏后生家。
>
> 天上起云云重云,
>
> 地下埋坟坟重坟,
>
> 娇妹洗碗碗重碗,
>
> 娇妹床上人重人。

歌中意义丈夫全不明白,唱完了就问萧萧好不好。萧萧说好,并且问跟谁学来的,她知道是花狗教他的,却故意盘问他。

"花狗大告我,他说还有好多歌,长大了再教我唱。"

听说花狗会唱歌,萧萧说:

"花狗大,花狗大,你唱一个好听的歌我听听。"

那花狗，面如其心，生长得不很正气，知道萧萧要听歌，人也快到听歌的年龄了，就给她唱"十岁娘子一岁夫"。那故事说的是妻年大，可以随便到外面做一点不规矩事情；夫年小，只知吃奶，让他吃奶。这歌丈夫完全不懂，懂到一点儿的是萧萧。把歌听过后，萧萧装成"我全明白"那种神气，她用生气的样子，对花狗说：

"花狗大，这个不行，这是骂人的歌！"

花狗分辩说："不是骂人的歌。"

"我明白，是骂人的歌。"

花狗难得说多话，歌已经唱过了，错了赔礼，只有不再唱。他看她已经有点懂事了，怕她回头告祖父，会挨顿臭骂，就把话支吾开，扯到"女学生"上头去。他问萧萧，看不看过女学生习体操唱洋歌的事情。

若不是花狗提起，萧萧几乎已忘却了这事情。这时又提到女学生，她问花狗近来有没有女学生过路，她想看看。

花狗一面把南瓜从棚架边抱到墙角去，告她女学生唱歌的事情，这些事的来源还是萧萧的那个祖父。他在萧萧面前说了点大话，说他曾经到官路上见过四个女学生，她们都拿得有旗子，走长路流汗喘气之中仍然唱歌，同军人所唱的一模一样。不消说，这自然完全是胡诌的笑话。可是那故事把萧萧可乐坏了。因为花狗说这个就叫做"自由"。

花狗是起眼动眉毛、一打两头翘、会说会笑的一个人。听萧萧带着歆羡口气说"花狗大，你膀子真大"，他就说："我不止膀子大。"

"你身个子也大。"

"我全身无处不大。"

萧萧还不大懂得这个话的意思，只觉得憨而好笑。

到萧萧抱了她的丈夫走去以后，同花狗在一起摘瓜，取名字叫哑巴的，开了平时不常开的口。

"花狗，你少坏点。人家是十三岁黄花女，还要等十年才圆房！"

花狗不做声，打了那伙计一巴掌，走到枣树下捡落地枣去了。

到摘瓜的秋天，日子计算起来，萧萧过丈夫家有一年半了。

几次降霜落雪，几次清明谷雨，一家中人都说萧萧是大人了。天保佑，喝冷水，吃粗粝饭，四季无疾病，倒发育得这样快。婆婆虽生来像一把剪子，把凡是给萧萧暴长的机会都剪去了，但乡下的日头同空气都帮助人长大，却不是折磨可以阻拦得住。

萧萧十五岁时已高如成人，心却还是一颗糊糊涂涂的心。

人大了一点，家中做的事也多了一点。绩麻、纺车、洗衣、照料丈夫以外，打猪草推磨一些事情也要做，还有浆纱织布。凡事都学，学学就会了。乡下习惯凡是行有余力的都可从劳作中攒点本分私房，两三年来仅仅萧萧个人份上所聚集的粗细麻和纺就的棉纱，也够萧萧坐到土机上抛三个月的梭子了。

丈夫早断了奶。婆婆有了新儿子，这五岁儿子就像归萧萧独有了。不论做什么，走到什么地方去，丈夫总跟在身边。丈夫有些方面很怕她，当她如母亲，不敢多事。他们俩实在感情不坏。

地方稍稍进步，祖父的笑话转到"萧萧你也把辫子剪去好自由"那一类事上去了。听着这话的萧萧，某个夏天也看过了一次女学生，虽不把祖父笑话认真，可是每一次在祖父说过这笑话以后，她到水边去，必不自觉的用手捏着辫子末梢，设想没有辫子的人那种神气，那点趣味。

打猪草，带丈夫上螺蛳山的山阴是常有的事。

小孩子不知事故，听别人唱歌也唱歌。一开腔唱歌，就把花狗引来了。

花狗对萧萧生了另外一种心，萧萧有点明白了，常常觉得惶恐不安。但花狗是男子，凡是男子的美德恶德都不缺少，劳动力强，手脚勤快，又会玩会说，所以一面使萧萧的丈夫非常欢喜同他玩，一面一有机会就缠在萧萧身边，且总是想方设法把萧萧那点惶恐减去。

山大人小，到处是树林蒙茸，平时不知道萧萧所在，花狗就站在高处唱歌逗萧萧身边的丈夫；丈夫小口一开，花狗穿山越岭就来到萧萧面前了。

见了花狗，小孩子只有欢喜，不知其他。他原要花狗为他编草虫玩，做竹箫哨子玩，花狗想方法支使他到一个远处去找材料，便坐到萧萧身边，要萧萧听他唱那使人开心红脸的歌。她有时觉得害怕，不许丈夫走开；有时又像有了花狗在身边，打发丈夫走去反倒好一点。终于有一天，萧萧就这样给花狗把心窍子唱开，变成个妇人了。

那时节，丈夫走到山下采刺莓去了，花狗唱了许多歌，到后却向萧萧唱：

> 娇家门前一重坡，
> 别人走少郎走多，
> 铁打草鞋穿烂了，
> 不是为你为哪个？

末了却向萧萧说："我为你睡不着觉。"他又说他赌咒不把这事情告给人。听了这些话仍然不懂什么的萧萧，眼睛只注意到他那一对粗粗的手膀子，耳朵只注意到他最后一句话。末了花狗大便又唱了许多歌给她听。她心里乱了。她要他当真对天赌咒，赌过了咒，一切好像有了保障，她就一切尽他了。到丈夫返身时，手被毛毛虫螫伤，肿了一大片，走到萧萧身边。萧萧捏紧这一只小手，且用口去呵它，吮它，想起刚才的糊涂，才仿佛明白自己做了一点不大好的糊涂事。

花狗诱她做坏事情是麦黄四月，到六月，李子熟了，她欢喜吃生李子。她觉得身体有点特别，在山上碰到花狗，就将这事情告给他，问他怎么办。

讨论了多久，花狗全无主意。虽以前自己当天赌得有咒，也仍然无主意。原来这家伙个子大，胆量小。个子大容易做错事，胆量小做了错事就想不出办法。

到后，萧萧捏着自己那条乌梢蛇似的大辫子，想起城里了，她说：

"花狗大，我们到城里去自由，帮帮人过日子，不好么？"

"那怎么行？到城里去做什么？"

"我肚子大了。"

"我们找药去。场上有郎中卖药。"

"你赶快找药来，我想……"

"你想逃到城里去自由，不成的。人生面不熟，讨饭也有规矩，不能随便！"

"你这没有良心的,你害了我,我想死!"

"我赌咒不辜负你。"

"负不负我有什么用,帮我个忙,赶快拿去肚子里这块肉吧。我害怕!"

花狗不再做声,过了一会,便走开了。不久丈夫从他处拿了大把山里红果子回来,见萧萧一个人坐在草地上眼睛红红的,丈夫心中纳罕。看了一会,问萧萧:

"姐姐,为甚么哭?"

"不为甚么,灰尘落到眼睛窝里,痛。"

"我吹吹吧。"

"不要吹。"

"你瞧我,得这些这些。"

他把手中拿的和从溪中捡来放在衣口袋里的小蚌、小石头全部陈列到萧萧面前,萧萧泪眼婆娑看了一会,勉强笑着说:"弟弟,我们要好,我哭你莫告家中。告家中我可要生气!"到后这事情家中当真就无人知道。

过了半个月,花狗不辞而行,把自己所有的衣裤都拿去了。祖父问同住的长工哑巴,知不知道他为什么走路,走哪儿去?是上山落草,还是作薛仁贵投军?哑巴只是摇头,说花狗还欠了他两百钱,临走时话都不留一句,为人少良心。哑巴说他自己的话,并没有把花狗走的理由说明。因此这一家希奇一整天,谈论一整天。不过这工人既不偷走物件,又不拐带别的,这事情过后不久,自然也就把他忘掉了。

萧萧仍然是往日的萧萧。她能够忘记花狗就好了,但是肚子真有些不同了,肚中东西总在动,使她常常一个人干着急,尽做怪梦。

她脾气坏了一点,这坏处只有丈夫知道,因为她对丈夫似乎严厉苛刻了好些。

仍然每天同丈夫在一处,她的心,想到的事自己也不十分明白。她常想,我现在死了,什么都好了。可是为什么要死?她还很高兴活下去,愿意活下去。

家中人不拘谁在无意中提起关于丈夫弟弟的话,提起小孩子,提起花狗,都像使这话如拳头,在萧萧胸口上重重一击。

到九月,她担心人知道更多了,引丈夫庙里去玩,就私自许愿,吃了一大把香灰。吃香灰被她丈夫看见了,丈夫问这是做甚么,萧萧就说肚痛,应当吃这个。虽说求菩萨保佑,菩萨当然没有如她的希望,肚子中的东西依旧在慢慢的长大。

她又常常往溪里去喝冷水,给丈夫看见时,丈夫问她,她就说口渴。

一切她所想到的方法都没有能够使她同自己不欢喜的东西分开。大肚子只有丈夫一人知道,他却不敢告这件事给父母晓得。因为时间长久,年龄不同,丈夫有些时候对于萧萧的怕同爱,比对于父母还深切。

她还记得花狗赌咒那一天里的事情,如同记着其他事情一样。到秋天,屋前屋后毛毛虫都结茧,成了各种好看蝶蛾,丈夫像故意折磨她一样,常常提起几个月前被毛毛虫螫手的旧话,使萧萧心里难过。她因此极恨毛毛虫,见了那小虫就想用脚去踹。

有一天,又听人说有好些女学生过路,听过这话的萧萧,睁了眼做过一阵梦,愣愣的对日头出处

175

痴了半天。

萧萧步花狗后尘，也想逃走，收拾一点东西预备跟了女学生走的那条路上城去。但没有动身，就被家里人发觉了。这种打算照乡下人说来是一件大事，于是把她两手捆了起来，丢在灶屋边，饿了一天。

家中追究这逃走的根源，才明白这个十年后预备给小丈夫生儿子继香火的萧萧肚子已被另一个人抢先下了种。这在一家人生活中真是了不得的一件大事！一家人的平静生活，为这件新事全弄乱了。生气的生气，流泪的流泪，骂人的骂人，各按本分乱下去。悬梁，投水，吃毒药，被禁困着的萧萧，诸事漫无边际的全想到了，究竟是年纪太小，舍不得死，却不曾做。于是祖父从现实出发，想出个聪明主意，把萧萧关在房里，派人好好看守着，请萧萧本族的人来说话，照规矩，看是"沉潭"还是"发卖"？萧萧家中人要面子，就沉潭淹死了她；舍不得死就发卖。萧萧只有一个伯父，在近处庄子里为人种田，去请他时先还以为是吃酒，到了才知是这样丢脸事情，弄得这老实忠厚的家长手足无措。

大肚子作证，什么也没有可说。照习惯，沉潭多是读过"子曰"的族长爱面子才做出的蠢事。伯父不读"子曰"，不忍把萧萧当牺牲，萧萧当然应当嫁人作"二路亲"了。

这也是一种处罚，好像极其自然，照习惯受损失的是丈夫家里，然而却可以在发卖上收回一笔钱，当作为损失赔偿。那伯父把这事情告给了萧萧，就要走路。萧萧拉着伯父衣角不放，只是幽幽的哭。伯父摇了一会头，一句话不说，仍然走了。

一时没有相当的人家来要萧萧，送到远处去也得有人，因此暂时就仍然在丈夫家中住下。这件事情既经说明白，照乡下规矩，倒又像不怎么要紧，只等待处分，大家反而释然了。先是小丈夫不能再同萧萧在一处，到后又仍然如月前情形，姐弟一般有说有笑的过日子了。

丈夫知道了萧萧肚子中有儿子的事情，又知道因为这样萧萧才应当嫁到远处去。但是丈夫并不愿意萧萧去，萧萧自己也不愿意去。大家全莫名其妙，只是照规矩像逼到要这样做，不得不做。究竟是谁定的规矩，是周公还是周婆。也没有人说得清楚。

在等候主顾来看人，等到十二月，还没有人来，萧萧只好在这人家过年。

萧萧次年二月间，十月满足，坐草生了一个儿子，团头大眼，声响洪壮。大家把母子二人照料得好好的，照规矩吃蒸鸡同江米酒补血，烧纸谢神。一家人都欢喜那儿子。

生下的既是儿子，萧萧不嫁别处了。

到萧萧正式同丈夫拜堂圆房时，儿子已经年纪十岁，有了半劳动力，能看牛割草，成为家中生产者一员了。平时喊萧萧丈夫做大叔，大叔也答应，从不生气。

这儿子名叫牛儿。牛儿十二岁时也接了亲，媳妇年长六岁。媳妇年纪大，才能诸事作帮手，对家中有帮助。唢呐吹到门前时，新娘在轿中呜呜的哭着，忙坏了那个祖父、曾祖父。

这一天，萧萧抱了自己新生的毛毛，在屋前榆蜡树篱笆间看热闹，同十年前抱丈夫一个样子。

1929 年作

（原载《小说月报》二十一卷一期

1957 年 2 月校改字句）

导读

女主人公萧萧是个孤儿,从小寄养在种田为生的伯父家。十二岁出嫁为童养媳,丈夫是尚未断奶的三岁小孩。十五岁被引诱"怀孕",引诱者花狗撇下她一走了之。然而,就是这样一个集多重苦难于一身的悲情女子的经历在沈从文笔下却没有被演绎成一个悲情故事。既没有林黛玉般寄人篱下的辛酸,也没有萧红《呼兰河传》中童养媳的凄惨死亡。偷吃禁果的萧萧避免了或"沉潭"或"发卖"的严厉惩处,终于十月怀胎,瓜熟蒂落,顺利产下一个"团头大眼,声响洪壮"的婴儿。丈夫一家人都喜欢这个花狗撇下种子的儿子:"把母子二人照料得好好的,照规矩吃蒸鸡同江米酒补血,烧纸谢神。"缺失了血缘关系,却没有缺失关爱与亲情。十年后,萧萧正式同丈夫拜堂圆房,花狗的儿子喊萧萧的丈夫做大叔,"大叔也答应,从不生气"。

原始野蛮的陈规陋俗没有掩盖古朴、健康、优美的人情美,严厉的道德审判与惩罚也让位于宽容、善良、自然的人性的裁决,充分体现了沈从文"人性治疗者"的人文理想。小说中弥漫着一股梦幻般的神秘情调。语言也像奔腾跳跃在山野里的清泉,清澈、透亮、柔美。

丈 夫

沈从文

落了春雨,一共有七天,河水涨大了。

河中涨了水,平常时节泊在河滩的烟船、妓船离岸极近,船皆系在吊脚楼下的支柱上。

在楼上四海春茶馆喝茶的闲汉子,俯身在临河一面窗口,可以望到对河宝塔边"烟雨红桃"好景致,也可以知道船上妇人陪客烧烟的情形。因为那么近,上下都方便,有喊熟人的声音,从上面或从下面喊叫,到后是互相见面了,谈话了,取了亲昵样子,骂着野话粗话,于是楼上人会了茶钱,从湿而发臭的甬道走去,从那些肮脏地方走到船上。

上了船,花钱半元到五块,随心所欲吃烟睡觉,同妇人毫无拘束的放肆取乐。这些在船上生活的大臀肥身的年青女人,就用一个妇人的好处,服侍男子过夜。

船上人,把这件事也像其余地方一样称呼,这叫做"生意"。她们都是做生意而来。在名份上,那名称与别的工作,同样不与道德相冲突,也并不违反健康。她们从乡下来,从那些种田挖园的人家,离了乡村,离了石磨同小牛,离了那年青而强健的丈夫的怀抱,跟随了一个熟人,就来到这船上做生意了。做了生意,慢慢的变成为城市里人,慢慢的与乡村离远,慢慢的学会了一些只有城市里才需要的恶德,于是妇人就毁了。但那毁,是慢慢的,因为需要一些日子,所以谁也不去注意了。而且也仍然不缺少在任何情形下还依旧保留着那乡村气质的妇人,所以在市上的小河妓船上,决不会缺少年青女子的来路。

事情非常简单,一个不哑哑于生养孩子的妇人,到了城市,能够每月把从城市里两个晚上所得的钱,送给那留在乡下诚实耐劳、种田为生的丈夫处去,在那方面就可以过了好日子,名份不失,利益存在,所以许多青年的丈夫,在娶媳妇以后,把妻子送出来,自己留在家中安分过日子,竟是极其平常的事情。

这种丈夫,到什么时候,想及那在船上做生意的年青的妻,或逢年过节,照规矩要见见妻的面了,自己便换了一身浆洗干净的衣服,腰带上挂那个工作时常不离口的烟袋,背了整笋整篓的红薯、糍粑之类,赶到市上来,像访远亲一样,从码头第一号船上问起,一直到认出自己女人所在的船上为止。问明白了,到了船上,小心小心的把一双布鞋放到舱外护板上,把带来的东西交给了女人,一面便用着吃惊的眼睛,搜索女人的全身。这时节,女人在丈夫眼下自然完全不同了。

大而油光的发髻,用小钳子由人工扯成的细细眉毛,脸上的白粉同绯红胭脂,以及那城市里人派头,城市里人的衣裳,都一定使比乡下来的丈夫感到极大的惊讶,有点手足无措。那呆相是女人很容易看到了。女人到后开了口,或者问:"那次五块钱得了么?"或者问:"我们那对猪养儿子了没有?"女人说话口音自然也完全不同了,就是变成像城市做太太的大方自由,完全不是做媳妇的神气了。

但听女人问到钱,问到家乡豢养的猪,这作丈夫的看出自己做主人的身分,并不在这船上失去,看出这城里奶奶还不完全忘记乡下,胆子大了一点,慢慢的摸出烟管同火镰。第二次惊讶,是烟管忽然被女人夺去,即刻在那粗而厚大的手掌里,塞了一枝"哈德门"香烟的缘故。吃惊也仍然是暂时的事,于是这个做丈夫的,一面吸烟一面谈话……

到了晚上,吃过晚饭,仍然在吸那新鲜趣味的香烟。来了客,一个船主或一个商人,穿生牛皮靴子,抱兜一角露出粗而发亮的银链,喝过一肚子烧酒,摇摇荡荡的上了船,一上船就大声的嚷要亲嘴要睡,那宏大而含糊的声音,那势派,皆使作丈夫的想起了村长同乡绅那些大人物的威风,于是丈夫不必指点,也就知道怯生生的往后舱钻去,躲在那后梢舱上去低低的喘气,一面把含在口上那枝卷烟摘下来,毫无目的地眺望河中幕景。夜把河上改变了,岸上河上已经全是灯,这丈夫到这时节一定要想起家里的鸡同小猪,仿佛那些小小东西才是自己的朋友,仿佛那些才是亲人;如今与妻接近,与家庭却离得很远,淡淡的寂寞袭上身,他愿意转去了。

当真转去没有?不。三十里路路上有豺狗,有野猫,有查夜放哨的团丁,全是不好惹的东西,转去自然做不到。船上的大娘自然还得留他上"三元宫"看夜戏,到"四海春"去喝清茶。并且既然到了市上,大街上的灯同城市中的人皆不可不去看看,于是留下了,坐在后舱看河中景致取乐,等候大娘的空暇。到后要上岸了,就由小阳桥上板篷架到船头;玩过后,仍然由那出来的地方转到船上,小心小心使声音放轻,省得留在舱里躲在床上烧烟的人发怒。

到要睡觉的时候,城里起了更,在西梁山下的更鼓硼硼响了一会,悄悄的从板缝里看看客人还不走,丈夫没有什么话可说,就在梢舱上新棉絮里一个人睡了。半夜里,或者已睡着,或者还在胡思乱想,那媳妇抽空爬过后舱,问是不是想吃一点糖。本来非常欢喜口含冰糖的脾气,是做媳妇的不能忘却的,所以即或说已经睡觉,已经吃过,也仍然还是塞了一小块冰糖在口里。媳妇用着略略抱怨自己那种神气走了。丈夫把冰糖含在口里,正像仅仅为了这一点理由,就得原谅妻的行为,尽她在前舱陪客,自己仍然很和平的睡觉了。

这样丈夫在黄庄多着!那里出强健女子同忠厚男人。女人出乡卖身,男人皆明白这做生意的一切利益,他懂事,女人名份上仍然归他,养得儿子归他,有了钱,也总有一部分归他。

那些船只排列在河下,一个陌生人,数来数去是永远无法数清的。明白这数目,而且明白那秩序,记忆得出每个船和摇船人样子,是五区一个老水保。

水保是一个独眼睛的人。这独眼睛据说在年青时节杀过人,因为杀人,同时也就被人把眼睛挖瞎了。但两只眼睛不能分明的,他一只眼睛却办到了。一个河里都由他管事。他的权力在这些小船上,比一个中国的皇帝在地面上的权力还统一。

涨了河水,水保似乎比平时忙多了。他得各处去看看,是不是有些船上做父母的上了岸,小孩子在哭奶了。是不是有些船上在吵架。是不是有些船因照料无人,有溜去的危险。在今天,这位大爷,并且要到各处去调查一些从岸上发生影响到了水上的事情。岸上这几天来发生三次小抢案,据公安局那方面人说,则是凡地上小缝小罅皆找寻了,还是毫无踪迹处。地上小缝小罅都亏那些体面的在职人员找过,于是水保的责任更大了。他得了通知,就是那些说谎话的公安局办事处通知,要他到半夜会同水面武装警察上船去搜索。

水保得到这个消息时是上半天。一个整白天他要做许多事情。他要先尽一些从平日受人款待好酒好肉而来的义务了。于是沿着河岸,从第一号船起始,排个船上去谈谈话。他得先调查一下,问问这船上是不是容留得不端正的外乡人。

做水保的人照例是水上一霸,凡是属于水面上的事他无有不知。这人本来就是一个吃水上饭的人,是立于法律同官府对面,按照习惯被官吏来利用,处治这水上一切的。但人一上了年纪,世界成天变,变去变来这人有了钱,成过家,喝点酒,生儿育女,生活安舒,这人慢慢的转成一个和平正直的人了。在职务上帮助了官府,在感情上又亲近了船家。在这些情形上面他建设了一个道德的模范。他受人尊敬不下于官,他做了许多妓女的干爸。

他这时节正从一个木跳板上跃到一只新油漆过的花船头,那船位置在较清静的一家莲子铺吊脚楼下,他认得这只船归谁管业。一上船就喊:"七丫头"。

过了一会,他又喊了两声,又喊伯妈,喊五多;五多是船上的小毛头,人很瘦,声音尖锐,平时大人上了岸就守船,买东西煮饭,常常挨打,爱哭。但是喊过五多了,也仍然得不到结果。因为听到舱里又似乎实在有声音,像人出气,不像全上了岸,也不像全在做梦。水保就偻身窥觑舱口,向暗处问"是谁在里面"。

里面还是不敢作答。

水保有点生气,大声的问:"那一个?"

里面一个很生疏的男子声音,又虚又怯,说:"是我。"接着又说:"都上岸去了。"

"都上岸吗?"

"上岸了的。她们……"

好像单单是这样答应,还深恐开罪了来人,这时觉得有一点义务要尽了,这男子于是从暗处爬出来,在舱口,小心小心扳到篷架,非常拘束的望到来人。

先是望到那一对峨然巍然似乎是为柿油涂过的猪皮靴子,上去一点是一个赭色柔软麂皮抱兜,再上去一双回环抱着毛手,满是青筋黄毛,手上一颗其大无比的黄金戒指,再上去才是一块正四方形象是无数橘子皮拼合而成的脸膛。这男子,明白这是有身分的主顾了,就学到城市里人说话:"大爷,您请里面坐坐,她们就回来。"

从那说话的声音,以及干浆衣服的风味上,这水保一望就明白这个人是才从乡下来的种田人。本来女人不在船就想走,但年青人忽然使他发生兴味,他蹲着了。

"你从甚么地方来的?"他问他,为了不使人拘束,水保取的是做父亲的和平样子,望到这年青人,"我认不得你。"

他想了一下,好像也并不认得客人,就回答:"我是昨天来的。""乡下麦子抽穗了没有?"

"麦子吗? 水碾子前我们那麦子,哈,我们那猪,哈,我们……"

这个人,像是忽然明白了答非所问,记起自己是同一个有身份的城里人说话,不应当说:"我们",不应该说"我们水碾子"同"猪",把字眼儿用错,所以再也接不下去了。

因为不说话,他就怯怯的望到水保笑,他要人了解他,原谅他。

水保是懂这个意思的。且在这对话中,明白这是船上人的亲戚了,他问年青人:"老七到什么地方去了? 什么时候可以回来?"

这时，这年青人答语小心了。他仍然说："是昨天来的。"他又告水保，他"昨天晚上来的。"末了才说，老七同掌班同五多上岸烧香去了，要他守船。因为守船必得把守船身分说出，他还告给了水保，他是老七的"汉子"。

因为老七平常喊水保都喊"干爹"，这干爹第一次认识了女婿，不必年青人挽留，再说了几句话，不到一会儿，两人皆爬进船中了。

舱中有小小床，床上有锦绸同红色印花洋布铺盖，折迭得整整齐齐。来客皆应坐在床沿。光线从舱口来，所以在外面以为舱中极黑，在里面却一切分明。

年青人，为客找烟卷，找自来水，毛脚毛手打翻了身边一个贮栗子的小坛，圆而发乌金光泽的板栗便在薄明的船舱里各滚去，年青人各处用手去捕捉，仍然入在小坛中去，也不知道应当请客人吃点东西。但客人毫不客气，从舱板上把栗子拾起咬破了吃，且说这风干的栗子真好。

"这个很好，你不欢喜么？"因为水保见主人并不剥栗子吃。

"我欢喜。这是我屋后栗树上长的。去年生了好多，乖乖的从刺球里爆出来，我欢喜。"他笑了，近于提到自己儿子模样，很高兴说这个话。

"这样大不容易得到。"

"你选？"

"我选出来的。"

"是的，因为老七欢喜吃这个，我才留下到今年。"

"你们那里可有猴栗？"

"什么猴栗？"

水保就把故事所说的："猴子在大山上住，被人辱骂时，抛下拳大栗子打人。人想这栗，就故意去下山骂丑话，预备拾栗子。"——说给乡下人听。

因为栗子，正苦无话可话的年青人，得到同情他的人了。他就告水保另外属于栗子的种种事情，他又说栗树下发生的一切事情。他又说到地名"栗坳"的新闻。他又说到一种栗木作成的犁柄如何结实合用。这人是太需要说到这些了。昨天来一晚上都有客人吃酒烧烟，把自己关闭在小船后梢，同五多说话，五多睡得成死猪。今天一早上，本来应当有机会同妻谈到乡下事情了，女人又说要上岸过七里桥烧香，派他一个人守船。坐船上等了半天，还不见人回，到后梢去看河上的景致，一切新奇不同，全只给自己发闷。先一时，正睡在舱里，就想这满江大水若乡下涨，鱼梁上不知道应当有多少鲤鱼上梁！把鱼捉来时，用柳条穿鳃到太阳下去晒，正计算那数目，总算不清楚。忽然客人来到船上，似乎一切鱼都跳到水中去了。

来了客人，且在神气上看出来人是并不拒绝这些谈话的，所以这年青人，凡是预备到同自己的妻说的各种事情，这时得到了一个好机会，都拿来同水保谈了。

他告给水保许多乡下情形，说到小猪捣乱的脾气，叫小猪名字是"乖乖"。又说到新由石匠整治过的那副石磨，顺便告了一个石匠的笑话。又说到一把失去了多久的镰刀，一把水保梦想不到的小镰刀，他说："你瞧，奇怪不奇怪？我赌咒它是我各处都找到了。我们的床下，门枋上，谷仓里，什么不找到？它躲了。我为这件事骂过老七。老七哭过。可是都仍然不见。鬼打岩，蒙蒙眼，它在饭箩里。半年躲在饭箩里！它吃饭！锈得象生疮。这东西多坏！我说这个你明白我没有？怎么会到饭萝里半年? 那是一只做样子的东西,挂到斗窗上。我记起那事了,是我削楔子,手上刮了皮,流了血,生了大气,抖气把刀一手。……到水上磨了半天,还不错;仍然能吃肉,你一不小心,就得流血。我还不曾同老七说到这个,她不会忘记那哭得伤心的一回事。找到了,哈哈,真找到了。"

"找到它就好了。"

"是的,得到了它那是好的。有了这个那里妙的,因为我总是疑心这东西是老七掉到溪里,不好意思说明。我知道她不骗我。我明白了。我知道她受了冤屈,因为我说过:'找不出么? 那我就要打人!'我并不曾动过手。可是生气时也真吓人。她哭了半夜!"

"你不是用得着它割草么?"

"嗨,那里,用处多咧。是小镰刀,那么小,那么精巧,你怎么说是割草。那是削一点薯皮,刮刮箫:这些这些用的。它小得很,值三百钱,钢火妙极了。我们都应当有这样一把刀放到身边,不明白么?"

水保说:"明白明白,都应当有一把,我懂你这个话。"

他以为水保当真是懂的! 什么也说到了,甚至于希望,希望明年来一个小宝宝,这样只合宜于同自己的妻睡到一个枕头上的话也说到了。年青人毫无拘束的还加上许多粗话蠢话,说了半天,水保起身要走,他才记起问客人贵姓。

"大爷,您贵姓? 留一个名字在这里,我好回话。"

"你告她有这么一个大个儿到过船上,穿这样大靴子,告她晚上不要接客,我要来。"

"不要接客,您要来?"

"就是这样说,我一定要来的,我还要请你喝酒。我们是朋友。"

"好,我们是朋友。"

水保用他那大而肥厚的手掌,拍了一青年人的肩膊,从船头上岸,走到另一个船上去了。

在水保走后,年青人就一面等候一面猜想这个大汉子是谁。他还是第一次同这样尊贵人物谈话。他不会忘记这很好的印象的。人家今天不仅是同他谈话,还喊他做朋友,答应请他喝酒! 他猜想这人一定是老七的"熟客"。他猜想老七一定得了这人许多钱。他忽然觉得愉快,感到要唱一个歌了,就轻轻的唱了一首山歌。用四溪人体裁,他唱的是"水涨了,鲤鱼上梁,大的有大草鞋么大,小的有小草鞋那么小。"

但是等了一会儿还不见老七回来,一个鬼也不回来,他又想起那大汉的丰采言谈了。他记起那一双靴子,闪闪发光,以为不是极好的山柿油涂到上面,是不会如此体面而好看的。他记起那黄而发沉的戒子,说不分明那将值多少钱,一点不明白那宝贝为什么如此可爱。他记起那伟人点头同发言,一个督抚的派头,一个军长的身分——这是老七的财神! 他于是又唱了一首歌。用场村人不庄重口吻,唱的是"山坳的团总烧炭,山脚的地保爬灰,爬灰红薯肥,烧炭脸庞发黑。"

到午时,各处船上皆已有人烧饭了。湿柴烧不燃,烟子各处窜,使人流泪打嚏。柴烟平铺到了水面时如薄绸。听到河街馆子里大师傅用铲敲打锅边的声音,听到邻船上白菜落锅的声音,老七还不见回来,他爬到后梢去检查,找到了米桶,用铜盆舀肮脏河水淘米煮饭。可是船上烧湿柴的本领年青人还没有学到,小钢灶总是冷冷的不发吼。做了半天还是无结果,只有把它放下一个办法了。

应当吃饭时候不得吃饭，人饿了，坐到小凳子上敲打舱板，他仍然得想一点事情。一个不安分的估计在心上滋长了。正似乎为装满了钱钞便极其骄傲模样的抱兜，在他眼下再现时，把和平已失去了。一个用酒糟同红血所捏成的橘皮红色四方脸，也是极其讨厌的神气，保留到印象上。并且，要记忆有什么用？他记忆得那嘱咐，是当到一个丈夫面前说的："今晚不要接客，我要来。"该死的话，是那么不客气的从那吃红薯的大口里说出！为什么要说这个？有什么理由说这个？……"

胡想使他增加了愤怒，饥饿重复揪着了这愤怒的心，便有一些原始人所不缺少的情绪，在这个年青简单的人反省中长大不已。

他不能再唱一首歌了。喉咙为妒嫉所扼，唱不出什么歌。他不能再有什么快乐。按照一个做田人的身分，他想到明天就要回家。

有了脾气再来火，更不行了，于是把所有的柴全丢到河里去了。

"雷打你这柴！要你到洋里海里去！"

但那些是在两丈以外便被别个船上的人捞起了的。那船上人似乎正等待一点从河面漂流而来的湿柴，把柴捞上，即刻就见到用废缆一段引火，且即刻满船发烟，火就带着小小爆裂声音燃好了。看到这一切，新的愤怒使年青人感到羞辱，他想不必等待人回船就要走路。

在街尾遇到女人同小毛头五多两个人，牵了手走来，已经刚要出街口。五多手上拿得有一把胡琴，崭新的样子，这是做梦也不曾做到的一件家伙！

"你走哪里去？"

"我——要回去。"

"要你看船船也不看，要回去。什么人得罪了你，这样小气？"

"我要回去，你让我回去。"

"回到船上去！"

看看妻，样子比说话时还硬，并且看到一把胡琴。明知道这是特别买来送他的，所以不能坚持。摸了摸自己发烧的额角，幽幽的说"转去也好"，就跟了妻的身后跑转船上。

掌班大娘也赶来了，原来提了一副猪肺，好像东西只是乘便偷来的，深恐被人追上带到衙门里去。所以颧骨发了红，喘气不止。大娘一上船，女人在舱中就喊：

"大娘，你瞧，我家汉子想走！"

"谁说的，戏都不看就走！"

"我们到街口碰到他，他生气样子，一定是怪我们不回来。"

"是我们的错；是菩萨的错；是屠户的错，我不该同屠户为一个钱闹半天，屠户不该肺里灌这样多水。"

"是我的错。"陪男子在舱里的女人，这样说了一句话，坐下了，对面是男子汉；她于是有意的在把衣服解换时，露出极风情的红绫胸褡。

男子瞅着，不说话。有说不出的什么东西，在血里窜着涌着。

在后梢，听到大娘同五多嚷着柴米。

"怎么，柴都被谁偷去了？"

"米是谁淘好的？"

"一定是烧不燃……姊夫是乡下人，只会烧松香。"

"我们不是昨天才解散一捆柴么？"

"都完了。"

"去前面搬一捆，不要说了。"

"姊夫知道淘米！"

听到这些话的年青汉子，一句话不说，坐到舱里，望到那一把新买来的胡琴。

女人说："弦都配好了，试拉拉看。"

先是不作声，到后把琴搁在膝上，查看松香。调弦时，生涩的音从指间流出，拉琴人便笑了。

不到一会满舱是烟，男人被女人喊出去，仍然把琴拿到外面去，据船头调弦。

到后吃中饭时，五多说：

"姊夫，你回头拉孟姜女，我唱。"

"我不会。"

"我听到你拉，很好，你骗我谎我。"

"我不骗你。"

大娘说："我听到老七说你拉得好，所以到庙里，见到这琴，我才说为姊夫买回去吧。是运气，烂贱就买来了。这到乡里一块钱恐怕买不到，不是么？"

"是的，值多少钱？"

"一吊六。他们都说值得！"

五多说："谁说值得？"

大娘声色俱厉的说："毛丫头，谁说值不得？"

因为这琴是从一个卖琴熟人手上拿来，一个钱不花，听到大娘的谎话，五多分辩，老七却笑了。男子以为这是笑大娘不懂事，所以也在一旁干笑。

男子先把饭吃完，就动手拉琴，新琴声音又清又亮，五多放下碗筷唱，被大娘打了一筷子，才忙到吃饭、收碗、洗锅子。

到了晚上，前舱盖了篷，男子拉琴，五多唱歌，老七也唱歌。美孚灯罩子红纸剪成的遮光帽，全舱灯光如办大喜事作红颜色，年青人在热闹中像过年，心上开了花。有兵士从河街过身，喝得烂醉，听到这声音了。

两个醉鬼踉踉跄跄到船边，两手全是污泥，用手扳船，口含胡桃那么混混胡胡的嚷叫：

"什么人唱，报上名来！好，好，赏一个五百。不听到么？老子赏你五百！"

里面琴声戛然而止，沉静了。

醉鬼用脚踢船，嘭嘭嘭发钝而沉闷的声音，且想推篷，搜索不到篷盖接榫处，"不要赏私，婊子狗造的！装聋，装聋哑！什么人在这里作乐？我怕谁？皇帝我也不怕。大爷，我怕皇帝么？我不是人！……"

另一个喉咙发沙的说道：

"骚婊子，出来拖老子上船！"

且即刻听到用石头打船篷，大声的辱骂祖宗，一船人都吓慌了。大娘忙把灯扭小一点，走出去推篷。男子听到那汹汹声气，挟了胡琴就往后舱钻去。不一会，醉人已经进到前舱，两个人一面说着野话，一面要争到同老七亲嘴，同大娘、五多亲嘴。且听到问："是什么人在此唱歌作乐？把拉琴的抓来再唱一个歌。"

大娘不敢作声，老七也无主意了，两个酒疯子就大声的骂人：

"臭×，喊龟子出来，跟老子拉琴，赏一千！英雄盖世的曹孟德也不会这样大方！我赏一千，一千个红薯。快来，不出来我烧掉你们这船！听着没有，老东西！赶快，莫使老子们生了气，认不得人！"

"大爷，这是我们自己家几个人玩玩，不……"

"不？不？不？老婊子，你不中吃。你老了。快叫拉琴的来！杂种！我要拉琴，我要自己唱！"一面说，一面便站起身来，想向后舱去搜寻。大娘弄慌了，把口张大合不拢去。老七着了急，拖着醉鬼的手，安置到自己的大奶上。醉鬼懂得了这个意思，又坐下了。"好的，好的，老子出得起钱。老子今天晚上要到这里睡觉！"

这一个在老七左边躺下去了，另一个不说什么，也在右边躺下去了。

年青人听到前舱仿佛安静了一会，在隔壁轻轻的喊大娘。正感到一种侮辱的大娘，爬过去，男子还不大分明是什么事情。

"什么事？"

"营上的副爷，醉了，像猫。等一会儿就得走。"

"要走才行。我忘记告诉你们，今天有一个大方脸人来，好像大官，吩咐过我，他晚上要来，不许留客。"

"是大皮靴子，说话像打锣么？"

"是的，是的。他手里还有一个大金戒子。"

"那是干爹。他早上来过了么？"

"来过的。他说了半天话才走，吃过些栗。"

"他说了什么事？"

"他说一定要来，一定莫留客，……还说一定要请我吃酒。"

大娘想想，难道是水保自己要来歇夜？难道是老对老，水保注意到……？想不通，一个老鸨虽一切丑事做成习惯了，什么也不至于红脸，但被人说到"不中吃"时，是多少感到一种羞辱的。她悄悄的回到前舱，看到新事情不成样子，伸伸舌头，骂了一声"猪狗"，仍旧又转到后舱来了。

"怎么？"

"不怎么。"

"怎么，他们走了？"

"不怎么，他们睡了。"

"睡——？"

大娘虽看不清楚这时男子的脸色，但她很懂这语气，就说："姊夫，我们可以上岸玩玩去，今夜三元宫夜戏。我请你坐高台子,是'秋胡三戏结发妻'。"

男子摇头不语。

兵士走后,五多、大娘、老七都在前舱灯光下说笑,说那兵士的醉态。男子留在后舱不出来。大娘到门边喊过了两次不应,不明白这脾气从什么地方发生。大娘回头就来检查那四张票子的花纹,因为她已经认得出票子的真假了。票子是真的。她在灯光下指点给老七看那些记号,那些花,且放到鼻子上嗅嗅,说这个一定是清真馆里找出来的,因为有牛油味道。

五多第二次又走过去,"姊夫,姊夫,他们走了,我们应当把那个唱完,他们还得⋯⋯"

女人老七像想到了什么心事,拉着了五多,不许她说话。

一切沉默了。男子在后舱先还是正用手指操琴弦,作小小声音,这时手也离开那弦索了。

四个人都听到从河街上飘来的锣鼓、唢呐声音。河街上一个做生意人做喜事,客来贺喜,唱堂戏,一定有一整夜热闹。

到后过了一会,老七一个人轻脚轻手爬到后舱去,但即刻又回来了。

大娘问:"怎么了?"

老七摇摇头,叹了一口气。

先以为水保恐怕不会来的,所以仍然睡了觉,大娘,老七,五多三个在前舱,只把男子放到后面。

查船的在半夜时,由水保领来了,雅雀无声,四个全副武装警察守在船头,水保同巡官晃着手电筒进到前舱。这时大娘已把灯捻明了,她懂得这不是大事情。老七披了衣坐在床上,喊"干爹",喊"老爷",要五多倒茶。五多还只想到梦里在乡下摘莓。

男子被大娘摇醒揪出来,看到水保,看到一个穿黑制服的大人物,吓得不能说话,不晓得有什么事情发生。

"什么人?"

水保代为答应:"老七的汉子,才从乡下来的。"

老七说:"老爷,他昨天才来。"

巡官看了一会儿男子,又看了一会儿女人,仿佛看出水保的话不是谎话,就不再说话了。随意在前舱各处翻翻,注意到那个贮风干栗子的小坛子时,水保便抓了一把栗子塞进巡官那件体面制服的大口袋里去。巡官只是笑。

一伙人一会儿就走到另一船上去了。大娘刚要盖篷,一个警察回来了。

"大娘,告老七,巡官要回来过细考察她一下,懂不懂?"

大娘说:"懂,懂,就来么?"

"查完船就来。"

"当真吗?"

"我什么时候同你说过谎?"

大娘欢喜的样子,使男子很奇怪,因为他不明白为什么巡官还要回来考察老七。但这时节望到老七睡起的样子,上半晚的气是已经没有了,他愿意讲和,愿意同她在床上说点话,商量些事情,就坐到床沿不动。

大娘像是明白男子的,明白男子的欲望,也明白他不懂事,故只同老七打知会,"巡官就要来的!"老七咬着嘴唇不作声,半天发痴。

男子一早起身就要走路,沉默的一句话不说,端整了自己的草鞋,找到了自己的烟袋。一切归一了,就坐到那矮床边沿,像是有话说又说不出口。

老七问他:"你不昨晚上答应过干爹,今天到他家中吃中饭吗?"

"……"摇摇头不作答。

"人家办了酒席特意为你!"

"……"

"戏也不看看么?"

"……"

"'满天红'的荤油包子,到半日才上笼,那是你欢喜的包子!"

"……"

一定要走了,老七很为难,走出船头呆了一会,回身从荷包里掏出昨晚那兵给的票子来,点了一下数,是四张,捏成一把塞与男子左手心里去。男子无话说,老七似乎懂得了那意思了,"大娘,你拿出三张也把我。"大娘将钱取出。老七又把这钱塞到男子右手心里去。

男子摇摇头,把票子撒到地上,把两只大而粗的手掌捂着脸孔,象小孩子那样莫名其妙的哭了。

五多同大娘都逃到后舱去了。五多站在后梢舵边看到挂在梢舱顶梁上的胡琴,很愿意唱一个歌,可是总唱不出声音来。心想真是怪事,那么大的人会哭。

水保来船上请客吃酒,只有大娘、五多在船上,问大娘,才知道是两夫妇皆回去了。

导读

《丈夫》写了分别以爱情和金钱为基础的两类两性关系的相互排斥性与依存性。贫苦农民的丈夫为全家的生计,将妻子送到船上作了土娼,从而使两性关系呈现为双重性。丈夫对妻子的卖淫是同意的,这不仅因为它几乎成为当地穷人的风习,而且出于经济的原因,他明智地认识到不这样做,就没有活路。他来看望妻子的目的,并不是想接妻子回去,因为他的经济基础并没有改变。他只是希望在卖淫的前提下,夫妻关系仍得以承认。然而他到船上后,步步退让也不行。他看到丈夫的地位几乎完全被非正常的两性关系排挤掉时,才生出反抗,毅然将妻子带回家去。小说切开落后习俗的毒瘤,投以犀利的批判与鞭笞,也多少表现了麻木灵魂的渐次苏醒。

小说在艺术上以细腻真切的笔触雕镂人物的灵魂,显示出特色。"丈夫"目睹船上一幕后的心态变化以及那"莫名其妙"的哭泣,写得极为传神。在自然质朴,甚至有点纯客观的描述中,依然透露着作家对劳动人民悲惨境遇的同情。

春　阳

施蛰存

　　婵阿姨把保管箱锁上了,走出库门,看见那个年轻的行员正在对着她瞧,她心里一动,不由的回过头向那一排一排整整齐齐的保管箱看了一眼,可是她已经认不得哪一只是三〇五号了。她往怀里一掏,刚才提出来的一百五十四元六角的息金好好地在内衣袋里。于是她走出上海银行大门。

　　好天气,太阳那么大。这是她今天第一次感觉到的。不错,她一早从昆山趁火车来,一下火车,就跳上黄包车,到银行。她除了起床的时候曾经揭开窗帘看下不下雨之外,实在没有留心过天气。可是今天这天气着实好,近半个月来,老是那么样的风风雨雨的没得看见过好天气,今天却满街满屋的暖太阳了。到底是春天了,一晴就暖和。她把围在衣领上的毛绒围巾放松了一下。

　　这二月半旬的,好久不照到上海来的太阳,你别忽略了,倒真有一些魅力呢。倘若是像前两日一样的阴沉天气,当她从玻璃的旋转门中出来,一阵冷风扑上脸,她准是把一角围巾掩着嘴,雇一辆黄包车直到北火车站,在等车室里老等下午三点钟开的列车回昆山去的。今天扑脸上的乃是一股热气,一片晃眼的亮,这使她平空添出许多兴致。她摸出十年前的爱琴金表来。十二点还差十分。这样早。还好在马路上走走呢。

　　于是,昆山的婵阿姨,一个儿走到了春阳和煦的上海的南京路上。来来往往的女人男人,都穿得那么样轻,那么样美丽,又那么样小玲玲的,这使她感觉到自己底绒线围巾和驼绒旗袍的累坠。早知天会这样热,可就穿了那件雁翎绉衬绒旗袍来了。她心里划算着,手却把那绒线围巾除下来,折叠了搭在手腕上。

　　什么店铺都在大廉价。婵阿姨看看绸缎,看看瓷器,又看看各式各样的化妆品,丝袜,和糖果饼干。她想买一点吗? 不会的,这一点定力她定是有的。没有必需,她不会买什么东西。要不然,假如她舍得随便花钱,她怎么会牺牲了一生的幸福,肯抱牌位做亲呢?

　　她一路走,一路看。从江西路口走到三友实业社,已经过午时了。她觉得热,额角上有些汗。袋里一摸,早上出来没带着手帕。这时,她觉得有必需了。她走进三友实业社去买了一条毛巾手帕,带便在椅子上坐坐,歇歇力。

　　她隔着玻璃橱窗望出去,人真多,来来去去的不断。他们都不像觉得累,一两步就闪过了,走得快。愈看人家矫健,愈感到自己的孱弱了,她抹着汗,懒得立起来,她害怕走出门去,将怎样挤进这些人的狂流中去呢?

　　到这时,她才第一次奇怪起来:为什么,论年纪也还不过三十五岁,何以这样的不济呢? 在昆山的时候,天天上大街,可并不觉得累,一到上海,走不了一条马路,立刻就像个老年人了。这是为什么? 她这样想着,同时就埋怨着自己,应该高兴逛马路玩,那是毫无意思的。

　　于是她勉强起身,挨出门。她想到先施公司对面那家点店里去吃一碗面,当中饭,吃了面就雇黄包车到北火车站。可是你得明白,这是婵阿姨刚才挨出三友实业社的那扇玻璃门的主意。要是她真的累得走不动,她也真的会去吃了面上火车的。意料不到的却是,当她望永安公司那边走了几步路,忽然地让她觉得身上又恢复了一种好像是久已消失了的精力,让她混合在许多呈着喜悦的容颜的年轻人底狂流中,一样轻快地走……走。

什么东西让她得到这样重要的改变? 这春日的太阳光,无疑的。它不仅改变了她底体质,简直还改变了她底思想。真的,一阵很骚动的对于自己的反抗心骤然在她胸中灼热起来。为什么到上海不玩一玩呢? 做人一世,没钱的人没办法,眼巴巴地要挨着到上海来玩一趟,现在,有的是钱,虽然还要做两个月家用,可是就使花完了,大不了再去提出一百块来。况且,算它住一夜的话,也用不了一二十块钱。人有的时候看破些,天气这样好!

天气这样好,眼前一切都呈现明亮和活跃的气象。每一辆汽车刷过一道崭新的喷漆的光,每一扇玻璃橱上闪耀着各方面投射来的晶莹的光,远处摩天大厦底圆瓴形或方形的屋顶上辉煌着金碧的光,只有那先施公司对面的点心店,好像被阳光忘记了似的,呈现着一种抑郁的烟煤的颜色。

何必如此刻苦呢? 舒舒服服地吃一顿饭,婵阿姨不想吃面了,但她想不出应当到什么地方去吃饭。她预备叫两个茶,两个上海菜,当然不要昆山吃惯了的东西,但价钱,至多两元,花两块钱吃一顿中饭,已经是很费的了,可是上海却说不来,也许两个菜得卖三块四块。这就是她不敢闯进任何一家没有经验的餐馆的理由。

她站在路角上,想,想。在西门的一个馆子里,她曾经吃过一顿饭,可是那太远了。其次,四马路,她记得也有一家;再有,不错,冠生园,就在大马路。她不记得有没有走过,但在她记忆中,似乎冠生园是最适宜的了,虽则稍微有点憎嫌那儿的饭太硬。她思索了一下,仿佛记得冠生园是已经走过了,她怪自己一路没有留心。

婵阿姨在冠生园楼上拣个坐位,垫子软软的,当然比坐在三友实业社舒服。侍者送上茶来,顺便递了张茶单给她。这使她稍微有点窘,因为她虽然认得字,可并不会点菜。她费了十分钟,给自己斟酌了两个菜,一共一块钱。她很满意。因为她知道在这样华丽的菜馆里,是很不容易节省的。

她饮着茶,一个人占据四个人底座位。她想趁这空暇打算一下,吃过饭到什么地方去呢? 今天要不要回昆山去? 倘若不回去的话,那么,今晚住到什么地方去? 惠中旅馆,像前年有一天因为银行封关而不得不住一夜那情形一样吗? 再说,玩,怎样玩? 她都委决不下。

一溜眼,看见旁坐的圆桌上坐着一男一女,和一个孩子。似乎是一个家庭呢? 但女的好像比男的年长得多。她大概也有三十四五岁了吧? 婵阿姨刚才感觉到一种获得了同僚似的欢喜,但差不多是同时的,一种常常沉潜在她心里而不敢升腾起来的烦闷又冲破了她底欢喜的面具。这是因为在她底餐桌上,除了她自己之外,更没有第二个人。丈夫? 孩子?

十二三年前,婵阿姨底未婚夫忽然在吉期以前的七十五天死了。他是一个拥有三千亩田的大地方底独子,他底死,也就是这许多地产失去了继承人。那时候,婵阿姨是个康健的小姐,她有着人家所称赞的"卓见"的美德,经过了二日二夜的考虑之后,她决定抱牌做亲而获得了这大宗财产底合法的继承权。

她当时相信自己有这样大的牺牲精神,但现在,随着年岁底增长,她逐渐地愈加不相信她何以为会有这样的勇气来了。翁姑故世了,一大注产业都归她掌管了,便这有什么用处呢? 她忘记了当时牺牲一切幸福以获得这产业的时候,究竟有没有想到这份产业对于她将有多大的好处? 族中人的虎视眈眈,去指望她死后好公分她底产业,她也不会有一个血统的继承人。算什么呢? 她实只是一宗巨产底暂时的经管人罢了。

虽则她有时很觉悟到这种情形,她却还不肯浪费她底财产,在她是以为既然牺牲了毕生的幸福以获得此产业,那么惟有刻意保持着这产业,才比较的是实惠的。否则,假如她自己花完了,她底牺牲岂不更徒然的吗? 这就是她始终吝啬的缘故。

但是,对于那被牺牲的幸福,在她现在的衡量中,却比从前的估价更高了。一年一年地阅历下来,所有的女伴都嫁了丈夫,有了儿子,成了家。即使是贫困的,但他们都另外有一种愉快足够抵偿经济生活底悲苦。而这种愉快,她是永远艳羡着,但永远没有尝味过,没有!

有时,当一种极罕有的勇气奔放起来,她会想: 丢掉这些财富而去结婚罢。但她一揽起镜子来,看见了萎黄的一个容颜,或是想像出族中人底诽笑和讽刺底投射,她也就沉郁下去了。

她感觉到寂寞,但她再没有更大的勇气,牺牲现有的一切,以冲破这寂寞的氛围。

她凝看着。旁边的座位上,一个年轻的漂亮的丈夫,一个兴高采烈的妻子,一个活泼的五六岁的孩子。他们商量吃什么菜肴。他们谈话。他们互相看着笑。他们好像是在自己家里。当然,他们并不怪婵阿姨这样沉醉地眈视着。

直等到侍者把菜肴端上来,才阻断了婵阿姨底视线。她看看对面,一个空的座位。玻璃的桌面上,陈列着一副碗箸,一副,不是三副,她觉得有点难堪。她怀疑那妻子是在看着她。她以为我是何等样人呢? 她看得出我是个死了的未婚夫底妻吗? 不仅是她看着,那丈夫也注目着我啊。他看得出我并不比他妻子年纪大吗? 还有,那孩子,他那双小眼睛也在看着我吗? 他看出来,以为我像一个母亲吗? 假如我来抚养他,他会不会有这样活泼呢?

她呆看着坚硬的饭颗,不敢再溜眼到旁边去了。她怕接触那三双眼睛,她怕接触了那三双眼睛之后,它们会立刻给她一个否决的回答。

她于是看见一只文雅的手握着一束报纸。她抬起头来,看见一个人站在她桌子边。他好像找不到座位,想在她对面那空位上坐。但他迟疑着。终于,他没有坐,走了过去。

她目送着他走到里间去,不知道心里该怎么想。如果他终于坐下在她对面,和她同桌吃饭呢? 那也没有什么不可以。在上海,这是普通的事,就使他坐下,向她微笑着,点点头,似曾相识地攀谈起来,也未尝不是坦白的事。可是,假如他真的坐下,假如他真的攀谈起来,会有怎样的结局啊,今天?

这里,她又沉思着,为什么他对了她看了一眼之后,才果决地不坐下来呢? 他是不是本想坐下来,因为对于她有什么不满意而翻然变计了吗? 但愿他是简单地因为她是一个女客,觉得不大方便,所以不坐下来的。但愿他是一个腼腆的人!

婵阿姨找一面镜子,但没有如愿。她从盆子里捡起一块蒸气洗过的毛巾,搭着脸,却又后悔早晨没有擦粉。到上海来,擦一点粉是需要的。倘若今天不回昆山去,就得在到惠中旅馆之前,先去买一盒粉,横竖家里的粉也快完了。

在旅馆里梳洗以后,出来,到哪里去呢? 也许,也许他——她稍微侧转身去,远远地看见那一双方雅的手的中年男子已经独坐在一只圆玻璃桌边,他正在看报。他为什么独自个呢? 也许他会很高兴说:——小姐,他会得这样称呼吗? 我奉陪你去看影戏,好不好?

可是,不知道今天有什么好看的戏,停会儿还得买一份报。他现在在看什么? 影戏广告? 我可以去借过来看一看吗？假如他坐在这里，假如他坐在这里看……

——先生，借一张登载戏的广告的报纸，可以吗？

——哦，可以的，可以的，小姐预备去看影戏吗？……

——小姐贵姓？

——哦，敝姓张，我是在上海银行做事的。……

这样，一切都会很好地进行了。在上海。这样好的天气。没有遇到一个熟人。婵阿姨冥想有一位新交的男朋友陪着她在马路上走，手挽着手。和暖的太阳照在他们相并的肩上，让她觉得通身的轻快。

可是，为什么他在上海银行做事？婵阿姨再溜眼看他一下，不，他的确不是那个管理保管库的行员。那行员还要年轻，面相还要和气，丰度也比较的洒落得多。他不是那人。

一想起那年轻的行员，婵阿姨特别清晰地看见了他站在保管库门边凝看她的神情。那是一道好像要说出话来的眼光，一个跃跃欲动的嘴唇，一副充满着热情的脸。他老是在门边看着，这使她有点烦乱，她曾经觉得不好意思摸摸索索地多费时间，所以匆匆地锁了抽屉就出来了。她记得上一次来开保管箱的时候，那个年老的行员并不这样仔细地看着她的。

当她走出那狭窄的库门的时候，她记得她曾回过头去看一眼。但这并不单为了不放心那保管箱，好像这里边还有点避免他那注意的凝视的作用。她的确觉得，当她在他身边挨过的时候，他底下颌曾经碰着了她底头发。非但如此，她还疑心她底肩膀也曾经碰着他底胸脯的。

但为什么当时没有勇气抬头看一眼呢？

婵阿姨底自己约束不住的遐想，使她憧憬于那上海银行底保管库了。为什么不多勾留一会呢？为什么那样匆匆地锁上抽屉呢？那样地手忙脚乱，不错，究竟有没有把钥匙锁上过。没有，绝对的没有锁上，不然，为什么她记忆中没有这动作啊？没有把保管箱锁上？真的？这是何等重要的事！

她立刻付了账。走出冠生园，在路角上，她招呼一辆黄包车：

——江西路，上海银行。

在管理保管库事情的行员办公的那柜台外，她招呼着：

——喂，我要开开保管箱。

那年轻的行员，他正在抽着纸烟和别一个行员话说，回转头来问：

——几号？

他立刻呈现了一种诧异的神气，这好像说：又是你，上午来开了一次，下午又要开了，多忙？可是这诧异的神气并不在他脸上停留得很长久，行长陈光甫常常告诫他底职员：对待主顾要客气，办事不怕麻烦。所以，当婵阿姨取出她底钥匙来，告诉了他三百零五号之后，他就捡取了同号码的副钥匙，殷勤地伺候她到保管库里去。

三百零五号保管箱，她审察了一下，好好地锁着。她沉吟着，既然好好地锁着，似乎不必再开吧？

——怎么，要开吗？那行员拈弄着角匙问。

——不用开了。我因为忘记了刚才有没有锁上，所以来看看。她觉得有点歉仄地回答。

于是他笑了。一个和气的，年轻的银行职员对她微笑着，并且对她看着。他是多么可亲啊！假如在冠生园的话，他一定会坐下在她对面的。但现在，在银行底保管库里，他会怎样呢？

她被他看着。她期待着。她有点窘，但是欢喜。他会怎样呢？他亲切地说：

——放心罢，即使不锁，也不要紧的，太太。

什么？太太？太太！他称她为太太！愤怒和被侮辱了的感情奔涌在她眼睛里，她要哭了。她装着苦笑。当然，他是不会发觉的，他也许以为她是羞赧。她一扭身，走了。

在库门外，她看见一个艳服的女人。

——啊，密司陈，开保管箱吗？角匙拿了没有？

她听见他在背后问，更亲切地。

她正走在这女人身旁。她看了一眼。密司陈，密司！

于是她走出了上海银行大门。一阵冷。眼前阴沉沉地，天色又变坏了。西北风。好像还要下雨。她迟疑了一下，终于披上围巾：

——黄包车，北站！

在车上，她掏出时表来看。两点十分，还赶得上三点钟的快车。在藏起那时表的时候，她从衣袋里带出了冠生园的发票。她困难地，但是专心地核算着："菜，茶，白饭，堂彩，付两块钱，找出六角，还有几个铜元呢？"

导读

作品描写的是一位三十几岁实际上未婚的寡妇婵阿姨。她十几年前抱着地主家儿子的牌位成亲，用青春换取了 3 000 多亩田的继承权。面对族人虎视眈眈于这笔财产，她刻意守业，茹苦度日，不敢有非分之想；容颜日渐凋萎，成为封建道德和资本主义金钱双重奴役下的牺牲品。在一个初春的日子，婵阿姨到上海银行提取存款息金。当她走在春阳和煦的南京路上，内心蕴藏着的热情骚动起来。她渴望得到爱情和幸福，但人们都把她当做已婚的"太太"看待，故所经历的只能是一场性爱的幻灭。小说揭示了封建传统文化中的节烈观念对妇女七情六欲的压抑和摧残，以及这种七情六欲在现代都市文化氛围中蒙眬的瞬间的觉醒。

作品中运用了意识流的手法，心理描写极为细致，旧伦理和真人性的冲突写得圆转自如，还在潜意识的发掘中触碰到人的原始本能，在写实的基调中鸣响着现代派的旋律。

两个时间的不感症者

刘呐鸥

晴朗的午后。

游倦了的白云两大片,流着闪闪的汗珠,停留在对面高层建筑物造成的连山的头上。远远地眺望着这些都市的围墙,而在眼下俯瞰着一片旷大的青草原的一座高架台,这会早已被为赌心热狂了的人们滚成为蚁巢一般了。紧张变为失望的纸片,被人撕碎满在水门汀上。一面欢喜便变了多情的微风,把紧密地依贴着爱人身边的女儿的绿裙翻开了。除了扒手和姨太太,望远镜和春大衣便是今天的两大客人。但是这单说他们的衣袋里还充满着五元钞票的话。尘埃,嘴沫,暗泪和马粪的臭气发散在郁悴的天空里,而跟人们的决意,紧张,失望,落胆,意外,欢喜造成一个饱和状态的氛围气。可是太得意的 Union Jack 却依然在美丽的青空中随风漾着朱红的微笑。There, they are off! 八匹特选的名马向前一趋,于是一哩一挂得的今天的最终赛便开始了。

这时极度的紧张已经旋风一般地捉住了站在台阶上人堆里的 H 的全身了。因为他把今天所赢的三四十张钞票想试个自己的运气,尽都买了一匹五号马的独赢。

——啊,三马落后了。

——不。三马是棕色的。

——你买七号吗?

——不,七号骑手靠不住,我买了五号。

虽然有人在身边交换着这样兴奋的高声的会说,但是走不进 H 的耳里,他把垂下来的前发用手向后搔上去,仍把眼睛盯住在草原的那面一堆移动着的红红绿绿的人马。

忽然一阵 Cyclamen 的香味使他的头转过去了。不晓得几时背后来了这一个温柔的货色,当他回头时眼睛里便映入一位 sportive 的近代型女性。透亮的法国绸下,有弹力的肌肉好像跟着轻微运动一块儿颤动着。

视线容易地接触了。小的樱桃儿一绽裂微笑便从碧湖里射过来。H 只觉眼睛有点不能从那被 opera bag 稍为遮着的,从灰黑色的袜子透出来的两只白膝头离开,但是另一个强烈的意识却还占住在他的脑里。

Come on Onta ……!

——Bravo,大拉司!

一阵轰音把他唤到周围不安的空气和嚣声中,随后一团的速力在他眼前箭一般的穿过了。五号马不是确在前头吗! 这突然的意识真使他全身的神经战动起来。他不觉喝了个彩。于是便紧握着手里的纸票,推出了人堆,不顾前后的跑到台下的支付处去。

H 把支付窗口占住了时,随后早就暴风一般地吹上了一团的人,个个脸上都带点悦色。不知道分配多少,这就像是他们这会唯一的关心。但 H,隐忍着背后的人们的压力,思想已经飞到这钱拿到时的用法去了。

——先生,这个替我拿一拿好吗?

忽然身边有凉爽的声音,有轻推他肩膀的手。H翻过身来看铁栏外站的是刚才在台上对他微笑的女人。她眼里表示着一种好朋友的亲密。H虽然被她这唐突的请求吓了一下,但是马上便显出对于女人殷勤的样子说:

——好的好的,你也买了五号?

女人用微笑答着,把素手里的几张青票子递给了他,便移着奢华的身子避开了这些暴力的人们。等不上两三分钟分牌人就业了。于是一句"二十五元!"便从嘴里走过了嘴里。洋钱和银角在柜上作响着,算盘就开始活动了。

好容易把将近一千元的钞票拿到,脱出了人群,就走向站在人们不挤的地方的她去。一个等待着的微笑。

——谢谢你!

——不客气。真挤得要命。

H略举起帽子,重新的表示了个敬意,便从衣袋里抽出手帕来拭着额角上的汗珠。

——那么,怎样办呢,就在这儿吧!

H示着手里的一束钞票说。

——怎么可以说,坐也不能坐。

哼,H心里想一想,这么爽快又漂亮的一个女人,把她当做一根手杖带在马路上走一走倒是不错的。如果她……肯呢,就把这一束碰运气的意外钱整束的送给了她也没有什么关系。他心里这样下了一决意,于是便说:

——夫人,不,小姐是一个人来的吗?

——可不是呢!

——那么,找个地方休息去,可以罢?

——也好的,我此刻并不忙。

——那么,那边街角有家美国人的吃茶店,那面很清净,冰淇淋也很讲究。

——那可以随便的。

她说着时忽被一个匆忙的人从背后推了一下,险些碰到H的身上来。H忙把她的手腕握定,但她却一点不露什么感情,反紧地挟住了他的腕,恋人一般地拉着便走。

失了气力的人们和急忙算着钞票的人们都流向南面的大门口去了。一刻钟前还是那么紧张的场内,此刻已变成像抽去了气的气球一般地消沉着,只剩着这些恶的钞票的碎片随风旋舞。不一会两个新侣便跟着一群人走出马臭很重的马路上来了。

——那么,就从这面走一走吧,热闹一点。

坐了半个钟头,用冷的饮料医过了渴,从吃茶店起出马路上来的H们已经是几年的亲友了。知道散步在近代的恋爱是个不能缺的因素,因为它是不长久的爱情的存在的唯一的示威,所以他一出来便这样提议。他想,这么美丽的午后,又有这么解事的伴侣是应该demostrate的。怀里又有了这么多的钱,就使她要去停留在大商店的玻璃橱前不走也是不怕她的。

残日还抚摩着西洋梧桐新绿的梢头。铺道是擦了油一样地光清的。轻快地，活泼地，两个人的跫音在水门汀上律韵地响着。一个穿着黄土色制服的外国兵带着个半东方种的女人前面来了。他们也是今天新交的一对呢！在这都市一切都是暂时和方便，比较地不变的就算这从街上竖起来的建筑物的断崖吧，但这也不过是四五十年的存在呢。H这样想着，一会便觉得身边热闹起来了。这是因为他已经走进了商业区的原故。

在马路的交叉处停留着好些甲虫似的汽车。"Fontegnac 1929"的一辆稍为诱惑了H的眼睛，但他是不会记忆身边的 fair sex 的。他一手扶助着她，横断了马路，于是便用最优雅的动作把她像手杖一般地从左腕搬过了右腕。市内三大怪物的百货店便在眼前了。

从赛马场到吃茶店，从吃茶店到热闹的马路上并不是什么稀奇的道程，可是好出风头的地方往往不是好的散步道。不意从前头来的一个青年瞧了H所带的女人，便展着猜疑的眼睛，在他们的跟前站定了。

——还早呢，T，已经来了吗！

尚且是女人先开口：

——这是H。我们是赛马回来的。这是T。

H感觉着了这突然的三角关系的苦味，轻轻对T点一点头向女人问：

——你和T先生有什么约没有？

——有是有的，可是……我们一块走吧。

T好像有点不服，但也没有法子，只得便这样提议：

——那么，就到这儿的茶舞去，好吗？

H是只好随便了。他真不懂这女人跟人家有了约怎么不早点说。这样答应了自己两个人的散步，这会又另外地钩起一个旁的人来。

五分钟之后他们就坐在微昏的舞场的一角了。茶舞好像正在酣热中。客人，舞女和音乐队员都呈着热烘烘的样子，H把周围看了一看，觉得雾围气还好，很可以坐坐，但他总想这些懂也不懂什么的，年纪过轻的舞女真是不能适他的口味。他实在没有意思跳舞，可是他对于这女人兴味并没有失去。或者在华尔兹的旋律中把她抱住在怀里，再开始强要的交涉吧。这样他想着，于是便把稍累了的身体用强烈的黑咖啡鼓励起来。

——怎么样，赛马好玩吗？

一会儿T对女人问。

——不是赛马好玩，看人和赢钱好玩呵。

——你赢了吗，多少？

——我倒不怎么，H赢得多呢。

向H投过来的一双神妙的眼睛。

——H先生赢了多少？

——没有的。不过玩意儿。

H把这个裹在时髦的西装里的青年仔细一看，觉得仿佛是见过了。大概总不外是跑跳舞场和影戏院的人吧。但是当他想到这人跟女人不晓得有什么关系，却就郁悴起来了。他觉得三个人的茶会总是扫兴的。

忽然光线一变，勃路斯的音乐开始了。T并不客气，只说声对不住便拉了女人跳了去，H只凝视着他们两个人身体的微光下高低上下地旋转着律动着，一会提起杯子去把塞住了的感情灌下去。他真想喝点强的阿尔柯尔了。在急了的心里，等待的时间真是难过。

但是华尔兹下次便来了。H抑制着暴跳的神经，把未爆发的感情尽放在腕里，把一个柔软的身体一抱便说：

——我们慢慢地来吧。

——你欢喜跳华尔兹吗？

——并不，但是我要跟你说的话，不是华尔兹却出不来。

——你要跟我说什么？

——你愿意听吗？

——你说呀。

——我说你很漂亮。

——我以为……

——我说我很爱你。一见便爱上了你。

H盯了她一眼，紧抱着她，转了两个轮，继续地说，

——我翻头看见了你时，真不晓得看你好还是看马好了。

——我可不是一样吗。你看见我的时候，我已经看着你好一会了。你那兴奋的样子，真比一匹可爱的骏马好看啊！你的眼睛太好了。

她说着便把脸凑上他的脸去。

——T是你的什么人？

——你问他干什么呢？

——……

——不是像你一样是我的朋友吗？

——我说，可不可不留他在这儿，我们走了？

——你没有权力说这话呵。我和他是先约。我应许你的时间早已过了呢？

——那么，你说我的眼睛好有什么用？

——啊，真是小孩。谁叫你这样手足鲁钝。什么吃冰淇淋散步啦，一大堆唠苏。你知道 Lovemaking 是应该在汽车上风里干的吗？郊外是有绿荫的呵。我还未曾跟一个 gentleman 一块儿过过三个钟头以上呢。这是破例呵。

H觉得华尔兹真像变了狐步舞了。他这会才摸出这怀里的人是什么一个女性。但是这时还不慢呢。他想他自己的男性魅力总不会在T之下的。可是音乐却已经停止了。他们回到桌子时，T只一个人无聊地抽着香烟。于是他们饮，抽，谈，舞的过了一个多钟头时，忽然女人看看腕上的表说：

——那么，你们都在这儿玩玩去吧，我先走了。

——怎么，怎么啦？

H、T两个同一个声音，同样展着怪异的眼睛。

——不，我约一个人吃饭去，我要去换衣衫。你们坐坐去不是很好吗，那面几个女人都是很可爱的。

——但是，我们的约怎么了呢！今夜我已经去定好了呵。

——呵呵，老 T，谁约了你今夜不今夜。你的时候，你不自己享用，还要跳什么舞。你就把老 H 赶了走，他敢说什么。是吗，老 H，可是我们再见吧！

于是她凑近 H 的耳朵边，"你的眼睛真好呵，不是老 T 在这儿我一定非给它一只一个吻不可"这样细声地说了几句话，微笑着拿起 Opera-bag 来，便留着两个呆得出神的人走去了。

导读

本篇是刘呐鸥《都市风景线》中的一篇，是刘呐鸥的代表作。作品描写了在赛马场买赌赢了的 H 先生，与一位放荡女性邂逅相遇，于是两个相约去喝冷饮。这位女性又找到事先有约的男青年 T，三人同去舞场，经过饮、抽、谈、舞的一个多钟头的历程后，这位浪荡女性又翩然而去，约别的男人去吃饭，丢下 H 和 T。在这种招之即来、挥之即去的闪电式爱情游戏中，男女间的心是隔膜的，作者向人们展示的，是大都市资产阶级男女们的那种空虚、放荡、腐朽的生活。

小说几乎通篇贯穿着作者的主观感觉。作者将主观心理对客观外界的新奇感觉外化出来，表现为涂着鲜明主观色彩的画幅。作者通过视觉、听觉、嗅觉、味觉、触觉的客体化、对象化，使艺术描写具有更强的可感性，具有强烈的主体感。

上海的狐步舞

穆时英

上海。造在地狱上面的天堂!

沪西,大月亮爬在天边,照着大原野。浅灰的原野,铺上银灰的月光,再嵌着深灰的树影和村庄和一大堆一大堆的影子。原野上,铁轨画着弧线,沿着天空直伸到那边儿的水平线下去。

林肯路。(在这儿,道德给践在脚下,罪恶给高高地捧在脑袋上面。)

拎着饭篮,独自个儿在那儿走着,一只手放在裤袋里,看着自家儿嘴里出来的热气慢慢儿的飘到蔚蓝的夜色里去。

三个穿黑绸长褂,外面罩着黑大褂的人影一闪。三张在呢帽底下只瞧见鼻子和下巴的脸遮在他前面。

"慢着走,朋友!"

"有话尽说,朋友!"

"咱们冤有头,债有主,今后不是咱们有什么跟你过不去,各为各的主子,咱们也要吃口饭,回头你老别怨咱们不够朋友。明年今儿是你的周年,记着!"

"笑话了!咱也不是那么不够朋友的——"一扔饭篮,一手抓住那人的枪,就是一拳过去。

碰!手放了,人倒下去,按着肚子。碰!又是一枪。

"好小子!有种!"

"咱们这辈子再会了,朋友!"

"黑绸长褂"把呢帽一推,叫搁在脑勺上,穿过铁路不见了。

"救命!"爬了几步。

"救命!"又爬了几步。

嘟的吼了一声儿,一道弧灯的光从水平线底下伸了出来。铁轨隆隆地响着,铁轨上的枕木像蜈蚣似地在光线里向前爬去,电杆上显了出来,马上又隐没在黑暗里边,一列"上海特别快"的突着肚子,达达达,有着狐步舞的拍,含着颗夜明珠,龙似地跑了过去,绕着那条弧线。又张着嘴吼了一声儿,一道黑烟直拖尾巴那儿,弧灯的光线钻到地平线下,一回儿便不见了。

又静了下来。

铁道交通门前,交错着汽车的弧光灯的光线,管交通门的倒拿着红绿旗,拉开了那白脸红嘴唇,带了红宝石耳坠子的交通口。马上,汽车就跟着门飞了过去,一长串。

上了白漆的街树的腿,电杆木的腿,一切静物的腿……revue似的,把擦了粉的大腿交叉地伸出来的姑娘们……白漆的腿的行列。没着那条静悄的大路,从住宅的窗里,都会的眼珠子似地,透过了窗纱,偷溜了出来淡红的,紫的,绿的,处女的灯光。

汽车在一座别墅式的小洋房前停了,叭叭的拉着喇叭。刘有德先生的西瓜皮帽上的珊瑚结子从车门里探了出来,黑毛葛背心上两只小口袋里挂着的金表链上面的几个小金镑钉当地笑着,把他送出车外,送到这屋里。他把半段雪茄扔在门外,走到客室里,刚坐下,楼梯的地毡上响着轻捷的鞋跟,嗒嗒地。

"回来了吗?"活泼的笑声,一位在年龄上是他的媳妇,在法律上是他的妻子的夫人跑了进来,扯着他的鼻子道。"快!给我签张三千块钱的支票。"

"上礼拜那些钱又用完了吗?"

不说话,把手里的一叠账交给他,便拉他的蓝缎袍的大袖子往书房里跑,把笔送到他手里。

"我说……"

"你说什么?"堵着小红嘴。

瞧了她一眼便签了。她就低下脑袋把小嘴凑到他大嘴上。"晚饭你独自个儿吃吧,我和小德要出去。"便笑着跑了出去,碰的阖上门。他掏出手帕来往嘴上一擦,麻纱手帕上印着 tangee。倒像我的女儿呢,成天的缠着要钱。

"爹!"

一抬脑袋,小德不知多咱溜了进来,站在他旁边,见了猫的耗子似地。

"你怎么又回来啦?"

"姨娘打电话叫我回来的。"

"干吗?"

"拿钱。"

刘有德先生心里好笑,这娘儿俩真有他们的。

"她怎么会叫你回来问我要钱? 她不会要不成?"

"是我要钱。姨娘叫我伴她去玩。"

忽然门开了,"你有现钱没有?"刘颜蓉珠又跑了进来。

"只有……"

一只刚用过蔻丹的小手早就伸到他口袋里把皮夹拿了出来!红润的指甲数着钞票:一五,一十,二十,……三百。"五十留给你,多的我拿去了。多给你晚上又得不回来。"做了个媚眼,拉了她法律上的儿子就走。

儿子是衣架子,成天地读着给 gigolo 看的时装杂志,把烫得有粗大明朗的折纹的裤子穿到身上,领带打得在中间留了个涡,拉着母亲的胳膊坐到车上。

上了白漆的街树的腿,电杆木的腿,一切静物的腿……reven 似地,把擦满了粉的大腿交叉地伸出来的姑娘们……白漆腿的行列。沿着那条静悄的大路,从住宅区的窗里,都会的眼珠子似地,透过了窗纱,偷溜了出来的淡红的,紫的,绿的,处女的灯光。

开着一九三二的新别克,却一个心儿想一九八零年的恋爱方式。深秋的晚风吹来,吹动了儿子的领子,母亲的头发,全有点儿觉得凉。法律上的母亲偎在儿子的怀里道:

"可惜你是我的儿子。"嘻嘻地笑着。

儿子在父亲吻过的母亲的小嘴上吻了一下,差点儿把车开到行人道上去啦。

Neon light 伸着颜色的手指在蓝墨水似的夜空里写着大字。一个英国绅士站在前面,穿了红的燕尾服,挟着手杖,那么精神抖擞地在散步。腿下写着:"John Walker: Still Going Strong."路旁一小块草地上展开了地产公司的乌托邦,上面一个抽吉士牌的美国人看着,像在说:"可惜这是小人国的乌托邦;那片大草原里还放不下我的一只脚呢?"

汽车前显出个人的影子,喇叭吼了一声儿,那人回过脑袋来一瞧,就从车轮前溜到行人道上去了。

"蓉珠,我们上那去?"

"随便那个 cabaret 里去闹个新鲜吧;礼查,大华我全玩腻了。"

跑马厅屋顶上,风针上的金马向着红月亮撒开了四蹄。在那片大草地的四周泛滥着光的海,罪恶的海浪,慕尔堂浸在黑暗里,跪着,在替这些下地狱的男女祈祷,大世界的塔尖拒绝了忏悔,骄傲地瞧着这位迂牧师,放射着一圈圈的灯光。

蔚蓝的黄昏笼罩着全场,一只 saxophone 正伸长了脖子,张着大嘴,呜呜地冲着他们嚷。当中那片光滑的地板上,飘动的裙子,飘动的袍角,精致的鞋跟,鞋跟,鞋跟,鞋跟,鞋跟。蓬松的头发和男子的脸。男子的衬衫的白领和女子的笑脸。伸着胳膊,翡翠坠子拖到肩上。整齐的圆桌子的队伍,椅子却是乱的。暗角上站着白衣侍者。酒味,香水味,英腿蛋的气味,烟味……独身者坐在角隅里拿黑咖啡刺激自家儿的神经。

舞着:华尔滋的旋律绕着他们的腿,他们的脚站在华尔滋旋律上飘飘地,飘飘地。

儿子凑在母亲的耳朵旁说:"有许多话是一定要跳着华尔滋才能说的,你是顶好的华尔滋的舞侣——可是,蓉珠,我爱你呢!"

觉得轻轻地吻着鬓脚,母亲躲在儿子的怀里,低低地笑。

一个冒充法国绅士的比利时珠宝掮客;凑在电影明星殷芙蓉的耳朵旁说:"你嘴上的笑是会使天下的女子妒忌的——可是,我爱你呢!"

觉得轻轻地吻着鬓脚,便躲在怀里低低地笑,忽然看见手指上多了一只钻戒。

珠宝掮客看见了刘颜蓉珠,在殷芙蓉的肩上跟她点了点脑袋,笑了一笑。小德回过身来瞧见了殷芙蓉,也 gigolo 地把眉毛扬了一下。

舞着,华尔滋的旋律绕着他们的腿,他们的脚践在华尔滋上面,飘飘地,飘飘地。

珠宝掮客凑在刘颜蓉珠的耳朵旁,悄悄的说:"你嘴上的笑是会使天下的女子妒忌的——可是,我爱你呢!"

觉得轻轻地吻着鬓脚,便躲到怀里低低地笑,把唇上的胭脂印到白衫上面。

小德凑在殷芙蓉的耳朵旁,悄悄的说"有许多话是一定要跳着华尔滋舞才能说的,你是顶好的华尔滋舞侣——可是芙蓉,我爱你呢!"

觉得在轻轻地吻着鬓脚,便躲在怀里,低低地笑。

独身者坐在角隅里拿着咖啡刺激自家儿的神经。酒味,香水味,英腿蛋气味,烟味……暗角上站着白衣侍者,椅子是凌乱的,可是整齐的圆桌子的队伍翡翠坠子拖到肩上,伸着胳膊。女子的笑脸和男子的衬衫的白领。男子的脸和蓬松的头发。精致的鞋跟,鞋跟,鞋跟,鞋跟,鞋跟。飘荡的袍角,飘荡的裙子,当中一片光滑的地板,呜呜地冲着人家嚷,那只是 saxophone 伸长了脖子,张着大嘴。蔚蓝的黄昏笼罩着全场。

推开了玻璃门，这纤弱的幻景就打破了。跑下扶梯，两溜黄包车停在街旁，拉车的分班站着，中间留了一道门灯光照着路，争着"Ricksha?"奥斯汀孩子，爱山克水，福特，别克跑车，别克小九，八汽缸，六汽缸……大月亮红着脸蹒跚地走上跑马厅的大草原上来。街角卖《大美晚报》的用卖饼油条的嗓子嚷：

"Evening Post!"

电车当当地驶进布满大减价的广告旗和招牌的危险地带去。脚踏车挤在电车的旁边瞧着也可怜。坐在黄包车上的水兵挤箍着醉眼，瞧准了拉车的屁股踹了一脚便哈哈地笑了。红的交通灯，绿的交通灯，交通灯的柱子和印度巡捕一同地垂直在地上。交通灯一闪，便涌着人的潮，车的潮。这许多人，全像没了脑袋的苍蝇似的！一个 fashion model 穿了她铺子里的衣服来冒充贵妇人。电梯用十五秒钟一次的速度，把人货似地抛到屋顶花园去。女秘书站在绸缎铺的橱窗外面瞧着全丝面的法国 crepe，想起了经理的刮得刀痕苍然的嘴上的笑劲儿，主义者和党人挟了一包传单的踱过去，心里想，如果给抓住了便在这里演说一番。蓝眼珠的姑娘穿了窄裙，黑眼珠的姑娘穿了长旗袍儿，腿股间有相同的媚态。

街旁，一片空地里，竖起了金字塔似的高木架，粗壮的木腿插在泥里，顶上装了盏弧灯，倒照下来，照到底下每一条横木板上的人。这些人吆喝着："嗳嗳呀！"几百丈高的木架顶上的木柱直坠下来，碰！把三抱粗的大木柱撞到泥里去，四角上全装着弧灯，强烈的光探照着这片空地。空地里：横一道，竖一道的沟，钢骨，瓦砾堆。人扛着大木柱在沟里走，拖着悠长的影子。前面的脚一滑，摔倒了，木柱压到脊梁上。脊梁断了，嘴里哇的一口血……弧灯……砰！木柱顺着木架又溜了下去……光着身子的煤屑路滚铜子的孩子……大木架顶上的弧灯在夜空里像月亮……捡煤渣的媳妇……月亮有两个……月亮叫天狗吞了……月亮没有了。

死尸给搬了开去。空地里：横一道竖一道的沟，钢骨，瓦砾，还有一堆他的血。在血上，铺上了士敏土，造起了钢骨，新的饭店造起来了！新的舞场造起来了！新的旅馆造起来了！把他的力气，把他的血，把他的生命压在底下，正和别的旅馆一样地，和刘有德先生刚才跨进去的华东饭店一样地。

华东饭店里——

二楼：白漆房间，古铜色的鸦片香味，麻雀牌，《四郎探母》，《长三骂淌白小娼妇》，古龙香水和淫欲味，白衣侍者，娼妓掮客，绑票匪，阴谋和诡计，白俄浪人……

三楼：白漆房间，古铜色的鸦片香味，麻雀牌，《四郎探母》，《长三骂淌白小娼妇》，古龙香水和淫欲味，白衣侍者，娼妓掮客，绑票匪，阴谋和诡计，白俄浪人……

四楼：白漆房间，古铜色的鸦片香味，麻雀牌，《四郎探母》，《长三骂淌白小娼妇》，古龙香水和淫欲味，白衣侍者，娼妓掮客，绑票匪，阴谋和诡计，白俄浪人……

电梯把他吐在四楼，刘有德先生哼着《四郎探母》踏进了一间响着骨牌声的房间，点上了茄立克，写了张局票，一不回，他也坐到桌旁，把一张中风，用熟练的手法，怕碰伤了它似地抓了进，一面却："怎么一张好的也抓不进来，"一副老抹牌的脸，一面却细心地听着因为不束胸而被人家叫做沙利文面包的宝月老八的话："对不起，刘大少，还得出条子，等回儿抹完了牌请过来坐。"

"到我们家坐坐去哪！"站在街角，只瞧得见黑珠子的石灰脸，躲在建筑物的阴影里，向来往的人喊着，拍卖行的伙计似地；老鸨尾巴似的拖在后边儿。

"到我们家坐坐去哪!"那张瘪嘴说着,故意去碰在一扁脸身上。扁脸笑,瞧了一瞧,指着自家儿的鼻子,探着脑袋:"好寡老,碰大爷?"

"年纪轻轻,朋友要紧!"瘪嘴也笑。

"想不到我这印度小白脸今儿倒也给人家瞧上咧,"手往她脸上一抹,又走了。

旁边一个长头发不乱胡须的作家正在瞧着好笑,心里想到了一个题目:第二回巡——都市黑暗面检阅 sonata;忽然瞧见那瘪嘴的眼光扫到自家儿脸上来了,马上就慌慌张张的往前跑。

石灰脸躲在阴影里,老鸹尾巴似地拖在后边儿——躲在阴影里的石灰脸,石灰脸,石灰脸……

(作家心里想:)

第一回巡礼赌场,第二回巡礼街头娼妓,第三回巡礼舞场,第四回巡礼……再说《东方杂志》《文艺月刊》……第一句就写大马路北京路野鸡交易所……不行——

有人拉了拉他的袖子:"先生!"一看是个老婆儿装着苦脸,抬起脑袋来望他。

"干吗?"

"请您给我看封信。"

"信在那儿?"

"请您跟我到家里去拿,就在这胡同里边。"

便跟着走。

中国的悲剧这里边一定有小说资料。一九三一年是我的年代了。《东方杂志》、《北斗》每月一篇单行本日译本俄译本各国译本都出版诺贝尔奖金又伟大又发财……

拐进了一条小胡同,暗得什么都看不见。

"你家在那?"

"就在这儿,不远儿,先生。请您看封信。"

胡同的那边儿有一支黄路灯,灯下是个女人低着脑袋站在那儿。老婆儿忽然又装着苦脸,扯着他的袖子道:"先生,这是我的媳妇。信在她那儿。"走到女人那地方,女人不抬起脑袋来。老婆儿说:"先生,这是我的媳妇。我的儿子是机器匠,偷了人家东西,给抓进去了,可怜咱们娘儿们四天没吃东西啦。"

(可不是吗,那么好的题材,技术不成问题。她讲出来的话意识一定正确的不怕人家再说我人道主义咧……)

"先生,可怜儿的,你给几个钱,我叫媳妇陪你一晚上,救救咱们两条命!"

作家愕住了。那女人抬起脑袋来,两条影子拖在瘦腰帮儿上,嘴角浮出笑劲儿来。

嘴角浮出笑劲儿来。冒充法国绅士的比利时珠宝捎客凑在刘颜蓉珠的耳朵旁,悄悄的说:"你嘴上的笑是会使天下的女子妒忌的——喝一杯吧。"

高脚玻璃杯上,刘颜蓉珠的两只眼珠子笑着。

在别克里,那两只浸透了 cocktail 的眼珠子,从外套的皮领上笑着。

在华懋饭店的走廊里,那两只浸透了 cocktail 的眼珠子,从披散的头发边上笑着。

在电梯上,那只眼珠子在紫眼皮下笑着。

在华懋饭店七楼上一间房间里,那两只眼珠子,在焦红的腮帮儿上笑着。

珠宝掮客在自家儿的鼻子底下发现了那对笑着的眼珠子。

笑着的眼珠子!

白的床巾!

喘着气……

喘着气动也不动的躺在床上。

床巾:溶了的雪。

"组织个国际俱乐部吧!"猛的得了这么个好主意,一面淌着细汗。

淌着汗,在静寂的街上,拉着醉水手往酒吧间跑。街上,巡捕也没有了,那么静,像个死了的城市。水手的皮鞋搁到拉车的脊梁盖儿上面,哑嗓子在大建筑物的墙上响着:

啦得儿……啦得——

　　啦得儿

　　啦得……

拉车的脸上,汗冒着;拉车的心里,金洋钱滚着,飞滚着。醉水手猛的跳了下来跌了下来跌到两扇玻璃门后边儿去啦。

"Hulio Master! Master!"

那么地嚷着追到门边。印度巡捕把手里的棒冲着他一扬,笑声从门缝里挤出来,酒香从门缝里挤出来,Jazz从门缝挤出来……拉车的拉了车杠,摆在他前面的是十二月的江风,一个冷月,一条大建筑物中间的深巷。给扔在欢乐外面,他也不想到自杀,只"妈妈的"骂了一声儿,又往生活里走去了。

空去了这辆黄包车,街上只有月光啦。月光照着半边街,还有半边街浸在黑暗里边,这黑暗里边蹲着那家酒排,酒排的脑门上一盏灯是青的,青光底下站着个化石似的印度巡捕。开着门又关着门,鹦鹉似的说着:

"Good-bye, Sir."

从玻璃门里走出个年青的人,胳膊肘上挂着条手杖。他从灯光下走到黑暗里,又从黑暗里走到月光下面,太息了一下。窸窣地向前走去,想到了睡在别人床上的恋人,他走到江边,站在栏杆旁边发怔。

东方的天上,太阳光,金色的眼珠子似地乌云里睁开了。

在浦东,一声男子的最高音:

"嗳……嗳……嗳"

直飞上半天,和第一线的太阳光碰在一起。接着便来了雄伟的合唱。睡熟了的建筑物站起来,抬着脑袋,卸了灰色的睡衣,江水又哗啦哗啦的往东流,工厂的汽笛也吼着。

歌唱着新的生命,夜总会里的人们的命运!

醒回来了,上海!

上海,造在地狱上的天堂。

1933 年 6 月

导读

本篇收入穆时英的小说集《公墓》。小说运用剪辑组合的方式,通过一个个互不相关的画面,描绘了灯红酒绿的大都会夜晚的种种社会病象:行路人突然被拦劫暗杀,富豪的姨太太与前妻之子乱伦,舞场上男女交叉调情,饭店里有钱人赌博嫖妓,搬运木柱的工人被砸断脊梁而惨死,在巷口老妇骗拉客人,让儿媳出卖肉体以求活命,坐黄包车的外国水兵不给钱。小说把恐怖与繁华、淫荡与悲苦的场面组接在一起,在时空错杂之中形成强烈反差和对比,从而表现了"上海,造在地狱上的天堂"这一主题。

小说在结构上,时间交叉、空间跳跃、扑朔迷离、蒙眬恍惚,令人眼花缭乱、目不暇接。作者完全摒弃了情节性、连续性与顺序性的传统小说的结构形式,而是像电影艺术一样,用一系列不连贯的蒙太奇镜头进行有机组接。作者对人物的描写不注重性格塑造,而是着力描绘人物的心理情绪。在表现人物心理情绪时,作者也不是作直接的、静止的描写,而是把主观感觉注入所描写的客观对象中去,使对象生命化、个性化。

死水微澜（存目）

李劼人

导读

这是李劼人创作的连续性长篇历史小说的第一部。小说以成都北郊一个小乡镇——天回镇为背景，真实地揭示了从甲午战争到辛丑条约签订这一时期的四川社会生活的广阔图景，具体地写出了当时旧中国内地社会教民与袍哥两种势力的消长，充分展现了内地一潭死水似的黑暗现实。作品以教民头目顾天成与袍哥头目罗歪嘴这两种势力的矛盾斗争为主线，逐步展开情节。通过对清政府、帝国主义、教民与袍哥之间矛盾斗争的描写，点出了帝国主义对中国的侵略和清政府受洋人、教士的控制，以及在死水般的黑暗社会里，广大下层人民的痛苦生活。

小说运用细腻的艺术笔触，塑造了一系列血肉丰满、性格鲜明的人物形象，如罗歪嘴、顾天成、蔡大嫂等，作者写出了他们的时代性和地方性，描绘了他们各自的性格特征。

在人物描写上，作者善于研究和揭示人物的性格特征，善于把人物的性格同周围的环境统一起来进行观察和描写。作者特别长于刻画妇女的心理活动，如对蔡大嫂的描写，把蔡大嫂的动作、情态、语言、心理活动、思想性格，刻画得惟妙惟肖、逼真传神。作者对极富表现力的四川方言的熟练运用，增强了作品的乡土气息和时代感。

华威先生

张天翼

转弯抹角算起来——他算是我的一个亲戚。我叫他"华威先生"。他觉得这种称呼不大好。

"嗳,你真是!"他说。"为什么一定要个'先生'呢。你应当叫我'威弟'。再不然叫'阿威'。"

把这件事交涉过之后,他立刻戴上了帽子:

"我们改日再谈好不好?我总想畅畅快快跟你谈一次——唉,可总是没有时间。今天刘主任起草了一个县长公余工作方案,硬叫我参加意见,叫我替他修改。三点钟又还有一个集会。"

这里他摇摇头,没奈何地苦笑了一下。他声明他并不怕吃苦:在抗战时期大家都应当苦一点。不过——时间总要够支配呀。

"王委员又打了三个电话来,硬要请我到汉口去一趟,这里全省文化界抗敌总会又成立了,一切抗战工作都要领导起来才行。我怎么跑得开呢,我的天!"

于是匆匆忙忙跟我握了握手,跨上他的包车。

他永远挟着他的公文包。并且永远带着他那根老粗老粗的黑油油的手杖。左手无名指上戴着他的结婚戒指:拿着雪茄时候就叫这根无名指微微地弯着,而小指翘得高高的,构成一朵兰花的图样。

这个城市里的黄包车谁都不作兴跑,一脚一脚挺踏实地踱着,好像饭后千步似的。可是包车例外:叮当,叮当,叮当,——一下子就抢到了前面。黄包车立刻就得往左边躲开,小推车马上打斜。担子很快地就让到路边。行人赶紧就避到两旁的店铺里去。

包车踏铃不断地响着。钢丝在闪着亮。还来不及看清楚——它就跑得老远老远的了,像闪电一样快。

而——据这里有几位抵抗工作者的上层分子的统计,跑得顶快的是那位华威先生的包车。

"我恨不得取消晚上的睡觉制度,我还希望一天不止二十四小时,抗战工作实在太多了。"

接着掏出表来看一看,他那一脸丰满的肌肉立刻紧张了起来。眉毛皱着,嘴唇使劲撮着,好像他全身的精力都要收敛到脸上似的。他立刻就走:他要到难民救济会去开会。

照例——会场里的人全到齐了坐在那里等着他。他在门口下车的时候总得顺便把踏铃踏它一下:叮!

同志们彼此看着:唔,华威先生到会了。有几位透了一口气。有几位可就拉长了脸瞧着会场门口。有一位甚至于要准备决斗似的——抓着拳头瞪着眼。

华威先生的态度很庄严,用种从容的步子走进去,他先前那副忙劲儿好像被他自己的庄严态度消解掉了。他在门口稍为停了一会儿,让大家好把他看个清楚,仿佛要唤起同志们的信任心,仿佛要给同志们一种担保——什么困难的大事也都可以放下心来。他并且还点点头。他眼睛并不对着谁,只看着天花板。他是在对整个集体打招呼。

会场里很静。会议就要开始,有谁在那里翻着什么纸张,悉悉索索的。

华威先生很客气的坐到一个冷角落里,离主席位子顶远的一角。他不大肯当主席。

"我不能当主席,"他拿着一枝雪茄打手势。"工人抗战工作协会的指导员今天开常会。通俗文艺研究会的会议也是今天。伤兵工作团也要去的,等一下。你们知道我的时间不够支配,只容许我在这里讨论十分钟。我不能当主席。我想推举刘同志当主席。"

说了就在嘴角上闪起了一丝微笑,轻轻地拍几下手板。

主席报告的时候,华威先生不断地在那里括洋火点燃他的烟。把表放在面前,时不时像计算什么似地看看这。

"我提议!"他大声说。"我们的时间是很宝贵的:我希望主席尽可能报告得简单一点。我希望主席能够在两分钟之内报告完。"

他括了两分钟洋火之后,猛地站起来。对那正在哇啦哇啦的主席摆摆手。

"好了,好了。虽然主席没有报告完,我已经明白了。我现在还要赴别的会,让我发表一点意见。"

停了一停,抽两口雪茄,扫了大家一眼。

"我的意见很简单,只有两点,"他舔舔嘴唇。"第一点,就是——每个工作人员不能怠工。而是相反,要加紧工作。这一点不必多说,你们都是很努力的青年,你们都能热心工作。我很感谢你们。但是还有一点——你们时时刻刻不能忘记,那就是我要说的第二点。"

他又抽了两口烟,嘴里吐出来的可只有热气。这就又括了一根洋火。

"这第二点就是:青年工作人员要认定一个领导中心。你们只有在这一个领导中心的领导下,抗战工作才能够展开。青年是努力的,是热心的,但是因为理解不够,工作经验不够,常容易犯错误。要是上面没有一个领导中心,往往要弄得不可收拾。"

瞧瞧所有的脸色,他脸上的肌肉耸动了一下——表示一种微笑。他往下说:

"你们都是青年同志,所以我说得很坦白,很不客气。大家都要做抗战工作,没有什么客气可讲。我想你们诸位青年同志一定会接受我的意见。我很感谢你们。好了,抱歉得很,我要先走一步。"

把帽子一戴,把皮包一挟,瞧着天花板点点头,挺着肚子走了出去。

到门口可又想起一件什么事。他把当主席的同志拽开,小声儿谈了几句:

"你们工作——有什么困难没有?"他问。

"我刚才的报告提到了这一点,我们……"

华威先生伸出个食指顶着主席的胸脯:

"唔,唔,唔。我知道我知道。我没有多余的时间来谈这件事。以后——你们凡想到的工作计划,你们可以到我家里去找我商量。"

坐在主席旁边的那个长头发青年注意地看着他们,现在可忍不住不插嘴了:

"星期三我们到华先生家里去过三次,华先生不在家……"

那位华先生冷冷地瞅他一眼,带着鼻音哼了一句——"唔,我有别的事,"又对主席低声说下去:

"要是我不在家,你们跟密司黄接头也可以。密司黄知道我的意见,她可告诉你们。"

密司黄是他的太太。他对第三者说起她来,总是这么称呼她的。

他交代过了这才真的走开。这就到了通俗文艺研究会的会场，他发现别人已经在那里开会，正有一个人在那里发表意见。他坐了下来，点着了雪茄，不高兴的拍了三下手板。

"主席!"他叫。"我因为今天另外还有一个集会，我不能等到终席。我现在有点意见，想要先提出来。"

于是他发表了二点意见：第一，他告诉大家——在座的人都是当地的文化人，文化人的工作是很重要的，应当加紧地做去。第二，文化人应当认清一个领导中心，文化人在文抗会的领导中心的领导之下团结起来，统一起来。

五点三刻他到了文化界抗敌总会的会议室。

这回他脸上堆上了笑容，并且对每一个人点头。

"对不住的很，对不住的很：迟到了三刻钟。"

主席对他微笑一下，他还笑着伸了舌头，好像闯了祸怕挨骂似的。他四周瞧瞧形势，就拣在一个小胡子的旁边坐下来。

他带着很机密很严重的脸色——小声儿问那个小胡子：

"昨晚你喝醉了没有?"

"我啊——我不该喝了那三杯猛酒。"他严肃地说。"尤其是汾酒，我不能猛喝。刘主任硬要我干掉——嗨，一回家就睡倒了。密司黄说要跟刘主任去算帐呢：要质问他什么要把我灌醉。你看!"

一谈了这些，他赶紧打开皮包，拿出一张纸条——写几个字递给了主席。

"请你稍为等一等，"主席打断了一个正在发言的人的话。"华威先生还有别的事情要走，现在他有点意见：要求先让他发表。"

华威先生点点头站起来。

"主席!"腰板微微地一弯。"各位先生!"腰板微微地一弯。"兄弟首先要请求各位原谅：我到会迟了一点，而又要提前退席。……"

随后他说出了他的意见。他声明——文化界抗敌总会的常务理事会，是一切救亡工作的领导机关，应该时时刻刻起领导中心作用。

"群众是复杂的。工作又很多，我们要是不能起领导作用，那就很危险，很危险。事实是，此地各方面的工作也非有个领导中心不可。我们的担子真是太重了，但是我们不怕怎样的艰苦，也要把这担子担起来。"他反复地说明了领导中心作用的重要，这就戴起帽子去赴一个宴会。他每天都这么忙着。要到刘主任那里去联络。要到各学校去演讲。要到各团体去开会。而且每天——不是别人请他吃饭，就是他请别人吃饭。

华威太太每次遇到我，总是代替华威先生诉苦。

"唉，他真苦死了！工作这么多，连吃饭的工夫都没有。"

"他不可以少管一点，专门去做某一种工作么?"我问。

"怎么行呢? 许多工作都要他去领导呀。"

可是有一次，华威先生简直吃了一惊。妇女界有些人组织了一个战时保婴会，竟没有人找他!

他开始打听、调查。他设法把一个负责人找来。

"我知道你们委员会已经选出来了。我想还可以多添加几个，由我们文化界抗敌总会派人参加。"

他看见对方在那里踌躇，他把下巴挂了下来：

"问题是在这一点：你们委员是不是能够真正领导这工作。你能不能对我担保——你们会内没有汉奸，没有不良分子？你能不能担保——以后工作不至于错误，不至于怠工？你能不能担保？你能不能？你能够担保的话，那我要请你写个书面的东西，给我们文抗会常务理事会。以后万一——如果你们的工作出了毛病，那你就要负责。"

接着他又声明：这并不是他自己的意思。他不过是一个执行者。这里他食指点点对方胸脯：

"如果我刚才说的那些你们办不到，那不是成了非法团体了么？"

这么谈判两次，华威先生当了战时保婴会的委员。于是在委员会开会的时候，华威先生挟着皮包去坐这么五分钟，发表了一两点意见就跨上了包车。

有一天他请我吃饭。他说因为家乡带来了一块腊肉。

我到他家里的时候，他正在那里对两个学生样的人发脾气。他们都挂着文化界抗敌总会的徽章。

"你昨天为什么不去，为什么不去？"他吼着。"我叫你拖几个人去的。但是我在台上一开始演讲，一看——连你都没有去听！我真不懂你们干了些什么？"

"昨天——我去出席日本问题座谈会的。"

华威先生猛地跳起来了。

"什么！什么！——日本问题座谈会？怎么我不知道，怎么不告诉我？"

"我们那天部务会议决定了的，我来找过华先生，华先生又是不在家——"

"好啊，你们秘密行动！"他瞪着眼。"你老实告诉我——这个座谈会的背景，你老实告诉我！"

对方似乎也动了火：

"什么背景呢，都是中华民族！部务会议议决的，怎么是秘密行动呢？……华先生又不到会，开会也不终席，来找又找不到……我们总不能把部里的工作停顿下来。"

"浑蛋！"他咬着牙，嘴唇在颤抖着。"你们小心！你们，哼，你们！你们！……"他倒到了沙发上，嘴巴痛苦地抽得歪着。"妈的！这个这个——你们青年！……"

五分钟之后他抬起头来，害怕地四面看一看。那两个客人已经走了。他叹一口长气，对我说：

"唉，你看你看！现在的青年怎么办，现在的青年！"

这晚他没命地喝了许多酒，嘴里嘶嘶地骂着那些小伙子。他打碎了一只茶杯。密司黄扶着他上了床，他忽然打个寒噤说：

"明天十点钟有个集会……"

1938 年

导读

华威先生是典型的政客形象。他浮夸、傲慢、盛气凌人；他权欲熏心，爱发号施令，处处表现出一位官僚的颐指气使的架势。然而作为官僚的个性显现，则是他的虚伪性。在他身上,既没有贪官污吏的兽性的凶狠与贪婪,也难以看到他与民众的根本对立,还时时以民众代表的姿态出现。但事实一再撕开他的伪装:他包办抗日实际上是包而不办,他自诩为民众服务却破坏民众利益,他以人民公仆自居却过着老爷生活,十足暴露其政客的手腕与本质。在抗战的特定时代环境中,这一形象无疑是国民党政客的化身,其反复鼓吹"要认定一个领导中心",则是国民党到处抓权、破坏抗战的真切写照。同时,由于作品生动地描绘了华威热衷开会、华而不实等特征,也使这个形象成为一个官僚主义者的典型。

本篇在艺术上的最大特点,是讽刺手法的运用。讽刺的特点主要表现为夸张,通过对人物言行的夸大、丑化达到讽刺目的。但夸张而不失真实,幽默而不失严肃。

在其香居茶馆里

沙 汀

坐在其香居茶馆里的联保主任方治国,当他看见正从东头走来,嘴里照例扰嚷不休的邢幺吵吵的时候,简直立刻冷了半截,觉得身子快要坐不稳了。

使他发生这种异状的原因是这么来的:为了种种糊涂措施,目前他正处在全镇市民的围攻当中,这是一;其次,幺吵吵的第二个儿子,因为缓役了四次,好多人讲闲话了;加之,新县长又是宣布了要整顿兵役的,于是他就赶紧上了一封密告,而在三天前被兵役科捉进城了。

但最重要的还是这里:正如全市市民批评的那样,幺吵吵是个不忌生冷的人,甚么话他都嘴一张就说了,不管你受得住受不住。就是联保主任的令尊在世的时候,也经常对他那张嘴感到头痛。因为尽他本人并不可怕,他的大哥可是全县极有威望的耆宿,他和舅子是财务委员,县政上的活动分子,很不好沾惹的。

幺吵吵终于吵过来了。这是那种精力充足,对世界上任何事物都抱一种毫不在意的态度的典型男性。他常打着哈哈在茶馆里自白道:"老子这张嘴么,就这样:说是要说的,吃也是要吃;说够了回去两杯甜酒一喝,倒下去就睡!……"

现在,幺吵吵一面跨上其香居的阶沿,拖了把圈椅坐下,一面直着嗓子,干笑着嚷道:

"嗨,对!看阳沟里还把船翻了么!……"

他所参加的桌子已经有着三个茶客,全是熟人:十年前当过视学的俞视学;前征收局的管帐,现在靠着利金生活的黄光锐;会文纸店的老板汪世模汪二。

他们大家,以及旁的茶客,都向他打着招呼:

"拿碗来!茶钱我给了。"

"坐上来好吧,"俞视学客气道:"这里要舒服些。"

"我要那么舒服做甚么哇?"出乎意外,幺吵吵横着眼睛嚷道,"你知道,我坐上席会头昏的,——没有那个资格……"

本份人的视学禁不住红起脸来,但他随即猜出来幺吵吵是针对着联保主任说的,因为当他嚷叫的时候,视学看见他满含恶意地瞥了一眼坐在后面首席上的方治国。

除却联保主任,那张桌子还坐得有张三监爷,人们都说他是方治国的军师,但实际上,他可只能跟主任坐坐酒馆,在紧要关头进点不着边际的忠告。但这又并不特别,他原是对甚么事也不关心的,而往往忽略了自己,他的老婆孩子在家里是经常饿着饭的。

同监爷对坐着的是黄毛牛肉,正在吞服一种秘制的戒烟丸药,他是主任的重要助手,虽然并无多少才干,唯一的本领就是毫无顾忌。"现在的事你管那么多做甚么哇?"他常常这么说,"拿得到手的就拿!"

毛牛肉应付这世界上一切经常使人大惊小怪的事变,只有一种态度:装做不懂。

211

"你不要管他的,发神经!"他小声向主任建议。

"这回子把蜂窝戳破了。"主任苦笑说。

"我看要赶紧'缝'啊!"捧着暗淡无光的黄铜烟袋,监爷皱着脸沉吟道:"另外找一个人去'抵'怎样?"

"已经来不及了呀。"主任叹口气说。

"管他做甚么呵!"毛牛肉眨眼而且努嘴,"是他妈个火炮性子。"

这时候,幺吵吵已经拍着桌子,放开嗓子在叫嚷了。但是他的战术依然停留在第一阶段,即并不指出被攻击人的姓名,只是隐射着对方,正像一通没头没脑的谩骂那样。

"搞到我名下来!"他显得做作地打了一串哈哈,"好得很,老子今天就要看他是甚么东西做出来的:人吗? 狗吗? 你们见过狗起草么,嗨,那才有趣! ……"

于是他又比又说地形容起来了,虽然已经蓄了十年上下的胡子,幺吵吵的粗鲁话可是越来越多,许多闲着无事的人,有时甚至故意挑弄他说下流话。他的所谓"狗",是指他的仇人方治国说的,因为主任的外祖父曾经当过衙役,而这又正是方府上下人等最大的忌讳。

因为他形容的太恶俗了,俞视学插嘴道:

"少造点孽呵! 有道理讲得清的。"

"有什么道理哇!"幺吵吵忽然板起脸嚷道:"有道理,我也早当了什么主任了,两眼墨黑,见钱就拿!"

"吓,邢表叔! ……"

气得脸青面黑的瘦小主任,一下子忍不住站起来了。

"吓,邢表叔,"他重复说,"你说话要负责啊!"

"甚么叫负责哇? 我就不懂! 表叔,"幺吵吵模拟着主任的声调,这惹得大家都忍不住笑起来,"你认错人了! 认真是你表叔,你也不吃我了!"

"对,对,对,我吃你!"主任解嘲地说,一面坐了下去。

"不是吗?"幺吵吵拍了一巴掌桌子,嗓子更加高了,"兵役科的人亲自对我老大说的! 你的报告真做得好呢。我今天倒要看你是长的几个卵子! ……"

幺吵吵一个劲说下去,而他愈来愈觉得这不是开玩笑,也不是平日的瞎吵瞎闹,完全为了痛快;他认真感觉到愤激了。

他十分相信,要是一年半年以前,他是用不着这么样着急的,事情好办得很,只需给他大哥一个通知,他的老二就会自自由由走回来的。而且以往抽丁,他的老二就躲掉过四次,但是现在情形已经两样,一切要照规矩办了。而最严重的,是他的老二已经抓进城了。

他已经派了他的老大进城,而带回来的口信,更加证明他的忧虑不是没有根据。因为那捎信人说,新县长是要认真整顿兵役的,好几个有钱有势的青年人都偷跑了,有的成天躲在家里。幺吵吵的大哥已经试探过两次,但他认为情形险恶,额外那捎信人又说,壮丁就快要送进省了。

这是邢大爷最感觉棘手的事,别人还能有什么办法呢? 他的老二只有作炮灰了。

"你怕我是聋子吧,"幺吵吵简直在咆哮了,"去年蒋家寡母子的儿子五百,你放了;陈二靴子两百,你也放了! 你比土匪头儿肖大个子还要厉害,钱也拿了,脑袋也保住了,——老子也有钱的,你要张一张嘴呀?"

"说话要负责任啊! 邢幺老爷! ……"

主任又出马了,而且现出假装的笑容。

主任是一个糊涂而胆怯的人,胆怯,因为他太有钱了;而在这个边野地区,他又从来没有摸过枪炮。这地区是几乎每一个人都能来两手的,还有人靠着它维持生计。好些年前,因为预征太多,许多人怕当公事,于是联保主任这个头衔忽然落在他头上,弄得一批老实人莫名其妙。

联保主任很清楚这是实力派的阴谋,然而,一向忍气吞声的日子驱使他接受了这个挑战。他起初老是垫钱,但后来发觉甜头了:回扣、黑粮,等等。并且,当他走进茶馆时候,招呼茶钱的声音也来得响亮了。而在三年以前,他的大门上已经有了一道县长颁赠的匾额:

尽瘁桑梓

但是,不管怎样,正像他自己感觉到的一般,在这回龙镇,还是有人压住他的,他现在多少有点失悔自己做了糊涂事情,但他佯笑着,满不在意似地接着说道:

"你发气做甚么啊,都不是外人。……"

"你也知道不是外人么?"幺吵吵反问,但又并不等候回答,一直嚷叫下去道,"你知道不是外人,就不该搞我了,告我的密了!"

"我只问你一句话! ……"

联保主任又一下站起来了,而他的笑容更加充满一种讨好的意味。

"你说一句就是了!"他接着说,"兵役科甚么人告诉你的?"

"总有那个人呀,"幺吵吵冷笑说,"像还是谣言呢!"

"不是! 你要告诉我甚么人说的啦。"联保主任说,态度异常诚恳。

因为看见幺吵吵松了劲,他察觉出可以说理的机会到了,于是就势坐向俞视学侧面去,赌咒发誓分辩起来,说他一辈子都不会做出这样大胆糊涂的事情来的!

他坐下,故意不注意幺吵吵,仿佛视学他们倒是他的对手。

"你们想吧,"他说,摊开手臂,蹙着瘦瘦的铁青的脸蛋,"我姓方的是吃饭长大的呀! 并且,我一定要抓他做甚么呢? 难道'委员长'会赏我个状元当么? 没讲的话,这街上的事,一向糊得圆我总是糊的!"

"你才会糊!"幺吵吵叹着气抵了一句。

"那总是我吹牛啊!"联保主任无可奈何地辩解说,瞥了一眼他的对手,"别的不讲,就拿救国公债说吧,别人写了多少,你又写的多少?"

他随又把嘴凑近视学的耳边呻唤道:

"连丁八字都是五百元呀!"

联保主任表演的如此秘密,这不是没原因的,他想充分显示出事情的重要性和他对待幺吵吵的一片苦心;同时,他发觉看热闹的人已经越来越多,几乎街都快扎断了,漏出风声太不光彩,而且容易引起纠纷。

大约视学相信了他的话,或者被他的诚意感动了,兼之又是出名的好好先生,因此他斯斯文文地扫了扫喉咙,开始劝解起幺吵吵来。

"幺哥！我看这样啊！人不抓，已经抓了，横竖是为国家。……"

"这你才会说！"幺吵吵一下撑起来了，瞇起眼睛问视学道："这样会说，你那么一大堆，怎么不挑一个送进去呢？"

"好！我两个讲不通。"

视学满脸通红，故意勾下脑袋喝茶去了。

"再多讲点就讲通了！"幺吵吵重又坐下去，接着满脸怒气嚷道，"没有生过娃娃当然会说生娃娃很舒服！今天怎么把你个好好先生遇到了啊！冬瓜做不做得甑子？做得。蒸垮了呢？那是要垮呀，垮呀——你个老哥子真是！"

他的形容引来一片笑声，但他自己却不笑，他把他那结结实实的身子移动了一下，抹抹胡子，又把袖头两挽，理直气壮地宣言道：

"闲话少讲！方大主任，说不清楚你今天走不掉的！"

"好呀，"主任漫应着，一面懒懒退还原地方去，"回龙镇只有这样大一个地方哩，往哪里跑？就要跑也跑不脱的。"

联保主任的声调和表情照例带着一种嘲笑的意味，至于是嘲笑自己，或者对方，那就要凭你猜了，他是经常凭借了这点武器来掩护自己的，而且经常弄得顽强的敌手哭笑不得。人们一般都叫他做软硬人：碰到老虎他是绵羊，如果对方是绵羊呢，他又变成了老虎了。

当他回到原位的时候，毛牛肉一面吞服着戒烟丸，生气道：

"我白还懒得答呢，你就让他吵去！"

"不行不行，"监爷意味深长地说，"事情不同了。"

监爷一直这样坚持自己的意见，是颇有理由的。因为他确信这镇上是对准联保主任进行一种大规模的控告。而那大老爷，那位全县知名的绅耆，可以使这控告成为事实，也可以打消它，这也就是说，现在联络邢家是个必要措施，何况谁知道新县长是怎样一副脾气的人呢！

这时候茶堂里的来客已增多了，连平时懒于出门的陈新老爷也走来了，新老爷是前清科举时代最末一科的秀才，当过十年团总，十年哥老会的头目，八年前才退休的。他已经很少问镇上的事情了，但是他的意见还同团总时代一样有效。

新老爷一露面，茶客们都立刻直觉到：幺吵吵已经布置好一台讲茶了。茶堂里响起一片零乱的呼喊声。有照旧坐在座位上向堂倌叫喊的，有站起来叫喊的，有的一面挥着钞票一面叫喊，但是都把声音提得很高很高，深恐新老爷听不见。其间一个茶客，甚至于怒气冲冲地吼道：

"不准乱收钱啦！嗨！这个龟儿子听到没有？……"

于是立刻跑去塞一张钞票在堂倌手里。

在这种种热情的骚动中间，争执的双方，已经很平静了。联保主任知道自己会亏理的，他在殷勤地争取着客人，希望能于自己有利。而幺吵吵则一直闷着张脸，这是因为当着这许多漂亮人物面前，他忽然深切地感到，既然他的老二被抓，这等于说他已经失掉了面子！

这镇上是流行着这样一种风气的，凡是照规矩行事的，那就是平常人，重要人物都是站在一切规矩之外的。比如陈新老爷，他并不是个惜疼金钱的脚色，但是就连打醮这类事情，他也没有份的；否则便会惹起人们大惊小怪，以为新老爷失了面子，和一个平常人没多少区别了。

面子在镇上的作用就有如此厉害,所以幺吵吵闷着张脸,只是懒懒地打着招呼。直到新老爷问起他是否欠安的时候,这才稍稍振作起来。"人倒是好的,"他苦笑着说,"就是眉毛快给人剪光了!"

接着他又一连打了一串干燥无味的哈哈。

"你瞎说!"新老爷严正地切断他,"简直瞎说!"

"当真哩,不然,也不敢劳驾你老哥子动步了。"

为了表示关切,新老爷深深叹了口气。

"大哥有信来没有呢?"新老爷接着问。

"他也没有办法呀!"

幺吵吵呻唤了。

"你想吧,"为了避免人们误会,以为他的大哥也成了没面子的脚色了,他随又解释道,"新县长的脾气又没有摸到,叫他怎么办呢,常言道,新官上任三把火,又是闹起要整顿兵役的,谁知道他会发些什么猫儿毛病?前天我又托蒋门神打听去了。"

"新县长怕难说话。"一个新近从城里回来的小商人插入道,"看样子就晓得了:随常一个人在街上串,戴他妈副黑眼镜子……"

严肃沉默的空气没有使小商人说下去。

接着也没有人再敢插嘴,因为大家都不知道应该如何表示自己的感情。表示高兴吧,这是会得罪人的,因为情形的确有些严重;但说是严重吧,也不对,这又会显得邢府上太无能了。所以彼此只好暧昧不明地摇头叹气,喝起茶来。

看见联保主任似乎正在考虑一种行动,毛牛肉包着丸药,小声道:

"不要管他! 这么快县长就叫他们喂家了?"

"找找新老爷是对的!"监爷意味深长地说。

这个脸面浮肿、常以足智多谋自负的没落士绅正投了联保主任的机,方治国早就考虑到这个必要措施了。使他迟疑的,是他觉得,比较起来,新老爷同邢家的关系一向深厚得多,他不一定捡得到便宜。虽然在派款和收粮上面,他并没有对不住新老爷的地方;逢年过节,他也从未忘记送礼,但在几件小事情上,他是开罪过新老爷的。

比如,有一回曾布客想抵制他,抬出新老爷来,说道:

"好的,我们到新老爷那里去说!"

"你把时候记错了!"主任发火道,"新老爷吓不倒我!"

后来,事情虽然照旧是在新老爷的意志下和平解决了的,但是他和话语一定已经散播开去,新老爷给他记下一笔账了。但他终于站起来,向着新老爷走过去了。

这行动立刻使得人们振作起来了,大家都期待着一个新开端。有几个人在大叫拿开水来,希望缓和一下他们的紧张心情,幺吵吵自然也是注意到联保主任的攻势的,但他不当作攻势看,以为他的对手是要求新老爷调解的;但他猜不准这个调解将会采取一种什么方式。

而且,从幺吵吵看来,在目前这样一种严重问题上,一个能够叫他满意的调解是不容易想出来的。这不能道歉了事,也不能用金钱的赔偿弥补,那么剩下来的只有上法庭起诉了;但一想到这个,他立刻不安起来,因为一个决心整饬兵役的县长,难道会让他占上风?!

么吵吵觉得苦恼,而且感觉一切都不对劲,这个坚实乐观的人,第一次遭到烦忧的袭击了,简直就同一个处在这种境况的平常人不差上下,一点抓拿没有!

他忽然在桌子上拍了一掌,苦笑着自言自语道:

"哼,乱整吧,老子大家乱整!"

"你又来了!"俞视学说,"他总会拿话出来说啦。"

"这还有什么说的呢?"么吵吵苦着脸反驳道:"你这个老哥子怎么不想想啊!难道甚么天王老子会有这么大的面子,能够把人给我取回来么?!"

"不是那么讲。取不出来,也有取不出来的办法。"

"那我就请教你!"么吵吵认真快发火了,但他尽力忍耐,"什么办法呢?!——说一句对不住了事?打——死了让他赔命?……"

"也不是那样讲。……"

"那又是怎么讲?"么吵吵毕竟大发其火,直着嗓子叫了,"老实说罢,他就没有办法!我们只有到场外前大河里去喝水了!"

这立刻引起一阵新的骚动。全都预感到精彩节目就要来了。

一个立在阶沿下堆里的看客,大声回绝着朋友的催促道:

"你走你的嘛!我还要玩一会!"

提着茶壶穿堂走过的堂倌,也在兴高采烈叫道:

"让开一点,看把脑袋烫肿!"

在当街的最末一张桌子上,那里离么吵吵隔着四张桌子,一种平心静气的谈判已经快要结束。但是效果显然很少,因为长条子的陈新老爷,忽然气冲冲站起来了。

陈新老爷仰起瘦脸,颈子一扭,大叫道:

"你倒说你娃条鸟啊!……"

但他随又坐了下去,手指很响地击着桌面。

"老弟!"他一直望着联保主任,几乎一字一顿地说,"我不会害你的!一个人眼光要放远大一点,目前的事是谁也料不到的!——懂么?"

"我懂呵!难道你会害我?"

"那你就该听大家的劝呀!"

"查出来要这个啦!——我的老先人!"

联保主任苦滞地叫着,同时用手拿在后颈上一比:他怕杀头。

这的确也很可虑,因为严惩兵役舞弊的明令,已经来过三四次了。这就算不作数,我们这里隔上峰还远,但是县长对于我们就全然不相同了;他简直就在你的鼻子前面。并且,既然已经把人抓起去了,就要额外买人替换,一定比平日困难得多。

加之,前一任县长正是为了壮丁问题被撤职的,新县长一上任便宣称他要扫除兵役上的种种积弊。谁知道他是不是也如一般县长那样,上任时候的官腔总特别打得响,结果说过算事,或者他硬要认真地干一下?他的脾气又是怎样的呢?……

此外,联保主任还有一个不能冒这危险的重大理由。他已经四十岁了,但他还没有取得父亲的资格。他的两个太太都不中用,虽然一般人把责任归在这作丈夫的先天不足上面;好像就是再活下去,他也永远无济于事,作不成父亲。

然而,不管如何,看光景他是决不会冒险了。所以停停,他又解嘲地继续道:

"我的老先人,这个险我不敢冒,认真是我告了他的密都说得过去!……"

他佯笑着,而且装做得很安静。同幺吵吵一样,他也看出了事情的诸般困难的,而他首先应该矢口否认那个告密的责任。但他没有料到,他把新老爷激恼了。

新老爷没有让他说完,便很生气地反驳道:

"你这才会装呢!可惜是大老爷亲自听兵役科说的!"

"方大主任!"幺吵吵忽然直接地插进来了。"是人做出来的就撑住哇!我告诉你:赖,你今天无论如何赖不脱的!"

"嘴巴不要伤人啊!"

联保主任忍不住发起火来。他严正地警告着对方。而幺吵吵的口气更加蛮横了。

"是的,老子说了,是人做出来的你就撑住!"

"好嘛,你多凶啊。"

"老子就是这样!"

"对对对,你是老子!哈哈……"

联保主任响着干笑,一面退回自己原先的座位上去,他觉得他在全镇市民面前受了侮辱,他决心要同他的敌人斗到底了。仿佛就是拼掉老命他都决不低头。

联保主任的幕僚们依旧各有各的主见。毛牛肉说:

"你愈让他愈来了,是吧!"

"不行不行,事情不同了。"监爷叹着气说。

许多人都感到事情已经闹成僵局,接着来的一定会是谩骂,是散场了。因为情形明显得很,争吵的双方都是不会动拳头的。那些站在大街上的,已经在准备回家吃午饭了。

但是,茶客们却谁也不能轻易动身,担心有失体统。并且新老爷已经请了幺吵吵过去,正在进行一种新的商量,希望能有一个顾全体面的办法。虽然按照常识,一个二十岁的年青人的生命绝不能和体面相提并论,而关于体面的解释也很不一致。

然而,不管怎样,由于一种不得已的苦衷,幺吵吵终于是让步了。

"好好,"他带着决然忍受一切的神情说,"就照你哥子说的做吧!"

"那么方主任,"新老爷接着站起来宣布说,"这一下就看你怎样,一切用费幺老爷出,人由你找;事情也由你进城去办,办不通还有他们大老爷,——"

"就请大老爷办不更方便些么?"主任嘴快地插入说。

"是呀!也请他们大老爷,不过你负责就是了。"

"我负不了这个责。"

"什么呀?!"

"你想,我怎么能负这个责呢?"

"好!"

新老爷简捷地说,闷着脸坐下去了,他显然是被对方弄得不快意了;但是,沉默一会,他又耐着性子重新劝说起来。

"你是怕用的钱会推在你身上么?"新老爷笑笑说。

"笑话!"联保主任毫不在意地答道:"我怕什么? 又不是我的事。"

"那又是什么人的事呢?"

"我晓得的呀?"

联保主任回答这句话的时候,带着一种做作的安闲态度,而且嘲弄似的笑着,好像他是什么都不懂得,因此什么也不觉得可怕;但他没有料到幺吵吵冲过来了。而且,那个气得胡子发抖的汉子,一把扭牢他的领口就朝街面上拖。

"我晓得你是个软硬人! ——老子今天跟你拼了! ……"

"大家都是面子上的人,有话好好说呵!"茶客们劝解着。

然而,一面劝解,一面偷偷溜走的也就不少。堂倌已经在忙着收茶碗了。监爷在四处向人求援,昏头昏脑地胡乱打着旋子,而这也证明着联保主任并没有白费自己的酒肉。

"这太不成话了!"他摇头叹气说,"大家把他们分开吧!"

"我管不了!"视学边往街上溜去边说,"看血喷在我身上。"

毛牛肉在收捡着戒烟丸药,一面咕咕咕咕嚷道:

"这样就好! 哪个没有生得有手么? 好得很!"

但当丸药收捡停当的时候,他的上司已经吃了亏。联保主任不断淌着鼻血,左眼睛已经青肿起来。他是新老爷解救出来的,而他现在已经被安顿在茶堂门口一张白木圈椅上面。

"你姓邢的是对的!"他摸摸自己的肿眼睛说,"你打得好! ……"

"你嘴硬吧!"幺吵吵在气喘吁吁唾着牙血,"你嘴硬吧!"

毛牛肉悄悄向联保主任建议,说他应该马上找医生诊治一下,取个伤单;但是他的上司拒绝了他,反而要他赶快去雇滑竿。因为联保主任已经决定立刻进城控告去了。

联保主任的眷属,特别是他的母亲,那个以悭吝出名的小老太婆,早已经赶来了。

"咦,兴这样打么?"她连连叫道:"这样眼睛不认人么?"

邢幺太太则在丈夫耳朵边报告着联保主任的伤势。

"眼睛都肿来像毛桃子了! ……"

"老子还没有打够!"吐着牙血,幺吵吵吸口气说。

别的来看热闹的妇女也很不少,整个市镇几乎全给翻了转来。吵架打架本来就值得看,一对有面子的人物弄来动手动嘴,自然也就更可观了! 因而大家的情绪比看把戏还要热烈。

但正当这人心沸腾的时候,一个左腿微跛,满脸胡须的矮汉子忽然从人丛中挤了进来。这是蒋米贩子,因为神情呆板,大家又叫他蒋门神。前天进城赶场,幺吵吵就托过他捎信的,因此他立刻把大家的注意一下子集中了。那首先抓住他的是邢幺太太。

这是个顶着假发的肥胖妇人,爱做作,爱谈话,诨名九娘子。她颤声颤气问那米贩子道:

"托你打听的事情呢? ……坐下来说吧!"

"打听的事情?"米贩子显得见怪似地答道:"人已经出来啦。"

"当真的呀!"许多人吃惊了,一齐叫了出来。

"那还是假的么? 我走的时候,还在十字口茶馆里打牌呢。昨天夜里点名,他报数报错了,队长说他没资格打国仗,就开革了;打了一百军棍。"

"一百军棍?!"又是许多声音。

"不是大老爷面子大,你就再挨几个一百也出来不了呢。起初都讲新县长厉害,其实很好说话,前天大老爷请客,一个人老早就跑去了,戴他妈副黑眼镜子⋯⋯"

米贩子叙说着,而他忽然一眼注意到了幺吵吵和联保主任。纵然是一个那么迟钝的人,他们的形状,也立刻就叫他吃惊了。

"你们是怎样搞的? 你牙齿痛吗? 你的眼睛怎么肿啦? ⋯⋯"

导读

作品描述的是抗战期间国统区某乡镇围绕兵役问题而展开的一幕丑剧。它通过两个头面人物之间一场狗与狗的争吵,把国民党政府巧立名目、营私舞弊、欺上压下、贪污成风等腐败行为和盘托出。诚如作者所说,它反映的是"旧的社会制度的丑恶本质和它的日益腐烂"。小说描写的联保主任方治国,是一个厚颜无耻的吸血鬼,阴险狡猾的"两面人",软弱无能的可怜虫,在他身上集中暴露了国民党基层官员的凶狠、腐败与无能。另一个重要人物邢幺吵吵则是地方一霸:他依仗权势,凶焰逼人;下流无耻,无赖成性;蛮横霸道,纯属恶鬼。这一形象正好反映了国民党反动政府庇护下的地方恶势力的无恶不作。

沙汀是短篇创作的高手,作品向以篇幅精炼、结构严谨著称。本篇只写了一场争吵过程,却展示了扣人心弦的矛盾冲突,情节发展步步进逼,整个过程一气呵成,充分显示了结构紧凑、集中的特点。本篇在艺术上的另一个特色是入木三分的讽刺,其特点表现为含蓄深沉,在人物形象的自我暴露中达到讽刺效果。

财主底儿女们(存目)

路 翎

导读

《财主底儿女们》分上、下两部,分别出版于1945年和1948年,全书80万字,属现代长篇小说中的鸿篇巨制。

小说的主要内容是描写抗战期间苏州头等富户蒋捷三一家在内外多种力量冲击下分崩离析的过程,集中刻画了财主的儿女们即出身于剥削阶级家庭的青年知识分子在大时代激荡下的心灵历程。作品的人物有70几个,职业遍及官、兵、商、学,人物活动的舞台横跨半个中国,时间历十年之久,的确是一部"可以堂皇地冠以史诗的名称的长篇小说"(胡风语)。作品着力刻画蒋家的三个儿子。大儿子蒋蔚祖性格懦弱,无所作为,最终成为封建家庭的牺牲品。二儿子蒋少祖虽是"新派"人物,但并未彻底背叛家庭,后来成为新的绅士。三儿子蒋纯祖是作者钟爱的人物,他具有始终不屈的反抗精神,又富有正义感和爱国心,希图在民族解放战争中有所作为,但由于采用自由主义的个人奋斗方式,最后仍悲怆地倒下了,这对当时处于黑暗迷乱中的知识分子无疑是有启迪意义的。

这部作品艺术上的突出特点是通过人物复杂心灵的解剖折射现实,使之成为典型的心理现实主义小说。作品将人物置身于大波大澜中,状写人的"灵魂搏斗"的尖锐性,大幅度表现人的复杂的内心世界。作品的这种重人物心灵、轻事件情节,而又略嫌拖沓的特点,显然是较多地吸收了外国心理派小说的表现技巧。

围城（存目）

钱锺书

导读

　　《围城》始作于1945年初，1946年底完成，1947年出版，是20世纪40年代国统区优秀长篇小说。

　　小说以抗战为背景，以出洋"镀金"、学业无成、从海外归来的方鸿渐为主人公，围绕其生活遭际，写出了一批由欧美留学回国的知识分子的种种人生相。从这些学者、名流、诗人、教授、名媛、淑女爱情的纠葛、人事的倾轧、道德的沦丧、生活的沉浮中，作者描画出中国畸形社会的病态知识分子群的长幅画卷，故而小说有"新《儒林外史》"之称。小说以"围城"命题，还有一层更深刻的意蕴，这就是通过人物写人生，象征性地指出：在巨大的历史变动中，某些人彷徨、徘徊于人生之路，茫然不能自主，难免会有"人生万事，都有'围城'之感"。方鸿渐是作品着力刻画的人物。他是中国现代知识分子中又一个弱质型现象，小说写他由社会环境和自身性格两方面造成弱质，正是对此类知识分子独特品格的恰如其分的把握。

　　《围城》在艺术上取得巨大成功。首先是卓越的讽刺艺术，小说对现代"士林"中散发着种种霉气和酸气的灰色知识分子的生活作了透骨剔肌的剥露。其次是出色的心理描写，对诸多人物特别是主人公的复杂心境有穷形尽相的刻绘。再次是语言的丰赡性，在行文中遣词造句或设喻取譬，都融进了文学、历史、哲学等学科的知识，增强了语言的表现力，充分显示了作家的学者型才具。

金锁记

张爱玲

三十年前的上海，一个有月亮的晚上……我们也许没赶上看见三十年前的月亮。年轻的人想着三十年前的月亮该是铜钱大的一个红黄的湿晕，像朵云轩信笺上落了一滴泪珠，陈旧而迷糊。老年人回忆中的三十年前的月亮是欢愉的，比眼前的月亮大、圆、白；然而隔着三十年的辛苦路望回看，再好的月色也不免带点凄凉。

月光照到姜公馆新娶的三奶奶的陪嫁丫头凤箫的枕边。凤箫睁眼看了一看，只见自己一只青白色的手搁在半旧高丽棉的被面上，心中便道："是月亮光么？"凤箫打地铺睡在窗户底下。那两年正忙着换朝代，姜公馆避兵到上海来，屋子不够住的，因此这一间下房里横八七竖睡满了底下人。

凤箫恍惚听见大床背后有窸窸窣窣的声音，猜着有人起来解手，翻过身去，果见布帘子一掀，一个黑影趿着鞋出来了，约摸是伺候二奶奶的小双，便轻轻叫了一声"小双姐姐"。小双笑嘻嘻走来，踢了踢地上的裤子道："吵醒了你了。"她把两手抄在青莲色旧绸夹袄里。下面系着明油绿裤子。凤箫伸手捻了那裤脚，笑道："现在颜色衣服不大有人穿了，下江人时兴的都是素净的。"小双笑道："你不知道，我们家哪比得旁人家？我们老太太古板，连奶奶小姐们尚且做不得主呢，何况我们丫头？给什么，穿什么——一个个打扮得庄稼人似的！"她一蹲身坐在地铺上，捡起凤箫脚头一件小袄来，问道："这是你们小姐出阁，给你们新添的？"凤箫摇头道："三季衣裳，就只外场上看见的两套是新制的，余下的还不是拿上头人穿剩下的贴补贴补！"小双道："这次办喜事，偏赶着革命党造反，可委屈了你们小姐！"凤箫叹道："别提了。就说省些罢，总得有个谱子！也不能太看不上眼了。我们那一位，嘴里不言语，心里岂有不气的？"小双道："也难怪三奶奶不乐意。你们那边的嫁妆，也还凑付着，我们这边的排场，可太凄惨了。就连那一年娶咱们二奶奶，也还比这一趟强些！"凤箫愣了一愣道："怎么？你们二奶奶……"

小双脱下了鞋，赤脚从凤箫身上跨过去，走到窗户跟前，笑道："你也起来看看月亮。"凤箫一骨碌爬起来，低声问道："我早就想问你了，你们二奶奶……"小双弯腰拾起那件小袄来替她披上了，道："仔细着了凉。"凤箫一面扣纽子，一面笑道："不行，你得告诉我！"小双笑道："是我说话不留神，闯了祸！"凤箫道："咱们这都是自家人了，干嘛这么见外呀？"小双道："告诉你，你可别告诉你们小姐去！咱们二奶奶家里是开麻油店的。"凤箫哟了一声道："开麻油店！打哪儿想起的？像你们大奶奶，也是公侯人家小姐，我们那一位虽比不上大奶奶，也还不是低三下四的人——"小双道："这里头自然有个缘故。咱们二爷你也见过了，是个残废，做官人家的女儿谁肯给他？老太太没奈何，打算替二爷置一房姨奶奶，做媒的给找了这曹家的，是七月里生的，就叫七巧。"凤箫道："哦，是姨奶奶。"小双道："原来是姨奶奶的，后来老太太想着，既然不打算替二爷另娶了，二房里没个当家的媳妇，也不是事，索性聘了来做正头奶奶，好教她死心塌地服侍二爷。"凤箫把手扶着窗台，沉吟道："怪道呢！我虽是初来，也瞧料了两三分。"小双道："龙生龙，凤生凤，这话是有的。你还没听见她的谈吐呢！当着姑娘们，一点忌讳也没有。亏得我们家一向内言不出，外言不入，姑娘们什么都不懂。饶是不懂，还臊得没处躲！"凤箫扑哧一笑道："真的？她这些村话，又是从哪儿听来的？就连我们丫头——"小双抱着胳膊道："麻油店的活招牌，站惯了柜台，见多识广的，我们拿什么去比人家？"凤箫道："你是她陪嫁过来的么？"小双冷笑说："她也配！我原是老太太跟前的人，二爷成天地吃药，行动都离不了人，屋里几个丫头不够使，把我拨了过去。怎么着？你冷哪？"凤箫摇摇头。小双道："瞧你缩着脖子这娇模样儿！"一语未完，凤箫打了个喷嚏，小双忙推道："睡罢！睡罢！快窝一窝。"凤箫跪了下来脱袜子，笑道："又不是冬天，哪儿就至于冻着了？"小双道："你别瞧这窗户关着，窗户眼儿里吱溜溜地钻风。"

两人各自睡下，凤箫悄悄地问道："过来了也有四五年了罢？"小双道："谁？"凤箫道："还有谁？"小双道："哦，她，可不是有五年了。"凤箫道："也生男育女的——倒没闹出什么话柄儿？"小双道："还说呢！话柄儿就多了！前年老太太领着合家上下到普陀山进香去，她坐月子没去，留着她看家。舅爷脚步儿走得勤了些，就丢了一票东西。"凤箫失惊道："也没查出个究竟来？"小双道："问得出什么好的来？大家面子上下不去！那些首饰左不过将来是归大爷二爷三爷的。大爷大奶奶碍着二爷，没好说什么。三爷自己在外头流水似的花钱，欠了公账上不少，也说不响嘴。"

她们俩隔着丈来远交谈。虽是极力地压低了喉咙，依旧有一句半句声音大了些，惊醒了大床上睡着的赵嬷嬷。赵嬷嬷唤道："小双。"小双不敢答应。赵嬷嬷道："小双，你再混说，让人家听见了，明儿仔细揭你的皮！"小双还是不做声。赵嬷嬷又道："你别以为还是从前住的深堂大院哪，由得你疯疯癫癫！这儿可是挤鼻子挤眼睛的，什么事瞒得了人？趁早别讨打！"屋里顿时鸦雀无声。赵嬷嬷害眼，枕头里塞着菊花叶子，据说是使人眼目清凉。她欠起头来按了一按鬓上横绾的银簪，略一转侧，菊叶便沙沙做响。赵嬷嬷翻了个身，吱吱格格牵动了全身的骨节，她咳了一声道："你们懂得什么！"小双与凤箫依旧不敢接嘴。久久没有人开口，也就一个个地朦胧睡去了。

天就快亮了。那扁扁的下弦月，低一点，低一点，大一点，像赤金的脸盆，沉了下去。天是森冷的蟹壳青，天底下黑漆漆的只有些矮楼房，因此一望望得很远。地平线上的晓色，一层绿、一层黄、又一层红，如同切开的西瓜——是太阳要上来了。渐渐马路上有了小车与塌车辘辘推动，马车蹄声得得。卖豆腐花的挑着担子悠悠吆喝着，只听见那漫长的尾声："花……呕！花……呕！"再去远些，就只听见"哦……呕！哦……呕！"

屋子里丫头老妈子也起身了，乱着开房门、打脸水、叠铺盖、挂帐子、梳头。凤箫伺候三奶奶兰仙穿了衣裳，兰仙凑到镜子前面仔细望了一望，从腋下抽出一条水绿洒花湖纺手帕，擦了擦翅上的粉，背对着床上的三爷道："我先去替老太太请安罢。等你，准得误了事。"正说着大奶奶玳珍来了，站在门槛上笑道："三妹妹，咱们一块儿去。"兰仙忙迎了出去道："我正担心着怕晚了，大嫂原来还没上去。二嫂呢？"玳珍笑道："她还有一会儿耽搁呢。"兰仙道："打发二哥吃药？"玳珍四顾无人，便笑道："吃药还在其次——"她把大拇指抵着嘴唇，中间的三个指头握着拳头，小指头翘着，轻轻地"嘘"了两声。兰仙诧异道："两人都抽这个？"玳珍点头道："你二哥是过了明路的，她这可是瞒着老太太的，叫我们夹在中间为难，处处还得替她遮盖遮盖，其实老太太有什么不知道？有意地装不晓得，照常地派她差使，零零碎碎给她罪受，无非是不肯让她抽个痛快罢了。其实也是的，年纪轻轻的妇道人家，有什么了不得的心事，要抽这个解闷儿？"

玳珍兰仙挽手一同上楼，各人后面跟着贴身丫鬟，来到老太太卧室隔壁的一间小小的起坐间里。

老太太的丫头榴喜迎了出来,低声道:"还没醒呢。"玳珍抬头望了望挂钟,笑道:"今儿老太太也晚了。"榴喜道:"前两天说是马路上人声太杂,睡不稳。这现在想是惯了,今儿补足了一觉。"

紫榆百龄小圆桌上铺着红毡条,二小姐姜云泽一边坐着,正拿着小钳子磕核桃呢,因丢下了站起来相见。玳珍把手搭在云泽肩上,笑道:"还是云妹妹孝心,老太太昨儿一时高兴,叫做糖核桃,你就记住了。"兰仙玳珍便围着桌子坐下了,帮着剥核桃衣子。云泽手酸了,放下了钳子,兰仙接了过来。玳珍道:"当心你那水葱似的指甲,养得这么长了,断了怪可惜的!"云泽道:"叫人去拿金指甲套子去。"兰仙笑道:"有这些麻烦的,倒不如叫他们拿到厨房里去剥了!"

众人低声说笑着,榴喜打起帘子,报道:"二奶奶来了。"兰仙云泽起身让坐,那曹七巧且不坐下,一只手撑着门,一只手撑住腰,窄窄的袖口里垂下一条雪青洋绉手帕,下身上穿着银红衫子,葱白线镶滚,雪青闪蓝如意小脚裤子,瘦骨脸儿,朱口细牙,三角眼,小山眉,四下里一看,笑道:"人都齐了,今儿想必我又晚了!怎怪我不迟到——摸着黑梳的头!谁教我的窗户冲着后院子呢?单单就派了那么间房给我,横竖我们那位眼看是活不长的,我们净等着做孤儿寡妇了——不欺负我们,欺负谁?"玳珍淡淡地并不接口,兰仙笑道:"二嫂住惯了北京的房子,怪不得嫌这儿憋闷得慌。"云泽道:"大哥当初找房子的时候,原该找个宽敞些的,不过上海像这样,只怕也算敞亮的了。"兰仙道:"可不是!家里人实在多,挤是挤了点——"七巧挽起袖口,把手帕子掖在翡翠镯子里,瞟了兰仙一眼,笑道:"三妹妹原来也嫌人太多了。连我们都嫌人太多,像你们没满月的自然更嫌人多了!"兰仙听了这话,还没有怎么,玳珍先红了脸,道:"玩是玩,笑是笑,也得有个分寸。三妹妹新来乍到的,你让她想着咱们是什么样的人家?"七巧扯起手绢子的一角掩住了嘴唇道:"知道你们都是清门净户的小姐,你倒跟我换一换试试,只怕你一晚上也过不惯。"玳珍啐道:"不跟你说了,越说你越上头上脸。"七巧索性上前拉住玳珍的袖子道:"我可以赌得咒——这五年里头我可以赌得咒!你敢赌么?你敢赌么?"玳珍也撑不住扑哧一笑,咕噜了一句道:"怎么你孩子也有了两个?"七巧道:"真的,连我也不知道这孩子是怎么生出来的!越想越不明白!"玳珍摇手道:"够了,够了,少说两句罢。就算你拿三妹妹当自己人,没有什么背讳,现放着云妹妹在这儿呢,待会儿老太太跟前一告诉,管叫你吃不了兜着走!"

云泽早远远地走开了,背着手站在阳台上,撮尖了嘴逗芙蓉鸟。姜家住的虽然是早期的最新式洋房,堆花红砖大柱支着巍峨的拱门,楼上阳台却是木板铺的地。黄杨木栏杆里面,放着一溜篾篓子,晾着笋干。敞旧的太阳弥漫在空气里像金的灰尘,微微呛人的金灰,揉进眼睛里去,昏昏的。街上小贩遥遥摇着拨浪鼓,那摹懂的"不楞登……不楞登"里面有着无数老去的孩子们的回忆。包车丁丁地跑过,偶尔也有一辆汽车叭叭叫两声。

七巧自己也知道这屋子里的人都瞧不起她,因此和新来的人分外亲热些,倚在兰仙的椅背上问长问短,携着兰仙的手左看右看,夸赞了一会儿她的指甲,又道:"我去年小拇指上养的比这个足足还长半寸呢,掐花给弄断了。"兰仙早看穿了七巧的为人和她在姜家的地位,微笑尽管微笑着,也不大答理她。七巧自觉无趣,踅到阳台上来,拾起云泽的辫梢来抖了一抖,搭讪着笑道:"呦!小姐的头发怎么这样稀朗朗的?去年还是乌油油的一头好头发,该掉了不少罢?"云泽闪过身去护着辫子,笑道:"我掉两根头发,也要你管!"七巧只顾端详她,叫道:"大嫂你来看看,云妹妹的确瘦多了,小姐莫不是有了心事了?"云泽啪的一声打掉她的手,恨道:"你今儿个真的发了疯!平日还不够讨人嫌的?"七巧把两手筒在袖子里,笑嘻嘻地道:"小姐脾气好大!"

玳珍探出头来道："云妹妹，老太太起来了。"众人连忙扯扯衣襟，摸摸鬓角，打帘子进隔壁房里去，请了安，伺候老太太吃早饭。婆子们端着托盘从起坐间穿了过去，里面的丫头接过碗碟，婆子们依旧退到外间来守候着。里面静悄悄的，难得有人说句把话，只听见银筷子头上的细银链条窸窣颤动。老太太信佛，饭后照例要做两个时辰的功课，众人退了出来，云泽背地里向玳珍道："二嫂不忙着过瘾去，还挨在里面做什么？"玳珍道："想是有两句私房话要说。"云泽不由得笑了起来道："她的话，老太太哪里听得进？"玳珍冷笑道："那倒也说不定。老年人心思总是活动的，成天在耳边聒絮着，十句里头相信一两句，也未可知。"

兰仙坐着磕核桃，玳珍和云泽便顺着脚走到阳台上，虽不是存心偷听正房里的谈话，老太太上了年纪，有点聋，喉咙特别高些，有意无意之间不免有好些话吹到阳台上的人的耳朵里来。云泽把脸气得雪白，先是握紧了拳头，又把两只手使劲一洒，便向走廊的另一头跑去。跑了两步，又站住了，身子向前伛偻着，捧着脸呜呜哭起来。玳珍赶上去扶着劝道："妹妹快别这么着！快别这么着！不犯着跟她这样的人计较！谁拿她的话当桩事！"云泽甩开了她，一径往自己屋里奔去。玳珍回到起坐间里来，一拍手道："这可闯出祸来了！"兰仙忙道："怎么了？"玳珍道："你二嫂去告诉了老太太，说女大不中留，让老太太写信给彭家，叫他们早早把云妹妹娶过去罢。你瞧，这算什么话？"兰仙也怔了一怔道："女家说出这种话来，可不是自己打脸？"玳珍道："姜家没面子，还是一时的事，云妹妹将来嫁了过去，叫人家怎么瞧得起她？她这一辈子还要做人呢！"兰仙道："老太太是明白人——不见得跟那一位一样的见识。"玳珍道："老太太起先自然是不爱听，说咱们家的孩子，绝不会生这样的心。她就说：'哟！您不知道现在的女子跟您从前做女孩子时候的女孩子，哪儿能够相比呀？时世变了，要不怎么天下大乱呢？'你知道，年岁大的人就爱听这一套，说得老太太也有点疑疑惑惑起来。"兰仙叹道："好端端怎么想起来的，造这样的谣言！"玳珍两肘支在桌子上，伸着小指剔眉毛，沉吟了一会儿，嗤地一笑道："她自己以为她是特别地体贴云妹妹呢！要她这样体贴我，我可受不了！"兰仙拉了她一把道："你听——不能是云妹妹罢？"后房似乎有人在那里大放悲声，蹬得铜床柱子一片响，嘈嘈杂杂还有人在那里解劝，只是劝不住。玳珍站起身来道："我去看看，别瞧这位小姐好性儿，逼急了她，也不是好惹的。"

玳珍出去了，那姜三爷姜季泽却一路打着哈欠进来了。季泽是个结实小伙子，偏于胖的一方面，脑后拖一根三股油松大辫，生得天圆地方，鲜红的腮颊，往下坠着一点，青湿眉毛，水汪汪的黑眼睛里永远透着三分不耐烦，穿一件竹根青窄袖长袍，绛紫芝麻地一字襟珠扣小坎肩，问兰仙道："谁在里头吱吱喳喳跟老太太说话？"兰仙道："二嫂。"季泽抿着嘴摇摇头，兰仙笑道："你也怕了她？"季泽一声儿不言语，拖过一把椅子，将椅背抵着桌缘，把袍子高高地一撩，骑着椅子坐下来，下巴搁在椅背上，手里只管把核桃仁一个一个拈来吃，兰仙瞥了他一眼道："人家剥了这一晌午，是专诚孝敬你的么？"正说着，七巧掀着帘子出来了，一眼看见了季泽，身不由主地就走了过来，绕到兰仙椅子背后，两手兜在兰仙脖子上，把脸凑了下去，笑道："这么一个人才出众的新娘子！三弟你还没谢谢我哪！要不是我催着他们早早替你办了这件事，这一耽搁，等打完了仗，指不定要十年八年呢！可不把你急坏了！"兰仙生平最大的憾事便是出阁的日子正赶着非常时期，潦草成了家，诸事都欠齐全，因此一听见这不入耳的话，她那小长挂子脸便往下一沉。季泽望了兰仙一眼，微笑道："二嫂，自古好心没有好报，谁都不承你的情！"七巧道："不承情也罢！我也惯了。我进了你们姜家的门，别的不说，单只守着你二哥这些年,衣不解带地服侍他,也就是个有功无过的人——谁见我的情来?谁有半点好处到我头上?"季泽道:"你一开口就是满肚子的牢骚!"七巧长长地吁了一口气,只管拨弄兰仙衣襟上扣着的金三事儿和钥匙。半晌,忽道:"总算你这一个来月没出去胡闹过。真亏了新娘子留住了你。旁人跪下地来求你也留不住!"季泽笑道:"是吗?嫂子并没有留住我,怎见得留不住?"一面笑,一面向兰仙使了个眼色。七巧笑得直不起腰道:"三妹妹,你也不管管他!这么个猴儿崽子,我眼看他长大的,他倒占起我的便宜来了!"

她嘴里说笑着,心里发烦,一双手也不肯闲着,把兰仙揣着捏着,捶着打着,恨不得把她挤得走了样才好。兰仙纵然有涵养,也忍不住要恼了;一性急,磕核桃使差了劲,把那二寸多长的指甲齐根折断,七巧哟了一声道:"快拿剪刀来修一修。我记得这屋里有一把小剪子的。"便唤:"小双!榴喜!来人哪!"兰仙立起身来道:"二嫂不用费事,我上我屋里铰去!"便抽身出去。七巧就在兰仙的椅子上坐下了,一手托着腮,抬高了眉毛,斜瞅着季泽道:"她跟我生了气么?"季泽笑道:"她干嘛生你的气?"七巧道:"我正要问呀!我难道说错了话不成?留你在家倒不好?她倒愿意你上外头逛去?"季泽笑道:"这一家子从大哥大嫂起,齐了心管教我,无非是怕我花了公账上的钱罢了。"七巧道:"阿弥陀佛,我保不定别人不安着这个心,我可不那么想。你就是闹了亏空,押了房子卖了田,我若皱一皱眉头,我也不是你二嫂了。谁叫咱们是骨肉至亲呢?我不过是要你当心你的身子。"季泽嗤地一笑道:"我当心我的身子,要你操心?"七巧颤声道:"一个人,身子第一要紧。你瞧你二哥弄得那样儿,还成个人吗?还能拿他当个人看?"季泽正色道:"二哥比不得我,他一下地就是那样儿,并不是自己作贱的。他是个可怜的人,一切全仗二嫂照护他了。"七巧直挺挺地站了起来,两手扶着桌子,垂着眼皮,脸庞的下半部抖得像嘴里含着滚烫的蜡烛油似的,用尖细的声音逼出两句话道:"你去挨着你二哥坐坐!你去挨着你二哥坐坐!"她试着在季泽身边坐下,只搭着他的椅子的一角,她将手贴在他腿上,道:"你碰过他的肉没有?是软的、重的,就像人的脚有时发麻了,摸上去那感觉……"季泽脸上也变了色,然而他仍旧轻佻地笑了一声,俯下腰,伸手去捏她的脚道:"倒要瞧瞧你的脚现在麻不麻?"七巧道:"天哪,你没挨着他的肉,你不知道没病的身子是多好的……多好的……"她顺着椅子溜下去,蹲在地上,脸枕着袖子,听不见她哭,只看见发髻上插的风凉针,针头上的一粒钻石的光,闪闪擎动着。发髻的心子里扎着一小截粉红丝线,反映在金刚钻微红的光焰里。她的背影一挫一挫,俯伏了下去。她不像在哭,简直像在翻肠搅胃地呕吐。

季泽先是愣住了,随后就立起来道:"我走就是了。你不怕人,我还怕人呢。也得给二哥留点面子!"七巧扶着椅子站了起来,呜咽道:"我走。"她扯着衫袖里的手帕子揾了揾脸,忽然微微一笑道:"你这样护卫二哥!"季泽冷笑道:"我不护卫他,还有谁护卫他?"七巧向门走去,哼了一声道:"你又是什么好人?趁早不用在我跟前假撇清!且不提你在外头怎样荒唐,只单在这屋里……老娘眼睛里揉不下沙子去!别说我是你嫂子了,就是我是你奶妈,只怕你也不在乎。"季泽笑道:"我原是个随随便便的人,哪禁得起你挑眼儿?"七巧待要出去,又把背心贴在门下,低声道:"我就不懂,我什么地方不如人?我有什么地方不好……"季泽笑道:"好嫂子,你有什么不好?"七巧笑了一声道:"难不成我跟了个残废的人,就过上了残废的气,沾都沾不得?"她睁着眼直勾勾朝前望着,耳朵上的实心小金坠子像两只铜钉把她钉在门上——玻璃匣子里蝴蝶的标本,鲜艳而凄怆。

季泽看着她,心里也动了一动。可是那不行,玩尽管玩,他早抱定了宗旨不惹自己家里人,一时的兴致过去了,躲也躲不掉,踢也踢不开,成天在面前,是个累赘。何况七巧的嘴这样敞,脾气这样躁,如何瞒得了人? 何况她的人缘这样坏,上上下下谁肯代她包涵一点,她也许是豁出去了,闹穿了也满不在乎。他可是年纪轻轻的,凭什么要冒那个险,他侃侃说道:"二嫂,我虽年纪小,并不是一味胡来的人。"

仿佛有脚步声,季泽一撩袍子,钻到老太太屋子里去了,临走还抓了一大把核桃仁。七巧神志还不很清楚,直到有人推门,她方才醒了过来,只得将计就计,藏在门背后,见玳珍走了进来,她便夹脚跟出来,在玳珍背上打了一下。玳珍勉强一笑道:"你的兴致越发好了!"又望了望桌上道:"咦? 那么些个核桃,吃得差不多了。再也没有别人,准是三弟。"七巧倚着桌子,面向阳台立着,只是不言语。玳珍坐了下来,嘟囔道:"害人家剥了一早上,便宜他享现成的!"七巧捏着一片锋利的胡桃壳,在红毡条上狠命刮着,左一刮,右一刮,看看那毡子起了毛,就要破了。她咬着牙道:"钱上头何尝不是一样? 一味地叫咱们省,省下来让人家拿出去大把地花! 我就不服这口气!"玳珍看了她一眼,冷冷地道:"那可没办法了。人多了,明里不去,暗里也不见得不去。管得了这个,管不了那个。"七巧觉得她话中有刺,正待反唇相讥,小双进来了,鬼鬼祟祟走到七巧跟前,喀嚅道:"奶奶,舅爷来了。"七巧骂道:"舅爷来了,又不是背人的事,你嗓子眼里长了疔是怎么着? 蚊子哼哼似的!"小双倒退了一步,不敢言语。玳珍道:"你们舅爷原来也到上海来了,咱们这儿亲戚倒都全了。"七巧移步出房道:"不许他到上海来? 内地兵荒马乱的,穷人也一样的要命呀!"她在门槛子上站住了,问小双道:"回过老太太没有?"小双道:"还没呢。"七巧想了一想,毕竟不敢去告诉一声,只得悄悄下楼去了。

玳珍问小双道:"舅爷一个人来的?"小双道:"还有舅奶奶,携着四只提篮盒。"玳珍格格地一笑道:"倒破费了他们。"小双道:"大奶奶不用替他们心疼。装得满满地进来,一样装得满满地出去。别说金的银的圆的扁的,就连零头鞋面儿裤腰都是好的!"玳珍笑道:"别那么缺德了! 你下去罢。她娘家人难得上门,伺候不周到,又该大闹了。"

小双赶了出去,七巧正在楼梯口盘问榴喜老太太可知道这件事。榴喜道:"老太太念佛呢,三爷爬在窗口看野景,说大门口来了客。老太太问是谁,三爷仔细看了看,说不知是不是曹家舅爷,老太太就没追问下去。"七巧听了,心头火起,跺了跺脚,喃喃呐呐骂道:"敢情你装不知道就算了! 皇帝还有草鞋亲呢! 这会子有这么势利的,当初何必三媒六聘地把我抬来? 快刀斩不断的亲戚,别说你今儿是装死,就是你真死了,他也不能不到你的灵前磕三个头,你也不能不受着他的!"一面说,一面下去了。

她那间房,一进门便有一堆金漆箱笼迎面拦住,只隔开几步见方的空地。她一掀帘子,只见她嫂子蹲下身去将提篮盒上面的一屉盒子卸了下来,检视下面一屉里的菜可曾泼出来。她哥哥曹大年背着手弯着腰看着。七巧止不住一阵心酸,倚着箱笼,把脸偎在那沙蓝棉套子上,纷纷落下泪来。她嫂子慌忙站直了身子,抢步上前,两只手捧住她一只手,连连叫着姑娘。曹大年也不免抬起袖子来擦眼睛。七巧把那只空着的手去解箱套子上的纽扣,解了又扣上,只是开不得口。

她嫂子回过头去睃了她哥哥一眼道:"你也说句话呀! 成日家念叨着,见了妹妹的面,又像锯了嘴的葫芦似的!"七巧颤声道:"也不怪他没有话——他哪儿有脸来见我!"又向她哥哥道:"我知道你这一辈子不打算上门了! 你害得我好! 你扔崩一走,我可走不了。你也不顾我的死活。"曹大年道:"这是什么话? 旁人这么说还罢了,你也这么说! 你不替我遮盖遮盖,你自己脸上也不见得光鲜。"七巧道:"我不说,我可禁不住人家不说。就为你,我气出了一身病在这里。今日之下,亏你还拿这话来堵我!"她嫂子忙道:"是他的不是! 是他的不是! 姑娘受了委屈了。姑娘受委屈也不止这一件,好歹忍着罢,总有个出头之日。"她嫂子那句"姑娘受的委屈也不止这一件"的话却深深打进她心坎儿里去。七巧哀哀哭了起来,急得她嫂子直摇手道:"看吵醒了姑爷。"房那边暗昏昏的紫楠大床上,寂寂吊着珠罗纱帐子。七巧的嫂子又道:"姑爷睡着了罢? 惊动了他,该生气了。"七巧高声叫道:"他要有点人气,倒又好了。"她嫂子吓得掩住她的嘴道:"姑奶奶别! 病人听见了,心里不好受!"七巧道:"他心里不好受,我心里好受吗?"她嫂子道:"姑爷还是那软骨症?"七巧道:"就这一件还不够受了,还禁得起添什么? 这儿一家子都忌讳痨病这两个字,其实还不就是骨痨!"她嫂子道:"整天躺着,有时候也坐起来一会儿么?"七巧吓吓地笑了起来道:"坐起来,脊梁骨直溜下去,看上去还没有我那三岁的孩子高哪!"她嫂子一时想不出劝慰的话,三个人都愣住了。七巧猛地蹬脚道:"走罢,走罢,你们! 你们来一趟,就害得我把前因后果重新在心里过一过。我禁不起这么折腾! 你快给我走!"

曹大年道:"妹妹你听我一句话。别说你现在心里不舒坦,有个娘家走动着,多少好些,就是你有了出头之日了,姜家是个大族,长辈动不动就拿大帽子压人,平辈小辈一个个如狼似虎的,哪一个是好惹的? 替你打算,也得要个帮手。将来你用得着你哥哥你侄儿的时候多着呢。"七巧啐了一声道:"我靠你帮忙,我也倒了楣了! 我早把你看得透里透——斗得过他们,你到我跟前来邀功要钱,斗不过他们,你往那边一倒。本来见了做官的就魂都没有了,头一缩,死活随我去。"大年涨红了脸冷笑道:"等钱到了你手里,你再防着你哥哥分你的,也还不迟。"七巧道:"你既然知道钱还没到我手里,你来缠我做什么?"大年道:"路远迢迢赶来看你,倒是我们的不是了! 走! 我们这就走! 凭良心说,我就用你两个钱,也是该的,当初我若贪图财礼,问姜家多要几百两银子,把你卖给他们做姨太太,也就卖了。"七巧道:"奶奶不胜似姨奶奶吗? 长线放远鹞,指望大着呢!"大年待要回嘴,他媳妇拦住他道:"你就少说一句罢! 以后还有见面的日子呢。将来姑奶奶想到你的时候,才知道她就只这一个亲哥哥了!"大年督促他媳妇整理了提篮盒,捡起就待走。七巧道:"我稀罕你? 等我有了钱了,我不愁你不来,只愁打发你不开。"嘴里虽然硬着,熬不住那呜咽的声音,一声响似一声,憋了一上午的满腔幽恨,借着这因由尽情发泄了出来。

她嫂子见她分明有些留恋之意,便做好做歹劝住了她哥哥:一面半搀半拥把她引到花梨炕上坐下了,百般譬解,七巧渐渐收了泪。兄妹姑嫂叙了些家常。北方情形还算平静,曹家的麻油铺还照常营业着。大年夫妇此番到上海来,却是因为他家没过门的女婿在人家当账房,光复的时候恰巧在湖北,后来辗转跟主人到上海来了,因此大年亲自送了女儿来完婚,顺便探望妹子。大年问候了姜家阖宅上下,又要参见老太太,七巧道:"不见也罢了,我正跟她怄气呢。"大年夫妇都吃了一惊,七巧道:"怎么不淘气呢? 一家子都往我头上踩,我若是好欺负的,早给作践死了,饶是这么着,还气得我七病八痛的!"她嫂子道:"姑娘近来还抽烟不抽,倒是鸦片烟,平肝导气,比什么药都强。姑娘自己千万保重,我们又不在跟前,谁是个知疼着热的人?"

七巧翻箱子取出几件新款尺头送与她嫂子,又是一副四两重的金镯子,一对披霞莲蓬簪,一床丝棉被胎,侄女们每人一只金挖耳,侄儿们或是一只金锞子,或是一顶貂皮暖帽,另送了她哥哥一只珐蓝金蝉打簧表,她哥嫂道谢不迭。七巧道:"你们来得不巧,若是在北京,我们正要上路的时候,带不了的东西,分了几箱给丫头老妈子,白便宜了他们。"说得她哥嫂讪讪的。临行的时候,她嫂子道:"忙完了闺女,再来瞧姑奶奶。"七巧笑道:"不来也罢,我应酬不起!"

大年夫妇出了姜家的门,她嫂子便道:"我们这位姑奶奶怎么换了个人? 没出嫁的时候不过要强些,嘴头上琐碎些,就连后来我们去瞧她,虽是比前暴躁些,也还有个分寸,不似如今疯疯傻傻,说话有一句没一句,就没一点儿得人心的地方。"

七巧立在房里,抱着胳膊看小双祥云两个丫头把箱子抬回原处,一只一只叠了上去。从前的事又回来了:临着碎石子街的馨香的麻油店,黑腻的柜台,芝麻酱桶里竖着木匙子,油缸上吊着大大小小的铁匙子。漏斗插在打油的人的瓶里,一大匙再加上两小匙正好装满一瓶,——一斤半。熟人呢,算一斤四两。有时她也上街买菜,蓝夏布衫裤,镜面乌绫镶滚。隔着密密层层的一排吊着猪肉的铜钩,她看见肉铺里的朝禄。朝禄赶着她叫曹大姑娘。难得叫声巧姐儿,她就一巴掌打在钩子背上,无数的空钩子荡过去锥他的眼睛,朝禄从钩子上摘下尺来宽的一片生猪油,重重地向肉案一抛,一阵温风扑到她脸上,腻滞的死去的肉体的气味……她皱紧了眉毛。床上睡着的她的丈夫,那没有生命的肉体……

风从窗子里进来,对面挂着的回文雕漆长镜被吹得摇摇晃晃,磕托磕托敲着墙。七巧双手按住了镜子。镜子里反映着的翠竹帘子和一副金绿山水屏条依旧在风中来回荡漾着,望久了,便有一种晕船的感觉。再定睛看时,翠竹帘子已经退了色,金绿山水换为一张她丈夫的遗像,镜子里的人也老了十年。

去年她戴了丈夫的孝,今年婆婆又过世了。现在正式挽了叔公九老太爷出来为他们分家,今天是她嫁到姜家来之后一切幻想的集中点。这些年了,她戴着黄金的枷锁,可是连金子的边都啃不到,这以后就不同了。七巧穿着白香云纱衫,黑裙子,然而她脸上像抹了胭脂似的,从那揉红了的眼圈儿到烧热的颧骨。她抬起手来搔了一搔脸,脸上烫,身子却冷得打颤。她叫祥云倒了杯茶来(小双早已嫁了,祥云也配了个小厮。),茶给喝了下去,沉重地往腔子里流,一颗心便在热茶里扑通扑通跳。她背向着镜子坐下了,问祥云道:"九老太爷来了这一下午,就在堂屋里跟马师爷查账?"祥云应了一声是。七巧又道:"大爷大奶奶三爷三奶奶都不在跟前?"祥云又应了声是。七巧道:"还到谁的屋里去过?"祥云道:"就到哥儿们的书房里兜了一兜。"七巧道:"好在咱们白哥儿的书倒不怕他查考……今年这孩子就吃亏在他爸爸他奶奶接连着出了事,他若还有心念书,他也不是人养的!"她把茶吃完了,吩咐祥云下去看看堂屋里大房三房的人可都齐了,免得自己去早了,显得性急,被人耻笑。恰巧大房里也差了一个丫头出来探看,和祥云打了个照面。

七巧终于款款下楼来了。堂屋里临时布置了一张镜面乌木大餐台,九老太爷独当一面坐了,面前乱堆着青布面、梅红签的账簿,又搁着一只瓜楞茶碗。四周除了马师爷之外,又有特地邀请的"公亲",近于陪审员的性质。各房只派了一个男子做代表,大房是大爷,二房二爷没了,是二奶奶,三房是三爷。季泽很知道这总清算的日子于他没有什么好处,因此他到得最迟。然而来既来了,他决不愿意露出焦灼懊丧的神气。腮帮子上依旧是他那点丰肥的、红色的笑。眼睛里依旧是他那点潇洒的不耐烦。

九老太爷咳嗽了一声,把姜家的经济状况约略报告了一遍,又翻着账簿子读出重要的田地房产的所在与按年的收入。七巧两手紧紧扣在肚子上,身子向前倾着,努力向她自己解释他的每一句话,与她往日调查所得一一印证。青岛的房子、天津的房子、北京城外的地、上海的房子……三爷在公账上拖欠过巨,他的一部分遗产被抵销了之后,还净欠六万,然而大房二房也只得就此算了,因为他是一无所有的人。他仅有的那一幢花园洋房,他为一个姨太太买了,也已经抵押了出去。其余只有老太太陪嫁过来的首饰,由兄弟三人均分,季泽的那一份也不便充公,因为是母亲留下的一点纪念。七巧突然叫了起来道:"九老太爷,那我们太吃亏了!"

堂屋里本就肃静无声,现在这肃静却是沙沙有声,直锯进耳朵里去,像电影配音机器损坏之后的锈轧。九老太爷睁了眼望着她道:"怎么?你连他娘丢下的几件首饰也舍不得给他?"七巧道:"亲兄弟,明算账,大哥大嫂不言语,我可不能不老着脸开口说句话。我须比不得大哥大嫂——我们死掉的那个若是有能耐出去做两任官,手头活便些,我也乐得放大方些,哪怕把从前的旧账一笔勾销呢?可怜我们那一个病病哼哼一辈子,何尝有过一文半文进账,丢下我们孤儿寡妇,就指着这两个死钱过活。我是个没脚蟹,长白还不满十四岁,往后苦日子有得过呢!"说着,流下泪来。九老太爷道:"依你便怎样?"七巧呜咽道:"哪儿由得我出主意呢?只求九老太爷替我们做主!"季泽冷着脸只不做声,满屋子的人都觉不便开口。九老太爷按捺不住一肚子的火,哼了一声道:"我倒想替你出主意呢,只怕你不爱听!二房里有田地没人照管,三房里有人没有地,我待要叫三爷替你照管,你多少贴他些,又怕你不要他!"七巧冷笑道:"我倒想依你呢,只怕死掉的那个不依!来人哪!祥云你把白哥儿给我找来!长白,你爹好苦呀!一下地就是一身的病,为人一场,一天舒坦日子也没过着,临了丢下你这点骨血,人家还看不得你,千方百计图谋你的东西!长白谁叫你爹拖着一身病,活着人家欺负他,死了人家欺负他的孤儿寡妇!我还不打紧,我还能活个几十年么?至多我到老太太灵前把话说明白了,把这条命跟人拼了。长白你可是年纪小着呢,就是喝西北风你也得活下去呀!"九老太爷气得把桌子一拍道:"我不管了!是你们求爹爹拜奶奶邀了我来的,你道我喜欢自找麻烦么?"站起来一脚踢翻了椅子,也不等人搀扶,一阵风走得无影无踪,众人面面相觑,一个个悄没声儿溜走了。惟有那马师爷忙着拾掇账簿子,落后了一步,看看屋里人全走光了,单剩下二奶奶一个人在那里捶着胸脯号啕大哭,自己若无其事地走了,似乎不好意思,只得走上前去,打躬作揖叫道:"二太太!二太太!……二太太!"七巧只顾把袖子遮住脸,马师爷又不便把她的手拿开,急得把瓜皮帽摘下来扇着汗。

维持了几天的僵局,到底还是无声无息照原定计划分了家。孤儿寡妇还是被欺负了。

七巧带着儿子长白,女儿长安另租了一幢屋子住下了,和姜家各房很少来往。隔了几个月,姜季泽忽然上门来了。老妈子通报上来,七巧怀着鬼胎,想着分家的那一天得罪了他,不知他有什么手段对付。可是兵来将挡,她凭什么要怕他?她家常穿着佛青实地纱袄子,特地系上一条玄色铁线纱裙,走下楼来。季泽却是满面春风地站起来问二嫂好,又问白哥儿可是在书房里,安姐儿的湿气可大好了。七巧心里便疑惑他是来借钱的,加意防备着,坐下笑道:"三弟你近来又发福了。"季泽笑道:"看我像一点心事都没有的人。"七巧笑道:"有福之人不在忙吗!你一向就是无牵无挂的。"季泽笑道:"等我把房子卖了,我还要无牵无挂呢!"七巧道:"就是你做了押款的那房子,你要卖?"季泽道:"当初造它的时候,很费了点心思,有许多装置都是自己心爱的,当然不愿意脱手。后来你是知道的,那块地皮值钱了,前年把它翻造了弄堂房子,一家一家收租,跟那些住小家的打交道,我实在嫌麻烦,索性打算卖了它,图个清净。"七巧暗地里说道:"口气好大!我是知道你的底细的,你在我跟前充什么阔大爷!"

虽然他不向她哭穷,但凡谈到银钱交易,她总觉得有点危险,便岔开去道:"三妹妹好么?腰子病近来发过没有?"季泽笑道:"我也有许久没见过她的面了。"七巧道:"这是什么话? 你们吵了嘴么?"季泽笑道:"这些时我们倒也没吵过嘴。不得已在一起说两句话,也是难得的,也没那闲情逸致吵嘴。"七巧道:"何至于这样? 我就不相信!"季泽两肘撑在藤椅的扶手上,交叉十指,手搭凉棚,影子落在眼睛上,深深地唉了一声。七巧笑道:"没有别的,要不就是你在外头玩得太厉害了。自己做错了事,还唉声叹气地仿佛谁害了你似的。你们姜家就没有一个好人!"说着,举起白团扇,作势要打。季泽把那交叉着的十指往下移了一移,两只大拇指按在嘴唇上,两只食指缓缓抚摸着鼻梁,露出一双水汪汪的眼睛来。那眼珠却是水仙花缸底的黑石子,上面汪着水,下面冷冷的没有表情。看不出他在想什么。七巧道:"我非打你不可!"季泽的眼睛里突然冒出一点笑泡儿,道:"你打,你打!"七巧待要打,又掣回手去,重新一鼓作气道:"我真打!"抬高了手,一扇子劈下来,又在半空中停住了,吃吃笑起来,季泽带笑将肩膀耸了一耸,凑了上去道:"你倒是打我一下罢! 害得我浑身骨头痒着,不得劲儿!"七巧将扇子向背后一藏,越发笑得格格的。

季泽把椅子换了个方向,面朝墙坐着,人向椅背上一靠,双手蒙住了眼睛,又是长长地叹了口气。七巧啃着扇子柄,斜瞟着他道:"你今儿是怎么了? 受了暑吗?"季泽道:"你哪里知道?"半晌,他低低地一个字一个字说道:"你知道我为什么跟家里的那个不好,为什么我拼命地在外头玩,把产业都败光了? 你知道这都是为了谁?"七巧不知不觉有点胆寒,走得远远的,倚在炉台上,脸色慢慢地变了。季泽跟了过来。七巧垂着头,肘弯撑在炉台上,手里擎着团扇,扇子上的杏黄穗子顺着她的额角拖下来。季泽在她对面站住了,小声道:"二嫂! ……七巧!"

七巧背过脸去淡淡笑道:"我要相信你才怪呢!"季泽便也走开了,道:"不错。你怎么能够相信我? 自从你到我家来,我在家一刻也待不住,只想出去。你没来的时候我并没有那么荒唐过,后来那都是为了躲你。娶了兰仙来,我更玩得凶了,为了躲你之外又要躲她。见了你,说不了两句话我就要发脾气——你哪儿知道我心里的苦楚? 你对我好,我心里更难受——我得管着我自己——我不能平白地坑坏了你,家里人多眼杂,让人知道了,我是个男子汉,还不打紧。你可了不得!"七巧的手直打颤,扇柄上的杏黄须子在她额上苏苏摩擦着。季泽道:"你信也罢! 不信也罢! 信了又怎样? 横竖我们半辈子已经过去了,说也是白说。我只求你原谅我这一片心。我为你吃了这些苦,也就不算冤枉了。"

七巧低着头,沐浴在光辉里,细细的音乐,细细的喜悦……这些年了,她跟他捉迷藏似的,只是近不得身,原来还有今天! 可不是,这半辈子已经完了——花一般的年纪已经过去了。人生就是这样地错综复杂,不讲理。当初她为什么嫁到姜家来? 为了钱么? 不是的,为了要遇见季泽,为了命中注定她要和季泽相爱。她微微抬起脸来,季泽立在她跟前,两手合在她扇子上,面颊贴在她扇子上。他也老了十年了,然而人究竟还是那个人啊! 他难道是哄她? 他想她的钱——她卖掉她的一生换来的几个钱? 仅仅这一转念便使她暴怒起来。就算她错怪了他,他为她吃的苦抵得过她为他吃的苦么? 好容易她死了心了,他又来撩拨她,她恨他。他还在看着她。他的眼睛——虽然隔了十年,人还是那个人啊! 就算他是骗她的,迟一点儿发现不好么? 即使明知是骗人的,他太会演戏了,也跟真的差不多罢?

不行! 她不能有把柄落在这厮手里。姜家的人是厉害的,她的钱只怕保不住。她得先证明他是真心不是。七巧定了一定神,向门外瞧了一瞧,轻轻惊叫道:"有人!"便三脚两步赶出门去,到下房里吩咐潘妈替三爷弄点心去,快些端了来,顺便带芭蕉扇进来替三爷打扇。七巧回到屋里来,故意皱着眉道:"真可恶,老妈子在门口探头探脑的,见了我抹过头去就跑,被我赶上去喝住了。若是关上了门说两句话,指不定造出什么谣言来呢!饶是独门独户住了,还没个清净。"潘妈送了点心与酸梅汤进来,七巧亲自拿筷子替季泽捡掉了蜜层糕上的玫瑰与青梅,道:"我记得你是不爱吃红绿丝的。"有人在跟前,季泽不便说什么,只是微笑。七巧似乎没话找话说似的,问道:"你卖房子,接洽得怎样了?"季泽一面吃,一面答道:"有人出八万五,我还没打定主意呢。"七巧沉吟道:"地段倒是好的。"季泽道:"谁都不赞成我脱手,说还要涨呢。"七巧又问了些详细情形,便道:"可惜我手头没有这一笔现款,不然我倒想买。"季泽道:"其实呢,我这房子倒不急,倒是咱们乡下你那些田,早早脱手得好。自从改了民国,接二连三地打仗,何尝有一年闲过,把地面上糟蹋得不成样子,中间还被收租的、师爷、地头蛇一层一层勒掯着,莫说这两年不是水就是旱,就遇着了丰年,也没有多少进账轮到我们头上。"七巧寻思着,道:"我也盘算过来,一直挨着没有办。先晓得把它卖了,这会子想买房子,也不至于钱不凑手了。"季泽道:"你那田要卖趁现在就得卖,听说直鲁又要开仗了。"七巧道:"急切间你叫我卖给谁去?"季泽顿了一顿道:"我去替你打听打听,也成。"七巧耸了耸眉毛笑道:"得了,你那些狐群狗党里头,又有谁是靠得住的?"季泽把咬开的饺子在小碟里蘸了点醋,闲闲说出两个靠得住的人名,七巧便认真仔细盘问他起来,他果然回答得有条不紊,显然他是筹之已熟的。

七巧虽是笑吟吟的,嘴里发干,上嘴唇黏在牙龈上,放不下来。她端起盖碗来吸了一口茶,舐了舐嘴唇,突然把脸一沉,跳起身来,将手里的扇子向季泽头上滴溜溜掷过去,季泽向左偏了一偏,那团扇敲在他肩膀上,打翻了玻璃杯,酸梅汤淋淋漓漓溅了他一身。七巧骂道:"你要我卖了田去买你的房子?你要我卖田?钱一经你的手,还有得说么?你哄我——你拿那样的话来哄我——你拿我当傻子——"她隔着一张桌子探身过去打他,然而她被潘妈死劲抱住了。潘妈叫唤起来,祥云等人都奔了来,七手八脚按住了她,七嘴八舌求告着。七巧一头挣扎,一头叱喝着,然而她的一颗心直往下坠——她很明白她这举动太蠢——太蠢——她在这儿丢人出丑。

季泽脱下了他那湿漉漉的白云纱长衫,潘妈绞了毛巾来代他揩擦,他理也不理,把衣服夹在手臂上,竟自扬长出门去了,临行的时候向祥云道:"等白哥儿下了学,叫他替他母亲请个医生来看看。"祥云吓糊涂了,连声答应着,被七巧兜脸给她一个耳刮子。

季泽走了。丫头老妈子也给七巧骂跑了。酸梅汤沿着桌子一滴一滴朝下滴,像迟迟的夜漏——一滴,一滴……一更,二更……一年,一百年。真长,这寂寂的一刹那。七巧扶着头站着侯地掉转身来上楼去,提着裙子,性急慌忙,跌跌跄跄,不住地撞到那阴暗的绿粉墙上,佛青袄子上沾了大块的淡色的灰。她要在楼上的窗户里再看他一眼。无论如何,她从前爱过他。她的爱给了她无穷的痛苦。单只是这一点,就使她值得留恋。多少回了,为了要按捺她自己,她得全身的筋骨与牙根都酸楚了。今天完全是她的错。他不是个好人,她又不是不知道。她要他,就得装糊涂,就得容忍他的坏。她为什么要戳穿他?人生在世,还不就是那么一回事?归根究底,什么是真的?什么是假的?

她到了窗前,揭开了那边上缀有小绒球的墨绿洋式窗帘,季泽正在弄堂里望外走,长衫搭在臂上,晴天的风像一群白鸽子钻进他的纺绸裤褂里去,哪儿都钻到了,飘飘拍着翅子。

七巧眼前仿佛挂了冰冷的珍珠帘,一阵热风来了,把那帘子紧紧贴在她脸上,风去了,又把帘子吸了回去,气还没透过来,风又来了,没头没脸包住她——一阵凉一阵热,她只是流着眼泪。

　　玻璃窗的上角隐隐约约反映出弄堂里一个巡警的缩小的影子，晃着膀子踱过去。一辆黄包车静静在巡警身上辗过。小孩把袍子披在裤腰里，一路踢着球，奔出玻璃的边缘。绿色的邮差骑着自行车，复印在巡警身上，一溜烟掠过。都是些鬼，多年前的鬼，多年后的没投胎的鬼……什么是真的？什么是假的？

　　过了秋天又是冬天，七巧与现实失去了接触。虽然一样地使性子，打丫头，换厨子，总有些失魂落魄的。她哥哥嫂子到上海来探望了她两次，住不上十来天，末了永远是给她絮叨得站不住脚，然而临走的时候她也没有少给他们东西。她侄子曹春熹上城来找事，耽搁在她家里。那春熹虽是个浑头浑脑的年轻人，却也本本分分的。七巧的儿子长白，女儿长安，年纪到了十三四岁，只因身材瘦小，看上去才只七八岁的光景。在年下，一个穿着品蓝摹本缎棉袍，一个穿着葱绿遍地锦棉袍，衣服太厚了，直挺挺撑开了两臂，一般都是薄薄的两张白脸，并排站着，纸糊的人儿似的。这一天午饭后，七巧还没起身，那曹春熹陪着他兄妹俩掷骰子，长安把压岁钱输光了，还不肯歇手。长白把桌上的铜板一捞，笑道："不跟你来了。"长安道："我们用糖莲子来赌。"春熹道："糖莲子揣在口袋里，看脏了衣服。"长安道："用瓜子也好，柜顶上就有一罐。"便搬过一张茶几来，踩了椅子爬上去拿。慌得春熹叫道："安姐儿你可别摔跤，回头我担不了这干系！"正说着，只见长安猛可里向后一仰，若不是春熹扶住了，早是个倒栽葱。长白在旁拍手大笑，春熹嘟嘟囔囔骂着，也撑不住要笑，三人笑成一片。春熹将她抱下地来，忽然从那红木大橱的穿衣镜里瞥见七巧蓬着头又着腰站在门口，不觉一怔，连忙放下了长安，回身道："姑妈起来了。"七巧汹汹奔了过来，将长安向自己身后一推，长安立脚不稳，跌了一跤。七巧只顾将身子挡住了她，向春熹厉声道："我把你这狼心狗肺的东西！我三茶六饭款待你这狼心狗肺的东西，什么地方亏待了你，你欺负我女儿？你那狼心狗肺，你道我揣摩不出么？你别以为你教坏了我女儿，我就不能不捏着鼻子把她许配给你，你好霸占我们的家产！我看你这浑蛋，也还想不出这等主意来，敢情是你爹娘把着手儿教的！那两个狼心狗肺忘恩负义的老浑蛋！齐了心想我的钱，一计不成，又生一计！"春熹气得白瞪眼，欲待分辩，七巧道："你还有脸顶撞我！你还不给我快滚，别等我乱棒打出去！"说着，把儿女们推推撞撞送了出去，自己也喘吁吁扶着个丫头走了。春熹究竟年纪轻火性大，赌气卷了铺盖，顿时离了姜家的门。

　　七巧回到起坐间里，在烟榻上躺下了。屋里暗昏昏的，拉上了丝绒窗帘。时而窗户缝里漏了风进来，帘子动了，方在那墨绿小绒球底下毛茸茸地看见一点天色，除此只有烟灯和烧红的火炉的微光。长安吃了吓，呆呆坐在火炉边一张小凳上。七巧道："你过来。"长安只道是要打，只是延挨着，搭讪把火炉边的洋铁围屏上晾着的小红格子法布衬衫翻了一翻，道："快烤糊了。"衬衫发出热烘烘的毛气。

　　七巧却不像要责打她的光景，只数落了一番，道："你今年过了年也有十三岁了，也该放明白些。表哥虽不是外人，天下的男子都是一样混账。你自己要晓得当心，谁不想你的钱？"一阵风过，窗帘上的绒球与绒球之间露出白色的寒天，屋子里暖热的黑暗给打上了一排小洞。烟灯的火焰往下一挫，七巧脸上的影子仿佛更深了一层。她突然坐起身来，低声道："男人……碰都碰不得！谁不想你的钱？你娘这几个钱不是容易得来的，也不是容易守得住。轮到你们手里，我可不能眼睁睁看着你们上人的当——叫你以后提防着些，你听见了没有？"长安垂着头道："听见了。"

　　七巧的一只脚有点麻，她探身去捏一捏她的脚。仅仅是一刹那，她眼睛里蠢动着一点温柔的回忆。她记起了想她的钱的一个男人。

她的脚是缠过的，尖尖的缎鞋里塞了棉花，装成半大的文明脚。她瞧着那双脚，心里一动，冷笑一声道："你嘴里尽管答应着，我怎么知道你心里是明白还是糊涂？你人也有这么大了，又是一双大脚，哪里去不得？我就是管得住你，也没那个精神成天看着你。按说你今年十三了，裹脚已经嫌晚了，原怪我耽误了你。马上这就替你裹起来，也还来得及。"长安一时答不出话来，倒是旁边的老妈子们笑道："如今小脚不时兴了，只怕将来给姐儿定亲的时候麻烦。"七巧道："没有扯淡！我不愁我的女儿没人要，不劳你们替我担心！真没人要，养活她一辈子，我也养得起！"当真替长安裹起脚来，痛得长安鬼哭神号的。这时连姜家这样守旧的人家，缠过脚的也都已经放了脚了，别说是没缠过的，因此都拿长安的脚传作笑话奇谈。裹了一年多，七巧一时的兴致过去了，又经亲戚们劝着，也就渐渐放松了，然而长安的脚可不能完全恢复原状了。

姜家大房三房里的儿女都进了洋学堂读书，七巧处处存心跟他们比赛着，便也要送长白去投考。长白除了打小牌之外，只喜欢跑跑票房，正在那里朝夕用功吊嗓子，只怕进学校要耽搁了他的功课，便不肯去。七巧无奈，只得把长安送到沪范女中，托人说了情，插班进去。长安换上了蓝爱国布的校服，不上半年，脸色也红润了，胳膊腿腕也粗了一圈。住读的学生洗换衣服，照例是送到学校里包着的洗衣作里去。长安记不清自己的号码，往往失落了枕套手帕种种零件，七巧便闹着说要去找校长说话。这一天放假回家，检点了一下，又发现有一条褥单是丢了。七巧暴跳如雷，准备明天亲自上学校去大兴问罪之师。长安着了急，拦阻了一声，七巧便骂道："天生的败家精，拿你的钱不当钱。你娘的钱是容易得来的？——将来你出嫁，你看我有什么陪送给你！——给也是白给！"长安不敢做声，却哭了一晚上。她不能在她的同学跟前丢这个脸。对于十四岁的人，那似乎有天大的重要。她母亲去闹一场，她以后拿什么脸去见人？她宁死也不到学校里去了。她的朋友们，她所喜欢的音乐教员，不久就会忘记了有这么一个女孩子，来了半年，又无缘无故悄悄地走了。走得干净。她觉得她这牺牲是一个美丽的，苍凉的手势。

半夜里她爬下床来，伸手到窗外试试，漆黑的，是下了雨么？没有雨点。她从枕头边摸出一只口琴，半蹲半坐在地上，偷偷吹了起来。犹疑地，Long Long Ago 的细小的调子在庞大的夜里袅袅漾开，不能让人听见了。为了竭力按捺着，那呜呜的口琴忽断忽续，如同婴儿的哭泣。她接不上气来，歇了半晌。窗格子里，月亮从云里出来了。墨灰的天，几点疏星，模糊的状月，像石印的图画，下面白云蒸腾，树顶上透出街灯淡淡的圆光。长安又吹起口琴。"告诉我那故事，往日我最心爱的那故事，许久以前，许久以前……"

第二天她大着胆子告诉她母亲："娘，我不想念下去了。"七巧睁着眼道："为什么？"长安道："功课跟不上，吃的太苦了，我过不惯。"七巧脱下一只鞋来，顺手将鞋底抽了她一下，恨道："你爹不如人，你也不如人？养下你来又不是个十不全，就不肯替我争口气！"长安反剪着一双手，垂着眼睛，只是不言语。旁边老妈子们便劝道："姐儿也大了，学堂里人杂，的确有些不方便。其实不去也罢了。"七巧沉吟道："学费总得想法子拿回来。白便宜了他们不成？"便要领了长安一同去索讨，长安抵死不肯去，七巧带着两个老妈子去了一趟回来了，据她自己补叙，钱虽然没收回来，却也着实羞辱了那校长一场。长安以后在街上遇着了同学，脸上红一阵白一阵，无地自容，只得装做不看见，急急走了过去。朋友寄了信来，她拆也不敢拆，原封退了回去，她的学校生活就此告一结束。

有时她也觉得牺牲得有点不值得，暗自懊悔着，然而也来不及挽回了。她渐渐放弃了一切上进的思想，安分守己起来。她学会了挑是非，使小坏，干涉家里的行政。她不时地跟母亲怄气，可是她的言谈举止越来越像她母亲了。每逢她单叉着裤子，叉开了两腿坐着，两只手按在胯间露出的凳子上，歪着头，下巴搁在心口上凄凄惨惨瞅住对面的人说道："一家有一家的苦处呀，表嫂——一家有一家的苦处！"——谁都说她是活脱的一个七巧。她打了一根辫子，眉眼的紧俏有似当年的七巧，可是她的小小的嘴过于瘪进去，仿佛显老一点。她再年轻些也不过是一棵较嫩的雪里红——盐腌过的。

也有人来替她做媒。若是家境推扳一点的，七巧总疑心人家是贪她们的钱。若是那有财有势的，对方却又不十分热心，长安不过是中等姿色，她母亲出身既低，又个不贤慧的名声，想必没有什么家教。因此高不成，低不就，一年一年耽搁了下去。那长白的婚事却不容耽搁。长白在外面赌钱，捧女戏子，七巧还没甚话说，后来渐渐跟着他三叔姜季泽逛起窑子来，七巧方才着了慌，手忙脚乱替他定亲，娶了一个袁家的小姐，小名芝寿。

行的是半新式的婚礼，红色盖头是蠲免了，新娘戴着蓝眼镜，粉红喜纱，穿着粉红彩绣裙袄，进了洞房，除去了眼镜，低着头坐在湖色帐幔里。闹新房的人围着打趣，七巧只看了一看便出来了。长安在门口赶上了她，悄悄笑道："皮色倒还白净，就是嘴唇太厚了些。"七巧把手撑着门，拔下一只金挖耳来搔搔头，冷笑道："还说呢！你新嫂子这两片嘴唇，切切倒有一大碟子。"旁边一个太太便道："说是嘴唇厚的人天性厚哇！"七巧哼了一声，将金挖耳指住了那太太，倒剔起一只眉毛，歪着嘴微微一笑道："天性厚，并不是什么好话。当着姑娘们，我也不便多说——但愿咱们白哥儿这条命别送在她手里！"七巧天生着一副高爽的喉咙，现在因为苍老了些，不那么尖了，可是扃扃的依旧四面刮得人疼痛，像剃刀片。这两句话，说响不响，说轻也不轻。人丛里的新娘子的平板的脸与胸震了一震——多半是龙凤烛的火光的跳动。

三朝过后，七巧嫌新娘子笨，诸事不如意，每每向亲戚们诉说着。便有人劝道："少奶奶年纪轻，二嫂少不得要费点心教导教导她。谁叫这孩子没心眼儿呢！"七巧啐道："你们瞧咱们新少奶奶老实呀——一见了白哥儿，她就得去上马桶！真的！你信不信？"这话传到芝寿耳朵里，急得芝寿只待寻死。然而这还是没满月的时候，七巧还顾些脸面，后来索性这一类的话当着芝寿的面也说了起来，芝寿哭也不是，笑也不是，若是木着脸装不听见，七巧便一拍桌子嗟叹起来道："在儿子媳妇手里吃口饭，可真不容易！动不动就给人脸子看！"

这天晚上，七巧躺着抽烟，长白盘踞在烟铺跟前的一张沙发椅上嗑瓜子，无线电里正唱着一出冷戏，他捧着戏考，一个字一个字跟着哼，哼上了劲，甩过一条腿去骑在椅背上，来回摇着打拍子。七巧伸过脚去踢他一下道："白哥儿你来替我装两筒。"长白道："现放着烧烟的，偏要支使我！我手上有蜜是怎么着？"说着，伸了个懒腰，慢腾腾移身坐到灯前的小凳上，卷起了袖子。七巧笑道："我把你这不孝的奴才！支使你，是抬举你！"她眯缝着眼望着他。这些年来她的生命里只有这一个男人。只有他，她不怕他想她的钱——横竖钱都是他的。可是，因为他是她的儿子，他这一个人还抵不了半个……现在，就连这半个人她也保留不住——他娶了亲。他是个瘦小白皙的年轻人，背有点驼，戴着金丝眼镜，有着工细的五官，时常茫然地微笑着，张着嘴，嘴里闪闪发着光的不知道是太多的唾沫水还是他的金牙。他敞着衣领，露出里面的珠羔里子和白小褂。七巧把一只脚搁在他肩膀上，不住地轻轻踢着他的脖子,低声道:"我把你这不孝的奴才! 打几时起变得这么不孝了?"长安在旁答道:"娶了媳妇忘了娘吗!"七巧道:"少胡说! 我们白哥儿倒不是那么样的人! 我也养不出那么样的儿子!"长白只是笑。七巧斜着眼看定了他,笑道:"你若还是我从前的白哥儿,你今儿替我烧一夜的烟!"长白笑道:"那可难不倒我!"七巧道:"眊着了,看我捶你!"

起坐间的帘子撤下送去洗濯了。隔着玻璃窗望出去,影影绰绰乌云里有个月亮,一搭黑,一搭白,像个戏剧化的狰狞的脸谱。一点,一点,月亮缓缓地从云里出来了,黑云底下透出一线炯炯的光,是面具底下的眼睛。天是无底洞的深青色。久已过了午夜了。长安早去睡了,长白打着烟泡,也前仰后合起来。七巧斟了杯浓茶给他,两人吃着蜜饯糖果,讨论着东邻西舍的隐私。七巧忽然含笑问道:"白哥儿你说,你媳妇儿好不好?"长白说道:"这有什么可说的?"七巧道:"没有可批评的,想必是好的了?"长白笑着不做声。七巧道:"好,也有个怎么个好呀!"长白道:"谁说她好来着?"七巧道:"她不好? 哪一点不好? 说给娘听。"长白起初只是含糊对答,禁不起七巧再三盘问,只得吐露一二。旁边递茶递水的老妈子们都背过脸去笑得格格的,丫头们都掩着嘴忍着笑回避出去了。七巧又是咬牙,又是笑,又是喃喃咒骂,卸下烟斗来狠命磕里面的灰,敲得托托一片响,长白说溜了嘴,止不住要说下去,足足说了一夜。

次日清晨,七巧吩咐老妈子取过两床毯子来打发哥儿在烟榻上睡觉。这时芝寿也已经起了身,过来请安。七巧一夜没合眼,却是精神百倍,邀了几家女眷来打牌,亲家母也在内。在麻将桌上一五一十将她儿子亲口招供的她媳妇的秘密宣布了出来,略加渲染,越发有声有色。众人竭力地岔,然而说不出两句闲话,七巧笑嘻嘻地转了个弯,又回到她媳妇身上来了。逼得芝寿的母亲脸皮紫涨,也无颜再见女儿,放下牌,乘了包车回去了。

七巧接连着要长白为她烧了两晚上的烟。芝寿直挺挺躺在床上,搁在肋骨上的两只手蜷曲着像死去的鸡的脚爪。她知道她婆婆又在那里盘问她丈夫,她知道她丈夫又在那里叙述一些什么事,可是天知道他还有什么新鲜的可说! 明天他又该涎着脸到她跟前来了。也许他早料到她会把满腔怨毒都结在他身上,就算她没本领跟他拼命,最不济也得质问他几句,闹上一场。多半他准备先声夺人,借酒盖住了脸,找点岔子,摔上两件东西。她知道他的脾气。末后他会坐到床沿上来,耸起肩膀,伸手到白绸小褂里面去抓痒,出人意料之外地一笑。他的金丝眼镜上抖动着一点光,他嘴里抖动着一点光,不知道是唾沫还是金牙。他摘去了他的眼镜。……芝寿猛然坐起身来,哗啦揭开了帐子。这是个疯狂的世界,丈夫不像个丈夫,婆婆也不像个婆婆。不是他们疯了,就是她疯了。今天晚上的月亮比哪一天都好,高高的一轮满月,万里无云,像是黑漆的天上一个白太阳。遍地的蓝影子,帐顶上也是蓝影子,她的一双脚也在那死寂的影子里。

芝寿待要挂起帐子来,伸手去摸索帐钩,一只手臂吊在那铜钩上,脸偎住了肩膀,不由得就抽噎起来。帐子自动地放了下来。昏暗的帐子里除了她之外没别人,然而她还是吃了一惊,仓皇地再度挂起了帐子。窗外还是那使人汗毛凛凛的反常的明月——漆黑的天上一个灼灼的小而白的太阳。屋里看得分明那玫瑰紫绣花椅披桌布,大红平金五凤齐飞的围屏,水红软缎对联,绣着盘花篆字。梳妆台上红绿丝网络着银粉缸、银漱盂、银花瓶,里面满满盛着喜果,帐檐上垂下五彩攒金绕绒花球、花盆、如意、粽子,下面滴溜溜坠着指头大的琉璃珠和尺来长的桃红穗子。偌大一间房里充塞着箱笼、被褥、铺陈,不见得她就找不出一条汗巾子来上吊,她又倒到床上去。月光里,她脚没有一点血色——青、绿、紫、冷去的尸身的颜色。她想死,她想死。她怕这月亮光,又不敢开灯。明天她婆婆会说:"白哥儿给我多烧了两口烟,害得我们少奶奶一宿没睡觉,半夜三更点着灯等着他回来——少不了他吗!"芝寿的眼泪顺着枕头不停地流。她不用手帕去擦眼睛,擦肿了,她婆婆又该说了:"白哥儿一晚上没回房去睡,少奶奶就把眼睛哭得桃儿似的!"

七巧虽然把儿子媳妇描摹成这样热情的一对,长白对于芝寿却不甚中意,芝寿也把长白恨得牙痒痒的。夫妻不和,长白渐渐又往花街柳巷里走动。七巧把一个丫头绢儿给了他做小,还是牢笼不住他。七巧又变着方儿哄他吃烟。长白一向就喜欢玩两口,只是没上瘾,现在吸得多了,也就收了心不大往外跑了,只在家守着母亲和新姨太太。

他妹子长安二十四岁那年生了痢疾,七巧不替她延医服药,只劝她抽两筒鸦片,果然减轻了不少痛苦。病愈之后,也就上了瘾。那长安更与长白不同,未出阁的小姐,没有其他的消遣,一心一意地抽烟,抽的倒比长白还要多。也有人劝阻,七巧道:"怕什么!莫说我们姜家还吃得起,就是我今天卖了两顷地给他们姐儿俩抽烟,又有谁敢放半个屁?姑娘赶明儿聘了人家,少不得有她这一份嫁妆。她吃自己的,喝自己的,姑爷就是舍不得,也只好干望着她罢了!"

话虽如此说,长安的婚事毕竟受了点影响。来做媒的本来就不十分踊跃,如今竟绝迹了。长安到了近三十的时候,七巧见女儿注定了是要做老姑娘的了,便又换了一种论调,道:"自己长得不好,嫁不掉,还怨我做娘的耽搁了她!成天挂搭着个脸,倒像我该还她二百钱似的。我留她在家里吃一碗闲茶闲饭,可没打算留她在家里给我气受呢!"

姜季泽的女儿长馨过二十岁生日,长安去给她堂房妹子拜寿。那姜季泽虽然穷了,幸喜他交游广阔,手里还算兜得转。长馨背地里向她母亲道:"妈想法子给安姐姐介绍个朋友罢,瞧她怪可怜的。还没提起家里的情形,眼圈儿就红了。"兰仙慌忙摇手道:"罢!罢!这个媒我不敢做!你二妈那脾气是好惹的?"长馨年少好事,哪里理会得?歇了些时,偶然与同学们说起这件事,恰巧那同学有个表叔新从德国留学回来,也是北方人,仔细攀认起来,与姜家还沾着点老亲。那人名唤童世舫,叙起来比长安略大几岁。长馨竟自作主张,安排了一切,由那同学的母亲出面请客。长安这边瞒得家里铁桶相似。

七巧身子一向硬朗,只因她媳妇芝寿得了肺痨,七巧嫌她乔张做致,吃这个,吃那个,累又累不得,比寻常似乎多享了一些福,自己一赌气便也病了。起初不过是气虚血亏,却也将阖家支使得团团转,哪儿还能够兼顾到芝寿?后来七巧认真得了病,卧床不起,越发鸡犬不宁。长安乘乱里便走开了,把裁缝唤到她三叔家里,由长馨出主意替她制了新装。赴宴的那天晚上,长馨先陪她到理发店去用钳子烫了头发,从天庭到鬓角一路密密地贴着细小的发圈,耳朵上戴了二寸来长的玻璃翡翠宝塔坠子,又换上了苹果绿乔琪纱旗袍,高领圈,荷叶边袖子,腰以下是半西式的百褶裙。一个小大姐蹲在地上为她扣揿纽,长安在穿衣镜里端详着自己,忍不住将两臂虚虚地一伸,裙子一踢,摆了个葡萄仙子的姿势,一扭头笑了起来道:"把我打扮得天女散花似的!"长馨在镜子里向那小大姐做了个眉眼,两人不约而同也都笑了起来。长安妆罢,便向高椅上端端正正坐下了。长馨道:"我去打电话叫车。"长安道:"还早呢!"长馨看了看表道:"约的是八点,已经八点过五分了。"长安道:"晚个半个钟头,想必也不碍事。"长馨猜她是存心要搭点架子,心中又好气又好笑,打开银丝手提皮包来检点了一下,借口说忘了带粉镜子,径自走到她母亲屋里来,如此这般告诉了一遍,又道:"今儿又不是姓童的请客,她这架子是冲着谁搭的?我也懒得去劝她,由她挨到明儿早上去,也不干我事。"兰仙道:"瞧你这糊涂!人是你约的,媒是你做的,你怎么卸得了这干系?我埋怨过你多少回了——你早该知道了,安姐儿就跟她娘一样的小家子气,不上台盘。待会儿出乖露丑的,说起来是你姐姐,你丢人也是活该,谁叫你把这些是是非非,揽上身来,敢是闲疯了?"长馨咕嘟着嘴在她母亲屋里坐了半晌。兰仙笑道:"看这情形,你姐姐是等着人催请呢。"长馨道:"我才不去催她呢!"兰仙道:"傻丫头,要你催,中什么用?她等着那边来电话哪!"长馨失声笑道:"又不是新娘子,要三请四催的,逼着上轿!"兰仙道:"好歹你打个电话到饭店里去,叫他们打个电话来,不就结了?快九点了,再挨下去,事情可真要崩了!"长馨只得依言做去,这边方才动了身。

长安在汽车里还是兴兴头头,谈笑风生的,到了菜馆子里,突然矜持起来,跟在长馨后面,悄悄掩进了房间,怯怯地退去了苹果绿鸵鸟毛斗篷,低头端坐,拈了一只杏仁,每隔两分钟轻轻啃去了十分之一,缓缓咀嚼着。她是为了被看而来的。她觉得她浑身的装束,无懈可击,任凭人家多看两眼也不妨事,可是她的身体完全是多余的,缩也没处缩,她始终缄默着,吃完了一顿饭。等着上甜菜的时候,长馨把她拉到窗子跟前去观看街景,又托故走开了,那童世舫便踱到窗前,问道:"姜小姐这儿来过么?"长安细声道:"没有。"童世舫道:"我也是第一次,菜倒是不坏,可是我还是吃不大惯。"长安道:"吃不惯?"世舫道:"可不是!外国菜比较清淡些,中国菜要油腻得多。刚回来,连着几天亲朋好友们接风,很容易地就吃坏了肚子。"长安反复地看她的手指,仿佛一心一意要数数一共有几个指纹是螺形的,几个是簸箕……

玻璃窗上面,没来由开了小小的一朵霓虹灯的花——对过儿一家店面里反映过来的,绿心红瓣,是尼罗河祀神的莲花,又是法国王室的百合徽章……

世舫多年没见过故国的姑娘,觉得长安很有点楚楚可怜的韵致,倒有几分欢喜。他留学以前早就定了亲,只因他爱上了一个女同学,抵死反对家里的亲事,路远迢迢,打了无数的笔墨官司,几乎闹翻了脸,他父母曾经一度断绝了他的接济,使他吃了不少的苦,方才依了他,解了约。不幸他的女同学别有所恋,抛下了他,他失意之余,倒埋头读了七八年的书。他深信妻子还是旧式的好,也是由于反应作用。

和长安见了这一面之后,两下里都有了意。长馨想着送佛送到西天,自己再热心些,也没有资格出来向长安的母亲说话,只得央及兰仙。兰仙执意不肯道:"你又不是不知道,你爹跟你二妈仇人似的,向来是不见面的。我虽然没有跟她红过脸,再好些也有限,何苦去自讨没趣?"长安见了兰仙,只是垂泪,兰仙却不过情面,只得答应去走一遭。妯娌相见,问候了一番,兰仙便说明了来意。七巧初听见了,倒也欣然,因道:"那就拜托三妹妹罢!我病病哼哼的,也管不得了,偏劳了三妹妹。这丫头就是我的一块心病。我做娘的也不能说是对不起她了,行的是老法规矩,我替她裹脚;行的是新派规矩,我送她上学堂——还要怎么着?照我这样扒心扒肝调理出来的人,只要她不疤不麻不瞎,还会没人要吗?怎奈这丫头天生的是扶不起的阿斗,恨得我只嚷嚷;多是我眼闭一去了,男婚女嫁,听天由命罢!"

当下议妥了,由兰仙请客,两方面相亲。长安与童世舫只做没见过面模样,只会晤了一次。七巧病在床上,没有出场,因此长安便风平浪静地订了婚。在筵席上,兰仙与长馨强拉着长安的手,递到童世舫手里,世舫当众替她套上了戒指。女家也回了礼,文房四宝虽然免了,却用新式的丝绒文具盒来代替,又添上了一只手表。

订婚之后,长安遮遮掩掩竟和世舫独出去了几次。晒着秋天的太阳,两人并排在公园里走,很少说话,眼角里带着一点对方的衣服与移动着的脚,女子的粉香,男子的淡巴菰气,这单纯而可爱的印象便是他们身边的栏杆,栏杆把他们与众人隔开了。空旷的绿草地上,许多人跑着、笑着、谈着,可是他们走的是寂寂的绮丽的回廊——走不完的寂寂的回廊。不说话,长安并不感到任何缺陷。她以为新式的男女间的交际也就"尽于此矣"。童世舫呢,因为过去的痛苦的经验,对于思想的交换根本抱着怀疑的态度。有个人在身边,他也就满足了。从前,他顶讨厌小说上的男人,向女人要求同居的时候,只说:"请给我一点安慰。"安慰是纯粹精神上的,这里却做了肉欲的代名词。但是他现在知道精神与物质的界限不能分得这么清。言语究竟没有用。久久地握手,就是妥协的安慰,因为会说话的人很少,真正有话说的人还要少。

有时在公园里遇着了雨,长安撑起了伞,世舫为她擎着。隔着半透明的蓝绸伞,千万粒雨珠闪着光,像一天的星。一天的星到处跟着他们,在水珠银烂的车窗上,汽车驰过了红灯、绿灯,窗子外荧荧飞着一颗红的星,又是一颗绿的星?

长安带了点星光下的乱梦回家来,人变得异常沉默了。时时微笑着。七巧见了,不由得有气,便冷言冷语道:"这些年来,多多怠慢了姑娘,不怪姑娘难得开个笑脸。这下子跳出了姜家的门,称了心愿了,再快活些,可也别这么摆在脸上呀——叫人寒心!"依着长安素日的性子,就要回嘴,无如长安近来像换了个人似的,听了也不计较,自顾自努力去戒烟。七巧也奈何她不得。

长安订婚那天,大奶奶玳珍没去,隔了些天来补道喜。七巧悄悄唤了声大嫂,道:"我看咱们还是在外头打听打听哩,这事可冒失不得!前天我耳朵里仿佛刮着一点,说是乡下有太太,外洋还有一个。"玳珍道:"乡下的那个没过门就退了亲。外洋那个也是这样,说是做了几年的朋友了,不知怎么又没成功。"七巧道:"那还有个为什么?男人的心,说声变,就变了,他连三媒六聘的还不认账,何况那不三不四的歪辣货?知道他在外洋还有旁人没有?我就只这一个女儿,可不能糊里糊涂断送了她的终身,我自己是吃过媒人的苦的!"

长安坐在一旁用指甲去掐手掌心,手掌心掐红了,指甲却挣得雪白。七巧一抬眼望见了她,便骂道:"死不要脸的丫头,竖着耳朵听呢!这话是你听得的吗?我们做姑娘的时候,一声提起婆婆家,来不迭地躲开了。你姜家枉为世代书香,只怕你还要到你开麻油店的外婆家去学点规矩哩!"长安一头哭一头奔了出去。七巧拍着枕头嗳了一声道:"姑娘急着要嫁,叫我也没法子。腥的臭的往家里拉。名为是她三婶给找的人,其实不过是拿她三婶做个幌子。多半是生米煮成了熟饭了,这才挽了三婶出来做媒。大家齐伙儿糊弄我一个人……糊弄着也好!说穿了,叫做娘的做哥哥的脸往哪儿放?"

又一天,长安托辞溜了出去,回来的时候,不等七巧查问,待要报告自己的行踪,七巧叱道:"得了,得了,少说两句罢!在我前面唬什么鬼?有朝一日你让我抓着了真凭实据——哼!别以为你大了,订了亲了,我打不得你了!"长安急了道:"我给馨妹妹送鞋样子去,犯了法了?娘不信,娘问三婶去!"七巧道:"你三婶替你寻个汉子来,就是你的重生父母,再养爹娘!也没见你这样的轻骨头!……一转眼就不见你的人了。你家里供养了你这些年,就只差买个小厮伺候你,哪一处对你不住了,你在家里一刻也坐不稳?"长安红了脸,眼泪直掉下来。七巧缓过一口气来,又道:"当初多少好的都不要,这会子去嫁个不成器的,人家拣剩下来的,岂不是自己打嘴?他若是个人,怎么活到三十来几,飘洋过海的,跑上十万里地,一房老婆还没弄到手?"

　　然而长安一味地执迷不悟。因为双方的年纪都不小了,订了婚不上几月,男方便托了兰仙来议定婚期。七巧指着长安道:"早不嫁,迟不嫁,偏赶着这两年钱不凑手!明年若是田上收成好些,嫁妆也还整齐些。"兰仙道:"如今新式结婚,倒也不讲究这些了。就照新派办法,省着点也好。"七巧道:"什么新派旧派?旧派无非排场大些,新派实惠些,一样还是娘家的晦气!"兰仙道:"二嫂看着办就是了,难道安姐儿还会争多论少不成?"一屋子的人全笑了,长安也不觉微微一笑。七巧破口骂道:"不害臊!你是肚子里有了搁不住的东西是怎么着?火烧眉毛,等不及的要过门!嫁妆也不要了——你情愿,人家倒许不情愿呢?你就拿准了他是图你的人?你好不自量。你有哪一点叫人看得上眼?趁早别自骗了!姓童的还不是看中了姜家的门第!别瞧你们家轰轰烈烈,公侯将相的,其实全不是那么回事!早就是外强中干,这两年连空架子也撑不起了。人呢,一代坏似一代,眼里哪儿还有天地君亲?少爷们是什么都不懂,小姐们就知道霸钱要男人——猪狗都不如!我娘家当初千不该万不该跟姜家结了亲,坑了我一世,我待要告诉那姓童的趁早别像我似的上了当!"

　　自从吵闹过这一番,兰仙对于这头亲事便洗手不管了。七巧的病渐渐痊愈,略略下床走动,便逐日骑着门坐着,遥遥向长安屋里叫喊道:"你要野男人你尽管去找,只别把他带上门来认我做丈母娘,活活地气死了我!我只图个眼不见,心不烦。能够容我多活两年,便是姑娘的恩典了!"颠来倒去几句话,嚷得一条街上都听得见。亲戚丛中自然更将这事沸沸扬扬传了开去。

　　七巧又把长安唤到跟前,忽然滴下泪来道:"我的儿,你知道外头人把你怎么长怎么短糟蹋得一个钱也不值!你娘自从嫁到姜家来,上上下下谁不是势利的,狗眼看人低,明里暗里我不知受了他们多少气。就连你爹,他有什么好处到我身上,我要替他守寡?我千心万苦守了这二十年,无非是指望你姐儿俩长大成人,替我争回一点面子来。不承望今日之下,只落得这等的收场!"说着,呜咽起来。

　　长安听了这话,如同轰雷掣顶一般。她娘尽管把她说得不成人,外头人尽管把她说得不成人,她管不了许多。惟有童世舫——他——他该怎么想?他还要她么?上次见面的时候,他的态度有点改变吗?很难说……她太快乐了,小小的不同的地方她不会注意到……被戒烟期间身体上的痛苦与种种刺激两面夹攻着,长安早就有点受不了,可是硬撑着也就撑了过去,现在她突然觉得浑身的骨骼都脱了节,向他解释么?他不比她的哥哥,他不是她母亲的儿女,他决不能彻底明白她母亲的为人。他果真一辈子见不到她母亲,倒也罢了,可是他迟早要认识七巧。这是天长地久的事,只有千年做贼的,没有千年防贼的——她知道她母亲会放出什么手段来?迟早要出乱子,迟早要决裂。这是她的生命里顶完美的一段,与其让别人给它加上一个不堪的尾巴,不如她自己早早结束了它。一个美丽而苍凉的手势……她知道她会懊悔的,她知道她会懊悔的,然而她抬了抬眉毛,做出不介意的样子,说道:"既然娘不愿意结这个亲,我去回掉他们就是了。"七巧正哭着,忽然住了声,停了一停,又抽答抽答哭了起来。

　　长安定了一定神,就去打了个电话给童世舫。世舫当天没有空,约了明天下午。长安所最怕的就是中间隔的这一晚,一分钟,一刻、一刻,啃进她心里去。次日,在公园里的老地方,世舫微笑着迎上前来,没跟她打招呼——这在他是一种亲昵的表示。他今天仿佛是特别地注意她,并肩走着的时候,屡屡地望着她的脸。太阳煌煌地照着,长安越发觉得眼皮肿得抬不起来了。趁他不在看她的时候把话说了罢。她用哭哑了的喉咙轻轻唤了一声"童先生",世舫没听见。那么,趁他看她的时候把话说了罢。她诧异她脸上还带着点笑，小声道："童先生，我想——我们的事也许还是——还是再说罢。对不起得很。"她退下戒指来塞在他手里，冷涩的戒指，冷湿的手。她放快了步子走去，他愣了一会儿，便追上来，问道："为什么呢？对于我有不满意的地方么？"长安笔直向前望着，摇了摇头。世舫道："那么，为什么呢？"长安道："我母亲……"世舫道："你母亲并没有看见过我。"长安道："我告诉过你了，不是因为你。跟你完全没有关系。我母亲……"世舫站定了脚。这在中国是很充分的理由了罢？他这么略一踌躇，她已经走远了。

园子在深秋的日头里晒了一上午又一下午，怀烂熟的水果一般，往下坠着，坠着，发出香味来。长安悠悠忽忽听见了口琴的声音，迟钝地吹出了 Long Long Ago——"告诉我那故事，往日我最心爱的那故事。许久以前，许久以前……"这是现在，一转眼也就变了许久以前了，什么都完了。长安着了魔似的，去找那吹口琴的人——去找她自己。迎着阳光走着，走到树底下，一个穿着黄短裤的男孩骑在树桠枝上颠颠着，吹着口琴，可是他吹的是另一个调子，她从来没听见过的。不大的一棵树，稀稀朗朗的梧桐叶在太阳里摇着像金的铃铛。长安仰面看着，眼前一阵黑，像骤雨似的，泪珠一串串地披了一脸，世舫找到了她，在她身边悄悄站了半晌，方道："我尊重你的意见。"长安攀起了她的皮包来遮住了脸上的阳光。

他们继续来往了一些时。世舫要表示新人物交女朋友的目的不仅限于择偶，因此虽然与长安解除了婚约，依旧常常地邀她出去。至于长安呢，她是抱着什么样的矛盾的希望跟着他出去，她自己也不知道——知道了也不肯承认。订着婚的时候，光明正大的一同出去，尚且要瞒了家里，如今更成了幽期密约了。世舫的态度始终是坦然的。固然，她略略伤害了他的自尊心，同时他对于她多少也有点惋惜，然而"大丈夫何患无妻"？男子对于女子最隆重的赞美是求婚。他割舍了他的自由，送了她这一份厚礼，虽然她是"心领璧还"了，他可是尽了他的心。这是惠而不费的事。

无论两人之间的关系是怎样地微妙而尴尬，他们认真的做起朋友来了。他们甚至谈起话来。长安的没见过世面的话每每使世舫笑起来，说道："你这人真有意思！"长安渐渐地也发现了她自己原来是个"很有意思"的人。这样下去，事情会发展到什么地步，连世舫自己也会惊奇。

然而风声吹到了七巧的耳朵里。七巧背着长安吩咐长白下帖子请童世舫吃便饭。世舫猜着姜家许是要警告他一声，不准他和他们小姐藕断丝连，可是他同长白在那阴森高敞的餐室里吃了两盅酒，说了一会儿话，天气、时局、风土人情，并没有一个字沾到长安身上。冷盘撤了下去，长白突然手按着桌子站了起来。世舫回过头去，只见门口背着光立着一个小身材的老太太，脸看不清楚，穿一件青灰团龙宫织缎袍，双手捧着大红热水袋，身边夹峙着两个高大的女仆。门外日色昏黄，楼梯上铺着湖绿花格子漆布地衣，一级一级上去，通入没有光的所在。世舫直觉地感到那是个疯子——无缘无故，他只是毛骨悚然，长白介绍道："这就是家母。"

世舫挪开椅子站起来，鞠了一躬。七巧将手搭在一个佣妇的胳膊上，款款走了进来，客套了几句，坐下来便敬酒让菜。长白道："妹妹呢？来了客，也不帮着张罗张罗。"七巧道："她再抽两筒就下来了。"世舫吃了一惊，睁眼望着她。七巧忙解释道："这孩子就苦在先天不足，下地就得给她喷烟。后来也是为了病，抽上了这东西。小姐家，够多不方便哪！也不是没戒过，身子又娇，又是由着性儿惯了的，说丢，哪儿丢得掉呢！戒戒抽抽，这也有十年了。"世舫不由得变了色，七巧有一个疯子的审慎与机智。她知道，一不留心，人们就会用嘲笑的、不信任的眼光截断了她的话锋，她已经习惯了那种痛苦。她怕话说多了要被人看穿了。因此及早止住了自己,忙着添酒布菜。隔了些时,再提起长安的时候,她还是轻描淡写地把那几句话重复了一遍。她那平扁而尖利的喉咙四面割着人像剃刀片。

长安悄悄地走下楼来,玄色花绣鞋与白丝袜停留在日色昏黄的楼梯上。停了一会儿,又上去了,一级一级,走进没有光的所在。

七巧道:"长白你陪童先生多喝两杯,我先上去了。"佣人端上一品锅来,又换上了新烫的竹叶青。一个丫头慌里慌张站在门口将席上伺候的小厮唤了出去,叽咕了一会儿,那小厮又进来向长白附耳说了几句,长白仓皇起身,向世舫连连道歉,说:"暂且失陪,我去去就来。"三脚两步也上楼去了,只剩世舫一人独酌。那小厮也觉过意不去,低低地告诉了他:"我们绢姑娘要生了。"世舫道:"绢姑娘是谁?"小厮道:"是少爷的姨奶奶。"

世舫拿上饭来胡乱吃了两口,不便放下碗来就走,只得坐在花梨炕上等着,酒酣耳热,忽然觉得异常地委顿,便躺了下来。卷着云头的花梨炕,冰凉的黄藤心子,柚子的寒香……姨奶奶添了孩子了。这就是他所怀念着的古中国……他的幽娴贞静的中国闺秀是抽鸦片的! 他坐了起来,双手托着头,感到了难堪的落寞。

他取了帽子出门,向那个小厮道:"待会儿请你对上头说一声,改天我再面谢罢!"他穿过砖砌的天井,院子正中生着树,一树的枯枝高高印在淡青的天上,像磁上的冰纹。长安静静地跟在他后面送了出来,她的藏青长袖旗袍上有着淡黄的雏菊。她两手交握着,脸上显出稀有的柔和。世舫回过身来道:"姜小姐……"她隔得远远地站定了,只是垂着头。世舫微微鞠了一躬,转身就走了。长安觉得她是隔了相当的距离看这太阳里的庭院,从高楼上望下来,明晰、亲切,然而没有能力干涉,天井、树、曳着萧条的影子的两个人,没有话——不多的一点回忆,将来是要装在水晶瓶里双手捧着看的——她的最初也是最后的爱。

芝寿直挺挺躺在床上,搁在肋骨上的两只手蜷曲着像宰了的鸡的脚爪。帐子吊起了一半。不分昼夜她不让他们给她放下帐子来,她怕。

外面传进来说绢姑娘生了个小少爷。丫头丢下了热气腾腾的药罐子跑出去凑热闹。敞着房门,一阵风吹了进来,帐钩豁朗朗乱摇,帐子自动地放了下来,然而芝寿不再抗议了。她的头向右一歪,滚到枕头外面去。她并没有死——又挨了半个月光景才死的。

绢姑娘扶了正,做了芝寿的替身。扶了正不上一年就吞了生鸦片自杀了。长白不敢再娶了,只在妓院里走走。长安更是早就断了结婚的念头。

七巧似睡非睡横在烟铺上。三十年来她戴着黄金的枷。她用那沉重的枷角劈杀了几个人,没死的也送了半条命。她知道她儿子女儿恨毒了她,她婆家的人恨她,她娘家的人恨她。她摸索着腕上的翠玉镯子,徐徐将那镯子顺着骨瘦如柴的手臂往上推,一直推到腋下。她自己也不能相信她年轻的时候有过滚圆的胳膊。就连出了嫁之后几年,镯子里也只塞得进一条洋绉手帕。十八九岁做姑娘的时候,高高挽起了大镶大滚的蓝夏布衫袖,露出一双雪白的手腕,上街买菜去。喜欢她的有肉店里的朝禄,她哥哥的结拜弟兄丁玉根、张少泉,还有沈裁缝的儿子。喜欢她,也许只是喜欢跟她开玩笑。然而如果她挑中了他们之中的一个,往后日子久了,生了孩子,男人多少对她有点真心。七巧挪了挪头底下的荷叶边小洋枕,凑上脸去揉擦了一下,那一面的一滴眼泪她就懒怠去揩拭,由它挂在腮上，渐渐自己干了。

七巧过世以后，长安和长白分了家搬出来住。七巧的女儿是不难解决她自己的问题的，谣言说她和一个男子在街上一同走，停在摊子跟前，他为她买了一双吊袜带。也许她用的是她自己的钱，可是无论如何是由男子的袋里掏出来的。……当然这不过是谣言。

三十年前的月亮早已沉下去，三十年前的人也死了，然而三十年前的故事还没完——完不了。

导读

《金锁记》描写了旧中国一个遗老之家——姜公馆中二奶奶曹七巧的一生悲剧和典型性格。

就题目本身而言，《金锁记》就带有浓烈的象征意味，小说描写了七巧性格发展的全过程，她曾经是被侮辱、被损害的，悲伤、不平、自卑，寻求命运的依靠。她追求金钱，牺牲了她的一生，金钱枷锁扭曲了她的灵魂，也劈杀了后代的幸福。强烈的占有欲和疯狂的报复欲，是其性格的基本特征。对金钱要占有，对子女也要占有；自己的情欲未能满足，便吞食子女的幸福与生命来补偿，将亲生子女当作自己的殉葬品。小说通过对曹七巧性格和破坏心理的深刻描写，不仅揭示了原欲对人的折磨、支配，更着意于把主人公摆在旧中国家庭关系"被食、自食与食人"的生命怪圈中加以考察，揭露了中国传统文化中代代相袭的"吞食"的残酷性。

张爱玲运用现代心理分析手法把曹七巧的变态心理描写得纤细入微，同时又杂以细节描写和场景渲染，注意以人物言行表现心理的变化，从而挖掘造成曹七巧人生悲剧的深层社会根源。而电影蒙太奇手法的运用，引导着读者注意力的转向，使读者跳出对情节的审美期待，从而真正地把握、感同身受那萦绕不去的苍凉。

封锁(存目)

张爱玲

导读

张爱玲在小说创作中往往表现出探索人生意义的浓厚兴趣。《封锁》即是其例。这篇小说没有复杂的故事情节,纯粹只是传达一种人生感悟。一个中年男子和一个妙龄女郎在战时封锁期间的公共汽车上相遇。封锁"切断了时间与空间",这种暂时的时空切断与封闭,使得遭遇不幸婚姻的男子有机会向女郎倾诉衷肠,甚至竟能获得对方若明若暗的爱心。然而随着"封锁"解除,重又跌回现实中来,男子很快消解了罗曼蒂克热情,仍然规规矩矩坐到原来位置上。这终于使那位女郎"明白他的意思了:封锁期间的一切,等于没有发生。整个的上海打了个盹,做了个不近情理的梦"。小说要说的意思似乎是:人的生命是一个未知数,它受着现实关系的制约,连下一刻自己要做什么也不可知,如果要爆发热情也只能在与世隔绝的状态下进行。这里向生活提供的"启示"是多重的,给人的思索也是多方面的。

小说不侧重叙事,却用完整的意象传达作家对生活的独特感受,见出了向西方现代小说的抒情诗倾向靠拢的趋势。读这样的小说,不能给人以欣赏故事的满足,却可以从中咀嚼人生的况味,感悟人生的妙谛,也不失为一种艺术享受。

风萧萧（存目）

徐　讦

导读

　　《风萧萧》是一部带有显著浪漫主义色彩的长篇小说，全书近五十万字，出版于1944年，被称为后期浪漫派小说代表作。

　　小说以抗战期间的"孤岛"上海为背景，写一个研究哲学的青年，周旋于美国远东间谍机构特工梅瀛子、重庆政府潜伏在上海的特工白苹及美国纯情少女海伦这三位女性之间，虽对三个女子都感兴趣，但仅止于"有距离的欣赏"，倒是在美国特工的激励下，参加了对日的间谍工作。小说就在盟国、重庆政府同日伪之间的间谍战中，展开了扑朔迷离的情节。作品明显有替国民党特工歌功颂德的作用，取名"风萧萧"，就是誉白苹为"壮士"的，她最后喋血捐躯，为"壮士一去兮不复还"唱了颂歌。但小说的内涵并没有如此简单，因其渗入了充满悲感的人生哲理和飘渺的人性意识，就使意蕴显得十分复杂。简言之，小说通过不同人生观念及"我"与几个人物的复杂关系的描写，让主要人物各代表着一种人生态度，或追求"暂时"，或追求"永久"，处于交错矛盾之中，表现了人生永远是在永久的理想、信仰、爱与暂时的人生追逐中奋斗不息的主旨。

　　在艺术上，作品虚拟一个极富传奇色彩的故事，叙事状人时渗入作者大量的主观感觉和印象，对人的心理（包括潜意识）挖掘甚深，都显出显著的浪漫主义特色。小说也有浓厚的哲学意味，其中对爱情、人生的看法，都有精到的哲理思索与阐发。

啼笑因缘(存目)

张恨水

导读

《啼笑因缘》是 20 世纪二三十年代风行一时的言情小说,最初于 1929 年连载于上海《新闻报》,1931 年出版单行本,后被改编成多种剧作上演,在读者中产生广泛影响。

小说主要描写青年学生樊家树与唱大鼓书的姑娘沈凤喜自由恋爱终成悲剧的故事,中间穿插了军阀刘德柱仗势霸占沈凤喜和关寿峰父女锄奸扶弱的情节。樊家树虽出自豪门,但并非纨袴子弟式的花花公子,是位"平民化的大少爷"。他受自由、平等的新思潮的影响,对任人撮合的富家女子何丽娜若即若离,却真诚热恋聪明纯洁的沈凤喜。军阀刘德柱的骄横跋扈,终使樊沈爱情成为悲剧,说明在强大的封建势力面前,要求得个人的自由幸福是极其艰难的。最后樊家树还是和门当户对的何丽娜结成夫妇。这部作品热情歌颂正直青年轻视门第观念,在爱情上不倚重金钱权势的反封建思想以及人民群众对封建军阀势力的斗争,有一定的社会意义。但小说没有脱尽"才子佳人"的套式,樊家树最后仍回到"门当户对"的婚姻中,说明作者的反封建思想是有限的;作品过多缠绵情致的渲染,也使它暴露社会黑暗的功能有所冲淡。

小说艺术上的突出特点是传统技巧的运用,照顾中国读者的欣赏习惯,叙事完整,首尾连贯,故事性特强,且做到曲折有致,有较强的趣味性。语言通俗浅显,自然流畅,能为普通读者接受。

诗
歌
编

人力车夫

胡　适

"车子！车子！"

车来如飞。

客看车夫，忽然心中酸悲。

客问车夫："你今年几岁？拉车拉了多少时？"

车夫答客："今年十六，拉过三年车了，你老别多疑。"

客告车夫："你年纪太小，我不坐你车。我坐你车，心中惨凄。"

车夫告客："我半日没有生意，又寒又饥。你老的好心肠，饱不了我的饿肚皮。我年纪小拉车，警察还不管，你老又是谁？"

客人点头上车，说："拉到内务部西！"

1917 年 11 月 9 日

导读

　　《人力车夫》这首诗，较能体现出胡适诗作的思想艺术特征。它剪取社会现实的一角，以乘客和车夫简洁而不无曲折的对话形式，既写了车夫的凄苦心境，也写出乘客对车夫的怜悯。乘客看到车夫年轻体弱，不忍坐车，但又没别的办法帮助车夫解脱生活困境，只能采用坐他的车子使他能有钱挣的方式，来表示对车夫的同情。这只是一种对劳动者有限的人道主义。当然，乘客的尴尬矛盾，也是胡适思想感情矛盾的表现。

小　河

周作人

一条小河,稳稳地向前流动。

经过的地方,两面全是乌黑的土;

生满了红的花,碧绿的叶,黄的果实。

　　一个农夫背了锄来,在小河中间筑起一道堰。下流干了;上流的水被堰拦着,下来不得;

不得前进,又不能退回,水只在堰前乱转。

水要保他的生命,总须流动,便只在堰前乱转。

堰下的土,逐渐淘去,成了深潭。

水也不怨这堰,——便只是想流动,

想同从前一般,稳稳的向前流动。

　　一日农夫又来,土堰外筑起一道石堰。土堰坍了;水冲着坚固的石堰,还只是乱转。

　　堰外田里的稻,听着水声,皱眉说道:"我是一株稻,是一株可怜的小草,

我喜欢水来润泽我,

却怕他在我身上流过。

小河的水是我的好朋友;

他曾经稳稳的流过我面前,

我对他点头,他对我微笑。

我愿他能够放出了石堰,

仍然稳稳的流着,

向我们微笑;

曲曲折折的尽量向前流着;

经过的两面地方,都变成一片锦绣。

他本是我的好朋友,

只怕他如今不认识我了;

他在地底里呻吟,

听去虽然微细,却又如何可怕!

这不像我朋友平日的声音,

——被轻风挽着走上沙滩来时,

快活的声音。

我只怕他这回出来的时候,

不认识从前的朋友了,——

便在我身上大踏步过去；
我所以正在这里忧虑。"

　　两边的桑树，也摇头说，——
"我生的高，能望见那小河，
他是我的好朋友，
他送清水给我喝，
使我能生肥绿的叶，紫色的桑葚。
他从前清澈的颜色，
现在变了青黑；
又终年挣扎，脸上添出许多痉挛的皱纹。
他只向下钻，早没有工夫对了我点头微笑；
堰下的潭，深过了我的根了。
我生在小河旁边，
夏天晒不枯我的枝条，
冬天冻不坏我的根。
如今只怕我的好朋友，
将我带倒在沙滩上，
拌着他卷来的水草。
我可怜我的好朋友，
但实在也为我自己着急。"

　　田里的草和虾蟆，听了两个的话，
也都叹气，各有他们自己的心事。
　　水只在堰前乱转；
坚固的石堰，还是一毫不摇动。
筑堰的人，不知到那里去了。

1919 年 1 月 24 日

导读

　　周作人是初期写实派白话诗作者。朴实无华、冲淡自然为其白话诗的特点。

　　无阻无碍，向前流动，这是水的本性。农夫不尊重这本性的顺畅发展，企图筑堰阻遏，势必造成这样的后果：松动的土堰，水会冲塌而过；坚固的石堰，水就可能积聚泛滥，横流成灾。《小河》以水要顺畅流动，农夫却要筑堰禁锢的矛盾，象征"五四"时期那场要求个性解放与反对个性解放两种力量之间的斗争。诗里以水稻、桑树、草和虾蟆等的议论，寄托了诗人对思想解放运动发展前途的思虑。茅盾在《论初期白话诗》里说："我们在《小河》里看到了对于压迫自由思想和解放运动者的警告。"《新青年》第六卷第二号把此诗作为首篇发表,正是取它包含的这种思想意义。

　　周作人的《小河》及另外一些诗,和他的文学主张一样,在"五四"文学革命中,曾发生过很大影响。

三　弦

沈尹默

中午时候，

火一样的太阳，

没法去遮拦，

让他直晒着长街上。

静悄悄少人行路；

只有悠悠风来，

吹动路旁杨树。

谁家破大门里，

半院子绿茸茸细草，

都浮着闪闪的金光。

旁边有一段低低土墙，

挡住了个弹三弦的人，

却不能隔断那三弦鼓荡的声浪。

门外坐着一个穿破衣裳的老年人，

双手抱着头，

他不声不响。

导读

　　《三弦》的艺术备受赞誉。读它时，视觉听觉交感，有欣赏移动的电影镜头的感受。

　　首先，我们看到了层深的画面：先是远景，一条长街，几棵杨树；次是中景，一座旧院，声声弦响；最后近景，一个老人，抱头倾听。线条由简而繁，色彩由淡而浓。

　　同时，我们听到了鼓荡的乐音：由于诗行中用了不少双声调、重叠词，再配以间隔出现的 ang 韵脚，组合成一种类似三弦弹拨的声音，伴随画面的移动，叮当不绝。

　　此诗表达十分含蓄。从明丽的自然景色和破陋的人事景象的对照中，从宁静的环境气氛和跳动的三弦声音的映衬中，从老人被弦声吸引却抱头闷坐的神态中，分明可以感觉出有一种对人世命运的感慨寄寓其中，然作者不予点破，留给读者以揣摩品味的余地。

教我如何不想她

刘半农

天上飘着些微云，
地上吹着些微风。
啊！
微风吹动了我头发，
教我如何不想她？

月光恋爱着海洋，
海洋恋爱着月光。
啊！
这般蜜也似的银夜，
教我如何不想她？

水面落花慢慢流，
水底鱼儿慢慢游。
啊！
燕子你说些什么话？
教我如何不想她？

枯树在冷风里摇。
野火在暮色中烧。
啊！
西天还有些儿残霞，
教我如何不想她？

导读

《教我如何不想她》是写于伦敦的一首抒情诗。诗中的"她"，有人认为实指所爱的人，这种理解有些狭窄。这首诗的灵魂在于写出了一种真挚的思恋之情。云飘风吹起想起她，月夜海边想起她，看到花落、鱼游、燕飞想起她，看到枯树、野火、残霞想起她，真是无时无地不触景生情，情思绵绵。这种感情表现得多么纯洁真诚！

草 儿

康白情

草儿在前，
鞭儿在后。
那喘吁吁的耕牛，
正担着犁鸢，
眙着白眼，
带水拖泥，
在那里"一东二冬"地走着。

"呼——呼……"
"牛吧，你不要叹气，
快犁快犁，
我把草儿给你。"

"呼——呼……"
"牛吧，快犁快犁。
你还要叹气，
我把鞭儿抽你。"

牛呵！
人呵！
草儿在前，
鞭儿在后。

1919 年 2 月 1 日

导读

康白情是初期写实派白话诗作者。质朴真挚、活泼清新为其诗特点。

春野，一头牛驾着轭在犁田。这头牛拖泥带水、举步艰难地走着。它大概犁了很久了，因而眼珠翻白、气喘吁吁了。它实在需要休息一下，可是传来的是主人的柔声哄诱："快犁快犁，我把草儿给你。"看来哄诱也减轻不了疲劳，它还是渴望休息，于是又传来厉声威吓：

"你还要叹气,我把鞭儿抽你。"在主人这般软硬兼施下,牛只得挣扎着继续犁田。

诗的最后一节是抒情。其中的"人",不是实指牛主人。作者以"牛呵! 人呵!"的句式,把人和牛同位并列,且给予同样深的叹息,意思是人和牛一样,都处于"草儿在前,鞭儿在后"的境地。以牛喻人,抒发了对人生不得自由、终为命运驱使的感愤。

写景中触及社会问题,抒情中包含着哲理思考,康白情诗歌往往这样。

凤凰涅槃

郭沫若

天方国古有神鸟名"菲尼克司"（Phoenix），满五百岁后，集香木自焚，复从死灰中更生，鲜美异常，不再死。

按此鸟殆即中国所谓凤凰：雄为凤，雌为凰。《孔演图》云："凤凰火精，生丹穴。"《广雅》云："凤凰……雄鸣曰即即，雌鸣曰足足。"

序　　曲

除夕将近的空中，
飞来飞去的一对凤凰，
唱着哀哀的歌声飞去，
衔着枝枝的香木飞来，
飞来在丹穴山上。

山右有枯槁了的梧桐，
山左有消歇了的醴泉，
山前有浩茫茫的大海，
山后有阴莽莽的平原，
山上是寒风凛冽的冰天。

天色昏黄了，
香木集高了，
凤已飞倦了，
凰已飞倦了，
他们的死期将近了。

凤啄香木，
一星星的火点迸飞。
凰扇火星，
一缕缕的香烟上腾。

凤又啄，

257

凰又扇，
山上的香烟弥散，
山上的火光弥满。

夜色已深了，
香木已燃了，
凤已啄倦了，
凰已扇倦了，
他们的死期已近了！

啊啊！
哀哀的凤凰！
凤起舞，低昂！
凰唱歌，悲壮！
凤又舞，
凰又唱，
一群的凡鸟，
自天外飞来观葬。

凤　歌

即即！即即！即即！
即即！即即！即即！
茫茫的宇宙，冷酷如铁！
茫茫的宇宙，黑暗如漆！
茫茫的宇宙，腥秽如血！

宇宙呀，宇宙，
你为什么存在？
你自从哪儿来？
你坐在哪儿在？
你是个有限大的空球？
你是个无限大的整块？
你若是有限大的空球，
那拥抱着你的空间
他从哪儿来？
你的外边还有些什么存在？

你若是无限大的整块，
这被你拥抱着的空间
他从哪儿来？
你的当中为什么又有生命存在？
你到底还是个有生命的交流？
你到底还是个无生命的机械？

昂头我问天，
天徒矜高，莫有点儿知识。
低头我问地，
地已死了，莫有点儿呼吸。
伸头我问海，
海正扬声而呜咽。

啊啊！
生在这样个阴秽的世界当中，
便是把金钢石的宝刀也会生锈！
宇宙呀，宇宙，
我要努力地把你诅咒：
你脓血污秽着的屠场呀！
你悲哀充塞着的囚牢呀！
你群鬼叫号着的坟墓呀！
你群魔跳梁着的地狱呀！
你到底为什么存在？

我们飞向西方，
西方同是一座屠场。
我们飞向东方，
东方同是一座囚牢。
我们飞向南方，
南方同是一座坟墓。
我们飞向北方，
北方同是一座地狱。
我们生在这样个世界当中，
只好学着海洋哀哭。

凰　歌

足足！足足！足足！

足足！足足！足足！

五百年来的眼泪倾泻如瀑。

五百年来的眼泪淋漓如烛。

流不尽的眼泪，

洗不尽的污浊，

浇不熄的情炎，

荡不去的羞辱，

我们这缥缈的浮生

到底要向哪儿安宿？

啊啊！

我们这缥缈的浮生

好象那大海里的孤舟。

左也是漂漫，

右也是漂漫，

前不见灯台，

后不见海岸，

帆已破，

樯已断，

楫已飘流，

柁已腐烂，

倦了的舟子只是在舟中呻唤，

怒了的海涛还是在海中泛滥。

啊啊！

我们这缥缈的浮生

好象这黑夜里的酣梦。

前也是睡眠，

后也是睡眠，

来得如飘风，

去得如轻烟，

来如风，

去如烟，

眠在后，

睡在前，

我们只是这睡眠当中的

一刹那的风烟。

啊啊！

有什么意思？

有什么意思？

痴！痴！痴！

只剩些悲哀，烦恼，寂寥，衰败，

环绕着我们活动着的死尸，

贯串着我们活动着的死尸。

啊啊！

我们年青时候的新鲜哪儿去了？

我们年青时候的甘美哪儿去了？

我们年青时候的光华哪儿去了？

我们年青时候的欢爱哪儿去了？

去了！去了！去了！

一切都已去了，

一切都要去了。

我们也要去了，

你们也要去了，

悲哀呀！烦恼呀！寂寥呀！衰败呀！

凤 凰 同 歌

啊啊！

火光熊熊了。

香气蓬蓬了。

时期已到了。

死期已到了。

身外的一切！

身内的一切！

一切的一切！

请了！请了！

群 鸟 歌

岩 鹰

哈哈，凤凰！凤凰！

你们枉为这禽中的灵长！

你们死了吗？你们死了吗？

从今后该我为空界的霸王！

孔 雀

哈哈，凤凰！凤凰！

你们枉为这禽中的灵长！

你们死了吗？你们死了吗？

从今后请看我花翎上的威光！

鸱 枭

哈哈，凤凰！凤凰！

你们枉为这禽中的灵长！

你们死了吗？你们死了吗？

哦！是哪儿来的鼠肉的馨香？

家 鸽

哈哈，凤凰！凤凰！

你们枉为这禽中的灵长！

你们死了吗？你们死了吗？

从今后请看我们驯良百姓的安康！

鹦 鹉

哈哈，凤凰！凤凰！

你们枉为这禽中的灵长！

你们死了吗？你们死了吗？

从今后请听我们雄辩家的主张！

白 鹤

哈哈，凤凰！凤凰！

你们枉为这禽中的灵长！

你们死了吗？你们死了吗？

从今后请看我们高蹈派的徜徉！

凤凰更生歌

鸡 鸣

昕潮涨了，

昕潮涨了,
死了的光明更生了。

春潮涨了,
春潮涨了,
死了的宇宙更生了。

生潮涨了,
生潮涨了,
死了的凤凰更生了。

凤凰和鸣

我们更生了。
我们更生了。
一切的一,更生了。
一的一切,更生了。
我们便是他,他们便是我。
我中也有你,你中也有我。
我便是你。
你便是我。
火便是凰。
凤便是火。
翱翔! 翱翔!
欢唱! 欢唱!

我们新鲜,我们净朗,
我们华美,我们芬芳,
一切的一,芬芳。
一的一切,芬芳。
芬芳便是你,芬芳便是我。
芬芳便是他,芬芳便是火。
火便是你。
火便是我。
火便是他。
火便是火。
翱翔! 翱翔!
欢唱! 欢唱!

我们热诚,我们挚爱。

我们欢乐,我们和谐。

一切的一,和谐。

一的一切,和谐。

和谐便是你,和谐便是我。

和谐便是他,和谐便是火。

火便是你。

火便是我。

火便是他。

火便是火。

翱翔!翱翔!

欢唱!欢唱!

我们生动,我们自由,

我们雄浑,我们悠久。

一切的一,悠久。

一的一切,悠久。

悠久便是你,悠久便是我。

悠久便是他,悠久便是火。

火便是你。

火便是我。

火便是他。

火便是火。

翱翔!翱翔!

欢唱!欢唱!

我们欢唱,我们翱翔。

我们翱翔,我们欢唱。

一切的一,常在欢唱。

一的一切,常在欢唱。

是你在欢唱?是我在欢唱?

是他在欢唱?是火在欢唱?

欢唱在欢唱!

欢唱在欢唱!

只有欢唱!

只有欢唱！

欢唱！

欢唱！

欢唱！

1920 年 1 月 20 日初稿

1928 年 1 月 3 日改削

导读

郭沫若是新诗的开拓者。

《凤凰涅槃》取材于阿拉伯和我国有关凤凰的古老神话。诗人将这些神话糅合取舍，突出其中"集香木自焚，复从死灰中更生"这一点，加以想象发挥，创造了一则新鲜的神话，塑造了富有象征意义的凤凰形象。

全诗由六部分组成。《序曲》是开场白，诗人出场介绍主要情节；《凤歌》是凤的抒情独白，对冷酷、黑暗、腥臭、污秽的"身外的一切"作了否定；《凰歌》是凰的抒情独白，对悲哀、烦恼、寂寥、衰败的"身内的一切"作了否定；《凤凰同歌》是凤凰共同抒发焚弃旧我、创造新我的坚毅决心；《群鸟歌》是群鸟对凤凰行动发出的讽刺、嘲弄；《凤凰更生歌》是凤凰更生后激动之至所发的欢唱。

诗中引火自焚、火中更生的凤凰形象，寄寓了诗人要求不断地毁灭、不断地创造、在毁灭中创造的辩证的思想。这种思想，体现了"五四"时期要求彻底破坏旧世界、勇敢创造新世界、在破坏旧世界中创造新世界的时代精神。

和这种思想内容相适应，此诗具有结构宏伟、气势磅礴、意境新奇、激情喷发的艺术风格，是郭沫若浪漫主义诗歌的代表作。

天　狗

郭沫若

（一）

我是一条天狗呀！

我把月来吞了，

我把日来吞了，

我把一切的星球来吞了，

我把全宇宙来吞了。

我便是我了！

（二）

我是月的光，

我是日的光，

我是一切星球的光，

我是 X 光线的光，

我是全宇宙的 Energy 底总量！

（三）

我飞奔，

我狂叫，

我燃烧。

我如烈火一样地燃烧！

我如大海一样地狂叫！

我如电气一样地飞跑！

我飞跑，

我飞跑，

我飞跑，

我剥我的皮，

我食我的肉，

我吸我的血，

我啮我的心肝，

我在我神经上飞跑，

我在我脊髓上飞跑，

我在我脑筋上飞跑，

我便是我呀！

我的我要爆了！

1920 年 2 月初作

导读

我国民间有"天狗吃月"的传说。郭沫若以天狗作喻，塑造了一个特异的自我形象。全诗分三部分：（一）写"我"气吞宇宙。（二）写"我"能量无穷。（三）写"我"在运动不息中不断更新。随着诗人飞动的笔势，一个拥有无比力量、常动常新的巨人形象，火辣辣地出现在我们面前。

郭沫若是以泛神论(神就是我，我就是神，我和神平等)思想写作此诗的。诗人自我形象之所以如此伟大，是由于他已经挣脱一切束缚禁锢，个性得到彻底解放。

这首诗，以生动的形象告诉人们：只有冲决一切封建主义的罗网，人才能得到自由解放；也告诉人们：人一旦自由解放，会变得多么有力，多么光辉，多么巨大，多么神圣！

对人的价值的发现与肯定，是这首诗的意义所在。

蕙的风

汪静之

是那里吹来
这蕙花的风——
温馨的蕙花的风?

蕙花深锁在园里,
伊满怀着幽怨。
伊底幽香潜出园外,
去招伊所爱的蝶儿。

雅洁的蝶儿,
薰在蕙风里:
他陶醉了;
想去寻着伊呢。

他怎寻得到被禁锢的伊呢?
他只迷在伊的风里,
隐忍着这悲惨然而甜蜜的伤心,
醺醺地翩翩地飞着。

导读

汪静之是初期白话诗作者。他和应修人、潘漠华、冯雪峰组织湖畔诗社。大胆真率地歌唱美与爱,是他们作品的基调。

用蝶恋花比青年男女的爱情,是旧诗用得俗滥了的手法,汪静之却能别出心裁,赋予新意。旧诗中,总是蝶主动花被动。这诗里的蕙花呢,身子被深锁,却让自己的幽香潜出园外,去招引所爱的蝶儿,何等勇敢! 旧诗中,总是蝶花相伴,美满融合,这诗里的蝶儿却怎么也寻不到蕙花,何等伤心! 那么,就此罢休么? 不,蝶儿依然翩翩地飞着追求着,何等执着!

汪静之就是这样托物抒情,借题发挥,指斥禁锢人性的旧势力,歌唱纯洁的爱情。无怪乎他的诗发表后,封建卫道者们要群起非议、攻击了。

落 花

冯雪峰

片片的落花,尽随着流水流去。

流水呀!

你好好地流罢。

你流到我家底门前时,

请给几片我底妈;——

戴在伊底头上,

于是伊底白头发可以遮了一些了。

请给几片我底姐;——

贴在伊底两耳旁,

也许伊照镜时可以开个青春的笑呵。

还请你给几片那人儿:——

那人儿你认识么?

伊底脸上是时常有泪的。

1922 年 3 月 10 日

导读

在"湖畔诗社"成员中,冯雪峰是以"明快多了,笑中可也有泪"为特色的。这一首诗可说是个代表。诗人借助于"落花"所怀念的,是"白头发"的妈、缺少"青春的笑"的姐,以及那个常是泪脸的"伊",就不单纯是湖畔诗人所常写的爱情题材,主要表现的已是苦痛的人生内容了。其中有对爱人的怀念,但寄托的也是一种凄清之情。诗作描写自然,抒情真切,笔调明快,一气呵成,给人一种感人的力量。

我是一条小河

冯　至

我是一条小河，
我无心由你的身边绕过——
你无心把你彩霞般的影儿
投入了我软软的柔波。

我流过一座森林，
柔波便荡荡地
把那些碧翠的叶影儿
裁剪成你的裙裳。

我流过一座花丛，
柔波便粼粼地
把那些凄艳的花影儿
编织成你的花冠。

无奈呀，我终于流入了，
流入那无情的大海——
海上的风又厉，浪又狂，
吹折了花冠，击碎了裙裳！
我也随着海潮漂漾，
漂漾到无边的地方——
你那彩霞般的影儿
竟也同幻散了的彩霞一样！

1925 年

导读

　　冯至曾被鲁迅誉为"中国最为杰出的抒情诗人"，以诗作的感情细腻真挚、旋律舒缓柔和而为人们称道。《我是一条小河》是爱情的歌唱。"小河"愿为那"彩霞般的影儿"裁剪裙裳、编织花环，感情是那么真挚，而双方又偏出于"无心"，愈是无心则愈见真挚。至最后各自分离，爱情"幻散"，添上了莫名的惆怅，使诗作蒙染一层"如梦如烟的"哀愁，表达出诗人未能寻求到爱情和自由的苦恼，也委婉地传达出对恋人一往情深的忆念和不可改易的情意，于哀愁中见执着，诗作借"小河""影儿"之间的自然联系，写出两心的相映相随，构思十分新颖。

我们准备着

冯　至

我们准备着深深地领受
那些意想不到的奇迹，
在漫长的岁月里忽然有
彗星的出现，狂风乍起：

我们的生命在这一瞬间，
仿佛在第一次的拥抱里
过去的悲欢忽然在眼前
凝结成屹然不动的形体。

我们赞颂那些小昆虫，
它们经过了一次交媾
或是抵御了一次危险，

便结束它们美妙的一生。
我们整个的生命在承受
狂风乍起，彗星的出现。

导读

　　本诗系《十四行集》第一首，原诗只有序号，编入《冯至诗选》时加上现在的标题。诗人"在平凡中发现最深的东西"，以生命本质的内在体验，召唤生命个体的生命自觉，倡导一种坚韧、进取的人生态度。

　　"彗星"又称扫把星，一直是厄运的代名词，却同"狂风"一道，成为"我们准备着深深地领受"的"奇迹"。为什么？这与"存在主义"有关。人类能够"先行"，即对未来展开设想或憧憬。尽管无法预见时间、地点和具体方式，但我们确知死亡无法避免，即人人"向死而生"。换言之，人生必然遭遇"彗星"或"狂风"。

　　与其消极避退、忧伤痛苦，不如有所准备、"承受"一切。看看"小昆虫"，生命脆弱而短暂，但"一次交媾"或一次"抵御"即拥有"美妙的一生"。此中哲理在于：生的辉煌能够消融死的苦痛，二者和谐统一。当我们有所"准备"，与苦难乃至死亡相遇，正如"拥抱"时感受温馨,而"过去的悲欢"也"凝结成屹然不动的形体"。人生不再可悲,"高峰体验"瞬间形成——生命因此而没有虚度!

全诗十四行,形式上属于"十四行体"。两个四行诗节和两个三行诗节,"符合'起、承、转、合'的艺术规律",具有深沉、谨严的格调。韵式上糅合意大利式与英国式,形成 1212、3434、563、563 的脚韵。第二节开始的韵脚一贯到尾,促进了诗歌旋律的统一性。

冯至学习西方诗歌,表达自己对现代人生的哲理思考,二者相得益彰。

发 现

闻一多

我来了，我喊一声，迸出血泪，
"这不是我的中华，不对，不对！"
我来了，因为我听见你叫我；
鞭着时间的罡风，擎一把火，
我来了，不知道是一场空喜。
我会见的是噩梦，那里是你？
那是恐怖，是噩梦挂着悬崖，
那不是你，那不是我的心爱！
我追问青天，逼迫八面的风，
我问，拳头擂着大地的赤胸，
总问不出消息，我哭着叫你，
呕出一颗心来，——在我心里！

导读

此诗写于作者从美国归国不久。

诗作以浪漫主义手法，塑造了一个具有热烈爱国心肠的诗人自我形象：他从国外急急回来，然而，回来后发现现实是一团黑暗、一片恐怖，似火的希望换来的是似梦的失望。他痛苦、愤怒、追索，直至擂拳哭喊。急骤的节奏，把情绪推进到燃烧点。诗歌抒发了作者对军阀统治的不满和对理想中国的追求，迸发着爱国激情。

"呕出一颗心来，——在我心里"一句，是说理想中国只能存在心中，透露了闻一多此时对现实中国的发展尚缺乏明确的认识。是思想上的这种局限，造成了此诗艺术上虎头蛇尾、美中不足的缺憾。

静　夜

闻一多

这灯光,这灯光漂白了的四壁;　　最好是让这口里塞满了沙泥,
这贤良的桌椅,朋友似的亲密;　　如其它只会唱着个人的休戚,
这古书的纸香一阵阵的袭来;　　最好是让这头颅给田鼠掘洞,
要好的茶杯贞女一般的洁白;　　让这一团血肉也去喂着尸虫,
受哺的小儿接呷在母亲怀里,　　如果只是为了一杯酒,一本诗,
鼾声报道我大儿康健的消息……　静夜里钟摆摇来的一片闲适,
这神秘的静夜,这浑圆的和平,　　就听不见了你们四邻的呻吟,
我喉咙里颤动着感谢的歌声。　　看不见寡妇孤儿抖颤的身影,
但是歌声马上又变成了诅咒,　　战壕里的痉挛,疯人咬着病榻,
静夜! 我不能,不能受你的贿赂。　和各种惨剧在生活的磨子下。
谁希罕你这墙内尺方的和平!　　幸福! 我如今不能受你的私贿,
我的世界还有更辽阔的边境。　　我的世界不在这尺方的墙内。
这四墙既隔不断战争的喧嚣,　　听! 又是一阵炮声,死神在咆哮。
你有什么方法禁止我的心跳?　　静夜! 你如何能禁止我的心跳?

导读

本诗原名《心跳》,写于 1925 年,后由闻一多先生改为现题并收入《死水》。

留美期间,诗人曾受美国种族主义者"贱视",只因祖国落后、民族衰微! 回国后,虽顺利成为名诗人、名教授,但他无法享受闲适,时刻注视着满目疮痍的中华大地。

全诗看来,"静夜"必须抛弃,"心跳"才是诗人的追求。前者多么美好:灯光雪白,桌椅"贤良","古书"溢香,还有"康健的"大儿和"母亲怀里"的小儿——此种"韵雅"而富于"天伦之乐"的幸福,正是"无数传统文人讴歌的境界"。然而,"四墙"之外的"世界",却充斥着"战争的喧嚣"和"死神在咆哮"。四邻"呻吟",寡妇孤儿"抖颤","战壕里"伤兵"痉挛"……哪一个"人",能够坐视"各种惨剧"日夜发生,却独享"静夜里钟摆摇来的一片闲适"? 闻一多不能,因为他的骨髓里生长着屈原的基因,他的"心跳"间伴随着民族的呐喊!

与同期新诗相比,本诗样式独特。首先,每行字数相同,均为十二字,诗行整齐划一,具有"建筑美"。其次,相邻两行多押尾韵,两行一换;部分诗行由标点断开,读作二、三"截";每截内部富于节奏,可一"顿"或多"顿"。自然声调与传统格律相协调,长短相间,舒缓与激越交替,旋律感明显,具有"音乐美"。闻一多先生对传统文化与时代精神融合的路径,开展了有益探索。

雪花的快乐

徐志摩

假如我是一朵雪花，
翩翩的在半空里潇洒，
　我一定认清我的方向——
　　飞飏，飞飏，飞飏，——
这地面上有我的方向。

不去那冷寞的幽谷，
不去那凄清的山麓，
　也不上荒街去惆怅——
　　飞飏，飞飏，飞飏，——
你看，我有我的方向！

在半空里娟娟的飞舞，
认明了那清幽的住处，
　等着她来花园里探望——
　　飞飏，飞飏，飞飏，——
啊，她身上有朱砂梅的清香！

那时我凭借我的身轻，
盈盈的，沾住了她的衣襟，
　贴近她柔波似的心胸——
　　消溶，消溶，消溶——
溶入了她柔波似的心胸！

导读

　　《雪花的快乐》写于1924年12月30日，发表于1925年1月17日《现代评论》第一卷第6期，收入《志摩的诗》中，是徐志摩前期作品的代表作。全诗作者以雪花自喻，依托着恋爱的外衣，在反复咏叹中抒发了自己对于人生理想的执着追求。

　　全诗层次分明，段落简洁。诗歌第一节把自己比喻成一朵漫天飞舞潇洒自由的雪花，在自由洒脱中自存着美好的理想。第二节写的是诗人寻找理想的艰难和曲折。诗中连续用了三个"不"字，也足以说明诗人的执着。第三节写明诗人的最终选择，"爱、美、自由"是诗人永不改变的追求。第四节写出诗人找到了自己的理想和实现理想的喜悦。

从艺术手法上看，全诗遵循了闻一多关于诗歌创作"三美"的主张，在音乐美、视觉美、意境美等方面精雕细琢。整首诗句子均齐，节段匀称，而且全诗很注意押韵，吟咏起来具有琅琅上口的音律感。这首诗还用了大量叠词叠句，形成了回环往复的旋律感。诗歌把古典诗词的形式美、意境美与现代诗的自由、洒脱巧妙地熔于一炉，实不愧为现代诗的名作。

我不知道风是在哪一个方向吹

徐志摩

我不知道风
是在哪一个方向吹——
我是在梦中,
在梦的轻波里依洄。

我不知道风
是在哪一个方向吹——
我是在梦中,
她的温存,我的迷醉。

我不知道风
是在哪一个方向吹——
我是在梦中,
甜美是梦里的光辉。

我不知道风
是在哪一个方向吹——
我是在梦中,
她的负心,我的伤悲。

我不知道风
是在哪一个方向吹——
我是在梦中,
在梦的悲哀里心碎!

我不知道风
是在哪一个方向吹——
我是在梦中,
黯淡是梦里的光辉。

导读

　　《我不知道风是在哪一个方向吹》写于 1928 年,初载同年 3 月 10 日《新月》月刊第一卷第 1 号,署名志摩。这是一首优美的抒情诗,诗中浓浓的情思以及在感情低谷时彷徨迷茫的情绪,把读者带入了一个忧伤、凄美的意境。

　　作者用六个小节描写梦中的情绪,从开始"在梦的轻波里依洄"到"她的温存,我的迷醉"到"甜美是梦里的光辉"直至"她的负心,我的伤悲""在梦的悲哀里心碎"到最后"黯淡是梦里的光辉",诗人的情绪由温柔满足到无奈的失望无助,诗中蕴含的那份忧、那份愁,还有那份无奈彷徨,久久挥之不去。然而这决不是一个爱所能赋予的,它还包含了诗人其他的情感,像政治理想、人生信仰……

　　全诗字句清新,韵律和谐,想象丰富,意境优美,具有鲜明的艺术个性。特别是诗人巧妙地运用了复沓变奏的曲谱式,共六节,每节的前三句相同,从一个意象出发展开,又逆向回归到这个起点,但每一次的回归和复沓同时又是一种加强和新的展开。这种对诗歌的精心构思,让我们在感受到这意象的复叠美的同时,也深深体会到诗人传达出来的情感。

自己的歌

陈梦家

我挖碎了我的心胸掏出一串歌——
血红的酒里渗着深毒的花朵。
除掉我自己,我从来不曾埋怨过
那苍天——苍天也有它不赦的错。

要说人根本就没有一条好的心,
从他会掉泪,便学着藏起真情;
这原是苍天的错,捏成了人的罪,
一万遍的谎话挂十万行的泪。

我赞扬过苍天,苍天反要讥笑我,
生命原是点燃了不永明的火,
还要套上那铜钱的枷,肉的迷阵,
我摔起两条腿盲从那豆火的灯。

挤在命运的磨盘里再不敢作声,
有谁挺出身子挡住掌磨的人?
黑层层的煤灰下无数双的粗手,
榨出自己的血甘心酿别人的酒。

年轻人早已忘记了自己的聪明,
在爱的戏台上不拣角色调情;
那儿有个司幕的人看得最清楚,
世上那会有一场演不完的糊涂?

我们纤了自己的船在沙石上走,
永远的搁浅,一天重一天——肩头,
等起了狂风逆吹着船,支不住腿,
终是用尽了力,感谢天,受完了罪。

在世界的谜里做了上帝的玩偶，
最痛恨自己知道是一条刍狗；
我们生，我们死，我们全不曾想到，
一回青春，一回笑，也不值得骄傲。

我是侥幸还留存这一丝灵魂，
吊我自己丧，哭出一腔哀声；
那忘了自己的人都要不幸迷住
在跟别人的哭笑里再不会清苏。

我像在梦里还死抓着一把空想：
有人会听见我歌的半分声响。
但这终究是骆驼往针眼里钻，
只有让这歌在自己心上回转。

我挝碎了我的心胸掏出一串歌——
血红的酒里渗着深毒的花朵。
一遍两遍把这歌在我心上穿过。
是我自己的歌，从来不曾离开我。

导读

陈梦家是新月派诗人，曾编《新月诗选》。在此书序言中，他认为最成功的诗人，"是在作品中发现他自己的精神的反映"。《自己的歌》正是这种创作主张的实践。

在诗中，诗人袒露自己的心胸，写出了对人生的看法，抒发了在命运面前无可奈何的喟叹以及不被人理解的深深的苦闷。既有自责，也有责人。虽然态度是坦率诚挚的，但因"自己的精神"本身模糊而带伤感，艺术上难免给人幽玄艰涩之感。

陈梦家在诗艺上师法徐志摩、闻一多，尤其对新诗格律作了理论探讨和创作试验，其中不乏独到见解和成功作品。从陈梦家，可以看到徐志摩、闻一多之外其余新月派诗人的风貌。

弃 妇

李金发

长发披遍我两眼之前，
遂隔断了一切羞恶之疾视，
与鲜血之急流，枯骨之沉睡。
黑夜与蚊虫联步徐来，
越此短墙之角，
狂呼在我清白之耳后，
如荒野狂风怒号：
战栗了无数游牧。

靠一根草儿，与上帝之灵往返在空谷里。
我的哀戚惟游蜂之脑能深印着；
或与山泉长泻在悬崖，
然后随红叶而俱去。

弃妇之隐忧堆积在动作上，
夕阳之火不能把时间之烦闷
化成灰烬，从烟突里飞去，
长染在游鸦之羽，
将同栖止于海啸之石上，
静听舟子之歌。

衰老的裙裾发出哀吟，
徜徉在丘墓之侧，
永无热泪，
点滴在草地
为世界之装饰。

导读

《弃妇》最初发表在《语丝》上，是"五四"以后第一首与中国读者见面的象征主义诗篇，后被收入诗集《微雨》中。作为一首典型意义上的象征派作品，诗歌的意象内涵具有多义性和不确定性的艺术特征。从表层含义来看，诗歌塑造了"弃妇"这一总体性意象，诗中的其他分体性意象则共同构成了"弃妇"意象的各个侧面。全诗共四节，前两节用第一人称倾诉了弃妇内心的悲凉与痛苦，面对世俗的冷漠与歧视，她的灵魂感到无可逃避的重负，她祈望倾吐，却又无人倾听，就连上帝这一灵魂的救赎者也不能够给她带来多少慰藉，因而，她只有把自己一腔幽怨与愤懑之情付之山泉，让它随飘零的红叶一起流走。诗的后两节转变了叙述人称，由弃妇的独白转为诗人的描述：弃妇的隐忧是如此的坚实和沉重，连夕阳的火焰也无法把它烧为灰烬，她只好独自承受重压，一个人动作迟缓地徘徊在象征着死亡的坟墓前。然而，诗人创作这首诗，其本意绝非只是对弃妇孤独、绝望的生存处境的同情与哀叹，而是借用弃妇这一象征体，隐寓诗人对自身命运的不幸与悲苦的深切感受，同时也曲折地传达出自己面对这个冷漠的、缺乏公正的世界内心孤独而又愤怒的复杂情感。

别了,哥哥!

（算作是向一个"阶级"的告别词吧！）

殷　夫

别了,我最亲爱的哥哥,
你的来函促成我的决心,
恨的是不能握一握最后的手,
再独立地向前途踏进。

二十年来手足的爱和怜,
二十年来的保护和抚养,
请在最后的一滴泪水里,
收回吧,作为恶梦一场。
你诚意的教导使我感激,
你牺牲的培植使我钦佩,
但这不能留住我不向你告别,
我不能不向别方转变。

在你的一方,哟,哥哥,
有的是,安逸、功业和名号,
是治者们荣赏的爵禄,
或是薄纸糊成的高帽。

只要我,答应一声说,
"我进去听指示的圈套,"
我很容易能够获得一切,
从名号直至纸帽。

但你的弟弟现在饥渴,
饥渴着的是永久的真理,
不要荣誉,不要功建,
只望向真理的王国进礼。

因此机械的悲鸣扰了他的美梦，

因此劳苦群众的呼号震动心灵，

因此他尽日尽夜地忧愁，

想做个普罗米修士偷给人间以光明。

真理和愤怒使他强硬，

他再不怕天帝的咆哮，

他要牺牲去他的生命，

更不要那纸糊的高帽。

这，就是你弟弟的前途，

这前途满站着危崖荆棘，

又有的是黑的死，和白的骨，

又有的是砭人肌筋的冰雹风雪。

但他决心要踏上前去，

真理的伟光在地平线下闪照，

死的恐怖都辟易远退，

热的心火会把冰雪溶消。

别了，哥哥，别了，

此后各走前途，

再见的机会是在，

当我们和你隶属着的阶级交了战火。

1929 年 4 月 12 日

导读

　　《别了，哥哥》一诗，写于作者投身革命之后，可作为殷夫的诗体自传来读。题目下面括号里的话，作用相当于"小序"，表明所告别的，既是哥哥，更是整个剥削阶级。

　　全诗感情平静而深沉，婉曲而坚定。开头坦率地写出了对哥哥手足之情的依恋、培植之恩的感激。接着直接写出自己的决心：为了追求真理，为了投身无产阶级革命事业，不但要和哥哥决裂，并要和哥哥隶属的阶级交战到底。读来令人激奋。唯其经受了这种人生抉择，诗人的革命意志才会这样坚定如钢；唯其写出了这番感情历程，诗歌才显得如此真切自然。

　　在革命斗争年代，一些人因读了此诗，决心背叛自己出身的剥削阶级，走上革命道路。可见这首诗歌的思想启发力和艺术感染力之大。

难　民

臧克家

日头坠到鸟巢里，

黄昏还没溶尽归鸦的翅膀，

陌生的道路，无归宿的薄暮，

把这群人度到这座古镇上。

沉重的身影，扎根在大街两旁，

一簇一簇，像秋郊的禾堆一样，

静静地，孤寂地，支撑着一个大的凄凉。

满染征尘的破烂的服装，

告诉了他们的来历，

一张一张兜着阴影的脸皮，

说尽了他们的情况。

螺丝的炊烟牵动着一串亲热的眼光，

在这群人心上抽出了一个不忍的想象：

"这时，黄昏正徘徊在古树梢头，

从无烟火的屋顶慢慢地涨大到无边，

接着，阴森的凄凉吞了可怜的故乡。"

铁力的疲倦，连人和想象一齐推入了朦胧，

但是，更猛烈的饥饿立刻又把他们牵回了异乡。

像一个天神从梦里落到这群人身旁，

一条灰色的影子，手里亮出一支长枪，

一个小声，在他们耳中开出一个天大的响：

"年头不对，不敢留生人在镇上。"

"唉，人到哪里灾荒到哪里！"

一阵叹息，黄昏更加苍茫。

一步一步，这群人走下了大街，

走开了这异乡，

小孩子的哭声乱了大人的心肠，

铁门的响声截断了最后一人的脚步，

这时，黄昏爬过了古镇的围墙。

1932 年 2 月

导读

　　《难民》是臧克家描写农民生活较早的一首诗。灾荒年月,农民无法生活,被迫离开本乡本土,结队成群,四处飘流。臧克家选取一群灾民在黄昏时分投宿无着的窘迫处境和凄凉心情来加以描写,富有集中性、概括性。对灾民的同情、对世道的愤慨,浸透于字里行间。

　　臧克家诗作严谨凝练的艺术风格,于此诗就已成熟地显露。突出表现在动词的运用上。如开头一句"日头坠到鸟巢里"的"坠","黄昏还没溶尽归鸦的翅膀"的"溶"等,结束部分"铁门的响声截断了最后一人的脚步"的"截断","这时,黄昏爬过了古镇的围墙"的"爬过"等,既准确贴切,又有丰富的蕴含,生动地传达了诗歌浑厚的意境。

发热的只有枪筒子

臧克家

不要看百货公司
那份神气，
心血枯竭了，
它会一头倒下来碰个死！

不要看工厂的大烟囱
摩着天，
突然一下子
它会全不冒烟！

揭开每一口灶门，
摸摸那一堆冷灰，
把手打在心口窝，
去试试每一颗心。

一夜西北风
冻死那么多的人，
大半个中国，
已经是人鬼不分！

这年头，哪儿去找繁荣？
繁荣全个儿集中在战地；
这年头，什么都冰冷，
发热的只有枪筒子！

1946 年 12 月 21 日于沪

导读

战地的"繁荣"意味着什么？刚渡过八年抗战的深重灾难，国人来不及喘息，随即陷入内战深渊,物价飞涨,工商业凋敝,民不聊生。1947 年冬天的上海,尤其令人痛心,"一夜风雪,造成八百童尸"。

诗人没有直接抨击国民党反动派,却"深沉而含蓄"地展开了极为大胆的政治讽刺。先看对比手法。"冷灰""西北风""全不冒烟"的烟囱和"心血枯竭"的百货公司,统统给人"冰冷"之感;"发热"的枪筒子自然十分"扎眼"。工商业萧条,人民饥寒交迫,其根源却在于战地的"繁荣"。再看时空转换。从"百货公司"和"大烟囱"所在的城市,到城乡的"每一口灶门",再到"冻死那么多的人"的上海。这种大范围转换,无疑加强了"大半个中国"对于整个国统区的象征意味。最后看结尾艺术。相对于百姓生活的水深火热,战地的"繁荣"不啻为绝妙的讽刺。"全个儿集中""什么都"和"只有"则运用夸张,末句与诗题相呼应。全诗形成异峰突起之势,拥有强大的"冲击波"!

诗人眼睛冒火,口中无语,以颤动的笔尖挟带着难以抑制的愤怒,划破国统区晦暗的天空,爆发出最响的惊雷……

北　方

艾　青

一天
那个科尔沁草原上的诗人
对我说：
"北方是悲哀的。"

不错
北方是悲哀的。
从塞外吹来的
沙漠风，
已卷去北方的生命的绿色
与时日的光辉
——一片暗淡的灰黄
蒙上一层揭不开的沙雾；
那天边疾奔而至的呼啸
带来了恐怖
疯狂地
扫荡过大地；
荒漠的原野
冻结在十二月的寒风里，
村庄呀，山坡呀，河岸呀，
颓垣与荒冢呀
都披上了土色的忧郁……
孤单的行人，
上身俯前
用手遮住了脸颊，
在风沙里
困苦地呼吸
一步一步地
挣扎着前进……
几只驴子

——那有悲哀的眼
　　和疲乏的耳朵的畜生，
载负了土地的
痛苦的重压，
它们厌倦的脚步
徐缓地踏过
北国的
修长而又寂寞的道路……

那些小河早已枯干了
河底也已画满了车辙，
北方的土地和人民
在渴求着
那滋润生命的流泉啊！
枯死的林木
与低矮的住房
稀疏地，阴郁地
散布在灰暗的天幕下；
天上，
看不见太阳，
只有那结成大队的雁群
惶乱的雁群
击着黑色的翅膀
叫出它们的不安与悲苦，
从这荒凉的地域逃亡
逃亡到
绿荫蔽天的南方去了……

北方是悲哀的
而万里的黄河
汹涌着混浊的波涛
给广大的北方
倾泻着灾难与不幸；
而年代的风霜
刻划着
广大的北方的

贫穷与饥饿啊。

而我
——这来自南方的旅客，
却爱这悲哀的北国啊。
扑面的风沙
与入骨的冷气
决不曾使我咒诅；
我爱这悲哀的国土，
一片无垠的荒漠
也引起了我的崇敬
——我看见
我们的祖先
带领了羊群
吹着笳笛
沉浸在这大漠的黄昏里；
我们踏着的
古老的松软的黄土层里
埋有我们祖先的骸骨啊，
——这土地是他们所开垦
几千年了
他们曾在这里
和带给他们以打击的自然相搏斗，
他们为保卫土地，
从不曾屈辱过一次，
他们死了
把土地遗留给我们——
我爱这悲哀的国土，
它的广大而瘦瘠的土地
带给我们以淳朴的言语
与宽阔的姿态，
我相信这言语与姿态，
坚强地生活在大地上
永远不会灭亡；
我爱这悲哀的国土，
　　古老的国土

——这国土
养育了为我所爱的
世界上最艰苦
与最古老的种族。

1938 年 2 月 4 日　潼关

导读

《北方》写于 1938 年 2 月,抒写了诗人北国之行的感受。

他为北国风光的粗犷和苍茫所感染,他的笔触更增加了苍凉悲壮的气氛。作者抓住最富有特征的一系列景象,用素描的手法为北方的自然景象勾勒了一幅充满阴郁色彩的风景画。每一个景象虽只勾画寥寥两笔,但枇比排列起来,却构成了生动而深刻的艺术形象。在整个形象中贯注着诗人自己的深沉的忧郁。虽然人民的苦难不免使他忧郁,但他已经不再彷徨,不再孤寂,他从我们"古老的种族"身上,看到了"淳朴的语言与宽阔的姿态",从而树立了他们能够"坚强地生活在大地上/永远不会灭亡"的坚定信念。

这首诗想象丰富,意境开阔,用亲切的口语写成,排斥了华丽的矫饰,弃绝了空洞的说教。采用鲜活的有弹力和流动感的语言和语调,是艾青诗的艺术特色,也是现代诗应当具有的艺术品格。

手推车

艾 青

在黄河流过的地域

在无数的枯干了的河底

手推车

以唯一的轮子

发出使阴暗的天穹痉挛的尖音

穿过寒冷与静寂

从这一个山脚

到那一个山脚

彻响着

北国人民的悲哀

在冰雪凝冻的日子

在贫穷的小村与小村之间

手推车

以单独的轮子

刻画在灰黄土层上的深深的辙迹

穿过广阔与荒漠

从这一条路

到那一条路

交织着

北国人民的悲哀

一九三八年初

导读

　　《手推车》写于1938年,是艾青从东部流徙到中国的大西北过程中所作的一首诗,也是艾青"北方组诗"中的名篇之一。"土地"和"太阳"是艾青永远热爱的意象,忧患意识是艾青心中难以抹灭的情绪。在这首诗中,诗人便是运用现实主义和现代主义相结合的方法把这种意象和意识鲜明地表现出来。通过手推车这一独特的意象来表现在战火中辗转迁移、躲避灾难的农民的贫穷和悲哀,同时也深深地流露出诗人对国破家亡的悲愤之情。

　　全诗分为上下两节，诗人通过自己的感觉，把巨大的忧患意识寄托在特定的时空中："在黄河流过的地域""在冰雪凝冻的日子"，通过手推车这一中介物，把时空联结。三者同时出现在一个画面中，勾勒出全诗具体的意象。同时围绕着手推车在行驶过程中发出的"尖音"来对"北国人民的悲哀"进行艺术上的渲染，从听觉上给人以强烈的震动；接着紧扣手推车在行驶过程中留下的"辙迹"来对"北国人民的悲哀"进行铺陈，从视觉上给读者以深深的触动。

　　全诗运用色彩、声音、线条等艺术符号的奇妙组合，对诗人的忧患意识进行了极大的渲染，使得这辆简陋的手推车，这短短的诗行，在人们情感和理智上产生了强烈的冲击！

我底记忆

戴望舒

我底记忆是忠实于我的,
忠实得甚于我最好的友人。

它存在在燃着的烟卷上,
它存在在绘着百合花的笔杆上,
它存在在破旧的粉盒上,
它存在在颓垣的木莓上,
它存在在喝了一半的酒瓶上,
在撕碎的往日的诗稿上,在压干的花片上,
在凄暗的灯上,在平静的水上,
在一切有灵魂没有灵魂的东西上,
它在到处生存着,像我在这世界一样。

它是胆小的,它怕着人们底喧嚣,
但在寂寥时,它便对我来作密切的拜访。
它底声音是低微的,
但是它底话是很长,很长,
很多,很琐碎,而且永远不肯休:
它底话是古旧的,老是讲着同样的故事,
它底音调是和谐的,老是唱着同样的曲子,
有时它还模仿着爱娇的少女底声音,
它底声音是没有气力的,
而且还夹着眼泪,夹着太息。

它底拜访是没有一定的,
在任何时间,在任何地点,
甚至当我已上床,朦胧地想睡了;
人们会说它没有礼貌,
但是我们是老朋友。

它是琐琐地永远不肯休止的，

除非我凄凄地哭了，或是沉沉地睡了；

但是我是永远不讨厌它，

因为它是忠实于我的。

载《未名》第二卷第一期，一九二九年一月

导读

这首诗选自同名诗集《我底记忆》，是戴望舒著名的诗作之一。

此诗表现了诗人孤独寂寞苦闷难以排遣的心灵状态，包含着诗人对过去生命的回味与体验的复杂感受。诗人不直接摹写自己如何涌起记忆的感觉，而是通过"燃着的烟卷""百合花的笔杆""破旧的粉盒""颓垣的木莓"等组合的意象，把自己的"记忆"形象化、立体化，甚至把无形的记忆演绎为鲜活的"友人"。如诗人说它"到处生存着""胆小""声音是低微的""话是很长，很长"，甚至还"夹着眼泪，夹着太息"，等等。所谓"记忆"也是诗人的另一个自我。诗人在回味过往悲欢的生活痕迹时，通过与过去自我的对话得到了一丝慰藉，自己的心灵世界也得到了稍许的宁静。

诗的章法结构首尾呼应，颇有新意。诗人通过巧妙地使用排比句式，强化了情感的力量。象征、暗示等各种手法的灵活运用，也使诗歌浑厚淳朴，意味隽永。

全诗表面上没有韵律，然而诗句长短错落有致，内在情绪张弛有度，跌宕起伏，体现出"内在旋律上的音乐美"。

寻梦者

戴望舒

梦会开出花来的，
梦会开出娇妍的花来的：
去求无价的珍宝吧。

在青色的大海里，
在青色的大海的底里，
深藏着金色的贝一枚。

你去攀九年的冰山吧，
你去航九年的旱海吧，
然后你逢到那金色的贝。

它有天上的云雨声，
它有海上的风涛声。
它会使你的心沉醉。

把它在海水里养九年，
把它在天水里养九年，
然后，它在一个暗夜里开绽了。

当你鬓发斑斑了的时候，
当你眼睛朦胧了的时候，
金色的贝吐出桃色的珠。

把桃色的珠放在你怀里，
把桃色的珠放在你枕边，
于是一个梦静静地升上来了。

你的梦开出花来了，
你的梦开出娇妍的花来了，

在你已衰老了的时候。

载《现代》第二卷第一号，一九三二年十一月号

导读

　　这是一首感情真挚、艺术圆熟的佳作。诗人首先以梦为主体，构筑了一个静美而绚烂的梦的世界。然后诗人把梦具象为寻贝、养贝的动态过程，以情绪的流转带动诗思的变化，给人一种既深沉绮丽又典雅迷离的美感。另外，由于美丽的梦与感伤的情绪相链接，使读者看到了诗人对理想、光明和未来的期待与追寻。同时，诗人也表露出即便历经艰难、付出宝贵的青春代价也无怨无悔的执着精神。

　　诗作虽不押韵，但其"形式上的重叠复沓"与"情绪上的抑扬顿挫"仍然传递着一种音乐的旋律。同时，意象的具体与色彩的鲜明也同样具有绘画的美感，使诗歌自由通脱、潇洒有致。

　　值得一提的是，因为诗人运用象征手法，诗中的梦便可做多重的读解：既可以看作是对理想、信念、未来、光明、自由的憧憬，又可以理解为是对爱情、友情、幸福的追寻，甚至可视为对世间真、善、美的追求。这样就扩大了诗的意义内涵，启发读者根据自己的人生阅历去感悟和发现。

鱼化石

（一条鱼或一个女子说：）

卞之琳

我要有你的怀抱的形状，
我往往溶化于水的线条。
你真像镜子一样的爱我呢。
你我都远了乃有了鱼化石。

六月四日(1936)

导读

《鱼化石》选自《装饰集》，是卞之琳早期优秀的爱情诗作。

诗歌借用一条鱼或一个女子的口吻表达了一种含蓄而又默默无闻的爱人之心。前两句看似委婉，实为爱的表白。至第三句笔势突起，直接发问："你真像镜子一样的爱我呢。"因为从女子角度看，镜子是女子自赏、自伤、自怜的对象，镜子与女子的关系可谓形影不离、亲近至极。据此，诗人采用"镜子"意象，写出了两心相照、默默传情的状态。第四句中的"鱼化石"堪称惊人之笔，寓指所有的情愫都成了遥远的回忆后留在记忆之中，犹如鱼的形状永驻于石头之中的"鱼化石"，定格成为永恒。由此，全诗也具有了悲剧的崇高之美。

另外，诗歌语言鲜活生动，读来真挚感人。

预　言

何其芳

这一个心跳的日子终于来临！
你夜的叹息似的渐近的足音
我听得清不是林叶和夜风私语，
麋鹿驰过苔径的细碎的蹄声。
告诉我，用你银铃的歌声告诉我，
我是不是预言中的年轻的神？

你一定来自温郁的南方，
告诉我那儿的月色，那儿的日光。
告诉我春风是怎样吹开百花，
燕子是怎样痴恋着绿杨。
我将合眼睡在你如梦的歌声里，
那温馨我似乎记得又似乎遗忘。

请停下，停下你长途的奔波，
进来，这儿有虎皮的褥你坐！
让我烧起每一秋天拾来的落叶，
听我低低唱起我自己的歌。
那歌声将火光样沉郁又高扬，
火光样将落叶的一生诉说。
不要前行，前面是无边的森林，
古老的树现着野兽身上的斑文，
半生半死的藤蟒蛇一样交缠着，
密叶里漏不下一颗星。
你将怯怯地不敢放下第二步，
当你听见了第一步空寥的回声。

一定要走吗？等我和你同行！
我的足知道每一条平安的路径，
我可以不停地唱着忘倦的歌，

再给你,再给你手的温存。

当夜的浓黑遮断了我们,

你可以不转眼地望着我的眼睛。

我激动的歌声你竟不听,

你的脚竟不为我的颤抖暂停!

像静穆的微风飘过这黄昏里,

消失了,消失了你骄傲的足音!

呵,你终于如预言中所说的无语而来

无语而去了吗,年轻的神?

1931 年秋天

导读

《预言》选自《汉园集》,是何其芳早期诗歌创作的代表作。

全诗创造了一个梦幻般的艺术境界。一个年轻的美丽的神,在诗人的渴盼中渐渐来临,诗人为此激动不已。谁知她未曾停步,又飘然而去了,留给诗人的是无限惆怅的失落感。这个年轻的美丽的神,象征幻想中的爱情。诗人通过对她的诉说,抒发了对爱情又希望又失望的情绪。

在艺术上,作者运用富于乐感的语言,描绘了若隐若现的富于暗示的形象,具有一种并不晦涩费解的蒙眬美。

生活是多么广阔

何其芳

生活是多么广阔，
生活是海洋。
凡是有生活的地方就有快乐和宝藏。

去参加歌咏队，去演戏，
去建设铁路，去作飞行师，
去坐在实验室里，去写诗，
去高山上滑雪，去驾一只船颠簸在波涛上，
去北极探险，去热带搜集植物，
去带一个帐篷在星光下露宿。
去过寻常的日子，
去在平凡的事物中睁大你的眼睛，
去以自己的火点燃旁人的火，
去以心发现心。

生活是多么广阔。
生活又多么芬芳。
凡是有生活的地方就有快乐和宝藏。

导读

这首抒情短诗选自何其芳诗集《夜歌》。该诗集创作于 1938—1941 年，多为讴歌光明、赞颂革命之作，新中国成立后重版改名为《夜歌和白天的歌》。

《生活是多么广阔》连同《我为少男少女们歌唱》是献给革命青少年的作品，它们仿佛是在灿烂的阳光下用笛子奏出的晨曲，充满着浓郁的青春的气息，有力地启示和激发人们去拥抱新的现实。诗人满腔热情赞美解放区崭新的生活为年轻一代开拓了通向未来的宽广道路，启发年轻人去开掘人生的宝藏，并勉励他们把寻常的生活与伟大的目标结合起来，以坚实的劳动去迎接美好的未来。

"生活是多么广阔，生活是海洋"，简洁地写出了生活广阔无涯，值得年轻人去探索；"生活是多么广阔。生活又多么芬芳"，更进一步指出这广阔的生活十分醉人，吸引着年轻人去开掘。

　　这首诗格调开阔,富于朝气。起笔开阔,直写新生活像海洋一样广阔,紧接着用极鲜明的意象写"广阔"的内容,使人心胸随之扩展,那一连串的"去……"既表现出诗人对新生活的希冀,也描绘出年轻人生气勃勃地创造新生活的鲜明形象。形式灵活自由。首尾两节是稍作改动的复沓,中间是大段的排比句,不重押韵,但以流利朴素的口语形成动人的节奏。

孤　岛

阿　垅

在掀腾的海波之中，我是小小的孤岛，如同其他的孤岛

在晴丽的天气，我能够清楚地望见大陆边岸底远景

似乎隐隐约约传来了人声，虽然远，但是传来了，人声传来

有的时候，也有一叶小舟渡海而来，在我底岸边小泊

而在雾和冬的季节，在深夜无星之时，我

不能看到你了，我只在我底恋慕和向往的心情中看见你为我留下的影子

我，是小小的孤岛，然而和大陆一样

我有乔木和灌木，你底乔木和灌木

我有小小的麦田和疏疏的村落，你底麦田和村落

我有飞来的候鸟和鸣鸟，从你那儿带着消息飞来

我有如珠的繁星的夜，和你共同在里面睡眠的繁星的夜

我有如桥的七色的虹霓，横跨你我之间的虹霓

我，似乎是一个弃儿然而不是

似乎是一个浪子然而不是

海面的波涛嚣然地隔断了我们，为了隔断我们

迷惘的海雾黯澹地隔断了我们，想使你以为丧失了我而我以为丧失了你

然而在海流最深之处，我和你永远联结而属一体，连断层地震也无力使你我分离

如同其他的孤岛，我是小小的孤岛，你底儿子，你底兄弟

1946 年

导读

　　阿垅原名陈守梅，又名陈亦门，是"七月诗派"的重要诗人。《孤岛》是其于 1946 年间编辑文学刊物《呼吸》期间的作品。

　　诗作抒唱的"孤岛"，如同"一个弃儿""一个浪子"似地远离"大陆"，看来无所归依，实际上它却是大陆伸出之一部分，两者在海流深处"永远连结而属一体"，"连断层地震也无力使你我分离"。诗作便借这似断实连的自然景观，反复吟唱"我"对"大陆"的"恋慕和向往的心情"，一往情深地表达了作者与正义力量及事业的不可或分的血肉联系。作品用暗喻的手法，不正面写出题旨，但由于倾注深情，仍给人以确实不移的印象。恰切的比喻、补充式的复句、散文式的自由抒唱，使诗具有一种明丽显豁的意境和回肠荡气的力量。

泥　土

鲁　藜

老是把自己当作珍珠
就时时有怕被埋没的痛苦

把自己当作泥土吧
让众人把你踩成一条道路

导读

　　作者为"七月诗派"的重要诗人。主要作品有《醒来的时候》《锻炼》《时间的歌》《星星的歌》等诗集。

　　《泥土》是诗人的著名诗作。这首格言式的抒情短诗,可看成诗人的自勉,要求自己虚怀若谷,为人民大众的神圣事业甘做不为人知的铺路的泥土。同时,也可说是对他人的一种善意告诫,提醒人们克服可能出现的高傲情绪,不要自视特殊,而要甘于平凡,不要考虑索取,而要多些给予。它宣扬的是一种富于社会责任感的人生态度,一种勇于牺牲自我利益的集体主义精神。诗写得平易亲切,既避免枯燥的说教,又摒弃华丽的装饰。"珍珠"与"泥土"的比喻妥帖,使诗意在两者的对比中获得充分的表达。

惊　蛰

绿　原

当羊队面向栅栏辞别了旷野
当向日葵画完半圆又寂寞地沉落
当远航的船只卸卷白帆停泊了
当城市泛滥着光辉像火灾

从那没有灯和烛的院落出来
我将芒鞋做舟叶
划行在这潮湿的草原上

草原上，我来了
好不好，你
　　蓝色的　海的泡沫
　　蓝色的　梦的车轮
　　蓝色的　冷谷的野蔷薇
　　蓝色的　夜的铃串呀
呀，星……
星被监禁在
　云的城墙和
　云的楼阁里去了

然而，星是没有哭泣的啊
露水不是星的泪水啊

当星逃出天空的门槛
向这痛苦的土地上谢落
据说就有一个闪烁的生命
在这痛苦的土地上跨过

那么，我想
——十九年前，茂盛的天空
那一片丰收着金色谷粒的农场里

307

我是那一颗呢

今天
我旅行到这潮湿的草原上来了
我要歌唱……
但我也要回去的
等我唱完了我的歌
等我将歌声射动雷响
待我将雷声滚破了
人类的喧哗的梦。

1941 年

导读

这首诗选自绿原的第一本诗集《童话》。

《童话》出版时,绿原 20 岁;而写这首诗时还只有 19 岁。这是一个多梦的年纪。但这首诗里的抒情主人公不是在梦着爱情,而以童话般的神幻感受梦想着人生的历程。从诗中我们看到:他的"梦"虽是"从那没有灯和烛的院落出来",穿着芒鞋走在潮湿的草原上的,但他还是满带天真无忧的神态去问"冷谷的野蔷薇":"我来了,好不好?"他梦想着蓝天上的星星也是被"云的城墙"监禁着的,但又觉得"星是没有哭泣的啊"。他甚至更梦想到:当星逃出天空的门槛,向这块土地谢落时,也就会有"一个闪烁的生命/在这痛苦的土地上跨过";而由此他又进一步联想到:当年自己降生时,又是哪一颗星星谢落了呢?想得多稚气又多美丽。是的,他降生的这块土地是痛苦的,但他相信自己也是"一个闪烁的生命",在潮湿的草原上一边艰辛地行走,一边还是要歌唱,要用自己的歌声把雷惊醒,让雷声滚破人类的噩梦。显而易见,这是一种要想以自己的诗歌去把众生唤醒的象征性说法。所以,这首诗实在是一个生命健旺的少年诗人在抒唱健旺的生命,它虽然也蕴含着诗人生存在黑暗、阴湿的环境中的苦难的感受,但总的基调是乐观的。

绿原在《人之诗·自序》中曾提到诗集《童话》:"由于其中一些当时显得新鲜的想象,一度引起了注意。"《惊蛰》一诗的确也处处显示着绿原有敏锐的诗感,新鲜的想象,丰盈的意象;在略显飘忽、蒙眬的诗境中,透现出了俊逸的风姿。

赞　美

穆　旦

走不尽的山峦的起伏，河流和草原，
数不尽的密密的村庄，鸡鸣和狗吠，
接连在原是荒凉的亚洲的土地上，
在野草的茫茫中呼啸着干燥的风，
在低压的暗云下唱着单调的东流的水，
在忧郁的森林里有无数埋藏的年代。
它们静静地和我拥抱：
说不尽的故事是说不尽的灾难，沉默的
是爱情，是在天空飞翔的鹰群，
是干枯的眼睛期待着泉涌的热泪，
当不移的灰色的行列在遥远的天际爬行；
我有太多的话语，太悠久的感情，
我要以荒凉的沙漠，坎坷的小路，骡子车，
我要以槽子船，漫山的野花，阴雨的天气，
我要以一切拥抱你，你，
我到处看见的人民呵，
在耻辱里生活的人民，佝偻的人民，
我要以带血的手和你们一一拥抱。
因为一个民族已经起来。

一个农夫，他粗糙的身躯移动在田野中，
他是一个女人的孩子，许多孩子的父亲，
多少朝代在他的身边升起又降落了，
而把希望和失望压在他身上，
而他永远无言地跟在犁后旋转，
翻起同样的泥土溶解过他祖先的，
是同样的受难的形象凝固在路旁。
在大路上多少次愉快的歌声流过去了，
多少次跟来的是临到他的忧患；
在大路上人们演说，叫嚣，欢快，

然而他没有，他只放下了古代的锄头，
再一次相信名词，溶进了大众的爱，
坚定地，他看着自己溶进死亡里，
而这样的路是无限的悠长的，
而他是不能够流泪的，
他没有流泪，因为一个民族已经起来。

在群山的包围里，在蔚蓝的天空下，
在春天和秋天经过他家园的时候，
在幽深的谷里隐着最含蓄的悲哀：
一个老妇期待着孩子，许多孩子期待着
饥饿，而又在饥饿里忍耐，
在路旁仍是那聚集着黑暗的茅屋，
一样的是不可知的恐惧，一样的是
大自然中那侵蚀着生活的泥土，
而他走去了从不回头诅咒。
为了他我要拥抱每一个人，
为了他我失去了拥抱的安慰，
因为他，我们是不能给以幸福的，
痛哭吧，让我们在他的身上痛哭吧，
因为一个民族已经起来。

一样的是这悠久的年代的风，
一样的是从这倾圮的屋檐下散开的
无尽的呻吟和寒冷，
它歌唱在一片枯槁的树顶上，
它吹过了荒芜的沼泽，芦苇和虫鸣，
一样的是这飞过的乌鸦的声音。
当我走过，站在路上踟蹰，
我踟蹰着为了多年耻辱的历史
仍在这广大的山河中等待，
等待着，我们无言的痛苦是太多了，
然而一个民族已经起来，
然而一个民族已经起来。

1941 年 12 月

导读

　　在抗战期间,诗人穆旦关注这场战争的进程,忧虑我们民族的命运,以激情和沉思写下了《赞美》一诗。

　　诗人以富有象征意味的语言,歌颂了缔造我们这个民族的劳动者。诗人认为:我们的民族虽然面临着"说不尽的灾难",但它终将站立起来,这是因为有广大的劳动者作它的脊梁。我们土地上的劳动者,不但用汗水创造了我们民族,更将以鲜血扭转我们民族的命运。诗人的感情是复杂的,希望与失望交织,昂奋与痛苦融合,这是对劳动者的混声合唱的赞美,是富有历史忧患感的真诚的心声。

山

杜运燮

来自平原，而只好放弃平原；
植根于地球，却更想植根于云汉；
茫茫平原的升华，它幻梦的形象，
大家自豪有他，他却永远不满。

他向往的是高远变化万千的天空，
有无尽光热的太阳，博学含蓄的月亮，
笑眼的星群，生命力最丰富的风，
戴雪帽享受寂静冬日的安详。

还喜欢一些有音乐天才的流水，
挂一面瀑布，唱悦耳的质朴山歌；
或者孤独的古庙，招引善男信女俯跪，
有暮鼓晨钟单调地诉说某种饥饿；

或者一些怪人隐士，羡慕他，追随他，
欣赏人海的波涛起伏，却只能孤独地
生活，到夜里，梦着流水流着梦，
回到平原上唯一甜蜜的童年记忆。

他追求，所以不满足，所以更追求：
他没有桃花，没有牛羊、炊烟、村落；
可以鸟瞰，有更多空气，也有更多石头；
因为他只好离开他必需的，他永远寂寞。

1945 年于昆明

导读

　　作为"九叶派"诗人的一员，杜运燮的咏物诗喜欢赋予事物一种心理活动和精神状态，追求将沉思与体验转化为对外物内在生命和本质精神的发现、把握和传达，山的形象可以看成是诗人体验到的生命的象征,是诗人内心体验的载体。诗歌开篇使用拟人手法展示了"山"的矛盾心态,来自平原却又只好放弃平原而向上耸立;植根于平原,却更植根于云汉,因为它总是把天空当作自己的归宿;别人因为它的高耸而骄傲,它却因高远的追求而厌倦如今的身姿。于是,"山"的心路历程便清晰可见:追求——不满——追求。这也是诗人想要颂赞的追求者的道路。诗人在颂扬的同时,也不忘讳山的寂寞。诗人由衷地赞叹山因永不满足而"永远寂寞"。

诗作利用矛盾修辞,开头写山心态的矛盾,把矛盾对立的概念和事物组合在一起,造成一种复合的情景,给人多层心理感受。另一特点是智性与感性相融合,通过连绵不断的想象的依次展示,将诗意引向深入,最后导出"他永不寂寞"的玄深境界,使诗避免流于枯燥说理而显得形象活跃,情味隽永。

铸 炼

陈敬容

将最初的叹息，
最后的悲伤，
一齐投入生命的熔炉，
铸炼成金色的希望。

给黑夜开一个窗子，
让那儿流进来星辉、月光，
在绝静的深山，一片风
就能激起松涛的巨响。

不眠的夜，梦幻与烛火
一同摇落，一同
向暗角缭绕又低翔。

当一声钟敲落永夜，
哭泣吧，亲爱的心啊，
窗上已颤动着银白的曙光。

5月15日夜客重庆

导读

陈敬容共出过三个诗集单行本，1935年到1945年的诗收集在《盈盈集》，1946年到1947年的收集在《交响集》，"文革"后重新提笔的收集在《老去的时间》里。

此诗收录在《盈盈集》第三辑中，诗歌创作于抗战取得最后胜利的转折时刻。题为"向明天瞭望"，表达了她欲告别昨日、走向未来的宏愿。在诗中，诗人诚挚地鼓励生活在暗夜里的人们停止叹息和哀伤，抬起头来迎接那"敲落永夜"，带来第一缕"银白的曙光"的那"一声钟"——民族解放的日子。它忠实传达了亿万人民诅咒黑暗、渴望光明的时代情绪。诗作在平静的抒唱中汹涌着感情的波涛，那对于"松涛"的怀想，对于"星辉、月光"的盼望，对于铸炼"金色的希望"的迫切，对于窗上颤动着的第一缕"曙光"的喜极而泣，无一不显示着诗人拥抱光明的激情和对于胜利前景的坚定信念。

　　诗人注重刻画意象，通过生动的意象进行暗示而避免直白的陈述。它隐去或尽可能回避直抒胸臆，而是精心营造能使人对诗中要表达的思想感情唤起联想、引起共鸣的一连串意象，如黎明前的暗夜、星辉、月光，风吹山林的回响，预报黎明的钟声，银白的曙光等，诗人通过对这一系列意象的生动描绘、精心安排，充分传达了对胜利前景的坚定信念和喜悦的心情。这种间接性、暗示性、意象化的艺术表现方法，加上不求规范但求意象的跳跃性和突出感觉新异的语言组合，使作品具有一种深沉幽渺的诗美。

散文编

寄小读者（通讯七）

冰　心

亲爱的小朋友：

八月十七日的下午，约克逊号邮船无数的窗眼里，飞出五色飘扬的纸带，远远的抛到岸上，任凭送别的人牵住的时候，我的心是如何的飞扬而凄恻！

痴绝的无数的送别者，在最远的江岸，仅仅牵着这终于断绝的纸条儿，放这庞然大物，载着最重的离愁，飘然西去！

船上生活，是如何的清新而活泼。除了三餐外，只是随意游戏散步。海上的头三日，我竟完全回到孩子的境地中去了，套圈子，抛沙袋，乐此不疲，过后又绝然不玩了。后来自己回想很奇怪，无他，海唤起了我童年的回忆，海波声中，童心和游伴都跳跃到我的脑中来。我十分的恨这次舟中没有几个小孩子，使我童心来复的三天中，有无猜畅好的游戏！

我自少住在海滨，却没有看见过海平如镜，这次出了吴淞口，一天的航程，一望无际尽是粼粼的微波。凉风习习，舟如在冰上行。过了高丽界，海水竟似湖光，蓝极绿极，凝成一片。斜阳的金光，长蛇般自天边直接到栏旁人立处。上自穹苍，下至船前的水，自浅红至于深翠，红成几十色，一层层，一片片的漾开了来。——小朋友，恨我不能画，文字竟是世界上最无用的东西，写不出这空灵的妙景！

八月十八夜，正是双星渡河之夕。晚餐后独倚栏旁，凉风吹衣。银河一片星光，照到深黑的海上。远远听得楼栏下人声笑语，忽然感到家乡渐远。繁星闪烁着，海波吟啸着，凝立悄然，只有惆怅。

十九日黄昏，已近神户，两岸青山，不时的有渔舟往来。日本的小山多半是圆扁的，大家说笑，便道是"馒头山"。这馒头山沿途点缀，直到夜里。远望灯光灿烂，已抵神户，船徐徐停住，便有许多人上岸去。我因太晚，只自己又到最高层上，初次看见这般璀璨的世界，天上微月的光，和星光，岸上的灯光，无声相映。不时的还有一串光明从山上横飞过，想是火车周行。……舟中寂然，今夜没有海潮音，静极心绪忽起："倘若此时母亲也在这里……"我极清晰的忆起北京来，小朋友，恕我，不能往下再写了。

冰心　八，二十，一九二三，神户

朝阳下转过一碧无际的草坡，穿过深林，已觉得湖上风来，湖波不是昨夜欲睡如醉的样子了。——悄然的坐在湖岸上，伸开纸，拿起笔，抬起头来，四围红叶中，四面水声里，我要开始写信给我久违的小朋友。小朋友猜我的心情是怎样的呢？

太阳闪烁着点点的银光，对岸意大利花园里亭亭层列的松树，都证明我已在万里外。小朋友，到此已逾一月了，便是在日本也未曾寄一字，说是对不起呢，我又不愿！

我平时写作，喜在人静的时候。船上却处处是公共的地方，舱面栏边，人人可以来到。海景极好，心胸却难得清平，我只能在晨间绝早，船面无人时，随意写几个字。堆积至今，总不能整理，也不愿草草整理,便迟延到了今日。我是尊重小朋友的,想小朋友也能尊重原谅我!

许多话不知从那里说起,而一声声打击湖岸的微波,一层层的没上杂立的湖石,直到我蔽膝的毡边来,似乎要求我将她介绍给我的小朋友。小朋友,我真不知如何的形容介绍她!她现在横在我的眼前。湖上的明月和落日,湖上的浓阴和微雨,我都见过了,真是仪态万千。小朋友,我的亲爱的人都不在这里,便只有她——海的女儿,能慰安我了。Lake Waban,谐音会意,我便唤她做"慰冰"。每日黄昏的游泛,舟轻如羽,水柔如不胜桨。岸上四周的树叶,绿的,红的,黄的,白的,一丛一丛的倒影到水中来,覆盖了半湖秋水。夕阳下极其艳冶,极其柔媚。将落的金光,到了树梢,散在湖面。我在湖上光雾中,低低的嘱咐他,带我的爱和慰安,一同和他到远东去。

小朋友!海上半月,湖上也过半月了,若问我爱那一个更甚,这却难说。——海好像我的母亲,湖是我的朋友。我和海亲近在童年,和湖亲近是现在。海是深阔无际,不着一字,她的爱是神秘而伟大的。我对她的爱是归心低首的。湖是红叶绿枝,有许多衬托。她的爱是温和妩媚的。我对她的爱是清淡相照的。这也许太抽象,然而我没有别的话来形容了。

小朋友,两月之别,你们自己写了多少,母亲怀中的乐趣,可以说来让我听听么?——这便算是沿途书信的小序,此后仍将那写好的信,按次寄上。日月和地方,都因其旧。"弱游"的我,如何自太平洋东岸的上海绕到大西洋东岸的波司顿来,这些信中说得很清楚,请在那里看罢!

不知这几百个字,何时方达到你们那里,世界真是太大了!

冰心　十,十四,一九二三,慰冰湖畔,威尔斯利。

导读

《寄小读者》是冰心 1923 年至 1926 年赴美留学期间,写给国内小朋友的 29 封书信的结集,这个散文集子最能体现冰心散文的艺术风格。

本篇由两封书信组成。前一封主要写作者从上海乘船启程出国途中,对海景的观感和联想;后一封主要写作者客居美国威尔斯利的慰冰湖畔的夕照美景。透过对海景和湖景的生动描述,抒发了作者对大自然的热爱和对祖国亲人的无比思恋之情。

本篇结构方式别致,前后两封信,自成一格,又以"我"的感情作为线索贯穿其间,使两相对照又互相连接,浑然一体;在写景和叙事中融会自己的脉脉思绪,显得情景交融,尤其是在描写了大海的空灵变幻和湖水的妩媚艳丽之后,还把它们两相映衬,再发出一番生动的议论,便使主观情愫充分地景物化了,这就分外加深了读者的印象,真可谓是别具一格;笔调轻情灵秀,文字清新优美,在平易中见典雅,在素雅清淡中显露出绚丽的光泽;情思温婉、柔和、细腻,充分显露了"冰心体"散文所特有的那种清新秀丽和晓畅飘逸的艺术风格。

一种云

瞿秋白

天总是皱着眉头。太阳光如果还射得到地面上,那也总是稀微的淡薄的。至于月亮,那更不必说,他只是偶然露出半面,用他那惨淡的眼光看一看这罪孽的人间,这是寡妇孤儿的眼光,眼睛里含着总算还没有流干的眼泪。受过不只一次封禅大典的山岳,至少有大半截是上了天,只留一点山脚给人看。黄河,长江……据说是中国文明的母亲,也不知道怎么变了心,对于他们的亲骨肉,都摆出一副冷酷的面孔。从春天到夏天,从秋天到冬天,这样一年年的过去,淫虐的雨,凄厉的风和肃杀的霜雪更番的来去,一点儿光明也没有。这样的漫漫长夜,已经二十年了。这都是一种云在作祟。那云是从什么地方来的? 这是太平洋上的大风暴吹过来的,这是大西洋上的狂飙吹过来的。还有那模糊的血肉——榨床底下淌着的模糊的血肉蒸发出来的。那些会画符的人——会写借据,会写当票的人,就用这些符篆在呼召。那些吃泥土的土蜘蛛,——虽然死了也不过只要六尺土地藏他的贵体,可是活着总要吃这么一二百亩三四百亩的土地,——这些土蜘蛛就用屁股在吐着。那些肚里装着铁心肝钢肚肠的怪物,又竖起了一根根的烟囱在那里喷着。狂飙风暴吹来的,血肉蒸发的,呼召来的,吐出来的,喷出来的,都是这种云。这是战云。

难怪总是漫漫的长夜了!

什么时候才黎明呢?

看那刚刚发现的虹。祈祷是没有用的了。只有自己去做雷公公电闪娘娘。那虹发现的地方,已经有了小小的雷电,打开了层层的乌云,让太阳重新照到紫铜色的脸。如果是惊天动地的霹雳——这可只有你自己做了雷公公电娘娘才办得到,如果那小小的雷电变成了惊天动地的霹雳,那才拨得开这些愁云惨雾。

1931 年 10 月

导读

本篇以曲折的手法,形象地揭露中外反动势力对中国人民长期的、沉重的、血腥的压迫,艺术地再现了一个光明与黑暗进行殊死搏斗的时代。主题宏大、气势磅礴、感情炽热、形象鲜明,是诗与政论的完美结合。

作者采用象征手法,以天地喻人世,影射与抨击这个黑暗如漆的社会,传达出人民的痛苦感受。无论是太平洋、大西洋的狂飙风暴,还是“会画符的人”“土蜘蛛”“肚里装着铁心肝钢肚肠的怪物”所凝成的“云”,都是内外反动势力的共同象征。“战云”二字,精妙恰当,侵略、压迫、摧残、镇压,尽括其中。用“榨床”比喻当时的社会,体现出作者对反动势力的仇恨和对人民的深切同情。“虹”与“雷电”的出现,自然富有象征意味,表现出作者对未来的坚定信念和对前景的展望。

绿

朱自清

我第二次到仙岩①的时候,我惊诧于梅雨潭的绿了。

梅雨潭是一个瀑布潭。仙岩有三个瀑布,梅雨瀑最低。走到山边,便听见花花花花的声音;抬起头,镶在两条湿湿的黑边儿里的,一带白而发亮的水便呈现于眼前了。我们先到梅雨亭。梅雨亭正对着那条瀑布;坐在亭边,不必仰头,便可见它的全体了。亭下深深的便是梅雨潭。这个亭踞在突出的一角的岩石上,上下都空空儿的;仿佛一只苍鹰展着翼翅浮在天宇中一般。三面都是山,象半个环儿拥着;人如在井底了。这是一个秋季的薄阴的天气。微微的云在我们顶上流着;岩面与草丛都从润湿中透出几分油油的绿意。而瀑布也似乎分外的响了。那瀑布从上面冲下,仿佛已被扯成大小的几绺;不复是一幅整齐而平滑的布。岩上有许多棱角;瀑流经过时,作急剧的撞击,便飞花碎玉般乱溅着了。那溅着的水花,晶莹而多芒;远望去,象一朵朵小小的白梅,微雨似的纷纷落着。据说,这就是梅雨潭之所以得名了。但我觉得象杨花,格外确切些。轻风起来时,点点随风飘散,那更是杨花了。——这时偶然有几点送入我们温暖的怀里,便倏的钻了进去,再也寻它不着。

梅雨潭闪闪的绿色招引着我们;我们开始追捉她那离合的神光了。揪着草,攀着乱石,小心探身下去,又鞠躬过了一个石穹门,便到了汪汪一碧的潭边了。瀑布在襟袖之间;但我的心中已没有瀑布了。我的心随潭水的绿而摇荡。那醉人的绿呀!仿佛一张极大极大的荷叶铺着,满是奇异的绿呀。我想张开两臂抱住她;但这是怎样一个妄想呀。——站在水边,望到那面,居然觉着有些远呢!这平铺着,厚积着的绿,着实可爱。她松松的皱缬着,象少妇拖着的裙幅;她轻轻的摆弄着,象跳动的初恋的处女的心;她滑滑的明亮着,象涂了"明油"一般,有鸡蛋清那样软,那样嫩,令人想着所曾触过的最嫩的皮肤;她又不杂些儿尘滓,宛然一块温润的碧玉,只清清的一色——但你却看不透她!我曾见过北京十刹海拂地的绿杨,脱不了鹅黄的底子,似乎太淡了。我又曾见过杭州虎跑寺近旁高峻而深密的"绿壁",丛叠着无穷的碧草与绿叶的,那又似乎太浓了。其余呢,西湖的波太明了,秦淮河的也太暗了。可爱的,我将什么来比拟你呢?我怎么比拟得出呢?大约潭是很深的,故能蕴蓄着这样奇异的绿;仿佛蔚蓝的天融了一块在里面似的,这才这般的鲜润呀。——那醉人的绿呀!我若能裁你以为带,我将赠给那轻盈的舞女;她必能临风飘举了。我若能挹你以为眼,我将赠给那善歌的盲妹;她必明眸善睐了。我舍不得你;我怎舍得你呢?我用手拍着你,抚摩着你,如同一个十二三岁的小姑娘。我又掬你入口,便是吻着她了。我送你一个名字,我从此叫你"女儿绿",好么?

我第二次到仙岩的时候,我不禁惊诧于梅雨潭的绿了。

2月8日,温州作。

---

① 山名,瑞安的胜迹。

导读

  《绿》出自《温州的踪迹》，是朱自清白话文记游写景的名篇之一，曾经与《荷塘月色》《背影》《匆匆》《春》等一样，长期入选多种版本的中小学语文教学篇目。

  《绿》结构单纯，一写梅雨瀑，二写梅雨潭，两部分的聚焦点在绿。作者是一个善调丹青的能手。写景动静结合，多种角度交错变化，运用比喻、拟人、对比、联想等多种手法，选取准确优美、丰富多变的文字，动词如镶、踞、浮、流、掀、攀、掬、吻等，形容词如花花、温温、空空、油油、闪闪、滑滑、清清等，比喻词如像、仿佛、如、宛然等，相同的意思则变化不同的词。再把自己倾慕、惊喜、陶醉等主观感情融入客观景物的精雕细刻之中，融情入景，情景交融，"一切景语皆情语"。为此，《绿》兼备诗情与画意，可谓酣畅淋漓地写出了梅雨潭梦幻般的绿，其生花妙笔令人拍案叫绝。

  特别值得一提的是作者对文言文写景名篇中经典意境的借用。与欧阳修《醉翁亭记》相比较，便一目了然。《绿》第二自然段："走到山边，便听到花花花花的声音；抬起头，镶在两条湿湿的黑边里的，一带白而发亮的水便呈现于眼前了……这个亭踞在突出的一角的岩石上，上下都空空儿的；仿佛一只苍鹰展着翼翅浮在天宇中一般。"《醉翁亭记》："山行六七里，渐闻水声潺潺而泻出于两峰之间者，酿泉也。峰回路转，有亭翼然临于泉上者，醉翁亭也。"《绿》对古典经典意境的借用不止一处，却比文言文写景更加细腻逼真，显示了白话文写景抒情的优势。

给亡妇

朱自清

　　谦,日子真快,一眨眼你已经死了三个年头了。这三年里世事不知变化了多少回,但你未必注意这些个,我知道。你第一惦记的是你几个孩子,第二便轮着我。孩子和我平分你的世界,你在日如此;你死后若还有知,想来还如此的。告诉你,我夏天回家来着:迈儿长得结实极了,比我高一个头。闰儿父亲说是最乖,可是没有先前胖了。采芷和转子都好。五儿全家夸她长得好看;却在腿上生了湿疮,整天坐在竹床上不能下来,看了怪可怜的。六儿,我怎么说好,你明白,你临终时也和母亲谈过,这孩子是只可以养着玩儿的,他左挨右挨去年春天,到底没有挨过去。这孩子生了几个月,你的肺病就重起来了。我劝你少亲近他,只监督着老妈子照管就行。你总是忍不住,一会儿提,一会儿抱的。可是你病中为他操的那一份儿心也够瞧的。那一个夏天他病的时候多,你成天儿忙着,汤呀,药呀,冷呀,暖呀,连觉也没有好好儿睡过。那里有一分一毫想着你自己。瞧着他硬朗点儿你就乐,干枯的笑容在黄蜡般的脸上,我只有暗中叹气而已。

　　从来想不到做母亲的要象你这样。从迈儿起,你总是自己喂乳,一连四个都这样。你起初不知道按钟点儿喂,后来知道了,却又弄不惯;孩子们每夜里几次将你哭醒了,特别是闷热的夏季。我瞧你的觉老没睡足。白天里还得做菜,照料孩子,很少得空儿。你的身子本来坏,四个孩子就累你七八年。到了第五个,你自己实在不成了,又没乳,只好自己喂奶粉,另雇老妈子专管她。但孩子跟老妈子睡,你就没有放过心;夜里一听见哭,就竖起耳朵听,工夫一大就得过去看。十六年初,和你到北京来,将迈儿,转子留在家里;三年多还不能去接他们,可真把你惦记苦了。你并不常提,我却明白。你后来说你的病就是惦记出来的;那个自然也有份儿,不过大半还是养育孩子累的。你的短短的十二年结婚生活,有十一年耗费在孩子们身上;而你一点不厌倦,有多少力量用多少,一直到自己毁灭为止。你对孩子一般儿爱,不问男的女的,大的小的。也不想到什么"养儿防老,积谷防饥",只拼命的爱去。你对于教育老实说有些外行,孩子们只要吃得好玩得好就成了。这也难怪你,你自己便是这样长大的。况且孩子们原都还小,吃和玩本来也要紧。你病重的时候最放不下的还是孩子。病的只剩皮包着骨头了,总不信自己不会好;老说:"我死了,这一大群孩子可苦了。"后来说送你回家,你想着可以看见迈儿和转子,也愿意;你万不想到会一走不返。我送车的时候,你忍不住哭了,说:"还不知能不能再见?"可怜,你的心我知道,你满想着好好儿带着六个孩子回来见我的。谦,你那时一定这样想,一定的。

　　除了孩子,你心里只有我。不错,那时你父亲还在;可是你母亲死了,他另有个女人,你老早就觉得隔了一层似的。出嫁后第一年你虽还一心一意依恋着他老人家,到第二年上我和孩子就将你的心占住,你再没有多少工夫惦记他了。你还记得第一年我在北京,你在家里。家里来信说你待不住,常回娘家去。我动气了,马上写信责备你。你教人写了一封复信,说家里有事,不能回去。这是你第一次也可以说第末次的抗议,我从此就没给你写信。暑假时带了一肚子主意回去,但见了面,看你一脸笑,也就拉倒了。打这时候起,你渐渐从你父亲的怀里跑到我这儿。你换了金镯子帮助我的学费,叫我以后还你;但直到你死,我没有还你。你在我家受了许多气,又因为我家的缘故受你家里的气,你都忍着。这全为的是我,我知道。那回我从家乡一个中学半途辞职出走。家里人讽你也走。那里走!只得硬着头皮往你家去。那时你们家象个冰窖子,你们在窖里足足住了三个月。好容易我才将你们领出来了,一同上外省去。小家庭这样组织起来了。你虽不是什么阔小姐,可也是自小娇生惯养的,做起主妇来,什么都得干一两手;你居然做下去了,而且高高兴兴地做下去了。菜照例满是你做,可是吃的都是我们;你至多夹上两三筷子就算了。你的菜做得不坏,有一位老在行大大地夸奖过你。你洗衣服也不错,夏天我的绸大褂大概总是你亲自动手。你在家老不乐意闲着;坐前几个"月子",老是四五天就起床,说是躺着家里事没条理的。其实你起来也还不是没条理;咱们家那么多孩子,那儿来条理?在浙江住的时候,逃过两回兵难,我都在北平。真亏你领着母亲和一群孩子东藏西躲的;末一回还要走多少里路,翻一道大岭。这两回差不多只靠你一个人。你不但带了母亲和孩子们,还带了我一箱箱的书;你知道我是最爱书的。在短短的十二年里,你操的心比人家一辈子还多;谦,你那样身子怎么经得住!你将我的责任一股脑儿担负了去,压死了你;我如何对得起你!

你为我的捞什子书也费了不少神;第一回让你父亲的男佣人从家乡捎到上海去。他说了几句闲话,你气得在你父亲面前哭了。第二回是带着逃难,别人都说你傻子。你有你的想头:"没有书怎么教书?况且他又爱这个玩意儿。"其实你没有晓得,那些书丢了也并不可惜;不过教你怎么晓得,我平常从来没和你谈过这些个!总而言之,你的心是可感谢的。这十二年里你为我吃的苦真不少,可是没有过几天好日子。我们在一起住,算来也还不到五个年头。无论日子怎么坏,无论是离是合,你从来没对我发过脾气,连一句怨言也没有。——别说怨我,就是怨命也没有过。老实说,我的脾气可不大好,迁怒的事儿有的是。那些时候你往往抽噎着流眼泪,从不回嘴,也不号啕。不过我也只信得过你一个人,有些话我只和你一个人说,因为世界上只你一个人真关心我,真同情我。你不但为我吃苦,更为我分苦;我之有我现在的精神,大半是你给我培养着的。这些年来我很少生病。但我最不耐烦生病,生了病就呻吟不绝,闹那伺候病的人。你是领教过一回的,那回只一两点钟,可是也够麻烦了。你常生病,却总不开口,挣扎着起来;一来怕搅我,二来怕没人做你那份儿事。我有一个坏脾气,怕听人生病,也是真的。后来你天天发烧,自己还以为南方带来的疟疾,一直瞒着我。明明躺着,听见我的脚步,一骨碌就坐起来。我渐渐有些奇怪,让大夫一瞧,这可糟了,你的一个肺已烂了一个大窟窿了!大夫劝你到西山去静养,你丢不下孩子,又舍不得钱;劝你在家里躺着,你也丢不下那份儿家务。越看越不行了,这才送你回去。明知凶多吉少,想不到只一个月工夫你就完了!本来盼望还见得着你,这一来可拉倒了。你也何尝想到这个?父亲告诉我,你回家独住着一所小住宅,还嫌没有客厅,怕我回去不便哪。

前年夏天回家,上你坟上去了。你睡在祖父母的下首,想来还不孤单的。只是当年祖父母的坟太小了,你正睡在圹底下。这叫做"抗圹",在生人看来是不安心的;等着想办法吧。那时圹上圹下密密地长着青草,朝露浸湿了我的布鞋。你刚埋了半年多,只有圹下多出一块土,别的全然看不出新坟的样子。我和隐今夏回去,本想到你的坟上来;因为她病了没来成。我们想告诉你,五个孩子都好,我们一定尽心教养他们,让他们对得起死了的母亲——你!谦,好好儿放心安睡吧,你。

1932 年 10 月。

导读

朱自清结发之妻武钟谦女士病逝于 1929 年 11 月,时年 32 岁。三年后,朱自清情不自禁,写下这篇脍炙人口的名文。

这是一篇至真至情的美文。自然、质朴、真实是其最突出的审美风格。一是所叙事情至真。作者娓娓而叙的是亡妇含辛茹苦养育儿女、任劳任怨操持家务等日常生活中点点滴滴的往事,琐碎然而真实、质朴而又自然。由于采用了"长线穿珠式的结构",即"以深切悼念的感情索穿起历历往事之珠",因而散而不乱。二是感情至真。"写《给亡妇》那篇是在一个晚上,中间还停笔挥泪一会。"朱自清回忆说,"情感的痕迹太深刻了,虽然在情感平静的时候写作,还有些不由自主似的。当时只靠平日训练的一支笔发挥下去,几乎用不上力量来"。不拔高妻子的形象,不掩饰自己的弱点,绝无为文造情的丝毫痕迹。三是语言至真。没有时尚的欧化语调,也没有《荷塘月色》《春》《绿》等散文名篇中的刻意修辞,叙述语言尽量口语化,追求质朴自然的"谈话风",力求言文一致。为此采用了地道的口语语气、词汇乃至句子结构,如"这些个""得空儿""可糟了""拉倒了""够瞧的""劳什子""硬朗点儿""左挨右挨""成天儿忙着,汤呀,药呀,冷呀,暖呀,连觉也没有好好儿睡过"等。

大朴即大巧。全篇读来,句句寻常却字字血泪。每一节读到结末——"谦,你那时一定这样想,一定的"诸如此类的直接呼告时,不由得读者不潸然泪下,不忍卒读。

灯下漫笔

鲁　迅

一

　　有一时，就是民国二三年时候，北京的几个国家银行的钞票，信用日见其好了，真所谓蒸蒸日上。听说连一向执迷于现银的乡下人，也知道这既便当，又可靠，很乐意收受，行使了。至于稍明事理的人，则不必是"特殊知识阶级"也早不将沉重累坠的银元装在怀中，来自讨无谓的苦吃。想来，除了多少对于银子有特别嗜好和爱情的人物之外，所有的怕大都是钞票了罢，而且多是本国的。但可惜后来忽然受了一个不小的打击。

　　就是袁世凯想做皇帝的那一年，蔡松坡先生溜出北京，到云南去起义。这边所受的影响之一，是中国和交通银行的停止兑现。虽然停止现现，政府勒令商民照旧行用的威力却还有的；商民也自有商民的老本领，不说不要，却道找不出零钱。假如拿几十几百的钞票去买东西，我不知道怎样，但倘使只要买一枝笔，一盒烟卷呢，难道就付给一元钞票么？不但不甘心，也没有这许多零票。那么，换铜元，少换几个罢，又都说没有铜元。那么，到亲戚朋友那里借现钱去罢，怎么会有？于是降格以求，不讲爱国了，要外国银行的钞票。但外国银行的钞票这时就等于现银，他如果借给你这钞票，也就借给你真的银元了。

　　我还记得那时我怀中还有三四十元的中交票，可是忽而变了一个穷人，几乎要绝食，很有些恐慌。俄国革命以后的藏着纸卢布的富翁的心情，恐怕也就这样的罢；至多，不过更深更大罢。我只得探听，钞票可能折价换到现银呢？说是没有行市；幸而终于，暗暗地有了行市了：六折几。我非常高兴，赶紧去卖了一半。后来又涨到七折了，我更非常高兴，全去换了现银，沉垫垫地坠在怀中，似乎这就是我的性命的斤两。倘在平时，钱铺子如果少给我一个铜元，我是决不答应的。

　　但我当一包现银塞在怀中，沉垫垫地觉得安心，喜欢的时候，却突然起了另一思想，就是：我们极容易变成奴隶，而且变了之后，还万分喜欢。

　　假如有一种暴力，"将人不当人"，不但不当人，还不及牛马，不算什么东西；待到人们羡慕牛马，发生"乱离人，不及太平犬"的叹息的时候，然后给与他略等于牛马的价格，有如元朝定律，打死别人的奴隶，赔一头牛，则人们便要心悦诚服，恭颂太平的盛世。为什么呢？因为他虽不算人，究竟已等于牛马了。

　　我们不必恭读《钦定二十四史》，或者入研究室，审察精神文明的高超。只要一翻孩子所读的《鉴略》，——还嫌烦重，则看《历代纪元编》，就知道"三千余年古国古"的中华，历来所闹的就不过是这一个小玩艺。但在新近编纂的所谓"历史教科书"一流东西里，却不大看得明白了，只仿佛说：咱们向来就很好的。

　　但实际上，中国人向来就没有争到过"人"的价格，至多不过是奴隶，到现在还如此，然而下于奴隶的时候,却是数见不鲜的。中国的百姓是中立的,战时连自己也不知道属于那一面,但又属于无论那一面。强盗来了,就属于官,当然被杀掠;但官兵既到该是自家人了罢,但仍然要被杀掠,仿佛又属于强盗似的。这时候,百姓就希望有一个一定的主子,拿他们去做百姓,——不敢,是拿他们去做牛马,情愿自己寻草吃,只求他决定他们怎么跑。

假使真有谁能够替他们决定,定下什么奴隶规则来,自然就"皇恩浩荡"了。可惜的是往往暂时没有谁能定。举其大者,则如五胡十六国的时候,黄巢的时候,五代时候,宋末元末时候,除了老例的服役纳粮以外,都还要受意外的灾殃。张献忠的脾气更古怪了。不服役纳粮的要杀,服役纳粮的也要杀,敌他的要杀,降他的也要杀:将奴隶规则毁得粉碎。这时候,百姓就希望来一个另外的主子,较为顾及他们的奴隶规则的,无论仍旧,或者新颁,总之是有一种规则,使他们可上奴隶的轨道。

"时日曷丧,予及汝偕亡!"愤言而已,决心实行的不多见。实际上大概是群盗如麻,纷乱至极之后,就有一个较强,或较聪明,或较狡猾,或是外族的人物出来,较有秩序地收拾了天下。厘定规则:怎样服役,怎样纳粮,怎样磕头,怎样颂圣。而且这规则是不像现在那样朝三暮四的。于是便"万姓胪欢"了;用成语来说,就叫作"天下太平"。

任凭你爱排场的学者们怎样铺张,修史时候设些什么"汉族发祥时代""汉族发达时代""汉族中兴时代"的好题目,好意诚然是可感的,但措辞太绕湾子了。有更其直捷了当的说法在这里——

一,想做奴隶而不得的时代;

二,暂时做稳了奴隶的时代。

这一种循环,也就是"先儒"之所谓"一治一乱";那些作乱人物,从后日的"臣民"看来,是给"主子"清道辟路的,所以说:"为圣天子驱除云尔"。

现在入了那一时代,我也不了然。但看国学家的崇奉国粹,文学家的赞叹固有文明,道学家的热心复古,可见于现状都已不满了。然而我们究竟正向着那一条路走呢?百姓是一遇到莫名其妙的战争,稍富的迁进租界,妇孺则避入教堂里去了,因为那些地方都比较的"稳",似乎都已神往于三百年前的太平盛世,就是"暂时做稳了奴隶的时代"了。

但我们也就都像古人一样,永久满足于"古已有之"的时代么?都像复古家一样,不满于现在,就神往于三百年前的太平盛世么?

自然,也不满于现在的,但是,无须反顾,因为前面还有道路在。而创造这中国历史上未曾有过的第三样时代,则是现在的青年的使命!

二

但是赞颂中国固有文明的人们多起来了,加之以外国人。我常常想,凡有来到中国的,倘能疾首蹙额而憎恶中国,我敢诚意地捧献我的感谢,因为他一定是不愿意吃中国人的肉的!

鹤见祐辅氏在《北京的魅力》中,记一个白人将到中国,预定的暂住时候是一年,但五年之后,还在北京,而且不想回去了。有一天,他们两人一同吃饭——

"在圆的桃花心木的食桌前坐定,川流不息地献着山海的珍味,谈话就从古董、画、政治这些开头。电灯上罩着支那式的灯罩,淡淡的光洋溢于古物罗列的屋子中。什么无产阶级呀,Proletariat 呀那些事,就像不过在什么地方刮风。

　　"我一面陶醉在支那生活的空气中,一面深思着对于外人有着'魅力'的这东西。元人也曾征服支那,而被征服于汉人种的生活美了;满人也征服支那,而被征服于汉人种的生活美了;现在西洋人也一样,嘴里虽然说着 Democracy 呀,什么什么呀,而却被魅于支那人费六千年而建筑起来的生活的美。一经住过北京,就忘不掉那生活的味道。大风时候的万丈的沙尘,每三月一回的督军们的开战游戏,都不能抹去这支那生活的魅力。"

　　这些话我现在还无力否认他。我们的古圣先贤既给与我们保古守旧的格言,但同时也排好了用子女玉帛所做的奉献于征服者的大宴。中国人的耐劳,中国人的多子,都就是办酒的材料,到现在还为我们的爱国者所自诩的。西洋人初入中国时,被称为蛮夷,自不免个个蹙额,但是,现在则时机已至,到了我们将曾经献于北魏,献于金,献于元,献于清的盛宴,来献给他们的时候了。出则汽车,行则保护:虽遇清道,然而通行自由的;虽或被劫,然而必得赔偿的;孙美瑶掳去他们站在军前,还使官兵不敢开火。何况在华屋中享用盛宴呢?等到享受盛宴的时候,自然也就是赞颂中国固有文明的时候;但是我们的有些乐观的爱国者,也许反而欣然色喜,以为他们将要开始被中国同化了罢。古人曾以女人作苟安的城堡,美其名以自欺曰"和亲",今人还用子女玉帛为作奴的赞敬,又美其名曰"同化"。所以倘有外国的谁,到了已有赴宴的资格的现在,而还替我们诅咒中国的现状者,这才是真有良心的真可佩服的人!

　　但我们自己是早已布置妥帖了,有贵贱,有大小,有上下。自己被人凌虐,但也可以凌虐别人;自己被人吃,但也可以吃别人。一级一级的制驭着,不能动弹,也不想动弹了。因为倘一动弹,虽或有利,然而也有弊。我们且看古人的良法美意罢——

　　"天有十日,人有十等。下所以事上,上所以共神也。故王臣公,公臣大夫,大夫臣士,士臣皂,皂臣舆,舆臣隶,隶臣僚,僚臣仆,仆臣台。"(《左传》昭公七年)

　　但是"台"没有臣,不是太苦了么?无须担心的,有比他更卑的妻,更弱的子在。而且其子也很有希望,他日长大,升而为"台",便又有更卑更弱的妻子,供他驱使了。如此连环,各得其所,有敢非议者,其罪名曰不安分!

　　虽然那是古事,昭公七年离现在也太辽远了,但"复古家"尽可不必悲观的。太平的景象还在:常有兵燹,常有水旱,可有谁听到大叫唤么?打的打,革的革,可有处士来横议么?对国民如何专横,向外人如何柔媚,不犹是差等的遗风么?中国固有的精神文明,其实并未为共和二字所埋没,只有满人已经退席,和先前稍不同。

　　因此我们在目前,还可以亲见各式各样的筵宴,有烧烤,有翅席,有便饭,有西餐。但茅檐下也有淡饭,路傍也有残羹,野上也有饿莩;有吃烧烤的身价不资的阔人,也有饿得垂死的每斤八文的孩子(见《现代评论》二十一期)。所谓中国的文明者,其实不过是安排给阔人享用的人肉的筵宴。所谓中国者,其实不过是安排这人肉的筵宴的厨房。不知道而赞颂者是可恕的,否则,此辈当得永远的诅咒!

　　外国人中,不知道而赞颂者,是可恕的;占了高位,养尊处优,因此受了蛊惑,昧却灵性而赞叹者,也还可恕的。可是还有两种,其一是以中国人为劣种,只配悉照原来模样,因而故意称赞中国的旧物。其一是愿世间人各不相同以增自己旅行的兴趣,到中国看辫子,到日本看木屐,到高丽看笠子,倘若服饰一样,便索然无味了,因而来反对亚洲的欧化。这些都可憎恶。至于罗素在西湖见轿夫含笑,便赞美中国人,则也许别有意思罢。但是,轿夫如果能对坐轿的人不含笑,中国也早不是现在似的中国人。

这文明,不但使外国人陶醉,也早使中国一切人们无不陶醉而且至于含笑。因为古代传来而至今还在的许多差别,使人们各各分离,遂不能再感到别人的痛苦;并且因为自己各有奴使别人,吃掉别人的希望,便也就忘却自己同有被奴使被吃掉的将来。于是大小无数的人肉的筵宴,即从有文明以来的一直排到现在,人们就在这会场中吃人,被吃,以凶人的愚妄的欢呼,将悲惨的弱者的呼号遮掩,更不消说女人和小儿。

这人肉的筵宴现在还排着,有许多人还想一直排下去。扫荡这些食人者,掀掉这筵席,毁坏这厨房,则是现在的青年的使命!

1925 年 4 月 29 日

导读

针对帝国主义、封建军阀及其御用文人崇奉"国粹",鼓吹复古倒退的反动思潮,鲁迅写下了著名的杂文《灯下漫笔》。

杂文用大量生动的历史事例,阐述了这样一种触目惊心却又是道破了真谛的精辟见解:中国几千年的封建"文明史"只是"想做奴隶而不得的时代"和"暂时做稳了奴隶的时代"的不断循环,中国的文明"不过是安排给阔人享用的人肉的筵宴",中国"不过是安排这人肉筵宴的厨房"。这是鲁迅对封建社会的吃人本质的又一深刻揭露,表现了他一以贯之的最清醒、最彻底的反封建战斗精神。这一振聋发聩的呼喊,对那些死抱住所谓中国的"固有文明"不放的封建腐朽势力无疑是一记当头棒喝,对历来利用所谓"固有文明"愚弄、欺骗中国人民的殖民主义者也是一个致命打击。杂文在剖开"固有文明"的实质后进而号召青年:"扫荡这些食人者,掀掉这筵席,毁坏这厨房","创造这中国历史上未曾有过的第三样时代",则表达了鲁迅在悲愤中抗争、寄希望于未来的深沉的爱国主义精神和革命民主主义理想。

本篇虽名为"漫笔"却是精心构制的佳作。作品于细微处见精深:从钞票打折换银元的日常事件中,发现"我们极容易变成奴隶,而且变了以后,还万分喜欢"的悲剧性现象,从而引出论题,展开评说,在自然平易中显得深沉突兀。文章既有生动的形象,又有严密的逻辑,说古论今,层层递进,擒纵自如,气势跌宕。笔调变化多端:时而幽默,娓娓如叙家常,时而精悍犀利,深沉峭拔,时而激情迸爆,力透纸背,而全篇浑然一体,显示了鲁迅杂文艺术的超绝功力。

颓败线的颤动

鲁　迅

我梦见自己在做梦。自身不知所在,眼前却有一间在深夜中紧闭的小屋的内部,但也看见屋上瓦松的茂密的森林。

板桌上的灯罩是新拭的,照得屋子里分外明亮。在光明中,在破榻上,在初不相识的披毛的强悍的肉块底下,有瘦弱渺小的身躯,为饥饿、苦痛、惊异、羞辱、欢欣而颤动。弛缓,然而尚且丰腴的皮肤光润了;青白的两颊泛出轻红,如铅上涂了胭脂水。

灯火也因惊惧而缩小了,东方已经发白。

然而空中还弥漫地摇动着饥饿、苦痛、惊异、羞辱、欢欣的波涛……。

"妈!"约略两岁的女孩被门的开阖惊醒,在草席围着的屋角的地上叫起来了。

"还早哩,再睡一会罢!"她惊惶地说。

"妈!我饿,肚子痛。我们今天能有什么吃的?"

"我们今天有吃的了。等一会有卖烧饼的来,妈就买给你。"她欣慰地更加捏着掌中的小银片,低低的声音悲凉地发抖,走近屋角去一看她的女儿,移开草席,抱起来放在破榻上。

"还早哩,再睡一会罢。"她说着,同时抬起眼睛,无可告诉地一看破旧的屋顶以上的天空。

空中突然另起了一个很大的波涛,和先前的相撞击,回旋而成旋涡,将一切并我尽行淹没,口鼻都不能呼吸。

我呻吟着醒来,窗外满是如银的月色,离天明还很辽远似的。

我自身不知所在,眼前却有一间在深夜中紧闭的小屋的内部,我自己知道是在续着残梦。可是梦的年代隔了许多年了。屋的内外已经这样整齐;里面是青年的夫妻,一群小孩子,都怨恨鄙夷地对着一个垂老的女人。

"我们没有脸见人,就只因为你,"男人气忿地说。"你还以为养大了她,其实正是害苦了她,倒不如小时候饿死的好!"

"使我委屈一世的就是你!"女的说。

"还要带累了我!"男的说。

"还要带累他们哩!"女的说,指着孩子们。

最小的一个正玩着一片干芦叶,这时便向空中一挥,仿佛一柄钢刀,大声说道:

"杀!"

那垂老的女人口角正在痉挛,登时一怔,接着便都平静,不多时候,她冷静地,骨立的石像似的站起来了。她开开板门,迈步在深夜中走出,遗弃了背后一切的冷骂和毒笑。

她在深夜中尽走,一直走到无边的荒野;四面都是荒野,头上只有高天,并无一个虫鸟飞过。她赤身露体地,石像似的站在荒野的中央,于一刹那间照见过往的一切:饥饿,苦痛,惊异,羞辱,欢欣,于是发抖;害苦,委屈,带累,于是痉挛;杀,于是平静。……又于一刹那间将一切并合:眷念与决绝,爱抚与复仇,养育与歼除,祝福与咒诅……。她于是举两手尽量向天,口唇间漏出人与兽的,非人间所有的,所以无词的言语。

当她说出无词的言语时,她那伟大如石像,然而已经荒废、颓败的身躯的全面都颤动了。这颤动点点如鱼鳞,每一鳞都起伏如沸水在烈火上;空中也即刻一同振颤,仿佛暴风雨中的荒海的波涛。

她于是抬起眼睛向着天空,并无词的言语也沉默尽绝,惟有颤动,辐射若太阳光,使空中的波涛立刻回旋,如遭飓风,汹涌奔腾于无边的荒野。

我梦魇了,自己却知道是因为将手搁在胸脯上的缘故;我梦中还用尽平生之力,要将这十分沉重的手移开。

1925 年 6 月 29 日

导读

鲁迅写作《野草》,是在新文化运动经历了巨大的分化以后。分化,虽没有使他中止战斗,但的确也使他一度流露出彷徨和苦闷的情绪。《野草》就是用散文诗的形式记录着他同社会的黑暗势力与自己的寂寞心境作"绝望的抗战"的作品。其中不少篇章,由于抒写的感情复杂而强烈,作者又"难于直说",往往采用隐喻象征的手法,表现得曲折、含蓄、隐晦。本文就是这类作品中的一篇。

全文分上下两篇。上篇写"我梦见自己在做梦"的梦境:妇人为了养活女儿而卖身,表现了交织着痛苦、羞辱和欢欣的母爱。下篇写"我自己知道是在续着残梦"的梦境:垂老的妇人受到女儿、女婿和一群孙辈的鄙夷、侮辱离家出走到荒野,在"眷念与决绝,爱抚与复仇,养育与歼除,祝福与咒诅"的复杂而又强烈的矛盾感情中,"颓败的身躯的全面都颤动了"。这里所表述的,正是作者对一种世态的勾勒,包含了对社会上那种极端利己而忘恩负义者的愤慨与鞭挞;写"颓败线的颤动",则是表达了献身者处于矛盾心境中的不愿复仇的复仇,也是最后的和仇恨同归于尽的绝望的复仇。

作品描绘的是诗一般的意境,借助于象征手法曲折地表达了作者复杂的思想感情。简洁峭拔的语言勾画出木刻艺术般的轮廓分明、明暗对比强烈的形象,则是作者思想感情之主要所寄,显示了散文诗意蕴深邃而又形象悚立的精湛的艺术造诣。

故乡的野菜

周作人

我的故乡不只一个，凡我住过的地方都是故乡。故乡对于我并没有什么特别的情分，只因钓于斯游于斯的关系，朝夕会面，遂成相识，正如乡村里的邻舍一样，虽然不是亲属，别后有时也要想念到他。我在浙东住过十几年，南京东京都住过六年，这都是我的故乡；现在住在北京，于是北京就成了我的家乡了。

日前我的妻往西单市场买菜回来，说起有荠菜在那里卖着，我便想起浙东的事来。荠菜是浙东人春天常吃的野菜，乡间不必说，就是城里只要有后园的人家都可以随时采食，妇女小儿各拿一把剪刀一只"苗篮"，蹲在地上搜寻，是一种有趣味的游戏的工作。那时小孩们唱道，"荠菜马兰头，姐姐嫁在后门头。"后来马兰头有乡人拿来进城售卖了，但荠菜还是一种野菜，须得自家去采。关于荠菜向来颇有风雅的传说，不过这似乎以吴地为主。《西湖游览志》云，"三月三日男女皆戴荠菜花。谚云，'三春戴荠花，桃李羞繁华。'"顾禄的《清嘉录》上亦说，"荠菜花俗呼野菜花，因谚有三月三蚂蚁上灶山之语，三日人家皆以野菜花置灶陉上，以厌虫蚁。侵晨村童叫卖不绝。或妇女簪髻上以祈清目，俗号眼亮花。"但浙东却不很理会这些事情，只是挑来做菜或炒年糕吃罢了。

黄花麦果通称鼠曲草，系菊科植物，叶小，微圆互生，表面有白毛，花黄色，簇生梢头。春天采嫩叶，捣烂去汁，和粉作糕，称黄花麦果糕。小孩们有歌赞美之云，

> "黄花麦果韧结结，
> 关得大门自要吃；
> 半块拿弗出，一块自要吃。"

清明前后扫墓时，有些人家——大约是保存古风的人家——用黄花麦果作供，但不作饼状，做成小颗如指顶大，或细条如小指，以五六个作一攒，名曰茧果，不知是什么意思，或因蚕上山时设祭，也用这种食品，故有是称，亦未可知。自从十二三岁时外出不参与外祖家扫墓以后，不复见有茧果，近来住在北京，也不再见黄花麦果的影子了。日本称作"御形"，与荠菜同为春天的七草之一，也采来做点心用，状如艾饺，名曰"草饼"，春分前后多食之，在北京也有，但是吃去总是日本风味，不复是儿时的黄花麦果糕了。

扫墓时候所常吃的还有一种野菜，俗名草紫，通称紫云英。农人在收获后，播种田内，用作肥料，是一种很被贱视的植物，但采取嫩茎瀹食，味颇鲜美，似豌豆苗。花紫红色，数十亩连接不断，一片锦绣，如铺着华美的地毯，非常好看，而且花朵状若蝴蝶，又如鸡雏，尤为小孩所喜，间有白色的花，相传可以治痢，很是珍重，但不易得。日本《俳句大辞典》云，"此草与蒲公英同是习见的东西，从幼年时代便已熟识，在女人里边，不曾采过紫云英的人，恐未必有罢。"中国古来没有花环，但紫云英的花球却是小孩常玩的东西，这一层我还替那些小人们欣幸的。浙东扫墓用鼓吹，所以少年们常随了乐音去

333

看"上坟船里的姣姣";没有钱的人家虽没有鼓吹,但是船头上篷窗下总露出紫云英和杜鹃的花束,这也就是上坟船的确实的证据了。

1924 年 2 月

导读

周作人的小品散文,写的是小题材,以趣味性和知识性吸引人,对新文学的散文创作产生很大的影响。

《故乡的野菜》从"我的故乡不只一个"入题,将"故乡"一词翻出新意,道出人情的奥秘。接着从妻子买菜,引出故乡的野菜,显得从容自然。而后就娓娓动听地描述荠菜、马兰头、黄花麦果、紫云英,不时引述中外典籍,插入孩子们唱的民谣、儿歌,涉笔成趣。在说古道今的描述中,有着清新的野趣,写出了故乡的风土人情,表现了作家对乡土的感情,既给人以知识,又给人以艺术的享受。

文体舒展自如,语言平白无华,表现了周作人小品散文平和冲淡的艺术风格。

乌篷船

周作人

子荣君：

接到手书，知道你要到我的故乡去，叫我给你点什么指导。老实说，我的故乡，真正觉得可怀恋的地方，并不是那里；但是因为在那里生长，住过十多年，究竟知道一点情形，所以写这一封信告诉你。

我所要告诉你的，并不是那里的风土人情，那是写不尽的，但是你到那里一看也就会明白的，不必罗唆地多讲。我要说的是一种很有趣的东西，这便是船。你在家乡平常总坐人力车，电车，或是汽车，但在我的故乡那里这些都没有，除了在城内或山上是用轿子以外，普通代步都是用船。船有两种，普通坐的都是"乌篷船"，白篷的大抵作航船用，坐夜航船到西陵去也有特别的风趣，但是你总不便坐，所以我也就可以不说了。乌篷船大的为"四明瓦"（symenngoa），小的为脚划船（划读如 uoa）亦称小船。但是最适用的还是在这中间的"三道"，亦即三明瓦。篷是半圆形的，用竹片编成，中夹竹箬，上涂黑油；在两扇"定篷"之间放着一扇遮阳，也是半圆的，木作格子，嵌着一片片的小鱼鳞，径约一寸，颇有点透明，略似玻璃而坚韧耐用，这就称为明瓦。三明瓦者，谓其中舱有两道，后舱有一道明瓦也。船尾用橹，大抵两支，船首有竹篙，用以定船。船头着眉目，状如老虎，但似在微笑，颇滑稽而不可怕，唯白篷船则无之。三道船篷之高大约可以使你直立，舱宽可以放下一顶方桌，四个人坐着打马将——这个恐怕你也已学会了吧？小船则真是一叶扁舟，你坐在船底席上，篷顶离你的头有两三寸，你的两手可以搁在左右的舷上，还把手都露出在外边。在这种船里仿佛是在水面上坐，靠近田岸去时泥土便和你的眼鼻接近，而且遇着风浪，或是坐得少不小心，就会船底朝天，发生危险，但是也颇有趣味，是水乡的一种特色。不过你总可以不必去坐，最好还是坐那三道船吧。

你如坐船出去，可是不能像坐电车的那样性急，立刻盼望走到。倘若出城，走三四十里路（我们那里的里程是很短，一里才及英里三分之一），来回总要预备一天。你坐在船上，应该是游山的态度，看看四周物色，随处可见的山，岸旁的乌桕，河边的红蓼和白苹，渔舍，各式各样的桥，困倦的时候睡在舱中拿出随笔来看，或者冲一碗清茶喝喝。偏门外的鉴湖一带，贺家池，壶觞左近，我都是喜欢的，或者往娄公埠骑驴去游兰亭（但我劝你还是步行，骑驴或者于你不很相宜），到得暮色苍然的时候进城上都挂着薜荔的东门来，倒是颇有趣味的事。倘若路上不平静，你往杭州去时可于下午开船，黄昏时候的景色正最好看，只可惜这一带地方的名字我都忘记了。夜间睡在舱中，听水声橹声，来往船只的招呼声，以及乡间的犬吠鸡鸣，也都很有意思。雇一只船到乡下去看庙戏，可以了解中国旧戏的真趣味，而且在船上行动自如，要看就看，要睡就睡，要喝酒就喝酒，我觉得也可以算是理想的行乐法。只可惜讲维新以来这些演剧与迎会都已禁止，中产阶级的低能人别在"布业会馆"等处建起"海式"的戏场来，请大家买票看上海的猫儿戏。这些地方你千万不要去。——你到我那故乡，恐怕没有一个人认得，我又因为在教书不能陪你去玩，坐夜船，谈闲天，实在抱歉而且惆怅。川岛君夫妇现在偶山下,本来可以给你绍介,但是你到那里的时候他们恐怕已经离开故乡了。初寒,善自珍重,不尽。

1926 年 1 月 18 日

导读

　　这是作者旨在指导友人作绍兴之行的书信式散文。在文章里,笔墨集中写乌篷船,提到白篷船只一笔带过。写乌篷船紧紧扣住"适用"启开笔墨,不仅详写了船的构造,更重要的是写出乘船的"妙处",由"妙处"又引出犬吠鸡鸣的乡间胜景。作者写道,"你坐在船上,应该是游山的态度,看看四周物色,随处可见的山,岸旁的乌桕,河边的红蓼和白苹,渔舍,各式各样的桥,困倦的时候在舱中拿出随笔来看,或冲一碗清茶喝喝……在船上行动自如,要看就看,要睡就睡,要喝酒就喝酒,我觉得也可以算是理想的行乐法",表现出一种平和冲淡、闲适飘逸的情调,题旨不点自明。

　　在结构艺术上,全文放开收拢井然有序,详略得当,布局适宜,颇可称道。

祝土匪

林语堂

　　莽原社诸朋友来要稿,论理莽原社诸先生既非正人君子又不是当代名流,当然有与我合作之可能,所以也就慨然允了他们。写几字凑数,补白。

　　然而又实在没有工夫,文士们(假如我们也可以冒充文士)欠稿债,就同穷教员欠房租一样,期一到就焦急。所以没工夫也得挤,所要者挤出来的是我们自己的东西,不是挪用,借光,贩卖的货物,便不至于成文妖。

　　于短短的时间,要做长长的文章,在文思迟滞的我是不行的。无已,姑就我要说的话有条理的或无条理的说出来。

　　近来我对于言论界的职任及性质渐渐清楚。也许我一时所见是错误的,然而我实还未老,不必装起老成的架子,将来升官或入研究系时再来更正我的主张不迟。

　　言论界,依中国今日此刻此地情形,非有些土匪傻子来说话不可。这也是祝莽原恭维莽原的话,因为莽原即非太平世界,莽原之主稿诸位先生当然很愿意揭竿作乱,以土匪自居。至少总不愿意以"绅士""学者"自居,因为学者所记得的是他的脸孔,而我们似乎没有时间顾到这一层。

　　现在的学者最要紧的就是他们的脸孔,倘是他们自三层楼滚到楼底下,翻起来时,头一样想到是拿起手镜照一照看他的假胡须还在乎?金牙齿没掉么?雪花膏未涂污乎?至于骨头折断与否,似在其次。

　　学者只知道尊严,因为要尊严,所以有时骨头不能不折断,而不自知,且自告人曰,我固完肤也,鸣呼学者!鸣呼所谓学者!

　　因为真理有时要与学者的脸孔冲突,不敢为真理而忘记其脸孔者则终必为脸孔而忘记真理,于是乎学者之骨头折断矣。骨头既断,无以自立,于是"架子",木脚,木腿来了。就是一副银腿银脚也要觉得讨厌,何况还是木头做的呢?

　　托尔斯泰曾经说过极好的话,论真理与上帝孰重。他说以上帝为重于真理者,继必以教会为重于上帝,其结果必以其特别教门为重于教会,而终必以自身为重于其特别教门。

　　就是学者斤斤于其所谓学者态度,所以失其所谓学者,而去真理一万八千里之遥。说不定将来学者反得我们土匪做。

　　学者虽讲道德,士风,而每每说到自己脸孔上去;所以道德,士风将来也非由土匪来讲不可。

　　一人不敢说我们要说的话,不敢维持我们良心上要维持的主张,这边告诉人家我是学者,那边告诉人家我是学者,自己无贯彻强毅主张,倚门卖笑,双方讨好,不必说真理招呼不来,真理有知,亦早已因一见学者脸孔而退避三舍矣。

　　惟有土匪,既没有脸孔可讲,所以比较可以少作揖让,少对大人物叩头。他们既没有金牙齿,又没有假胡须,所以自三层楼上滚下来,比较少顾虑,完肤或者未必完肤,但是骨头可以不折,而且手足嘴脸,就使受伤,好起来时,还是真皮真肉。

真理是妒忌的女神,归奉她的人就不能不守独身主义,学者却家里还有许多老婆,姨太太,上炕老妈,通房丫头。然而真理并非靠学者供养的,虽然是妒忌,却不肯说话,所以学者所真怕的还是家里的老婆,不是真理。

惟其有许多要说的话学者不敢说,惟其有许多良心上应维持的主张学者不敢维持,所以今日的言论界还得有土匪傻子来说话。土匪傻子是顾不到脸孔的,并且也不想将真理贩卖给大人物。

土匪傻子可以自慰的地方就是有史以来大思想家都被当代学者称为"土匪""傻子"过。并且他们的仇敌也都是当代的学者。绅士,君子,士大夫……。自有史以来,学者,绅士、君子、士大夫都是中和稳健;他们的家里老婆不一,但是他们的一副面团团的尊容,则无论古今中外东西南北皆同。

然而土匪有时也想做学者,等到当代学者夭灭殇亡之时。到那时候,却要请真理出来登极。但是我们没有这种狂想,这个时候还远着呢,我们生于草莽,死于草莽,遥遥在野外莽原,为真理喝彩,祝真理万岁,于愿足矣。

只不要投降!

1925 年 12 月 28 日

导读

这是林语堂"语丝"时期的散文作品,是当时作者以"流氓鬼"的姿态出现的对统治阶级和官场"学者"犀利批判的文字。在文中,林语堂以土匪自居,把学者作为土匪的对立面加以对比剖析,颂扬了土匪的坚持真理、敢讲真话的精神,痛快淋漓地揭露和嘲讽了学者"为脸孔而忘记真理,于是学者之骨头断矣"的无耻嘴脸。文章指出"今日的言论界还得有土匪傻子来说话",表现出同敌对势力不妥协的斗争精神。

文章行文生动流畅、亲切活泼。深得英国随笔式散文娓娓而谈、挥洒自如的气韵,又充满自己的真诚、自信、善辩、幽默风趣的个性。文字泼辣犀利,体现了林语堂前期散文的特色。

白马湖之冬

夏丏尊

　　在我过去四十余年的生涯中,冬的情味尝得最深刻的要算十年前初移居白马湖的时候了。十年以来,白马湖已成了一个村落,当我移居的时候,还是一片荒野,春晖中学的新建筑巍然矗立于湖的那一面,湖的这一面山脚下是小小的几间新平屋,住着我和刘君心如两家。此外两三里内没人烟。一家人于阴历十一月下旬从热闹的杭州移居于这荒凉的山野,宛如投身于极带中。

　　那里的风,差不多日日有的,呼呼作响,好像虎吼。屋宇虽系新建,构造却极粗率,风从门窗隙缝中来,分外尖削。把门缝窗厚厚地用纸糊了,椽缝中却仍有透入,风刮得厉害的时候,天未夜就把大门关上,全家吃毕夜饭即睡入被窝里,静听寒风的怒号,湖水的澎湃。靠山的小后轩,算是我的书斋,在全屋子中是风最小的一间,我常常把头上的罗宋帽拉得低低地在洋灯下工作至深夜。松涛如吼,霜月当窗,饥鼠吱吱在承尘上奔窜,我于这种时候,深感到萧瑟的诗趣,常独自拨划着炉灰,不肯就睡。把自己拟诸山水画中的人物,作种种幽妙的遐想。

　　现在白马湖到处都是树木了,当时尚一株树木都未种,月亮与太阳都是整个儿的。从上山起直要照到下山为止。在太阳好的时候,只要不刮风,那真和暖得不像冬天。一家人都坐在庭间曝日,甚至于吃午饭也在屋外,像夏天的晚饭一样。日光晒到那里,就把椅凳移到那里,忽然寒风来了,只好逃难似的各自带了椅凳逃入室中,急急把门关上。在平常的日子,风来大概在下午快要傍晚的时候,半夜即息。至于大风寒,那是整日夜狂吼,要二三日才止的。最严寒的几天,泥地看去惨白如水门汀,山色冻得发紫而暗,湖波泛深蓝色。

　　下雪原是我所不憎厌的,下雪的日子,室内分外明亮,晚上差不多不用燃灯,远山积雪,足供半个月的观看,举头即可从窗中望见。可是究竟是南方,每冬下雪不过一二次,我在那里所日常领略的冬的情味,几乎都从风来。白马湖的所以多风,可以说是有着地理上的原因的,那里环湖都是山,而北首却有一个半里阔的空隙,好似故意张了袋口欢迎风来的样子。白马湖的山水,和普通的风景地相差不远,唯有风却与别的地方不同。风的多和大,凡是到过那里的人都知道的。风在冬季的感觉中,自古占着重要的因素,而白马湖的风尤其特别。

　　现在,一家就居上海多日了,偶然于夜深人静时听到风声的时候,大家就要提起白马湖来,说,"白马湖不知今夜又刮得怎样厉害哩!"

导读

　　本文写作者蛰居于白马湖寓所时在那种近于单调的寂寞处境中的恬淡的心境。从题目看,本文是写冬的,其实却是在写一个"风"字,作者突出地写了白马湖冬天风的威势。白马湖的风多而大,"呼呼作响,好像虎吼"。从门缝透入的风,更是"分外尖削"。少数不刮风的日子,一出太阳,"那真和暖得不像冬天",但"忽然风来了",一家人只好逃入室内。可见白马湖的风威胁力之大。接着,作者写了平常日子的风和刮起大寒风时的情景。在娓娓叙述中,作家用诗一般的语言写出了情景交融的诗趣和情味,展现了充满诗意的画幅。作者借景抒情,把他对白马湖的怀恋之情表现得十分真切。全文没有过多的感叹,正像生活本身那样自然而真实。

给我的孩子们

丰子恺

　　我的孩子们！我憧憬于你们的生活，每天不止一次！我想委曲地说出来，使你们自己晓得。可惜到你们懂得我的话的意思的时候，你们将不复是可以使我憧憬的人。这是何等可悲哀的事啊！

　　瞻瞻！你尤其可佩服。你是身心全部公开的真人。你什么事体都像拼命地用全副精力去对付。小小的失意，像花生米翻落地了，自己嚼了舌头，小猫不肯吃糕了，你都要哭得嘴唇翻白，昏去一两分钟。外婆普陀烧香买回来你的泥人，你何等鞠躬尽瘁地抱他，喂他；有一天你自己失手把他们打破了，你的号哭的悲哀，比大人们的破产，失恋，broken heart，丧考妣，全军覆没的悲哀都要真切。两把芭蕉扇做的脚踏车，麻雀牌堆成的火车、汽车，你何等认真地看待，挺真了嗓子叫"汪一"，"咕咕咕……"，来代替汽笛。宝姐姐讲故事给你听，说到"月亮姐姐挂下一只篮来，宝姐姐坐在篮里吊了上去，瞻瞻在下面看！"的时候，你何等激昂地同她争，说"瞻瞻要上去，宝姐姐在下面看！"甚至哭到漫姑面前去求审判。我每次剃了头，你真心地疑我变了和尚，好几时不要我抱。最是今年夏天，你坐在我膝上发现了我腋下的长毛，当做黄鼠狼的时候，你何等伤心，你立刻从我身上爬下去，起初眼睁睁地对我端相，继而大失所望地号哭，看看，哭哭，如同对被判定了死罪的亲友一样。你要我抱你到车站里去，多多益善地要买香蕉，满满地擒了两手回来，回到门口时你已经熟睡在我的身上，手里的香蕉不知落在那里去了。这是何等可佩服的真率，自然，与热情！大人间的所谓"沉默"，"含蓄"，"深刻"的美德，比起你来，全是不自然的，病的，伪的！

　　你们每天做火车，做汽车，办酒，请菩萨，堆六面画，唱歌，全是自动的，创造创作的生活。大人们的呼号"归到自然！""生活的艺术化！""劳动的艺术化！"在你们面前真是出丑得很了！依样画几笔画，写几篇文的人称为艺术家，创作家，对你们更要愧死。

　　你们的创作力，比大人真是强盛得多哩：瞻瞻！你的身体不及椅子一半，却常常要搬动它，与它一同翻倒在地上；你又要把一杯茶横转来藏在抽斗里，要皮球停在壁上，要拉住火车的尾巴，要月亮出来，要天停止下雨。在这等小小的事件中，明明表示着你们的小弱的体力和智力不足以应付强盛的创作欲、表现欲的驱使，因而遭逢失败。然而你们是不受大自然的支配，不受人类社会的束缚的创造者，所以你的遭逢失败，例如火车尾巴拉不住，月亮呼不出来的时候，你们决不承认是事实的不可能，总以为是爹爹妈妈不肯帮你们办到，同不许你们弄自鸣钟同例，所以愤愤地哭了，你们的世界何等广大！

　　你们一定想：终于无聊地伏在案上弄笔的爸爸，终天闷闷地坐在窗下弄线的妈妈，是何等无气性的奇怪的动物！你们所视为奇怪动物的我与你们的母亲，有时确难为了你们，摧残了你们，回想起来，真是不安心得很。

阿宝！有一晚你拿软软的新鞋子，和自己脚上脱下来的鞋子，给凳子的脚穿上，划袜立在地上，得意地叫"阿宝两只脚，凳子四只脚"的时候，你母亲喊着"龌龊了袜子！"立刻擒你到藤榻上，动手毁坏你的创作。当你蹲在榻上注视你母亲动手毁坏的时候，你的小心里一定感到"母亲这种人，何等杀风景野蛮"罢！

瞻瞻！有一天开明书店送了几册新出版的毛边的《音乐入门》来。我用小刀把书页一张一张地裁开来，你侧着头，站在桌边默默地看。后来我从学校回来，你已经在我的书架上拿了一本连史纸印的中国装的《楚辞》，把它裁破了十几页，得意地对我说："爸爸！瞻瞻也会裁了！"瞻瞻！这在你原是何等成功的欢喜，何等得意的作品！却被我一个惊骇的"哼！"字喊得你哭了。那时候你也一定抱怨"爸爸何等不明"罢！

软软！你常常要弄我长锋羊毫，我看见了总是无情的夺脱你。现在你一定轻视我，想着："你终于要我画你的画集的封面！"

最不安的，是有时我还要拉一个你们所最怕的陆露沙医生来，教他用他的大手来摸你们的肚子，甚至用刀来在你们手臂上割几下，还要教妈妈和漫姑擒住了你们的手脚，捏住了你们的鼻子，把很苦的水灌到你们的嘴里去。这在你们一定认为太无人道的野蛮举动罢！

孩子们！你们果真抱怨我，我倒欢喜；到你们的抱怨变为感谢的时候，我的悲哀来了！

我在世间，永没有逢到像你们样肺肝相示的人。世间的人群结合，永没有像你们样的彻底地真实而纯洁。最是我到上海去干了无聊的所谓"事"回来，或者去同不相干的人做了"上课"的一种把戏回来，你们在门口或车站旁等我的时候，我心中何等惭愧又欢喜！惭愧我为甚么去做这等无聊的事，欢喜我又得暂时放怀一切地加入你们的真生活的团体。

但是，我们的黄金时代有限，现实终于要暴露的。这是我经验过来的情形，也是大人们谁也经验过的情形。我看见儿时的伴侣中的英雄，好汉，一个个退缩，顺从，妥协，屈服起来，到像绵羊的地步。我自己也是如此。"后之视今，亦犹今之视昔"，你们不久也要走这条道路呢！

我的孩子们！憧憬于你们的生活的我，痴心要为你们永远挽留这黄金时代在这册子里。然而真不过像"蜘蛛网落花"，略微保留一点春的痕迹而已。且到你们懂得这片心的时候，你们早已不是这样的人，我的画在世间已无可印证了！这是何等可悲哀的事啊！

1926 年作

导读

本文是《子恺画集》的代序，也是别具一格的散文。

全文以画集题材为行文线索，把艺术镜头的焦点放在对童真的描绘上。作者有感于成人社会的虚伪污浊，倾心赞美孩子的天真无邪、率真自然，表现了作家对童真和儿童世界的虔诚的神往和憧憬，从中，读者可以感悟到文章蕴蓄着的深刻的人生哲理。

行文自然、流畅、明快，有如行云流水；感情真切、活泼，不时闪烁着幽默感。

秋

丰子恺

　　我的年岁上冠用了"三十"二字，至今已两年了。不解达观的我，从这两个字上受到了不少的暗示与影响。虽然明明觉得自己的体格与精力比二十九岁时全然没有什么差异，但"三十"这一个观念笼在头上，犹之张了一顶阳伞，使我的全身蒙了一个暗淡色的阴影，又仿佛在日历上撕过了立秋的一页以后，虽然太阳的炎威依然没有减却，寒暑表上的热度依然没有降低，然而只当得余威与残暑，或霜降木落的先驱，大地的节候已从今移交于秋了。

　　实际，我两年来的心情与秋最容易调和而融合。这情形与从前不同。在往年，我只慕春天。我最欢喜杨柳与燕子。尤其欢喜初染鹅黄的嫩柳。我曾经名自己的寓居为"小杨柳屋"，曾经画了许多杨柳燕子的画，又曾经摘取秀长的杨柳，在厚纸上裱成各种风调的眉，想象这等眉的所有者的颜貌，而在其下面添描出眼鼻与口。那时候我每逢早春时节，正月二月之交，看见杨柳枝的线条上挂了细珠，带了隐隐的青色而"遥看近却无"的时候，我心中便充满了一种狂喜，这狂喜又立刻变成焦虑，似乎常常在说："春来了！不要放过！赶快设法招待它，享乐它，永远留住它。"我读了"良辰美景奈何天"等句，曾经真心地感动。以为古人都叹息一春的虚度，前车可鉴！到我手里决不放它空过了。最是逢到了古人惋惜最深的寒食清明，我心中的焦灼便更甚。那一天我总想有一种足以充分酬偿这佳节的举行。我准拟作诗，作画，或痛饮，漫游。虽然大多不被实行；或实行而全无效果，反而中了酒，闹了事，换得了不快的回忆；但我总不灰心，总觉得春的可恋。我心中似乎只有知道春，别的三季在我都当作春的预备，或待春的休息时间，全然不曾注意到它们的存在与意义。而对于秋，尤无感觉：因为夏连续在春的后面，在我可当作春的过剩；冬先行在春的前面，在我可当作春的准备；独有与春全无关联的秋，在我心中一向没有它的位置。

　　自从我的年龄告了立秋以后，两年来的心境完全转了一个方向，也变成秋天了。然而情形与前不同：并不是在秋日感到象昔日的狂喜与焦灼。我只觉得一到秋天，自己的心境便十分调和。非但没有那种狂喜与焦灼，且常常被秋风秋雨秋色秋光所吸引而融化在秋中，暂时失却了自己的所在。而对于春，又并非象昔日对于秋的无感觉。我现在对于春非常厌恶。每当万象回春的时候，看到群花的斗艳，蜂蝶的扰攘，以及草木昆虫等到处争先恐后地滋生繁殖的状态，我觉得天地间的凡庸，贪婪，无耻，与愚痴，无过于此了！尤其是在青春的时候，看到柳条上挂了隐隐的绿珠，桃枝上着了点点的红斑，最使我觉得可笑又可怜。我想唤醒一个花蕊来对它说："啊！你也来反复这老调了！我眼看见你的无数祖先，个个同你一样地出世、个个努力发展，争荣竞秀；不久没有一个不憔悴而化泥尘。你何苦也来反复这老调呢？如今你已长了这孽根，将来看你弄娇弄艳，装笑装顰，招致了蹂躏，摧残，攀折之苦，而步你祖先们的后尘！"

　　实际，迎送了三十几次的春来春去的人，对于花事早已看得厌倦，感觉已经麻木，热情已经冷却，决不会再象初见世面的青年少女似地为花的幻姿所诱惑而赞之，叹之，怜之，惜之了。况且天地万物,没有一件逃得出荣枯,盛衰,生夭,有无之理。过去的历史昭然地证明着这一点,无须我们再说。古来无数的诗人千遍一律地为伤春惜花费词,这种效颦也觉得可厌。假如要我对于世间的生荣死夭费一点词,我觉得生荣不足道,而宁愿欢喜赞叹一切的死灭。对于前者的贪婪,愚昧,与怯弱,后者的态度何等谦逊,悟达,而伟大!我对于春与秋的取舍,也是为了这一点。

夏目漱石三十岁的时候,曾经这样说:"人生二十而知有生的利益;二十五而知有明之处必有暗;至于三十岁的今日,更知明多之处暗也多,欢浓之时愁也重。"我现在对于这话也深抱同感;同时又觉得三十的特征不止这一端,其更特殊的是对于死的体感。青年们恋爱不遂的时候惯说生生死死,然而这不过是知有"死"的一回事而已,不是体感。犹之在饮冰挥扇的夏日,不能体感到围炉拥衾的冬夜的滋味。就是我们阅历了三十几度寒暑的人,在前几天的炎阳之下也无论如何感不到浴日的滋味。围炉,拥衾,浴日等事,在夏天的人的心中只是一种空虚的知识,不过晓得将来须有这些事而已,但是不可能体感它们的滋味。须得入了秋天,炎阳逞尽了威势而渐渐退却,汗水浸胖了的肌肤渐渐收缩,身穿单衣似乎要打寒噤,而手触法兰绒觉得快适的时候,于是围炉,拥衾,浴日等知识方能渐渐融入体验界中而化为体感。我的年龄告了立秋以后,心境中所起的最特殊的状态便是这对于"死"的体感。以前我的思虑真疏浅!以为春可以常在人间,人可以永在青年,竟完全没有想到死。又以为人生的意义只在于生,而我的一生最有意义,似乎我是不会死的。直到现在,仗了秋的慈光的鉴照,死的灵气钟育,才知道生的甘苦悲欢,是天地间反复过亿万次的老调,又何足珍惜?我但求此生的平安的度送与脱出而已,犹之罹了疯狂的人,病中的颠倒迷离何足计较?但求其去病而已。

我正要搁笔,忽然西窗外黑云弥漫,天际闪出一道电光,发出隐隐的雷声,骤然洒下一阵夹着冰雹的秋雨。啊!原来立秋过得不多天,秋心稚嫩而未曾老练,不免还有这种不调和的现象,可怕哉!

一九二九年秋作

导读

作者通过厌春而喜秋的叙议抒写对旧中国黑暗现实的不满情绪,表达了对"超尘脱俗"生活的感情。作者用草木昆虫的滋生扰攘,比喻可恶的人生世相,不仅十分贴切,而且寄寓了他对黑暗现实的愤懑之情。自然景物既是客观存在之物,又是作者心灵的感受之物。作者根据"景""情"的这种艺术辩证法,运用"物著我色""景与情融"的笔法,叙议了他由慕春到厌春,由对秋尤无感觉到喜秋的感情变化过程。通过这种情绪变化的心理描写,意在表现他对人生、世态的看法。

全文叙议结合、形象与抒情式的议论相结合,以闲淡的形式与自己、与读者对话,畅谈自己所思所想,显示出平和婉约的风格。语言自然天成,不堆砌华丽的辞藻,用笔质朴无华,平淡静穆,能从常人看来几乎是毫无诗意平淡至极的生活琐事中生发出清澈澄明的意境,从而达到"深文隐蔚,余味曲包"(《文心雕龙》)的艺术效果。

想　飞

徐志摩

　　假如这时候窗子外有雪——街上，城墙上，屋脊上，都是雪，胡同口一家屋檐下偎着一个戴黑兜帽的巡警，半拢着睡眼，看棉团似的雪花在半空中跳着玩……假如这夜是一个深极了的啊，不是壁上挂钟的时针指示给我们看的深夜，这深就比是一个山洞的深，一个往下钻螺旋形的山洞的深……

　　假如我能有这样一个深夜，它那无底的阴森捻起我遍体的毫管；再能有窗子外不住往下筛的雪，筛淡了远近间飓动的市谣；筛泯了在泥道上挣扎的车轮；筛灭了脑壳中不妥协的潜流……

　　我要那深，我要那静。那在树荫浓密处躲着的夜鹰，轻易不敢在天光还在照亮时出来睁眼。思想：它也得等。

　　青天里有一点黑的。正冲着太阳耀眼，望不真，你把手遮着眼，对着那两株树缝里瞧，黑的，有榧子来大，不，有桃子来大——嘿，又移着往西了！

　　我们吃了中饭出来到海边去（这是英国康槐尔极南的一角，三面是大西洋）。勖丽丽的叫响从我们的脚底下均匀的往上颤，齐着腰，到了肩高，过了头顶，高入了云，高出了云。啊！你能不能把一种急震的乐音想象成一阵光明的细雨，从蓝天里冲着这平铺着青绿的地面不住的下？不，那雨点都是跳舞的小脚，安琪儿的。云雀们也吃过了饭，离开了它们卑微的地巢飞往高处做工去，上帝给他们的工作，替上帝做的工作。瞧着，这儿一只，那边又起了两！一起就冲着天顶飞，小翅膀活动的多快活，圆圆的，不踌躇的飞，——它们就认识青天。一起就开口唱，小嗓子活动的多快活，一颗颗小精圆珠子直往外唾，亮亮的唾，脆脆的唾，——它们赞美的是青天。瞧着，这飞得多高，有豆子大，有芝麻大，黑刺刺的一屑，直顶着天底的天顶细细的摇，——这全看不见了，影子都没了！但这光明的细雨还是不住的下着……

　　飞。"其翼若垂天之云……背负苍天，而莫之夭阏者；"那不容易见着。我们镇上东关厢外有一座黄泥山：山顶上有一座七层的塔，塔尖顶着天。塔院里常常打钟，钟声响动时，那在太阳西晒的时候多，一枝艳艳的大红花贴在西山的鬓边回照着塔山上的云彩，——钟声响动时，绕着塔顶尖，摩着塔顶天，穿着塔顶云，有一只两只，有时三只四只有时五只六只蜷着爪往地面瞧的"饿老鹰"，撑开了它们灰苍苍的大翅膀没挂恋似的在盘旋，在半空中浮着，在晚风中泅着，仿佛是按着塔院钟的波荡来练习圆舞似的。那是我做孩子时的"大鹏"。有时好天抬头不见一瓣云的时候听着猄忧忧的叫响，我们就知道那是宝塔上的饿老鹰寻食吃来了，这一想象半天里秃顶圆睛的英雄，我们背上的小翅膀骨上就仿佛豁出了一铿铿铁刷似的羽毛，摇起来呼呼响的，只一摆就冲出了书房门，钻入了玳瑁镶边的白云里玩儿去，谁耐烦站在先生书桌前晃着身子背早上上的多难背的书！啊飞！不是那在树枝上矮矮的跳着的麻雀儿的飞；不是那凑天黑从堂匾后背冲出来赶蚊子吃的蝙蝠的飞；也不是那软尾巴嗓

345

子做窠在堂檐上的燕子的飞。要飞就得满天飞,风拦不住云挡不住的飞,一翅膀就跳过一座山头,影子下来遮得阴二十亩稻田的飞,到天晚飞倦了就来绕着那塔顶尖顺着风向打圆圈做梦……听说饿老鹰会抓小鸡!

飞。人们原来都是会飞的。天使们有翅膀,会飞,我们初来时也有翅膀,会飞。我们最初来就是飞了来的,有的做完了事还是飞了去,他们是可羡慕的。但大多数人是忘了飞的,有的翅膀上掉了毛不长再也飞不起来,有的翅膀叫胶水给胶住了,再也拉不开,有的羽毛叫人给修短了像鸽子似的只会在地上跳,有的拿背上一支翅膀上当铺去典钱使过了期再也赎不回……真的,我们一过了做孩子的日子就掉了飞的本领。但没了翅膀或是翅膀坏了不能用是一件可怕的事。因为你再也飞不回去,你蹲在地上呆望着飞不上去的天,看旁人有福气的一程一程的在青云里逍遥,那多可怜。而且翅膀又不比是你脚上的鞋,穿烂了可以再问妈要一双去,翅膀可不成,拆了一根毛就是一根,没法给补的。还有,单顾着你翅膀也还不定规到时候能飞,你这身子要是不谨慎养太肥了,翅膀力量小再也拖不起,也是一样难不是? 一对小翅膀驮不起一个胖肚子,那情形多可笑! 到时候你听人家高声的招呼说,朋友,回去吧,趁这天还有紫色的光,你听他们的翅膀在半空中沙沙的摇响,朵朵的春云跳过来拥着他们的肩背,望着最光明的来处翩翩的,冉冉的,轻烟似的化出了你的视域,像云雀似的只留下一泻光明的骤雨——"Though art unseen but yet I hear the shrill delight"①——那你,独自在泥涂里淹着,够多难受,够多懊恼,够多寒伧! 趁早留神你的翅膀,朋友?

是人没有不想飞的。老是在这地面上爬着够多厌烦,不说别的。飞出这圈子,飞出这圈子! 到云端里去,到云端里去! 哪个心里不成天千百遍的这么想? 飞上天空去浮着,看地球这弹丸在大空里滚着,从陆地看到海,从海再看回陆地。凌空去看一个明白——这才是做人的趣味,做人的权威,做人的交代。这皮囊要是太重挪不动,就掷了它,可能的话,飞出这圈子,飞出这圈子!

人类初发明用石器的时候,已经想长翅膀。想飞。原人洞壁上画的四不像,它的背上掮着翅膀;拿着弓箭赶野兽的,他那肩背上也给安了翅膀。小爱神是有一对粉嫩的肉翅的。挨开拉斯(Icarus)是人类飞行史里第一个英雄,第一次牺牲。安琪儿(那是理想化的人)第一个标记是帮助他们飞行的翅膀。那也有沿革——你看西洋画上的表现。最初像是一对小精致的令旗,蝴蝶似的粘在安琪儿们的背上,像真的,不灵动。渐渐的翅膀长大了,地位安准了,毛羽丰满了。画图上的天使们长上了真的可能的翅膀。人类初次实现翅膀的观念,彻悟了飞行的意义。挨开拉斯闪不死的灵魂,回来投生又投生。人类最大的使命,是制造翅膀;最大的成功是飞! 理想的极度,想象有止境,从人到神! 诗是翅膀上出世的,哲理是在空中盘旋的。飞,超脱一切,笼盖一切,扫荡一切,吞吐一切。

你上那边山峰顶上试去,要是度不到这边山峰上,你就得到这万丈的深渊里去找你的葬身地! "这人形的鸟会有一天试他第一次的飞行,给这世界惊骇,使所有的著作赞美,给他所从来的栖息处永远的光荣。"啊达文睿!

---

① 大意是:"你无影无踪,但我仍听见你的尖声欢叫。"

但是飞？自从挨开拉斯以来，人类的工作是制造翅膀，还是束缚翅膀？这翅膀，承上了文明的重量，还能飞吗？都是飞了来的，还都能飞了回去吗？钳住了，烙住了，压住了，——这人形的鸟会有试他第一次飞行的一天吗？……

同时天上那一点子黑的已经迫近在我的头顶，形成了一架鸟形的机器，忽的机沿一侧，一球光直往下注，砰的一声炸响，——炸碎了我在飞行中的幻想，青天里平添了几堆破碎的浮云。

导读

《想飞》是徐志摩最为成功的冥想小品，发表于 1926 年 4 月，是志摩当时心境的写照。

唯美主义者认为美是一种想象。《想飞》就是借助冥想捕捉刹那间的美感享受，以此创造美，创造一个艺术王国，并从中享受最大的精神自由。它从云雀的鸣叫直上高空，联想到庄子的《逍遥游》里的"背负苍天，而莫之夭阏者"的大鹏翱翔的雄姿，又穿插儿时的"饿老鹰"的没挂恋似的在空中飞翔，等等。最后发出了要"飞出这圈子，飞出这圈子"的喊叫！"但是飞？……这翅膀，承上了文明的重量，还能飞吗？都是飞了来的，还都能飞了回去吗？钳住了，烙住了，压住了，……一球光直往下注，砰的一声炸响，——炸碎了我在飞行中的幻想，青天里平添了几堆破碎的浮云"，这里又表达了人类受着各种束缚，不能自由飞翔的困惑。

全文格调汪洋恣肆，作者得心应手地密集运用排比、夸张、反复、铺陈，并杂以欧化的语句，把情致渲染得浓浓的，犹如卷起的冲天巨澜。全文结构信马由缰，随意挥洒，忽东忽西，忽左忽右，从容不迫，把作者的情志表达得淋漓尽致。

钓台的春昼

郁达夫

因为近在咫尺,以为什么时候要去就可以去,我们对于本乡本土的名区胜景,反而往往没有机会去玩,或不容易下一个决心去玩的。正唯其是如此,我对于富春江上严陵,二十年来,心里虽每在记着,但脚却从没有向这一方面走过。一九三一,岁在辛未,暮春三月,春服未成,而中央党帝,似乎又想玩一个秦始皇所玩过的把戏了,我接到了警告,就仓皇离去了寓居。先在江浙附近的穷乡里,游息了几天,偶而看见了一家扫墓的行舟,乡愁一动,就定下了归计。绕了一个大弯,赶到故乡,却正好还在清明寒食的节前。和家人等去上了几处坟,与许久不曾见过面的亲戚朋友,来往热闹了几天,一种乡居的倦怠,忽而袭上心来了,于是乎我就决心上钓台去访一访严子陵的幽居。

钓台去桐庐县城二十余里,桐庐去富春县治九十里不足,自富阳溯江而上,坐小火轮三小时可达桐庐,再上则须坐帆船了。

我去的那一天,记得是阴晴欲雨的养花天,并且系坐晚班轮去的,船到桐庐,已经是灯火微明的黄昏时候了,不得已就只得在码头近边的一家旅馆的高楼上借了一宵宿。

桐庐县城,大约有三里路长,三千多烟灶,一二万居民,地在富春江西北岸,从前是皖浙交通的要道,现在杭江铁路一开,似乎没有一二十年前的繁华热闹了。尤其要使旅客感到萧条的,却是桐君山脚下的那一队花船的失去了踪影。说起桐君山,却是桐庐县的一个接近城市的灵山胜地,山虽不高,但因有仙,自然是灵了。以形势来论,这桐君山,也的确是可以产生出许多口音生硬,别具风韵的桐严嫂来的生龙活脉。地处在桐溪东岸,正当桐溪和富春江合流之所,依依一水,西岸便瞰视着桐庐县市的人家烟树。南面对江,便是十里长洲;唐诗人方干的故居,就在这十里桐洲九里花的花田深处。向西越过桐庐县城,更遥遥对着一排高低不定的青峦,这就是富春山的山子山孙了。东北面山下,是一片桑麻沃地,有一条长蛇似的官道,隐而复现,出没盘曲在桃花杨柳洋槐榆树的中间,绕过一支小岭,便是富阳县的境界,大约去程明道的墓地程坟,总也不过一二十里地的间隔。我的去拜谒桐君,瞻仰道观,就在那一天到桐庐的晚上,是淡云微月,正在作雨的时候。

鱼梁渡头,因为夜渡无人,渡船停在东岸的桐君山下。我从旅馆踱了出来,先在离轮埠不远的渡口停立了几分钟,后来向一位来渡口洗夜饭米的年轻少妇,弓身请问了一回,才得到了渡江的秘诀。她说:"你只须高喊两三声,船自会来的。"先谢了她教我的好意,然后以两手围成播音的喇叭,"喂,喂,渡船请摇过来!"地纵声一喊,果然在半江的黑影当中,船身摇动了。渐摇渐近,五分钟后,我在渡口,却终于听出了咿呀柔橹的声音。时间似乎已经入了酉时的下刻,小市里的群动,这时候都已经静息,自从渡口的那位少妇,在微茫的夜色里,藏去了她那张白团团的面影之后,我独立在江边,不知不觉心里头却兀自感到了一种他乡日暮的悲哀。渡船靠岸,船头上起了几声微微的水浪清音,又铿东的一响,我早已跳上了船,渡船也已掉过头来了。坐在黑影沉沉的舱里,我起先只在静听着柔橹划水的声音,然后却在黑影里看出了一星船家在吸着的长烟管头上的烟火,最后因为被沉默压迫不过,我只好开口说话了："船家！你这样的渡我过去，该给你几个船钱？"我问。"随你先生把几个就是。"船家说话冗慢幽长，似乎已经带着些睡意了，我就向袋里摸出了两角钱来。"这两角钱，就算是我的渡船钱，请你候我一会，上去烧一次夜香，我是依旧要渡过江来的。"船家的回答，只是恩恩乌乌，幽幽同牛叫似的一种鼻音，然而从继这鼻音而起的两三声轻快的喀声听来，他却已经在感到满足了，因为我知道，乡音的义渡，船钱最多也不过是两三枚铜子而已。

　　到了桐君山下，在山影和树影交掩着的崎岖道上，我上岸走不上几步，就被一块乱石绊倒，滑跌了一次。船家似乎也动了恻隐之心了，一句话也不发，跑将上来，他却突然交给了我一盒火柴。我于感谢了一番他的盛意之后，重整步武，再摸上山去，先是必须点一枝火柴走三五步路的，但到得半山，路既就了规律，而微云堆里的半规月色，也朦胧地现出一痕银线来了，所以手里还存着的半盒火柴，就被我藏入了袋里。路是从山的西半，盘曲而上，渐走渐高，半山一到，天也开朗了一点，桐庐县市上的灯光，也星星可数了。更纵目向江心望去，富春江两岸的船上桐溪合流口停泊着船尾船头，也看得出一点一点的火来。走过半山，桐君观里的晚祷钏鼓，似乎还没有息尽，耳朵里仿佛见了几丝木鱼钲钹的残声。走上山顶，先在半途遇着了一道道观外围的女墙，这女墙的栅门，却已经掩上了。在栅门外徘徊了一刻，觉得已经到了此门而不进去，终于是不能满足我这一次暗夜冒险的好奇怪癖的。所以细想了几次，还是决心进去，非进去不可，轻轻用手往里面一推，栅门却呀的一声，早已退向了后方开开了，这门原来是虚掩在那里的。进了栅门，踏着为淡月所映照的石砌平路，向东向南的前走了五六十步，居然走到了道观的大门之外，这两扇朱红的大门，不消说是紧闭在那里的。到了此地，我却不想破门进去了，因为这大门是朝南向着大江开的，门外头是一条一丈米宽的石砌步道，步道的一旁是道观的墙，一旁便是山坡，靠山坡的一面，并且还有一道二尺来高的石墙筑在那里，大约是代替栏杆，防人倾跌下山去的用意，石墙之上，铺的是二三尺宽的青石，在这似石栏又似石凳的墙上，尽可以坐卧游息，饱看桐江和对岸的风景，就是在这里坐它一晚，也很可以，我又何必去打开来，惊起那些老道的恶梦呢？

　　空旷的天空里，流涨着只是些灰白的云，云层缺处，原也看得出半角的天，和一点两点的星，但看起来最饶风趣的，却仍是欲藏还露，将见仍无的那半规月影。这时候江面上似乎起了风，云脚的迁移，更来得迅速了，而低头向江心一看，几多散乱着的船里的灯光，也忽明忽灭地变换了一变换位置。

　　这道观大门外的景色，真神奇极了。我当十几年前，在放浪的游程里，曾向瓜州京口一带，消磨过不少的时日，那时觉得果然名不虚传的，确是甘露寺外的江山，而现在到了桐庐，昏夜上这桐君山来一看，又觉得这江山的秀而且静，风景的整而不散，却非那天下第一江山的北固山所可与比拟的了。真也难怪得严子陵，难怪得戴征士，倘使我若能在这样的地方结屋读书，以养天年，那还要什么的高官厚禄，还要什么的浮名虚誉哩？一个人在这桐君观前的石凳上，看看山，看看水，看看城中的灯火和天上的星云，更做做浩无边际的无聊的幻梦，我竟忘记了时刻，忘记了自身，直等到隔江的击柝声传来，向西一看，忽而觉得城中的灯影微茫地减了，才跑也似地走下了出来，渡江奔回了客舍。

　　第二日清晨，觉得昨天在桐君观前做过的残梦正还没有续完的时候，窗外面忽而传来了一阵吹角的声音。好梦虽被打破，但因这同吹觱篥似的商音哀咽，却很含着些荒凉的古意，并且晓风残月，杨柳岸边，也正好候船待发，上严陵去；所以心里虽怀着了些儿怨恨，但脸上却只现出了一痕微笑，起来梳洗更衣，叫茶房去雇船去。雇好了一只双桨的渔舟，买就了些酒菜鱼米，就在旅馆前面的码头上上了船。轻轻向江心摇出去的时候,东方的云幕中间,已现出了几丝红韵,有八点多钟了,舟师急得厉害,只在埋怨旅馆的茶房,为什么昨晚不预先告诉,好早一点出发。因为此去就是七里滩头,无风七里,有风七十里,上钓台去玩一趟回来,路程虽则有限,但这几日风雨无常,说不定要走夜路,才回来得了的。

过了桐庐,江心狭窄,浅滩果然多起来了。路上遇着的来往的行舟,数目也是很少,因为早晨吹的角,就是往建德去的快班船的信号,快班船一开,来往于两埠之间的船就不十分多了。两岸全是青青的山,中间是一条清浅的水,有时候过一个沙洲,洲上的桃花菜花,还有许多不晓得名字的白色的花,正在喧闹着春暮,吸引着蜂蝶。我的船头上一口一口的喝着严东关的药酒,指东话西地问着船家,这是什么山?那是什么港?惊叹了半天,称颂了半天,人也觉得倦了,不晓得什么时候,身子却走上了一家水边的酒楼,在和数年不见的几位已经做了党官的朋友高谈阔论。谈论之余,还背诵了一首两三年曾在同一的情形之下做成的歪诗。

> 不是尊前爱惜身,佯狂难免假成真,
>
> 曾因酒醉鞭名马,生怕情多累美人。
>
> 劫数东南天作孽,鸡鸣风雨海扬尘,
>
> 悲歌痛哭终何补,义士纷纷说帝秦。

直到盛筵将散,我酒也不想再喝了,和几位朋友闹得心里各自难堪,连对旁边坐着的两位陪酒的名花都不愿意开口。正在这上下不得的苦闷关头,船家却大声的叫了起来:

"先生,罗芷过了,钓台就在前面,你醒醒罢,好上山去烧饭吃去。"

擦擦眼睛,整了一整衣服,抬起头来一看,四面的水光山色又忽而变了样子了。清清的一条条浅水,比前又窄了几分,四围的山包得格外的紧了,偏偏是前无去路的样子。并且山容峻削,看去觉得格外的瘦格外的高。向天上地下四围看去,只寂寂的看不见一个人类。双桨的摇响,到此似乎也不敢放肆了,钩的一声过后,要好半天才来一个幽幽的回响,静,静,静,身处水上,山下岩头,只沉浸着太古的静,死灭的静,山峡里连飞鸟的影子也看不见半只。前面的所谓钓台山上,只看得见两个大石垒,一间歪斜的亭子,许多纵横芜杂的草木。山腰里的那座祠堂,也只露着些废垣残瓦,屋上面连炊烟都没有一丝半缕,像是好久好久没有人住了的样子。并且天气也来得阴森,早晨曾经露一露脸过的太阳,这时候早已深藏在云堆里了,余下来的只是时有时无从侧面吹来的阴飕飕的半箭儿山风。船靠了山脚,跟着前面背着酒菜鱼米的船夫走上严先生祠堂去的时候,我心里真有点害怕,怕在这荒山里要遇见一个干枯苍老得同丝瓜筋似的严先生的鬼魂。

在祠堂西院的客厅里坐定,和严先生的不知第几代的裔孙谈了几句关于年岁水旱的话后,我的心跳也渐渐儿的镇静下去了,嘱托了他以煮饭烧菜的杂务,我和船家就从断碑乱石中间爬上了钓台。

东西两石垒,高各有二三百尺,离江面约两里来远,东西台相去,只有一二百步,但其间却夹着一条深谷。立在东台,可以看得出罗芷的人家,回头展望来路,风景似乎散漫一点,而一上谢氏的西台,向西望去,则幽谷里的清景,却绝对的不像是在人间了。我虽则没有到过瑞士,但到了西台,朝西一看,立时就想起了曾在照片上看过的威廉退儿的祠堂。这四山的幽静,这江水的青蓝,简直同在画片上的珂罗版色彩,一色也没有两样,所不同的,就是在这儿的变化更多一点,周围的环境更芜杂不整齐一点而已,但这却是好处,这正是足以代表东方民族性的颓废荒凉的美。

从钓台下来,回到严先生的祠堂——记得这是洪扬以后严州知府戴槃重建的祠堂——西院里饱啖了一顿酒肉,我觉得有点酪酊微醉了。手拿着以火柴柄制成的牙签,走到东面供着严先生神像的龛前,向四面的破壁上一看,翠墨淋漓,题在那里的,竟多是些俗而不雅的过路高官的手笔。最后到了南面的一切白墙头上,在离屋檐不远的一角高处,却看到了我们的一位新近去世的同乡夏灵峰先生的四句似邵尧夫而又略带感慨的诗句。夏灵峰先生虽则只知崇古,不善处今,但是五十年来,像他那样的顽固自尊的亡清遗老,也的确是没有第二个人。比较起现在的那些官迷财迷的南满尚书和东洋宫婢来,他的经术言行,姑且不必去论它,就是以骨头来称称,我想也要比什么罗三郎太郎辈,重到好几百倍。慕贤的心一动,醺人的臭技自然是难熬了,堆起了几张桌椅,借得了一支破笔,我也在高墙上在夏灵峰先生的脚后放上了一个陈屁,就是在船舱的梦里,也曾微吟过的那一首歪诗。

从墙头上跳将下来,又向龛前天井去走了一圈,觉得酒后的干喉,有点渴痒了,所以就又走回到了西院,静坐着喝了两碗清茶。在这四大无声,只听见我自己的啾啾喝水的舌音冲击到那座破院的败壁上去的寂静中间,同惊雷似地一响,院后的竹园里却忽而飞出了一声闲长而又有节奏似的鸡啼的声来。同时在门外面歇着的船家,也走进了院门,高声的对我说:

"先生,我们回去罢,已经是吃点心的时候了,你不听见那只公鸡在后面啼么?我们回去罢!"

1932 年 8 月

导读

这是郁达夫写于 20 世纪 30 年代的著名游记散文。所叙的是"一九三一,岁在辛未,暮春三月,春服未成"的作者自富阳溯江而上,过桐庐,上钓台严子陵故迹的一次旅行。文章以游踪为线索,用写意笔法,写富春江沿途的山光水色、沙洲繁花,写桐庐山微茫的月色灯光与严子陵钓台的孤静荒颓。在寄情山水中,作者有感于社会的黑暗和政局的险恶,在文中不时给"中央党帝"或地方"高官"或满洲国的汉奸官僚、无耻文人以辛辣的讥刺,但也偶尔露出倦于抗争,愿在桐君山这样僻静之处"结屋读书,以养天年"的情绪。

《钓台的春昼》的游记写景,不像朱自清散文的写景,铺陈绵密,而是纵意写来,点染成趣,着重状其僻冷清出的氛围,偶发喟叹,亦含愤懑苍茫之音。景中含情,情融于景,是此文的主要特色。

救火夫

梁遇春

三年前一个夏天的晚上,我正坐在院子里乘凉,忽然听到接连不断的警钟声音,跟着响三下警炮,我们都知道城里什么地方的屋子又着火了。我的父亲跑到街上去打听,我也奔出去瞧热闹。远远来了一阵嘈杂的呼喊,不久就有四五个赤膊工人个个手里提一只灯笼,拼命喊道:"救,""救,"……从我们面前飞也似地过去,后面有六七个工人拖一辆很大的铁水龙同样快地跑着,当然也是赤膊的。他们只在腰间系一条短裤,此外棕黑色的皮肤下面处处有蓝色的浮筋跳动着,他们小腿的肉的颤动和灯笼里闪烁欲灭的烛光有一种极相协的和谐,他们的足掌打起无数的尘土,可是他们越跑越带劲,好像他们每回举步时,从脚下的"地"都得到一些新力量。水龙隆隆的声音杂着他们尽情呐喊,他们有满面汗珠之下现出同情和快乐的脸色。那一架庞大的铁水龙我从前在救火会曾经看见过,总以为最小也要十七八个用两根杠子抬得走,万想不到六七个人居然能够牵着它飞奔。他们只顾到口里喊"救",那么不在乎地拖着这笨重的家伙望前直奔,他们的脚步和水龙的轮子那么一致飞动,真好像铁面无情的水龙也被他们的狂热所传染,自己用力跟着跑了。一霎眼他们都过去了,一会儿只剩些隐约的喊声。我的心却充满了惊异愁闷的心境顿然化为晴朗,真可说拨云雾而见天日了。那时的情景就深深地印在我的心中。

从那时起,我这三年来老抱一种自己知道绝不会实现的宏愿,我想当一个救火夫。他们真是世上最快乐的人,当他们心中只惦着赶快去救人这个念头,其他万虑皆空,一面善用他们活泼的躯干,跑过十里长街,像救自己的妻子一样去救素不识面的人们,他们的生命是多么有目的,多么矫健生姿。我相信生命是一块顽铁,除非在同情的熔炉里烧得通红的,用人间世的灾难做锤子来使他迸出火花来,他总是那么冷冰冰,死沉沉地。怅惘地徘徊于人生路上的我们天天都是在极剧烈的麻木里过去——一种甚至于不能得自己同情的苦痛。可是我们的迟疑不前成了天性,几乎将我们活动的能力一笔勾销,我们的理智把我们弄成残废的人们了。不敢上人生的舞场和同伴们狂欢地跳舞,却躲在帘子后面呜咽,这正是我们这般弱者的态度。在席卷一切的大火中奔走,在快陷下的屋梁上攀缘,不顾死生,争为先登的救火夫们安得不打动我们的心弦。他们具有坚定不拔的目的,他们一心一意想营救难中的人们,凡是难中人们的命运他们都视如自己地亲切地感到,他们尝到无数人心中的哀乐,那般人们的生命同他们的生命息息相关,他们忘记了自己,将一切火热里的人们都算做他们自己,凡是带有人的脸孔全可以算做他们自己,这样子他们生活的内容丰富到极点,又非常澄净清明,他们才是真真活着的人们。

他们无条件地同一切人们联合起来,为着人类,向残酷的自然反抗。这虽然是个个人应当做的事,并没有什么了不得,然而一看到普通人们那样子任自然力蹂躏同类,甚至于认贼作父,利用自然力来残杀人类,我们就不能不觉得那是一种义举了。他们以微小之躯,为着爱的力量的缘故,胆敢和自然中最可畏的东西肉搏,站在最前面的战线,这时候我们看见宇宙里最悲壮雄伟的戏剧在我们面前开演了：人和自然的斗争,也就是希腊史诗所歌咏的人神之争(因为在希腊神话里,神都是自然的化身)。我每次走过上海静安寺路救火会门口,看见门上刻有 We Fight Fire① 三字,我总觉得凛然起敬。我爱狂风暴浪中把着舵神色不变的舟子,我对于始终住在霍乱流极行盛的城里,履行他的职务的约翰·勃朗医生(Dr John Brown)怀一种虔敬的心情(虽然他那和蔼可亲的散文使我觉得他是个脾气最好的人),然而专以杀微弱的人类为务的英雄却勾不起我丝毫的欣羡,有时简直还有些鄙视。发现细菌的巴斯德(Pastenr),发现矿中安全灯的某一位科学家,(他的名字我不幸忘记了)以及许多为人类服务的人们,像林肯、威尔逊之流,他们现在天天受我们的讴歌,实际上他们和救火夫具有同样的精神,也可说救火夫和他们是同样地伟大,最少在动机方面是一样的,然而我却很少听到人们赞美救火夫。可见救火夫并不是一眼瞧着受难的人类,一眼顾到自己身前身后的那般伟人,所以他们虽然没有人们献上甜蜜蜜的媚辞,却很泰然地干他们冒火打救的伟业,这也正是他们的胜过大人物们的地方。

有一位愤世的朋友每次听到我赞美救火夫时,总是怒气汹汹的说道,这个胡涂的世界早就该烧个干干净净,山穷水尽,现在偶然天公做美,放下一些火来,再用些风来助火势,想在这片醒醒的地上锄出一小块洁白的土来。偏有那不知趣的,好事的救火夫焦头烂额地浇下冷水,这真未免于太煞风景了,而且人们的悲哀已经是达到饱和度了,烧了屋子和救了屋子对于人们实在并没有多大关系,这是指那般有知觉的人而说。至于那般天赋与铜心铁肝,毫不知苦痛是何滋味的人们,他们既然麻木了,多烧几间房子又何妨呢！总之,天下本无事,庸人自扰之,足下的歌功颂德更是庸人之尤所干的事情了。这真是"人生一世浪自苦,盛衰桃杏开落闲"。我这位朋友是最富于同情心的人,但是顶喜欢说冷酷的话,这里面恐怕要用些心理分析的功夫罢！然而,不管我们对于个个的人有多少的厌恶,人类全体合起来总是我们爱恋的对象。这是当代一位没有忘却现实的哲学家 George Santayana 讲的话。这话是极有道理的,人们受了遗传和环境物影响,染上了许多坏习气,所以个个都具些讨厌的性质,但是当我们抽象地想到人类,我们忘记了各人特有的弱点,只注目在人们可以为美善的地方,想用最完美的法子使人必向着健全壮丽的方面发展,于是彩虹般的好梦现在当前,我们怎能不爱人类哩！英国十九世纪末叶诗人 Frederich Lokcer lanmpson 在他的《自传》(My Confidences)说道："一个思想灵活的人最善于发现他身边的人们的潜伏的良好气质,他是更容易感到满足的,想像力不发达的人们是最快就觉得旁人可厌的,的确是最喜欢埋怨他们朋友的知识上同别方面的短处。"(不知道我那位嫉俗的朋友听了这段话作何感想,但是我绝不是因为他发现了我那一方面的短处,特地引这一段来酬他的好意。恐怕他误会了更加愤世,所以郑重地声明一下。)总之,当救火夫在烟雾里冲锋同突围的时候,他们只晓得天下有应当受他们的援救的人类,绝没有想到着火的屋里住有个杀千万,杀万刀的该死的狗才。天下最大的快乐无过于无顾忌地尽量使用自身隐藏的力量,这个意思亚里士多德在二千年前已经娓娓长谈过了。救火夫一时激于舍身救人的意气,举重若轻地拖着水龙疾驰,履险若夷地攀登危楼,他们忘记了困难和危险,因此危险和困难就失丢它们一大半的力量,也不能同他们捣乱了。他们慈爱的精神同活泼的肉体真得到尽量的发展,他们奔走于惨淡的大街时,他们脚下踏的是天堂的乐土,难怪他们能够越跑越有力,能够使旁观的我得到一付清心剂。就说他们

---

① We Fight Fire 意为：我们救火。

所救的人们是不值得救的,他们这派的气概总是可敬佩的。天下有无数女人捧着极纯净的爱情,送给极卑鄙的男子,可是那雪白的热情不会沾了尘污,永远是我们所欣羡不置的。

救火夫不单是从他们这种神圣的工作得到无限的快乐,他们从同拖水龙,同提灯笼的伴侣又获到强度的喜悦。他们那时把肯牺牲自己,去营救别人的人们都认为比兄弟还要亲密的同志。不管村俏老少,无论贤愚智不肖,凡是努力于扑灭烈火的人们,他们都看做生平的知己,因为是他们最得意事的伙计们。他们有时在火场上初次相见,就可以相视而笑,莫逆于心,"乐莫乐兮新相知",他们的生活是多有趣呀! 个个人雪亮的心儿在这一场野火里互相认识,这是多么值得干的事情。怯懦无能的我在高楼上玩物丧志地读着无谓的书的时候,偶然听到警钟,望见远处一片漫天的火光,我是多么神往于随着火舌狂跳的壮士,回看自己枯瘦的影子,我是多么心痛,痛惜我虚度了青春同壮年。

但是若使我们睁开眼睛,举目四望,我们将看到世界上——最少中国里面——无处无时不是有火灾,我们在街上碰到的人十分之九是住在着火的屋子的人们。被军队拉去运东西的夫役,在工厂里从清早劳动到晚上的童工,许多失业者,为要按下饥肠,就拿刀子去抢劫,最后在天桥上一命呜呼的匪犯,或者所谓无笔可投而从戎,在寒风里抖战着,自己不知道什么时候会变做旷野里的尸首的兵士,此外踯躅街头,忍受人们的侮辱,拿着洁净的肉体去换钱的可尊敬的女性:娼妓,码头上背上负了几百斤的东西(那里面都是他们的同胞的日用必需奢侈品),咬定牙根,迈步向前的脚夫,机器间里,被煤气熏得吐不出气,天天显明地看自己向死的路上走去,但是为着担心失业的苦痛,又不敢改业,宁可被这一架机器折磨死的工人,瘦骨不盈一把,拖着身体强壮,不高兴走路的大人的十三四岁车夫,报上天天记载的那类"两个铜片,牺牲了一条生命,"这类闲人认为好玩事情的凄惨背境,黄浦滩头,从容就义的无数为生计所迫而自杀的人们的绝命书……总之,他们都是无时无刻不在烈火里活着,对于他们地球真是一个大炮烙柱子,他们个个都正晕倒在烟雾中,等着火舌来把他们烧成焦骨。可是我们却见死不救,还望青天歌咏我们从来没有见过的夜莺,若使我的朋友的房子着火了,我们一定去帮忙,做个当然的救火夫,现在全地面到处都是熊熊的火焰,我们都觉闲暇得打出数不尽的呵欠来,可见天下人都是明可察秋毫,而不能见泰山,否则世界也不至于糟糕得如是之甚了。

我们都是上帝所派定的救火夫,因为凡是生到人世来都具有救人的责任,我们现在时时刻刻听着不断的警钟,有时还看见人们呐喊着望前奔,然而我们有的正忙于挣钱积钱,想做面团团,心硬硬,人蠢蠢的富家翁,有的正阴谋权位,有的正搂着女人欢娱,有的正缘着河岸,自鸣清高地在那儿伤春悲秋,都是失职的救火夫。有些神经灵敏的人听到警钟,也都还觉得难过,可是又顾惜着自己的皮肤,只好拿些棉花塞在耳里,闭起门来,过象牙塔里的生活。若是我们城里的救火夫这样懒惰,拿公事来做儿戏,那么我们会多么愤激地辱骂他们,可是我们这个大规模的失职却几乎变成当然的事情了,天下事总是如是莫测其高深,宇宙总是这么颠倒地安排着,难怪有人喊起"打倒这胡涂世界"的口号。

有些人的确是救火了,但是他们只抬一架小水龙,站在远处,射出微弱的水线。他们总算是到场,也可以欺人自欺地说已尽职了,但是若使天下的救火夫都这么文绉绉地,无精打彩地做他们的工作,那么恐怕世界的火灾永不会扑灭,一代一代的人们永远是湮没在这火坑里,人类始终没有抬头的日子了。真真的救火夫应当冲到火焰里,爬上壁立的绳梯,打破窗户进去,差不多是拿自己的命来换别人的生命,一面踏着危梁,牵着屋角,勇敢地拆散将着火的屋子,甚至就是自己被压死也是无妨。

要这样子才能济事。救火的场中并不是卖弄斯文的地点,在那里所宝贵的是胆量和筋肉,微温的同情是用不着的,好意的了解是不感谢的,果然真是热肠的男儿,那么就来拖着水龙,望火旺处冲进去罢。个个救火夫都该抱个我不先入地狱,谁入地狱的精神,相信有一人不得救,我即不能升天的道理,那么深夜里,狂风怒号,火光照人须眉的时候,正是他们献身的时节。袖手拿出隔江观火的态度是最卑污不过的弱者。

有人说,人生乐事正多,野外有恬静清幽,含有无限奥妙的自然,值得我们欣赏,城市里有千奇百怪,趣味无穷的世态,可以供我们玩味,我们在世之日无多,匆匆地就结束了,何不把这些须绝难再得的时光用来享乐自己呢?他们以为我们该做个世态的旁观者,冷笑地在旁看人生这套杂剧不断地排演着,在一旁喝些汽水,抽着纸烟闲谈。不错,世界是个大舞台,人生也的确是一出很妙的杂剧,但是不幸得很,我们不能离开这世界,我们是始终滞在舞台上面的,这出剧的观众是上帝,是神们,或者魔鬼们,绝不是我们自己。站在戏台上不扮个脚色,老是这般痴痴地望着,也未免难为情吧!并且我们的一举一动总不能脱离人生,我们虽然自命为旁观者,我们还是时时刻刻都在这里面打滚,人间世的喜怒哀乐还是跟我们寸步不离,那么故意装做超然的旁观者态度,真是个十足的虚伪者。天下最显明地自表是个旁观者,同最讨厌的人无过于做旁观报的 Addison 了,但是我想当他同极可敬爱的 Steele 吵架的时候,他恐怕也免不了脱下观客的面孔,扮个愚蠢的人生里一个愚蠢的满腔愤恨的脚色了。我们除开死之外,永远没有法子能离开人生,站在一旁,又何苦弄出这一大串自欺欺人的话呢!并且有许多最俗不过的人们,为着要避免世上种种的损于己的责任,为着要更专心地去追求一己的名利,就拿出世态旁观者这副招牌,挡住了一切于己无益的义务,暗地里干他们自己的事情,这种人是卑鄙得不配污我的笔墨,用不着谈了。现在全世界处处都有火灾,整座舞台都着火了,我们还有闲情去与自然同化,讥讽人生吗?救火夫听到警钟不去拖水龙,却坐在家里钓鱼,跟老婆话家常,这种人恐怕是绝顶聪明的人罢?然而这正是前面所说的及时行乐的人们。当我们提着灯笼,奔过大路的时候,路旁的美丽姑娘同临风招展的花草是无心观看的,虽然她们本身是极值得赞美的。至于只知道哼着颠三倒四的文句,歌颂那大家都无缘识面的夜莺的中国新文人,我除开希望北平的刮风把他们吹到月球上面去以外,没有么二个意思。

当我们住的屋子烧着的时候,常有穷人来乘火打劫,这样幸灾乐祸的办法真是可恨极了。然而我们一想许多人天天在火坑里过活,他们不能得到他们应得的报酬,我们坐着说风凉话的先生们却拿着他们所应的东西来过舒服的生活;他们饿死了,那全因为我们可以多吃一次燕窝,使我们肚子胀得难受,可以多喝一杯白兰地,使我们的头更痛得厉害,于斯而已矣。所以睁大眼睛看起来,我们天天都是靠着乘火打劫过活,这真是大盗不动干戈。我们乘火打劫来的东西有时偶然被人们乘火打劫去,我们就不胜其愤慨,说要按法严办,这的确太缺乏诙谐的风趣了。应当做救火夫的我们偏要干乘火打劫的勾当,人性已朽烂到这样地步,我想彗星和地球接吻的时候真该到了。

导读

《救火夫》简直是一首激昂的生活颂歌。作者从三年前一个夏夜中,亲眼见到一次救火事件,写救火夫奋不顾身救火的情景,热情洋溢地歌颂了救火夫的勇敢精神和崇高品格。

该文一开始就着意描绘救火夫全力以赴紧张救火的动人场面,情不自禁地高声赞美"他们才是真真活着的人们"。而跟这些无畏的壮士比起来,他谴责自己度过平庸的生活:"我是多么心痛,痛惜我虚度了青春同壮年。"不仅如此,该文还进而诅咒当时的黑暗社会现实,痛斥为一己私利的富翁,鄙视清高的隐士等。

全文以充当一名人类的救火夫的主题贯穿始终,写得淋漓酣畅,既有生动的画面,又有感情的抒发,还有哲理的阐述,生动多姿,潇洒自如。

"当局者迷，旁观者清"

——艺术和实际人生的距离

朱光潜

有几件事实我觉得很有趣味，不知道你有同感没有？

我的寓所后面有一条小河通莱茵河。我在晚间常到那里散步一次，走成了习惯，总是沿东岸去，过桥沿西岸回来。走东岸时我觉得西岸的景物比东岸的美；走西岸时适得其反，东岸的景物又比西岸的美。对岸的草木房屋固然比较这边的美，但是它们又不如河里的倒影。同是一棵树，看它的正身本极平凡，看它的倒影却带有几分另一世界的色彩。我平时又欢喜看烟雾朦胧的远树，大雪笼盖的世界和更深夜静的月景。本来是习见不以为奇的东西，让雾、雪、月盖上一层白纱，便见得很美丽。

北方人初看到西湖，平原人初看到峨嵋，虽然审美力薄弱的村夫，也惊讶它们的奇景；但在生长在西湖或峨嵋的人除了以居近名胜自豪以外，心里往往觉得西湖和峨嵋实在也不过如此。新奇的地方都比熟悉的地方美，东方人初到西方，或是西方人初到东方，都往往觉得面前景物件件值得玩味。本地人自以为不合时尚的服装和举动，在外方人看，却往往有一种美的意味。

古董癖也是很奇怪的。一个周朝的铜鼎或是一个汉朝的瓦瓶在当时也不过是盛酒盛肉的日常用具，在现在却变成很稀有的艺术品。固然有些好古董的人是贪它值钱，但是觉得古董实在可玩味的人却不少。我到外国人家去时，主人常欢喜拿一点中国东西给我看。这总不外瓷罗汉、蟒袍、渔樵耕读图之类的装饰品，我看到每每觉得羞涩，而主人却诚心诚意地夸奖它们好看。

种田人常羡慕读书人，读书人也常羡慕种田人。竹篱瓜架旁的黄粱浊酒和朱门大厦中的山珍海鲜，在旁观者所看出来的滋味都比当局者亲口尝出来的好。读陶渊明的诗，我们常觉到农人的生活真是理想的生活，可是农人自己在烈日寒风之中耕作时所尝到的况味，绝不似陶渊明所描写的那样闲逸。

人常是不满意自己的境遇而羡慕他人的境遇，所以俗话说："家花不比野花香"。人对于现在和过去的态度也有同样的分别。本来是很酸辛的遭遇到后来往往变成很甜美的回忆。我小时在乡下住，早晨看到的是那几座茅屋，几畦田，几排青山，晚上看到的也还是那几座茅屋，几畦田，几排青山，觉得它们真是单调无味，现在回忆起来，却不免有些留恋。

这些经验你一定也注意到的。它们是什么缘故呢？

这全是观点和态度的差别。看倒影，看过去，看旁人的境遇，看稀奇的景物，都好比站在陆地上远看海雾，不受实际的切身的利害牵绊，能安闲自在地玩味目前美妙的景致。看正身，看现在，看自己的境遇，看习见的景物，都好比乘海船遇着海雾，只知它妨碍呼吸，只嫌它耽误程期，预兆危险，没有心思去玩味它的美妙。持实用的态度看事物，它们都只是实际生活的工具或障碍物，都只能引起欲念或嫌恶。要见出事物本身的美，我们一定要从实用世界跳开，以"无所为而为"的精神欣赏它们本身的形象。总而言之，美和实际人生有一个距离，要见出事物本身的美，须把它摆在适当的距离之外去看。

再就上面的实例说,树的倒影何以比正身美呢?它的正身是实用世界中的一片段,它和人发生过许多实用的关系。人一看见它,不免想到它在实用上的意义,发生许多实际生活的联想。它是避风息凉的或是架屋烧火的东西。在散步时我们没有这些需要,所以就觉得它没有趣味。倒影是隔着一个世界的,是幻境的,是与实际人生无直接关联的。我们一看到它,就立刻注意到它的轮廓线纹和颜色,好比看一幅图画一样。这是形象的直觉,所以是美感的经验。总而言之,正身和实际人生没有距离,倒影和实际人生有距离,美的差别即起于此。

同理,游历新境时最容易见出事物的美。习见的环境都已变成实用的工具。比如我久住在一个城市里面,出门看见一条街就想到朝某方向走是某家酒店,朝某方向走是某家银行;看见了一座房子就想到它是某个朋友的住宅,或是某个总长的衙门。这样的"由盘而之钟",我的注意力就迁到旁的事物上去,不能专心致志地看这条街或是这座房子究竟象个什么样子。在崭新的环境中,我还没有认识事物的实用的意义,事物还没有变成实用的工具,一条街还只是一条街而不是到某银行或某酒店的指路标,一座房子还只是某颜色某线形的组合而不是私家住宅或是总长衙门,所以我能见出它们本身的美。

一件本来惹人嫌恶的事情,如果你把它推远一点看,往往可以成为很美的意象。卓文君不守寡,私奔司马相如,陪他当垆卖酒。我们现在把这段情史传为佳话。我们读李长吉的"长卿怀茂陵,绿草垂石井,弹琴看文君,春风吹鬓影"几句诗,觉得它是多么幽美的一幅画!但是在当时人看,卓文君失节却是一件秽行丑迹。袁子才尝刻一方"钱塘苏小是乡亲"的印,看他的口吻是多么自豪!但是钱塘苏小究竟是怎样的一个伟人?她原来不过是南朝的一个妓女。和这个妓女同时的人谁肯攀她做"乡亲"呢?当时的人受实际问题的牵绊,不能把这些人物的行为从极繁复的社会信仰和利害观念的圈套中划出来,当作美丽的意象来观赏。我们在时过境迁之后,不受当时的实际问题的牵绊,所以能把它们当作有趣的故事来谈。它们在当时和实际人生的距离太近,到现在则和实际人生距离较远了,好比经过一些年代的老酒,已失去它的原来的辣性,只留下纯淡的滋味。

一般人迫于实际生活的需要,都把利害认得太真,不能站在适当的距离之外去看人生世相,于是这丰富华严的世界,除了可效用于饮食男女的营求之外,便无其他意义。他们一看到瓜就想它是可以摘来吃的,一看到漂亮的女子就起性欲的冲动。他们完全是占有欲的奴隶。花长在园里何尝不可以供欣赏?他们却欢喜把它摘下来挂在自己的襟上或是插在自己的瓶里。一个海边的农夫逢人称赞他的门前海景时,便很羞涩的回过头来指着屋后一园菜说:"门前虽没有什么可看的,屋后这一园菜却还不差。"许多人如果不知道周鼎汉瓶是很值钱的古董,我相信他们宁愿要一个不易打烂的铁锅或瓷罐,不愿要那些不能煮饭藏菜的破铜破铁。这些人都是不能在艺术品或自然美和实际人生之中维持一种适当的距离。

艺术家和审美者的本领就在能不让屋后的一园菜压倒门前的海景,不拿盛酒盛菜的标准去估定周鼎汉瓶的价值,不把一条街当作到某酒店和某银行去的指路标。他们能跳开利害的圈套,只聚精会神地观赏事物本身的形象。他们知道在美的事物和实际人生之中维持一种适当的距离。

我说"距离"时总不忘冠上"适当的"三个字,这是要注意的。"距离"可以太过,可以不及。艺术一方面要能使人从实际生活牵绊中解放出来,一方面也要使人能了解,能欣赏,"距离"不及,容易使人回到实用世界，距离太远，又容易使人无法了解欣赏。这个道理可以拿一个浅例来说明。

王渔洋的《秋柳诗》中有两句说："相逢南雁皆愁侣，好语西乌莫夜飞。"在不知这诗的历史的人看来，这两句诗是漫无意义的，这就是说，它的距离太远，读者不能了解它，所以无法欣赏它。《秋柳诗》原来是悼明亡的，"南雁"是指国亡无所依附的故旧大臣，"西乌"是指有意屈节降清的人物。假使读这两句诗的人自己也是一个"遗老"，他对于这两句诗的情感一定比旁人较能了解。但是他不一定能取欣赏的态度，因为他容易看这两句诗而自伤身世，想到种种实际人生问题上面去，不能把注意力专注在诗的意象上面，这就是说，《秋柳诗》对于他的实际生活距离太近了，容易把他由美感的世界引回到实用的世界。

许多人欢喜从道德的观点来谈文艺，从韩昌黎的"文以载道"说起，一直到现代"革命文学"以文学为宣传的工具止，都是把艺术硬拉回到实用的世界里去。一个乡下人看戏，看见演曹操的角色扮老奸巨猾的样子惟妙惟肖，不觉义愤填胸，提刀跳上舞台，把他杀了。从道德的观点评艺术的人们都有些类似这位杀曹操的乡下佬，义气虽然是义气，无奈是不得其时，不得其地。他们不知道道德是实际人生的规范，而艺术是与实际人生有距离的。

艺术须与实际人生有距离，所以艺术与极端的写实主义不相容。写实主义的理想在妙肖人生和自然，但是艺术如果真正做到妙肖人生和自然的境界，总不免把观者引回到实际人生，使他的注意力旁迁于种种无关美感的问题，不能专心致志地欣赏形象本身的美，比如裸体女子的照片常不免容易刺激性欲，而裸体雕像如《密罗斯爱神》，裸体画像如法国安格尔的《汲泉女》，都只能令人肃然起敬。这是什么缘故呢？这就是因为照片太逼肖自然，容易象实物一样引起人的实用的态度；雕刻和图画都带有若干形式化和理想化，都有几分不自然，所以不易被人误认为实际人生中的一片段。

艺术上有许多地方，乍看起来，似乎不近情理。古希腊和中国旧戏的角色往往带面具，穿高底鞋，表演时用歌唱的声调，不象平常说话。埃及雕刻对于人体加以抽象化，往往千篇一律。波斯图案画把人物的肢体加以不自然的扭曲，中世纪"哥特式"诸大教寺的雕像把人物的肢体加以不自然的延长。中国和西方古代的画都不用远近阴影。这种艺术上的形式化往往遭浅人唾骂，它固然时有流弊，其实也含有至理。这些风格的创始者都未尝不知道它不自然，但是他们的目的正在使艺术和自然之中有一种距离。说话不押韵，不论平仄，做诗却要押韵，要论平仄，道理也是如此。艺术本来是弥补人生和自然缺陷的。如果艺术的最高目的仅在妙肖人生和自然，我们既已有人生和自然了，又何取乎艺术呢？

艺术都是主观的，都是作者情感的流露，但是它一定要经过几分客观化。艺术都要有情感，但是只有情感不一定就是艺术。许多人本来是笨伯而自信是可能的诗人或艺术家。他们常埋怨道："可惜我不是一个文学家，否则我的生平可以写成一部很好的小说。"富于艺术材料的生活何以不能产生艺术呢？艺术所用的情感并不是生糙的而是经过反省的。蔡琰在丢开亲生子回国时决写不出《悲愤诗》，杜甫在"入门闻号咷，幼子饥已卒"时决写不出《自京赴奉先县咏怀五百字》。这两首诗都是"痛定思痛"的结果。艺术家在写切身的情感时，都不能同时在这种情感中过活，必定把它加以客观化，必定由站在主位的尝受者退为站在客位的观赏者。一般人不能把切身的经验放在一种距离以外去看，所以情感尽管深刻，经验尽管丰富，终不能创造艺术。

导读

本文选自《谈美》。《谈美》1932年写于伦敦,是作者继《给青年的十二封信》之后的"第十三封信"。

"艺术与实际人生的距离"原本是一个抽象深奥的理论问题,但由于作者采取散文笔法,从人们熟悉的日常生活中援引大量实例,深入浅出,演绎得可谓"理"趣横生。概括起来,作者谈到三种适当的距离产生美,一是空间距离,如东岸看西岸的景物美,西岸看东岸的景物美。二是时间距离,如一个周朝的铜鼎或是一个汉朝的瓦瓶在当时也不过是盛酒盛肉的日常用具,现在却变成很稀有的艺术品;本来很酸辛的遭遇到后来往往变成甜美的回忆;等等。三是心灵距离,如北方人初看到西湖,平原人初看到峨嵋,东方人初到西方,或西方人初到东方,都往往觉得眼前景物件件值得玩味;种田人常羡慕读书人,读书人也常羡慕种田人;等等。

然而,作者从艺术与实际人生的距离出发,一概反对艺术回到实用世界里去,由此否定"文以载道",否定"革命文学",否定道德批评,当时即遭到以鲁迅为首的左翼作家的反对,这种观点即便在今天看来,也是大有可商榷之处的。

雨　前

何其芳

最后的鸽群带着低弱的笛声在微风里划一个圈子后，也消失了。也许是误认这灰暗的凄冷的天空为夜色的来袭，或是也预感到风雨的将至，遂迫早地飞回它们温暖的木舍。

几天的阳光在柳条上撒下一抹嫩绿，被尘土埋掩得有憔悴色了，是需要一次洗涤。还有干裂的大地和树根也早已期待着雨。雨却迟疑着。

我怀想着故乡的雷声和雨声。那隆隆的有力的搏击，从山谷返响到山谷，仿佛春之芽就从冻土里震动，惊醒，而怒苗出来。细草样柔的雨声又以温存之手抚摩它，使它簇生油绿的枝叶而开出红色的花。这些怀想如乡愁一样萦绕得使我忧郁。我心里的气候也和这北方大陆一样缺少雨量，一滴温柔的泪在我枯涩的眼里，如迟疑在这阴沉的天空里的雨点，久不落下。

白色的鸭也似有一点烦躁了，有不洁的颜色的都市的河沟里传出它们焦急的叫声。有的还未厌倦那船一样的徐徐的划行。有的却倒插它们的长颈在水里，红色的蹼趾伸在尾后，不停地扑击着水以支持身体的平衡。不知是寻找沟底的细微的食物，还是贪那深深的水里的寒冷。

有几个已上岸了。在柳树下来回地作绅士的散步，舒息划行的疲劳。然后参差地站着，用嘴细细地抚理它们遍体白色的羽毛，间或又摇动身子或扑展着阔翅，使那缀在羽毛间的水珠坠落。一个已修饰完毕的，弯曲它的颈到背上，长长的红嘴藏没在翅膀里，静静合上它白色的茸毛的小黑睛，仿佛准备睡眠。可怜的小动物，你就是这样做你的梦吗？

我想起故乡放雏鸭的人了。一大群鹅黄色的雏鸭游牧在溪流间。清浅的水两岸青青的草，一根长长的竹竿在牧人的手里。他的小队伍是多么欢欣地发出嗝啾声，又多么驯服地随着他的竿头越过一个田野又一个山坡！夜来了，帐幕似的竹篷撑在地上，就是他的家。但这是怎样辽远的想象呵！在这多尘土的国土里，我仅只希望听见一点树叶上的雨声。一点雨声的幽凉滴到我憔悴的梦，也许会长成一树圆圆的绿阴来覆荫我自己。

我仰起头。天空低垂如灰色的雾幕，落下一些寒冷的碎屑到我脸上。一只远来的鹰隼仿佛带着怒愤，对这沉重的天色的怒愤，平张的双翅不动地从天空斜插下，几乎触到河沟对岸的土阜，而又鼓扑着双翅，作出猛烈的声响腾上了。那样巨大的翅使我惊异。我看见了它两肋间斑白的羽毛。

接着听见了它有力的鸣声，如同一个巨大的心的呼号，或是在黑暗里寻找伴侣的叫换。

然而雨还是没有来。

1933 年春，北京

导读

《雨前》是《画梦录》"温柔的独语"组里的一篇。文章状写了大雨将临前动植物的情态和我对雨的渴望。鸽群归家,写出大雨将临前"山雨欲来风满楼"的态势。写憔悴的柳条,干裂的大地和树根,烦躁的白色鸭和怒愤的鹰对雨的期待,其实是自喻。作品的确把我枯渴的心田和盼望"隆隆的搏击"的雷声、"细草样柔的雨声"降临的焦躁渴望写得精细入微。

《雨前》在散文艺术上是富有创造性的。在西方现代抒情艺术和叙事技巧影响下,打破"身边杂事叙述和感伤的个人遭遇告白"写作方式,作者在文章中进行自由联想、梦幻冥思,将过去与现实交织,内心与外在融合,意象堆砌,象征暗示,表达出他的思想情态,达到写情画意的融合。整个作品带有浓厚的现代气息和唯美主义色彩。

鹰之歌

丽　尼

黄昏是美丽的。我忆念着那南方的黄昏。

晚霞如同一片赤红的落叶坠到铺着黄尘的地上,斜阳之下的山冈变成了暗紫,好象是云海之中的礁石。

南方是遥远的,南方的黄昏是美丽的。

有一轮红日沐浴着在大海之彼岸,有欢笑着的海水送着夕归的渔船。

南方,遥远而美丽的!

南方是有着榕树的地方,榕树永远是垂着长须,如同一个老人安静地站立,在夕暮之中作着冗长的低语,而将千百年的过去都埋在幻想里了。

晚天是赤红的。公园如同一个废墟。鹰在赤红的天空之中盘旋,作出短促而悠远的歌唱,嘹唳地,清脆地。

鹰是我所爱的。它有着两个强健的翅膀。

鹰的歌声是嘹唳而清脆的,如同一个巨人底口在远天吹出了口哨。而当这口哨一响着的时候,我就忘却我底忧愁而感觉兴奋了。

我有过一个忧愁的故事。每一个年青的人都会有一个忧愁的故事。

南方是有着太阳的热和火焰的地方。而且,那时,我比现在年青。

那些年头!啊,那是热情的年头!我们之中,像我们这样大年纪的人,在那样的年代,谁不曾有过热情的如同火焰一样的生活?谁不曾愿意把生命当作一把柴薪,来加强这正在燃烧的火焰?有一团火焰给人们点燃了,那么美丽地发着光辉,吸引着我们,使我们抛弃了一切其他的希望与幻想,而专一地投身到这火焰中来。

然而,希望,它有时比火星还容易熄灭。对于一个年青人,只须一个刹那,一整个世界就会从光明变成了黑暗。

我们曾经说过:"在火焰之中锻炼着自己";我们曾经感觉过一切旧的渣滓都会被铲除,而由废墟之中会生长出新的生命,而且相信这一切都是不久就会成就的。

然而,当火焰苦闷地窒息于潮湿的柴草,只有浓烟可以见到的时候,一刹那间,一整个世界就变成黑暗了。

我坐在已经成了废墟的公园看着赤红的晚霞,听着嘹唳而清脆的鹰歌,然而我却如同一个没有路走的孩子,凄然地流下眼泪来了。

"一整个世界变成了黑暗;新的希望是一个艰难的生产。"

鹰在天空之中飞翔着了,伸展着两个翅膀,倾侧着,回旋着,作出了短促而悠远的歌声,如同一个信号。我凝望着鹰,想从它底歌声里听出一个珍贵的消息。

"你凝望着鹰么?"她问。

"是的,我望着鹰,"我回答。

她是我底同伴,是我三年来的一个伴侣。

"鹰真好,"她沉思地说了;"你可爱鹰?"

"我爱鹰的。"

"鹰是可爱的,鹰有两个强健的翅膀,会飞,飞得高,飞得远,能在黎明里飞,也能在黑暗里飞。你知道鹰是怎样在黑夜里飞的么?是像这样飞的,你瞧,"说着,她展开了两只修长的手臂,旋舞一般地飞着了,是飞得那么天真,飞得那么热情,使她底脸面也现出了夕阳一般的霞彩。

我欢乐底笑了,而感觉了兴奋。

然而,有一次夜晚,这年青的鹰飞了出去,就没有再看见她飞了回来。一个月以后,在一个黎明,我在那已经成了废墟的公园之中发现了她底被六个枪弹贯穿了的身体,如同一只被猎人从赤红的天空击落了下来的鹰雏,披散了毛发在那里躺着了。那正是她为我展开了手臂而热情地飞过的一块地方。

我忘却了忧愁,而变得在黑暗里感觉奋兴了。

南方是遥远的,但我忆念着那南方的黄昏。

南方是有着鹰歌唱的地方,那嘹唳而清脆的歌声是会使我忘却忧愁而感觉奋兴的。

导读

这是丽尼直接赞颂革命者和革命战斗的散文代表作。

全文仿佛是一支美丽而忧愁的歌曲,由关于鹰的礼赞与关于一个牺牲了的女革命家的回忆结构而成。一方面表达了作者对"有着太阳和热的火焰"的南方和在南方度过的那些"热情的年头"的怀念;另一方面传达了他要"忘却忧愁而感觉奋兴"和要像鹰一样腾飞的愿望。丽尼面对着为自由和正义而躺下的友人,不再悲哀绝望,代之以引吭高歌:"鹰是可爱的。鹰有两个强健的翅膀,会飞,飞得高,飞得远,能在黎明里飞,也能在黑暗里飞。"他欢呼:"一切旧的渣滓都会被铲除,而由废墟之中会生长出新的生命,而且相信这一切都是不久就会成就的。"这是对旧世界叛逆者的赞歌。

作者将丰富的感情融入鹰的形象之中,以南方的黄昏为背景,以光彩照人的女革命家的形象做对照,立意明确,意象生动,具有深重的思想容量。"鹰之歌"是一种象征。它象征着往日的作者和女友,他们对幸福的追求和向往。

天才梦

张爱玲

我是一个古怪的女孩,从小被目为天才,除了发展我的天才外别无生存的目标。然而,当童年的狂想逐渐褪色的时候,我发现我除了天才的梦之外一无所有——所有的只是天才的乖僻缺点。世人原谅瓦格涅的疏狂,可是他们不会原谅我。

加上一点美国式的宣传,也许我会被誉为神童。我三岁时能背诵唐诗。我还记得摇摇摆摆地立在一个满清遗老的藤椅前朗吟"商女不知亡国恨,隔江犹唱后庭花",眼看着他的泪珠滚下来。七岁时我写了第一部小说,一个家庭悲剧。遇到笔画复杂的字,我常常跑去问厨子怎样写。第二部小说是关于一个失恋自杀的女郎。我母亲批评说:如果她要自杀,她决不会从上海乘火车到西湖去自溺。可是我因为西湖诗意的背景,终于固执地保存了这一点。

我仅有的课外读物是《西游记》与少量的童话,但我的思想并不为它们所束缚。八岁那年,我尝试过一篇类似乌托邦的小说,题名《快乐村》。快乐村人是一好战的高原民族,因克服苗人有功,蒙中国皇帝特许,免征赋税,并予自治权。所以快乐村是一个与外界隔绝的大家庭,自耕自织,保存着部落时代的活泼文化。

我特地将半打练习簿缝在一起,预期一本洋洋大作,然而不久我就对这伟大的题材失去了兴趣。现在我仍旧保存着我所绘的插画多帧,介绍这种理想社会的服务、建筑、室内装修,包括图书馆、"演武厅"、巧格力店、屋顶花园。公共餐室是荷花池里一座凉亭。我不记得那里有没有电影院与社会主义——虽然缺少这两样文明产物,他们似乎也过得很好。

九岁时,我踌躇着不知道应当选择音乐或美术作我终身的事业。看了一张描写穷困的画家的影片后,我哭了一场,决定做一个钢琴家,在富丽堂皇的音乐厅里演奏。

对于色彩、音符、字眼,我极为敏感。当我弹奏钢琴时,我想像那八个音符有不同的个性,穿戴了鲜艳的衣帽携手舞蹈。我学写文章,爱用色彩浓厚、音韵铿锵的字眼,如"珠灰","黄昏","婉妙","splendour","melancholy",因此常犯了堆砌的毛病。直到现在,我仍然爱看《聊斋志异》与俗气的巴黎时装报告,便是为了这种有吸引力的字眼。

在学校里我得到自由发展。我的自信心日益坚强,直到我十六岁时,我母亲从法国回来,将她睽隔多年的女儿研究了一下。

"我懊悔从前小心看护你的伤寒症,"她告诉我,"我宁愿看你死,不愿看你活着使你自己处处受痛苦。"

我发现我不会削苹果。经过艰苦的努力我才学会补袜子。我怕上理发店,怕见客,怕给裁缝试衣裳。许多人尝试教我织绒线,可是没有一个成功。在一间房里住了两年,问我电铃在哪儿我还茫然。我天天乘黄包车上医院去打针,接连三个月,仍然不认识那条路。总而言之,在现实的社会里,我等于一个废物。

我母亲给我两年的时间学习适应环境。她教我煮饭;用肥皂粉洗衣;练习行路的姿势;看人的眼色;点灯后记得拉上窗帘;照镜子研究面部神态;如果没有幽默天才,千万别说笑话。

在待人接物的常识方面,我显露惊人的愚笨。我的两年计划是一个失败的试验。除了使我的思想失去均衡外,我母亲的沉痛警告没有给我任何的影响。

生活的艺术,有一部分我不是不能领略。我懂得怎么看"七月巧云",听苏格兰兵吹 bagpipe,享受微风中的藤椅,吃盐水花生,欣赏雨夜的霓虹灯,从双层公共汽车上伸出手摘树巅的绿叶。在没有人与人交接的场合,我充满了生命的欢悦。可是我一天不能克服这种咬啮性的小烦恼,生命是一袭华美的袍,爬满了蚤子。

导读

《天才梦》是张爱玲自己承认的"处女作",40 年代初曾获上海《西风》征文奖。70 年代收入张爱玲自编文集《张看》,但在其末尾加了一段附记:"《我的天才梦》获《西风》杂志征文第十三名名誉奖。征文限定字数,所以这篇文字极力压缩,刚在这数目内,但是第一名长好几倍。并不是我几十年后还在斤斤较量,不过因为影响这篇东西的内容与可信性,不得不提一声。"后经文史专家陈子善先生考证,这段附记中张爱玲犯了两点错误:一是征文字数限定在五千字以内,远不像《天才梦》这般短;二是获名誉奖第三名,而不是第十三名。张爱玲艺术上的天才与生活中低能的奇特性格于此可见一斑,自可与《天才梦》对照阅读。

《天才梦》结末一句遒劲有力:"生命是一袭华美的袍,爬满了蚤子。"真是神来之笔,令人回味无穷,也是全篇的"文眼"。"华美的袍"与"爬满蚤子"构成文章前后两部分。前面主要叙述生命因为披上了"天才梦"的华服,自然是欣悦欢快的调子;后面部分则主要叙述生活中无法调理的低能,又未免像爬满华服的蚤子,时时给生命以刺痛。作者才华横溢、语言意象奇特,极富个性地把"质朴与华丽、诗意与冷峻、亲切与反讽"等互相对立的元素组合在一起。

雅　舍

梁实秋

　　到四川来,觉得此地人建造房屋最是经济。火烧过的砖,常常用来做柱子,孤零零的砌起四根砖柱,上面盖上一个木头架子,看上去瘦骨磷磷,单薄得可怜;但是顶上铺了瓦,四面编了竹篦墙,墙上敷了泥灰,远远的看过去,没有人能说不像是座房子。我现在住的"雅舍"正是这样一座典型的房子。不消说,这房子有砖柱,有竹篦墙,一切特点都应有尽有。讲到住房,我的经验不算少,什么"上支下摘","前廊后厦","一楼一底","三上三下","亭子间","茅草棚","琼楼玉宇"和"摩天大厦",各式各样,我都尝试过。我不论住在那里,只要住得稍久,对那房子便发生感情,非不得已我还舍不得搬。这"雅舍",我初来时仅求其能蔽风雨,并不敢存奢望,现在住了两个多月,我的好感油然而生。虽然我已渐渐感觉它并不能蔽风雨,因为有窗而无玻璃,风来则洞若凉亭,有瓦而空隙不少,雨来则渗加滴漏。纵然不能蔽风雨,"雅舍"还是自有它的个性。有个性就可爱。

　　"雅舍"的位置在半山腰,下距马路约有七八十层的土阶。前面是阡陌螺旋的稻田。再远望过去是几抹葱翠的远山,旁边有高粱地,有竹林,有水池,有粪坑,后面是荒僻的榛莽未除的土山坡。若说地点荒凉,则月明之夕,或风雨之日,亦常有客到,大抵好友不嫌路远,路远乃见情谊。客来则先爬几十级的土阶,进得屋来仍须上坡,因为屋内地板乃依山势而铺,一面高,一面低,坡度甚大,客来无不惊叹,我则久而安之,每日由书房走到饭厅是上坡,饭后鼓腹而出是下坡,亦不觉有大不便处。

　　"雅舍"共是六间,我居其二。篦墙不固,门窗不严,故我与邻人彼此均可互通声息。邻人轰饮作乐,咿唔诗章,喁喁细语,以及鼾声,喷嚏声,吮汤声,撕纸声,脱皮鞋声,均随时由门窗户壁的隙处荡漾而来,破我岑寂。入夜则鼠子瞰灯,才一合眼,鼠子便自由行动,或搬核桃在地板上顺坡而下,或吸灯油而推翻烛台,或攀援而上帐顶,或在门框桌脚上磨牙,使得人不得安枕。但是对于鼠子,我很惭愧的承认,我"没有法子"。"没有法子"一语是被外国人常常引用着的,以为这话最足代表中国人的懒惰隐忍的态度。其实我的对付鼠子并不懒惰。窗上糊纸,纸一戳就破;门户关紧,而相鼠有牙,一阵咬便是一个洞洞。试问还有什么法子? 洋鬼子住到"雅舍"里,不也是"没有法子"? 比鼠子更骚扰的是蚊子。"雅舍"的蚊风之盛,是我前所未见的。"聚蚊成雷"真有其事! 每当黄昏时候,满屋里磕头碰脑的全是蚊子,又黑又大,骨骼都像是硬的。在别处蚊子早已肃清的时候,在"雅舍"则格外猖獗,来客偶不留心,则两腿伤处累累隆起如玉蜀黍,但是我仍安之。冬天一到,蚊子自然绝迹,明年夏天——谁知道我还是否住在"雅舍"!

　　"雅舍"最宜月夜——地势较高,得月较先。看山头吐月,红盘乍涌,一霎间,清光四射,天空皎洁,四野无声,微闻犬吠,坐客无不悄然! 舍前有两株梨树,等到月升中天,清光从树间筛洒而下,地上阴影斑斓,此时尤为幽绝。直到兴阑人散,归房就寝,月光仍然逼进窗来,助我凄凉。细雨蒙蒙之际,"雅舍"亦复有趣。推窗展望,俨然米氏章法,若云若雾,一片弥漫。但若大雨滂沱,我就又惶悚不安了,屋顶湿印到处都有,起初如碗大,俄而扩大如盆,继则滴水乃不绝,终乃屋顶灰泥突然崩裂,如奇葩初绽，霮然一声而泥水下注，此刻满室狼藉，抢救无及。此种经验，已数见不鲜。

"雅舍"之陈设，只当得简朴二字，但洒扫拂拭，不使有纤尘。我非显要，故名公巨卿之照片不得入我室；我非牙医，故无博士文凭张挂壁间；我不业理发，故丝织西湖十景以及电影明星之照片亦均不能张我四壁。我有一几一椅一榻，酣睡写读，均已有着，我亦不复他求。但是陈设虽简，我却喜欢翻新布置。西人常常讥笑妇人喜欢变更桌椅位置，以为这是妇人天性喜变之一征。诬否且不论，我是喜欢改变的。中国旧式家庭，陈设千篇一律，正厅上是一条案，前面一张八仙桌，一边一把靠椅，两旁是两把靠椅夹一茶几。我以为陈设宜求疏落参差之致，最忌排偶。"雅舍"所有，毫无新奇，但一物一事之安排布置俱不从俗。人人我室，即知此是我室。笠翁《闲情偶寄》之所论，正合我意。

"雅舍"非我所有，我仅是房客之一。但思"天地者万物之逆旅"，人生本来如寄，我住"雅舍"一日，"雅舍"即一日为我所有。即使此一日亦不能算是我有，至少此一日"雅舍"所能给予之苦辣酸甜，我实躬受亲尝。刘克庄词："客里似家家似寄。"我此时此刻卜居"雅舍"，"雅舍"即似我家。其实似家似寄，我亦分辨不清。

长日无俚，写作自遣，随想随写，不拘篇章，冠以"雅舍小品"四字，以示写作所在，且志因缘。

导读

"雅舍"是梁实秋给自己在重庆北碚的居住地起的室名。《雅舍》选取一种于苦涩中寻觅雅趣的角度，显示作者的独特个性和较为超脱、旷达的心态。所谓"雅舍"，本无雅处，相反，寒伧、简陋，与鼠蚊相伴。但在旅居中的作者颇具雅兴，以他特有的眼光、胸襟去观照，于是不论是夜间老鼠的穿行，还是"聚蚊成雷"，甚至大雨滂沱时屋顶灰泥的崩裂，作者都能泰然处之，写得雅趣横生。

"雅舍"之"雅"来自作者为人处世的雅。客居在"有窗无玻璃，风来则洞若凉亭，有瓦而空隙不少，雨来则渗如滴漏"的陋室，而尤可以从中寻觅到一些诗意，由屋顶崩裂而联想到"奇葩初绽"，若无湛然寂静的心境去体味，绝不可能体会到这种明月皎皎之夜和细雨之际的悠悠情致。"雅"也来自作者不经意中流露的幽默，这种幽默并非天性使然，是人性修养和丰厚阅历的表现，是经历了坎坷、起落，看透人生的阔达和雅致。梁实秋从小处着眼，大处落笔，纵横生发，大有"游心于物外，不为世俗所累"的自我陶醉的处世态度与超越功利的审美情趣。

这篇小品在描写上最大的特点是抓住"雅舍"的个性特征进行描绘。文章生动而有层次地描写"雅舍"的形态、构造、地理位置，夜晚、雨天时的自然情状，以及舍内的陈设，使读者足可以想象寒舍虽陋散、简朴却又不俗的特点。

蛇与塔

聂绀弩

　　白蛇与许仙，在中国是一个家喻户晓的传说，写这故事的有好几种书，我最爱《警世通言》上的"白娘子"。从那故事看来，白娘子是个极人情也就极人性的平凡的女性，她爱许仙，嫁给许仙，后来为法海收服；文情简单朴素，使人感到一点淡淡的无名的悲哀，是中国短篇中的杰作。别的书就铺张得厉害，什么水漫金山，压在雷峰塔下，许仕林祭塔等等。

　　蛇，纠缠，毒，用它比女人，是颇有些憎恶意思的。但这意思，在一般人中间，似乎并不怎样普遍、深刻，写白蛇故事书的人，讲、读、听这故事的人，就都不怎么憎恶她，刚刚相反，许多人似乎还同情她，用老话说，这叫做公道自在人心。水漫金山，当然会荼毒了许多生灵的吧，但人们还是并不憎恶，好像明白那责任该法海负。本来，你出家人，管人闺阃则甚？

　　把她压在雷峰塔下，而且永久压下去，实在是一件不平的事。她不过找她的丈夫，要她的丈夫回家，犯了什么法呢？就叫她不见天日，身负重负，动也不能动一下，这日子怎么过呀！这是我们愚民百姓所常常盘算的。

　　中国没有大悲剧的故事，什么都让它大团圆，善有善报，恶有恶报，大快人心；白蛇被压，还来个许仕林中状元，衣锦荣归，奉旨祭塔，也不脱此例。有人说这是不敢正视现实，是说谎，恐怕是不错的。但也可以有另外的说法，即我们中国人于是非善恶之间，取舍极严，关心极大。蛇已经被压下去了，没有任何法力的我们愚民百姓无法挽救，但对于她的含冤却耿耿在心，对于她的凄凉情况，又抱着无限同情，难道慰问一下也不可以么？于是产生了自己的创作：祭塔。状元公许仕林也者，何尝是白蛇与许仙的儿子呢，不过是我们愚民百姓派去的代表而已。探监，甚至到学校里访女同学，不都要说得沾亲带故的么？

　　若干年前，雷峰塔倒了。倒的原因，据说，是因为人们偷砖。砖，可以造墙；纵然不过是砖吧，年深日久，就成了古董，可以赏玩，可以卖钱；甚至一说：塔是镇妖的，砖当然也可以避邪，所以偷。天乎冤哉，刚刚把偷砖者的本意忘掉了！本意如何？曰：要塔倒，要白蛇恢复自由。愚民百姓也自有愚民百姓的方法和力量。

　　　　　　　　　　　　　　　　　　　　　　　　　　一九四一，一，三一，于桂林

导读

　　选自同名散文集，桂林文献出版社 1941 年 8 月初版，三联书店 1986 年再版，再版本收录作者 1984 年前杂文共 32 篇，是一部关于妇女问题的杂文的辑集。40 年代初作者就在桂林编《力报》副刊《新垦地》时，发动了一场关于女权问题的辩论，在两个月内，发表了自己和另外几十位作者写的 70 万字的杂文，驳斥了假道学家阻挡妇女解放的种种谬论。聂绀弩是自鲁迅以后最有成就的杂文家之一。夏衍曾说:"鲁迅以后杂文写得最好的,当推绀弩为第一人。"

《蛇与塔》认为白娘子是一个"极人性""极人情"的平凡女性,尽管被冠以"蛇"这样恶毒的形象,被镇压在雷峰塔下,却获得了民间老百姓的广泛同情。许仙和白娘子的儿子许仕林中状元奉旨祭塔是老百姓派去表达民意的代表;而老百姓偷砖的本意则是"要塔倒,要白蛇恢复自由",这是"愚民百姓"独有的方法与力量。

全篇叙述语言通俗简练,生动幽默,结句遒劲有力。

论快乐

钱锺书

在旧书铺里买回来维尼(Vigny)的《诗人日记》(*Journal d'un poète*)，信手翻开，就看见有趣的一条。他说，在法语里，喜乐(bonheur)一个名词是"好"和"钟点"两字拼成，可见好事多磨，只是个把钟头的玩意儿(Si le bonheur n'etait qu'une bonne heure!)。我们联想到我们本国话的说法，也同样的意味深永，譬如快活或快乐的快字，就把人生一切乐事的飘瞥难留，极清楚地指示出来。所以我们又慨叹说："欢娱嫌夜短！"因为人在高兴的时候，活得太快，一到困苦无聊，愈觉得日脚像跛了似的，走得特别慢。德语的沉闷(Langeweile)一词，据字面上直译，就是"长时间"的意思。《西游记》里小猴子对孙行者说："天上一日，下界一年。"这种神话，确反映着人类的心理。天上比人间舒服欢乐，所以神仙活得快，人间一年在天上只当一日过。从此类推，地狱里比人间更痛苦，日子一定愈加难度；段成式《酉阳杂俎》就说："鬼言三年，人间三日。"嫌人生短促的人，真是最"快活"的人。反过来说，真快活的人，不管活到多少岁死，只能算是短命夭折。所以，做神仙也并不值得，在凡间已经三十年做了一世的人，在天上还是个初满月的小孩。但是这种"天算"，也有占便宜的地方：譬如戴君孚《广异记》载崔参军捉狐妖，"以桃枝决五下"，长孙无忌说罚得太轻，崔答："五下是人间五百下，殊非小刑。"可见卖老祝寿等等，在地上最为相宜，而刑罚呢，应该到天上去受。

"永远快乐"这句话，不但渺茫得不能实现，并且荒谬得不能成立。快过的决不会永久；我们说永远快乐，正好像说四方的圆形，静止的动作同样地自相矛盾。在高兴的时候，我们空对瞬息即逝的时间喊着说："逗留一会儿罢！你太美了！"那有什么用？你要永久，你该向痛苦里去找。不讲别的，只要一个失眠的晚上，或者有约不来的下午，或者一课沉闷的听讲——这许多，比一切宗教信仰更有效力，能使你尝到什么叫做"永生"的滋味，人生的刺，就在这里，留恋着不肯快走的，偏是你所不留恋的东西。

快乐在人生里，好比引诱小孩子吃药的方糖，更像跑狗场里引诱狗赛跑的电兔子。几分钟或者几天的快乐赚我们活了一世，忍受着许多痛苦。我们希望它来，希望它留，希望它再来——这三句话概括了整个人类努力的历史。在我们追求和等候的时候，生命又不知不觉地偷度过去。也许我们只是时间消费的筹码，活了一世不过是为那一世的岁月充当殉葬品，根本不会享到快乐，但是我们到死也不明白是上了当，我们还理想死后有个天堂，在那里——谢上帝，也有这一天！我们终于享受到永远的快乐。你看，快乐的引诱，不仅像电兔子和方糖，使我们忍受了人生，而且仿佛钓钩上的鱼饵，竟使我们甘心去死。这样说来，人生虽痛苦，却不悲观，因为它终抱着快乐的希望；现在的账，我们预支了将来支付。为了快活，我们甚至于愿意慢死。

穆勒曾把"痛苦的苏格拉底"和"快乐的猪"比较。假如猪真知道快乐，那末猪和苏格拉底也相去无几了。猪是否能快乐得像人，我们不知道；但是人会容易满足得像猪，我们是常看见的。把快乐分肉体的和精神的两种，这是最糊涂的分析。一切快乐的享受都属于精神的，尽管快乐的原因是肉体上的物质刺激。小孩子初生下来,吃饱了奶就乖乖地睡,并不知道什么是快活,虽然它身体感觉舒服。缘故是小孩子时的精神和肉体还没有分化,只是混沌的星云状态。洗一个澡,看一朵花,吃一顿饭,假使你觉得快活,并非全因为澡洗得干净,花开得好,或者菜合你口味,主要因为你心上没有挂碍,轻松的灵魂可以专注肉体的感觉,来欣赏,来审定。要是你精神不痛快,像将离别时的筵席,随它怎样烹调得好,吃来只是土气息、泥滋味。那时刻的灵魂,仿佛害病的眼怕见阳光,撕去皮的伤口怕接触空气,虽然空气和阳光都是好东西。快乐时的你,一定心无愧怍。假如你犯罪而真觉快乐,你那时候一定和有道德、有修养的人同样心安理得。有最洁白的良心,跟全没有良心或有最漆黑的良心,效果是相等的。

发现了快乐由精神来决定,人类文化又进一步。发现这个道理,和发现是非善恶取决于公理而不取决于暴力,一样重要。公理发现以后,从此世界上没有可被武力完全屈服的人。发现了精神是一切快乐的根据,从此痛苦失掉它们的可怕,肉体减少了专制。精神的炼金术能使肉体痛苦都变成快乐的资料。于是,烧了房子,有庆贺的人;一箪食,一瓢饮,有不改其乐的人;千灾百毒,有谈笑自若的人。所以我们前面说,人生虽不快乐,而仍能乐观。譬如从写《先知书》的所罗门直到做《海风》诗的马拉梅(Mallarmé),都觉得文明人的痛苦,是身体困倦。但是偏有人能苦中作乐,从病痛里滤出快活来;使健康的消失有种赔偿。苏东坡诗就说:"因病得闲殊不恶,安心是药更无方。"王丹麓《今世说》也记毛稚黄善病,人以为忧,毛曰:"病味亦佳,第不堪为躁热人道耳!"在着重体育的西洋,我们也可以找着同样达观的人。工愁善病的诺法利斯(Novalis)在《碎金集》里建立一种病的哲学,说病是"教人学会休息的女教师"。罗登巴赫(Rodenbach)的诗集《禁锢的生活》(Les Vies Encloses)里有专咏病味的一卷,说病是"灵魂的洗涤(épuration)"。身体结实、喜欢活动的人采用了这个观点,就对病痛也感到另有风味。顽健粗壮的十八世纪德国诗人白洛柯斯(B. H. Brockes)第一次害病,觉得是一个"可惊异的大发现(eine be-wunderungswürdige Erfindung)"。对于这种人,人生还有什么威胁?这种快乐,把忍受变为享受,是精神对于物质的最大胜利。灵魂可以自主——同时也许是自欺。能一贯抱这种态度的人,当然是大哲学家,但是谁知道他不也是个大傻子?

是的,这有点矛盾。矛盾是智慧的代价。这是人生对于人生观开的玩笑。

导读

"永远快乐"是古往今来人们一直的期待和祝福。但钱锺书的《论快乐》告诉我们:"永远快乐"不但"渺茫得不能实现",而且"荒谬得不能成立"。因为苦难和荒诞才是人生的本质——"我们只是时间消费的筹码,活了一世不过是为那一世的岁月充当殉葬品,根本不会享到快乐。"不过,钱锺书接着又告诉我们:人生虽痛苦,却并不悲观,因为"它终抱着快乐的希望",因为"精神是一切快乐的根据,从此痛苦失掉它们的可怕,肉体减少了专制。精神的炼金术能使肉体痛苦都变成快乐的资料。于是,烧了房子,有庆贺的人;一箪食,一瓢饮,有不改其乐的人;千灾百毒,有谈笑自若的人"。

文章独辟蹊径,从法、汉、德等多种语言的精微分析入手,杂以小说、散文、诗歌、传说、野史、俗语等资料,古今中外、旁征博引。文章有着钱锺书学者散文的典型特征:博学、强记、睿智、幽默、风趣。视野开阔,思路奔放,联想丰富,寓意隽永。叙述者才高八斗,妙语联珠,醍醐灌顶的警句层出不穷。既有深刻独到的人生感悟,又有尖锐而微妙的社会批判。在鞭辟入里的剖析中寓含了严密的数理式的逻辑,令人叹为观止。

切梦刀

李健吾

不知道什么一个机会,也许由于沦陷期间闷居无聊,一个人在街上踽踽而行,虽说是在熙来攘往的人行道上,心里的闲静好像古寺的老僧,阳光是温煦的,市声是嚣杂的,脚底下碰来碰去净是坏铜烂铁的摊头,生活的酸楚处处留下深的犁痕,我觉得人人和我相似,而人人的匆促又似乎把我衬得分外孤寂,就是这样,我漫步而行,忽然来到一个旧书摊头,在靠外的角落,随时有被人踩的可能,豁然露出一部旧书,题签上印着"增广切梦刀"。

梦而可切,这把刀可谓锋利无比了。

一个白天黑夜全不做梦的人,一定是一个了不起的勇士。过去只是过去,时间对于它只有现时,此外都不存在。他打出来的天下属于未来,未来的意义就是乐观。能够做到这步田地时,勇士两个字当之而无愧,我们常人没有福分妄想这种称谓,因为一方面必须达观如哲学家,一方面又必须浑浑噩噩如二愣子。

当然,这部小书是我们常人做的,作者是一位有心人,愿意将他那把得心应手的快刀送给我们这些太多了梦的可怜虫。我怀着一种欣喜的心情,用我的如获至宝的手轻轻翻开它的皱卷的薄纸。

"丁君成勋既成切梦刀十有八卷……"

原来这是一部详梦的伟著,民国六年问世,才不过二十几个年头,便和秋叶一样凋落在这无人过问的闹市,成为梦的笑柄。这美丽的引人遐想的书名,采取的是"晋书"关于王濬的一个典故。

"濬夜梦悬三刀于卧屋梁上,须臾又益一刀,濬惊觉,意甚恶之。主簿李毅再拜贺曰:三刀为州字,又益一者,明府其临益州乎? 及贼张弘杀益州刺史皇甫晏,果迁濬为益州刺史。"

在这小小得意的故事之中,有刀也在梦里,我抱着一腔的奢望惘然如有所失了。

梦和生命一同存在。它停在记忆的暖室,有情感加以育养:理智旺盛的时候,我以为我可以像如来那样摆脱一切挂恋,把无情的超自然的智慧磨成其快无比的利刃,然而当我这个凡人硬起心肠照准了往下切的时候,它就如诗人所咏的东流水,初是奋然,竟是徒然:

"抽刀断水水更流。"

有时候,那就糟透了,受伤的是我自己,不是水:

"磨刀呜咽水,
水赤刃伤手。"

于是,我学了一个乖,不再从笨拙的截击上下功夫,因为那样做的结果,固然梦可以不存在了,犹如一切苦行僧,生命本身也就不复在人世存在了,我把自然还给我的梦,梦拿亲切送我做报答。我活着的勇气,一半从理想里提取,一半却也从人情里得到。而理想和人情都是我的梦的弼辅。说到这里,严酷的父亲(为了我背不出上"孟",曾经罚我当着客人们跪;为了我忘记在他的生日那天磕头,他在监狱当着看守他的士兵打我的巴掌……），在我 13 岁上就为人杀害了的父亲，可怜的辛劳的父亲，在我的梦里永远拿一个笑脸给他永远的没有出息的孩子，我可怜的姐姐，我就那么一位姐姐，小时候我会拿剪刀戳破她的手，叫她哭，还不许她告诉父亲，但是为了爱护，她永远不要别人有一点点伤害我，就是这样一位母亲一样的姐姐，终于很早就丢下我去向父亲诉苦，一个孤女的流落的忧苦。而母亲，菩萨一般仁慈，囚犯一样勤劳，伺候了我们子女一辈子，没有享到我们一天的供奉，就在父亲去世十二年以后去世了。他们活着……全都活着，活在我的梦里……还有我那苦难的祖国，人民甘愿为她吃苦，然而胜利来了，就没有一天幸福还给人民……也成了梦。

先生，你有一把切梦刀吗？

把噩梦给我切掉，那些把希望变成失望的事实，那些从小到大的折磨的痕迹，那些让爱情成为仇恨的种子，先生，你好不好送我一把刀全切了下去？你摇头。你的意思是说，没有痛苦，幸福永远不会完整。梦是奋斗的最深的动力。

那么，卖旧书的人，这部《切梦刀》真就有什么用处，你为什么不留着，留着给自己使用？你把它扔在街头，夹杂在其他旧书之中，由人翻拣，听人踩压，是不是因为你已经学会了所有的窍门，用不着它随时指点？

那边来了一个买主。

"几钿？"

"五百。"

"贵来！"他望望然而去。

可怜的老头子，《切梦刀》帮不了你的忙，我听见你的沙哑的喉咙在吼号，还在叹息："五百，两套烧饼啊！"

导读

《切梦刀》是一篇哲理散文，选自李健吾同名散文集，文化生活出版社 1948 年 11 月出版。

梦而能够刀切，这是一个美丽的意象，却也是一个空幻的意象。梦不能抽刀而切，正如水不能抽刀而断，因为梦与生命同在，如果抽刀切梦，梦固然可以不存在，但生命本身也不复存在了。因此，与其抽刀切梦，还不如把梦还给自然，还给生命，那么梦也会给生命以回报，因为梦不仅是苦难生命的有效补偿，同时也是奋斗最深的动力。

文章蕴含丰富的人生哲理，但由于叙述语言具有梦一般的跳跃性和非逻辑性，因此读者理解起来也许有一定难度。

戏
剧
编

南　归

田　汉

人　物　母

　　　　女

　　　　少　年

　　　　流浪者

时　间　现代。

布　景　农家门前,井,桃树。

〔老母坐井栏缝衣,少年农人持钓竿,提鱼串由右侧上。

少　年　伯母。

母　　　啊,李大哥,钓鱼来吗?(放下衣)

少　年　伯母,您瞧,今天运气不错吧。

母　　　哦呀,真是,拿回去可以大吃一顿了。

少　年　不,这是孝敬您的,快拿盆子来吧。

母　　　那可谢谢你了。(进去拿盆子出来盛了鱼)你真是个可爱的孩子,又能干,又勤快。

少　年　承你老人家夸奖。

母　　　真是,我要有你这样一个孩子多好。

少　年　有好女儿,不一样吗?

母　　　女儿究竟是女儿,男孩子做的事情总做不了。再说,女儿总是要嫁给人家的,也不能守着娘
　　　　一辈子,是不是?

少　年　……倘使女儿嫁了人还能守着您,那不更好吗?

母　　　好是好,那怎么能办得到呢?

少　年　怎么办不到?

　　　　〔母不语。

少　年　(纯朴地含羞)伯母,托您的事问过了没有?

母　　　问过的,孩子。她还是想着那个人。

少　年　(埋怨地)可是,您就这样顺着她的意思吗?

母　　　我只有这一个闺女,不顺着她,又该怎么办呢? 难道好天天打她骂她吗?

少　年　不过,这也不是办法呀,伯母。别说那个人去了一年多了,不见得会回来,就回来了,也不见得
　　　　能养活你老人家一辈子。那样在外头飘流惯了的人不知又要流到哪儿去。去年他要走的时
　　　　候,您那样留他不是也留不住吗? 他若是再走,春姐可以跟着他去,难道您也好跟着他去吗?

母	是呀,我也这样想过的。从前老头子在世的时候,我还不觉得什么,自从去年老头子一死,我靠的就只这一个女儿了,怎么不想把她嫁一个妥当的人家呢?
少　年	那么,伯母,把春姐配给我,妥当不妥当呢?我家里有几亩好地,还有一点点坡地,我又能干活,从不偷懒。家里隔得这样近,您看,还有什么不好呢?
母	(想想)好自然好,可就是女儿不好办。
少　年	春姐纵然还想着那个人,日子久了,也会把他给忘了的。我们从小一块儿长大,她也不是那样讨厌我的。
母	是呀,我也这么想啊,要是把事情定下了,这孩子也不会怎么不听话吧。
少　年	(喜)那你老人家为什么不早点儿把事情定下呢?
母	定下也可以呀。
少　年	(喜极抓住她)那么您就是我的娘了。春姐没有爸爸了,我没有娘,这一来彼此都有了。
母	孩子,我刚才不是说过吗?我也愿意有你这么一个儿子。
少　年	哎呀,那我太高兴了。高兴得简直要哭了。
	〔女在内叫唤:"妈!得做菜了。"
母	哦,就来了。(对少年)我做菜去了。你坐一会儿,我叫春儿出来陪你!
	〔母携刚补好的衣物和鱼盆入内。
少　年	啊,这下我才放心了。可是……
	〔母在内声:"春儿,快打桶水来呀,缸里没水了。"
	〔女携吊桶出。
少　年	啊,春姐!
女	(默然点头)正明弟,什么时候来的?
少　年	来了好一会了。
	〔女不语,默然携桶到井边打水。
少　年	(鼓勇)打水吗?让我来帮你吧。
女	不,谢谢。(自己打水)
少　年	(止之)春姐……
	〔女不语。
少　年	(失望欲泣,讷讷然)春姐,这几年我天天想着你,求着你,难道你一点不觉得吗?
	〔女不语。
少　年	伯伯死了,家里剩下伯母同你,一个男人也没有,难道就这样过下去吗?
女	正明弟,我是在等着一个人哩。
少　年	我知道,不过他真会回来吗?
女	会回来的。
少　年	怎么知道他一定会回来呢?
女	我是这样想。
少　年	他有信来吗?

女	没有,打他走了以后没有半个字给我。(怨愤地)绿衣的信差,每天走过我们家,可从不曾停留过啊。
少　年	可不是! 人家把你给忘了,你何苦老惦着人家呢?
女	(反感地)你怎么知道他把我给忘了?
少　年	他一点儿音信也没有,怎么不是忘了呢?
女	不写信就算忘了吗? 不,他每晚总是在梦里找我来的。
少　年	那是你忘不了他呀。
女	对呀,正明弟! 至少我忘不了他啊。瞧这井边的桃树底下,他不是老爱坐在那儿写诗的吗? 他不是老爱拉着我的手,靠这棵树坐着,跟我讲他在各地流浪的故事的吗? 瞧这树皮上不还雕着他送给我的诗吗? 这棵树还活着,花还开着,树皮上的字还跟刚刻的时候一样的新鲜,我怎么能忘了他呢? ……
少　年	那么,春姐……

〔女不语

少　年	你什么时候可以忘了他呢?
女	等到这棵树枯了,叶子落了,花不再开了,树皮上的字也没有了……
少　年	那是一辈子啊……
女	对,一辈子我也忘不了他啊,正明弟。
少　年	(跪抱其足)春姐,你这样忘不了他,就这样忘得了我吗? 我们不是一块儿长大的吗? 我不是从不曾离开过你吗? 我不是愿意永久守着你吗? ……
女	正明弟! 就怨你是从小跟我一块儿长大的啊,就怨你始终不曾离开过我,要永远守着我啊。你瞧他,他跟你是多么不同:他来,我不知他打哪儿来;他去,我不知他上哪儿去,在我的心里他就跟神一样。不管是坐着,或是站着,他的眼睛总是望着遥远遥远的地方,我心里老在想,那遥远的地方该是多么一个有趣的地方啊,多么充满着美的东西啊。他是那样一位神一样的人,他虽然离开了我,我总觉得他随时都站在我的身边,随时都在对着我细声讲话。不定哪一天,他会忽然回来,把我给带走的,把我带到他时常望着的那遥远遥远的地方去的。
少　年	啊,春姐。他一定是个鬼怪,一个精灵,你着了他的魔了。
女	也许是,可这是我愿意的呀。
少　年	那么,你怎么样也不愿意我吗?
女	……正明弟,我辜负了你。
少　年	啊,春姐……

〔母出。

母	好啊,你们俩谈得这样好,娘就有靠了。

〔女急起身提水入厨。

母	(低声对少年)孩子,她肯了吗?
少　年	(苦笑)唔。

母	那就好哪。明天你去请何先生来,我就把八字交给他吧。
少　年	(含糊地)唔。
母	怎么这会儿倒害起羞来了? 快进去大家安排桌子吃饭啊。
少　年	不,伯母,我要回去。
母	怎么又客气起来了? 进去呀! 不是一家人了吗?
少　年	不,我去了,伯母。
母	一定要走吗? 那么别忘了明天邀何先生来,我等着你们。

〔少年默然持钓竿由右侧下。

母	到底是小孩子,有点儿害羞。(将入)哦呀,鸡还没有关哩。春儿,快喂一喂就关了吧,别让豺狗给拖了去了。
女	是。

〔母入室开灯。女取米喂鸡。

女	飐! 飐! 飐!(趁鸡吃米之际一一捉之入埘。关鸡毕,忽在门外颠了一步,发现一只破鞋)娘! 谁把这只鞋拿出来的?
母	(在内)什么鞋呀?
女	(举示之)这只鞋啊!
母	(在门口)哦,那,那个人留下来的那只破鞋吗? 那还有谁,还不是来富干的事。真是个没用的畜生! 昨儿个把我搁在床底下的一只雨鞋也给叼出来了。
女	(取鞋默然玩视,发出叹声来)鞋啊,你破了!
母	(重至门口)孩子,快进来呀,又在那里"破了""破了"的! 你连他的一只破鞋都不肯丢掉,他恐怕连你的名字都忘了吧。
女	娘,他不会的。
母	不会的! 唉! 娘从前也以为世界上有许多决不会有的事,可后来一桩桩都出来了。你爸爸病中拉着我的手说他怕是活不了啦。我说,"这事是不会有的,你要是死了,丢下我们母女俩可怎么活下去哇?"可是你爸爸还是死了。就是你那位辛先生吧,在我们家住了一年多,我们对他也算不错吧,就当家里人一样,以为他是不会走的了。可后来他也还是走了。
女	他是想起家乡才要走的呀。谁又能丢得了家乡? 我要是流浪到遥远遥远的地方去了,日子久了也要想起家乡来的呀。
母	蠢孩子,你以为他真是想家吗?
女	怎么不是? 他走的时候对我说,他看见了江南的这桃李花,就想起北方的雪来了。他们那儿有深灰的天,黑的森林,终年积雪的山,他快三年没见过那雪山了,就跟我们不管出外多远,也不能不想起这桃花村一样。再说,那雪山脚下还住着他年老的爸爸,可爱的妹妹,他怎么不想回家呢?
母	咳,孩子,你别瞒住自己了。你忘了他说的他那雪山脚下还有一湖碧绿的水,湖边上还有一带青青的草场,草场上放着一大群小绵羊,柳树底下还坐着一个看羊的姑娘吗?

〔女不语。

母　你忘了他说的,那位姑娘每天赶着羊群,来到那湖边的草场上,老对着快要下山的太阳低声儿歌唱吗?

〔女不语。

母　你忘了他说的,他虽然流浪在遥远的南方,可还是忘不了那位姑娘,那位姑娘的歌声还留在他的耳边吗?

〔女不语。

母　你忘了他说的,他忘不了的那姑娘,——她有一双弯弯的眉,又大又黑的眼睛,还有一头黑黝黝的波浪似的好头发吗?

〔女不语。

母　你忘了他说的,他因此才不能不离开南方,回到他的家乡,去探望雪山脚下的他的爸爸、妹妹,和那位看羊的姑娘吗? 这个时候,他一定已经娶了那位姑娘,在山上,在湖边一块儿看着羊,唱着歌,晚上谈笑在温暖的屋子里,或是毡幕里,谁还记得在南方的桃花村有个傻丫头,还抱着他留下的一只破鞋,在唉声叹气,眼泪双流呢?

〔女抱着破鞋,木人似的倒下了。

母　嗳呀,孩子,娘错了,娘是骗你的呀。你怎么当真起来了呢? 春儿,春儿!

女　(抚着鞋)鞋啊,我跟你一样的命运吗!

母　啊,谢天谢地。孩子,娘时常教你别这么痴,这年头痴心的人还能过日子吗? 得想开点儿,快把这只破鞋扔掉吧。抱在身上把衣裳弄脏了,回头娘又得洗啊。

女　不……

母　孩子,快起来呀。听话。

女　不起来……

母　别和娘淘气了。我们家就剩下咱娘儿俩了,没有你谁还来管娘,没有娘谁还来管你呢。

女　(感动地拉着她娘)娘……

母　孩子……

母　(闻得厨房饭香)呵呀,饭烧焦了,孩子,听话,快起来,娘要去做菜了。(急下)

女　(徐起坐在树下的井栏上,感伤地念树皮上的诗)

　　　　这儿曾倚过我的手杖,

　　　　这儿曾放下过我的行囊。

　　　　在寂寞的旅途中,

　　　　我曾遇见一位可爱的姑娘。

　　　　我们一块儿坐在树底下,

　　　　我对她谈起流浪的经过,

　　　　她睁着那双又大又黑的眼睛,

　　　　呆呆地望着我。

姑娘啊,我是不知道爱情的人,

但你真痴得可怜。

我纵然流浪到多远,

我的心将永久在你的身边。

你听到晚风吹动树叶儿鸣,

那就是我呼唤你的声音,

你看见落花随着晚风儿飘零,

那就是我思念你的眼泪纵横。

〔忽来一人影,渐行渐近。女徐徐抬起头来。

影　这里是春姑娘的家吗?

女　是,哪一位? ……(渐近其人,惊望)哦! 你不是辛先生吗?

影　啊,春姑娘,我来找你来了。

女　真是你? 我不是在做梦吗? (审视)啊,辛先生! 望得我好苦啊。(哭抱)

〔影即流浪者,亦前抱女。

母　孩子,怎么不进来吃饭呀? 谁来了? 谁? (徐徐走近。亦惊)啊,你呀!

〔流浪者不语。

女　是啊,他来了。真是他回来了,我还当做梦哩。娘,你看怎么样? 还是给我望到了吧。

母　真是来得巧,正跟春儿谈起你呢。快到这儿坐。

女　是呀,快到这儿坐,把东西放下。(帮他放下行囊,接下帽子)

流浪者　(走到井栏旁)树长这么大了。

女　回头你瞧来富长得可真大。来富,来富! 怎么不见了?

母　同李大哥去了,它挺爱走人家的。

流浪者　(走到树边)又到这棵树下了!

〔女又从他手里抢下手杖,飞跑地藏到屋子里去了。

流浪者　春姑娘一年不见也高多了。

母　也该高了,十八了。这孩子真痴,你看这是什么?

流浪者　鞋! 谁的?

母　是呀,我知道你自己也准忘了,这是你丢下的一只旧鞋,她可当宝贝似的一直藏到今天。

〔流浪者不语。

〔女打水出来,给他洗脸。

母　对啊,辛先生快洗脸,回头抹个澡舒坦舒坦吧。

流浪者　谢谢! (洗脸)

母　你这次是打哪儿来的呢?

流浪者　打北边来的。

女　你该看见那深灰的天,黑色的森林,白的雪山啦?

流浪者 都看见了,看够了,我又想起南方来了。

女 辛先生,那雪山脚下的湖水,还是一样的绿吗?

流浪者 绿得像碧玉似的。

女 那湖边草场上的草,还是一样的青吗?

流浪者 青得跟绒毡似的。我们又叫它"碧瑠璃"。

女 那草场上还有人放着小绵羊吗?

流浪者 唔。绒毡似的草场上时常有一群群的小绵羊在吃草。

女 那羊群的旁边,那柳树下面……

母 那羊群旁边,那柳树下面,那位看羊的姑娘呢?

　　　〔流浪者不语。

母 你已经娶了她吧?

　　　〔流浪者不语。

母 怎么不让她一块儿到南边来呢?

女 是呀,怎么不带她一块儿来呢? 我想她一定是一位可爱的姑娘!

流浪者 ……春姑娘,别提她吧。我写过这样一首诗:(抱着吉他且弹且唱)

　　　　模糊的村庄迎在面前,

　　　　礼拜堂的塔尖高耸昂然,

　　　　依稀还辨得出五年前的园柳,

　　　　屋顶上寂寞地飘着炊烟。

　　　　从耕夫踏着暮色回来,

　　　　我就伫立在她的门前,

　　　　月儿在西山沉没了,

　　　　又是蛋白的曙天。

　　　　我无所思,

　　　　也忘了疲倦,

　　　　只是痴痴地伫立

　　　　在她的门前。

　　　　我是这样沉默啊!

　　　　沉默而无言;

　　　　我等待着天落入我的怀里,

　　　　我伫立在她的门前。

　　　　渐渐听得传言:

　　　　她已经嫁给别人了,

385

　　　　　在你离家后的第一年；

　　　　　她终因忧伤而殒命了，

　　　　　在你离家后的第三年。

母　　　怎么，你们后来没有结婚吗？

女　　　(代为解释)他回去找她，才知她在他出门后的第一年嫁了人了，嫁了之后她不如意，到第三年，就生病死了，……

母　　　哦，那姑娘死了？这真是……那么，还有那住在雪山脚下的你爸爸呢？

女　　　妹妹呢？他们都好吗？

流浪者　春姑娘，(眼含着泪继续地唱)

　　　　　渐渐听得传言：

　　　　　四年前的一次恶战，

　　　　　我家也烧得片瓦不全。

　　　　　父亲早已经死了，

　　　　　妹妹流落在天边。

　　　　　"那不是你家旧日的庭院，

　　　　　那废墟上飘绕着荒烟？"

女　　　哎呀，他爸爸死了，妹妹不知流落到什么地方去了。

母　　　可怜啊，怎么我们的命都一样的苦。

流浪者　啊，春姑娘，你爸爸呢？没有回来吗？

女　　　我爸爸再也不回来了，我跟你一样没有爸爸了。(泣)

流浪者　(惊悼)伯父什么时候去世的？

母　　　快半年了。

流浪者　人生的变动竟这么多啊！人都是这么匆匆地来又这么匆匆地去吗？

女　　　辛先生，这趟你可不能再匆匆地去了。你家剩下了你，我家就剩下我娘儿俩了，需要一个帮助我们的人，你可不能再离开我了。我娘也决不能再让你走的。娘，是不是？

母　　　(为难)唔。是呀。

女　　　你一定得留下来。我想得你好苦，你丢下的这双旧鞋，每晚做了我的枕头；你刻在树皮上的诗，都成了我每天的课本了。你走了，人家猜你不回来了，我相信你一定会回来的，结果你还是回来了，还是被我给盼到了！我怎么样也不能离开你了。

流浪者　对，春姑娘，我也不想离开你，可我是一个永远的流浪者，怎么能说得定呢？为了求暂时的安息，我回到了家乡，我以为那深灰的天，黑的森林，白的雪山，绿的湖水，能给我一些慈母似的安慰。可是我一知道她嫁了，死了，父亲也下世了，妹妹不知道流落到哪儿去了，那些天，森林，雪山，湖水对我都成了悲哀的包围！朋友们留我在故乡作事，也有不少的钱；我干了几个月，觉得多留一天，多受一天罪。在难堪的寂寞之中，记起了你们给我的温暖，我提起行囊，背着吉他不知不觉地又流浪到南方来了。想不到我这个四海无家的人还有你这样关心着我。春姑娘！你说你不愿意离开我，难道我愿意离开你吗？不过谁能保得定没有不能不离开你的那一天呢？

女　不,辛先生,相信我,没有谁能使我们离开了。

流浪者　好,我也决不离开你,春姑娘。（抱她）

女　我太幸福了！娘,替我欢喜吧,他说决不离开我了。

母　孩子,你怎么尽拉着辛先生讲话,他走这么远的路,自然是饿了。快弄饭吧。

女　是啊,是啊,我马上弄饭去。娘,来不及买菜怎么办？

母　今晚随便吃一点,明天再买吧。

女　对,把正明弟送来的鱼蒸了好不好？

母　好呀。

女　辛先生,你坐一会儿,我做饭去。

〔女入厨。

流浪者　快一年没有回来了。老伯母。

母　不,一年多了。去年你走的时候,桃花还没有开,这一趟来,桃花落了满地了。

流浪者　日子过的真快呀！

母　是啊,我们屋后面新栽的几棵桃树今年也开得好极了。早来几十天还可以看得到。来迟了,真是可惜。

流浪者　日子长着呢。既然不走,我想在山上再多栽些桃树,简直把这儿弄成个"桃花源"吧。

母　唔。对啊。（双关地）不过,辛先生你真是来迟了。别说早来几十天,只要早来一个时辰就大不同了。

流浪者　怎么,桃花落的那么快吗？

母　咳,不是桃花落的快,是事情变得太快了,辛先生……

流浪者　怎么呢？

母　在你来的前一会儿,我把春儿许给一个姓李的孩子了。

流浪者　（突然的袭击）是吗？

母　你别难过,辛先生,你还是可以住在我家里,我还是会照顾你的。不过我得把这事情告诉你：春儿对你好,她一直痴痴地想着你,盼着你。可你一年多没有来,连信也不写一封,我只当你已经跟那位看羊的姑娘结婚了哩。所以我劝春儿嫁给那姓李的孩子,因为你知道,春儿十八了,也该嫁。……那姓李的孩子也算是好的了,人很诚实、勤快,家里也有几亩地和一些坡地,离我家很近,又是和春儿一块儿长大的,春儿也不讨厌他;我想把春儿嫁给他,我也有靠了。刚才我又叫他亲自问过春儿。

流浪者　春姑娘怎么说呢？

母　春儿她也答应了。……

流浪者　哦。……

母　我想下个月就拣个好日子把春儿嫁过去,你说好不好？

流浪者　（苦笑）唔,好。

〔女在厨下叫："妈,我们还是在屋子里吃呢？在外面吃呢？"

母	在外面吃太冷了。还是在里面吃吧。
	〔女:"那么我把桌子摆在里面了。等一等,我到园子里再摘点青菜。"
母	辛先生,我们进去吧。白天里很暖,到了晚边又冷起来了。到底还是春天呢。
流浪者	是啊。不过,伯母,我要求你老人家一件事。
母	(很担心地)什么事呢? 咳,你早来一会儿就好了。
流浪者	不是。请你老人家替我把帽子和手杖拿出来。
母	为什么呢?
流浪者	没有什么。
母	辛先生,你要走吗? 你要是走了,春儿可多么难过。你今天怎么也不能走,住几天吧。
流浪者	正因为不想让春姑娘难过,所以得走。
母	就是走也等吃过饭再走啊。
流浪者	不吃饭了。老伯母,再迟就赶不上客栈了。
母	不,今晚说什么也不能走。
流浪者	不,我走定了。您知道我的脾气。趁春姐不知道,快把帽子和手杖拿给我吧。
母	这真是没有法子。
	〔母入室。
流浪者	(先取小刀剥去树皮上的诗,旋拾起旧鞋)

啊,鞋啊,你破了,你破了,

我把你遗留在南方。

当我跟跄地旧地重来,

你却在少女的枕边无恙。

我见了你,记起我旧日的游踪;

我见了你,触起我的心头的痛创。

我孤鸿似的鼓着残翼飞翔,

想觅一个地方把我的伤痕将养。

但人间哪有那种地方,哪有那种地方?

我又要向遥远无边的旅途流浪。

破鞋啊,我把你丢了又把你拾起,

宝贝似的向身上珍藏,

你可以伴着我的手杖和行囊,

慰我凄凉的旅况。

破鞋啊,何时我们同倒在路旁,

同被人家深深地埋葬?

鞋啊,我寂寞,我心伤。

母	(取帽杖等出来)帽子、手杖跟小背包都拿来了。春儿那痴孩子把它藏在看不见的地方连我都几乎找不到。辛先生,还是等吃过饭再走不成吗?

流浪者	不等了。伯母。（戴好帽,提好行囊,背着吉他,拿起手杖）再见,老伯母,您多多保重。
母	真是……你就这样走了,我太难过了。什么时候走过我们这里,再进来坐坐。
流浪者	好。不过,我再也不敢走旧路了。
母	……你有什么话嘱咐春儿的没有?
流浪者	我有什么话?……我是为着追寻温暖到南方来的,我来迟了,花落了,春去了!……请您告诉春姑娘,别再想念我了。人生是个长的旅行:或是东,或是西,她只能走一条路。我是个不幸的人,我也不愿她来分我的悲哀,再说悲哀也不是别人分得去的。鞋我带走了。树皮上的字我刮去了。此外我想不会有什么悲哀的痕迹留给一个幸福的人吧。人生自然不尽是幸福的,她若是有什么为难的时候请她知道世界上的哪一个角落里有个流浪者在替她祝福吧。……再见了。（下场)
母	(送着他的后影)再见。好好招呼自己吧。
	〔女在内:"娘,菜做好了,桌子也摆好了,请辛先生进来吃饭吧。"
母	唔。
	〔女在内:"哦呀,妈,辛先生的帽子呢?"
母	他戴了。
	〔女在内:"手杖呢?"
母	他拿了。
	〔女在内:"还有背包呢?"
母	他背上了。
女	(出至门口)辛先生呢?
母	他走了。
女	说好不走怎么又走了?……你老人家把他给气走了,对吗?
母	(内愧地)不,不是。
女	他说什么没有?
母	……没有说什么,他只教你好好听娘的话。
女	哪有的事!（披衣欲跑)
母	你到哪儿去?孩子。
女	跟他去,跟他到那遥远的遥远的地方去。辛先生!辛先生!（追去)
母	(追上去)孩子,孩子!

——幕

写于一九二九年

导读

　　独幕剧《南归》是田汉早期波西米亚风格作品的典型代表,它直接以流浪者的漂泊行径和感伤的心迹表白为主体结构,把田汉式的感伤演绎得淋漓尽致,表现了漫漫人生路上,

"不如意事常八九,不知何处是归程"的主题。主人公流浪诗人——辛先生,一直处于无所适从的境地:北方的故乡及牧羊姑娘召唤着他,但随着牧羊姑娘的遗世,故乡已无法挽留他;带着对南方秀丽美景的渴慕及春姑娘的思念,又来到了南方,却得知春姑娘另有追求者,便不愿做过多的逗留,又捡起手杖背起吉他走向远方。他渴望爱情,然而更留恋漂泊行吟的生活,所以在流浪与留恋的心灵冲突中顺理成章地选择了前者。这出戏体现了理想与现实的冲突,也正是作者内心苦闷,找不到出路的感伤情绪的艺术反映。

《南归》一剧可以说没有什么"戏",而是从"灵的世界"里溢出的诗,它的魅力不在于戏剧情节,而在于它表现了对爱情、自由、光明的强烈追求和追求中的失落感、孤独感。尤其是戏剧结尾春姑娘出走,无疑是对落后保守、单调重复、暮气沉沉的生活的厌倦,对新鲜未知、变化不停的生活的向往和追求,渲染张扬着一种反抗封建陈腐暮气的青春诗意与生命活力。这出戏具有独特的音乐性,强化了戏的抒情色彩。作者在人物的语言和动作中穿插了两段抒情的诗和动人的歌。戏剧和诗歌、音乐的结合,使话剧具有了"抒情剧"和"诗剧"的韵味。

丽人行（存目）

田　汉

导读

21 场话剧《丽人行》创作于 1946 年底至 1947 年初，是田汉中期创作的高峰，是他 40 年代艺术上的集大成之作。作为抗战胜利后至全国解放前夕话剧剧坛上最引人注目的优秀作品之一，它具有以下几方面的思想艺术特色：

一、强烈的现实性。该剧的创作受到当时接连发生的北平美军强奸北京大学女生的"沈崇案"和上海国民党当局迫害贫民的"摊贩案"的激发，田汉把这两件事集中地反映在剧中刘金妹的苦难遭遇中了。《丽人行》如此紧密地贴近现实，配合反蒋民主斗争，正是它当时引起轰动的原因之一。而且，该剧的成功之处，还在于作者不是停留于影射当时黑暗现实，它远远超越了单纯配合现实斗争的创作目标，而是艺术地表现了抗战胜利后人们的压抑、反思、忧虑、企求的共同感受，深怀忧国之情地描写了 3 个不同类型的女性对人生道路的探索，展现出抗战胜利前后光明与黑暗、正义与邪恶博斗的艰难岁月中种种人物挣扎奋斗的精神历程。

二、"全景式"的艺术构思。该剧向人们展开了一幅广阔的社会生活画面。女工刘金妹的遭遇反映了劳动人们的苦难。她遭日本兵强奸后含愤自杀，被革命者救下；受流氓调戏，丈夫来保护她，却被流氓用石灰弄瞎了双眼；借高利贷摆小摊，又被当局没收，不得已暗暗卖身养家。李新群是一位做地下工作的革命者，她积极忘我地工作，援救被捕同志，刻印传单，办工人夜校，她和章玉良、刘大哥、孟南等一系列形象展示了共产党人的艰苦斗争和不屈精神。梁若英是意志薄弱、苦闷动摇的知识分子的典型。她在丈夫去内地后经受不住生活的艰难，与银行家王仲原同居，直到被王抛弃才醒悟过来。围绕着 3 个女性，还出现了革命者、工人、城市贫民、日寇、汉奸、地痞流氓等人物，从而比较完整地反映了抗战胜利前后这一历史时期的社会现实。

三、结构形式的创新。《丽人行》共 21 场，它突破了话剧分幕的形式，采用自由度更大的中国传统戏曲分场式结构，利用戏曲大、小场形式来描写多条线索，借自由灵活的时空变换来展现广阔的社会画面。剧中，刘、李、梁 3 条线索是按时间进程平行发展的，同时又彼此交织，使得情节的发展错落有致、有条不紊。剧本开始，3 个不同命运、不同人生姿态的女性在梁若英家聚合。以下描写有分有合，每一次合，都表现出生活进展的阶段性，而每一次分，都平行地展现出各个人物的不同生活状况，直到最后推出 3 人在黄浦江边相会的场面——"她们三个女人，在美丽的夕阳中紧紧抱在一起，迎接新的斗争生活"。全剧 21 场需长就长，需短就短，转接自如，犹如行云流水。这种分场式结构使人耳目一新，产生了广泛的影响。从此以后，不仅田汉，其他话剧作家也常采用这种分场的形式。

压　迫

丁西林

剧中人物

    男客人

    女客人

    房东太太

    老妈子

    巡警

布　景

    一间中国旧式的房子。后面一门通院子,左右壁各一门通耳房。房的中间偏右方,一张方桌,四围几张小椅。桌上铺了白布,中间放着一架煤油灯及茶具。偏左方,一张茶几,两张椅子,靠壁放着。一张椅子背上担着一件雨衣,旁边放着一个手提的皮包。后面的左边靠墙放着一张类似洗脸架带有镜子的小桌,上面放着一个时钟及花瓶。屋内尚有其他的陈设,壁上还有一些字画,但都很简单而俭朴。

    〔开幕时,一个着粗呢洋服,长筒皮靴的男人坐在茶几旁边的一张椅上抽烟斗,一个老妈子立在门外,将手伸到屋檐的外边去试验有无雨点。

老　妈　(走进屋来)雨倒不下了,怎么还不回来?(从桌上拿了茶壶,走到茶几边代客人倒茶)

男　客　(不耐烦,站起)唉,你先弄一点东西来吃,好不好?

老　妈　东西倒有在那里,不过这也得等太太回来。

男　客　吃东西也得等太太回来?

老　妈　(叹了一口气)是的,吃东西得等太太回来,房子的事情,也得等太太回来。

男　客　好吧,等太太回来吧。横竖是那么一回事,太太回来也是那样,太太不回来也是那样。(复坐下)

老　妈　(摇头)看那样子,太太不像肯答应把这房子租给你。

男　客　不把这房子租给我?谁教她受我的定钱?

老　妈　是的,那只怪小姐不好。其实——唉——太太的脾气也太古怪了。像你先生这样的人,有什么要紧?深更半夜,屋里有一个男人,还可以有个照应。

男　客　这房子以前有人租过没有?

老　妈　这房子已经空了有一年多了,也没有租出去。

男　客　这房子并不坏,为什么没有人来要?

老　妈　没有人要?谁看了都说这房子好,都愿意租。这房子又干净,又显亮,前面还有那样的一个花园。

男　客　这样说为什么一年多没有租出去呢？

老　妈　你先生也不是外人，告诉你也没有什么要紧，你知道，我们的太太爱的就是打牌，一天到晚在外边。家里就只有我和小姐两个人。有人来看房，都是小姐去招呼。有家眷的人，一提到太太，小孩，小姐就把他回了。没有家眷的人，小姐才答应，等到太太回来，一打听，说是没有家眷，太太就把他回了。这样不要说是一年，就是十年，我看这房子也租不出去。

男　客　怎么，像这一回的事，以前已经有过么？

老　妈　也不知有过多少次。每回租房，小姐都要和太太吵一次。不过平常小姐不敢作主，这一次她作主受了你先生的定钱，所以才生出这样的事来。

男　客　她如果早作主，这房子老早就租了出去。

老　妈　是的，不过平常租房的人，听说房子不能租给他们，他们也就没有话说，不像你先生这样的……

男　客　古怪，是不是？是的，你们太太的脾气太古怪了，我的脾气也太古怪了，这一回两个古怪碰在一块儿，所以这事就不好办了。不过我也觉得这房子不坏，尤其是前面的那个小花园。

老　妈　看你先生的样子，一定也是爱清静的。这里一天到晚听不到一点嘈杂的声音，离你先生办事的地方又近，所以……我曾在那里替你先生想……

男　客　你替我想怎么？

老　妈　……就说你先生是有家眷的，家眷要过几天才来，这样一说，太太一定可以答应把这房子租给你。

男　客　好了，如果过几天没有家眷来，怎样？

老　妈　住了些时，太太看了你先生什么都好，她也就不管了。

男　客　不行不行，一个人没有结婚，并没有犯罪，为什么连房子都租不得？

老　妈　喔，我不过觉得你先生这样的爱这房子，如果租不成功，心里一定不舒服，所以那么瞎想罢了，我原是不懂事的。——啊，这大概是太太回来了。（走到门口，高声）是太太么？（答应外边）是的，在这儿。（走出，客人也站了起来少停，房东太太由后门走进，老妈跟在她的后面）

房　东　对不住，劳你等了。

男　客　我对你不住，打搅了你。我教你们的老妈子不要去惊动你，她没有听我的话。

房　东　那没有什么。（从一个皮夹子里拿出一张票子）啊，这是你先生留下的定钱，请你收起来。

男　客　啊，对不住，我今天是到这边来住宿的，不是来讨定钱的。

房　东　怎么？昨天我不是对你说明白了么？说这房子不能租给你？

男　客　啊，是的，你说的很明白。

房　东　那么今天你还教人把行李送到这儿来是什么意思？

男　客　（高兴得很）因为教我不要来是你说的，不是我说的，我并没有答应你说不来，我答应了没有？

房　东　（渐渐的感到不快）你这话我真不大明白，你的意思，好像是说这房子的租不租要由你答应，是不是？

男　客　喔,不是,这房子的租不租,自然是要由你答应。不过,既把房子租了给我,这房子的退不退,就得由我答应。你知道,现在这房子不是租不租的问题,是退不退的问题。

房　东　(渐渐生起气来)我这房子是几时租给你的?

男　客　你既受了我的定钱,这房子就算租了给我。

房　东　真是碰到鬼!我几时受你的定钱?那是我的女儿,她不懂事。

男　客　不懂事?她又不是一个小孩子。

房　东　喔,现在这些废话都不必讲,我这房子并不是不租,我是要租一个有家眷的人,如果你先生有家眷来同住,我这房子租你,我没有话说。

男　客　你这话说的毫无道理。你租房的时候,说明了要家眷没有?我骗了你没有?

房　东　(改用和平的方法)租房的时候没有说,可是我昨天已经对你先生说过,我们家里没有一个男人……

男　客　(停止她)唉,唉,我问你,你租房的时候,你家里有男人没有?为什么现在才想到?

房　东　你这人一点道理不讲,我没有这许多工夫来和你争论。

老　妈　(想做和事佬)喔,太太,今天时候也不早了,天又下雨,现在要这位先生另外找房子,也不大方便,可不可以让这位先生暂时在这儿住一宵,明天再想旁的法子。

男　客　(固执)不行!这话不是这样讲,如果我不租这房子,我即刻就走,既是受了我的定钱,这房子就非租给我不可!

房　东　那么我告诉你,你今晚非走不可!

男　客　(冷笑了一声)哼!(坐了下来)

房　东　(站到他的面前)你走不走?

男　客　不走!

房　东　王妈,去把巡警叫来。

老　妈　喔,太太!

房　东　你去叫巡警来。

男　客　巡警来了又怎样?巡警也得讲理呀。

老　妈　太太,我想……

房　东　我叫你去叫巡警去,你听见了没有?——你去不去?

老　妈　好吧。(由后门走出)

房　东　要他即刻就来!(由后门走出,用力将门一关)

男　客　(没有了办法。袋里摸出烟包和烟斗,包里的烟又完了,从皮包里取出一个烟罐,开了一罐新烟,先把烟包装满了,然后装了烟斗。正想抽烟的时候,忽然来了敲门的声音,厉声的)进来!(仍然背了门立着)

女　客　(推开门,轻轻走进。身上着了一件雨衣,一手提了一只小皮包,一手拿了一把雨伞。一进门就开了口,一开了口就有不能停止的势子)啊,对不起,请你原谅。(男客人急转过身来,这时他才看见进来的是这样的一个人)这是很无礼的,我知道,但是我没有办法,你们的大门没有关,我一连敲了好几下,都没有人答应,所以只好一直走进来。

男　客　(气还未平,但没有忘记把衔在嘴里的烟斗拿下来放在桌上)你有什么事?

女　客　我?我是到这边大成公司做事来的。今天刚从北京来,下午三点的车子,直到六点钟才到,九十里路,走了两个半钟头,你看! 现在我要找一个住宿的地方,在火车站上,我打听了好几个地址,一连走了三四家,都没有找到一间合用的房子。有人告诉我,说这边还有几间空房……

男　客　(遇到了对头)啊,你是来租房的!

女　客　是的。不知道这边的房子租出去了没有?

男　客　(狠心的回答)你的运气不好,这房子刚刚租出去。

女　客　啊,你说我运气不好,我的运气可真不好。碰到这样的天气,这乡下的路又不好走,你看,我一身的衣服都打湿了。两只脚走得发酸。(叹了一口气)唉,我可以借你们的凳子坐了歇一回么?

男　客　对不起,请坐。(气全没有了)

女　客　(放下皮包雨伞)谢谢你。(坐在茶几里边的一张椅上,向四边观察房里的一切)

男　客　(引起了趣味,坐在方桌旁的一张小椅上)刚才你说你是到大成公司来做事的,不知道在那边担任的是什么事? ——啊,也许我不应该问。

女　客　不应该问?那有什么? 这又不是不可以告诉人的事。前两个星期,他们在报上登了一个广告,要聘请一位书记。那个广告,什么报上都有,我想你一定看到的。

男　客　(点了一点头)

女　客　上星期五,他们又在报上登了一个启事,说"敝公司拟聘书记一席,现已聘定,所有亲友寄来荐书,恕不一一做复,特此声明。"这个启事,你看见了没有?

男　客　(又点了一点头)

女　客　那位聘定的书记就是我。你没有想到吧? ——你没有想到是一个女人吧?

男　客　这倒没有想到。

女　客　(得意得很)不过现在怎样办呢? 你替我想想,后天就要到公司里去接事,现在连住的地方还没有找到? 从六点半钟一直走到现在,就没有停脚。不瞒你说,我连饭还没有吃呢。(起身整理了一回衣,走到镜子的前面照脸)

男　客　(好像很同情的样子)饭还没有吃? 那怎么行? 这一层说不定我或者可以帮助你。(起身倒了一杯茶)

女　客　谢谢你,我不过是告诉你。我不是来骗饭吃的。

男　客　喔对不起! ——好,请先喝一杯茶吧。

女　客　谢谢。(复坐原处)

男　客　(袋里摸出纸烟盒)你不抽烟吧?

女　客　我不抽烟,不过我并不反对旁人抽烟。(喝了一口茶)

男　客　谢谢你。(放回烟盒,收了烟斗,背转了身,燃火抽烟)

女　客　(摸到她的脚)喔,天呀! 你看我的这双脚,还像是人的脚么……

男　客　(急转过身来)怎么样?

女　客　不仅是水,连泥都走进去了!

男　客　(殷勤起来)那真糟。要不要换袜子?如果要换袜子,我可以走到外边去。

女　客　谢谢你,我不要换袜子。就是换袜子,也用不着把你赶到外边去。

男　客　不要紧,如果袜子没有带,我还可以借你一双。

女　客　谢谢你,你的好意我很感激,不过换它有什么用处?反正是要到水里走去的。

男　客　要到水里走去?——干什么要到水里走去?

女　客　不到水里走去有什么办法?这样漆黑的天,一到街上,你还分得出哪里是水哪里是路来么?

男　客　(如有所思)

女　客　(又喝了一口茶,叹了一口气,起身告辞)啊,打搅了你,对不住得很。(拿了皮包雨伞,预备走出)

男　客　(阻止她)不用忙,再歇一回儿。——刚才你说,你是要租房的,是不是?

女　客　(面向了他)怎么!我说了半天,你还没有听懂么?

男　客　听是听懂了。不过……唉,你看这三间房子怎么样?

女　客　怎么,你不是说已经租出去了么?(放下皮包)

男　客　租是租出去了,不过也许可以让给你。

女　客　(高兴起来)可以让给我?真的么?(放下雨伞)

男　客　自然是真的。(又替她倒好了一杯茶)

女　客　(坐下,接了茶)谢谢。不过为什么可以让给我?是不是这房子如果我愿租,你就可以不租给那个人?

男　客　(摇头)

女　客　不然,你刚才说的是句谎话,这房子就没有租出去?

男　客　不,我说的是实话。这房子是已经租出去了。现在也不是不租给那个人。我说可以让给你,是说已经租好了房子的那个人,自己愿意让给你。

女　客　那我可不明白。为什么那个人愿意把房子让给我?他连见都没有见过我,为什么要把房子让给我?

男　客　那你不用管。

女　客　这房子闹鬼不闹鬼?

男　客　怎么,难道你怕鬼么?

女　客　喔,我是不怕鬼的,我说也许那个人怕鬼。

男　客　喔,那个人也是不怕鬼的。——不管有鬼没有鬼,让我们来看看房子,好不好?(从桌上拿了灯引她看房)这是一间睡房。(开了右壁的门,让她走进)芦苇的顶篷,洋灰地,洋式床,现成的铺盖。窗子外面是一个小小的花园。一清早就可以听到鸟的声音。白天撩开窗帘,满屋里都是太阳。(女客人走出。又把她引到右边的耳房)这边也是一个睡房。铺盖家具也都是现成。房间的大小,和那边一样。就是光线差一点。一个人住的时候,这里可以做睡房,那边可以做书房。(女客人走出)中间可以吃饭会客。(放下灯)这屋子又干净,又显亮,一天到晚,听不到一点嘈杂的声音。这里离你办事的地方又近。我看这房子是于你再合适没有了。

女　客　这三间房子租多少钱？（坐下）

男　客　喔，便宜得很。这样的三间房子，只租五块钱一月。

女　客　房子倒不错，房价也不贵。（想了一想）这房子真的可以让给我吗？

男　客　自然是真的，为什么要骗你？

女　客　不过今晚就来住，总不行吧？

男　客　行，行。（好像忽然想起一件事来）不过——你结了婚没有？

女　客　（跳了起来，挺了胸脯，竖起眉毛）什么！！

男　客　（还要补一句）你结了婚没有？

女　客　（怒了）你这话问的太无道理！

男　客　太无道理！

女　客　简直是一种侮辱！

男　客　（高兴起来）"侮辱"，对了，一点都不错，我也是这样说。但是现在有房出租的人，似乎最重
　　　　要的是先要知道你结婚没有。

女　客　我结婚没有，干你什么事？

男　客　是的，一点都不错，我结婚没有干她们什么事？可是她们一定要问，你说奇怪不奇怪？

女　客　我完全不懂你的意思。

男　客　谁说你懂？你自然不懂我的意思。不过你不要性急，让我告诉你，你就会懂。——刚才你
　　　　说，你是到这边大成公司来做事的，是不是？……

女　客　你这人的记忆力真坏，怎么刚说过了的话，即刻就忘了。

男　客　不要生气。我不过是告诉你，我也是到这边大成公司来做事的。

女　客　你也是到大成来做事的？

男　客　是的。你没有想到吧？

女　客　你在大成做什么事？

男　客　我在这边当工程师。

女　客　这样说，你并不是这里的房东？

男　客　谁说我是这里的房东？我说了我是这里的房东没有？你看我的样子，像一个房东么？

女　客　（抢着说）啊我知道了！你是这里的房客！这三间房子是你租的，现在你觉得不合式，想把
　　　　它退了。

男　客　想把它退了！谁说我想把它退了？

女　客　刚才你不是说这房子可以让给我的么？

男　客　是的，我是说可以让，没有说要退。

女　客　那我更加不明白了，你既不想退，为什么要让呢？

男　客　你真的不明白么？

女　客　真的不明白。（坐下）

男　客　因为——我看了你……喔，不是，因为房东不肯租给我。

女 客 为什么房东不肯租给你？

男 客 啊，就是这婚姻的问题。现在我们讲到题目上来了。一星期以前，我到这里来看房子，碰到了房东小姐。一见了我，她就盘问我，问我有没有老太太，有没有小孩子，有没有兄弟姊妹，直等到我明明白白的告诉了她我是没有结过婚，她才满了意。连房价也没有多讲，她就答应了把房子租给我。

女 客 懂么？她一定知道了你是一个工程师，她想嫁给你！

男 客 真的么？这我倒没有想到。——昨天下午，我到这里来的时候，她们老太太告诉我，说如果我没有家眷来同住，她这房子不能租给我。她明明知道我没有家眷，她把这话来要挟我，你说可恶不可恶？

女 客 为什么没有家眷来同住，这房子就不能租给你？

男 客 我不知道啊。她说她们家里没有男人。

女 客 笑话。

男 客 这简直是一种侮辱，是不是？

女 客 是的。——后来怎么样？

男 客 后来我把她教训了一顿。

女 客 她明白了这个道理没有？

男 客 明白了这个道理？一个人一过了四十岁，他脑子里就已经装满了旧的道理，再也没有地方装新的道理，我告诉你。

女 客 现在怎么样？

男 客 现在？现在我不走！

女 客 她呢？

男 客 她？她去叫巡警。

女 客 叫巡警？叫巡警来干什么？

男 客 叫巡警来撵我！

女 客 真的么！

男 客 为什么要骗你？你如果不相信，等一会儿巡警就要来，你自己看好了。

女 客 这倒是怪有趣的事。不过巡警如果真的要撵你，你怎么样？

男 客 你没有来之前，我不知道怎样。现在我有了主意。

女 客 你预备怎样？

男 客 我把巡警痛打一顿，让他把我带到巡警局里去，教房东把房子租给你。这样一来，我们两个人就都有了住宿的地方。

女 客 那不行(若有所思)。

男 客 那为什么不行。

女 客 你还是没有出那口气。——唉，我倒有个主意。

男 客 你有什么主意？

女 客 (少顿)让我来做你的太太，好不好？

男　客　什么?!

女　客　喔,你不用吓得那么样,我是不向你求婚。

男　客　喔,你误会了我的意思,——我——我——因为我实在没有想到这个方法。

女　客　这是最妙的一个方法。她说你没有家眷同住,这房子就不能租给你。现在你说你有了家
　　　　眷,看她还有什么话说?

男　客　她一定没有话说。不过——你愿意么?

女　客　我为什么不愿意? 这于我有什么损害? ——又不是真的做你的太太。

男　客　喔,谢谢你!

女　客　你不要把我意思弄错。我不是说做了你的太太,我就有什么损害,那完全是另外一个问题。

男　客　是的,那完全是另外一个问题。不过你帮我把租房的问题解决了,我总应该向你道谢。

女　客　嘘! 道谢,无产阶级的人,受了有产阶级的压迫,应当联合起来抵抗他们。(侧耳静听)

男　客　不错,不错。

女　客　我听见有人说话。

男　客　那一定是巡警! (急促的)唉,不过我已经说过我是没有家眷的,现在怎样对她们讲?

女　客　就说我们吵了嘴,你是逃出来的,不愿意给人知道……

男　客　(巡警已经走到门外,急忙的点了一点头,教她不要再讲话)吁!

　　　　〔男客人坐在方桌边,装作生气的样子。女客人坐在茶几旁边。后门由外推开,走进一个巡
　　　　警。手里提了一个风灯,后面跟了老妈和房东太太。她们看见房里来了一个女人,非常的
　　　　惊讶。房里来的这个女人,见她们来了,起了一回身,向她们行了一个很谦和的礼。巡警将
　　　　风灯放在桌上,与那位生气的先生行了一个礼。

巡　警　您贵姓?

男　客　(不客气的)我姓吴。

巡　警　(把头点了一点)喔。——府上是?

男　客　府上? 我没有府上。

女　客　(起始做起受了委屈的太太来)啊,你是拿定主意不要家了,是不是?

巡　警　(注意到插嘴的人,向男客人)这位……贵姓是?

男　客　(答不出,看了女客人一眼,女客也正在代他为难,他只好起始做起依旧赌气的丈夫来)我不
　　　　知道。你问她自己好了。

巡　警　(真的问她自己)您贵姓?

女　客　(很高兴的)我? 我——也姓吴。

巡　警　喔,您也姓吴。

女　客　是的。

巡　警　(再也想不出别的话)府上是?

女　客　我? 我住在北京西四牌楼太平胡同关帝庙对面,门牌三百七十五号,电话西局四千六百九
　　　　十二。——啊,你把它写下来吧,等一会儿你一定要忘记。

巡　警　(真的摸出一本小簿子来)北京……(写字)

女　客　西四牌楼太平胡同。(让巡警写)关帝庙对面。

巡　警　门牌多少?

女　客　三百七十五号。电话西局——四千——六百——九十二。

巡　警　(写完了)谢谢您。(藏好了簿子,又转到男客)您是来这边租房的,是不是?

男　客　不是!我是来这边住宿的,这房子我老早就租好了。

巡　警　(难住了。没有办法,又转到女客)您是来这边?……

女　客　我?我是来这边找人的。

房　东　(不能再耐了)你到这边找什么人?

女　客　(很客气地向她点了一点头)我到这边来找我的男人。

房　东　找你的男人?谁是你的男人?

女　客　我想你应该知道吧?——你既把房子都租了给他。

房　东　怎么!这位先生是你的男人么?

女　客　我不知道。你问他好了,看他承认不承认?

老　妈　(也不能再耐了)太太,你看怎么样!我老早就对您说过,这位先生一定是有太太的,您不信。

巡　警　(糊涂了)怎么?刚才你们不是说这位先生没有家眷,怎么现在他又有了家眷?

老　妈　不要糊涂吧,刚才这位太太还没来,我们怎么会知道?如果这位太太早来这里,还可以省了我在雨地里走一趟呢。

女　客　对你不住。这实在不能怪我,五点钟的车子,六点半钟才到这里。

老　妈　请您不要多心。我不过是说他太不懂事。

巡　警　这话可得要说明白了,太太要我到这边来,是说这位先生租了这三间房子,要一个人在这边住。这屋里住的都是堂客,他先生一个人在这边住,很不方便,是那么个意思,现在这位先生的太太既是来了,这事就好办。如果太太是和先生在这边同住,那就没有我的事,如果太太不在这边住,这件事还得……

老　妈　不要瞎说吧。太太自然是在这边住,——一看还不知道——先生和太太不过是为了一点小事,闹了一点意见,你不来劝解劝解,还来说那样的话。太太不在这边住,到哪里住去?——好了,现在没有你的事了,你赶紧回去打你的牌去吧。(把风灯送到他手里)走!走!

巡　警　这样说,那就没有我的事了。好了,再见,再见。

女　客　再见。你放心好了,哪一天我不在这里住的时候,我通知你就是了。

巡　警　对不起,打搅,打搅。

　　　　〔巡警走出。老妈兴高采烈的拿了茶壶走出。房东太太承认了失败,看了她的客人一眼,也只好板着面孔走出。

男　客　(关上门,想起了一个老早就应该问而还没有问的问题,忽然转过头来)啊,你姓什么?

女　客　我——啊——我——

　　　　　　　　　　　　　　　　　　　　　　　　　　　　　　　　　　　(幕下)

导读

　　《压迫》创作于 1925 年，是丁西林独幕喜剧的代表作。作者在 1935 年出版的《西林独幕剧》"前言"中说，该剧是为了纪念一个在北京因为无家眷而没有租到房子、最后死于瘟热病的朋友。作者在剧中寄托了自己的激愤心情和对不合理的旧社会的抗议，特别是他借女客之口说出"无产阶级的人，受了有产阶级的压迫应当联合起来抵抗他们"的话，说明丁西林已有了蒙眬的无产阶级革命意识。尽管他还不能准确地把握住时代矛盾的特点，但作者的民主主义思想和现实主义精神，较之他的前几部剧作有了明显的进步。

　　在艺术上，《压迫》别具一格。作品反映的事件，本来是正剧性的强烈冲突，但作者写成了一出轻松淡远、妙趣横生的幽默喜剧。作者采用聚焦手法，生动地展示了剧中人寓庄于谐的喜剧性格。剧本含蓄蕴藉、意味深长的喜剧效果，正是剧中人机智幽默的喜剧性格所带来的。喜剧情节单纯，但布局精巧，平中出奇，特别是开头结尾，更显示了作者在戏剧结构方面的独到功力。在这出戏里，题材的社会意义、作家的乐观主义和喜剧的情趣，有机地结合起来，给人以在压抑解脱之后所具有的舒畅之感与情绪的鼓舞。

泼妇(存目)

欧阳予倩

导读

这个剧本是剧作者告别文明戏旧风,摆脱幕表戏编剧方法而创作的第一个完整的话剧剧本。

剧本在"五四"时期的爱情剧中有自己特殊的视角,它不是一般地表现个性解放、婚姻自主,而是着眼于"五四"风潮之后复杂的现实,从男子对爱情不专的现象入手,提出了在整个社会政治、经济体制未经根本改革之前"自由恋爱""妇女解放"能否得以实现的问题。剧本对此作否定的回答,并热情地歌颂了被封建势力称为"泼妇"的新女性愤然离家出走的反抗行为。剧本显然受到易卜生名剧《玩偶之家》的影响,并在内容上表现了当时中国特定的现实,在形式上充分把握了独幕剧的艺术特点。女主人公素心的"泼",透露着时代的光彩,是对"五四"精神的真诚、执着追求,是对自己独立人格的护卫。陈慎之,则活画出当时某些所谓"新派人物"背叛"五四"精神的虚伪、丑恶嘴脸。

五奎桥（存目）

洪　深

导读

　　独幕剧《五奎桥》是《农村三部曲》的第一部，创作于 1930 年，是洪深 20 世纪 30 年代最优秀的作品。剧作以久旱成灾的农村为背景，围绕一场拆桥与保桥的激烈斗争，表现了农民与地主豪绅之间的尖锐矛盾，赞颂了青年农民的反抗精神。象征着封建统治权威的五奎桥的最后被拆毁，预示着封建统治势力的崩溃。剧本的深刻之处，还在于抨击了反动官吏的为虎作伥，揭示了法律对地主阶级利益的维护，从而反映出整个社会制度的黑暗。该剧是洪深奉献给左翼剧坛的优秀之作，在它问世之前，中国话剧舞台上还没有一部如此尖锐地正面表现农村阶级斗争的剧本，它无疑是有开创意义的。

　　该剧在艺术上也颇具特色。作者注重在矛盾冲突中层层揭示人物性格，成功地塑造了正直无私、勇敢坚韧并具有斗争精神的青年农民李全生，老实质朴、胆小怕事但有正义感的老汉陈金福，以及外表温文尔雅、内心狡猾凶残的地主周乡绅等人物形象。情节集中紧凑，又波澜迭起；结构完整、谨严，技巧圆熟。开端简洁明快，按照时间顺序展开戏剧冲突，随着"旱情"的发展，戏剧矛盾不断激化，将剧情推向高潮。结局由高潮顺势而下，戛然而止，简短含蓄，引人思索。但由于作者对农村生活不够熟悉，剧作缺乏浓郁的乡土气息，一定程度上减弱了艺术感染力。

雷雨(存目)

曹　禺

导读

　　曹禺的 4 幕剧《雷雨》创作于 1933 年,最初发表时有"序幕"和"尾声",表明是发生在 10 年前的故事。它是作者在对宇宙的憧憬探索中怀着极大的苦闷创作的,由于作者当时世界观的限制,他无法找到人世间痛苦与纷争的根源,因而作品不免带有某些神秘和宿命的色彩。

　　但《雷雨》毕竟是一部杰出的现实主义剧作。全剧的情节线索有明暗两条,明线是周朴园与蘩漪的矛盾冲突,是剧情发展的中心线索,反映着封建势力对爱情的禁锢压迫与资产阶级女性争取爱情、婚姻、家庭的民主自由的斗争;暗线是周朴园与侍萍的矛盾冲突,带有阶级对立的性质,反映着被侮辱被损害的下层人民同剥削阶级势力的斗争。其他还有反映工人阶级同资产阶级斗争的鲁大海与周朴园的矛盾冲突;周萍与蘩漪、四凤之间的爱情纠葛等,它们都围绕以上明暗两条线索而展开。总之,它通过带有浓厚封建血缘关系和矛盾纠葛的描写,深刻地反映了"五四"前后长达 30 年间半殖民地半封建旧中国社会的某些侧面,表现了作者对这种黑暗现实的批判态度和否定精神。它"是一个对传统中国社会制度和道德作彻头彻尾批判的剧本"。

　　《雷雨》在艺术上取得了杰出的成就。剧作成功地塑造了一系列栩栩如生、性格鲜明的典型形象。剧中 8 个人物,每个人物都是"一个世界",每个形象都具有它的审美价值。特别是蘩漪、周朴园、侍萍,已经成为中国现代戏剧史上不朽的艺术典型。《雷雨》戏剧冲突尖锐,阶级矛盾、爱情纠葛彼此交织在血缘关系之中,甚至任何两个人物都有矛盾关系。如此错综复杂的戏剧冲突,在中国现代话剧史上还是空前的。《雷雨》结构精巧谨严,采用了"封闭式"的结构方法,而且是中国话剧"封闭式"结构的杰出范例。其精巧之处是戏从临近高潮的地方开始,以表现当前的戏剧冲突为主,不断以"过去的戏"推动"现在的戏"。它按照西方"三一律"的创作原则:时间集中,全部故事发生在从上午到午夜 2 点之间;地点也相对集中,3 幕在周家客厅,1 幕在鲁家;登场人物经过严格选择,动作统一。这样,情节集中紧凑,人物性格富有深度,收到了良好的艺术效果,充分显示了作者表现戏剧冲突、组织戏剧结构方面的非凡才能。《雷雨》的语言经过充分锤炼,含蓄生动,简洁凝练,具有浓郁的抒情性和丰富的潜台词;而且是真正个性化的戏剧语言,合乎每个人的身份地位和性格特点,克服了以前不少剧作千人一腔的弊病。

　　总之,《雷雨》以生动的人物形象、曲折的故事情节、严谨的戏剧结构、杰出的艺术技巧和戏剧语言,为中国话剧的民族化、群众化作出了范例。它是我国话剧史上第一部成熟的多幕剧作,它与《日出》一起,标志着我国话剧文学的成熟。

日出(存目)

曹　禺

导读

　　4幕剧《日出》是曹禺继《雷雨》之后的又一部现实主义杰作,创作于1935年,一问世即引起轰动。该剧以旧中国30年代半殖民地半封建都市社会为背景,选取高级交际花陈白露华丽的客厅和三等妓院宝和下处这两个特定地点,以陈白露的活动为中心,展示了上层社会和下层社会、"鬼"与人的两种不同的生活画面。其主题的现实性和战斗性不仅表现在对腐败黑暗的资本主义制度作了正面抨击,深刻揭示了以金钱为中心的社会罪恶的实质,而且也表现在作者对旧社会给予了彻底的否定。

　　《日出》的写作,标志着曹禺现实主义文艺观的正式形成。他在《日出·跋》里说:"一件一件不公平的血腥的事实,利刃似的刺了我的心,逼成我按捺不下的愤怒。"他的《日出》就是在这种现实生活的刺激下写成的。与《雷雨》的写作并非是完全自觉地走上现实主义的道路不同,《日出》则自始至终体现了"作品是生活的艺术再现"的原则。作者深入观察了上海、天津两个大城市的社会面貌,熟悉有关的生活和人物,使作品充满了浓厚的生活气息。曹禺的爱憎感情强烈,因而倾向性也十分鲜明,但体现在作品中的倾向性并不表现为剑拔弩张,而是在人物形象和情节的进展中自然流露出来的。尤其值得重视的是,在《日出》中,曹禺探索了社会黑暗的根源,在未出场的金八身上,让人们感受到旧社会的支配势力。同样,在未出场的打夯工人身上,让人们预想到未来,真正代表光明的前途的将是那些同太阳一起生活的劳动者。从《日出》的构思看,作者意在写光明与黑暗的对比,而重心在结束黑暗上。不公平、不合理的黑暗社会应当被光明的社会所代替,这是作者的理想,也是《日出》的寓意。

　　《日出》在艺术上也取得了杰出的成就。剧本采用人像展览式的结构方式,描绘了高级交际花陈白露的多重复杂性格,以及大丰银行经理潘月亭的狠毒、高级职员李石清的狡诈、小录事黄省三的卑微、顾八奶奶的庸俗、张乔治的媚外、小东西的不幸、翠喜的辛酸等,多侧面地展示了半殖民地半封建大都市社会各色人物的遭际命运和精神面貌,从而大大扩展了剧本表现社会生活的容量。比起《雷雨》,《日出》的戏剧色调更加丰富多彩,他把悲剧同喜剧、讽刺、抒情结合在一起,显示了作者卓越的艺术才能。在整部悲剧的情节发展中,喜剧人物接连粉墨登场,喜剧乃至闹剧的场面也穿插其间,悲剧和喜剧的情势交替转换,隐喻的讽刺和诗意的抒情随处可见,收到了极佳的舞台艺术效果。

　　《日出》与《雷雨》一起,不仅奠定了曹禺在中国现代戏剧史上的地位,而且对中国话剧艺术走向成熟,起了决定性的作用。

上海屋檐下（存目）

夏　衍

导读

　　3 幕话剧《上海屋檐下》创作于 1937 年 5 月，是夏衍的著名代表作。剧作集中体现了夏衍戏剧的现实主义特色，在中国现代戏剧史上占有重要地位。它通过对上海一弄堂房子里 5 户人家一天生活的描写，真实地表现了抗战前夕上海小市民物质与精神生活的痛苦与不幸，从一群备受压迫、历尝酸辛的平凡小市民的生活，透视整个社会的黑暗现状，从而较好地体现了"由小人物反映大时代"的创作意图。

　　《上海屋檐下》成功地塑造了一群下层知识分子和小市民的形象。如怀着一颗伤痕累累的心希望得到妻女爱抚的革命知识分子匡复，为与朋友之妻同居难释负罪感而终日郁郁寡欢的林志成，由同情革命者而变为庸庸碌碌的家庭主妇的杨彩玉，贫病交加的失业小职员黄家楣，郁郁不得志而只好安贫乐命的小学教师赵振宇，因想念阵亡的儿子而神经错乱的老报贩"李陵碑"，沦落风尘、欲挣脱泥坑而不得的"廉价摩登少妇"施小宝，自私狭隘、尖刻吝啬的赵妻等。作者在表现他们不幸的命运遭际的同时，着重刻画了他们各自不同的性格特征，个个鲜明生动，这正是现实主义的力量。

　　《上海屋檐下》是一部具有独特艺术风格的现实主义杰作。它深受契诃夫剧作的影响，既平实朴素，又含蓄隽永。它从平淡的日常生活中开掘出具有重大社会意义的主题，从司空见惯的小人物、小事件中，揭示时代的脉动。在人物塑造上，作者不是浓墨重彩地描绘，而是用淡墨描画人物的灵魂，"细致而不落痕迹，浑成而不嫌模糊，真正的感情深沉地隐藏在画面的背后，不闻呼号而有一种袭人的力量"（唐弢）。它的结构新颖别致，作者采用截取生活横断面的结构方法，按照生活本来的样子，在同一舞台空间里，5 个家庭的生活和矛盾同时展开，齐头并进，而又重点突出林志成、匡复、杨彩玉 3 人之间的家庭悲剧，将其他 4 户人家的悲喜剧穿插其间。可以说，夏衍从该剧开始，充分表现了自己的创作个性，确立了自己深沉、凝重、清新、淡远的艺术风格。该剧的现实主义艺术成就，是夏衍对我国现代戏剧的杰出贡献，它的独创的抒情散文式的美学风格，对我国话剧艺术的发展，产生了重大影响。

屈 原

（第五幕 第二场）

郭沫若

〔东皇太一庙之正殿。与第二幕明堂相似，四柱三间，唯无帘幕。三间靠壁均有神像。中室正中东皇太一与云中君并坐，其前左右二侧山鬼与国殇立侍，右首东君骑黄马，左首河伯乘龙，均斜向。马首向左，龙首向右。左室为一龙船，船首向右，湘君坐船中吹笙，湘夫人立船尾摇橹。右室一片云彩之上现大司命与少司命。左右二室后壁靠外侧均有门，左者开放，右者掩闭。各室均有灯，光甚昏暗，室外雷电交加，时有大风咆哮。

〔靳尚带卫士二人，各蒙面，诡谲地由右侧登场。

靳　尚　（命卫士乙）你去叫太卜郑詹尹来见我。

卫士乙　是。（向湘夫人神像左侧门走入）

〔俄顷，一瘦削而阴沉的老人，左手提灯，随卫士乙由左侧门入场。靳尚除去面罩，向郑詹尹走去。

靳　尚　刚才我叫人送了一通南后的密令来，你收到了吗？

郑詹尹　（鞠躬）收到了。上官大夫，我正想来见你啦。

靳　尚　罪人怎样处置了？

郑詹尹　还锁在这神殿后院的一间小屋子里面。

靳　尚　你打算什么时候动手？

郑詹尹　（迟疑地）上官大夫，我觉得有点为难。

靳　尚　（惊异）什么？

郑詹尹　屈原是有些名望的人，毒死了他，不会惹出乱子吗？

靳　尚　哼，正是为了这样，所以非赶快毒死他不可啦！那家伙惯会收揽人心，把他囚在这里，都城里的人很多愤愤不平。再缓三两日，消息一传开了，会引起更大规模的骚动。待消息传到国外，还会引起关东诸国的非难。到那时你不放他吧，非难是难以平息的。你放他吧，增长了他的威风，更有损秦、楚两国的交谊。秦国已经允许割让的商於之地六百里，不用说，就永远得不到了。因此，非得在今晚趁早下手不可。你须得用毒酒毒死了他，然后放火焚烧大庙。今晚有大雷电，正好造个口实，说是着了雷火。这样，老百姓便只以为他是遭了天灾，一场大祸就可以消灭于无形了。

郑詹尹　上官大夫，屈原不是不喝酒的吗？

靳　尚　你可以想出方法来劝他。你要做出很宽大，很同情他的样子。不要老是把他锁在小屋子里。你可让他出来，走动走动。他带着脚镣手铐，逃不了的。

郑詹尹　（迟疑地）你们是不是有点小题大做呢？

靳　尚　　（含怒）你这是什么话？

郑詹尹　　我觉得你们把屈原又未免估计得过高。他其实只会做几首谈情说爱的山歌,时而说些哗众取宠的大话罢了,并没有什么大本领。只要你们不杀他,老百姓就不会闹乱子。何苦为了一个夸大的诗人,要烧毁这样一座庄严的东皇太一庙？我实在有点不了解。

靳　尚　　哈哈,你原来是在心疼你的这座破庙吗？这烧了有什么可惜？国王王会给你重新造一座真正庄严的庙宇。好了,我不再和你多说了。你烧掉它,这是南后的意旨。你毒死他,这是南后的意旨。要快,就在今晚,不能再迟延。南后的脾气,你是知道的。你尽管是她的父亲,但如果不照着她的意旨办事,她可以大义灭亲,明天便把你一齐处死。(把面巾蒙上,向卫士)走！我们从小路赶回城去！

　　〔靳尚与二卫士由左首下场。

　　〔郑詹尹立在神殿中,沉默有间,最后下出了决心,向东君神像右侧门走入。俄项,将屈原带出。

郑詹尹　　三闾大夫,请你在这神殿上走动走动,舒散一下筋骨吧。这儿的壁画,是我平常所喜欢的啦。我不奉陪了。

　　〔屈原略略点头,郑詹尹走入左侧门。

　　〔屈原手足已戴刑具,颈上并系有长链,仍着其白日所着之玄衣,披发,在殿中徘徊。因有脚镣行步甚有限制,时而伫立睥睨,目中含有怒火。手有举动时,必两手同时举出。如无举动时,则拳曲于胸前。

屈　原　　(向风及雷电)风！你咆哮吧！咆哮吧！尽力地咆哮吧！在这暗无天日的时候,一切都睡着了,都沉在梦里,都死了的时候,正是应该你咆哮的时候,应该你尽力咆哮的时候！

　　　　　尽管你是怎样的咆哮,你也不能把他们从梦中叫醒,不能把死了的吹活转来,不能吹掉这比铁还沉重的眼前的黑暗,但你至少可以吹走一些灰尘,吹走一些砂石,至少可以吹动一些花草树木。你可以使那洞庭湖,使那长江,使那东海,为你翻波涌浪,和你一同地大声咆哮呵！

　　　　　啊,我思念那洞庭湖,我思念那长江,我思念那东海,那浩浩荡荡的无边无际的波澜呀！那浩浩荡荡的无边无际的伟大的力呀！那是自由,是跳舞,是音乐,是诗！

　　　　　啊,这宇宙中的伟大的诗！你们风,你们雷,你们电,你们在这黑暗中咆哮着的,闪耀着的一切的一切,你们都是诗,都是音乐,都是跳舞。你们宇宙中伟大的艺人们呀,尽量发挥你们的力量吧。发泄出无边无际的怒火把这黑暗的宇宙,阴惨的宇宙,爆炸了吧！爆炸了吧！

　　　　　雷！你那轰隆隆的,是你车轮子滚动的声音！你把我载着拖到洞庭湖的边上去,拖到长江的边上去,拖到东海的边上去呀！我要看那滚滚的波涛,我要听那鞺鞺鞳鞳的咆哮,我要飘流到那没有阴谋,没有污秽,没有自私自利的没有人的小岛上去呀！我要和着你,和着你的声音,和着那茫茫的大海,一同跳进那没有边际的没有限制的自由里去！

　　　　　啊,电！你这宇宙中最犀利的剑呀！我的长剑是被人拔去了,但是你,你能拔去我有形的长剑,你不能拔去我无形的长剑呀。电,你这宇宙中的剑,也正是,我心中的剑。你劈吧,劈吧,劈吧!把这比铁还坚固的黑暗,劈开,劈开,劈开!虽然你劈它如同劈水一样,你抽掉了,它又合拢了来,但至少你能使那光明得到暂时的一瞬的显现,哦,那多么灿烂的,多么眩目的光明呀!

光明呀,我景仰你,我景仰你,我要向你拜手,我要向你稽首。我知道,你的本身就是火,你,你这宇宙中的最伟大者呀,火!你在天边,你在眼前,你在我的四面,我知道你就是宇宙的生命,你就是我的生命,你就是我呀!我这熊熊地燃烧着的生命,我这快要使我全身炸裂的怒火,难道就不能迸射出光明了吗?

炸裂呀,我的身体!炸裂呀,宇宙!让那赤条条的火滚动起来,像这风一样,像那海一样,滚动起来,把一切的有形,一切的污秽,烧毁了吧,烧毁了吧!把这包含着一切罪恶的黑暗烧毁了吧!

把你这东皇太一烧毁了吧!把你这云中君烧毁了吧!你们这些土偶木梗,你们高坐在神位上有什么德能?你们只是产生黑暗的父亲和母亲!

你,你东君,你是什么个东君?别人说你是太阳神,你,你坐在那马上丝毫也不能驰骋。你,你红着一个面孔,你也害羞吗?啊,你,你完全是一片假!你,你这土偶木梗,你这没心肝的,没灵魂的,我要把你烧毁,烧毁,烧毁你的一切,特别要烧毁你那匹马!你假如是有本领,就下来走走吧!

什么个大司命,什么个少司命,你们的天大的本领就只有晓得播弄人!什么个湘君,什么个湘夫人,你们的天大的本领也就只晓得痛哭几声!哭,哭有什么用?眼泪,眼泪有什么用?顶多让你们哭出几笼湘妃竹吧!但那湘妃竹不是主人们用来打奴隶的刑具么?你们滚下船来,你们滚下云头来,我都要把你们烧毁!烧毁!烧毁!

哼,还有你这河伯……哦,你河伯!你,你是我最初的一个安慰者!我是看得很清楚的呀!当我被人们押着,押上了一个高坡,卫士们要息脚,我也就站立在高坡上,回头望着龙门。我是看得很清楚,很清楚的呀!我看见婵娟被人虐待,我看见你挺身而出,指天画地有所争论。结果,你是被人押进了龙门,婵娟她也被人押进了龙门。

但是我,我没有眼泪。宇宙,宇宙也没有眼泪呀!眼泪有什么用呵?我们只有雷霆,只有闪电,只有风暴,我们没有拖泥带水的雨!这是我的意志,宇宙的意志。鼓动吧,风!咆哮吧,雷!闪耀吧,电!把一切沉睡在黑暗怀里的东西,毁灭,毁灭,毁灭呀!

〔郑詹尹左手提灯,右手执爵,由湘夫人神像左侧之门入场。

郑詹尹 三闾大夫,你又在做诗了吗?你的声音比风还要宏大,比雷霆还要有威势啦。啊,像这样雷电交加的深夜,实在可怕。我连庙门都不敢去关了。你怎么老是不去睡呢?是的,我看你好像朗诵了好长的一首诗啦。你怕口渴吧。我给你备了一杯甜酒来,虽然没有下酒的东西,请你润润喉,也好啦。

屈 原 多谢你,请你放在那神案上,手足不方便,对你不住。

郑詹尹 唉,真是不知道要闹成个什么世界了。本来是"刑不上大夫,礼不下庶人"的,这个体统也弄得来扫地无存了。连我们的三闾大夫,也要让他带脚镣手铐。三闾大夫,这脚镣手铐假如是有钥匙,我一定要替你打开的啦。可恨的是他们把钥匙都带走了啊。

屈　原　多谢你，这脚镣手铐我倒并不感觉痛苦，有这些东西在身上，倒反而增加了我的力量，不过行动不方便些罢了。

郑詹尹　我看你的喉嗓一定渴得很厉害的，这酒我捧着让你喝。还要睡一睡才能天亮呢。

屈　原　多谢你，我现在口不渴。我本来也是不喜欢喝酒的人。回头我口渴了，一定领你的盛情好了。请你不要关照。

郑詹尹　（将爵放在神案上）慢慢喝也好。其实酒倒也并不是坏东西。只要喝得少一点，有个节制，倒也是很好的东西啦。

屈　原　是的，我也明白。我的吃亏处，便是大家都醉而我偏不醉，马马虎虎的事我做不来。

郑詹尹　真的，这些地方正是好人们吃亏的地方啦。说起你吃亏的事情上来，我倒是感觉着对你不住呢！

屈　原　怎么的？

郑詹尹　三闾大夫，你忘了吧，郑袖是我的女儿啦。

屈　原　哦，是的，可是差不多一般的人都把这事情忘记了。

郑詹尹　也是应该的喽。她母亲早死，我又干着这占筮卜卦的事体，对于她的教育没有做好。后来她进了宫廷，我更和她断绝了父女的关系。她近来简直是愈闹愈不成体统，她把你这样忠心耿耿的人都陷害成这个样子了。

屈　原　太卜，请你相信我，我现在只恨张仪，对于南后倒并不怨恨。南后她平常很喜欢我的诗，在国王面前也很帮助过我。今天的事情我起初不大明白，后来才知道是那张仪在作怪啦。一般的人也使我很不高兴，成了张仪的应声虫。张仪说我是疯子，大家也就说我是疯子。这简直是把凤凰当成鸡，把麒麟当成羊子啦。这叫我怎么能够忍受？所以别人愈要同情我，我便愈觉得恶心。我要那无价值的同情来做什么？

郑詹尹　真的啦，一般的老百姓真是太厚道了。

屈　原　不过我的心境也很复杂，我虽然不高兴他们的厚道，但我又爱他们的厚道。又如南后的聪明吧，我虽然能够佩服，但我却不喜欢。这矛盾怕是不可以调和的吧？我想要的是又聪明又厚道，又素朴又绚烂，亦圣亦狂，即狂即圣，个个老百姓都成为绝顶聪明，你看我这个见解是不是可以成立的呢？

郑詹尹　这是所谓"大智若愚，大巧若拙"的话啦。

屈　原　不，不是那样。我不是要人装傻，而是要人一片天真。人人都有好脾胃，人人都有好性情，人人都有好本领。可是我自己就办不到！我的性情太激烈了，我自己也觉得有点偏，要想矫正却不能够。你看我怎样的好呢？我去学农夫吧？我又拿不来锄头。我跑到外国去吧？我又舍不得丢掉楚国。我去向南后求情，请她容恕我吧？她能够和张仪合作，我却万万不能够和张仪合作。你看我怎样办的好呢？

郑詹尹　三闾大夫，对你不住。你把这些话来问我，我拿着也没有办法。其实卜卦的事老早就不灵了。不怕我是在做太卜的官，恐怕也是我在做太卜的官，所以你愈见晓得它的不灵吧。古时候似乎灵验过来，现在是完全不行了。认真说：我就是在这儿骗人啦。但是对于你，我是不好骗得的。三闾大夫，像我这样骗人的生活，假使你能够办得到，恐怕也是好的吧。我们确实是做到了"大愚若智，大拙若巧"的地步，呵哈哈哈哈……风似乎稍微止息了一点，你还是请进里面去休息一下吧，怎么样呢？

屈　原　不，多谢你，我也不想睡，请你自己方便吧。

郑詹尹　把酒喝一点怎么样呢？

屈　原　我回头一定领情的啦，太卜。

郑詹尹　你该不会疑心这酒里有毒的吧？

屈　原　果真有毒，倒是我现在所欢迎的。唉，我们的祖国被人出卖了，我真不忍心活着看见它会遭遇到悲惨的前途呵。

郑詹尹　真的啦，像这样难过的日子，连我们上了年纪的人，都不想再混了。

屈　原　大家都不想活的时候，生命的力量是会爆发的。

郑詹尹　好的，你慢慢喝也好，我还想去躺一会儿。

屈　原　请你方便，怕还有一会天才能亮呢。

〔郑詹尹复提着灯笼由原道下场。

〔大风渐息，雷电亦止，月光复出，斜照殿上。

屈　原　啊，宇宙你也恬淡起来了。真也奇怪，我现在的心境又起了一个不可思议的变换。我想，毕竟还是人是最可亲爱的呵。不怕就是你所不高兴的人，在你极端孤寂的时候和他说了几句话，似乎也是镇定精神的良药啦。（复在殿中徘徊）啊，河伯！（徘徊有间之后，在河伯前伫立）请让我还是把你当成朋友，让我再和你谈谈心吧。你知道么？现在我最担心的是我的婵娟呀！她明明是被人抓去了的。她是很尊敬我的一个人，她把我当成了她的父亲、她的师长，她把我看待得比她自己的性命还要贵重。（稍停）她最能够安慰我。我也把她当成了我自己的女儿，当成了我自己最珍爱的弟子。唉，我今天实在不应该抛撇了她，跑了出来。她虽然在后园子里面看着那些人胡闹，她虽然把我的衣裳拿了一件出去，但我相信那一定是宋玉要她做的，宋玉那孩子，他是太阴柔了。（将神案上的酒爵拿起将饮，复搁置）唉，这酒的气味，我终究是不高兴。河伯，你是不是喜欢喝酒的呢？你现在的情形又是怎样？我也明明看见，别人也把你抓去了。你明明是为我而受难，为正义而受难呀。啊，我真不知道该怎样报答你的好呵！（复在神殿中徘徊。）

〔此时卫士甲与婵娟由右首出场。屈原瞥见人影，顿吃一惊。

屈　原　是谁？

婵　娟　啊，先生在这儿啦，我婵娟啦！（用尽全力，跟跄奔上神殿，跪于屈原前，拥抱其膝，仰头望之，似笑，又似干哭。）

屈　原　（呈极凄绝之态）啊，婵娟，你怎么来的？你脸上怎么有伤呀？你怎么这样的装束？

婵　娟　（断续地）先生，我高兴得很。……你请……不要问我。……我……我是什么话都不想说。我只想……就这样……就这样抱着先生的脚，……抱着先生的脚，……就这样……死了去吧。

〔屈原不禁潸然，两手抚摩着婵娟的头，昂头望着天。如此有间。婵娟始终仰望屈原，喘息甚烈。

屈　原　（俯首安慰）婵娟，我没有想到还能够看见你，你一定是逃走出来的，你是超过了死线了。你知道宋玉是怎样吗？

婵　娟　（仍喘息）他……他跟着公子子兰……搬进宫里去了。

屈　原　那也由他去吧。谁能够不怕艰险，谁才可以登上高山。正义的路是崎岖的路，它只欢迎勇敢的人。……那位钓鱼的人呢？

婵　娟　听说丢进监里去了。

屈　原　（沉默一忽之后）婵娟，你口渴吧？

　　　　〔婵娟点头。

屈　原　（两手移去，将案上酒爵取来）这儿有杯甜酒，你喝了它吧。

　　　　〔婵娟就爵，一饮而尽，饮之甚甘，自己仍跪于地，紧紧拥抱着屈原的两膝，昂首望之。屈原以两手置爵于神案上之后，仍抚摩其头。俄而，婵娟脸色渐变，全身痉挛。

屈　原　（屈膝俯身，以两手套其颈，拥之于怀）啊，婵娟，你怎样？你怎样？

婵　娟　（凝目摇头）先生，……那酒……那酒……有毒。……可我……我真高兴……我……我真高兴！（振作起来）我能够代替先生，保全了你的生命，我是多么地幸运呵！……先生，我是一个普通人家的女儿，我受了你的感化，知道了做人的责任。我始终诚心诚意地服侍着你，因为你就是我们楚国的柱石。……我爱楚国，我就不能不爱先生。……先生，我经常想照着你的指示，把我的生命献给祖国。可我没有想到，我今天是果然作到了。（渐渐衰弱）我把我这微弱的生命，代替了你这样可宝贵的存在。先生，我真是多么地幸运呵！……啊，我……我真高兴！……真高兴！……

屈　原　（紧紧拥抱着婵娟）婵娟！你要活下去呵！活下去呵！婵娟！婵娟！……

婵　娟　（更衰弱）……啊，我……真高兴！……（喘息与痉挛愈烈。终竟作最大痉挛一次，死于屈原怀中，殿上灯火全体熄灭，只余月光）

　　　　〔屈原无言，拥着婵娟尸体，昂首望天，眼中复燃起怒火。卫士甲在前直静立于殿下，至此始上殿至屈原之前。

卫士甲　三闾大夫，请你告诉我，那酒是谁个送给你的？

屈　原　（回顾，含怒而平淡地）是这儿的太卜郑詹尹。（说罢复其原有姿态）

卫士甲　哼，就是那南后的父亲吗？我是认识他的。（急骤地向左侧房屋走入）

　　　　〔屈原仍如塑像一般，寂立不动。

　　　　〔少顷，卫士甲复急骤而出。

卫士甲　三闾大夫，请你容恕我，我把那恶人郑詹尹刺杀了。在他的身上还搜出了一通密令，我念给你听。"太卜执事：比奉南后意旨，望执事于今夜将狂人毒死，放火焚庙，以灭其迹。上官大夫靳尚再拜。"密令是这样，因此我也就照着南后的意旨，在郑詹尹的床上放了一把火。这罪恶的神庙看看也就要和那罪恶的尸体一道消灭了。

屈　原　那很好。我还希望你帮助我，把婵娟安放在神案上，我们应该为她举行一个庄严的火葬。

卫士甲　待我先解除先生的刑具。（解除其刑具）婵娟姑娘穿的还是更夫的衣裳，应该给她脱掉啦。

屈　原　（起立先解婵娟之衣）哦，戴得有这样的花环。（更进行其它动作）

卫士甲　(一面帮助,一面诉说)先生,这还是你编的花环呢。在东门外被南后给你要去了,后来南后又给了婵娟姑娘。她一身都是挨了鞭打的,你看这手上都有伤,脸上都有伤,鞭打得很厉害。南后更打算明天便处死她,把她装在囚槛里,由我看守。……夜半将近的时分,你的两位弟子宋玉和公子子兰走来劝婵娟,要她听从公子子兰的要求,做他的侍女,他们便搭救她。但是婵娟始终不肯。……她所说的话和她的精神太使我感动了,因此我就决心救她。从宋玉口中听说先生今晚上也有生命的危险,所以我也就决心陪着她来救你。……我们是从宫中逃出来的,就是用了一点诡计把一个更夫来顶替了婵娟。在我替她换上更夫装束的时候,婵娟姑娘还坚决地不肯把你这花环丢掉呢!

〔二人已经把婵娟妥置于神案,头在左侧。

屈　原　(整理婵娟胸部,自其怀中取出帛书一卷,展视之)哦,这是我清早写的《橘颂》啦。我是写给宋玉的,是宋玉又给了你吧!婵娟,你倒是受之而无愧的。唉,我真没有想到,我这《橘颂》才完全是为你写出的哀辞呀。

卫士甲　先生,那么,你好不好就拿给我念,我们来向婵娟姑娘致祭。

屈　原　好的,你就请从这后半读起。(授书并指示)一首一尾你要加些什么话,也由你斟酌好了。

〔屈原移至婵娟脚次,垂拱而立,左翼已有火光及烟雾冒出。

卫士甲　(立于屈原之右,在神案右后隅,展读哀辞)维楚大夫屈原率其仆夫致祭于婵娟之前而颂曰:

> 呵,年青的人,你与众不同。
>
> 你志趣坚定,竟与橘树同风。
>
> 你心胸开阔,气度那么从容!
>
> 你不随波逐流,也不固步自封。
>
> 你谨慎存心,决不胡思乱想。
>
> 你至诚一片,期与日月同光。
>
> 我愿和你永做个忘年的朋友。
>
> 不挠不屈,为真理斗到尽头!
>
> 你年纪虽小,可以为世楷模。
>
> 足比古代的伯夷,永垂万古! ——哀哉尚飨。

〔屈原再拜,卫士甲亦移至其后再拜。礼毕,卫士甲将帛书卷好,奉还屈原。

屈　原　现在一切都完毕了,请问你叫什么名字?

卫士甲　先生,你不必问我的姓名,我要永远做你的仆人,你就叫我"仆夫"吧。

屈　原　你今后打算要我怎样?

卫士甲　先生,你怎么这样问我呢?

屈　原　因为我现在的生命是你和婵娟给我的,婵娟她已经死了,我也就只好问你了。

卫士甲　先生,我们楚国需要你,我们中国也需要你,这儿太危险了,你是不能久呆的。我是汉北的人,假使先生高兴,我要把先生引到汉北去。我们汉北人都敬仰先生,受了先生的感召,我们知道爱真理,爱正义,抵御强暴,保卫楚国。先生,我们汉北人一定会保护你的。

屈　原　好的,我遵从你的意思。我决心去和汉北人民一道,就做一个耕田种地的农夫吧。你赶快

把服装换掉啦。那儿有现成的衣帽。（指示更夫衣帽）

卫士甲　哦，我真糊涂，简直没有想到，幸好有这一套啦。（换衣）

〔火光烟雾愈燃愈烈。

屈　原　（高举手中帛书）啊，婵娟，我的女儿！婵娟，我的弟子！婵娟，我的恩人呀！你已经发了火，你把黑暗征服了。你是永远永远的光明的使者呀！（执帛书之一端向婵娟抛去，帛书展布于尸上。）

——幕徐徐下

〔幕后唱《礼魂》之歌：

唱着歌，打着鼓，

手拿着花枝齐跳舞。

我把花给你，你把花给我，

心爱的人儿，歌舞两婆娑。

春天有兰花，秋天有菊花，

馨香百代，敬礼无涯。

1942 年 1 月 11 日夜

导读

5 幕 6 场历史剧《屈原》脱稿于 1942 年 1 月，是郭沫若历史剧的代表作，体现了他历史剧的最高成就和基本风貌，也是中国现代历史剧创作的典范。

《屈原》是一部借古喻今、以古鉴今的历史剧。当时蒋介石反动当局一边破坏抗日，一边加紧反革命围剿，制造了许多血案。作者在《序俄文译本史剧〈屈原〉》中追述道：“我的眼前看见了不少的大大小小的时代悲剧……全中国进步的人们都感受着愤怒，因而，我便把这时代的愤怒，复活在屈原的时代里去了。换句话说，我是借了屈原的时代来象征我们当前的时代。”剧本通过人民诗人、爱国志士屈原一天的经历，突出地描写了他与以南后郑袖为代表的卖国集团的分裂、倒退错误路线的斗争，热情歌颂了他热爱祖国，关心人民，反对卖国投降，不畏强暴，敢于同黑暗势力坚决斗争的精神，展示出抗战与投降的矛盾、正义与邪恶的矛盾、光明与黑暗的矛盾，讽喻了国民党反动派的黑暗统治和卖国投降行径。该剧在 4 月上演后，轰动了死气沉沉的雾都重庆，起了从精神上动员人民反对国民党反动统治的作用。

剧本集中塑造了屈原光明磊落、坚贞不屈的光辉形象。作者一开始就借《橘颂》揭示出屈原爱国爱民的情怀，展现出他那“洁白芬芳无比，植根深固不怕风霾”的高尚品格。气势磅礴的《雷电颂》，更是集中表现了屈原热爱祖国和人民、坚持真理、追求光明的刚正不阿的伟大人格。这一形象的深刻的典型意义，在于他是一切历史和现实的进步力量的化身，是民族忧患意识和为正义而英勇斗争的象征，为捍卫祖国和人民利益而献身的榜样，在他身上,充分体现了中华民族争取独立自主、反抗侵略的历史传统精神。这是一个既作为伟大民族灵魂的代表,又具有独特性格和历史具体性的丰满、鲜明的艺术典型。

《屈原》在艺术上的最大特色是它的浪漫主义色彩。作者不拘泥于历史真实,而是驰骋浪漫主义的想象,以艺术的概括和虚构,来反映历史的本质和基本面貌,即大胆运用"失事求似"的方法,达到了历史、现实与虚构三者的统一。屈原是个理想化了的人物形象,婵娟、钓者、卫士也是作者想象和虚构的,他们是屈原形象的陪衬和补充,是屈原精神的发扬和渗透。该剧在艺术上的又一特色是构思精巧,结构严谨。作者把屈原30年的悲剧经历集中浓缩在一天之内来描写(从清晨到午夜),情节紧张紧凑,气氛雄浑悲壮,显示了作者惊人的概括能力和卓越的结构艺术。全剧又洋溢着浓郁的诗意,剧中不时穿插抒情诗和民歌,渲染气氛,烘托人物;人物台词是诗化的口语、有节奏的散文,一些抒情独白本身就是形象优美、铿锵有力的诗篇。

升官图（存目）

陈白尘

导读

3 幕政治讽刺喜剧《升官图》创作于 1945 年 10 月,是陈白尘讽刺喜剧最优秀的代表作,也是中国现代喜剧史上一部里程碑式的作品。它通过两个流氓强盗的升官美梦,淋漓尽致地暴露了国民党统治区暗无天日的现实,对国民党反动政治集团的贪污腐化、勾心斗角进行了猛烈的抨击和辛辣的嘲讽,对反动腐败的官僚政治制度进行了狠狠的鞭挞和彻底的否定。而最后通过暴动的民众抓走众官吏的描写,反映了人民群众的觉醒和反抗,预示反动派的末日就要来临,光明就在眼前。该剧无疑是国民党黑暗统治的真实写照,也是戏剧舞台上的一部新型的《官场现形记》。它出现在抗战胜利后国民党的"接收大员"们大发"劫收"之财,大搞"五子登科"之时,因而剧中所讽刺嘲笑的种种丑恶现象,引起了广大群众的强烈共鸣,反响空前热烈。

《升官图》在讽刺喜剧艺术上达到了很高的成就,作者运用漫画式的夸张手法,嬉笑中有怒骂,诙谐中见严肃,讽刺泼辣犀利,通过高度夸张,把反动统治集团内部的种种丑行生动地再现出来。特别在喜剧人物的塑造上,作者采取人物的漫画化和性格化相结合的方法,以犀利的笔触,绝妙地勾画出了旧中国政界上下左右各类人物的丑恶嘴脸。如表里不一、贪得无厌的省长,表面上温文尔雅、仪表非凡,满口"廉洁奉公"之辞,骨子里却寡廉鲜耻、既贪财又贪色。这个形象,仿佛就是中国式的"答尔丢夫",与法国喜剧作家莫里哀笔下的伪君子形象和俄国讽刺作家果戈理笔下的钦差大臣形象有异曲同工之妙。其他如面圆耳肥、一副发福样子的财政局长,公然拿公款去放债收利;油头粉面、外号"摩登贾宝玉,洋装西门庆"的工务局长,则大肆贪污城镇建设捐款;身材奇短、却总爱耀武扬威的草包警察局长,不但包庇烟赌,还买卖壮丁。作者不仅展示出这些利欲熏心的官僚败类各自的性格特征和搜刮贪赃的手段,而且表现他们在贪污分赃中既明争暗夺,互相狗咬狗,又沆瀣一气,彼此利用的丑态,从而给我们描绘了一幅国民党官僚政治制度下的群丑图。此外如集官僚政客、土匪流氓、反动商人于一身的假秘书长,卑贱下流、虚伪做作的知县太太等,也无不生动逼真,呼之欲出。

该剧艺术构思大胆奇特,手法巧妙。剧本借鉴了西方表现主义戏剧的表现方法,以虚拟的梦境折射现实,在荒诞变形的情节中展示畸形、扭曲的人和事,是梦境与现实、荒诞与真实的有机统一。剧作结构严谨,故事情节波澜起伏,剧情环环相扣,人物之间始终处于紧张的冲突之中。戏剧语言风趣活泼、尖锐泼辣,因而揭露酣畅淋漓、入骨三分,充分发挥了"笑"的武器作用。剧本还巧妙地运用误会、巧合、重复、对比等艺术表现手法,且不落俗套。总之,陈白尘的喜剧创作把中国现代喜剧艺术向前大大推进了一步。

参考文献编

新青年宣言

陈独秀

本志具体的主张，从来未曾完全发表。社员各人持论，也往往不能尽同。读者诸君或不免怀疑，社会上颇因此发生误会。现当第七卷开始，敢将全体社员的公共意见，明白宣布。就是后来加入的社员，也公同担负此次宣言的责任。但"读者言论"一栏，乃为容纳社外异议而设，不在此例。

我们相信世界上的军国主义和金力主义，已经造了无穷罪恶，现在是应该抛弃的了。

我们相信世界各国政治上道德上经济上因袭的旧观念中，有许多阻碍进化而且不合情理的部分。我们想求社会进化，不得不打破"天经地义""自古如斯"的成见；决计一面抛弃此等旧观念，一面综合前代贤哲当代贤哲和我们自己所想的，创造政治上道德上经济上的新观念，树立新时代的精神，适应新社会的环境。

我们理想的新时代新社会，是诚实的，进步的，积极的，自由的，平等的，创造的，美的，善的，和平的，相爱互助的，劳动而愉快的，全社会幸福的。希望那虚伪的，保守的，消极的，束缚的，阶级的，因袭的，丑的，恶的，战争的，轧轹不安的，懒惰而烦闷的，少数幸福的现象，渐渐减少，至于消灭。

我们新社会的新青年，当然尊重劳动；但应该随个人的才能兴趣，把劳动放在自由愉快艺术美化的地位，不应该把一件神圣的东西当做维持衣食的条件。

我们相信人类道德的进步，应该扩张到本能（即侵略性及占有心）以上的生活；所以对于世界上各种民族，都应该表示友爱互助的情谊。但是对于侵略主义占有主义的军阀财阀，不得不以敌意相待。

我们主张的是民众运动社会改造，和过去及现在各派政党，绝对断绝关系。

我们虽不迷信政治万能，但承认政治是一种重要的公共生活；而且相信真的民主政治，必会把政权分配到人民全体，就是有限制，也是拿有无职业做标准，不拿有无财产做标准；这种政治，确是造成新时代一种必经的过程，发展新社会一种有用的工具。至于政党，我们也承认是运用政治应有的方法；但对于一切拥护少数人私利或一阶级利益，眼中没有全社会幸福的政党，永远不忍加入。

我们相信政治道德科学艺术宗教教育，都应该以现在及将来社会生活进步的实际需要为中心。

我们因为要创造新时代新社会生活进步所需要的文学道德，便不得不抛弃因袭的文学道德中不适用的部分。

我们相信尊重自然科学实验哲学,破除迷信妄想,是我们现在社会进化的必要条件。

我们相信尊重女子的人格和权利,已经是现在社会生活进步的实际需要;并且希望他们个人自己对于社会责任有彻底的觉悟。

我们因为要实验我们的主张,森严我们的壁垒,宁欢迎有意识有信仰的反对,不欢迎无意识无信仰的随声附和。但反对的方面没有充分理由说服我们以前,我们理当大胆宣传我们的主张,出于决断的态度;不取乡愿的,紊乱是非的,助长惰性的,阻碍进化的,没有自己立脚地的调和论调;不取虚无的,不着边际的,没有信仰的,没有主张的,超实际的,无结果的绝对怀疑主义。

一九一九,十二,一。

(原载《新青年》)

文学改良刍议

胡 适

今之谈文学改良者众矣,记者末学不文,何足以言此?然年来颇于此事再四研思,辅以友朋辩论,其结果所得,颇不无讨论之价值。因综括所怀见解,列为八事,分别言之,以与当世之留意文学改良者一研究之。

吾以为今日而言文学改良,须从八事入手。八事者何?

一曰,须言之有物。二曰,不摹仿古人。三曰,须讲求文法。四曰,不作无病之呻吟。五曰,务去烂调套语。六曰,不用典。七曰,不讲对仗。八曰,不避俗字俗语。

一曰须言之有物

吾国近世文学之大病,在于言之无物。今人徒知"言之无文,行之不远";而不知言之无物,又何用文为乎?吾所谓"物",非古人所谓"文以载道"之说也。吾所谓"物",约有二事:

(一)情感 《诗序》曰:"情动于中而形诸言。言之不足,故嗟叹之。嗟叹之不足,故咏歌之。咏歌之不足,不知手之舞之,足之蹈之也。"此吾所谓情感也。情感者,文学之灵魂。文学而无情感,如人之无魂,木偶而已,行尸走肉而已(今人所谓"美感"者,亦情感之一也)。

(二)思想 吾所谓"思想",盖兼见地,识力,理想三者而言之。思想不必皆赖文学而传,而文学以有思想而益贵;思想亦以有文学的价值而益贵也:此庄周之文,渊明、老杜之诗,稼轩之词,施耐庵之小说,所以敻绝千古也。思想之在文学,犹脑筋之在人身。人不能思想,则虽面目姣好,虽能笑啼感觉,亦何足取哉?文学亦犹是耳。

文学无此二物,便如无灵魂无脑筋之美人,虽有秾丽富厚之外观,抑亦末矣。近世文人沾沾于声调字句之间,既无高远之思想,又无真挚之情感,文学之衰微,此其大因矣。此文胜之害,所谓言之无物者是也。欲救此弊,宜以质救之。质者何?情与思二者而已。

二曰不摹仿古人

文学者,随时代而变迁者也。一时代有一时代之文学:周、秦有周、秦之文学,汉、魏有汉、魏之文学,唐、宋、元、明有唐、宋、元、明之文学。此非吾一人之私言,乃文明进化之公理也。即以文论,有《尚书》之文,有先秦诸子之文,有司马迁、班固之文,有韩、柳、欧、苏之文,有语录之文,有施耐庵、曹雪芹之文:此文之进化也。试更以韵文言之:《击壤》之歌,《五子》之歌,一时也;《三百篇》之诗,一时期也;屈原、荀卿之骚赋,又一时期也;苏、李以下,至于魏、晋,又一时期也;江左之诗流为排比,至唐而律诗大成,此又一时期也;老杜、香山之"写实"体诸诗(如杜之《石壕吏》、《羌村》,白之《新乐府》),又一时期也;诗至唐而极盛,自此以后,词曲代兴,唐、五代及宋初之小令,此词之一时代也;苏、柳(永)、辛、姜之词,又一时代也;至于元之杂剧传奇,则又一时代矣;凡此诸时代,各因时势风会而变,各有其特长,吾辈以历史进化之眼光观之,决不可谓古人之文学皆胜于今人也。左氏、史公之文奇矣,然施耐庵之《水浒传》视《左传》、《史记》何多让焉?《三都》、《两京》之赋富矣,然以视唐诗宋词,则糟粕耳。此可见文学因时进化,不能自止。唐人不当作商、周之诗,宋人不当作相如、子云之赋,——即令作之,亦必不工。逆天背时,违进化之迹,故不能工也。

既明文学进化之理,然后可言吾所谓"不摹仿古人"之说。今日之中国,当造今日之文学,不必摹仿唐、宋,亦不必摹仿周、秦也。前见《国会开幕词》,有云:"于铄国会,遵晦时休。"此在今日而欲为三代以上之文之一证也。更观今之"文学大家",文则下规姚、曾,上师韩、欧;更上则取法秦、汉、魏、晋,以为六朝以下无文学可言,此皆百步与五十步之别而已,而皆为文学下乘。即令神似古人,亦不过为博物院中添几许"逼真赝鼎"而已,文学云乎哉!昨见陈伯严先生一诗云:

> 涛园抄杜句,半岁秃千毫。所得都成泪,相过问奏刀。万灵噤不下,此老仰弥高。
> 胸腹回滋味,徐看薄命骚。

此大足代表今日"第一流诗人"摹仿古人之心理也。其病根所在,在于以"半岁秃千毫"之工夫作古人的钞胥奴婢,故有"此老仰弥高"之叹。若能洒脱此种奴性,不作古人的诗,而惟作我自己的诗,则决不致如此失败矣。

吾每谓今日之文学,其足与世界"第一流"文学比较而无愧色者,独有白话小说(我佛山人,南亭亭长,洪都百炼生三人而已)一项。此无他故,以此种小说皆不事摹仿古人(三人皆得力于《儒林外史》、《水浒》、《石头记》。然非摹仿之作也),而惟实写今日社会之情状,故能成真正文学。其他学这个,学那个之诗古文家,皆无文学之价值也。今之有志文学者,宜知所从事矣。

三曰须讲文法

今之作文作诗者,每不讲求文法之结构。其例至繁,不便举之,尤以作骈文律诗者为尤甚。夫不讲文法,是谓"不通"。此理至明,无待详论。

四曰不作无病之呻吟

此殊未易言也。今之少年往往作悲观,其取别号则曰"寒灰","无生","死灰";其作为诗文,则对落日而思暮年,对秋风而思零落,春来则惟恐其速去,花发又惟惧其早谢;此亡国之哀音也。老年人为之犹不可,况少年乎?其流弊所至,遂养成一种暮气,不思奋发有为,服劳报国,但知发牢骚之音,感喟之文;作者将以促其寿年,读者将亦短其志气:此吾所谓无病之呻吟也。国之多患,吾岂不知之? 然病国危时,岂痛哭流涕所能收效乎? 吾惟愿今之文学家作费舒特(Fichte),作玛志尼(Mazzini),而不愿其为贾生、王粲、屈原、谢皋羽也。其不能为贾生、王粲、屈原、谢皋羽,而徒为妇人醇酒丧气失意之诗文者,尤卑卑不足道矣!

五曰务去烂调套语

今之学者,胸中记得几个文学的套语,便称诗人。其所为诗文处处是陈言烂调,"蹉跎","身世","寥落","飘零","虫沙","寒窗","斜阳","芳草","春闺","愁魂","归梦","鹃啼","孤影","雁字","玉楼","锦字","残更",……之类,累累不绝,最可憎厌。其流弊所至,遂令国中生出许多似是而非,貌似而实非之诗文。今试举吾友胡先骕先生一词以证之:

> 荧荧夜灯如豆,映幢幢孤影,凌乱无据。翡翠衾寒,鸳鸯瓦冷,禁得秋宵几度? 幺弦漫语,早丁字帘前,繁霜飞舞。袅袅余音,片时犹绕柱。

此词骤观之,觉字字句句皆词也,其实仅一大堆陈套语耳。"翡翠衾","鸳鸯瓦",用之白香山《长恨歌》则可,以其所言乃帝王之衾之瓦也。"丁字帘","幺弦",皆套语也。此词在美国所作,其夜灯决不"荧荧如豆",其居室尤无"柱"可绕也。至于"繁霜飞舞",则更不成话矣。谁曾见繁霜之"飞舞"耶?

吾所谓务去烂调套语者,别无他法,惟在人人以其耳目所亲见亲闻所亲身阅历之事物,一一自己铸词以形容描写之;但求其不失真,但求能达其状物写意之目的,即是工夫。其用烂调套语者,皆懒惰不肯自己铸词状物者也。

六曰不用典

吾所主张八事之中,惟此一条最受朋友攻击,盖以此条最易误会也。吾友江亢虎君来书曰:

> 所谓典者,亦有广狭二义。饾饤獭祭,古人早悬为厉禁;若并成语故事而屏之,则非惟文字之品格全失,即文字之作用亦亡。……文字最妙之意味,在用字简而涵义多。此断非用典不为功。不用典不特不可作诗,并不可写信,且不可演说。来函满纸"旧雨","虚怀","治头治脚","舍本逐末","洪水猛兽","发聋振聩","负弩先驱","心悦诚服","词坛","退避三舍","滔天","利器","铁证",……皆典也。试尽抉而去之,代以俚语俚字,将成何说话? 其用字之繁简,犹其细焉。恐一易他词,虽加倍蓰而涵义仍终不能如是恰到好处,奈何? ……

此论甚中肯要。今依江君之言,分典为广狭二义,分论之如下:

(一)广义之典非吾所谓典也。广义之典约有五种:

(甲)古人所设譬喻,其取譬之事物,含有普通意义,不以时代而失其效用者,今人亦可用之。如古人言"以子之矛,攻子之盾",今人虽不读书者,亦知用"自相矛盾"之喻,然不可谓为用典也。上文所举例中之"治头治脚","洪水猛兽","发聋振聩",……皆此类也。盖设譬取喻,贵能切当;若能切当,固无古今之别也。若"负弩先驱","退避三舍"之类,在今日已非通行之事物,在文人相与之间,或可用之,然终以不用为上。如言"退避",千里亦可,百里亦可,不必定用"三舍"之典也。

(乙)成语　成语者,合字成辞,别为意义。其习见之句,通行已久,不妨用之。然今日若能另铸"成语",亦无不可也。"利器","虚怀","舍本逐末",……皆属此类。此非"典"也,乃日用之字耳。

(丙)引史事　引史事与今所论议之事相比较,不可谓为用典也。如老杜诗云,"未闻殷周衰,中自诛褒妲",此非用典也。近人诗云,"所以曹孟德,犹以汉相终",此亦非用典也。

(丁)引古人作比　此亦非用典也。杜诗云,"清新庾开府,俊逸鲍参军",此乃以古人比今人,非用典也。又云,"伯仲之间见伊吕,指挥若定失萧曹",此亦非用典也。

(戊)引古人之语　此亦非用典也。吾尝有句云,"我闻古人言,艰难惟一死"。又云,"尝试成功自古无,放翁此语未必是"。此乃引语,非用典也。

以上五种为广义之典,其实非吾所谓典也。若此者可用可不用。

(二)狭义之典,吾所主张不用者也。吾所谓用"典"者,谓文人词客不能自己铸词造句以写眼前之景,胸中之意,故借用或不全切,或全不切之故事陈言以代之,以图含混过去:是谓"用典"。上所述广义之典,除戊条外,皆为取譬比方之辞。但以彼喻此,而非以彼代此也。狭义之用典,则全为以典代言,自己不能直言之,故用典以言之耳,此吾所谓用典与非用典之别也。狭义之典亦有工拙之别,其工者偶一用之,未为不可,其拙者则当痛绝之。

(子)用典之工者　此江君所谓用字简而涵义多者也。客中无书不能多举其例,但杂举一二,以实吾言:

(1)东坡所藏"仇池石",王晋卿以诗借观,意在于夺。东坡不敢不借,先以诗寄之,有句云,"欲留嗟赵弱,宁许负秦曲。传观慎勿许,间道归应速"。此用蔺相如返璧之典,何其工切也!

(2)东坡又有"章质夫送酒六壶,书至而酒不达"。诗云,"岂意青州六从事,化为乌有一先生"。此虽工已近于纤巧矣。

(3)吾十年前尝有读《十字军英雄记》一诗云:"岂有酖人羊叔子? 焉知微服赵主父? 十字军真儿戏耳,独此两人可千古。"以两典包尽全书,当时颇沾沾自喜,其实此种诗,尽可不作也。

(4)江亢虎代华侨诔陈英士文有"未悬太白,先坏长城。世无钼镬,乃戕赵卿"四句,余极喜之。所用赵宣子一典,甚工切也。

(5)王国维咏史诗,有"虎狼在堂室,徙戎复何补? 神州遂陆沉,百年委榛莽。寄语桓元子,莫罪王夷甫"。此亦可谓使事之工者矣。

上述诸例,皆以典代言,其妙处,终在不失设譬比方之原意;惟为文体所限,故譬喻变而为称代耳。用典之弊,在于使人失其所欲譬喻之原意。若反客为主,使读者迷于使事用典之繁,而转忘其所为设譬之事物,则为拙矣。古人虽作百韵长诗,其所用典不出一二事而已(《北征》与白香山《悟真寺诗》皆不用一典),今人作长律则非典不能下笔矣。尝见一诗八十四韵,而用典至百余事,宜其不能工也。

(丑)用典之拙者 用典之拙者,大抵皆懒惰之人,不知造词,故以此为躲懒藏拙之计。惟其不能造词,故亦不能用典也。总计拙典亦有数类:

(1)比例泛而不切,可作几种解释,无确定之根据。今取王渔洋《秋柳》一章证之:

> 娟娟凉露欲为霜,万缕千条拂玉塘。浦里青荷中妇镜,江干黄竹女儿箱。空怜板渚隋堤水,不见琅琊大道王。若过洛阳风景地,含情重问永丰坊。

此诗中所用诸典无不可作几样说法者。

(2)僻典使人不解。夫文学所以达意抒情也。若必求人人能读五车书,然后能通其文,则此种文可不作矣。

(3)刻削古典成语,不合文法。"指兄弟以孔怀,称在位以曾是"(章太炎语),是其例也。今人言"为人作嫁"亦不通。

(4)用典而失其原意。如某君写山高与天接之状,而曰"西接杞天倾"是也。

(5)古事之实有所指,不可移用者,今往乱用作普通事实。如古人灞桥折柳,以送行者,本是一种特别土风。阳关、渭城亦皆实有所指。今之懒人不能状别离之情,于是虽身在滇越,亦言灞桥;虽不解阳关、渭城为何物,亦皆言"阳关三叠","渭城离歌"。又如张翰因秋风起而思故乡之莼羹鲈脍,今则虽非吴人,不知莼鲈为何味者,亦皆自称有"莼鲈之思"。此则不仅懒不可救,直是自欺欺人耳!

凡此种种,皆文人之下下工夫,一受其毒,便不可救。此吾所以有"不用典"之说也。

七曰不讲对仗

排偶乃人类言语之一种特性,故虽古代文字,如老子、孔子之文,亦间有骈句。如"道可道,非常道;名可名,非常名。无名天地之始,有名万物之母。故常无,欲以观其妙;常有,欲以观其徼"。此三排句也。"食无求饱,居无求安";"贫而无谄,富而无骄";"尔爱其羊,我爱其礼"。此皆排句也。然此皆近于语言之自然,而无牵强刻削之迹;尤未有定其字之多寡,声之平仄,词之虚实者也。至于后世文学末流,言之无物,乃以文胜;文胜之极,而骈文律诗兴焉,而长律兴焉。骈文律诗之中非无佳作,然佳作终鲜。所以然者何?岂不以其束缚人之自由过甚之故耶?(长律之中,上下古今,无一首佳作可言也。)今日而言文学改良,当"先立乎其大者",不当枉废有用之精力于微细纤巧之末;此吾所以有废骈废律之说也。即不能废此两者,亦但当视为文学末技而已,非讲求之急务也。

今人犹有鄙夷白话小说为文学小道者,不知施耐庵、曹雪芹、吴趼人皆文学正宗,而骈文律诗乃真小道耳。吾知必有闻此言而却走者矣。

八曰不避俗语俗字

吾惟以施耐庵、曹雪芹、吴趼人为文学正宗,故有"不避俗字俗语"之论也(参看上文第二条下)。盖吾国言文之背驰久矣。自佛书之输入,译者以文言不足以达意,故以浅近之文译之,其体已近白话。其后佛氏讲义语录尤多用白话为之者,是为语录体之原始。及宋人讲学以白话为语录,此体遂成讲学正体(明人因之)。当是时,白话已久入韵文,观唐、宋人白话之诗词可见也。及至元时,中国北部已在异族之下,三百余年矣(辽、金、元)。此三百年中,中国乃发生一种通俗行远之文学。文则有《水浒》、《西游》、《三国》……之类,戏曲则尤不可胜计(关汉卿诸人,人各著剧数十种之多。吾国文人著作之富,未有过于此时者也)。以今世眼光观之,则中国文学当以元代为最盛;可传世不朽之作,当以元代为最多:此可无疑也。当是时,中国之文学最近言文合一,白话几成文学的语言矣。使此趋势不受阻遏,则中国几有一"活文学出现",而但丁、路得之伟业(欧洲中古时,各国皆有俚语,而以拉丁文为文言,凡著作书籍皆用之,如吾国之以文言著书也。其后意大利有但丁(Dante)诸文豪,始以其国俚语著作。诸国踵与,国语亦代起。路得(Luther)创新教始以德文译《旧约》、《新约》,遂开德文学之先。英、法诸国亦复如是。今世通用之英文《新旧约》乃1611年译本,距今才三百年耳。故今日欧洲诸国之文学,在当日皆为俚语。迨诸文豪兴,始以"活文学"代拉丁之死文学;有活文学而后有言文合一之国语也),几发生于神州。不意此趋势骤为明代所阻,政府既以八股取士,而当时文人如何、李七子之徒,又争以复古为高,于是此千年难遇言文合一之机会,遂中道夭折矣。然以今世历史进化的眼光观之,则白话文学之为中国文学之正宗,又为将来文学必用之利器,可断言也(此"断言"乃自作者言之,赞成此说者今日未必甚多也)。以此之故,吾主张今日作文作诗,宜采用俗语俗字。与其用三千年前之死字(如"于铄国会,遵晦时休"之类),不如用二十世纪之活字;与其作不能行远不能普及之秦、汉、六朝文字,不如作家喻户晓之《水浒》、《西游》文字也。

结论

上述八事,乃吾年来研思此一大问题之结果。远在异国,既无读书之暇晷,又不得就国中先生长者质疑问难,其所主张容有矫枉过正之处。然此八事皆文学上根本问题,一一有研究之价值。故草成此论,以为海内外留心此问题者作一草案。谓之刍议,犹云未定草也。伏惟国人同志有以匡纠是正之。

民国六年一月

(原载1917年1月1日《新青年》第2卷第5号,

又载1917年3月《留美学生季报》春季第1号)

文学革命论

陈独秀

今日庄严灿烂之欧洲，何自而来乎？曰，革命之赐也。欧语所谓革命者，为革故更新之义，与中土所谓朝代鼎革，绝不相类；故自文艺复兴以来，政治界有革命，宗教界亦有革命，伦理道德亦有革命，文学艺术，亦莫不有革命，莫不因革命而新兴而进化。近代欧洲文明史，宜可谓之革命史。故曰，今日庄严灿烂之欧洲，乃革命之赐也。

吾苟偷庸懦之国民，畏革命如蛇蝎，故政治界虽经三次革命，而黑暗未尝稍减。其原因之小部分，则为三次革命，皆虎头蛇尾，未能充分以鲜血洗净旧污。其大部分，则为盘踞吾人精神界根深底固之伦理，道德，文学，艺术诸端，莫不黑幕层张，垢污深积，并此虎头蛇尾之革命而未有焉。此单独政治革命所以于吾之社会，不生若何变化，不收若何效果也。推其总因，乃在吾人疾视革命，不知其为开发文明之利器故。

孔教问题，方喧呶于国中，此伦理道德革命之先声也。文学革命之气运，酝酿已非一日，其首举义旗之急先锋，则为吾友胡适。余甘冒全国学究之敌，高张"文学革命军"大旗，以为吾友之声援。旗上大书特书吾革命军三大主义：曰，推倒雕琢的阿谀的贵族文学，建设平易的抒情的国民文学；曰，推倒陈腐的铺张的古典文学，建设新鲜的立诚的写实文学；曰，推倒迂晦的艰涩的山林文学，建设明了的通俗的社会文学。

《国风》多里巷猥辞，《楚辞》盛用土语方物，非不斐然可观。承其流者两汉赋家，颂声大作，雕琢阿谀，词多而意寡，此贵族之文古典之文之始作俑也。魏、晋以下之五言，抒情写事，一变前代板滞堆砌之风，在当时可谓为文学一大革命，即文学一大进化；然希托高古，言简意晦，社会现象，非所取材，是犹贵族之风，未足以语通俗的国民文学也。齐、梁以来，风尚对偶，演至有唐，遂成律体。无韵之文，亦尚对偶。《尚书》《周易》以来，即是如此。〔古人行文，不但风尚对偶，且多韵语，故骈文家颇主张骈体为中国文章正宗之说（亡友王无生即主张此说之一人）。不知古书传抄不易，韵与对偶，以利传诵而已。后之作者，乌可泥此？〕

东晋而后，即细事陈启，亦尚骈丽。演至有唐，遂成骈体。诗之有律，文之有骈，皆发源于南北朝，大成于唐代。更进而为排律，为四六。此等雕琢的阿谀的铺张的空泛的贵族古典文学，极其长技，不过如涂脂抹粉之泥塑美人，以视八股试帖之价值，未必能高几何，可谓为文学之末运矣！韩、柳崛起，一洗前人纤巧堆朵之习，风会所趋，乃南北朝贵族古典文学，变而为宋、元国民通俗文学之过渡时代。韩、柳、元、白应运而出，为之中枢。俗论谓昌黎文章起八代之衰，虽非确论，然变八代之法，开宋、元之先，自是文界豪杰之士。吾人今日所不

满于昌黎者二事:

一曰,文犹师古　虽非典文,然不脱贵族气派,寻其内容,远不若唐代诸小说家之丰富,其结果乃造成一新贵族文学。

二曰,误于"文以载道"之谬见　文学本非为载道而设,而自昌黎以讫曾国藩所谓载道之文,不过抄袭孔孟以来极肤浅极空泛之门面语而已。余尝谓唐宋八家文之所谓"文以载道",直与八股家之所谓"代圣贤立言",同一鼻孔出气。

以此二事推之,昌黎之变古,乃时代使然,于文学史上,其自身并无十分特色可观也。元、明剧本,明、清小说,乃近代文学之粲然可观者。惜为妖魔所厄,未及出胎,竟尔流产,以至今日中国之文学,委琐陈腐,远不能与欧、美比肩。此妖魔为何? 即明之前后七子及八家文派之归、方、刘、姚是也。此十八妖魔辈,尊古蔑今,咬文嚼字,称霸文坛,反使盖代文豪若马东篱,若施耐庵,若曹雪芹诸人之姓名,几不为国人所识。若夫七子之诗,刻意模古,直谓之抄袭可也。归、方、刘、姚之文,或希荣誉墓,或无病而呻,满纸之乎者也矣焉哉。每有长篇大作,摇头摆尾,说来说去,不知说些什么。此等文学,作者既非创造才,胸中又无物,其伎俩惟在仿古欺人,直无一字有存在之价值。虽著作等身,与其时之社会文明进化无丝毫关系。

今日吾国文学,悉承前代之敝:所谓"桐城派"者,八家与八股之混合体也;所谓骈体文者,思绮堂与随园之四六也;所谓"西江派"者,山谷之偶像也。求夫目无古人,赤裸裸的抒情写世,所谓代表时代之文豪者,不独全国无其人,而且举世无此想。文学之文,既不足观;应用之文,益复怪诞。碑铭墓志,极量称扬,读者决不见信,作者必照例为之。寻常启事,首尾恒有种种谀词。居丧者即华居美食,而哀启必欺人曰,"苫块昏迷"。赠医生以匾额,不曰"术迈岐黄",即曰"着手成春"。穷乡僻壤极小之豆腐店,其春联恒作"生意兴隆通四海,财源茂盛达三江"。此等国民应用之文学之丑陋,皆阿谀的虚伪的铺张的贵族古典文学阶之厉耳。

际兹文学革新之时代,凡属贵族文学,古典文学,山林文学,均在排斥之列。以何理由而排斥此三种文学耶? 曰,贵族文学,藻饰依他,失独立自尊之气象也;古典文学,铺张堆砌,失抒情写实之旨也;山林文学,深晦艰涩,自以为名山著述,于其群之大多数无所裨益也。其形体则陈陈相因,有肉无骨,有形无神,乃装饰品而非实用品;其内容则目光不越帝王权贵,神仙鬼怪,及其个人之穷通利达。所谓宇宙,所谓人生,所谓社会,举非其构思所及。此三种文学公同之缺点也。此种文学,盖与吾阿谀夸张虚伪迂阔之国民性,互为因果。今欲革新政治势不得不革新盘踞于运用此政治者精神界之文学。使吾人不张目以观世界社会文学之趋势及时代之精神,日夜埋头故纸堆中,所目注心营者,不越帝王,权贵,鬼怪,神仙与夫个人之穷通利达,以此而求革新文学,革新政治,是缚手足而敌孟贲也。

欧洲文化,受赐于政治科学者固多,受赐于文学者亦不少。予爱卢梭、巴士特之法兰西;予尤爱虞哥、左喇之法兰西;予爱康德、赫克尔之德意志,予尤爱桂特郝、卜特曼之德意志;予爱培根、达尔文之英吉利,予尤爱狄铿士、王尔德之英吉利。吾国文学界豪杰之士,有自负为中国之虞哥、左喇、桂特郝、卜特曼、狄铿士、王尔德者乎? 有不顾迂儒之毁誉,明目张胆以与十八妖魔宣战者乎? 予愿拖四十二生的大炮,为之前驱!

(原载 1917 年 2 月 1 日《新青年》第 2 卷第 6 号)

人的文学

周作人

我们现在应该提倡的新文学,简单的说一句,是"人的文学",应该排斥的,便是反对的非人的文学。

新旧这名称,本来很不妥当,其实"太阳底下,何尝有新的东西?"思想道理,只有是非,并无新旧。要说是新,也单是新发现的新,不是新发明的新,新大陆是在十五世纪中,被哥仑布发现,但这地面是古来早已存在。电是在十八世纪中,被弗兰克林发现,但这物事也是古来早已存在,无非以前的人,不能知道,遇见哥仑布与弗兰克林才把他看出罢了,真理的发见,也是如此,真理永远存在,并无时间的限制,只因我们自己愚昧,闻道太迟,离发见的时候尚近,所以称他新。其实他原是极古的东西,正如新大陆同电一般,早在这宇宙之内,倘若将他当作新鲜果子,时式衣裳一样看待,那便大错了。譬如现在说"人的文学",这一句话,岂不也像时髦。却不知世上生了人,便同时生了人道,无奈世人无知,偏不肯体人类的意志,走这正路,却迷入兽道鬼道里去,旁皇了多年,才得出来,正如人在白昼时候,闭着眼乱闯,末后睁开眼睛,才晓得世上有这样好阳光,其实太阳照临,早已如此,已有了无量数年了。

欧洲关于这"人"的真理的发见,第一次是在十五世纪,于是出了宗教改革与文艺复兴两个结果。第二次成了法国大革命,第三次大约便是欧战以后将来的未知事件了。女人与小儿的发见,却迟至十九世纪,才有萌芽,古来女人的位置,不过是男子的器具与奴隶。中古时代,教会里还曾讨论女子有无灵魂,算不算得一个人呢。小儿也只是父母的所有品,又不认他是一个未长成的人,却当他作具体而微的成人,因此又不知演了多少家庭的与教育的悲剧。自从 Froebel 与 Godwin 夫人以后,才有光明出现,到了现在,造成儿童学与女子问题这两个大研究,可望长出极好的结果来。中国讲到这类问题却须从头做起,人的问题,从来未经解决,女人小儿更不必说了,如今第一步先从人说起,生了四千余年,现在却还讲人的意义,从新要发见"人",去"辟人荒",也是可笑的事。但老了再学,总比不学该胜一筹罢。我们希望从文学上起首,提倡一点人道主义思想,便是这个意思。

我们要说人的文学,须得先将这个人字,略加说明。我们所说的人不是世间所谓"天地之性最贵",或"圆颅方趾"的人。乃是说,"从动物进化的人类"。其中有两个要点,(一)"从动物"进化的,(二) 从动物"进化"的。

我们承认人是一种生物,他的生活现象,与别的动物并无不同。所以我们相信人的一切生活本能,都是美的善的,应得完全满足。凡有违反人性不自然的习惯制度,都应排斥改正。

但我们又承认人是一种动物进化的生物，他的内面生活，比其他动物更为复杂高深，而且逐渐向上，有能改造生活的力量。所以我们相信人类以动物的生活为生存的基础，而其内面生活，却渐与动物相远，终能达到高上和平的境地。凡兽性的余留，与古代礼法可以阻碍人性向上的发展者，也都应排斥改正。

这两个要点，换一句话说，便是人的灵肉二重的生活。古人的思想，以为人性有灵肉二元，同时并存，永相冲突。肉的一面，是兽性的遗传。灵的一面，是神性的发端。人生的目的，便偏重在发展这神性。其手段便在灭了体质以救灵魂。所以古来宗教，大都厉行禁欲主义，有种种苦行，抵制人类的本能。一方面却别有不顾灵魂的快乐派，只愿"死便埋我"。其实两者都是趋于极端，不能说是人的正当生活。到了近世，才有人看出这灵肉本是一物的两面，并非对抗的二元。兽性与神性，合起来便只是人性。英国十八世纪诗人 Blake 在《天国与地狱的结婚》一篇中，说得最好。

（一）人并无与灵魂分离的身体。因这所谓身体者，原止是五官所能见的一部分的灵魂。

（二）力是唯一的生命，是从身体发生的。理就是力的外面的界。

（三）力是永久的悦乐。

他这话虽略含神秘的气味，但很能说出灵肉一致的要义。我们所信的人类正当生活，便是这灵肉一致的生活。所谓从动物进化的人，也便是指这灵肉一致的人，无非用别一说法罢了。

这样"人"的理想生活，应该怎样呢？首先便是改良人类的关系。彼此都是人类，却又各是人类的一个。所以须营一种利己而又利他，利他即是利己的生活。第一，关于物质的生活，应该各尽人力所及，取人事所需。换一句话，便是各人以心力的劳作，换得适当的衣食住与医药，能保持健康的生活。第二，关于道德的生活，应该以爱智信勇四事为基本道德，革除一切人道以下或人力以上的因袭的礼法，使人人能享自由真实的幸福生活。这种"人的"理想生活，实行起来，实于世上的人，无一不利。富贵的人虽然觉得不免失了他的所谓尊严，但他们因此得从非人的生活里救出，成为完全的人，岂不是绝大的幸福么？这真可说是二十世纪的新福音了。只可惜知道的人还少，不能立地实行。所以我们要在文学上略略提倡，也稍尽我们人类的意思。

但现在还须说明，我所说的人道主义，并非世间所谓"悲天悯人"或"博施济众"的慈善主义，乃是一种个人主义的人间本位主义。这理由是，第一，人在人类中，正如森林中的一株树木。森林盛了，各树也都茂盛。但要森林盛，却仍非靠各树各自茂盛不可。第二，个人爱人类，就只为人类中有了我，与我相关的缘故。墨子说兼爱的理由，因为"己亦在人中"，便是最透彻的话。上文所谓利己而又利他，利他即是利己，正是这个意思。所以我说的人道主义，是从个人做起。要讲人道，爱人类，便须先使自己有人的资格，占得人的位置。耶稣说，"爱邻如己"。如不先知自爱，怎能"如己"的爱别人呢？至于无我的爱，纯粹的利他，我以为是不可能的。人为了所爱的人，或所信的主义，能够有献身的行为。若是割肉饲鹰，投身给饿虎吃，那是超人间的道德，不是人所能为的了。

用这人道主义为本，对于人生诸问题，加以记录研究的文字，便谓之人的文学。其中又可以分作两项，（一）是正面的，写这理想生活，或人间上达的可能性；（二）是侧面的，写人的平常生活，或非人的生活，都很可以供研究之用。这类著作，分量最多，也最重要。因为我们可以因此明白人生实在的情状，与理想生活比较出差异与改善的方法。这一类中写非人的生活的文字，世间每每误会，与非人的文学相溷，其实却大有分别。譬如法国莫泊三（Maupassant）的小说《一生》（Une Vie），是写人间兽欲的人的文学；中国的《肉蒲团》却是非人的文学。俄国库普林（Kuprin）的小说《坑》（Jama），是写娼妓生活的人的文学；中国的《九尾龟》却是非人的文学。这区别就只在著作的态度不同。一个严肃，一个游戏。一个希望人的生活，所以对于非人的生活，怀着悲哀或愤怒；一个安于非人的生活，所以对于非人的生活，感着满足，又多带些玩弄与挑拨的形迹。简明说一句，人的文学与非人的文学的区别，便在著作的态度，是以人的生活为是呢，非人的生活为是呢这一点上。材料方法，别无关系。即如提倡女人殉葬——即殉节——的文章，表面上岂不说是"维持风教"；但强迫人自杀，正是非人的道德，所以也是非人的文学。中国文学中，人的文学本来极少。从儒教道教出来的文章，几乎都不合格。现在我们单从纯文学上举例如：

（一）色情狂的淫书类

（二）迷信的鬼神书类《封神传》《西游记》等

（三）神仙书类《绿野仙踪》等

（四）妖怪书类《聊斋志异》《子不语》等

（五）奴隶书类甲种主题是皇帝状元宰相　乙种主题是神圣的父与夫

（六）强盗书类《水浒》《七侠五义》《施公案》等

（七）才子佳人书类《三笑姻缘》等

（八）下等谐谑书类《笑林广记》等

（九）黑幕类

（十）以上各种思想和合结晶的旧戏

这几类全是妨碍人性的生长，破坏人类的平和的东西，统应该排斥。这宗著作，在民族心理研究上，原都极有价值。在文艺批评上，也有几种可以容许。但在主义上，一切都该排斥。倘若懂得道理，识力已定的人，自然不妨去看。如能研究批评，便于世间更为有益，我们也极欢迎。

人的文学，当以人的道德为本，这道德问题方面很广，一时不能细说。现在只就文学关系上，略举几项。譬如两性的爱，我们对于这事，有两个主张。（一）是男女两本位的平等，（二）是恋爱的结婚。世间著作，有发挥这意思的，便是绝好的人的文学。如诺威伊孛然

(Ibsen)的戏剧《娜拉》(Et Dukkehjem)《海女》(Fruen fra Havet),俄国托尔斯泰(Tolstoj)的小说 Anna Karenina,英国哈兑(Hardy)的小说《台斯》(Tess)等就是。恋爱起原,据芬阑学者威思德马克(Westermarck)说,由于"人的对于与我快乐者的爱好"。却又如奥国卢阁(Lucke)说,因多年心的进化,渐变了高上的感情。所以真实的爱与两性的生活,也须有灵肉二重的一致。但因为现世社会境势所迫,以致偏于一面的,不免极多。这便须根据人道主义的思想,加以记录研究。却又不可将这样生活,当作幸福或神圣,赞美提倡。中国的色情狂的淫书,不必说了。旧基督教的禁欲主义的思想,我也不能承认他为是。又如俄国陀思妥也夫斯奇(Dostojevskij)是伟大的人道主义的作家。但他在一部小说中,说一男人爱一女子,后来女子爱了别人,他却竭力斡旋,使他们能够配合。陀思妥也夫斯奇自己,虽然言行竟是一致,但我们总不能承认这种种行为,是在人情以内,人力以内,所以不愿提倡。又如印度诗人泰戈尔(Tagore)做的小说,时时颂扬东方思想。有一篇记一寡妇的生活,描写他的"心的撒提(Suttee)",撒提是印度古语,指寡妇与他丈夫的尸体一同焚化的习俗又一篇说一男人弃了他的妻子,在英国别娶,他的妻子,还典卖了金珠宝玉,永远的接济他,一个人如有身心的自由,以自由别择,与人结了爱,遇著生死的别离,发生自己牺牲的行为,这原是可以称道的事。但须全然出于自由意志,与被专制的因袭礼法逼成的动作,不能并为一谈。印度人身的撒提,世间都知道是一种非人道的习俗,近来已被英国禁止,至于人心的撒提,便只是一种变相。一是死刑,一是终身监禁。照中国说,一是殉节,一是守节,原来撒提这字,据说在梵文,便正是节妇的意思。印度女子被"撒提"了几千年,便养成了这一种畸形的贞顺之德。讲东方化的,以为是国粹,其实只是不自然的制度习惯的恶果。譬如中国人磕头惯了,见了人便无端的要请安拱手作揖,大有非跪不可之意,这能说是他的谦和美德么?我们见了这种畸形的所谓道德,正如见塞在坛子里养大的,身子像萝卜形状的人,只感著恐怖嫌恶悲哀愤怒种种感情,决不该将他提倡,拿他赏赞。

其次如亲子的爱。古人说,父母子女的爱情,是"本于天性",这话说得最好。因他本来是天性的爱,所以用不著那些人为的束缚,妨害他的生长。假如有人说,父母生子,全由私欲,世间或要说他不道。今将他改作由于天性,便极适当。照生物现象看来,父母生子,正是自然的意志。有了性的生活,自然有生命的延续,与哺乳的努力,这是动物无不如此。到了人类,对于恋爱的融合,自我的延长,更有意识,所以亲子的关系,尤为深厚。近时识者所说儿童的权利,与父母的义务,便即据这天然的道理推演而出,并非时新的东西,至于世间无知的父母,将子女当作所有品,牛马一般养育,以为养大以后,可以随便吃他骑他,那便是退化的谬误思想。英国教育家 Gorst 称他们为"猿类之不肖子",正不为过。日本津田左右吉著《文学上国民思想的研究》卷一说,"不以亲子的爱情为本的孝行观念,又与祖先为子孙而生存的生物学的普遍事实,人为将来而努力的人间社会的实际状态,俱相违反,却认作子孙为祖先而生存,如此道德中,显然含有不自然的分子。"祖先为子孙而生存,所以父母理应爱重子女,子女也就应该爱敬父母。这是自然的事实,也便是天性。文学上说这亲子的爱的,希腊 Homer 史诗 Iliaa 与 Euripides 悲剧 Troiades 中,说 Hektor 夫妇与儿子的死别两节,在古文学中,最为美妙。近来 Ibson 的《群鬼》(Gengangere)德国 Sudermann 的戏剧《故乡》(Heimat)俄国 Turgenjev 的小说《父子》(Ottsy idjeti)等,都很可以供我们的研究,至于郭巨埋儿,丁兰刻木那一类残忍迷信的行为,当然不应再行赞扬提倡。割股一事,尚是魔术与食人风俗的遗留,自然算不得道德。不必再叫他溷入文学里,更不消说了。

照上文所说,我们应该提倡与排斥的文学,大致可以明白了。但关于古今中外的一件事上。还须追加一句说明,才可免了误会。我们对于主义相反的文学,并非如胡致堂或乾隆做史论,单依自己的成见,将古今人物排头骂倒。我们立论,应抱定"时代"这一个观念,又将批评与主张,分作两事。批评古人的著作,便认定他们的时代,给他一个正直的评价,相应的位置。至于宣传我们的主张,也认定我们的时代,不能与相反的意见通融让步,唯有排斥的一条方法。譬如原始时代,本来只有原始思想,行魔术食人肉,原是分所当然。所以关于这宗风俗的歌谣故事,我们还要拿来研究,增点见识。但如近代社会中,竟还有想实行魔术食人的人,那便只得将他捉住,送进精神病院去了。其次,对于中外这个问题,我们也只须抱定时代这一个观念,不必再划出什么别的界限。地理上历史上,原有种种不同,但世界交通便了,空气流通也快了,人类可望逐渐接近,同一时代的人,便可相并存在。单位是个我,总数是个人。不必自以为与众不同,道德第一,划出许多畛域。因为人总与人类相关,彼此一样,所以张三李四受苦,与彼得约翰受苦,要说与我无关,也一样无关。说与我相关,也一样相关。仔细说,便只为我与张三李四或彼得约翰虽姓名不同,籍贯不同,但同是人类之一,同具感觉性情。他以为苦的,在我也必以为苦。这苦会降在他身上,也未必不能降在我的身上。因为人类的运命是同一的,所以我要顾虑我的运命,便同时须顾虑人类共同的运命。所以我们只能说时代,不能分中外。我们偶有创作,自然偏于见闻较确的中国一方面,其余大多数都还须介绍译述外国的著作,扩大读者的精神,眼里看见了世界的人类,养成人的道德,实现人的生活。

什么是新文学

守　常

现在大家都讲新文学，都作新文学了。我要问大家"什么是新文学？"

我的意思以为刚是用白话作的文章，算不得新文学；刚是介绍点新学说、新事实，叙述点新人物，罗列点新名词，也算不得新文学。

我们所要求的新文学，是为社会写实的文学，不是为个人造名的文学；是以博爱心为基础的文学，不是以好名心为基础的文学；是为文学而创作的文学，不是为文学本身以外的什么东西而创作的文学。

现在的新文学作品中，合于我们这种要求的，固然也有，但是终占少数。一般最流行的文学中，实含有很多缺点。概括讲来，就是浅薄，没有真爱真美的质素。不过掇拾了几点新知新物，用白话文写出来，作者的心理中，还含着科举的、商贾的旧毒新毒，不知不觉的造出一种广告的文学。试把现在流行的新文学的大部分解剖来看，字里行间，映出许多恶劣心理的斑点，来托在新思潮、新文艺的里边……刻薄、狂傲、狭隘、夸躁，种种气氛充塞满幅。长此相嘘以气，必致中干，种种运动，终于一空，适以为挑起反动的引子。此是今日文学界、思想界莫大的危机，吾辈应速为一大反省！

我们若愿园中花木长得美茂，必须有深厚的土壤培植他们。宏深的思想、学理、坚信的主义，优美的文艺，博爱的精神，就是新文学新运动的土壤、根基。在没有深厚美腴的土壤的地方培植的花木，偶然一现，虽是一阵热闹，外力一加摧凌，恐怕立萎！

（载一九一九年十二月八日《星期日》社会问题号）

文学研究会宣言

　　我们发起这个会,有三种意思,要请大家注意。

　　一,是联络感情。　本来各种会章里,大抵都有这一项;但在现今文学界里,更有特别注重的必要。中国向来有"文人相轻"的风气;因为现在不但新旧两派不能协和,便是治新文学的人里面,也恐因了国别派别的主张,难免将来不生界限。所以我们发起本会,希望大家时常聚会,交换意见,可以互相理解,结成一个文学中心的团体。

　　二,是增进知识。　研究一种学问,本不是一个人关了门可以成功的;至于中国的文学研究,在此刻正是开端,更非互相补助,不容易发达。整理旧文学的人也须应用新的方法,研究新文学的更是专靠外国的资料;但是一个人的见闻及经济力总是有限,而且此刻在中国要搜集外国的书籍,更不是容易的事。所以我们发起本会,希望渐渐造成一个公共的图书馆研究室及出版部,助成个人及国民文学的进步。

　　三,是建立著作工会的基础。　将文艺当作高兴时的游戏或失意时的消遣的时候,现在已经过去了。我们相信文学是一种工作,而且又是于人生很切要的一种工作;治文学的人也当以这事为他终身的事业,正同劳农一样。所以我们发起本会,希望不但成为普通的一个文学会,还是著作同业的联合的基本,谋文学工作的发达与巩固:这虽然是将来的事,但也是我们的一个重要的希望。

　　因以上的三个理由,我们所以发起本会,希望同志的人们赞成我们的意思,加入本会,赐以教诲,共策进行,幸甚。

十年,一,十日。

(原载《小说月报》十二卷一期)

《语丝》发刊词

我们几个人发起这个周刊,并没有什么野心和奢望。我们只觉得现在中国的生活太枯燥,思想界太是沉闷,感到一种不愉快,想说几句话,所以创刊这张小报,作自由发表的地方。我们并不期望这于中国的生活或思想上会有什么影响,不过姑且发表自己所要说的话,聊以消遣罢了。

我们并没有什么主义要宣传,对于政治经济问题也没有什么兴趣,我们所想做的只是想冲破一点中国的生活和思想界的昏浊停滞的空气。我们个人的思想尽自不同,但对于一切专断与卑劣之反抗则没有差异。我们这个周刊的主张是提倡自由思想,独立判断,和美的生活。我们的力量弱小,或者不能有什么着实的表现,但我们总是向着这一方面努力。

这个周刊由我们几个人担任选稿,我们所想说的话大抵在这里发表,但国内同志的助力也极欢迎。和我们辩驳的文字,倘若关于学理方面的,我们也愿揭载,至于主张上相反的议论则只好请其在别处发表,我们不能代为传布,虽然极愿加以研究和讨论。

周刊上的文字大抵以简短的感想和批评为主,但也兼采文艺创作以及关于文学美术和一般思想的介绍与研究,在得到学者的援助时也要发表学术上的重要论文。

我们唯一的奢望是,同志逐渐加多,文字和经济的供给逐渐稳固,使周刊成为三日刊,二日刊以至日刊;此外并无什么弘愿。或者力量不济,由周刊而退为两周刊或四周刊,以至于不刊,也说不定;这也是我们的预料之一。两者之中到底是那样呢,此刻有谁能够知道。现在也大可不必管它,我们还是来发刊这第一号罢。

(载一九二四年十一月十七日《语丝》第一期)

革命与文学[*]

郭沫若

我们现在是革命的时代,我们是从事于文学的人。我们所从事的文学对于时代有何种关系,时代对于我们有何种要求,我们对于时代当取何种的态度,这些问题是我想在这儿讨论的。

我们先来讨论革命与文学的关系。

革命与文学一并列起来,我们立地可以联想到的,便是有两种极端反对的主张。

有一派人说,革命和文学是冰炭不相容的,这两个东西根本不能并立。主张这个意思的人更可以分为两小派,一派是所谓文学家,一派是所谓革命家。

所谓文学家,尤其是我们中国人的所谓文学家,他们是居住在另外一种天地的另外的一种人种。他们的生涯是风花雪月,他们对于世事是从不过问的。世事临到清平的时候,他们或许还可以讴歌一下太平,但一临到变革的时候,他们的生活便感受着一种威胁,他们对于革命是比较冷淡的,他们可以取一种超然的态度,不然便要竭力加以诅咒。这种实例无论是旧式的文人或者是新式的文人,我们随处都可以看见。在他们看来,文学和革命总是不两立的。

的确也会是不两立的。文学家对于革命竭力在想超越,在想诅咒,而革命家对于文学也竭力在想轻视,在想否认。我们时常听着实际从事于革命的人说:文学! 文学这样东西于我们的革命事业究有甚么? 它只是姑娘小姐们的消闲品,只是堕落青年在讲堂上懒于听讲的时候所偷食的禁果罢了。从事于文学的人根本是狗钱不值的。

文学家竭力在诅咒革命,革命家也极力在诅咒文学。这两种人的立脚点虽然不同,然而在他们的眼光里,文学和革命总是不能两立的。

文学和革命根本上不能两立,这是一种极普遍的主张,事实上是如此,而且理论上也的确是如此。然而和这种主张极端反对的,是说文学和革命是完全一致!

文学是革命的前驱,在革命的时代必然有一个文学上的黄金时代。这样的主张我们也是时常听见的。

我们且先从历史上来求它的证据吧。譬如一七八九年法国革命之前产生了不少的文学家,如象佛尔特尔,如象卢梭,他们都是划时代的人物,而且法国革命许多批评家和历史家都说是由他们唤起的。又譬如一九一七年俄国革命也是一样。在俄国革命未成功之前,

---

[*] 本篇最初发表于一九二六年五月上海《创造月刊》第一卷第三期。

俄国正不知道产生了多少文豪,这其中反革命的当然不能说是没有,然而勇敢地作为革命的前驱,不亚于法国佛尔特尔和卢梭的也正指不胜屈。

回头再说到我们中国吧。譬如周代的"变风""变雅"和屈子的《离骚》,都是在革命时期中所产生出来的千古不磨的文学。而每当朝代换易,一些忠臣烈士所披沥的血泪文章,至今犹传诵于世的,我们也可以说是指不胜屈的。

据这样看来,文学和革命也并不是不能两立,而且是互为因果,有完全一致的可能。主张这种见解的人,自然不能说是全无根据。

那吗,我们对于这两种不同的主张,怎样来加以解释呢?

同是一个问题而发生出两种不同的主张,而且这两种主张都是证据确凿,都是很合理的。我们要怎样才可以解释呢?

这个问题好象是很难解决的问题,但是我们只要把革命的因子和文学的性质略略讨论一下,便不难迎刃而解了。

革命本来不是固定的东西,每个时代的革命各有每个时代的精神,不过革命的形式总是固定了的。每个时代的革命一定是每个时代的被压迫阶级对于压迫阶级的彻底的反抗。阶级的分化虽然不同,反抗的目的虽然不同,然而其所表现的形式是永远相同的。

那吗我们可以知道,每逢革命的时期,在一个社会里面,至少是有两个阶级的对立。有两个阶级对立在这儿,一个要维持它素来的势力,一个要推翻它。在这样的时候,一个阶级当然有一个阶级的代言人,看你是站在那一个阶级说话。你假如是站在压迫阶级的,你当然会反对革命;你假如是站在被压迫阶级的,你当然会赞成革命。你是反对革命的人,那你做出来的文学或者你所欣赏的文学,自然是反对革命的文学,是替压迫阶级说话的文学;这样的文学当然和革命不两立,当然也要被革命家轻视和否认的。你假如是赞成革命的人,那你做出来的文学或者你所欣赏的文学,自然是革命的文学,是替被压迫阶级说话的文学;这样的文学自然会成为革命的前驱,自然会在革命时期产生出黄金时代了。

这样一来,我们可以知道文学的这个公名中包含着两个范畴:一个是革命的文学,一个是反革命的文学。

我们得出了文学的两个范畴,所有一切概念上的纠纷,都可以无形消灭,而我们对于文学的态度也就可以决定了。文学是不应该笼统的反对,也不应该笼统的赞美的。这儿我们应该要分别清楚,我们无论是创作文学的人或者研究文学的人,我们是应该要把自己的脚跟站定。每个时代的每种文学都有它的赞美人和它的反对人,但是我们现在姑且作为第三者而加以观察和批评时,究竟那一种文学真是应该受人赞美?那一种文学真是应该受人反对呢?我们要解决这个问题,在先有探求社会构成的基调和社会发展的形式之必要。

文学是社会上的一种产物,它的生存不能违背社会的基本而生存,它的发展也不能违反社会的进化而发展。所以我们可以说一句,凡是合乎社会的基调的文学方能有存在的价值,而合乎社会进化的文学方能为活的文学,进步的文学。

社会构成的基调究竟是些甚么呢？我敢相信,我们人类社会的构造是在求最大多数人的最大幸福。假使最大的幸福是被少数人垄断了,最大多数人的社会生活便无从得到幸福,而已成的社会也会归于瓦解。在这已成的社会中,最大多数的不幸的人一定要起而推翻这少数的垄断者,而别求一合乎这个构成原理的新的社会。这就是该个社会中的革命现象。

但是社会中的革命现象,自从私有财产制度产生以后是永远没有止息的,社会中的财富渐次垄断于少数人的手中,所以每次革命都要力求其平,而使大多数人得到平等的机会。所以社会进展的形式是辩证式的。就是甲的制度失掉了统制社会的权威,必然有乙的一种非甲的制度出而代替,待到时代既久非甲的乙渐次与甲调和而生出丙来,又渐次失掉了统制社会的权威,又必然有非丙的丁出而代替。如此永远代替,永远进展起去,其根基都在求大多数人的幸福的生活。所以在社会的进展上我们可以得一个结论,就是凡是新的总就是好的,凡是革命的总就是合乎人类的要求,合乎社会构成的基调的。

据这样看来,我们可以说凡是革命的文学就是应该受赞美的文学,而凡是反革命的文学便是应该受反对的文学。应该受反对的文学我们可以根本否认它的存生,我们也可以简切了当地说它不是文学。大凡一个社会在停滞着的时候,那时候所产生出来的文学都是反革命的,而且同时是全无价值的。我们中国的八股、试帖诗、滥四六调①的文章之所以全无价值,也就是这个原故了。

那吗,我们更可以归纳出一句话来:就是文学是永远革命的,真正的文学是只有革命文学的一种。所以真正的文学永远是革命的前驱,而革命的时期中总会有一个文学的黄金时代出现。

所以我在讨论文学和革命的关系的时候,我始终承认文学和革命是一致的,并不是不两立的。

文学和革命是一致的,并不是两立的。

何以故？

以文学是革命的前驱,而革命的时期中永会有一个文学的黄金时代出现故。

那吗文学何以能为革命的前驱,而革命的时期中何以会有一个文学的黄金时代出现呢？这儿是我们应该讨论的第二步的问题。

大凡的人以为文学是天才的作品,所以能够转移社会。这样的话太神秘了,我是不敢附和的。天才究竟是甚么,我们实在不容易捉摸。我看我们在这儿不要再题外生枝了,我们让别人拿去作恭维的话柄,我们让别人拿去作骂人的工具吧。我们要解决这个问题,另

①　八股是明清科举考试的一种文体。每篇由破题、承题、起讲、入题、起股、中股、后股、束股、大结等部分组成。其中,以起股至束股四段,都各有两股排比对偶的文字,合共八股。亦称八比。　　试帖诗起源于唐代,后来成为科举考试的特定诗体。　　四六调是产生于六朝时的骈文的一体,多以四字六字句相间,故又称骈四俪六。另

外当求一种比较不神秘的合乎科学的根据。

我们人类的气质(Temperament)是各有不同的,从来的学者大别分为四种:一种是胆汁质(choleric),一种是神经质(melancholic),一种是多血质(sanguinic),一种是粘液质(phlegmatic)。神经质的人感受性很锐敏,而他的情绪的动摇是很强烈而且能持久的。这样的人多半倾向于文艺。因为他情绪的动摇强而且持久,所以他只能适于感情的活动而且是静的活动。因为他的感受性锐敏,所以一个社会快要临到变革的时候,在别种气质的人尚未十分感受到压迫阶级的凌虐,而他已感受到十二分,经他一呼唤出来,那别种气质的人也就不能不继起响应了。文学能为革命的前驱的,我想怕就在这儿。文学家并不是能够转移社会的天生的异材,文学家只是神经过敏的一种特殊的人物罢了。

文学在革命时代能够兴盛的原故也可以同用心理学上的根据来说明。

我们知道文学的本质是始于感情终于感情的。文学家把自己的感情表现出来,而他的目的——不管是有意识的或无意识的——总是要在读者的心中引起同样的感情作用的。那吗作家的感情愈强烈、愈普遍,而作品的效果也就愈强烈、愈普遍。这样的作品当然是好的作品。一个时代好的作品愈多,就是那个时代的文学愈兴盛的表现。革命时代的希求革命的感情是最强烈、最普遍的一种团体感情,由这种感情表现而为文学,来源不穷,表现的方法万殊,所以一个革命的时期中总会有一个文学的黄金时代了。

更进,革命时期是容易产生悲剧的时候,被压迫阶级与压迫者反抗,在革命尚未成功之前,一切的反抗是容易归于失败的。阶级的反抗无论由个人所代表,或者是由团体爆发,这种个人的失败史,或者团体的失败史,表现成为文章便是一篇悲剧。而悲剧在文学的作品上是有最高级的价值的,革命时期中容易产生悲剧,这也就是革命时期中自会有一个文学上的黄金时代的第二个原因了。

以上我把革命和文学的关系略略说明了。这儿还剩着一个顶大的问题,就是所谓革命文学究竟是怎样的文学?那就是革命文学的内容究竟怎么样?

这个问题我看是不能限制在一个时代里面来说话的。社会进化的过程中,每个时代都是不断地革命着前进的。每个时代都有每个时代的精神,时代精神一变,革命文学的内容便因之而一变。在这儿我可以得出一个数学的方式,便是

$$革命文学 = F(时代精神)$$

更简单地表示的时候,便是

$$文学 = F(革命)$$

这用言语来表现时,就是文学是革命的函数。文学的内容是跟着革命的意义转变的,革命的意义变了,文学便因之而变了。革命在这儿是自变数,文学是被变数,两个都是 X,YZ,两个都是不一定的。在第一个时代是革命的,第二个时代又成为非革命的,在第一个时代是革命文学,在第二个时代又成为反革命的文学了。所以革命文学的这个名词虽然固

定,而革命文学的内涵是永不固定的。

我们现在请就欧洲的文艺思潮来证明革命文学的进展吧。

欧洲的文艺思潮发源于希腊,希腊的人本主义输入罗马而流为贵族的享乐主义,在五九〇年,罗马法王恪雷戈里一世①即位之前,罗马皇帝及其贵族们专擅,淫奢,使一般的民众不能聊生,而生出厌世的倾向。应时而起者便是基督教的禁欲主义。所以在当时的革命是第二阶级的僧侣对于第一阶级的王族的革命,而在文学上的表现便是宗教的禁欲主义的文学对于贵族的享乐主义的文学的革命。宗教的禁欲主义的文学在当时便是革命文学。

宗教渐渐隆盛了起来,第二阶级的僧侣和第一阶级的王族渐渐接近,渐渐妥协,渐渐狼狈为奸,禁欲主义与享乐主义苟合而产出形式主义来。形式主义在文学上最鲜明的表现便是所谓古典主义。在这时候与第一阶级和第二阶级联合战线相反抗的,便是一般被压迫的第三阶级的市民。当时一般市民失掉了个性的自由,在两重的压迫之下行将窒息,所以一时个人主义和自由主义的思潮应运而起,滥觞于意大利之文艺复兴,而爆发于一七八九年之法兰西大革命。这时候在文艺上的表现便是浪漫主义对于形式主义的抗争。浪漫主义的文学便是最尊重自由、尊重个性的文学,一方面要反抗宗教,而同时在另一方面又要反抗王权,意大利文艺复兴期中的诸大作家,英国的莎士比亚、密尔顿,法国的佛尔特尔、卢梭,德国的歌德、许雷,都可以称为这一派文学的伟大的代表。这一派文学,在精神上是个人主义,自由主义,在表示上是浪漫主义的文学,便是十七八世纪当时的革命文学。

然而第三阶级抬头之后,以个人主义、自由主义为核心的资本主义渐渐猖獗起来,使社会上新生出一个被压迫的阶级,便是第四阶级的无产者。在欧洲的今日已经达到第四阶级与第三阶级的斗争时代了。浪漫主义的文学早已成为反革命的文学,一时的自然主义虽是反对浪漫主义而起的文学,但在精神上仍未脱尽个人主义与自由主义的色彩。自然主义之末流与象征主义、唯美主义等浪漫派之后裔均只是过渡时代的文艺,它们对于阶级斗争的意义尚未十分觉醒,只在游移于两端而未确定方向。而在欧洲今日的新兴文艺,在精神上是彻底同情于无产阶级的社会主义的文艺,在形式上是彻底反对浪漫主义的写实主义的文艺。这种文艺,在我们现代要算是最新最进步的革命文学了。

我们这样把欧洲文艺思潮的进展追踪起来,可以知道革命文学在史实上也的确是随着时代的精神而转换的。前一个时代有革命文学出现,而在后一个时代又有革革命文学出现,更后一个时代又有革革革命文学出现了。如此进展以至于现世,为我们所要求的革命文学,其内容与形式是很明了的。凡是同情于无产阶级而且同时是反抗浪漫主义的便是革命文学。革命文学倒不一定要描写革命,赞扬革命,或仅仅在表面上多用些炸弹、手枪、干干干等字样。无产阶级的理想要望革命文学家点醒出来,无产阶级的苦闷要望革命文学家

---

① 恪雷戈里一世(GregoriusI,约540—604),通译格列高利一世,罗马元老院贵族出身,曾任罗马执政官,隐修院院长,五九〇年任教皇,直至逝世。执政期间,他加强了教皇在意大利的政治权力。

实写出来。要这样才是我们现在所要求的真正的革命文学。

现在再说到我们自己本身上来。我们自己处在今日的世界,处在今日的中国,我们自己所要求的文学是那一种内容呢?

我看我们的要求和世界的要求是达到同等的地位了。资本主义逐渐发展,看看快要到了尽头,遂由国家的化而为国际的。资本主义的国际化便是我们现刻受着压迫而力谋打倒的帝国主义。随着资本主义的国际化而发生的,便是阶级斗争的国际化,所以我们的打倒帝国主义的要求,同时也就是对于社会主义的一种景仰。我们现在除掉反抗帝国主义的工作外,当然还有许许多多的国民革命工作,但在我看来,我们对内的国民革命的工作,同时也就是对外的世界革命的工作。譬如我们中国的军阀,他们一半是由帝国主义所生发出来的。他们的军饷是帝国主义的投资,他们的军火是帝国主义的商品,他们的爪牙兵士是帝国主义破坏了中国固有的手工业,使一般的人陷为了游民,而为他们驱遣去的鱼雀。所以我们要彻底打倒军阀,根本也非彻底打倒帝国主义不可。所以我们的国民革命同时也就是世界革命。我们的国民革命的意义,在经济方面讲来,同时也就是国际间的阶级斗争。这阶级斗争的事实(须要注意,这是一个事实,并不是甚么人的主张!)是不能消灭的。我们中国的民众大都到了无产阶级的地位了。同情于民众,同情于国民革命的人,他们根本上不能不和帝国主义反抗。不同情于民众,不同情于国民革命的人,如象一些军阀、官僚、买办、劣绅等等,他们结局会与帝国主义联成一线来压迫我们(实际上是已经做到了这步田地)。那吗我们的革命,不根本还是以无产阶级为主体的力量对于有产阶级的斗争吗? 所以我们的国民的或者民族的要求,归根是和资本主义国度下的无产阶级的要求完全一致。我们要求从经济的压迫之下解放,我们要求人类的生存权,我们要求分配的均等,所以我们对于个人主义和自由主义要根本铲除,对于反革命的浪漫主义文艺也要取一种彻底反抗的态度。

青年! 青年! 我们现在处的环境是这样,处的时代是这样,你们不为文学家则已,你们既要矢志为文学家,那你们赶快要把神经的弦索扣紧起来,赶快把时代的精神抓着。我希望你们成革命的文学家,不希望你们成为时代的落伍者。这也并不是在替你们打算,这是在替我们全体的民众打算。彻底的个人的自由,在现在的制度之下是追求不到的。你们不要以为多饮得两杯酒便是甚么浪漫精神,多做得几句歪诗便是甚么天才作者。你们要把自己的生活坚实起来,你们要把文艺的主潮认定! 应该到兵间去,民间去,工厂间去,革命的漩涡中去。你们要晓得,时代所要求的文学是同情于无产阶级的社会主义的写实主义的文学,中国的要求已经和世界的要求一致。时代昭告着我们:我们努力吧,向前猛进!

1926 年 4 月 13 日

从文学革命到革命文学

成仿吾

一 文学革命的社会的根据

一个社会的现象必定有它所以必然发生的社会的根据。那么，我们这十余年来的文学革命的社会根据究在那里？

据我的考察，应该是这样的：——

A. 辛亥革命，民主主义对于封建势力的革命的失败，及帝国主义的急进的压迫，使一部分与世界潮流已经接触着的所谓智识阶级一心努力于启蒙思想的运动。（所谓新文化运动）

B. 这种启蒙的民主主义的思想运动势必要求一种新的表现的手段。（国语文学运动）

但是，当时那种有闲阶级的"印贴利更追亚"（Intelligentsia＝智识阶级）对于时代既没有十分的认识，对于思想亦没有彻底的了解，而且大部分还是些文学方面的人物，所以他们的成绩只限于一种浅薄的启蒙，而他们的努力多在于新文学一方面。所以后来新文化运动几乎与新文学运动合一，几乎被文学运动遮盖得无影无踪；实际上，就可见的成绩说，也只有文学留有些微的隐约的光耀。

二 文学革命的历史的意义

历史的发展必然地取辩证法的方法（Dialektische methode）。因经济的基础的变动，人类生活样式及一切的意识形态皆随而变革；结果是旧的生活样式及意识形态等皆被扬弃（Aufheben 奥伏赫变），而新的出现。

近代的资本主义激潮的来侵，早把我们旧日的经济的基础破坏，欧战中我们更有了近代式的资产阶级及一部分小资产阶级的"印贴利更追亚"，文学这意识形态的革命渐不能免，而解决这一切的关键也已伏在"文"和"语"的对立关系。

文学在古时和当时的语言没有分离互异的道理。后来渐由修词的工夫，因袭的固执与特创的废语（如秦始皇之"朕"等）等的合作，"文"和"语"才逐渐分离至于互异。但是"语"的成分及它在"古文"以外的势力是不可抹杀的。

佛典的翻译，大约是因为问答法和普及的关系，使语体显然形成了一大流脉。后来更由词曲的发达与小说的勃兴，使这里的"质的变化"的发生只缺少了些微的"量的变化"。他方面，文体逐渐发展到了尽头，对于新的内容的表现成了一种桎梏，只坐待时钟的高响——文体永远被"奥伏赫变"的时刻。

最后这些微的量来了，由外国文与新思想的方面；于是这桎梏被粉碎了。新发展的内容取新的形式翱翔于新开的天地。

三　文学革命的经过

文学革命的史实可以不须在这里多写。我现在只略述大概的经过，而且与新文化运动对照着，因为前者在理论上是后者的一个分野，它们有许多共同的趋向。

新文化运动的第一种工作为旧思想的否定（Negation），第二种工作为新思想的介绍。但这两方面都不曾收得应有的效果。这是因为从事这两种工作的人们对于旧思想的否定不完全，而对于新思想的介绍更不负责。我们只要一说运动开始不久就有所谓国学运动的出现，胡适之流才叫喊了几声就好象力竭声嘶般的逃回了老巢，猛吸着破旧了的酒瓶想获得一点生命的力，其余一些半死的大妖小怪也跟着一齐乱喊；我们只要一看研究系共学社张东荪等所翻译的那些要通不通的译本；我们只要一看梁漱溟著的不三不四的"东西文化及其哲学"。

但是最不幸的是这些"名流"完全不认识他们的时代，完全不了解他们的读者，也完全不明了自己的货色。这是为什么新文化运动不上三五年就好象寿终正寝的原故。他们不知道那时候的觉悟的青年已经拒绝了他们的迷药，他们本应该背着药笼到资本主义安定的国家去讨饭吃的呀！

文学运动在它的初期大致与新文化运动有同样的倾向。胡适之流始终不能摆脱旧的腔调，文学研究会的翻译也大可与共学社媲美。与"国学运动"相对的有"新式标点"派，其实他们只是乱点。

维持文学革命的运动使它不至于跟着新文化运动同归于尽的是民十以后的创作方面的努力。这时候，创造社已正式登台，不断地与恶劣的环境奋斗。它的诸作家以他们的反抗的精神，以他们的新鲜的作风，四五年之内在文学界养成了一种独创的精神，对一般青年给与了不少的激刺。他们指导了文学革命的方针，率先走向前去，他们扫荡了一切假的文艺批评，他们驱逐了一些蹩脚的翻译。他们对于旧思想与旧文学的否定最为完全，他们以真挚的热诚与批判的态度为全文学运动奋斗。

有人说创造社的特色为浪漫主义与感伤主义，这只是部分的观察。据我的考查，创造社是代表着小资产阶级（Petitbourgeois）的革命的"印贴利更追亚"。浪漫主义与感伤主义都是小资产阶级特有的根性，但是在对于资产阶级（Bourgeois）的意义上，这种根性仍不失为革命的。

是这种创作方面的努力救了我们全文学革命的运动。创造社以反抗的精神，真挚的热诚，批判的态度与不断的努力，一方面给与觉悟的青年以鼓励与安慰，他方面不息地努力完成我们的语体。由创造社的激励，全国的"印贴利更追亚"常在继续地奋斗，文学革命的巨火至今在燃，新文化运动幸而保存了一个分野。

447

四　文学革命的现阶段

我们的文学革命现在究竟进展到了怎样的阶段?

A. 我们的文学运动现在的主体——

　　　主体——智识阶级的一部

B. 我们的文学运动现在的实况——

　　　内容——小资产阶级的意识形态(Ideologie 意德沃罗基),

　　　媒质——语体,但与现实的语言相去尚远,

　　　形式——小说与诗居多数,戏剧甚少。

实地分析的结果如此,理论上亦应如此。这都是由小资产阶级的根性发源出来的。

创造社素来对于完成我们的语体非常努力,它的作家们没有一刻忘记这一方面的努力,实际上他们的成功由于这一方面的努力的亦不少,但他们以前的三个方针:

A. 极力求合于文法,

B. 极力采用成语,增造语汇,

C. 试用复杂的构造,

他们在应用这三个方针的时候,做梦也没有想到他们会与现实的语言相离那么远!

离开文学本身,在文学可以影响的范围内,也有几宗现象可以注意:

甲. 各大书店现在还出文言教科书,

乙. 许多国语教科书尚多不通的语句,

丙. 新式标点还在流行,依旧在乱点。

关于文学革命的现阶段的考查还有北京一部分的特殊现象必须一说。这是以《语丝》为中心的周作人一派的玩意。他们的标语是"趣味";我从前说过他们所矜持的是"闲暇,闲暇,第三个闲暇";他们是代表着有闲的资产阶级,或者睡在鼓里面的小资产阶级。他们超越在时代之上,他们已经这样过活了多年,如果北京的乌烟瘴气不用十万两无烟火药炸开的时候,他们也许永远这样过活的罢。

五　文学革命今后的进展

由以上历史的考察,我们就可以决定文学革命今后的进展么?

不,这断乎不可以。

文学在社会全部的组织上为上部建筑之一;离开全体我们不能理解一个个的部分,我们必须就社会的全构造考究文学这一部分,才能得到真确的理解。

我们要研究文学运动今后的进展,必须明白我们现在的社会发展的现阶段;要明白我们的社会发展的现阶段,必须从事近代资产阶级社会全部的合理的批判(经济过程的批判,政治过程的批判,意识过程的批判),把握着唯物的辩证法的方法,明白历史的必然的进展。

我们可以简单地这样申述：——

资本主义已经发展到了最后的阶段（帝国主义），全人类社会的改革已经来到目前。在整个资本主义与封建势力二重压迫下的我们，也已经曳着跛脚开始了我们的国民革命，而我们的文学运动——全解放运动的一个分野——却还睁着双眼，在青天白日里找寻已往的迷离的残梦。

我们远落在时代的后面。我们在以一个将被"奥伏赫变"的阶级为主体，以它的"意德沃罗基"为内容，创制一种非驴非马的"中间的"语体，发挥小资产阶级的恶劣的根性。

我们如果还挑起革命的"印贴利更追亚"的责任起来，我们还得再把自己否定一遍（否定的否定），我们要努力获得阶级意识，我们要使我们的媒质接近农工大众的用语，我们要以农工大众为我们的对象。

换一句话，我们今后的文学运动应该为进一步的前进，前进一步，从文学革命到革命文学！

六　革命的"印贴利更追亚"团结起来！

资本主义已经到了他的最后的一日，世界形成了两个战垒，一边是资本主义的余毒法西斯蒂的孤城，一边是全世界农工大众的联合战线。各个的细胞在为战斗的目的组织起来，文艺的工人应当担任一个分野。前进！你们没有听见这雄壮的呼声么？

谁也不许跕在中间。你到这边来，或者到那边去！

莫只追随，更不要再落在后面，自觉地参加这社会变革的历史过程！

努力获得辩证法的唯物论，努力把握唯物的辩证法的方法，它将给你以正当的指导，示你以必胜的战术。

克服自己的小资产阶级的根性，把你的背对向那将被"奥伏赫变"的阶级，开步走，向那蠕蠕的农工大众！

以明了的意识努力你的工作，驱逐资产阶级的"意德沃罗基"在大众中的流毒与影响，获得大众，不断地给他们以勇气，维持他们的自信！莫忘记了，你是站在全战线的一个分野！

以真挚的热诚描写在战场所闻见的，农工大众的激烈的悲愤，英勇的行为与胜利的欢喜！这样，你可以保障最后的胜利；你将建立殊勋，你将不愧为一个战士。

革命的"印贴利更追亚"团结起来，莫愁丧失了你们的镣铐！

二三，一一，一六于修善寺

（原载《创造月刊》一九二八年二月一日第一卷第九期）

关于革命文学

蒋光慈

一

说也惭愧！我本是专门从事革命文学工作的人,而至今却没曾发表过一篇关于革命文学的论文;虽然在《俄罗斯文学》一书中,也曾零碎地涉及到革命文学的理论,但对于如何建设中国的革命文学之一问题,却未曾正式地发表过意见。这一方面是因为我惰性太深,而一方面也是因为我不爱空谈理论,——我以为与其空谈什么空空洞洞的理论,不如为事实的表现,因为革命文学是实际的艺术的创作,而不是几篇不可捉摸的论文所能建设出来的。

时至今日,所谓革命文学的声浪,日渐高涨起来了。革命文学成为了一个时髦的名词,不但一般急激的文学青年,口口声声地呼喊革命文学,就是一般旧式的作家,无论在思想方面,他们是否是革命的同情者,也没有一个敢起来公然反对。并且有的不但不表示反对,而且昌言革命文学的需要,大做其关于提倡革命文学的论文。虽然他们在艺术的表现上,从未给过我们有革命意义的东西,但是他们能够赞成革命文学,这总不能不说是一种好现象。有的人说,这一般旧式的作家所以也提倡革命文学的,是因为革命文学成了一个时髦的名词,他们是借此来投机的;而且最重要的原因,是他们感觉到自己地位的不巩固,为着维持这个与旧社会有密切关系的地位,不得不迎合时代的需要,以冀博得一般新青年的同情。……这种意见是否是对的,我们现在没有讨论的必要,因为这是个人的问题,我们暂且可以不问。重要的是,这些作家与旧世界有很深的关系,在事实上他们的情绪已经是死去的了,然而他们不得不喊几句革命文学,不得不也来表示自己是赞成革命文学的人,这可见得中国文坛发展到了哪一个阶段,而革命文学成为了一个重要的倾向了。

中国社会革命的潮流已经到了极高涨的时代,在这个时代里,无处不表现着新旧的冲突。在实际的社会生活中是如此的现象,因之在表现社会生活的文学上,也不得不起了分化。一般先进的分子及一切被压迫的阶级,因为要走向自由的路上去,不得不起来反抗旧的势力,因之我们很显然地看出革命与反革命的争斗。同时,在我们的文坛上,一般激进的文学青年,为着要执行文学对于时代的任务,为着要转变文学的方向,所以也就不得不提出革命文学的要求,而向表现旧社会生活的作家加以攻击。这一种现象,在表面上观之,似乎只是文坛上的争论,似乎只是新旧作家的个人问题,其实这种现象自有其很深沉的社会的背景,若抛开社会的背景于不问,而空谈什么革命文学,那是毫无意义的事情。

现在谁也不敢公然地反对革命文学，这实在是可喜的事情。虽然有许多真正的投机的人们，一方面表示赞成革命文学，似乎比谁都激烈些，然而在别一方面却极力诋毁从事革命文学的创作的人为浅薄，为幼稚，为投机，为鲁莽……虽然这是很可恨的事情，虽然这些人们的心理难以猜测，虽然在实际上他们是革命文学的障碍，然而他们无论如何，不敢公然地反对革命文学，这可见得革命文学比不革命的文学神圣些，有威权些；这可见得革命文学在现代中国的文坛上，已经战胜一切反革命的倾向了。

固然，所谓革命文学，现在还在幼稚的时代，没有给与我们以充分的成绩，然而同时我们也不能承认非革命的文学已经走入成熟的阶段了。所谓中国的新文学运动，不过十年的历史，在此短促的十年中，文学当然没有充分发展的可能。这是事实的问题，我们当然不能责备中国文学家的不努力。我们现在的所谓新文学，即所谓白话文学，简直与以前的旧文学，是两件不同的东西。在传习方面，我们从旧文学所得来的非常之少；说一句老实话，一直到现在，中国的新文学还未脱离模仿欧洲文学的时代。在此模仿的时代，中国文学有十分成熟的可能么？固然现代中国文学发展的阶段很快，但不能超出相当的限度。就拿现代中国文坛上几个著名的作家仔细地看一看，喂！哪一个能与西欧的大作家相比？只是幼稚，幼稚，幼稚而已！……

不革命的文学尚且如此地幼稚，那吗所谓革命文学不过是近两三年来的事，既没有过去的传习，又没有长时期的发育，如何能免去幼稚的毛病呢？若站在革命文学的观点上，善意地指出革命文学的幼稚，那是应当的而且是必要的；若自身既不是革命的作家，或者正在那里继续写一些反革命的作品，而骂现在革命文学为幼稚，为不足道，那实在是太可笑的，不公道的事情了。站在自己社会的，经济的，阶级的地位上，公开地来反对革命文学或革命文学的作家，那是很可以的事情，不必有什么扭捏的造作；若一方面假惺惺地表示赞成革命文学的理论，而在事实上反对革命文学的作家，说什么浅薄呀，幼稚呀，鲁莽呀，粗暴呀……这只是卑鄙，无耻的行为！

不幼稚便不能走到成熟的时期，不鲁莽便不能打破萎靡的恶空气。我们现在的任务不是在于站在旁观的地位上，骂几句什么幼稚与鲁莽，而是在于要实实在在地从事于革命文学的建设，打倒非革命文学的势力。

二

那吗什么是革命文学呢？革命文学的内容是怎样的呢？

说文学是超社会的，说文学只是作者个人生活或个性的表现……这种理论显然是很谬误的，实没有多批驳的必要。固然，在某一部作品里，可以看出作者的个性或个人生活来，但是同时我们要知道，一个作家一定脱离不了社会的关系，在这一种社会的关系之中，他一定有他的经济的，阶级的，政治的地位，——在无形之中，他受这一种地位的关系之支配，而养成了一种阶级的心理。也许作家完全觉悟不到这一层,也许他自以为超乎一切,不受什么物质利益的束缚,但是在社会的关系上,他有意识地或无意识地,总是某一个社会团体的代表。倘若这位作家是代表统治阶级的,那他的思想,他的情绪,以及他的行动,总都是反革命的,因之他所创造出来的作品也是如此。倘若这位作家是代表被压迫的,被剥削的群众的,那他的思想以及他的作品,将与前者适得其反,——他将歌咏革命,因为革命能够创造出自由和幸福来。

因此,倘若我们要断定某个作家及其作品是不是革命的,那我们首先就要问他站在什么地位上说话,为着谁个说话。这个作家是不是具有反抗旧势力的精神?是不是以被压迫的群众作出发点?是不是全心灵地渴望着劳苦阶级的解放?……倘若答案是肯定的,那么这个作家就是革命的作家,他的作品就是革命的文学。

我们的时代是社会斗争极剧烈的时代,到处都是新旧势力互相冲突的现象,倘若文学是表现社会生活的,那吗我们现在的文学就应当把这种冲突的现象表现出来。但是在别一方面,文学并不是机械的照象,文学家自有其社会的特殊的背景。旧式的作家所表现的,何尝不是社会生活的一部分?不过他所表现的,是旧的倾向,是反动的一方面,而忽略了新的,能够创造光明的力量。革命的作家不但要表现时代,并且能够在茫乱的斗争的生活中,寻出创造新生活的元素,而向这种元素表示着充分的同情,并对之有深切的希望和信赖,倘若仅仅只反对旧的而不能认识出新的出路,不能追随着革命的前进,或消极地抱着悲观态度,那吗这个作家只是虚无主义的作家,他的作品只是虚无主义的,而不是革命的文学。这种作家只是社会斗争中的落伍者,他所表现只是不稳定的中间阶级的悲哀。

革命的作家不但一方面要暴露旧势力的罪恶,攻击旧社会的破产,而并且要促进新势力的发展,视这种发展为自己的文学的生命。在实际社会的生活中,一切被压迫群众不但是反抗统治阶级的力量,而且是创造新社会的主人。倘若某一个作家不明了这一层,那他将陷入谬误的深窟,永远在迷茫的歧路上徘徊。有很多的作家,他们虽然也攻击社会的不良,虽然有时也发几声反抗呼喊,但是始终在彷徨,彷徨……寻不出什么出路,这对于作者本身的确是很悲哀的事情。但是对于真正的革命的作家,这种彷徨的悲哀,却为剩余的东西了。

我们的社会生活之中心,渐由个人主义趋向到集体主义。个人主义到了资本社会的现在,算是已经发展到了极度,然而同时集体主义也就开始了萌芽。无政府式的个人主义之发展的结果,只是不平等,争夺,混乱,无秩序,残忍,兽性的行为……这种现象实在不能再维持下去了,今后的出路只有向着有组织的集体主义走去。现代革命的倾向,就是要打破以个人主义为中心的社会制度,而创造一个比较光明的,平等的,以集体为中心的社会制度,革命的倾向是如此,同时在思想界方面,个人主义的理论也就很显然地消沉了。

旧式的作家因为受了旧思想的支配,成为了个人主义者,因之他们所写出来的作品,也就充分地表现出个人主义的倾向。他们以个人为创作的中心,以个人生活为描写的目标,而忽视了群众的生活。他们心目中只知道有英雄,而不知道有群众,只知道有个人,而不知道有集体。不错,在社会生活中,所谓个人生活,所谓英雄,当然占有相当的位置,但是现代革命的潮流,很显然地指示了我们,就是群众已登了政治的舞台,集体的生活已经将个人的生活送到不重要的地位了。无论什么个人或英雄,倘若他违背革命的倾向,反对集体的利益,那只是旧势力的遗物,而不能长此地维持其生命。

革命文学应当是反个人主义的文学,它的主人翁应当是群众,而不是个人;它的倾向应当是集体主义,而不是个人主义。所谓个人只是群众的一分子,若这个个人的行动是为着群众的利益的,那吗当然是有意义的,否则,他便是革命的障碍。革命文学的任务,是要在此斗争的生活中,表现出群众的力量,暗示人们以集体主义的倾向。颓废的,市侩的享乐主义的,以及什么唯美主义的作品,固然不能算在革命文学之列,就是以英雄主义为中心的作品,也不能算做革命文学。在革命的作品中,当然也有英雄,也有很可贵的个性,但他们只是群众的服务者,而不是社会生活的中心。

革命的潮流真是急剧得很,落后的中国社会已经走到一个最重要的阶段了。因为是落后的原故,所以社会斗争的现象,不似欧洲社会的那般单纯。我们国内有残余的军阀,有残酷的,愚蠢的封建资产阶级,有被剥削到极点的劳苦群众;国外有专门侵略我们的帝国主义,而这个帝国主义又与我们的旧势力连合一起,共同压制我们革命的力量,同时我们革命的力量就不得不向这种两种压迫下剧烈的攻击。……这真是五花八门,无奇不有;头脑稍不清楚的人,就不容易来认识我们现在的社会生活。中国的革命已经与世界的革命混合起来了,中国的劳苦群众已经登上了世界政治的舞台。近几年来的中国社会,已经不是辛亥以前的中国社会了,因之,近两年来的中国革命的性质,已经不是单纯或民族或民权的革命了。倘若有人以国家主义的文学为革命文学,这也未免是时代的错误,根本与现代中国革命的意义相违背。

我们的革命文学应极力暴露帝国主义的罪恶,应极力促进弱小民族之解放的斗争,因为这也是时代的任务,但同时应极力避免狭义的国家主义的倾向。中国的被压迫群众对于帝国主义的反抗,同时就是对于旧社会制度的反抗,并不是一个简单的中国人反对外国人的问题,因此,不但以英雄主义为中心的作品,不能称为革命文学,就是提倡什么国家主义的作品,也不能入于革命文学的范围。

那吗什么是革命文学呢? 革命文学的内容是怎样的呢?

革命文学是以被压迫的群众做出发点的文学!

革命文学的第一个条件,是具有反抗一切旧势力的精神!

革命文学是反个人主义的文学!

革命文学是要认识现代的生活,而指示出一条改造社会的新路径!

(原载《太阳月刊》一九二八年二月一日第二期)

对于左翼作家联盟的意见①

——三月二日在左翼作家联盟②成立大会讲

鲁 迅

  有许多事情,有人在先已经讲得很详细了,我不必再说。我以为在现在,"左翼"作家是很容易成为"右翼"作家的。为什么呢?第一,倘若不和实际的社会斗争接触,单关在玻璃窗内做文章,研究问题,那是无论怎样的激烈,"左",都是容易办到的;然而一碰到实际,便即刻要撞碎了。关在房子里,最容易高谈彻底的主义,然而也最容易"右倾"。西洋的叫做"Salon的社会主义者",便是指这而言。"Salon"是客厅的意思,坐在客厅里谈谈社会主义,高雅得很,漂亮得很,然而并不想到实行。这种社会主义者,毫不足靠。并且在现在,不带点广义的社会主义的思想的作家或艺术家,就是说工农大众应该做奴隶,应该被虐杀,被剥削的这样的作家或艺术家,是差不多没有了,除非墨索里尼③,但墨索里尼并没有写过文艺作品。(当然,这样的作家,也还不能说完全没有,例如中国的新月派诸文学家,以及所说的墨索里尼所宠爱的邓南遮④便是。)

  第二,倘不明白革命的实际情形,也容易变成"右翼"。革命是痛苦,其中也必然混有污秽和血,决不是如诗人所想像的那般有趣,那般完美;革命尤其是现实的事,需要各种卑贱的,麻烦的工作,决不如诗人所想像的那般浪漫;革命当然有破坏,然而更需要建设,破坏是痛快的,但建设却是麻烦的事。所以对于革命抱着浪漫谛克的幻想的人,一和革命接近,一到革命进行,便容易失望。听说俄国的诗人叶遂宁⑤,当初也非常欢迎十月革命,当时他叫

---

  ① 本篇最初发表于一九三〇年四月一日《萌芽月刊》第一卷第四期。

  ② 左翼作家联盟 即中国左翼作家联盟(简称"左联"),中国共产党领导下的革命文学团体。一九三〇年三月在上海成立(并先后在北平、天津等地及日本东京设立分会),领导成员有鲁迅、夏衍、冯雪峰、冯乃超、周扬等。"左联"的成立,标志着中国革命文学发展的一个新阶段。它曾有组织有计划地致力于马克思主义文艺理论的宣传和研究,批判各种错误的资产阶级文艺思想,提倡革命文学创作,进行文艺大众化的探讨,培养了一批革命文艺工作者,促进了革命文学运动的发展。它在国民党统治区内领导革命文学工作者和进步作家,对国民党的反革命文化"围剿"进行了英勇顽强的斗争,在粉碎这种"围剿"中起了重大的作用。但由于受到当时党内"左"倾路线的影响,"左联"的一些领导人在工作中有过教条主义和宗派主义的倾向,对此,鲁迅曾进行过原则性的批评。他在"左联"成立大会上的这个讲话,是当时左翼文艺运动有重要意义的文件。"左联"由于受国民党政府的白色恐怖的摧残压迫,也由于领导工作中宗派主义的影响,始终是一个比较狭小的团体。一九三五年底,为了适应抗日救亡运动的新形势,"左联"自行解散。

  ③ 墨索里尼(B. Mussolini,1883—1945) 意大利的独裁者和法西斯党党魁,第二次世界大战的罪魁之一。

  ④ 邓南遮(G. D'Annunzio,1863—1938) 意大利唯美主义作家。著有长篇小说《死的胜利》等。晚年成为民族主义者,深受墨索里尼的宠爱,获得"亲王"称号;墨索里尼还曾悬赏征求他的传记(见一九三〇年三月《萌芽月刊》第一卷第三期《国内外文坛消息》)。

  ⑤ 叶遂宁(C. A. Есенин,1895—1925) 通译叶赛宁,苏联诗人。他以描写宗法制度下农村田园生活的抒情诗著称,作品多流露忧郁情调。十月革命时,写过一些赞扬革命的诗,如《苏维埃俄罗斯》等。但他留恋旧时代的田园生活,对革命所引起的社会大变革不满,终于自杀。这里所引的诗句,分别见于他在一九一八年所作的《天上的鼓手》和《约旦河上的鸽子》。

道,"万岁,天上和地上的革命!"又说"我是一个布尔塞维克了!"然而一到革命后,实际上的情形,完全不是他所想像的那么一回事,终于失望,颓废。叶遂宁后来是自杀了的,听说这失望是他的自杀的原因之一。又如毕力涅克和爱伦堡①,也都是例子。在我们辛亥革命时也有同样的例,那时有许多文人,例如属于"南社"②的人们,开初大抵是很革命的,但他们抱着一种幻想,以为只要将满洲人赶出去,便一切都恢复了"汉官威仪"③,人们都穿大袖的衣服,峨冠博带,大步地在街上走。谁知赶走满清皇帝以后,民国成立,情形却全不同,所以他们便失望,以后有些人甚至成为新的运动的反动者。但是,我们如果不明白革命的实际情形,也容易和他们一样的。

还有,以为诗人或文学家高于一切人,他底工作比一切工作都高贵,也是不正确的观念。举例说,从前海涅④以为诗人最高贵,而上帝最公平,诗人在死后,便到上帝那里去,围着上帝坐着,上帝请他吃糖果。在现在,上帝请吃糖果的事,是当然无人相信的了,但以为诗人或文学家,现在为劳动大众革命,将来革命成功,劳动阶级一定从丰报酬,特别优待,请他坐特等车,吃特等饭,或者劳动者捧着牛油面包来献他,说:"我们的诗人,请用吧!"这也是不正确的;因为实际上决不会有这种事,恐怕那时比现在还要苦,不但没有牛油面包,连黑面包都没有也说不定,俄国革命后一二年的情形便是例子。如果不明白这情形,也容易变成"右翼"。事实上,劳动者大众,只要不是梁实秋所说"有出息"者,也决不会特别看重知识阶级者的,如我所译的《溃灭》中的美谛克(知识阶级出身),反而常被矿工等所嘲笑。不待说,知识阶级有知识阶级的事要做,不应特别看轻,然而劳动阶级决无特别例外地优待诗人或文学家的义务。

现在,我说一说我们今后应注意的几点。

第一,对于旧社会和旧势力的斗争,必须坚决,持久不断,而且注重实力。旧社会的根柢原是非常坚固的,新运动非有更大的力不能动摇它什么。并且旧社会还有它使新势力妥协的好办法,但它自己是决不妥协的。在中国也有过许多新的运动了,却每次都是新的敌

---

① 毕力涅克(В. А. Пильняк,1894—1941)　又译皮涅克,苏联革命初期的所谓"同路人"作家之一。一九二九年,他在国外白俄报刊上发表长篇小说《红木》,诋毁苏联社会主义建设。爱伦堡(И. Г. Эренбург,1891—1967),苏联作家。十月革命后,他在创作中歪曲社会主义现实,曾受到当时苏联文艺界的批评。

② 南社　文学团体。一九〇九年由柳亚子等人发起,成立于苏州,盛时社员有千余人。他们以诗文鼓吹反清革命。辛亥革命后发生分化,有的附和袁世凯,有的加入安福系、研究系等政客团体,只有少数人坚持进步立场,一九二三年解体。该社编印不定期刊《南社》,发表社员所作诗文,共出二十二集。

③ "汉官威仪"　指汉代叔孙通等人所制定的礼仪制度。《后汉书·光武帝纪》记载:王莽篡位失败被杀后,司隶校尉刘秀(即后来的汉光武帝)带了僚属到长安,他们的举措"一如旧章"。当地吏士"及见司隶僚属,皆欢喜不自胜。老吏或垂涕曰:'不图今日复见汉官威仪'"。

④ 海涅(H. Heine,1797—1856)　德国诗人,著有长诗《德国——一个冬天的童话》等。这里引述的是他诗集《还乡记》中第六十六首小诗的意思。原诗的译文是:"我梦见我自己做了上帝,昂然地高坐在天堂,天使们环绕在我身旁,不绝地称赞着我的诗章。我在吃糕饼、糖果,喝着酒,和天使们一起欢宴,我享受着这些珍品,却无须破费一个小钱……"

不过旧的,那原因大抵是在新的一面没有坚决的广大的目的,要求很小,容易满足。譬如白话文运动,当初旧社会是死力抵抗的,但不久便容许白话文底存在,给它一点可怜地位,在报纸的角头等地方可以看见用白话写的文章了,这是因为在旧社会看来,新的东西并没有什么,并不可怕,所以就让它存在,而新的一面也就满足,以为白话文已得到存在权了。又如一二年来的无产文学运动,也差不多一样,旧社会也容许无产文学,因为无产文学并不厉害,反而他们也来弄无产文学,拿去做装饰,仿佛在客厅里放着许多古董磁器以外,放一个工人用的粗碗,也很别致;而无产文学者呢,他已经在文坛上有个小地位,稿子已经卖得出去了,不必再斗争,批评家也唱着凯旋歌:"无产文学胜利!"但除了个人的胜利,即以无产文学而论,究竟胜利了多少?况且无产文学,是无产阶级解放斗争底一翼,它跟着无产阶级的社会的势力的成长而成长,在无产阶级的社会地位很低的时候,无产文学的文坛地位反而很高,这只是证明无产文学者离开了无产阶级,回到旧社会去罢了。

第二,我以为战线应该扩大。在前年和去年,文学上的战争是有的,但那范围实在太小,一切旧文学旧思想都不为新派的人所注意,反而弄成了在一角里新文学者和新文学者的斗争,旧派的人倒能够闲舒地在旁边观战。

第三,我们应当造出大群的新的战士。因为现在人手实在太少了,譬如我们有好几种杂志①,单行本的书也出版得不少,但做文章的总同是这几个人,所以内容就不能不单薄。一个人做事不专,这样弄一点,那样弄一点,既要翻译,又要做小说,还要做批评,并且也要做诗,这怎么弄得好呢?这都因为人太少的缘故,如果人多了,则翻译的可以专翻译,创作的可以专创作,批评的专批评;对敌人应战,也军势雄厚,容易克服。关于这点,我可带便地说一件事。前年创造社和太阳社向我进攻的时候,那力量实在单薄,到后来连我都觉得有点无聊,没有意思反攻了,因为我后来看出了敌军在演"空城计"。那时候我的敌军是专于吹擂,不务于招兵练将的;攻击我的文章当然很多,然而一看就知道都是化名,骂来骂去都是同样的几句话。我那时就等待有一个能操马克斯主义批评的枪法的人来狙击我的,然而他终于没有出现。在我倒是一向就注意新的青年战士底养成的,曾经弄过好几个文学团体②,不过效果也很小。但我们今后却必须注意这点。

我们急于要造出大群的新的战士,但同时,在文学战线上的人还要"韧"。所谓韧,就是不要像前清做八股文③的"敲门砖"似的办法。前清的八股文,原是"进学"④做官的工具,只要能做"起承转合",借以进了"秀才举人",便可丢掉八股文,一生中再也用不到它了,所以

---

① 几种杂志 指当时出版的《萌芽月刊》、《拓荒者》、《大众文艺》、《文艺研究》等。

② 几个文学团体 指莽原社、未名社、朝花社等。

③ 八股文 明、清科举考试制度所规定的一种公式化文体,每篇分破题、承题、起讲、入手、起股、中股、后股、束股八部分,后四部分是主体,每部分有两股相比偶的文字,共计八股,所以叫"八股文"。下文所说的"起承转合",指做八股文的一种公式,即所谓"起要平起,承要春(从)容,转要变化,合要渊永"。

④ "进学" 按明、清科举制度,童生经过县考初试,府考复试,再参加由学政主持的院考(道考),考取的列名府、县学,叫"进学",也就成为"秀才"。

叫做"敲门砖",犹之用一块砖敲门,门一敲进,砖就可抛弃了,不必再将它带在身边。这种办法,直到现在,也还有许多人在使用,我们常常看见有些人出了一二本诗集或小说集以后,他们便永远不见了,到那里去了呢?是因为出了一本或二本书,有了一点小名或大名,得到了教授或别的什么位置,功成名遂,不必再写诗写小说了,所以永远不见了。这样,所以在中国无论文学或科学都没有东西,然而在我们是要有东西的,因为这于我们有用。(卢那察尔斯基是甚至主张保存俄国的农民美术①,因为可以造出来卖给外国人,在经济上有帮助。我以为如果我们文学或科学上有东西拿得出去给别人,则甚至于脱离帝国主义的压迫的政治运动上也有帮助。)但要在文化上有成绩,则非韧不可。

最后,我以为联合战线是以有共同目的为必要条件的。我记得好像曾听到过这样一句话:"反动派且已经联合战线了,而我们还没有团结起来!"其实他们也并未有有意的联合战线,只因为他们的目的相同,所以行动就一致,在我们看来就好像联合战线。而我们战线不能统一,就证明我们的目的不能一致,或者只为了小团体,或者还其实只为了个人,如果目的都在工农大众,那当然战线也就统一了。

---

① 关于卢那察尔斯基主张保存俄国农民美术的观点,见鲁迅翻译的卢那察尔斯基论文集《文艺与批评》中的《苏维埃国家与艺术》。

《新月》的态度[*]

徐志摩

And God Said, Let there be light; and there was light

—— The Genesis

If winter comes, Can spring be far behind?

——Shelley

我们这月刊题名《新月》,不是因为曾经有过什么"新月社",那早已散消,也不是因为有"新月书店",那是单独一种营业,它和本刊的关系只是担任印刷与发行。《新月》月刊是独立的。

我们舍不得新月这名字,因为它虽则不是一个怎样强有力的象征,但它那纤弱的一弯分明暗示著,怀抱著未来的圆满。

我们这几个朋友,没有什么组织,除了这月刊本身,没有什么结合,除了在文艺和学术上的努力,没有什么一致,除了几个共同的理想。

凭这点集合的力量,我们希望为这时代的思想增加一些体魄,为这时代的生命添厚一些光辉。

但不幸我们正逢著一个荒歉的年头,收成的希望是枉然的。这又是个混乱的年头,一切价值的标准,是倾倒了的。

要寻出荒歉的原因并且给它一个适当的补救,要收拾一个曾经大恐慌蹂躏过的市场,再进一步要扫除一切恶魔的势力,为要重见天日的清明,要浚治活力的来源,为要解放不可制止的创造的活动——这项巨大的事业当然不是少数人,尤其不是我们这少数人所敢妄想完全担当的。

但我们自分还是有我们可做的一部分的事。连著别的事情我们想贡献一个谦卑的态度。这态度,就正面说,有它特别侧重的地方,就反面说,也有它郑重矜持的地方。

先说我们这态度所不容的。我们不妨把思想(广义的,现代刊物的内容的一个简称。)比作一个市场,我们来看看现代我们这市场上看得见的是些什么?如同在别的市场上,这思想的市场上也是摆满了摊子,开满了店铺,挂满了招牌,扯满了旗号,贴满了广告,这一眼看去辨认得清的至少有十来种行业,各有各的色彩,各有各的引诱,我们把它们列举起来看

---

[*] 本文发表时未署名。——编者注

看：——

　　一 感伤派　二 颓废派　三 唯美派　四 功利派　五 训世派　六 攻击派　七 偏激派　八 纤巧派　九 淫秽派　十 热狂派　十一 稗贩派　十二 标语派　十三 主义派

　　商业上有自由，不错。思想上言论上更应得有充分的自由，不错。但得在相当的条件下。最主要的两个条件是(一)不妨害健康的原则，(二)不折辱尊严的原则。买卖毒药，买卖身体，是应得受干涉的，因为这类的买卖直接违反康健与尊严两个原则。同时这些非法的或不正当的营业还是一样在现代的大都会里公然的进行——鸦片，毒药，淫业，那一宗不是利市三倍的好买卖？但我们却不能因它们的存在就说它们不是不正当而默许它们存在的特权。在这类的买卖上我们不能应用商业自由的原则。我们正应得觉到切肤的羞恶，眼见这些危害性的下流的买卖公然在我们所存在的社会里占有它们现有的地位。

　　同时在思想的市场上我们也看到种种非常的行业，例如上面列举的许多门类。我们不说这些全是些"不正当"的行业，但我们不能不说这里面有很多是与我们所标举的两大原则——健康与尊严——不相容的。我们敢说这现象是新来的，因为连着别的东西思想自由这观念本身就是新来的。这也是个反动的现象，因此，我们敢说，或许是暂时的。先前我们在思想上是绝对没有自由，结果是奴性的沉默；现在，我们在思想上是有了绝对的自由，结果是无政府的凌乱。思想的花式加多本来不是件坏事，在一个活力磅礴的文化社会里往往看得到，偎傍着刚直的本干，普盖的青荫，不少盘错的旁枝，以及恣蔓的藤萝。那本不关事，但现代的可忧正是为了一个颠倒的情形。盘错的，恣蔓的尽有，这里那里都是的，却不见了那刚直的与普盖的。这就比是一个商业社会上不见了正宗的企业，却只有种种不正当的营业盘踞着整个的市场，那不成了笑话？

　　即如我们上面随笔写下的所谓现代思想或言论市场的十多种行业，除了"攻击"，"纤巧"，"淫秽"诸宗是人类不怎样上流的根性得到了自由(放纵)当然的发展，此外多少是由外国转运来的投机事业。我们不说这时代就没有认真做买卖的人，我们指摘的是这些买卖本身的可疑。碍着一个迷误的自由的观念，顾着一个容忍的美名，我们往往忘却思想是一个园地，它的美观是靠着我们随时的种植与铲除，又是一股水流，它的无限的效用有时可以转变成不可收拾的奇灾。

　　我们不敢附和唯美与颓废，因为我们不甘愿牺牲人生的阔大，为要雕镂一只金镶玉嵌的酒杯。美我们是尊重而且爱好的，但与其咀嚼罪恶的美艳还不如省念德性的永恒，与其到海陀罗凹腔里去收集珊瑚色的妙乐，还不如置身在扰攘的人间倾听人道那幽静的悲凉的清商。

　　我们不敢赞许伤感与热狂，因为我们相信感情不经理性的清滤是一注恶浊的乱泉，它那无方向的激射至少是一种精力的耗废。我们未尝不知道放火是一桩新鲜的玩艺，但我们却不忍为一时的快意造成不可救济的惨象。"狂风暴雨"有时是要来的,但狂风暴雨是不可终朝的。我们愿意在更平静的时刻中提防天时的诡变,不愿意藉口风雨的猖狂放弃清风白日的希冀。我们当然不反对解放情感,但在这头骏悍的野马的身背上我们不能不谨慎的安上理性的鞍索。

我们不崇拜任何的偏激,因为我们相信社会的纪纲是靠著积极的情感来维系的,在一个常态社会的天平上,情爱的份量一定超过仇恨的份量,互助的精神一定超过互害与互杀的动机。我们不愿意套上著色眼镜来武断宇宙的光景。我们希望看一个真,看一个正。

我们不能归附功利,因为我们不信任价格可以混淆价值,物质可以替代精神,在这一切商业化恶浊化的急坂上我们要留住我们倾颠的脚步。我们不能依傍训世,因为我们不信现成的道德观念可以用作评价的准则,我们不能听任思想的矫健僵化成冬烘的臃肿。标准,纪律,规范,不能没有,但每一个时代都得独立去发见它的需要,维护它的健康与尊严,思想的懒惰是一切准则颠覆的主要的根由。

末了,还有标语与主义。这是一条天上安琪儿们怕践足的蹊径。可怜这些时间与空间,那一间不叫标语与主义的芒刺给扎一个鲜艳! 我们的眼是迷眩了的,我们的耳是震聋了的,我们的头脑是闹翻了的,辨认已是难事,评判更是不易。我们不否认这些殷勤的叫卖与斑斓的招贴中尽有耐人寻味的去处,尽有诱惑的迷宫。因此我们更不能不审慎,我们更不能不磨厉我们的理智,那剖解一切纠纷的锋刃,澄清我们的感觉,那辨别真伪和虚实的本能,放胆到这嘈杂的市场上去做一番审查和整理的工作。我们当然不敢预约我们的成绩,同时我们不踌躇预告我们的愿望。

这混杂的现象是不能容许它继续存在的,如其我们文化的前途还留有一线的希望。这现象是不能继续存在的,如其我们这民族的活力还不曾消竭到完全无望的地步。因为我们认定了这时代是变态,是病态,不是常态。有病就有治。绝望不是治法。我们不能绝望。我们在绝望的边缘搜求着希望的根芽。

严重是这时代的态度。除了盘错的,恣蔓的寄生,那是遍地都看得见,几乎这思想的田园内更不见生命的消息。梦人们妄想着花草的鲜明与林木的葱茏。但他们有什么根据除了飘渺的记忆与想象?

但记忆与想象! 这就是一个灿烂的将来的根芽! 悲惨是那个民族,它回头望不见一个庄严的已往。那个民族不是我们。该得灭亡是那个民族,它的眼前没有一个异象的展开。那个民族也不应得是我们。

我们对我们光明的过去负有创造一个伟大的将来的使命;对光明的未来又负有结束这黑暗的现在的责任。我们第一要提醒这个使命与责任。我们前面说起过人生的尊严与健康。在我们不曾发见更简赅的信仰的象征,我们要充分的发挥这一双伟大的原则——尊严与健康。尊严,它的声音可以唤回在歧路上彷徨的人生。健康,它的力量可以消灭一切侵蚀思想与生活的病菌。

我们要把人生看作一个整的。支离的，偏激的看法，不论怎样的巧妙，怎样的生动，不是我们的看法。我们要走大路。我们要走正路。我们要从根本上做工夫。我们只求平庸，不出奇。

我们相信一部纯正的思想是人生改造的第一个需要。纯正的思想是活泼的新鲜的血球，它的力量可以抵抗，可以克胜，可以消灭一切致病的霉菌。纯正的思想，是我们自身活力得到解放以后自然的产物，不是租借来的零星的工具，也不是稗贩来的琐碎的技术。我们先求解放我们的活力。

我们说解放，因为我们不怀疑活力的来源。淤塞是有的，但还不是枯竭。这些浮苔，这些绿腻，这些潦泥，这些腐生的蝇蚋——可怜的清泉，它即使有奔放的雄心，也不易透出这些寄生的重围。但它是在着，没有死。你只须拨开一些污潦就可以发现它还是在那里汩汩的溢出，在可爱的泉眼里，一颗颗珍珠似的急溜着。这正是我们工作的机会。爬梳这壅塞，粪除这秽浊，浚理这淤积，消灭这腐化，开深这潜水的池潭，解放这江湖的来源。信心，忍耐。谁说这"一举手一投足"的勤劳不是一件伟大事业的开端，谁说这涓涓的细流不是一个壮丽的大河流域的先声？

要从恶浊的底里解放圣洁的泉源，要从时代的破烂里规复人生的尊严——这是我们的志愿。成见不是我们的，我们先不问风是在那一个方向吹。功利也不是我们的，我们不计较稻穗的饱满是在那一天。无常是造物的喜怒，茫昧是生物的前途，临到"闭幕"的那俄顷，更不分凡夫与英雄，痴愚与圣贤，谁都得撒手，谁都得走；但在那最后的黑暗还不曾覆盖一切以前，我们还不一样的得认真来扮演我们的名分？生命从它的核心里供给我们信仰，供给我们忍耐与勇敢。为此我们方能在黑暗中不害怕，在失败中不颓丧，在痛苦中不绝望。生命是一切理想的根源，它那无限而有规律的创造性给我们在心灵的活动上一个强大的灵感。它不仅暗示我们，逼迫我们，永远望创造的，生命的方向走，它并且启示给我们的想象，物体的死只是生的一个节目，不是结束，它的威吓只是一个谎骗，我们最高的努力的目标是与生命本体同绵延的，是超越死线的，是与天外的群星相感召的。为此，虽则生命的势力有时不免比较的消歇，到了相当的时候，人们不能不醒起。我们不能不醒起，不能不奋争，尤其在人生的尊严与健康横受凌辱与侵袭的时日！来罢，那天边白隐隐的一线，还不是这时代的"创造的理想主义"的高潮的前驱？来罢，我们想象中曙光似的闪动，还不是生命的又一个阳光充满的清朝的预告？

（原载《新月》一九二八年三月十日第一卷第一号）

文学是有阶级性的吗?

梁实秋

一

卢梭说:"资产是文明的基础。"但是卢梭也是最先攻击资产制度的一个人,因为他以为文明是罪恶的根源。所以攻击资产制度,即是反抗文明。有了资产然后才有文明,有了文明然后资产才能稳固。不肯公然反抗文明的人,决没有理由攻击资产制度。

资产制度有时可以造成不公平的现象,我们承认。资产的造成本来是由于个人的聪明才力,所以资产本来是人的身心劳动的报酬;但是资产成为制度以后,往往富者越富,贫者越贫,富者不一定就是聪明才力过人者,贫者也不一定是聪明才力不如人者,这种人为的不公平的现象是有的。可是我们对于这种现象要冷静的观察。人的聪明才力即不能平等,人的生活当然是不能平等的,平等是个很美的幻梦,但是不能实现的。经济是决定生活的最要紧的原素之一,但是人类的生活并不是到处都受经济的支配,资本家不一定就是幸福的,无产者也常常自有他的乐趣。经济的差别虽然是显著的,但不是永久的,没有聪明才力的人虽然能侥幸得到资产,但是他的资产终于是要消散的,真有聪明才力的人虽然暂时忍受贫苦,但是不会长久埋没的,终究必定可以赢得相当资产。所以我们充分的承认资产制度的弊病,但是要拥护文明,便要拥护资产。

无产者本来并没有阶级的自觉。是几个过于富同情心而又态度偏激的领袖把这个阶级观念传授了给他们。阶级的观念是要促起无产者的联合,是要激发无产者的争斗的欲念。一个无产者假如他是有出息的,只消辛辛苦苦诚诚实实的工作一生,多少必定可以得到相当的资产。这才是正当的生活争斗的手段。但是无产者联合起来之后,他们是一个阶级了,他们要有组织了,他们是一个集团了,于是他们便不循常轨的一跃而夺取政权财权,一跃而为统治阶级。他们是要报复!他们唯一的报复的工具就是靠了人多势众!"多数""群众""集团",这就是无产阶级的暴动的武器。

无产阶级的暴动的主因是经济的。旧日统治阶级的窳败,政府的无能,真的领袖的缺乏,也是促成无产阶级的起来的原由。这种革命的现象不能是永久的,经过自然进化之后,优胜劣败的定律又要证明了,还是聪明才力过人的人占优越的位置,无产者仍是无产者。文明依然是要进行的。无产阶级大概也知道这一点,也知道单靠了目前经济的满足并不能永久的担保这个阶级的胜利。反文明的势力早晚还是要被文明的势力所征服的。所以无产阶级近来于高呼"打倒资本家"之外又有了新的工作,他们要建立所谓"无产阶级的文化"或"普罗列塔利亚的文化",这里面包括文学艺术。

"普罗列塔利亚的文学"! 多么薪新的一个名词。"普罗列塔利亚"这个名词并不新,是 Proletariat 的译音,不认识这个外国字的人听了这个中文的译音,难免不觉得新颖。新的当然就是好的,于是大家都谈起"普罗列塔利亚的文学"。其实翻翻字典,这个字的涵意并不见得体面,据《韦白斯特大字典》,Proletary 的意思就是: A citizen of the lowest class who served the state not with property, but only by having children。一个属于"普罗列塔利亚"的人就是"国家里最下阶级的国民,他是没有资产的,他向国家服务只是靠了生孩子"。普罗列塔利亚是国家里只会生孩子的阶级! (至少在罗马时代是如此)我看还是称做"无产阶级的文学"来得明白一点,比较的不象一个符咒。

无产阶级的运动是由政治的,经济的,更进而为文化的运动了,这是值得注意的一件事。我看他们近来在文学方面的宣传文字,他们似乎是有组织的有联络的,一方面宣传他们的无产阶级的文学的理论,一方面攻击他们所认为是"资产阶级的文学"。无产阶级有他们的"科学的政治学","辩证法的唯物论","马克斯的经济学",现在又多出了一个"科学的艺术学",一个"普罗列塔利亚的文学"!

我现在要彻底的问: 文学是有阶级性的吗?

二

无产阶级文学理论方面的书翻成中文的我已经看见约十种了,专门宣传这种东西的杂志,我也看了两三种。我是想尽我的力量去懂他们的意思,但是不幸的很,没有一本这类的书能被我看得懂。内容深奥,也许是;那么便是我的学力不够。但是这一类宣传的书,如什么卢那卡尔斯基,蒲力汗诺夫,婆格达诺夫之类,最使我感得困难的是文字。其文法之艰涩,句法之繁复,简直读起来比读天书还难。宣传无产文学理论的书而竟这样的令人难懂,恐怕连宣传品的资格都还欠缺,现在还没有一个中国人,用中国人所能看得懂的文字,写一篇文章告诉我们无产文学的理论究竟是怎样一回事。我现在批评所谓无产文学理论,也只能根据我所能了解的一点点的材料而已。

假定真有所谓"无产阶级的文学"这样一种东西,我们觉得这样的文学一定要有三个条件:

(一)这种文学的题材应该以无产阶级的生活为主体,表现无产阶级的情感思想,描写无产阶级的生活的实况,赞颂无产阶级的伟大。

(二)这种文学的作者一定是属于无产阶级或是极端同情于无产阶级的人。

(三)这种文学不是为少数人(有资产的少数人,受过高等教育的少数人)看的,而是为大多数的劳工劳农及所谓无产阶级的人看的。

假如这三个条件拟得不错,我们还要追加上一个附带条件,上列三点必须同时具备才能成为无产文学,缺一而不可的。但是我们立刻就可发现这种理论的错误。错误在那里?错误在把阶级的束缚加在文学上面。错误在把文学当做阶级争斗的工具而否认其本身的价值。

文学的国土是最宽泛的,在根本上和在理论上没有国界,更没有阶级的界限。一个资本家和一个劳动者,他们的不同的地方是有的,遗传不同,教育不同,经济的环境不同,因之生活状态也不同,但是他们还有同的地方。他们的人性并没有两样,他们都感到生老病死的无常,他们都有爱的要求,他们都有怜悯与恐怖的情绪,他们都有伦常的观念,他们都企求身心的愉快。文学就是表现这最基本的人性的艺术。无产阶级的生活的苦痛固然值得描写,但是这苦痛如其真是深刻的,必定不是属于一阶级的。人生现象有许多方面都是超于阶级的。例如,恋爱(我说的是恋爱的本身,不是恋爱的方式)的表现,可有阶级的分别吗?例如,歌咏山水花草的美丽,可有阶级的分别吗?没有的。如其文学只是生活现象的外表的描写,那么,我们可以承认文学是有阶级性的,我们也可以了解无产文学是有它的理论根据;但是文学不是这样肤浅的东西,文学是从人心中最深处发出来的声音。如其"烟囱呀!""汽笛呀!""机轮呀!""列宁呀!"便是无产文学,那么无产文学就用不着什么理论,由它自生自灭罢。我以为把文学的题材限于一个阶级的生活现象的范围之内,实在是把文学看得太肤浅太狭隘了。

文学家就是一个比别人感情丰富感觉敏锐想象发达艺术完美的人。他是属于资产阶级或无产阶级,这于他的作品有什么关系?托尔斯泰是出身贵族,但是他对于平民的同情真可说是无限量的,然而他并不主张阶级斗争;许多人奉为神明的马克斯,他自己并不是什么无产阶级中的人物;终身穷苦的约翰孙博士,他的志行高洁吐属文雅比贵族还有过无不及。我们估量文学的性质与价值,是只就文学作品本身立论,不能连累到作者的阶级和身份。一个人的生活状况对于他的创作自然不能说没有影响,可是谁也不能肯定的讲凡无产阶级的文学必定是无产阶级的人才能创作。

文学家创作之后当然希望一般人能够懂他,并且懂的人越多越好。但是,假如一部作品不能为大多数人所能了解,这毛病却不一定是在作品方面,而时常是大多数人自己的鉴赏的能力缺乏。好的作品永远是少数人的专利品,大多数永远是蠢的,永远是与文学无缘的。不过鉴赏力之有无却不与阶级相干,贵族资本家尽有不知文学为何物者,无产的人也尽有能鉴赏文学者。创造文学固是天才,鉴赏文学也是天生的一种福气。所以文学的价值决不能以读者数目多寡而定。一般劳工劳农需要娱乐,也许需要少量的艺术的娱乐,例如什么通俗的戏剧,电影,侦探小说之类。为大多数人读的文学必是逢迎群众的,必是俯就的,必是浅薄的;所以我们不该责令文学家来做这种的投机买卖。文学家要在理性范围之内自由的创造,要忠于他自己的理想与观察,他所企求的是真,是美,是善。他不管世界上懂他的人是多数还是少数。皇室贵族雇用一班无聊文人来做讴功颂德的诗文,我们觉得讨厌,因为这种文学是虚伪的假造的;但是在无产阶级威胁之下便做对于无产阶级讴功颂德的文学，还不是一样的虚伪讨厌？文学家只知道聚精会神的创作，不能有时候考虑他的读众能有多少。真的文学家并不是人群中的寄生虫，他不能认定贵族资本家是他的主雇，他也不能认定无产阶级是他的主雇。谁能了解他，谁便是他的知音，不拘他是属于那一阶级。文学是属于全人类的，我们希望人类中能了解文学的越来越多，但是我们不希望文学的质地降低了来俯就大多数的人。

　　无产文学理论家时常告诉我们，文艺是他们的斗争的"武器"。把文学当做"武器"！这意思很明白，就是说把文学当做宣传品，当做一种阶级斗争的工具。我们不反对任何人利用文学来达到另外的目的，这与文学本身无害的，但是我们不能承认宣传式的文字便是文学。例如，集团的观念是无产阶级革命家所最宝贵的一件东西，无产阶级的暴动最注重的就是组织，没有组织就没有力量，所以号称无产文学者也就竭力宣传这一点，竭力抑止个人的情绪的表现，竭力的鼓吹整个的阶级的意识。以文学的形式来做宣传的工具当然是再妙没有，但是，我们能承认这是文学吗？即使宣传文字果有文学意味，我们能说宣传作用是文学的主要任务吗？无产文学理论家说文学是武器，这句话虽不合理，却是一句老实话，足以暴露无产文学之根本的没有理论根据。

三

　　从文艺史上观察，我们就知道一种文艺的产生不是由于几个理论家的摇旗呐喊便可成功，必定要有有力量的文学作品来证明其自身的价值。无产文学的声浪很高，艰涩难通的理论书也出了不少，但是我们要求给我们几部无产文学的作品读读。我们不要看广告，我们要看货色。我们但愿货色比广告所说的还好些。

　　我现在抄两首诗给大家看看：第一首诗题目是《给一个新同志》，作者是俄国的撒莫比特尼克，是从波格达诺夫的《新艺术论》里抄下来的。

> 看那旋转着的轮子，
> 看那在这儿舞蹈的疯狂的皮带……
> 同志，同志，不要怕！
> 让钢铁的混沌震响着，
> 虽然它底许多火是沉溺了，
> 被眼泪底的苦海所熄了——
> 不要怕！
> 你已经从安静的地方，
> 和平的乡间和清爽的溪流边来了。
> 同志，同志，不要怕！
> 这儿无限是有了限止，
> 不可能的事情发生了……

这是未来的时代底黎明——

不要怕！

波浪底起水沫的冠毛震响着

带了我们的幸运前来……

在我们底黑暗又惨淡的王国上，

一个新的太阳照下来，

比从前燃烧得更光明——

不要怕！

象一个雕在石上的巨人，

站在疯狂的皮带边把舵……

让轮子继续转下去，

现在行列是拉得更接近了——

你是熔在这里面的一个新的连系——

不要怕！

　　这是不是文学？是不是好的文学？请读者自己公正的品评罢。但是波格达诺夫先生对于这首诗的评语是："在这首诗里，引起我们底注意的并不是技巧，最惊人的却是内容的纯粹。我觉得在感情和思想上，比这个更无产阶级的是没有的了。"

　　再引一首马林霍夫先生的《十月》，是从郭沫若译的《新俄诗选》里抄出来的。

我们把人伦的信条踩躏，

我们要粗暴的坐行，

帽子要顶在头上，

两脚要踏在桌子的当心。

你们不喜欢我们，

自从我们以流血为大笑，

自从我们不再洗浣那洗了万遍的褴褛的布条，

自从我们敢：王八蛋哟！这震耳的大叫。

是的，先生，这条脊骨，

俨如电话杆那般的直挺，

但不只区区一人，全露西亚人的脊骨，

已屈服了许多年辰。

地球，谁还比我们叫的大声？

你说：满院的疯人——

没有路标——没有火把——鬼闯鬼挺——

礼拜堂的廊下，我们红色的跳舞几多光荣。

甚么，你不信？这儿有游牧的人群，
云彩的牧畜听从人的指挥，
青天如象一件女人的衣裳，
太阳也失掉了他的光威。

基督又钉在十字架上，巴拉巴司，
我们细嚼的护送着，送到退尔司柯依……
谁要来干涉呀，谁？这西叙亚的奔马？
提琴弹着马赛歌的音调？

这样的事情你从前曾经听过。
为地球打钢镯的铁匠，
要鹰扬的抽他粗糙的淡巴菰，
就和时常骑马的军官一样？
你问——这一下呢？
这一下要跳舞许多世纪。
我们敲遍处处的家，
不会再听见：王八蛋，滚开去！

我们！我们！我们随处都在：
在足光的面前在辉煌的舞台，
不是细腻的抒情诗人，
而是激昂的丑怪。
垃圾堆，把一切垃圾都堆成堆，
象萨服那洛拉，伴着颂主的歌声，
送入火中——我们怕谁？
灵魂纤弱的人造人已经成为了——世界。
我们的每天，都是《圣经》的新的篇章，
每页在千百代中都是伟大。
我们今要被后人称颂：
他们幸福者，生在一九一七年的年代。
而你们却还在大骂：该死的奴才！
你们依然在无限的悲啼。
蠢东西！不是昨天粉碎了，
象被汽车房中突然驰出的汽车，

压死了的一只鸽子?

这首诗恐怕是真正的无产文学了?题目是《十月》,而里面的词藻是何等的"无产阶级的"呀!也许伟大的无产文学还没有出现,那么我愿意等着,等着,等着。

四

文学界里本来已有了不少的纷争,无产文学呼声起来之后又添了一种纷争,因为无产文学家要攻击所谓资产阶级的文学。什么是资产阶级的文学,我实在是不知道;大概除了无产文学运动那一部分的文学以外,古今中外的文学都可以算做资产文学罢。我们承认这个名词,我们也不懂资产阶级的文学为什么就要受攻击?是为里面没有马克斯主义,唯物史观,阶级斗争?文学为什么一定要有这些东西呢?攻击资产阶级文学是没有理由的,等于攻击无产阶级文学一样的无理由,因为文学根本没有阶级的区别。假如无产阶级革命家一定要把他的宣传文字唤做无产文学,那总算是一种新兴文学,总算是文学国土里的新收获,用不着高呼打倒资产的文学来争夺文学的领域,因为文学的领域太大了,新的东西总有它的位置的。假如无产阶级可以有"无产文学",我也不懂资产阶级为什么便不可有"资产文学"?资产阶级不消灭,资产阶级的文学也永远不会被攻击倒的;文明一日不毁坏,资产也一日不会废除的。

无产文学家攻击资产文学的力量实在也是薄弱的很,因为他们只会用几个标语式口号式的名词来咒人,例如"小资产阶级","有闲阶级","绅士阶级","正人君子","名流教授","布尔乔汜亚"等等,他们从不确定,分析,辨别这些名词的涵意,只以为这些名词有辟邪的魔力,加在谁的头上谁就遭了打击。这实在是无聊的举动。

我的意思是:文学就没有阶级的区别,"资产阶级文学""无产阶级文学"都是实际革命家造出来的口号标语。文学并没有这种的区别。近年来所谓的无产阶级文学的运动,据我考查,在理论上尚不能成立,在实际上也并未成功。

(原载《新月》月刊一九二九年九月十日〔愆期至十二月〕

第二卷第六、七期合刊)

新月社批评家的任务

鲁　迅

　　新月社中的批评家,是很憎恶嘲骂的,但只嘲骂一种人,是做嘲骂文章者。新月社中的批评家,是很不以不满于现状的人为然的,但只不满于一种现状,是现在竟有不满于现状者。

　　这大约就是"即以其人之道,还治其人之身",挥泪以维持治安的意思。

　　譬如,杀人,是不行的。但杀掉"杀人犯"的人,虽然同是杀人,又谁能说他错?打人,也不行的。但大老爷要打斗殴犯人的屁股时,皂隶来一五一十的打,难道也算犯罪么?新月社批评家虽然也有嘲骂,也有不满,而独能超然于嘲骂和不满的罪恶之外者,我以为就是这一个道理。

　　但老例,刽子手和皂隶既然做了这样维持治安的任务,在社会上自然要得到几分的敬畏,甚至于还不妨随意说几句话,在小百姓面前显显威风,只要不大妨害治安,长官向来也就装作不知道了。

　　现在新月社的批评家这样尽力地维持了治安,所要的却不过是"思想自由",想想而已,决不实现的思想。而不料遇到了别一种维持治安法,竟连想也不准想了。从此以后,恐怕要不满于两种现状了罢。

　　（原载《萌芽月刊》一九三〇年一月一日第一卷第一期）

阿狗文艺论（节录）

胡秋原

艺术的悲哀。

现在是 Mammon 压杀 Apollo, 强奸 Muse 的时代。无怪乎美国的辛克莱老人太息"Money Writes"了。

急进的资产阶级艺术家，不忍文艺为庸俗市民所玷污，提出了"艺术至上"，"为艺术而艺术"的口号。这自然是一个幻想，因为这"纯艺术"的倾向，实际上起于艺术家与其环境之不调和，所以由憎恶现实而回避现实，自闭于艺术之宫中。然而在这意义上，无论戈恬（Gautier），无论普希金，无论王尔德，是很少反动气味的。但是随资产阶级社会之破绽日益暴露，他们自己又要求艺术为改良社会的工具之一了，因此不愿束艺术于高阁，而提出"为人生而艺术"的要求。于是小仲马以"为艺术而艺术"的口号为无意义，杜堪（Ducamp）攻讦"没有脑筋的美貌"。自是以后，在各国，人生派与艺术派作了无数的纷争。

在头脑简单的人看来，自然人生派是正确而且胜利了。然而唯物史观者朴列汗诺夫开始指出这两种倾向之社会根源，不能简单以谁对谁不对来解决的。例如，功利派艺术论者有革命的莱辛（Lessing），有生气泼剌的释勒（Schiller），有社会主义者车尔尼绥夫斯基（Chernyschevsky），有保皇党雨果，有反动的资产者小仲马，有尼古拉的警备司令；反之，艺术至上论者有普希金，佛罗贝尔，戈恬和在俄国革命史上曾占重要地位的象征派。这些人们，各以各种不同的动机，赞成或反对纯艺术论。

其实，这些论争是徒劳的。因为艺术只有一个目的，那就是生活之表现，认识与批评。伟大的艺术，尽了表现批评之能事，那就为了艺术，同时也为了人生。

在资本主义社会末期——帝国主义时代，这两种倾向又取新的形式而展开了。例如，象征派颓废派的魏尔仑（Verlaine），在其独特的诗句中，寄其空灵之梦；同时社会主义者则以文艺作社会主义之宣传，而吉普林以诗歌颂大英帝国主义，意大利未来派又成了法西斯蒂的御用诗人。

在资产阶级颓废，阶级斗争尖锐的时代，急进的社会主义者与极端反动主义者都要求功利的艺术。这只要看苏俄的无产者文学与意大利棒喝主义文学就可以明白了。法西斯蒂是资本主义末朝的必然产物，他们眼见自己社会之颓败，同时看见新兴势力的怒长，于是非以极端的国家主义，以十二分的气力，"振作"起来，集中国家力量，整顿自己本身，强压新生势力，不足以图存。这就是棒喝主义发生之背景。

在这里,也就是中国今日民族文艺产生的原因。这自然不是中国的"国粹",在意大利不待说了;在法国,也有 Barrès 以后的传统主义民族主义文学。在日本,也有那讴歌日本天皇和国家的日本民族主义文艺;此外,在英国,在波兰,都不希罕这一类的东西。

这新的法西主义文学,是比所谓颓废派下流万倍的东西。如朴列汗诺夫说的,"某一阶级借剥削他阶级而生活,在社会上获得完全支配地位之时,所谓前进者,就是堕落的意思。"因为这是寄生者最凶残之本相。

艺术者,是思想感情之形象的表现,而艺术之价值,则视其所含蓄的思想感情之高下而定。所以,伟大的艺术,都具有伟大的情思。而伟大艺术家,常是被压迫者,苦难者的朋友。自然,这并不是说艺术家都不是统治阶级的代言人,然而,他(如果够得上说是一个艺术家)即令表现上层阶级之理想与意识,常是无意识的,如果有意识为特权阶级辩护,那艺术没有不失败的。传道书云:"压迫他人,贤者也变成愚者。"安得列夫说文学之最高目的,即在消灭人类间一切的阶级隔阂。所以,只有人道主义的文学,没有狗道主义之文学。富人不能进天国,畜牲也难进艺术之宫。

法西斯蒂的文学(?),是特权者文化上的"前锋",是最丑陋的警犬,他巡逻思想上的异端,摧残思想的自由,阻碍文艺之自由的创造。然而,摩罕默德主义是与文化之发展绝不相容的。中国自汉以来的儒教一尊主义,欧洲中世之绝对教权主义,结果造成文化之停滞与黑暗。文学与艺术,至死也是自由的,民主的。因此,所谓民族文艺,是应该使一切真正爱护文艺的人贱视的。

艺术虽然不是"至上",然而决不是"至下"的东西。将艺术堕落到一种政治的留声机,那是艺术的叛徒。艺术家虽然不是神圣,然而也决不是叭儿狗。以不三不四的理论,来强奸文学,是对于艺术尊严不可恕的冒渎。

中国文艺界上一个最可耻的现象,就是所谓"民族文艺运动"。中国法西斯蒂文学之最初萌芽,是《醒狮》派的国家主义文学;然而这狮牌文学太可笑了,结果除了几篇打油小说以外,只在愚公之愚劣的"书生报国无他道,手把毛锥作宝刀","慕沙里尼是吾师,克里孟梭更不疑"之愚诗中,贻臭于文坛。自然,这只是反映中国当时法西斯主义基础之薄弱。

到了去年,随着中国"内乱"之尖锐,独裁政治之强化,盲动主义之急进与败北,所谓普罗文学之盛极而衰,在感觉最敏锐的文艺领域中,开始见法西主义之萌芽。为这萌芽之具体表现者,即所谓"民族文艺运动"。无论这运动者的动机是如何恶劣,但在这恶劣的背后,有国际及中国经济政治之潜因,是不可忽略的。

关于民族文艺家凭借暴君之余焰,所作的一切不正与不洁的事实,残虐文化与艺术之自由发展,无须乎多说了。而他们所标榜的理论与得意的作品,实际是最陈腐可笑的造谣与极其低能的呓语。毫无学理之价值,毫无艺术之价值。文艺之理论与创作堕落到如此,只有令人诧异了。这些东西本来是不值稍有识者之一笑的,然而爱护艺术的我们,为了真理的重光,为了艺术家之人格,为了艺术之尊严,对于这样僭妄之举,于深致叹息之余,如何能默尔而息呢?

一九三一年十二月十五日晨

(原载《文化评论》一九三一年十二月二十五日第一期)

关于《文新》与胡秋原的文艺论辩

苏 汶

　　首先要声明,我写这篇文章是并没有什么野心的,这是说,我并不是看别人"战"得有趣,于是自己也卷起袖子来一手;我更不敢有对任何方面挑"战"的意思。这一切,自己也很明白,都不配。不过,我如此见到,我便如此说。

　　近来,很少看书,尤其是很少看那些据说要销到七八千份以上的国内诸文艺杂志或报章。但是一个极碰巧的机会却终于使我看到了登在《读书杂志》第二卷第一期上的胡秋原先生的《钱杏邨理论之清算》和《文艺新闻》第五十六号上的没有署名的《自由人的文化运动》这两篇煌煌大文。这两篇表面上似乎没有多大连续性而实际上是十分针锋相对的文章使我感到很大的兴味。尤其使我觉得有趣的是胡先生文章上附的那句"标语":马克斯主义文艺理论之拥护。我记得,钱杏邨先生也是曾经把自己视为100％的马克斯主义者的。

　　这是文艺舞台替我们排演的一出《新双包案》。

　　我呢,当然没有能力来判断那一位包公是真,那一位包公是假。在前台是看不出真假的。到后台去,不过后台也许还是看不出。

　　写到这里,我想起一个极陈旧的笑话来。

　　笑话本来就无聊,笑话而陈旧似乎更可以不必说。不过,被所有的党员都读熟了的《三民主义》里面的话都可在写给党员看的文章里被几百次几千次地引用,那么在我这篇狗屁不值钱的文章里说上一个陈旧的笑话似乎没有什么要紧吧。

　　从前有一个商人,一个秀才,一个富翁,和一个乞丐同在一座庙里避雪。因为无聊,联句吧。题目不用说,是《雪》。这首诗的头三句是这样的:

> 大雪纷纷堕地(商人)
>
> 都是皇家瑞气(秀才)
>
> 再落三年何妨(富翁)

再落三年雪,那还得了。叫花子于是生了气;他忘记了诗题,便这样地破口大骂起来:

> 放你娘的狗屁

　　我向排演《双包案》的戏场的后台偷看了几眼,结论是没有,我只想起这个笑话来。确实,这一次的文艺论战(也许每一次的文艺论战都如此)是和破庙里的联句活脱活象:文艺这东西便是那题目,于是,各人说各人的话,而且,要两方面都同意的结论是决不会有的。

　　孔夫子这个人确实没有很彻底的思想,尽可以不必硬拖进马克斯祠堂,可是他却确实说过几句聪明话。他说:"道不同不相为谋。"我这篇文章平凡得很,只不过想发挥一些这句古话的在这次文艺论战上的应用;因此,我这篇文章又名"道不同相为谋说"。

废话少讲,我们来看一看论战的来历。

起初当然是导源于俄罗斯。一些名字长得不容易记清楚的人们争论着,在我们还没有梦想到天下有这么一个问题的时候就争论着。后来闹到日本;日本人似乎没有俄罗斯人那么聪明,说来说去还是俄罗斯人所早就说过的这几句话,没有胡秋原先生所要求于钱杏邨先生的"独创"。假使转借胡先生向福禄特尔借来的话来说,那么日本人就已经做了第二个拿女人来比花的头等蠢才了。于是,这些同一的话又借道东京而来到上海,只用四角方方的文字一写,便俨然成为中国人自己的理论。

其实,说到理论,我们还不如老老实实,现现成成地向俄罗斯人批发些来倒不至于闹大笑话。至于说"新花样",钱杏邨先生固然要不出来,胡秋原先生也一样;不过胡先生还算能抱定从一而终主义,蒲力哈诺夫,而钱先生呢,不免要东拉拉,西扯扯。

这一点,左翼文坛的近来的指导者是高明得多了。他们不再提出那些"艺术的起源"或"艺术的定义"这些书呆子气的问题来,只看定目前的需要切实地,按部就班地讨论着,决定着又执行着。

可是左翼文坛自身的"奥伏赫变"到现在这地步也不是一朝一夕的事情。它在中国摆下擂台以来,第一个来打擂台的是鲁迅先生。他老人家说:"我们要理论。"于是有人便把蒲力哈诺夫和卢那却尔斯基译了些出来;虽然译得不十分看得懂,可是鲁迅先生满意了。接着茅盾先生又跳上擂台。"我们不要听十八句江湖诀,我们要看货色",他说。货色纵然依旧没有拿出来,可是艺术的技巧的问题是开始被重视,被讨论。于是茅盾先生也满意了。而现在,想不到还有胡秋原先生会从谁也不敢显一显好身手的人群中跳将出来,而据说,他的拳头又是少林嫡派。当然,胡秋原先生将来会不会也象鲁迅先生和茅盾先生那样地满意而去是谁也不敢断言;但是在今日已经明显地立定了脚跟的左翼文坛再不会因这次论战而变换态度却可以料想得到。因此,据我个人愚见,这一场笔战多分是不会有使两方面都"满意"的结果。

何以见得? 道不同不相为谋。

统观胡先生的大文,从他的蒲力哈诺夫崇拜,对文学的指导生活的理论或主张的非议,一切等等看来,我们可以认识他是一个绝对的非功利论者。反过来,左翼文坛的指导理论家们却正指出那一种文学有用,那一种文学没有用,我们要那一种,我们不要那一种。这两种马克斯主义者之间的距离是不可以道里计的。

其实,我们单说左翼文坛是马克斯主义者似乎还是不适当;我们应当说他们是"马克斯列宁主义者"。这其间的分别就是在他们现在没工夫来讨论什么真理不真理,他们只看目前的需要。是一种目前主义。我们与其把他们的主张当做学者式的理论,却还不如把它当做政治家式的策略,当做行动;而且这策略,这行动实际上也就是理论。目前的需要改变了，他们的主张便也随之而变；这才是，"辩证"。

你会不会称轻重？什么真理，什么文艺，假使比起整个的无产阶级解放运动来，还称得出几斤几两？亭子间里的真理吧！小资产阶级狗男女的文艺吧！你假使真是一个前进的战士，你便不会再要真理，再要文艺了。

譬如拿他们所提倡的文艺大众化这问题来说吧。他们鉴于现在劳动者没有东西看，在那里看陈旧的充满了封建气味的（这就是说，有害的）连环图画和唱本。于是他们便要作家们去写一些有利的连环图画和唱本来给劳动者看。这个，象胡先生之类的批评家当然是要反对了；不但胡先生，恐怕每一个死抱住文学不肯放手的人都要反对。这样低级的形式还生产得出好的作品吗？确实，连环图画里是产生不出托尔斯泰，产生不出弗罗培尔来的。这一点难道左翼理论家们会不知道，他们断然不会那么蠢。但是，他们要弗罗培尔什么用呢？要托尔斯泰什么用呢？他们不但根本不会叫作家们去做成弗罗培尔或托尔斯泰，就使有了，他们也是不要，至少他们"目前"已是不要。而且这不要是对的，辩证的。也许将来，也许将来他会原谅，不过此是后话。

胡秋原先生把卢那却尔斯基称为"官僚，纨袴子，莫明其妙"，何其毒视之深！其实，从这里我们正可以看出胡先生是永远不会了解卢那却尔斯基的。卢那却尔斯基有一次曾经把托尔斯泰非议得很利害，但是在托氏百年祭时又把他恭维得很利害。他的话简直有点如出二口。何其前后矛盾一至于此，何其不顾所谓"真理"一至于此！其实，托氏被"不要"于万方多难之秋，而旋又被"原谅"于国泰民安之日，是很有道理的。

你假使是真的马克斯主义者便不该非难卢那却尔斯基"莫明其妙"，说他太会变卦。变卦就是辩证法。有人说辩证法是中国古已有之，一部《易经》便是。可惜我对于辩证法和《易经》两者都没有深切的研究，不敢有所发挥。不过我知道，《易经》云胡哉？变卦而已。

话似乎愈说愈远了，应该拉出来。但是，我之所以如此说，无非是想说明左翼文坛的一切主张都无非是行动，并且一切行动都是活的。而胡秋原先生不明白。左翼文坛已经屡次向胡先生暗示了，甚至说明了，叫他不要空谈真理，离开行动是没有什么真理的。而胡先生还是不明白。胡先生固然会说，行动没有真理是不正确的行动；但左翼文坛也会说，真理没有行动便是不正确的真理。那么，这场论战会有什么结果呢？

胡秋原先生纵然以马克斯主义相标榜；其实，他充其量不过是一个书呆子马克斯主义者。这种马克斯主义者老喜欢从最遥远，最难解决的问题说起，而据他说，这是根本的问题。例如，一提起艺术便要谈到艺术的定义，不但谈到，而且定要把它当做"谈艺术的第一个问题"，如胡先生所说。固然，胡先生是继承了蒲力哈诺夫的道统把这么一个奥妙不堪的问题轻易地用"艺术是形象而思索"八个大字来解决了，似乎这便是天经地义似的，骂钱杏邨先生不懂得这个便不配谈艺术。其实天下那有这样简单的事情！马克斯的一部《资本论》里面你找得出资本的定义吗？这整整的三卷书才是资本的定义呢。真正的马克斯主义者难道可以说马克斯连资本的定义弄不清楚，不配谈经济问题吗？只有书呆子才会左来一个定义,右来一个定义。

耽误大事正就是这种类似定义的问题。一些热衷于真理的马克斯主义者们会把自己去关在图书馆里。人类学,考古学。寒窗重检点,再读十年书。照这样,也难怪左翼文坛要说这是"教训民众等待主义了"。

严格地说,蒲力哈诺夫也不免带一些这种书呆子的气氛。你瞧,蒲力哈诺夫的政治理论是终于被列宁所攻击了;而现在,甚至他的艺术理论都据说有点站不住了。书呆子毕竟要不得,没有用。

记得从前章太炎曾费大大地宣传过书呆子主义,说世界上什么惊天动地的大事业都是书呆子做出来的。然而章太炎在政治上终于要不得,也就是书呆子主义在那里作祟。学院式的马克斯主义者,其章太炎之流欤?

此之谓秀才造反,三年不成大事。

因此,我们纵然承认胡秋原先生的每一句话都是一百二十分地合乎马克斯主义的,但左翼文坛在"能够行动"这一点上就已经比这一百二十分的马克斯主义者更合乎马克斯主义一点了。纵然左翼文坛也承认胡秋原先生的每一句话都是一百二十分地合乎马克斯主义的,但他们必然地还要攻击他,就象列宁攻击蒲力哈诺夫一样,因为他妨碍行动,而这妨碍行动这一点就是反马克斯主义的。胡先生纵然写十部洋洋四十万言的《唯物史观艺术论》也没有用,至少"目前"没有用,左翼文坛是依然要把他来非难的,因为现在还没有到列宁可以原谅蒲力哈诺夫,卢那却尔斯基可以原谅托尔斯泰的时候。

自己不站在"不自由的,有党派的"群众中,不说话是聪明的。

从这里,我们看出两个绝对不同的立场了。一方面重实践,另一方面只要书本;一方面负着政治的使命,另一方面却背着真理的招牌。于是这两种马克斯主义是愈趋愈远,几乎背道而驰了。

萧伯纳说无产阶级的代表人是既懂得无产阶级又懂资产阶级的,而资产阶级的代言人是两者都不懂。让我来做一次"头等的蠢才"吧。我要模仿萧伯纳的口气来说。马克斯列宁主义者是既懂得列宁主义又懂得马克斯主义的;但书呆子马克斯主义者,要是分析到终极,是既不懂列宁主义又不懂得马克斯主义。

不过,胡先生听人说他不懂列宁主义便会跳起来,会反问我一声。"那么你自己懂不懂列宁主义呢?"那便真会把我问得哑口无言了。

确实,胡先生曾经指出过文艺上的"目的意识论不过是列宁之政治理论在文艺上之机械底适用",话固然不错,但从"不过是"和"机械底"等字样上看来,胡先生至少是暗示着列宁主义也不过尔尔,是暗示着列宁主义用不到文艺上来。

万一不幸,胡先生是真懂得列宁主义的,说胡先生不懂的人自己倒做了天字第一号的傻瓜,那么我真不知胡先生是何居心了。难怪有了会说胡先生是故意把马克斯主义从实际行动中"解放"出来,故意使它成为死的,书本的,缓冲革命运动的,而实际上是替无产阶级的敌人服务的马克斯主义。

其实，胡先生还不如让人说书呆子吧。这样是比较有利，这样倒还有做一个蒲力哈诺夫的希望。也许将来的大学里会有"胡秋原学院"呢，就象俄罗斯的大学有"蒲力哈诺夫学院"一样。

在"智识阶级的自由人"和"不自由的，有党派的"阶级争着文坛的霸权的时候，最吃苦的，却是这两种人之外的第三种人。这第三种人便是所谓作者之群。

作者，老实说，是多少带点我前面所说起的死抱住文学不肯放手的气味的；否则，他也决不会在成千成万的事业中选定了这个最没出息的事业（也许说职业好一点吧）来做。只要张开眼睛来看，不写东西的便罢，写一点东西的都斤斤乎艺术的价值便可知道。甚至如史铁儿先生所说"一举成名天下知"这一类下意识，平心而论，也人人多少有一点。究竟人非圣贤，同时也并非个个是马克斯和列宁。

但是在现今这局面下，作者是处了怎样个地位呢？

最初，在根本还没有什么阶级文学的观念打到作者脑筋里去的时候，作者还在梦想文学是个纯洁的处女。但不久，有人告诉他说，她不但不是一个处女，甚至是一个人尽可夫的卖淫妇，她可以今天卖给资产阶级，明天又卖给无产阶级。这个，作者在刚听到的时候似乎就有点意外了；不过据说是事实，于是也就没有方法否认。既而，因为文学这卖淫妇似乎还长得不错，于是资产阶级想占有她，无产阶级也想占有她。于是文学便只能打算从良。从良以后呢？作者便"从此萧郎是路人"。

你瞧，不是有好多大大小小的作者是搁起了笔吗？

固然，有一部分作者还想把她从一入深如海的侯门中拉回来，而另一部分就索性爽爽快快陪嫁了过去。

前面那种作者是正在那儿被"不要"，可以不必说。对于后面那种作者呢，要是要的，可是规矩很严，要你做另外一种人。终于，文学不再是文学了，变为连环图画之类；而作者也不再是作者了，变为煽动家之类。死抱住文学不放的作者们终于只能放手了。然而你说他们舍得放手吗？他们还在恋恋不舍地要艺术的价值。

我这样说，并不是怪左翼文坛不该这样霸占文学。他们这样办是对的，为革命，为阶级。不过他们有一点不爽快，不肯干脆说一声文学现在是不需要，至少暂时不需要。他们有时候也会掐出艺术的价值来给所谓作者们尝一点甜头，可以让他安心地来陪嫁。其实，这样一来，却反把作者弄得手足无措了。为文学呢，为革命？还是两者都为？还是有时候为文学，有时候为革命？

在这一点上，我倒觉得启蒙时代的批评家李初梨先生诸人要痛快得多。他老实先问你，是为文学而革命呢，还是为革命而文学？肯定前半个问题的，走吧；肯定后半个问题的，到这儿来。

正因为有这一班无所适从的作者的存在，胡秋原先生便又以艺术保护者的资格而出现了。他叫人不要碰艺术。这种自由主义的创作理论应该是受作者的欢迎的。但不幸胡先生也不是一个澈底的自由主义者。他猛烈地攻击那种有目的意识的文学：照这看来，你还是不允许作者有整个的自由的。万一胡先生叫人不准碰艺术的态度是这样：你们不要碰，让我来：那可不是同样的不自由？

在人人都不肯让步的今日，诚哉，难乎其为作家？

人各有其道，人各以其道非他人之道。你说着我所不要听的话，我说着你所不要听的话。联句正联得起劲呢。只有作者，有其道而不敢言，更不敢拿来非他人之道。他只想替文学，不管是煽动的也好，暴露的也好，留着一线残存的生机，但是又怕被料事如神的指导者们算出命来，派定他是那一阶级的狗。

在"目前"这情形下，愚盲是幸福的，而沉默是聪明的。

（原载《现代》一九三二年七月一日第一卷第三期）

文艺的自由和文学家的不自由

易 嘉

一 "万华撩乱的胡秋原"

资产阶级的著作家,艺术家,演剧家的自由,只是戴着假面具去接受钱口袋的支配,去受人家的收买,受人家的豢养。我们社会主义者,暴露这种作伪,揭穿这种虚伪的招牌,——并不是为着要弄出什么无阶级的文学和艺术(这只有到了社会主义的无阶级的社会里才可能),而是为着要把真正自由的公开的联系着无产阶级的文学,去和假装着自由的而事实上联系着资产阶级的文学对立起来。

(L. VII. 上)

最近,文艺理论的研究似乎又引起了社会的注意。胡秋原先生曾经写过一些文章,说起文化运动,而尤其是文艺问题(见《文化评论》和《读书杂志》);而苏汶先生也就发表了《关于〈文新〉与胡秋原的文艺辩论》(《现代》第三期)。胡秋原先生,据说是从普列汉诺夫,佛里采出发的文艺理论家;而苏汶先生自己说是死抱着文学不肯放手的文学家。他们两方面都是文艺的护法金刚,他们都在替文艺争取自由。可是,究竟这些自由对于他们有什么用处呢? 让我们来插几句嘴罢。

先说胡秋原先生。

胡秋原先生是谁? 他自己说:"我们是自由的智识阶级,完全站在客观的立场……无党无派,我们的方法是唯物史观,我们的态度是自由人的立场。……文艺至死是自由的,民主的。"

胡先生对于文艺的意见固然并不限于这一点,但是,这是他的根本立场。他说他自己的方法是"唯物史观"。大概正因为这个缘故罢? ——他的文章之中很渊博引证了许多"唯物史观"的艺术理论:有时候说"艺术是用形象去思索",有时候说"艺术只有一个目的,那就是生活的表现,认识和批评",有时候又说"艺术的最高目的,就在消灭人类间一切的阶级隔阂",以至于说"艺术虽然不是至上,然而也决不是至下的东西。——将艺术堕落到一种政治的留声机,那是艺术的叛徒","没有高尚情思的文艺,根本上于思想之虚伪的文艺,是很少存在的价值的;我永远这样相信。"

这究竟算是什么马克思的唯物史观!

中国的新兴文艺理论的发生和发展——到现在还不上三年,这里所发生的错误,而且有些是极端严重的错误,实在是多得很。新兴阶级的斗争,就是在文艺战线上也要勇敢的克服一切困难,排斥一切错误,锻炼自己的力量。象钱杏邨那样的批评家,自然是做出了不少的错误，这些错误正在集体的批评和斗争之中纠正过来。如果胡秋原先生真正是个马克思主义的文艺理论家，真正能够正确的指出钱杏邨等等的错误，那么即使胡秋原先生自己仍旧是个"自由人"，他也许能够相当的帮助中国马克思主义的文艺理论的发展。可是，这是不可能的事情。他的所谓"自由人"的立场不容许他成为真正的马克思主义者。

他说钱杏邨的理论基础混杂，说钱杏邨把波格唐诺夫，卢那察尔斯基，未来派……东扯扯，西拉拉的混缠在一起。然而他自己呢？他把普列汉诺夫和安得列耶夫，艺术至上论派等等混缠在一起。钱杏邨那样的幼稚的马克思主义学生，东扯一些，西拉一些，在文艺理论和批评上表现他的小资产阶级的动摇，他对于辩证法唯物论的不了解。可是——我并不丝毫减轻钱杏邨的错误，——钱杏邨比起胡秋原先生来，却始终有一个优点：就是他总还是一个竭力要想替新兴阶级服务的小资产阶级智识分子，他的东扯西拉之中，至少还有一些寻找阶级的真理的态度。而胡秋原呢？他却申明永远只相信"高尚情思"的文艺，而"文艺的最高目的就在消灭人类间一切阶级的隔阂"。他已经肯定的认为艺术不应当做政治的"留声机"。钱杏邨虽然没有找着运用艺术来帮助政治斗争的正确方法，可是，他还在寻找，他还有寻找的意志。而胡秋原是立定主意反对一切"利用"艺术的政治手段。这是胡秋原先生和钱杏邨不同的地方。

胡秋原先生的艺术理论其实是变相的艺术至上论。他说赞成纯艺术和反对纯艺术的争论是"徒劳的"。为什么？因为赞成纯艺术的有反动的文学家，也有革命的文学家；而反对纯艺术的也是这样。这还只是他的表面上的诡辩。他的根本立场，还在于他认为艺术只应当有高尚的情思，而不应当做政治的"留声机"。因此，他就认为艺术是独立的，艺术有尊严，有宫殿，有人格，他劝告一些政治派别说："勿侵略文艺"。他一再的宣言：艺术决不是至下的东西。胡秋原先生如果不承认自己是艺术至上论派，那么，至少他的理论可以叫做艺术高尚论。他所拥护的，不是什么马克思主义的文艺理论，而是这个似乎是独立的高尚的文艺。

胡秋原先生的理论，据他说，是从普列汉诺夫出发的。他引了普列汉诺夫的一句话，说艺术是用形象去思索。他还说"艺术者，是思想感情之形象的表现，而艺术之价值，则视其所含蓄的思想感情之高下而定。"可是，这几句话是不够的。这里，立刻就发生一个问题：这所谓高下又用什么标准去定呢？用贵族阶级的标准，用资产阶级的标准，还是用无产阶级的标准？对于这一点，他是没有说明的。大概是用所谓"自由人"的立场做标准了。因为这个缘故，所以胡秋原的理论是一种虚伪的客观主义，他恰好把普列汉诺夫理论之中的优点清洗了出去，而把普列汉诺夫的孟塞维克主义发展到最大限度——变成了资产阶级的虚伪的旁观主义。他事实上是否认艺术的积极作用，否认艺术能够影响生活。而一切阶级的文艺却不但反映着生活，并且还在影响着生活；文艺现象是和一切社会现象联系着的，它虽然是所谓意识形态的表现，是上层建筑之中最高的一层，它虽然不能够决定社会制度的变更，它虽然结算起来始终也是被生产力的状态和阶级关系所规定的，——可是，艺术能够回转去影响社会生活,在相当的程度之内促进或者阻碍阶级斗争的发展,稍微变动这种斗争的形势,加强或者削弱某一阶级的力量。

可是,照胡秋原先生的理论,艺术却只是生活的表现,认识和批评,而且只是从"自由人"的立场上去认识和批评。以前钱杏邨的批评,要求文学家无条件的把政治论文抄进文艺作品里去,这固然是他不了解文艺的特殊任务,在于"用形象去思索"。钱杏邨的错误并不在于他提出文艺的政治化,而在于他实际上取消了文艺,放弃了文艺的特殊工具。现在胡秋原先生发见了"用形象去思索"的文艺任务,就走到了另一极端,要求文艺只去表现生活,而不要去影响生活。再则,进一层说,以前钱杏邨等受着波格唐诺夫,未来派等等的影响,认为艺术能够组织生活,甚至于能够创造生活,这固然是错误。可是这个错误也并不在于他要求文艺和生活联系起来,却在于他认错了这里的特殊的联系方式。这种波格唐诺夫主义的错误,是唯心论的错误,它认为文艺可以组织社会生活,意识可以组织实质,于是乎只要有一种上好的文艺,一切问题都可以解决了。可是,胡秋原先生的反对这种理论,却也反对到了牛角尖里去了。他因此就认为文艺只是消极的反映生活,没有影响生活的可能,而且这是"亵渎文艺的尊严的"。

胡秋原先生虽然很勇敢的痛骂反动的文艺派别,可是,他只骂他们"利用"文艺,"污损文学家的人格"。他固然也指出这些派别代表着什么什么阶级,可是,他正是要求他们"勿侵略文艺",他并不去暴露这些反动阶级的文艺怎么样企图捣乱群众的队伍,怎么样散布着蒙蔽群众的烟幕弹,怎么样鼓励着反动阶级的杀伐精神,把剥削和压迫制度神圣化起来。他提出来的口号只是安得列耶夫的人道主义的口号:"消灭人类间一切的阶级隔阂"。

胡秋原先生的文艺理论,其实是反对阶级文学的理论:

固然,胡秋原先生指出钱杏邨的错误的时候,他会说:"中国是一个半殖民地的半封建社会,而旧的地主及小有产阶级在日益崩溃的过程中(这里缺少了一个资产阶级——嘉注),在这社会蜕变时期,各阶级,群,集团,都有其不同的意识形态。"固然,胡秋原先生还会反过来问:"我在一切讲文艺的文字中否认过阶级性没有?"然而胡先生的确说过了文学的最高目的在于消灭人类间的一切阶级隔阂;而且胡先生的确没有一次肯定文艺的阶级性,而只申明永远相信"文艺的高尚情思"。以前钱杏邨的错误是只看见所谓时代文艺,而不看见阶级文艺,而现在胡秋原是看见了阶级文艺而认为这算不了文艺,而只是"政治的留声机",这是"艺术的叛徒"。

不但如此,胡秋原先生即使分析中国现在有些什么什么阶级的文艺,他也要赶紧声明:"我并不想站在政治立场赞否民族文艺与普罗文艺。"……"无论中国新文学运动以来的自然主义文学,趣味主义文学,浪漫主义文学,革命文学,小资产阶级文学,普罗文学,民族文学,以及最近民主文学,我觉得都不妨让他存在,但也不主张只准某一种文学把持文坛。"这是多么宽大的自由人的自由主义,这是"文艺至死也是自由的,民主的"那句话的详细注解。

本来普列汉诺夫的艺术理论之中,已经包含着客观主义和轻视阶级性的成份,也包含着艺术消极论的萌芽。这种理论到了胡秋原先生手里,就掺杂了安得列耶夫的"学说",和胡秋原先生自己的"学说",结果,竟变成了百分之一百的资产阶级的自由主义。他是替文学要求"自由",让各种各样的文学发生出来,给他"安全站住客观的立场上"去研究研究,批评批评,发挥发挥他这个"自由人"的"无党无派"的对于艺术的"高尚情思"的评价,——这倒怪有趣味的。这是他替文学要求自由的目的了罢?

可是,还不止这一点。最重要的是他要文学脱离无产阶级而自由,脱离广大的群众而自由。而事实上,著作家和批评家,有意的无意的反映着某一阶级的生活,因此,也就赞助着某一阶级的斗争。有阶级的社会里,没有真正的实在的自由。当无产阶级公开的要求文艺的斗争工具的时候,谁要出来大叫"勿侵略文艺",谁就无意之中做了伪善的资产阶级的艺术至上派的"留声机"。所以胡秋原先生再也不能够正确的批评钱杏邨的错误。胡秋原先生说钱杏邨"生吞伊里支的话谈大众文学","机械的应用伊里支的大众文学"的原则。而胡秋原先生自己,根本就没有提起大众;甚至于别人特别指出大众问题来和他讨论的时候(《文艺新闻》),他竟会在答复的三五千字的长文章里面,一个字也没有提起大众。这不是偶然的。钱杏邨以前的错误,正在于他根本就没有应用"伊里支的大众文学"的原则,所以也说不上机械的应用。艺术高尚派的胡秋原先生,自然是蔑视大众的,他不屑得做大众的"留声机"。

这样,胡秋原先生背向着群众,脸对着艺术之宫,双手拈着各种各样文艺,说:"文化与艺术之发展,全靠各种意识互相竞争,才有万华撩乱之趣",我是反对"某一种文学把持文坛的"。新兴阶级在现在的中国,本来就没有所谓"把持文坛"的可能,而地主资产阶级听见胡秋原的主张,也许象罗隆基一样,会感觉到:与其象沙皇那样专制而始终被推翻,不如象英皇那样宽大而能够保持皇位到如今。胡秋原先生是替现在的"黑暗世界"想出了一个发展"文化与艺术"的方法,"不是危机而正是光明"的道路,这就是抛弃"中心意识"的独裁政策,而放任"各种意识的互相竞争"。黑暗世界对于胡秋原先生虽然未必见得感谢和赏识,可是,事实上胡先生的心是算尽到的了。可惜的是这个黑暗世界已经没有能力再开辟什么光明的道路,除非是光明起来把它根本的推翻。胡秋原先生的艺术高尚论的自由主义,要枉费心机了。

二 "难乎其为作家的"苏汶

子之遭兮不自由

子之遇兮多烦忧

子之与我兮心焉相投

思古人兮俾无尤

（曹雪芹的林黛玉）

再说苏汶先生。

苏汶先生自己说是死抓住文学不肯放手的人，而"每一个死抓住文学不肯放手的人"，都应该欢迎胡秋原先生的自由主义的创作理论。这所谓"死抓住文学不肯放手的人"是谁呢？苏汶先生说是"作者之群"。我想作者虽然不是羊子，暂时叫他们是一群也还不妨。不过，是不是这一"群"都欢迎胡秋原先生的理论——那还是个问题。至少总有几个人，不赞成的。所以还是说苏汶先生自己罢。

苏汶先生是个作家，他那篇文章就是一篇很美丽的散文——是一件艺术品，的确有"艺术的价值"。这就是说：这篇文章写得非常巧妙，很能够感动人，至少是那一群。因此，也就有政治的价值，因为这种文章是达到某种政治目的的锐利的武器。武器当然是越锐利越好。艺术品是越能够感动人越好。

因为苏先生文章写得好的缘故，所以苏先生没有胡先生那么"愚蠢"。苏先生说的话，是委婉的转弯抹角的，——真所谓"哀而不怨，乐而不淫"。可是，且慢些批评。他固然很想"哀而不怨"，然而怨恨的情调还是流露出来了。

苏先生已经说了：胡秋原先生的"自由主义的创作理论应该是受作者的欢迎的"。苏先生，至少是苏先生所说的作者之群，应该欢迎胡秋原先生的理论。然而苏先生骂胡先生是书呆子，是愚蠢；苏先生说："在目前这情形下，愚盲是幸福的，而沉默是聪明的。"这就是说——虽然心上欢迎胡先生的理论，可是嘴里最好是不说出来，更好些是口头上还要"骂"几句胡先生。

然而这所谓"骂"并不是真骂。而是说：理论和行动本来是不能并存的，文学和革命也是不能并存的，艺术和煽动也是不能并存的；而胡秋原先生不懂得这个道理，因此，胡秋原先生是书呆子。苏先生说："左翼文坛是马克思列宁主义者……他们现在没有工夫来讨论什么真理不真理，他们只看目前的需要。"……"你假使真是一个前进的战士，你便不会再要真理，再要文艺了"，"终于，文学不再是文学，变成连环图画之类；而作者也不再是作者了，变成煽动家之类。"而胡秋原先生还要和左翼文坛去谈什么艺术的理论，文艺的价值……等等，真所谓"不识时务"，所以是书呆子了。这里，话是可以有两种说法：一是说——革命要紧，所以革命者一定不会再要文学，因此，革命者不配谈什么文学，象胡秋原先生是在对牛弹琴。这是太粗鲁的说法，苏先生是不说的。二是说：——革命要紧，革命者的文学就只有行动，本来不是什么文学，象胡秋原先生既然不讲行动，又要和左翼文坛去谈文学，自然是隔靴搔痒，可以不用说了罢。这是客气的说法，苏先生是说了。然而说法虽然是两种，意思还是一样。

这意思是：真理和文学是与革命不能并存的：苏先生说胡秋原和左翼文坛的讨论，是"道不同不相为谋"，所以他那篇文章又叫做"道不同不相为谋说"，其实这是一篇"革命与文学不能并存论"。他所以劝告左翼文坛说：你们有点"不爽快，不肯干脆说一声文学现在不需要"。

假定真这么样"干脆",那么,那个"某种政治目的"就可以达到了。

可惜,革命的发展不这么样干脆。革命是在"侵略文艺"。

第一,真正科学的文艺理论,还是革命的国际主义的新兴阶级建立起来的。只有这个阶级,在革命的行动之中,才真正能够建立,能够发展科学的文艺理论。中国的新兴阶级,以及日本的,英国的等等,自然,现在还在几万重的压迫之下。尤其是中国的新兴阶级,受着封建残余的文化上的束缚特别厉害。他们不能够希望统治阶级去"提高"什么民众文化,他们极艰难的向世界各国的无产阶级学习,尤其是向俄国的无产阶级。他们不怕统治阶级讥笑什么"向俄国去批发"理论。他们努力的在行动之中学习着,研究着,应用着理论。他们决不肯说"行动就是理论",因此,"只要行动不要真理"。他们更不能够说:先要理论,然后再要行动。他们不会感觉到理论和行动是分离的,不能并存的。

第二,新兴阶级为着自己的解放而斗争,为着解放劳动者的广大群众而斗争;他们要改造这个世界,还要改造自己——改造广大的群众。他们要肃清统治阶级的思想上的影响,肃清统治阶级的意识上的影响。现在剥削制度之下的一定的阶级关系,规定着群众的宇宙观和人生观:然而群众之中的一些守旧的落后的宇宙观和人生观,并不是群众自己所"固有"的,而是统治阶级用了种种方法和工具所锢定的,所灌输进去的。这些工具之中的一个,而且是很有力量的一个——就是文艺。所以新兴阶级要革命,——同时也就要用文艺来帮助革命。这是要用文艺来做改造群众的宇宙观人生观的武器。固然,并不是个个"前进的战士"都来做文艺的工作。但是,为什么既然"真是前进的战士……便不会再要文艺了"呢?为什么?除非是自己愿意解除武装之中的一种。自愿缴械的"战士"决不是前进的战士。你可以说:"你们还没有拿着这种武器,所以无所谓缴械。"但是,正因为这个,所以要努力去取得这种武器。谁要劝告新兴阶级不要去拿这种武器,他自然客观上是抱着"某种政治目的"的,——虽然他自己都觉得"并没有丝毫政治臭味"。

第三,新兴阶级站在消灭人剥削人的制度的立场上,所以能够真正估定艺术的价值,能够运用贵族资产阶级的文艺的遗产。他们决不是什么"目前主义的功利论者"。他们在文艺战线上,一样是为着创造整个的新社会制度——整个的新的宇宙观和人生观而斗争的。一切统治阶级的,以至于小资产阶级的文艺,他们都要批判,都要分析。这些文艺的内容,往往包含着许多矛盾,不会是简单的"好得利害",或者"坏得利害";也不会是"革命时候没有用","建设时期又有用"。而照苏先生说起来,仿佛是托尔斯泰"被不要于万方多难之秋,而旋又被原谅于国泰民安之日",这算是"变卦",而"变卦就是辩证法"!苏先生是说的卢那察尔斯基对于托尔斯泰的两次不同的批评,他没有说起卢那察尔斯基所批评的是那一方面的问题,而我们又没有卢那察尔斯基的文章在手边。固然卢那察尔斯基在哲学上和文艺理论上有许多唯心论的倾向,他的两次批评之中都包含着某种错误的见解也是可能的。然而我们现在没有方法来检查。我们只说一说,在苏先生所谓"万方多难之秋"的一九〇八到一〇年,列宁就说过:

托尔斯泰死了,而革命以前的俄国过去了,那革命以前的俄国的弱点和没有能力,都表现在这个天才的艺术家的哲学里面,都描写在这个天才的艺术家的作品里面。然而,他的遗产之中也有并不曾过去的而是属于将来的东西。他会用极大的力量表现那些受着现代制度的压迫的广大群众的情绪,描写他们的状况,表示他们的自发的抗议和忿恨的情感。托尔斯泰描写着俄国历史生活的这一个时期,他会在自己的作品里面提出那么许多伟大的问题,会提高艺术的力量到那么样高的程度,以致于他的作品在世界文学之中占着第一等位置之中的一个。

然而……

一方面是最清醒的现实主义,揭穿一切种种假面具;别方面是痴呆的不抵抗主义的说教……宣传世界上所有一切混蛋东西之中的最混蛋的东西——宗教……

这里,的确象苏先生所说的"非议得利害",而又"恭维得利害"。不过这是同在一个"万方多难之秋"。无所谓"变卦"!

至于中国的托尔斯泰在那里,出了娘肚皮没有?——那是另外一个问题。这是和中国现在有没有自己的高尔基一样的问题。这里不谈了罢。

第四,新兴阶级固然运用文艺,来做煽动的一种工具,可是,并不是个个煽动家都是文学家——作者。文艺——广泛的说起来——都是煽动和宣传,有意的无意的都是宣传。文艺也永远是,到处是政治的"留声机"。问题是在于做那一个阶级的"留声机"。并且做得巧妙不巧妙。总之,文艺只是煽动之中的一种,而并不是一切煽动都是文艺。每一个阶级都在利用文艺做宣传,不过有些阶级不肯公开的承认,而要假托什么"文化","文明","国家","民族","自由","风雅"等等的名义,而新兴阶级用不着这些假面具。新兴阶级不但要普通的煽动,而且要文艺的煽动。一九〇五年前后直到一九一七年十月之前,象高尔基,绥拉菲莫维支的作品,——我想就是苏先生也得承认是文艺,——是的的确确有艺术上的价值的。但是,这些东西同时就是煽动品。做了煽动家未必见得就不能够仍旧是一个作者——文学家。高尔基等等虽然没有中国的"作者之群"那么死抓住了文学不肯放手,然而不见得就比中国的文学家低微到了什么地方去。而同时,高尔基等等又的确是些伟大的宣传家。新兴阶级自己也批评一些煽动的作品没有文艺的价值,这并不是要取消文艺的煽动性,而是要煽动作品之中的一部分加强自己的文艺性。而且文艺的反映生活,并不是机械的照字面来讲的留声机和照相机。庸俗的留声机主义和照相机主义,无非是想削弱文艺的武器。真正能够运用艺术的力量,那只是加强煽动的力量;同时,真正为着群众服务的作家,他在煽动工作之中更加能够锻炼出自己的艺术的力量。艺术和煽动并不是不能并存的。自然,一定要说:凡是煽动就不是文学。——这也可以,这句话也有"用处"。对于谁有用处呢?对于那些不肯承认自己是在利用文艺来煽动的阶级!

苏汶先生很大量,他说左翼文坛"为革命,为阶级","讨论着,决定着又执行着"的都对,

485

甚至于"霸占"文学也对。这是太恭维了。可是,你不要以为他因此就不保护文学的自由,就不反对革命的"侵略文艺"。不是的。他这样说话正是出力的保护文学,比胡秋原先生更加巧妙的保护文学的自由。他是说:左翼文坛所做的只是煽动,只是革命的手段,只是革命的行动,所以就不是文学,既然没有所谓文艺的真理,也没有什么艺术的价值。这样,左翼文坛里没有什么文学,文学界里也没有什么左翼文坛。于是乎文学脱离了左翼而自由了。左翼虽然要霸占,也就无从霸占起,因为它所霸占的只是些非文学,非真理,无艺术价值的煽动品,——这是与文学不相干的,让他去罢。

苏汶先生的议论其实是很明显的。不过,他写完了四千字之后,还谦虚一句说:"作者有其道而不敢言"。

为什么"不敢言"呢?为什么这样可怜,这样怨苦呢?

因为他自己以为是"第三种人"。他说:"文学这卖淫妇似乎还长得不错,于是资产阶级想占有她,无产阶级也想占有她。于是文学便只能打算从良。从良以后呢?作者便从此萧郎是路人。"这些作者——"斤斤乎艺术的价值"的——就是所谓第三种人。他们的爱人——那"卖淫妇的文学"被资产阶级或者无产阶级夺了去了!

可是,事实上文学并不是卖淫妇。文学是附属于某一个阶级的,许多阶级各有各的文学,根本用不着你抢我夺。只是这些文学之间发展着剧烈的斗争;新兴的阶级,从前没有文学的,现在正在创造着自己的文学;而旧有的阶级,从前就有文学的,现在是在包围剿灭新兴阶级的文学。剿灭不了呢?用一点儿别致的巧妙的手段,或者毒死它,或者闷死它,或者饿死它……而新兴阶级的文艺运动却并不在"霸占"或者"把持"什么,它只要指出一些文学的真面目——阶级性。它只是在思想战线文艺战线上和反动势力斗争。

作者呢,本来就不是什么"第三种人"。作者——文学家也不必当什么陪嫁的丫环,跟着文学去出嫁给什么阶级。每一个文学家,不论他们有意的,无意的,不论他是在动笔,或者是沉默着,他始终是某一阶级的意识形态的代表。在这天罗地网的阶级社会里,你逃不到什么地方去,也就做不成什么"第三种人"。

最吃苦的只是自以为是"第三种人"的时候。既然不愿意"变为煽动家之类",又不好意思公开的做资产阶级的走狗。听着一些批评家谈论新兴文艺理论,实在觉得讨厌。想着:我是多么不自由呢,写一些东西,就有人来指摘:这是资产阶级的意识,那是小资产阶级的动摇,或者还要加上法西斯蒂的头衔……唉,我的命运是太苦了。何不生在"古时候",没有这一类的批评家的时候呢?那时,象袁随园,或者李太白等等的时代,"一举成名天下知"就"一举成名天下知"了,谁也不来管这是"纱笼"(Salon)的贵族厅堂的天下,还是贫民窟的天下。(因为苏先生引了史铁儿先生的话,所以我也引一引。)

因为自己感觉得这样苦的时候,作者就"搁笔"了。但是,并不是个个"搁笔"的作者,都是由于这个原因。苏先生说"大大小小的作者搁起了笔"都是因为这个缘故。我想这句话并不合于事实,却可以做苏先生的"作者之群"的注解。苏先生是把"作者之群"和文艺理论并立起来说：——你们这些作者为什么不能够写作品呢，都是那些文艺理论害了你们。有点儿 Provocation 的意味。

苏汶先生没有功夫顾到"劳动者之群"，那是当然的，因为他一只手"死抓住了文学"，别一只手招请着"作者之群"，请他们欢迎胡秋原先生的自由主义的创作理论，而和苏先生共同起来反对大众文艺的"连环图画和唱本"，——自然再也没有功夫了。

他说："这样低级的形式还生产得出好的作品么？确实，连环图画里是产生不出托尔斯泰，产生不出弗罗倍尔的！"然而，第一、德国的版画式的连环图画，（并不都是普罗的）虽然还没有产生托尔斯泰那么伟大的艺术家，可是已经的确成了一种有艺术价值的作品。第二、假使用那副吃奶气力——死死抱住所谓文学的那副气力，去研究和创作中国的线画式的连环图画，唱本，等等，未必见得就不会产生真正的艺术作品。何况所说的不限于连环图画。而写一部《马占山演义》，要真能够写得象《水浒》那样好，并不见得比写一些意象派的诗来得容易，而且一定比意象派的诗更高的艺术价值。真正的中国（并非绅士的中国）的文艺，一定要从革命的大众文艺里产生出来。

总之，这些话多说也没有趣味了。蔑视群众既然是自己认为是"第三种人"的立场，那么，一切都已经自然明白的了。因此，苏汶先生还嫌胡秋原的自由主义不激底，他主张把一切群众的新兴阶级的文艺运动，一概归到"非文学"之中去，让文学脱离新兴阶级和群众而自由。

苏汶先生还叹着气说："在人人都不肯让步的今日，诚哉，难乎其为作家。"其实，何必这样呢？真正肯替群众服务的作家，只有欢迎正确的文艺理论。努力去了解一切错误，要求日益进步的批评。至于把艺术变成神圣不可侵犯的作家尽管放胆的去做作家好了。真有"爱好艺术"的勇气的，真正能够死抱住所谓文学的人，什么也不应当怕的。有一点怕，就算不得死抱住了。你看看：这世界上有的是那种死爱漂亮的女人，她们宁可为着这个缘故而出卖自己的。漂亮是美，"艺术的价值"也是美——抽象的美，无所附着的美。为着"美"牺牲一切是"第三种人"的唯一出路！

一九三二年，七月。

（原载《现代》一九三二年十月一日第一卷第六期）

论"第三种人"

鲁　迅

这三年来,关于文艺上的论争是沉寂的,除了在指挥刀的保护之下,挂着"左翼"的招牌,在马克思主义里发见了文艺自由论,列宁主义里找到了杀尽共匪说的论客的"理论"之外,几乎没有人能够开口,然而,倘是"为文艺而文艺"的文艺,却还是"自由"的,因为他决没有收了卢布的嫌疑。但在"第三种人",就是"死抱住文学不放的人",又不免有一种苦痛的豫感:左翼文坛要说他是"资产阶级的走狗"。

代表了这一种"第三种人"来鸣不平的,是《现代》杂志第三和第六期上的苏汶先生的文章(我在这里先应该声明:我为便利起见,暂且用了"代表","第三种人"这些字眼,虽然明知道苏汶先生的"作家之群",是也如拒绝"或者","多少","影响"这一类不十分决定的字眼一样,不要固定的名称的,因为名称一固定,也就不自由了)。他以为左翼的批评家,动不动就说作家是"资产阶级的走狗",甚至于将中立者认为非中立,而一非中立,便有认为"资产阶级的走狗"的可能,号称"左翼作家"者既然"左而不作","第三种人"又要作而不敢,于是文坛上便没有东西了。然而文艺据说至少有一部分是超出于阶级斗争之外的,为将来的,就是"第三种人"所抱住的真的,永久的文艺。——但可惜,被左翼理论家弄得不敢作了,因为作家在未作之前,就有了被骂的豫感。

我相信这种豫感是会有的,而以"第三种人"自命的作家,也愈加容易有。我也相信作者所说,现在很有懂得理论,而感情难变的作家。然而感情不变,则懂得理论的度数,就不免和感情已变或略变者有些不同,而看法也就因此两样。苏汶先生的看法,由我看来,是并不正确的。

自然,自从有了左翼文坛以来,理论家曾经犯过错误,作家之中,也不但如苏汶先生所说,有"左而不作"的,并且还有由左而右,甚至于化为民族主义文学的小卒,书坊的老板,敌党的探子的,然而这些讨厌左翼文坛了的文学家所遗下的左翼文坛,却依然存在,不但存在,还在发展,克服自己的坏处,向文艺这神圣之地进军。苏汶先生问过:克服了三年,还没有克服好么? 回答是:是的,还要克服下去,三十年也说不定。然而一面克服着,一面进军着,不会做待到克服完成,然后行进那样的傻事的。但是,苏汶先生说过"笑话":左翼作家在从资本家取得稿费;现在我来说一句真话,是左翼作家还在受封建的资本主义的社会的法律的压迫,禁锢,杀戮。所以左翼刊物,全被摧残,现在非常寥寥,即偶有发表,批评作品的也绝少,而偶有批评作品的,也并未动不动便指作家为"资产阶级的走狗",而且不要"同路人"。左翼作家并不是从天上掉下来的神兵,或国外杀进来的仇敌,他不但要那同走几步的"同路人"，还要招致那站在路旁看看的看客也一同前进。

但现在要问：左翼文坛现在因为受着压迫，不能发表很多的批评，倘一旦有了发表的可能，不至于动不动就指"第三种人"为"资产阶级的走狗"么？我想，倘若左翼批评家没有宣誓不说，又只从坏处着想，那是有这可能的，也可以想得比这还要坏。不过我以为这种豫测，实在和想到地球也许有破裂之一日，而先行自杀一样，大可以不必的。

然而苏汶先生的"第三种人"，却据说是为了这未来的恐怖而"搁笔"了。未曾身历，仅仅因为心造的幻影而搁笔，"死抱住文学不放"的作者的拥抱力，又何其弱呢？两个爱人，有因为豫防将来的社会上的斥责而不敢拥抱的么？

其实，这"第三种人"的"搁笔"，原因并不在左翼批评的严酷。真实原因的所在，是在做不成这样的"第三种人"，做不成这样的人，也就没有了第三种笔，搁与不搁，还谈不到。

生在有阶级的社会里而要做超阶级的作家，生在战斗的时代而要离开战斗而独立，生在现在而要做给与将来的作品，这样的人，实在也是一人心造的幻影，在现实世界上是没有的。要做这样的人，恰如用自己的手拔着头发，要离开地球一样，他离不开，焦躁着，然而并非因为有人摇了摇头，使他不敢拔的缘故。

所以虽是"第三种人"，却还是一定超不出阶级的，苏汶先生就先在豫料阶级的批评了，作品里又岂能摆脱阶级的利害；也一定离不开战斗的，苏汶先生就先以"第三种人"之名提出抗争了，虽然"抗争"之名又为作者所不愿受；而且也跳不过现在的，他在创作超阶级的，为将来的作品之前，先就留心于左翼的批判了。

这确是一种苦境，但这苦境，是因为幻影不能成为实有而来的。即使没有左翼文坛作梗，也不会有这"第三种人"，何况作品。但苏汶先生却又心造了一个横暴的左翼文坛的幻影，将"第三种人"的幻影不能出现，以至将来的文艺不能发生的罪孽，都推给它了。

左翼作家诚然是不高超的，连环图画，唱本，然而也不到苏汶先生所断定那样的没出息。左翼也要托尔斯泰，弗罗培尔。但不要"努力去创造一些属于将来（因为他们现在是不要的）的东西"的托尔斯泰和弗罗培尔。他们两个，都是为现在而写的，将来是现在的将来，于现在有意义，才于将来会有意义。尤其是托尔斯泰，他写些小故事给农民看，也不自命为"第三种人"，当时资产阶级的多少攻击，终于不能使他"搁笔"。左翼虽然诚如苏汶先生所说，不至于蠢到不知道"连环图画是产生不出托尔斯泰，产生不出弗罗培尔来"，但却以为可以产出密开朗该罗，达文希那样伟大的画手。而且我相信，从唱本说书里是可以产生托尔斯泰，弗罗培尔的。现在提起密开朗该罗们的画来，谁也没有非议了，但实际上，那不是宗教的宣传画，《旧约》的连环图画么？而且是为了那时的"现在"的。

总括起来说，苏汶先生是主张"第三种人"与其欺骗，与其做冒牌货，倒还不如努力去创作，这是极不错的。

"定要有自信的勇气，才会有工作的勇气！"这尤其是对的。

然而苏汶先生又说，许多大大小小的"第三种人"们，却又因为豫感了不祥之兆——左翼理论家的批评而"搁笔"了！

　　"怎么办呢"？

三二,一〇,一〇。

(原载《现代》一九三二年十一月一日第二卷第一期)

论幽默

林语堂

我编《论语》半月刊时，曾经发表一文，详论幽默引起"含蓄思想的笑"的奥义。近常有读者或记者询问幽默二字的解释。我想抄录此篇作为最详尽论幽默的答复。

"我想一国文化的极好横重，是看他喜剧及俳调之发达，而真正的喜剧的标准，是看他能否引起含蓄思想的笑。"

——麦烈蒂斯《剧论》

上　编

幽默本是人生之一部分，所以一国的文化，到了相当程度，必有幽默的文学出现。人之智慧已启，对付各种问题之外，尚有余力，从容出之，遂有幽默——或者一旦聪明起来，对人之智慧本身发生疑惑，处处发见人类的愚笨，矛盾，偏执，自大，幽默也跟着出现。如波斯之天文学家诗人荷麦卡奄姆，便是这一类的。《三百篇》中《唐风》之无名作者，在他或她感觉人生之空泛而唱"子有车马，弗驰弗驱。宛其死矣，他人是愉"之时，也已露出幽默的态度了。因为幽默只是一种从容不迫达观态度，《郑风》"子不我思，岂无他人"的女子，也含有幽默的意味。到第一等头脑如庄生出现，遂有纵横议论捭阖人世之幽默思想及幽默文章，所以庄生可称为中国之幽默始祖。太史公称庄生滑稽，便是此意，或索性追源于老子，也无不可。战国之纵横家如鬼谷子、淳于髡之流，也具有滑稽雄辩之才。这时中国之文化及精神生活，确乎是精力饱满，放出异彩，九流百家，相继而起，如满庭春色。奇花异卉，各不相模，而能自出奇态以争态以争妍。人之智慧，在这种自由空气之中，各抒性灵，发扬光大。人之思想也各走各的路，格物穷理，各逞其奇，奇则变，变则通，故毫无酸腐气象。在这种空气之中，自然有谨愿与超脱二脉，杀身成仁，临危不惧，如墨翟之徒；或是儒冠儒服，一味做官，如孔丘之徒，这是谨愿派。拔一毛以救天下而不为，如杨朱之徒；或是敝屣仁义，绝圣弃智，看穿一切如老庄之徒，这是超脱派。有了超脱派，幽默自然出现了。超脱派的言论是放肆的，笔锋是犀利的，文章是远大渊放不顾细谨的。孜孜为利及孜孜为义的人，在超脱派看来，只觉得好笑而已。儒家斤斤拘执棺椁之厚薄尺寸，守丧之期限年月，当不起庄生的一声狂笑。于是儒与道在中国思想史上成了两大势力，代表道学派与幽默派。后来因为儒家有"尊王"之说，为帝王所利用，或者儒者与君王互相利用，压迫思想，而造成一统局面，天下腐儒遂出。然而幽默到底是一种人生观，一种对人生的批评，不能因君王道统之压迫，遂归消灭，而且道家思想之泉源浩大，老庄文章气魄，足使其效力历世不能磨灭，所以中古以后的思想，表面上似是独尊儒家道统，实际上是儒道分治的。中国人得势时都信儒教，不遇时都信道教,各自优游林下,寄托山水,怡养性情去了。中国文学,除了御用的廊庙文学,都是得力于幽默派的道家思想。廊庙文学,都是假文学,就是经世之学,狭义言之,也算不得文学。所以真有性灵的文学,入人最深之吟咏诗文,都是归返自然,属于幽默派,超脱派,道家派的。中国若没有道家文学,中国若果真只有不幽默的儒家道统,中国诗文不知要枯燥到如何,中国人之心灵不知要苦闷到如何。

老子庄生,固然超脱,若庄生观鱼之乐,蝴蝶之梦,说剑之喻,蛙鳖之语,也就够幽默了。老子教训孔子的一顿话:"子所言者,其人与骨皆已朽矣,独其言在耳。吾闻之,良贾深藏若虚,君子盛德,容貌若愚。去子之骄气与多欲,态色与淫志,若是而已。"无论是否战国时人所伪托,司马迁所误传,其一股酸溜溜的气味,令人难受。我们读老庄之文,想见其为人,总感其酸辣有余,温润不足。论其远大遥深,睥睨一世,确乎是真正 Comic Spirit(说见下)的表现。然而老子多苦笑,庄生多狂笑;老子的笑声是尖锐的,庄生的笑声是豪放的。大概超脱派容易流于愤世嫉俗的厌世主义,到了愤与嫉,就失了幽默温厚之旨。屈原、贾谊,很少幽默,就是此理。因谓幽默是温厚的。超脱而同时加入悲天悯人之念,就是西洋之所谓幽默。机警犀利之讽刺,西文谓之"郁剔"(Wit)。反是孔子个人温而厉,恭而安,无适,无必,无可无不可,近于真正幽默态度。

孔子之幽默及儒者之不幽默,乃一最明显的事实。我所取于孔子,倒不是他的"踧踖如"也,而是他燕居时之"恂恂如也"。腐儒所取的是他的"踧踖如也",而不是他的"恂恂如也"。我所爱的是失败时幽默的孔子,是不愿做匏瓜系而不食的孔子,不是成功时年少气盛杀少正卯的孔子。腐儒所爱的是杀少正卯之孔子,而不是"吾与点也"幽默自适之孔子。孔子既殁,孟子犹能诙谐百出,"逾东家墙而搂其女子",是今时士大夫所不屑出于口的;齐人一妻一妾之喻,亦大有讽刺气味。然孟子亦近于郁剔,不近于幽默,理智多而情感少故也。其后儒者日趋酸腐,不足谈了。韩非以命世之才,作"说难"之篇,亦只是大学教授之幽默,不甚轻快自然,而幽默非轻快自然不可。东方朔、枚皋之流,是中国式之滑稽始祖,又非幽默本色。正始以后,王、何之学起,道家势力复兴,加以竹林七贤继出倡导,遂涤尽腐儒味,而开了清谈之风。

下　编

幽默有广义和狭义之分,在西文用法,常包括一切使人发笑的文字,连鄙俗的笑话在内。(西文所谓幽默刊物,大都是偏于粗鄙笑话的,若《笨拙》,《生活》等杂志,格调并不怎么高。若法文"Sourire",英文"Ballyhoo"之类,简直有许多"不堪入目"的文字。)在狭义上,幽默是与郁剔,讥讽,揶揄区别的。这三四种风调,都含有笑的成分。不过笑也有苦笑、狂笑、淡笑、傻笑各种的不同,又笑之立意态度,也各有不同,有的是酸辣,有的是和缓,有的是鄙薄,有的是同情,有的是片语解颐,有的是基于整个人生观,有思想的寄托。最上乘的幽默,自然是表示"心灵的光辉与智慧的丰富",如麦烈斯氏所说,是属于"会心的微笑"一类的。

各种风调之中，幽默最富于情感，但是幽默与其他风调同使人一笑，这笑的性质及幽默之技术是值得讨论的。

说幽默者每追源于亚里斯多德，以后柏拉图，康德之说皆与亚氏大体相符。这说就是周谷城先生（《论语》廿五期《论幽默》）所谓"预期的逆应"，就是在心情紧张之际，来一出人意外的下文，易其紧张为和缓，于是脑系得一快感，而发为笑，康德所谓"笑是紧张的预期忽化归乌有时之情感"。无论郁剔及狭义的幽默，都是这样的。佛劳德在《郁剔与潜意识之关系》一书引一例甚好：

"某穷人向其富友笑了。这是笑的神经作用上之解说。"同是另有一说，也是与此说相符的，就是说，我们发笑时，总是看见旁人受窘或遇见不幸，或做出粗笨的事来，使我们觉得高他一等，所以笑。看人跌倒，自己却立稳，于是笑了；看人栖栖皇皇热中名利，而自己却清闲超逸，于是也笑了。但是假如同作京官而看同级人人擢升高位，便只有眼红，而不会发笑；或者看他人被屋压倒而祸将及身，也只有惊惶，不会发笑。所以笑之发源，是看见生活上之某种失态而于己身无损，神经上得一种快感。常人每好读骂人的文章，就是这样道理。或是自述过去受窘的经过，旁人未有不发笑。然在被笑者，常是不快的，所以有所谓老羞成怒之变态。幽默愈泛指世人的，愈得各方之同情，因为在听者各以为未必是指他个人，或者果指他一阶级，他也未必就是这阶级中应被指摘之分子。因之，愈一定的套板。善诙谐者，自出机智。如 Lloyd, George 一次在演讲，有女权运动家起立说："你若是我的丈夫，我必给你服毒。"氏对口应曰："我若是你的丈夫，我定把毒吃下。"这种地方，只在人随机应变。无盐见齐宣王愿备后宫，实在有点无赖，也是一种幽默。然无赖，或胡闹，易讨人厌。好的幽默，都是属于合情合理，其出人意外，在于言人所不敢言。世人好说合礼的假话，因循不以为怪，至一人阐发真理，将老实话说出，遂使全堂哗笑。这在佛劳德解释起来，是由于吾人神经每受压迫抑制（Inhibition），一旦将此压迫取消，如马脱羁，自然心灵轻松美快，而发为笑声。因此幽默每易涉及猥亵，就是因为猥亵之谈有此放松抑制之用。在相当环境，此种猥亵之谈是好的，是宜于精神健康。据我经验，大学教授老成学者聚首谈心，未有不谈及性的经验的。所谓猥亵非礼，纯是社会上之风俗问题，在某处可谈，在某处不可谈。英国中等阶级社交上言辞之束缚，每比贵族阶级更甚。大概上等社会及下等社会都很自由的，只有读书的中等阶级最受限制。又法国所许的，在英国或者不许，英国所许的，中国人或者不许。时代也不同，英国十七世纪就有许多字面令人所不敢用的，莎士比亚时代也是如此，但现代人之心灵不一定比莎士比亚时人清洁，性之运用反益加微妙了。在中国，如淳于髡答齐威王谓臣饮一斗醉一石亦醉，威王问他既然一斗而醉，何以能饮一石，淳于髡谓在皇上侍侧一二斗便醉；若有男女杂坐，"握手无罚，目眙不禁，前有堕珥，后有遗簪，可八斗而醉"；及"日暮酒阑，合尊促坐，男女同席，履舄交错，杯盘狼藉，堂上烛灭，主人留髡而送客，罗襦襟解，微闻芗泽，当此之时，髡乐甚，可饮一石。"这段虽然不能算为猥亵，但可表示所谓取消神经抑制，及幽默滑稽每易流于猥亵之理。张敞为妻画眉，上诘之，答曰夫妇之间，岂但画眉而已，亦可表示幽默，使人发笑，常在撇开禁忌，说两句合情合理之话而已。

这种说近情话的滑稽，有数例为证。德国名人 Keyserling 编著《婚姻书》邀请各国名家撰论。并请萧伯纳作一文关于婚姻的意见。萧伯纳回信说："凡人在其太太未死时，没有能老实说他关于婚姻的意见。"一语道破的，此书中长篇大论精彩深长，Keyserling 即将该句列入序文中。相传有人问道家长生之术，道士谓节欲无为，餐风宿露，戒绝珍肴，不近女人，可享千寿。其人日，如此则千寿复有何益，不如夭折，亦是一句近情的话。西洋有一相类故事，谓某塾师好饮，饮必醉，因此没有生徒，潦倒困顿。有人好意规劝他说："你的学问很好，只要你肯戒饮，一定可以收到许多生徒。你想对不对？"那塾师回答道："我所以收生徒教书者，就是为要饮酒。不饮酒，我又何必收生徒呢？"

以上所举的例，可以阐明发笑之性质与来源，但是都层于机智的答辩，是归于郁别滑稽一门的。在成篇的幽默文字，又不同了，虽然他使人发笑的原理相同。幽默小品，并非此种警句所合成的，不可强作，亦非能强作得来。现代西洋幽默小品极多，几乎每种普通杂志，要登一二篇幽默小品文。这种小品文，文字极清淡的，正如闲谈一样，有的专用土白俚语作时评，求其深入人心，如 Will Rogers 一派，有的与普通论文无别，或者专素描，如 Stephen Leacock，或者是长议论，谈人生，如 G. K. Chesterton，或者是专宣传主义如萧伯纳。大半笔调皆极轻快，以清新自然为主。其所以别于中国之游戏文字，就是幽默并非一味荒唐，既没有道学气味，也没有小丑气味，是庄谐并出，自自然然畅谈社会与人生，读之不觉其矫揉造作，故亦不厌。或且在正经处，比通常论文更正经，因其较少束缚，喜怒哀乐皆出之真情。总之西洋幽默文大体上就是小品文别出的一格。凡写此种幽默小品的人，于清淡之笔调之外，必先有独特之见解及人生之观察。因为幽默只是一种态度，一种人生观，在写惯幽默文的人，只成了一种格调，无论何种题目，有相当的心境，都可以落笔成趣了。这也是一句极平常的话，犹如学说诗，最要是登临山水，体会人情，培养性灵，而不是仅学押平仄，讲蜂腰鹤膝等末技的问题。

因此我们知道，是有相当的人生观，参透道理，说话近情的人，才会写出幽默作品。无论那一国的文化，生活，文学，思想，是用得着近情的幽默的滋润的。没有幽默滋润的国民，其文化必日趋虚伪，生活必日趋欺诈，思想必日趋迂腐，文学必日趋干枯，而人的心灵必日趋顽固。其结果必有天下相率而为伪的生活与文章，也必多表面上激昂慷慨，内心上老朽霉腐，五分热诚，半世麻木，喜怒无常，多愁善病，神经过敏，歇斯的里，夸大狂，忧郁狂等心理变态。

关于国防文学

——略评徐行先生的国防文学反对论

周　扬

　　徐行先生接连地在《礼拜六》《新东方》等刊物上发表了他的反对国防文学的意见，这意见是应当加以驳斥的。因为，第一，他攻击目前所提倡的民族革命统一战线的主张，认为这样的主张是"胡言"，是"梦呓"，这是一个非常严重的基本认识的问题。第二，他的意见正代表着一部分"左"的宗派主义者，他们对于国防文学虽然到现在还是保持着超然的沉默的态度，但是他们的宗派主义对于文艺上的统一战线或多或少地发生了阻碍的力量。第三，他在他的文章里播弄"左"的辞句，而且抄引先哲的遗言，来装饰他错误的论点，这很可以迷乱一部分读者的视听。

　　首先我们应当指出徐行先生的错误的根源，就是他对于统一战线的理论和中国目前形势之完全的无理解。他根本否认，或者是简直不知道，反帝联合战线是现阶段殖民地或半殖民地国家的民族革命的主要策略，同时也不了解远东帝国主义并吞中国的行动是怎样在全中国范围内卷起了民族革命的新的高潮。千千万万勤劳大众起来为自己的民族的生存抗争，广大的小资产者和知识分子也转入革命。就是一部分民族资产者，许多乡村富农和小地主，对于这个新的民族运动，也都可能采取同情中立或甚至参加。民族革命的统一战线的现实基础非徐行先生一人所能抹杀，民族革命的统一战线的主张正是从现实出发，依据最前进的理论和策略的一种现实变革的主张。

　　徐行先生援用一八七一年巴黎事件和关于这事件的先哲的遗训来作为他反对一切政治上文化上国防阵线的理论根据，这就恰恰证明了他完全不了解目前的新的形势，不懂得把正确的理论原则活泼地运用于特殊的具体的环境。徐行先生劝批评家在动手写文章之前参考一点史料，这诚然是一个可贵的劝告，但在参考史料之际，我以为如果没有正确方法的灵活的运用，史料这个东西就不但不能帮助你了解现在，反而会使你害着消化不良症。对于一个机械的方法论者，我希望他牢记下面的箴言："唯物论的方法，如果不当作历史的探究的指导路线而当作伸张和分割历史事实的现成的模板使用的时候，就会转化为它的反对物。"

　　徐行先生因为没有正确的方法论的指引，缺乏对于现实运动的深刻的认识，所以他把握不住时代的飞跃的进展和各个社会层的相互之间的关系的激遽的变换。在这个巨大的社会变化中，最敏感的艺术知识阶级的杂多的层，虽还是各自抱着不同的人生观艺术观，但在对于垂危的自己民族的运命的关心和民族解放的要求上却多少是一致的。而且五四以来的优秀的作家大部分都带着反帝反封建的精神。国防文学就是一方面继承这个过去文学的革命传统，一方面立脚于民族革命高潮的现实上，把文学上的反帝反封建的任务推进到一个新的阶段的文学。自然，没有谁能够否认一九二七年以后我们在文化上的新的作用和成功，没有谁能够否认站在勤劳大众立场上的革命文学是最彻底的反帝反封建的文学，是新文学运动的中坚力量。正因为有这样的力量，所以我们不但要保持这种作用和成功，而且要使之更加扩大。我们要承认在革命文学之外还有广大的中间文学的存在，他们拥有着大多数的读者。他们并不如徐行先生所说，尽是些"被历史车轮轧碎了的废物"。要知道历史的车轮可以轧碎人，也可以推动人前进。许多的事实证明了这一点。在统一的民族阵线上，我们在中间的或甚至落后的文学者中可以找着不少的同盟者，文学上的各种救亡的力量需要有一个新的配置。革命文学应当是救亡文艺中的主力，它不是基尔特文学，而是广大勤劳大众的文学，在民族解放的意义上，又是全中国民族的文学。国防的主题应当提供到每个革命作家以及一切汉奸以外的作家的创作实践的日程上。国防文学运动就是一个最大限度地动员文艺上的一切救亡力量的运动。要完成这个文艺上最广大的动员，我们不能不驳斥徐行先生的下面似的"左"的论调：

> 我们只知真正彻底反帝的社会层是中国出卖劳力的大众，只有他们是前锋，也只有站在这观点上的文学才是挽救中国的文学。

以为只有勤劳大众的文学才是挽救中国的文学，这样的说法无异于缩小目前救亡文学的基础和范围，把革命文学从它的友军拉开，使它陷入绝对孤立的地位。我们应当认清，一切中间层的文学，只要是抗敌救国的，只要是多少反映了民族运动的某些方面的，虽不是取着勤劳大众的立场，对于中国民族的解放依然有着益处。我们对于这类文学中的反帝的要素应当给以应有的评价，同时自然也要具体地指出这些作品中所表现的小有产的观点和世界观怎样妨碍了对于民族革命之本质的认识和正确的艺术的反映。只有这样，国防文学才能广泛地展开和深入。

国防文学不是狭义的爱国主义的文学，但如果没有强烈的民族的感情浸透着，就会减少它对于读者的艺术的申诉的力量。徐行先生深恶痛绝于"爱国的情热"，骂国防文学的主张者将陷入"爱国主义的污地"。他又引用了一位先哲的名言，说爱国主义是这样一种情感，它与小的私有者经济条件刚巧相联。可是他"刚巧"忘记了这位先哲自己就曾经夸耀过大俄罗斯民族，一点儿也没有轻视过民族的感情。民族的感情正可以激起我们对于自己民族的奴役状态的火一般的憎恨，正可以鼓励我们为民族的自由解放而斗争。在最近的一篇叫做《没有祖国的孩子》的小说里，我们被小主人公对于祖国国旗的热烈的怀恋之情所感动，但这里却不是一种褊狭的爱国主义的感情，而是和国际主义的精神很自然地调和着。无条件地蔑视民族的感情，如果不是出于一种汉奸意识，就至少有帮助汉奸，在心理上叫大家准备去做亡国奴的危险。

然而徐行先生最害怕的是"爱国主义的浊气"会污损了文坛,破坏了文学的纯洁。他说:

> 文学中最主要的是思想,用艺术手段表现的思想应该是纯洁的,而不是不问派别,阶层,团体,个人,宗教,信仰的混血儿。

这是观念论的滥调。所谓"纯洁"是一个抽象的标准,如果用这个标准去衡量艺术作品的价值,那我们对于果戈理,托尔斯泰,巴尔扎克这些作家的伟大就无从说明,因为他们的思想都并不是怎样纯洁的思想呵,他们的作品之所以不朽是在反映了一个时代客观的现实,它的发展和矛盾。思想的内容,对于艺术作品固然有着决定的作用,但是如吉尔波丁所指示,艺术之丰富的思想的内容不是抽象的超历史的思想的丰富,而是和现实的本质方面之具体的艺术的描写紧相结合的。

艺术创造的主体原是非常复杂;包含了各种不同的社会成份的。问题并不在缩小主体——即局限于徐行先生所认为"纯洁"的一部分,而倒在如何诱导各色各样的成份都参加到民族解放运动里面去。假使在我们面前的,是一个有才能的作者又忠于现实的话,那末,不管他所属的阶层,所抱的信仰,以及他对于民族革命之真义的理解的程度,他一定能够在他的作品里面反映出这个革命的某些重要的方面来。我们丝毫不看轻进步的世界观的烛照的作用,但现实本身的教育的意义,却也是不能忽视的。

国防文学运动就是要号召各种阶层,各种派别的作家都站在民族的统一战线上,为制作与民族革命有关的艺术作品而共同努力。国防的主题应当成为汉奸以外的一切作家的作品之最中心的主题。这不但没有缩小作家的创作的视野,反而使它扩大了。现在和过去的现实中所包含的一切有国防意义的主题必须具体地广泛地去发现。为民族生存的抗争存在于政治的,经济的,文化的,日常生活的——一切场面。主题的问题是和方法的问题不可分离的,国防文学的创作必须采取进步的现实主义的方法。徐行先生却把这两者描写成对立的东西。

进步的现实主义的方法就是在现实的革命发展中真实地具体地历史地去描写现实,以图在社会主义的精神上去教育勤劳大众。在发展中去认识和反映现实,这是一个重要的方法论的原则,因为看不见发展的人决不会把握真实。没有对"明日"的展望,"今日"就没有前途,同样,没有"今日","明日"就成了空虚的妄想。国防文学不是乌托邦文学,它首先要反映现在中国人民为自己民族解放的实际的抗争,它的各个方面和目标。没有现在的这个抗争,徐行先生所梦想的"明日的新社会"也就无从实现。"保全领土"在徐行先生辈看来,也许是一种"非常狭小"的"爱国的情热"吧,然而这正是千千万万失去了土地的人民以及全中国不愿做亡国奴的人民的共同的要求,正是达到"明日的新社会"的必经阶段。给这种广大人民的民族解放的要求以艺术的表现,就正是国防文学的基本任务。它应当把这和以社会主义的精神去提高读者对于民族革命的本质之认识的任务结合起来,向读者昭示:"社会

主义革命就是民族的救星,而且替它开辟蒸蒸日上的道路。"(地米特罗夫)

向国防文学要求最进步的现实主义的作品,是正当的,但国防文学的制作者却并不限于能运用高级的创作方法的作家,就是思想观点比较落后的作者,也应当使之为国防创作而努力。在这里国防文艺批评就应演着极重要的角色。国防文学运动是一个文学上的民族统一战线的运动,为着这运动的广大的开展,对于象徐行先生那样的"左"的宗派的观点,有时时加以纠正和指摘的必要。最后就让我引用吉尔波丁的下面的话:"一切宗派主义不可避免地会招致和现时的政治任务的隔离"来结束我这篇不充实的短文。

(原载《文学界》一九三六年六月五日第一期)

论现在我们的文学运动

——病中答访问者，O. V. 笔录

鲁　迅

　　"左翼作家联盟"五六年来领导和战斗过来的，是无产阶级革命文学的运动。这文学和运动，一直发展着；到现在更具体底地，更实际斗争底地发展到民族革命战争的大众文学。民族革命战争的大众文学，是无产阶级革命文学的一发展，是无产阶级革命文学在现在时候的真实的更广大的内容。这种文学，现在已经存在着，并且即将在这基础之上，再受着实际战斗生活的培养，开起烂漫的花来罢。因此，新的口号的提出，不能看作革命文学运动的停止，或者说"此路不通"了。所以，决非停止了历来的反法西斯主义，反对一切反动者的血的斗争，而是将这斗争更深入，更扩大，更实际，更细微曲折，将斗争具体化到抗日反汉奸的斗争，将一切斗争汇合到抗日反汉奸斗争这总流里去。决非革命文学要放弃它的阶级的领导的责任，而是将它的责任更加重，更放大，重到和大到要使全民族，不分阶级和党派，一致去对外。这个民族的立场，才真是阶级的立场。托洛斯基的中国的徒孙们，似乎胡涂到连这一点都不懂的。但有些我的战友，竟也有在作相反的"美梦"者，我想，也是极胡涂的昏虫。

　　但民族革命战争的大众文学，正如无产革命文学的口号一样，大概是一个总的口号罢。在总口号之下，再提些随时应变的具体的口号，例如"国防文学""救亡文学""抗日文艺"……等等，我以为是无碍的。不但没有碍，并且是有益的，需要的。自然，太多了也使人头昏，浑乱。

　　不过，提口号，发空论，都十分容易办。但在批评上应用，在创作上实现，就有问题了。批评与创作都是实际工作。以过去的经验，我们的批评常流于标准太狭窄，看法太肤浅；我们的创作也常现出近于出题目做八股的弱点。所以我想现在应当特别注意这点：民族革命战争的大众文学决不是只局限于写义勇军打仗，学生请愿示威……等等的作品。这些当然是最好的，但不应这样狭窄。它广泛得多，广泛到包括描写现在中国各种生活和斗争的意识的一切文学。因为现在中国最大的问题，人人所共的问题，是民族生存的问题。所有一切生活（包含吃饭睡觉）都与这问题相关；例如吃饭可以和恋爱不相干，但目前中国人的吃饭和恋爱却都和日本侵略者多少有些关系，这是看一看满洲和华北的情形就可以明白的。而中国的唯一的出路，是全国一致对日的民族革命战争。懂得这一点，则作家观察生活，处理材料，就如理丝有绪；作者可以自由地去写工人，农民，学生，强盗，娼妓，穷人，阔佬，什么材料都可以，写出来都可以成为民族革命战争的大众文学。也无需在作品的后面

有意地插一条民族革命战争的尾巴,翘起来当作旗子;因为我们需要的,不是作品后面添上去的口号和矫作的尾巴,而是那全部作品中的真实的生活,生龙活虎的战斗,跳动着的脉搏,思想和热情,等等。

六月十日。

(原载《现实文学》一九三六年七月一日第一期)

中华全国文艺界抗敌协会宣言

中国新文艺运动的历史,才只有短短的 20 年。在这 20 年中,内忧外患,没有一日稍停,文艺界也就无时不在挣扎奋斗。国土日蹙,社会动摇,变化无端,恍如恶梦;为唤醒这恶梦,文艺自动的演变,一步不惜的迎着时代前进。从表面上看,它似乎是浮动的,脆弱的;其实呢,它却是一贯的不屈服,不绝望;正因为社会激剧的动荡,所以它才不屈不挠的挺身疾走。文艺家因生活窘迫,因处境困难,有的衰病,有的夭亡;可是前仆后继,始终不肯放弃了良心,不肯为身家的安全而畏缩。这 20 年中的文艺,是紧紧伴着民族的苦痛挣扎,以血泪为文章,为正义而呐喊。未曾失节,未曾逃避,能力容有不足,幸未放弃使命。作品在量上容或太少,在质上或嫌微弱,可是检读 20 年来所有的著作,到底能看到社会的良心与最辛酸而纯洁的情感。

就最近的事实来讲,九一八与一二八后,文艺界无日不在忧心国防,因而时时将东北四省人民的苦痛,与侵略者的暴行,血淋淋的提献在全国的同胞的眼前,以期共赴国难,重整山河。成绩若何? 未敢自是;救亡图存,咸具此心。

芦沟桥敌军的炮火,是缠紧了东北四省的毒蛇,又向华北张开血口。由华北而华中,而华南,京沪苏杭继成焦土,武汉湘粤迭受轰炸。我们几十年来千辛万苦所经营与建设者惨被破坏。我们的父老弟兄姊妹横遭屠戮奸劫,连无知的小儿女,也成千论万的死在暴敌的刺刀下。日本军人以海陆空最新式的杀人利器,配备着最残暴的心理与行为,狂暴代替了理性,奸杀变作了光荣,想要灭尽我民族,造成人类历史最可怖可耻的一页。除非我们全无血性,除非我们承认这野兽应在世上横行,我们便无法不舍命杀上前去。为争取民族的自由,为保持人类的正义,我们抗战;这是以民族自卫的热血,去驱击惨无人道的恶魔;打倒了这恶魔,才能达到人类和平相处的境地。

这时候,文艺界同人本着向来不逃避不屈服的精神,以笔为武器,争先参加了抗敌工作。有些同人,还到民间与军队里,去服务,去宣传,以便得到实际的观察与体验,充实写作的能力,激发抗战的精神。但是,在这神圣的抗战中,每个人都感到问题是怎样的复杂,困难是如何的繁多。即专就文艺本身而言,须怎样表现才更深刻? 取何种形式才更合适? 用什么言语才更有力量? 都成为问题。就是印刷与推行也都遇到不少的困难,减降了宣传的顺利。每个人都想竭尽才力,切盼着相当的收获,可是每个人都遭遇到这定非单人独骑所能克服的困难。我们必须联合起来。

对国内,我们必须喊出民族的危机,宣布暴日的罪状,造成全民族严肃的抗战情绪生活,以求持久的抵抗,争取最后胜利。对世界,我们必须揭露日本的野心与暴行,引起全人类的正义感,以共同制裁侵略者。旷观全世,今日最伟大的事业,是铲除侵略的贼寇,维持和平;内察国情,今日最伟大的行动,是协力抗日,重整山河。在这伟大的事业与行动中,我们文艺工作者自然须负起自己的责任,而我们又必须在分工合作,各尽所长的原则下,倾尽个人的心血,完成这神圣的使命。为了这个,我们必须联合起来。

以人力来说,在我们当中,有些人也许因年事稍长,或事业变更,略示沉寂。可是无疑的他们曾经努力过,曾经有他们的园地与读众;在这危急存亡之秋,我们必须谦诚的献给他们以新的血液,使他们的老手也举起刚燃起的火把来。还有许多年轻的朋友们,因感于国破家亡的恐怖与激愤,不由的想拿起笔来,道出他们纯洁心灵中的愤慨。可是,他们的热烈或不足以帮助他们的文笔,这就有待于较有经验的作家们,去扶导,鼓励,与批评,以增长他们以文艺为武器的作战能力,成为民族革命文艺的生力军。总之,我们必须把力量集聚到一处,筑起最坚固的联合阵营,放起一把正义之火,烧净了现在的卑污与狂暴。

就工作而言,我们各有各的特长与贡献,就是各自为战,也自有好处。不过,在到处是血腥与炮火的时节,我们必须杀开血路,齐心协力的反攻。我们必须有统盘筹妥的战略,把文艺的各部门配备起来,才能致胜。时间万不许浪费,步调必须齐一。在统一战线上我们分工,在集团创造下我们合作。这才能化整为零,不失联络;化零为整,无虑参差。遵从团体的命令而突进奇击,才是个人的光荣;把每个人最好的意见与能力献给团体,才有雄厚的力量。在共雪国仇,维护正义下,有我们的理论。在善意的纠正,与友谊的切磋中,有我们的批评。在民族复兴,公理战胜的信念里,有我们的创作。在增多激励,与广为宣传的标准下,有我们的翻译——把国外的介绍进来,或把国内的翻译出去。有了这样的合理的,一致的配备与团结,我们所有的刊物必能由互助而更坚强的守住阵地,我们的同人由携手而更勇敢的施展才能,我们的工作由商讨而更切实的到民间与战地去,给民众以激发,给战士以鼓励。这样,我们相信,我们的文艺的力量定会随着我们的枪炮一齐打到敌人身上,定会与前线上的杀声一同引起全世界的义愤与钦仰。最辛酸,最悲壮,最有实效,最不自私的文艺,就是我们最伟大的文艺。它是被压迫的民族的怒吼,在刀影血光中,以最深切的体验,最严肃的态度,发为和平与人道的呼声。今天我们已联合起来,马上就去作这个。能作到这个,我们才会严守在全文化界中的岗位,而完成我们争取民族自由独立与解放的神圣使命。

抗敌救国既是我们的旗号,我们是一致的拥护国民政府与最高领袖。我们相信文艺是政府与民众间的桥梁,所以必须沿着抗战到底的国策,把抗敌除暴的决心普遍的打入民间;同时,把民间的实况转达给当局。一方面我们竭诚的去激励士气民气,一方面我们也不能不揭发了各方面的缺点和弱点,以求补救与革新。诚心抗日的是我们心目中的英雄,妨碍抗日的是汉奸，我们的善恶分明，也希望使全民族辨清是非。

　　在大会成立的今天，我们谨向最高领袖与前线将士敬礼，谨向全国受难流离的同胞作最同情的慰问，并谨向各界人士请求协助与指导！

　　　　　　　　　　　　（原载 1938 年 4 月 1 日《文艺月刊·战时特刊》第 9 期）

《抗战文艺》发刊词

文艺——在中国民族解放斗争的疆场上,一位身经百战的勇士!

它在中国民族的喋血苦战之中生长,紧紧地伴随着为痛苦而挣扎的民族"以血泪为文章,为正义而呐喊",20年来,不管道程的险阻,境地的窘迫,始终不动摇,不绝望,不失节,不逃避,挺身疾走,勇往迈进,战取了自己的光荣的历史,奠定了自己的不朽的功绩!

它面对着黑暗的封建的压榨,不屈不挠地持续着顽强的斗争,它站立在民族国防的前哨,和帝国主义的侵略支撑着艰苦的肉搏!

它为着痛苦的民众,呼出悲怒的叫号,它为着神圣的祖国,争取前途的光明!它号召着战争,它报告着到来的希望。像一道光华的长虹,割破了世纪的暗空,像一群勇敢的海燕,冲击着时代的阴霾。

在震天动地的抗战的炮火声中,必须有着和万万千千的武装健儿一齐举起了大步的广大的文艺的队伍;笔的行列应该配布于枪的行列,浩浩荡荡地奔赴前敌而去!满中国吹起进军的号声,满中国沸腾战斗的血流,以血肉为长城,挤头颅作爆弹,在我们钢铁的国防线上,要并列着坚强的文艺的堡垒。

这一个文艺的堡垒由于中华全国文艺界抗敌协会的成立,已经奠下了最初的基石,《抗战文艺》的发刊是首先在这基石上树起一杆进军的大旗,在这面旗子之下,我们号召全中国的文艺工作者,为着强固文艺的国防,首先强固起自己阵营的团结,清扫内部一切纠纷和磨擦,小集团观念和门户之见,而把大家的视线一致集注于当前的民族大敌。其次把文艺运动和各部门的文化的艺术的活动作密切的机动的配合,谋均衡的普遍的健全的发展。并且我们要把整个的文艺运动,作为文艺的大众化的运动,使文艺的影响突破过去的狭窄的智识分子的圈子,深入于广大的抗战大众中去!

《抗战文艺》要肩负起这个巨大的责任,反映这一运动,推动这一运动,沟通这一运动,发扬这一运动,集合全国文艺工作者的巨大的力量,成为全国文艺工作行进中的道标,使文艺这一坚强的武器,在神圣的抗战建国事业中肩负起它所应该肩负的责任!也只有在战斗之中负起自己的任务,才能巩固其本身发扬和光大的基础!

(原载1938年5月4日汉口《抗战文艺》第1卷第1号)

《七月》：愿和读者一同成长（代致辞）

七月社

当这一本薄薄的杂志送到读者的手里的时候，我们曾经费去了一个月以上的筹备时间。

有人说，到这样的紧急关头，应该放下笔来。然而我们没有。不但没有，为了得到用笔的机会，还不得不设法越过了种种的困难条件。

中国的革命文学是和反抗日本帝国主义的斗争（五四运动）一同产生，一同受难，一同成长。斗争养育了文学，从这斗争里面成长的文学又反转来养育了这个斗争。这只要看一看九一八以后中国文学的蓬勃的发展和它在民众精神上所引起的巨大的影响，就可以明白。

在今天，抗日的民族战争已经在走向全面展开的局势。如果这个战争不能不深刻地向前发展，如果这个战争底最后胜利不能不从抖去阻碍民族活力的死的渣滓启发蕴藏在民众里面的伟大力量而得到，那么，这个战争就不能是一个简单的军事行动，它对于意识战线所提出的任务也是不少的。

中国社会好像一个泥塘。巨风一来，激起了美丽的浪花也掀动了积存的污秽。这情形，现在表现得特别明显：一方面是惊天地而泣鬼神的英雄行动，一方面是卑劣无耻的出卖民族的形象。在这个极端中间，交织着各种各样的态度和思想。

不错，在今天，可以说整个中华民族都融和在抗日战争的意志里面。但这还是一个趋势，一个发生状态；稳定这个趋势，助长这样发生状态，还得加上艰苦的工作和多方面的努力。意识战线的任务就是从民众的情绪和认识上走向这个目标的。

发刊一个小小的文艺杂志，却提到这样伟大的使命，也许不大相称，但我们以为：在神圣的火线后面，文艺作家不应只是空洞地狂叫，也不应作淡漠地细描，他得用坚实的爱憎真切地反映出蠢动着的生活形相。在这反映里提高民众底情绪和认识，趋向民族解放的总的路线。文艺作家底这工作，一方面将被壮烈的抗战行动所推动，所激励，一方面将被在抗战热情里面跃动着成长着的万千读者所需要、所监视。

工作在战争的怒火里面罢，文艺作家不但能够从民众里面找到真实的理解者，同时还能够源源地发现从实际战斗里成长的，新的同道伙友。

我们愿意献出微力，在工作中和读者一同得到成长！

（原载 1937 年 10 月 16 日汉口《七月》第 1 集第 1 期）

《鲁迅风》发刊词

好久以前，我们就想办个同人刊物，一苦于没有机会，二苦于想不到好名字。这回出版《鲁迅风》，也不过"就近取便"，别无其他用意。

我们景仰鲁迅先生，那是无用多说的。高天之下，厚地之上，芸芸众生，景仰鲁迅先生者，何啻万千。我们不过是万千人中的少数几个。我们知道鲁迅先生并不深，偶拈片光吉羽，即觉欣然有得，其实还是一无所知。这是学识所限，无可如何的。

以政治家的立场，来估量鲁迅先生，毛泽东先生说他"是中国的第一等圣人"，而且"是新中国的圣人"。我们为文艺学徒，总觉得鲁迅先生是文坛的宗匠，处处值得我们取法。

通过鲁迅先生的全生涯，他所研究的学术范围之广博与精到，在今天，我们实在还没有找到第二个人。他有丰富的科学知识，他有湛深的国学根底，他极其娴习历史，他正确把握现实，他思想深刻，他眼光远大，他那卓越的文艺作品，奠定了中国新文学的国际地位，而这一切，鲁迅先生都以斗争精神贯彻着。

谁都知道我们应该学习鲁迅先生的斗争精神，但谁都忘却我们更应该学习鲁迅先生的斗争精神所附丽的学术业绩；没有这业绩，也没有鲁迅先生的斗争精神，这该是自明之理，无须我们唠叨；然而我们将怎样来接受这一份遗产，沿着鲁迅先生所走过的，所指示的路走去，这是我们日夜殚思而企求着的。

固然，各人的禀赋不同，学殖互异，学习模仿，并非绝对的事。鲁迅先生之于青年，也未必如螺蠃之于青虫，祝望"类我！类我！"但"高山仰止，景行行之，虽不能至，心向往之。"这是我们微末的心情，类与不类，本非所计。

生在斗争的时代，是无法逃避斗争的。探取鲁迅先生使用武器的秘奥，使用我们可能使用的武器，袭击当前的大敌；说我们这刊物有些"用意"，那便是唯一的"用意"了。

然而，我们将在虚心的学习中，虚心地接受一切批评。

（原载 1939 年 1 月 11 日上海《鲁迅风》创刊号）

“与抗战无关”

梁实秋

昨天《大公报》副刊载有罗荪先生的一段文字，标题是《与抗战无关》。题目很“新鲜”，所以我看下去了。内容是反驳十二月一日我在本刊所写的一段《编者的话》中的一节。这一节的原文是——“现在抗战高于一切，所以有人一下笔就忘不了抗战。我的意见稍为不同，于抗战有关的材料，我们最为欢迎，但是与抗战无关的材料，只要真实流畅，也是好的，不必勉强把抗战截搭上去。至于空洞的‘抗战八股’，那是对谁都没有益处的。”这一节原文也被罗荪先生引录了，但是承他的情，他没有写出我的姓名，只称我为某“先生”“此公”。

罗荪先生对这一节表示了不满，他说我是“正如赌场上的压冷门”而且是“压空了的”。编一个副刊，原来和上赌场可以相提并论，我实在没料到。并且我没有上过赌场，何谓冷门，何谓热门，我也不懂。不过若说我有意“投人所好”，那是没有的事；假如我要“投人所好”，我何尝不会写罗荪先生那样的文字？

我已经明白的说“与抗战有关的材料，我们最为欢迎”，所以罗荪先生所挑剔的不过是说“一个作者既忠于真实而又要寻找与抗战无关的材料”是“不容易”而已。其实谁说“容易”来的！与抗战有关的材料，若要写得好，也是“不容易”的，据我看，只有二种文字写起来容易，那就是只知依附于某一种风气而摭拾一些名词敷凑成篇的“抗战八股”，以及不负责任的攻击别人的说几句自以为俏皮的杂感文。

我可以再敬告读者：

（一）于抗战有关的材料，我们最为欢迎。

（二）于抗战无关的材料，只要真实流畅，也是好的。

我相信人生中有许多材料可以写，而那些材料不必限于“与抗战有关”的。譬如说吧，在重庆住房子的问题，像是与抗战有关了，然而也不尽然，真感觉到成问题的只是像我们这般不贫不富的人而已。真穷的人不抗战时也是没有房子住的，真富的人现在仍然住的是洋楼大厦，其富丽不下于他们在南京上海的住宅。

讲到我自己原来住的是什么样的房子，现在住的是什么样的房子，这是我个人的私事。不过也很有趣，不日我要写一篇文章专写这一件事。但是我现在要声明，罗荪先生的幻想是与事实不符的。他说我（即“此公”）“原来是住在德国式的建筑里面的，而现在硬是关在重庆的中国古老的建筑物里面”。事实恰好相反。什么是“德国式建筑”？重庆还有“古老的建筑”吗？我都不敢回答。有一点我要说穿：罗荪先生硬说我原来是住在“德国式建筑”里面，这是要证实我是属于该打倒的那一个阶级。这种笔法我领教过多次，十年前就有自命为左翼作家的一位在一个《萌芽月刊》里说梁实秋到学校去授课是坐一辆自用的黑色的内有丝绒靠垫的汽车。其实是活见鬼！罗荪先生的这一笔,不高明。在理论上辩驳是有益的事,我也乐于参加,若涉及私人的无聊的攻击或恶意的挑拨,我不愿常常奉陪。

中华民国二十七年十二月六日

(原载 1938 年 12 月 6 日《中央日报》副刊《平明》)

【说明】

1938 年 12 月 1 日,梁实秋在他主编的《中央日报》《平明》副刊上发表了《编者的话》,说:"现在抗战高于一切,所以有人一下笔就忘不了抗战。我的意见稍为不同。于抗战有关的材料,我们最为欢迎,但是与抗战无关的材料,只要真实流畅,也是好的,不必勉强把抗战截搭上去。至于空洞的'抗战八股',那是对谁都没有益处的"。于是引发了一场关于文艺"与抗战无关"的论争。

抗战爆发以后,面对日寇的侵略行径和民族危机的加深,广大文艺工作者关心抗战,用笔反映抗战,这是应该的,也是自然的。当然,在这样一股积极的文艺潮流之中,也难免有不少概念化、公式化的作品,文艺界也已意识到这种倾向,并对此作了批评。作者虽然没有表示文艺可以与抗战无关,但是他并没有充分地、热情地肯定抗战作品,而是对"抗战八股"大加鞭笞,进而指责主张文艺工作者积极地去反映抗战题材是造成"抗战八股"的"风气"的根源。作者对"抗战八股"和"俏皮的杂感文"的轻蔑态度,反映了这场论争与三十年代关于"文学的阶级性"的论争的历史渊源和文艺思想斗争的关系。

置身在为民主的斗争里面

胡　风

一

今天,在全世界的规模上,带着深刻的精神斗争,也引发着深刻的精神改造,民主在流血……。

当批判的现实主义在人类解放斗争里面争到了进一步的发展,文艺底战斗性就不仅仅表现在为人民请命,而且表现在对于先进人民底觉醒的精神斗争过程的反映里面了。中国的新文艺,当它诞生的时候就带来了这种先天的性格,因为,中国的新文艺正是应着反抗封建主义的奴役和帝国主义的奴役的人民大众底民主要求而出现的。

如果说,意识斗争底任务是在于摧毁黑暗势力底思想武装,由这来推进实际斗争,再由实际斗争底胜利来完成精神改造,那么,新文艺就一直是在艰苦里面执行着这个任务的。20多年以来,像新文艺运动一直是或起或伏地对抗着封建主义和帝国主义的压力,在人民大众底民主斗争中间流着血前进,新文艺创作底思想内容也正是或显或隐地反映了封建主义和帝国主义底血腥而污秽的统治状况,和人民大众底争自由争解放的鲜血淋漓的斗争。新文艺底这个革命的传统,使新文艺投身到战争底要求里面,七年多以来,一方面向喝血的日本法西斯及其帮凶封建买办法西斯作战,一方面发扬了也保卫了人民大众底忍受痛苦、忍受牺牲的英雄主义和正视现实、坚信自己的乐观主义的精神。

今天,民主在流血。为摧毁法西斯主义而流血,为争取民族底自由解放而流血,为争取人民底自由解放而流血。如果说,没有人民大众底自由解放,没有人民大众底力量底勃起和成长,就不可能摧毁法西斯主义底暴力,不可能争取到民族底自由解放,如果说,不是自由解放了的人民大众,那所要争得的自由解放的民族不过是拜物教底幻想里面的对象,那么,现实主义的文艺斗争底目标,例如对于毒害人民大众的封建主义的控诉,对于燃烧在解放愿望和解放斗争里面的人民大众底精神动向的保卫和发扬,……就正深刻地反映了民主主义底要求。

二

然而,文艺创造,是从对于血肉的现实人生的搏斗开始的。血肉的现实人生,当然就是所谓感性的对象,然而,对于文艺的创造(至少是对于文艺创造),感性的对象不但不是轻视了或者放过了思想内容,反而是思想内容底最尖锐的最活泼的表现。不能理解具体的被压迫者或被牺牲者底精神状态，又怎样能够揭发封建主义底残酷的本性和五花八门的战法？不能理解具体的觉醒者或战斗者底心理过程，又怎样能够表现人民底丰沛的潜在力量和坚强的英雄主义？

从对于血肉的现实人生的搏斗开始，就正是为了思想斗争底要求，而且是为了在最真实的意义上执行这个要求：对于作家，思想立场不能停止在逻辑概念上面，非得化合为实践的生活意志不可。如果说，真理是活的现实内容底反映，如果说，把握真理要通过能动的主观作用，那么，只有从对于血肉的现实人生的搏斗开始，在文艺创造里面才有可能得到创造力底充沛和思想力底坚强。

为了从目前泛滥着的，没有从现实人生取得生命的文艺形象底虚伪性，即所谓市侩主义脱出，在文艺的思想斗争上，首先就要提出这一个基本的要求。

然而，对于血肉的现实人生的搏斗，是体现对象的摄取过程，但也是克服对象的批判过程。不过，在这里批判的精神必得是从逻辑的思维前进一步，在对象底具体的活的感性表现里面把捉它底社会意义，在对象底具体的活的感性表现里面溶注着作家底同感的肯定精神或反感的否定精神。所以，体现对象的摄取过程就同时是克服对象的批判过程。这就一方面要求主观力量底坚强，坚强到能够和血肉的对象搏斗，能够对血肉的对象进行批判，由这得到可能，创造出包含有比个别的对象更高的真实性的艺术世界，另一方面要求作家向感性的对象深入，深入到和对象底感性表现结为一体，不致自得其乐地离开对象飞去或不关痛痒地站在对象旁边，由这得到可能，使他所创造的艺术世界真正是历史真实在活的感性表现里的反映，不致成为抽象概念底冷冰冰的绘图演义。

从这一理解出发，才能够和目前泛滥着的，没有思想力底光芒，因而也没有真实性底迫力的形象底平庸性，即所谓客观主义进行文艺思想上的斗争。

在现实斗争里面，法西斯主义和封建主义在进攻，在肆虐，民主的力量或人民底力量在受难，在崛起。这是一个继往开来的总结性的历史斗争，它底意义流贯到一切的社会领域即使在最平凡的生活事件或最停滞的生活角落里面，被这个斗争要求所照明，也能够看出真枪实剑的，带着血痕或泪痕的人生。在这个时候的作家，不管他挂的是怎样的思想立场的标志，如果他只能用虚伪的形象应付读者，那就说明了他还没有走进人民底现实生活；如果他流连在形象底平庸性里面，那就说明了，即使他在"观察"人民，甚至走进了人民，但他所有的不过是和人民同床异梦的灵魂。

三

问题还可以前进一步。

在对于血肉的现实人生的搏斗里面，被体现者被克服者既然是活的感性的存在，那体现者克服者的作家本人底思维活动就不能够超脱感性的机能。从这里看，对于对象的体现过程或克服过程，在作为主体的作家这一面同时也就是不断的自我扩张过程，不断的自我斗争过程。在体现过程或克服过程里面,对象底生命被作家底精神世界所拥入,使作家扩张了自己;但在这"拥入"的当中,作家底主观一定要主动地表现出或迎合或选择或抵抗的作用,而对象也要主动地用它底真实性来促成、修改、甚至推翻作家底或迎合或选择或抵抗的作用,这就引起了深刻的自我斗争。经过了这样的自我斗争,作家才能够在历史要求底真实性上得到自我扩张,这艺术创造底源泉。

今天,作家要真诚地承认而且承受这个自我斗争。

说是作家要深入人民,说是作家要与人民结合。然而,怎样深入,又怎样结合呢? 首先,当然要求一个战斗的实践立场,和人民共命运的实践立场,只有这个伦理学上(战斗道德上)的反客观主义,才能够杜绝艺术创造上的客观主义底根源。但这还只是解决问题的基本条件,犹如游泳须在水里,但在水里并不就等于游泳一样。

作家应该去深入或结合的人民,并不是抽象的概念,而是活生生的感性的存在。那么,他们底生活欲求或生活斗争,虽然体现着历史的要求,但却是取着千变万化的形态和复杂曲折的路径;他们底精神要求虽然伸向着解放,但随时随地都潜伏着或扩展着几千年的精神奴役底创伤。作家深入他们要不被这种感性存在的海洋所淹没,就得有和他们底生活内容搏斗的批判的力量。

一般地说,这就是思想的武装。然而,这里且不论这思想的武装是怎样形成,但要着重说明的有一点:它并不等于凭借"思辨的头脑"去把握世界(马克思),它底搏斗过程始终不能超脱感性的机能,或者说,它一定得化合为感性的机能。我们把这叫做实践的生活意志,或者叫做被那些以贩卖公司为生的市侩们所不喜的人格力量。

但实际上,作家正是各自带着他底"思想武装"深入人民,与人民结合的。或者是一些抽象的理论教条,或者是一些熟悉的感情习性,或者是一些强烈的处世愿望,……。当然,最多的是这些的复杂的结合形态。作家就各自带着了这样的"思想武装"。从这里,和人民的结合过程,对于对象的体现和克服过程,就必然要转变为作家自己底分解和再建过程,这就出现了前面所提出的深刻的自我斗争。

承认以至承受了这自我斗争,那么从人民学习的课题或思想改造的课题从作家得到的回答就不会是善男信女式的忏悔,而是创作实践里面的一下鞭子一条血痕的斗争。一切伟大的作家们,他们所经受的热情的激荡或心灵的苦痛,并不仅仅是对于时代重压或人生烦恼的感应,同时也是他们内部的,伴着肉体的痛楚的精神扩展的过程。

通过了这样的自我斗争,一方面,对象才能够在血肉的感性表现里面涌进作家底艺术世界,把市侩的"抒情主义"或公式主义驱逐出境,另一方面,作家底思想要求才能和对象底感性表现结为一体,使市侩的"现实主义"或客观主义只好在读者面前现出枯萎的原形。

我们说,这是现实主义的斗争。

四

今天,我们要坚持这个斗争,推进这个斗争。

市场上充满了色情的作品,怪诞的作品,有闲趣味的作品,奴才道德的作品,这现象是进步的作者和读者所感到痛心疾首的。然而,用什么和这些对抗呢? 当然,要和培植这些,奖励这些的社会势力作斗争,但在文艺本身,就需要争取现实主义得到胜利,争取文艺作品能够在生龙活虎的感性力量里面反映这时代的人生真理,用这夺回能够夺回的,寻求刺激的苦闷的读者,用这培养在生活斗争里面寻求道路的千千万万的读者。因为,任何反人民的,或者和人民游离的有害的社会现象,只有在人民勃起的过程上面。在争取民主胜利的斗争过程上面才会受到历史底公平的审判。

所以,伟大的民主斗争固然不仅仅是文艺上的目标,但在文艺创造的思想要求上面,对于法西斯主义和封建主义的控诉,对于几千年累积下来的各种程度各种形式的奴才道德的鞭挞,对于人民底潜在力量的发掘,对于人民底解放愿望以至解放斗争的发扬,不正是民主主义底最中心的思想纲领么? 但真正有力量拥抱这样的思想要求的,只有现实主义;真正有力量把这样的思想要求体现在真实的艺术世界里面的,更只有现实主义。

旧的人生底衰亡及其在衰亡过程上的挣扎和苦痛,新的人生底生长及其在生长过程上的欢乐和艰辛,从这里,伟大的民族找到了永生的道路,也从这里,伟大的文艺找到了创造的源泉。

为了文艺,虽然也不仅仅是为了文艺,我们要为现实主义底前进和胜利而斗争!

1944 年 10 月 7 日,渝郊避法村。

(原载《逆流的日子》,希望社 1947 年 3 月初版)

图书在版编目（CIP）数据

中国现当代文学作品选读. 上册 / 王嘉良，颜敏主编. 修订本.
— 上海:上海教育出版社, 2009.8(2022.8重印)
ISBN 978-7-5444-2559-9

Ⅰ.中⋯ Ⅱ.①王⋯ ②颜⋯ Ⅲ.①现代文学—作品—中国—师范
大学—教学参考资料②当代文学—作品—中国—师范大学—教学
参考资料 Ⅳ.①I216.1

中国版本图书馆CIP数据核字(2009)第153072号

本教材选用了中国现当代众多作家作品，因原作者地址不详，
我社无法一一奉寄稿酬。如有遗漏，请及时与本书责任编辑联系。

面向21世纪课程教材

中国现当代文学作品选读（修订版）（上册）

王嘉良　颜　敏　主编

出版发行	上海教育出版社有限公司
官　　网	www.seph.com.cn
地　　址	上海市闵行区号景路159弄C座
邮　　编	201101
印　　刷	昆山市亭林印刷有限责任公司
开　　本	787×1092　1/16　印张32.5　插页1
版　　次	2009年8月第1版
印　　次	2022年8月第15次印刷
印　　数	38,701~41,700 本
书　　号	ISBN 978-7-5444-2559-9/I·0020
定　　价	45.00 元

如发现质量问题，读者可向本社调换　电话：021-64373213